レーモン・クノー伝

レーモン・クノー伝

ミシェル・レキュルール
久保昭博・中島万紀子 訳

水声社

ジャン＝ピエール・ドーファン、クロード・ラメイユ、
アナベルとジャン＝マリー・クノーに捧げる。
彼らなくして私がこの伝記を仕上げることはなかっただろう。

目次

マルセル・エメがいた。彼とクノーはたいへん似通った作家であったので、この二人のあいだで結晶化するにいたった何かが、たしかに少しはあったはずだ。

——ジャック・ベンス「クノーとその後……」『ヴァランタン・ブリュの友の手帖』、第十八号、四八頁。

第一章　オーギュスト、ジョゼフィーヌ、その他の人々

思いもよらぬことだった。ル・アーヴルはティエール通り四十七番地に位置する、絹製品やレース、そしてコルセットを売る店の前を通るとき、いつも彼女、女商人が、彼を、つまり植民地省会計掛オーギュスト・クノーのことを観察していたのであった。配属先のなかった彼は、自分の持っている最新の衣装を晴れやかに着込んでぶらぶらと歩いていた。帽子の下から見える髪は短く刈りこまれた上に注意深くなでつけられ、両手はズボンにそわせている。その一方である右手は、一定の時間ごとに挙げられ、友人に挨拶をしていた。感嘆に満ちた眼差しが、自分の散歩ルートに毎日投げられているなどとは夢にも思わなかった会計掛オーギュスト・クノー、たいていは何も考えていないが、考えるとしたらトンブクトゥ滞在のことに好んで思いをはせる会計掛オーギュスト・クノーは、無自覚な人間特有の余裕をもって歩いていた。目を無自覚にどんよりとさせ、杖を無頓着に扱う会計掛オーギュスト・クノーは、すっかり若くもなければすっかりお嬢様《ドモワゼル》でもない未婚の女性《ドモワゼル》を魅了するのに必要なものを、すっかり、無邪気にさらけ出していた。彼の目には彼女のことなど入っていなかったのである。

ジョゼフィーヌは姉マリアの腕を引っ張って言った。

「ほら」

絹製品やレースやボタンの後ろに隠れた彼女たちは、一言も発することなく彼が通り過ぎるのを眺めた。二人が無言なのは、吟味に集中していたからだ。とはいえ彼女たちが話したところで、彼はなにひとつ察しなかっただろう。

いつもどおり、会計掛オーギュスト・クノーは、ティエール

広場の角を曲がってしばらくの間、つまり夕食時までの間姿を消した。

「どう?」ジョゼフィーヌが尋ねる。

「どうって?」マリアが答える。

彼女はレジ脇の椅子をつかんで座る。

「彼のことよ」

「あんなの、ごまんといるじゃない」マリアが言う。

「あんたの男みたいのだって、ごまんといるんじゃない?」

「いっしょにしないで」

ジョゼフィーヌは愁いをおびた様子でティエール広場の角を観察し続けた。

「で、どうなのよ?」マリアが尋ねた。

ジョゼフィーヌは姉の方に向き直った。

「あの人じゃなければだめよ」

「勝手になさい」

「言うことはそれだけ?」

「あんたにはちょっと若いと思うわ」

「いくつくらいだと思う?」

「三十ってとこかしら」

「だから?」

「いっとくけど、あんたはもうすぐ四十になるんだからね」

「だからどうしたって言うのよ」

彼女は彼、会計掛を、とうがたちはじめてきた自分の妹には少々若過ぎると思った。


「立派な人よ」ジョゼフィーヌが言った。「それに貫禄たっぷり」

「ジョゼフィーヌ! 人は見かけで結婚するんじゃないわ」

「分かってるわよ。だけどあんたの収税吏、小粒のオーギュスト・モンテギュを横に置いてみたら、あの人が堂々たるものだって認めるでしょ」

「かもね。けどオーギュストはあたしを幸せにしてくれるんだから。控えめだし、よく気がつく人だし!」

「あたしには、あの人が運命の人だって分かるの! もうすぐ三十六歳になるのよ、チャンスをみすみす逃すつもりはないわ!」

「お好きなように! なんにしたってあんたの持参金はそうとうなものよ。だって一八九九年、[1] あたしたちの愛するお父さんゼフィランが亡くなる[2]ちょっと前に、あたしは店があんたのものになるっていうことを承知したんだから。でも、あんたの色男が、シャツと背広しか持ってないなんてことになったら、どうすんのよ」

「そのときはそのときよ。そうだったら、あたしが店であの人を雇うわ。二人分の仕事くらいあるし、それにあたし、もうあの人のことが好きなんだもの」〔この姉妹のやりとりは、『人生の日曜日』を下敷きにしている〕

当時ル・アーヴルはコメディ通り二十番地に居住していたオーギュスト・アンリ・クノーと、営業権の他にも商品在庫や個人的財産、つまり家具や宝石のいくつかを持参したジョゼフィーヌ・オーギュスティーヌ・ジュリー・ミニョの結婚式は、一九〇一年八月六日に共通財産制の下で執り行われた。衣類や下着類を除くと、植民地省会計掛オーギュスト・アンリ・クノーの持ち物は、せいぜいフランス不動産銀行の債券、トゥール支店のわずかな貯金といったところであった。マリア・モンテギュの見込みはほとんど正しかったのである。

オーギュスト・クノーは一八七〇年四月二十日、トゥール南方に位置するアンドル＝エ＝ロワール県のサン＝テパンに生まれた。生家は数世代にわたって、ラ・トゥッシュ農場で農業を営んでいた。十九世紀のはじめ、このクノー家は、ラ・トゥッシュから南東に一キロ離れたラ・ドゥニズリに住んでいた。そのことは、ルネ・クノー(3)の死亡証明書が示している。同様に、一八〇七年に作成された彼の結婚証明書によって、彼の職業を知ることもできる。ギャルソン・ガジストだ。これは、臨時雇いの使用人を指すこの地方の言葉である。それゆえルネ・クノーはこの農村社会の下級階層に位置していたことになるが、それは一七九〇年に亡くなった彼の父ジャックも同じで、公文書には、この者があるときは日雇い農民《ジュルナリエ》、あるときは富農《ラブルール》、すなわち犂と馬を所有し、賃金と引き替えに労働力を提供する者と記載されている〔アンシャン・レジーム下では耕具、役畜を所有する耕作民を、それらを所有しないジュルナリエやマヌーヴリエ（貧農）と区別してこう呼んだ〕。おそらくは蹄鉄工の娘ルイーズ・ジャンヌ・バセローとの結婚のおかげで、ルネ・クノーはこの農民社会の階層をわずかばかり上ったのだろう。というのも、彼が死んだ際、職業は耕作者《キュルティヴァトゥール》、つまりは自分の所有になる土地を開拓する者とされているからである。その息子のルイ・クノー(4)はこの仕事を守り、さらにラ・トゥッシュにおける農家の仕事をつけ加えた。だが実を言うと、このラ・トゥッシュの土地がレーモン・クノーの両親、祖父母、曾祖父母の所有に帰したことはいちどもなかった。彼らは最初ラクワ＝デュラン未亡人から、次いでサン＝テパンの南に位置する小村リイ＝シュル＝ヴィエンヌに出自を持つ他のクノー一族からそこを借りていただけであったのだ。トゥーレーヌ地方のこの場所では、クノーという名の家が数多くあり、間違いを防ぐために、妻の家の姓をつけ加える習慣があった。かくしてラ・トゥッシュは一八五三年にクノー＝ゲランによって買われ、一八八二年におそらくは相続によってクノー＝プレヴォの所有地となった。そして一九二〇年、この者はボノー＝デブルドにこれを売ったが、その一家はようやく一九二二年になってこの地に住み着いた。これ以降は、クノー一族がラ・トゥッシュの農場を所有することも利用することもなくなったのである。

ただし、これがむしろ小規模の農園だったということは理解しておかねばならない。ブドウの木は、その所有者が個人的に消費するために数本あるだけで、ブドウ園と呼べるものはなかった。主な農作活動は牧畜、それから小麦、大麦、燕麦、ウマゴヤシ、テンサイとキャベツの栽培であった。また建物についていえば、住居、馬小屋、納屋、貯蔵室、家禽と豚の小屋、雌牛の小屋、製パン所、中庭、耕作可能な庭園がそれぞれひとつずつあった。要するに、農家としてのクノー家は、つつましやかなものであったのだ。

とはいえ、ラ・トゥッシュの農家たちは、ラ・トゥッシュの土地に加え、自分たちの耕作地をいくつか所有していた。レーモン・クノーの曾祖父であるルイ・クノー＝ボワレーヴは、戸籍の上で「地主」となっているローズ・ボワレーヴとの結婚によって、父から譲り受けた境遇をより強固なものとした。とりわけ彼は、ラ・ドゥニズリにブドウ園、ラ・トゥッシュの南に大きな区画の土地、そしてサン＝テパンに一軒の家を所有していた。一八四六年の国勢調査のおかげで、彼が使用人を最大四人かかえていたことがわかるが、これは多少なりとも生活のゆとりがあったことを示している。ただしそれには、当時、四歳から九歳だった彼の四人の子供たちが、あまり手助けにならなかったという事情もあるだろう。

彼の後を継いだのは、長男ルイ・クノー＝アンリであったが、彼は父ほど良い結婚相手を見つけなかったようだ。というのも彼は一八六四年、肌着業に携わるマリー＝ルイーズ・アンリと、結婚契約もなしに結婚したからである。それでも彼女は、一八八八年に、木挽製材工ピエール・フィリップの遺産を受け継ぎ、フォーブール・ジローのミシュリエールに位置する六一アール二八センチアールの土地とブドウ畑を一家にもたらした。そして晩年の彼は「年金生活者」[5]としてサン＝テパンに暮らすことができ、一九〇六年に彼が管理していた妻の土地を、息子オーギュスト・クノー＝ミニョに売却した。

このオーギュスト・クノー＝ミニョには、一八六六年に生まれたルイ・クノー＝ガルニエという兄がいた。彼はラ・トゥッシュの農家として、十九世紀の終わりに父の後を継いだ。実際のところ彼がはじめてラ・トゥッシュの耕作農家として記録されるのは、一九〇一年の国勢調査においてである。一九一八年三月、彼はフォーブール・ジローの弟の土地の近くに家を買い、その後一九二七年二月に弟からその土地を買い取り、さらに一九三七年になるとその両方とも売ることになるだろう。ルイ・クノー＝ガルニエにはルイとエドモンという名前の二人の息子がいた。ルイははじめ農業をしていたが、ついには弟にならってパリでパン屋となった。こうしてレーモン・クノーの一家は決定的にこの土地を離れたのである。

だが、少年時代に何度かラ・トゥッシュに行ったおかげで、作家はこの土地の思い出を保ち続けていた。一九一六年九月二日、「トゥーレーヌ地方の旅」と題して、彼は『日記』にこう書き付ける。「[……] サント＝モールにて伯父が二輪馬車で待つ。九時にサン＝テパン」。翌日彼は祖母宅を訪れる。その「地下室はかつて礼拝堂だったところで、恐怖政治の下ではそこでミサを行っていたということだ」。彼はこうつけ加えている。「ラ・トゥッシュは、一八三〇年以来私たちの家族のものである。当時の所有者は曾祖父だ（一八〇三年生まれ、一八五七年に死去）(6)」。ところで、おそらくレーモン・クノーが近親者とのやりとりから耳にしたのであろうこれらのディテールは、ことごとく間違っている。同じ家族の成員が、自分の先祖の生没の日付を間違えるということは珍しくない。他方、小作人から地主への改変の方は、承認と敬意を得る必要から手早くなされてしまったのだ。

サン＝テパンでのレーモン・クノーは、ラ・トゥッシュの農場だけで満足したわけではなかった。彼はプレッシー城、ティルーズ、ポン＝ド＝リュアン、アルタンヌ、クリッセーとそこの廃墟となった要塞、「凝灰岩の中に全体が穿たれた(7)」ヴィレーヌ、アゼイ＝ル＝リドーとサシェを見出した。オーギュスト・クノーは、息子にトゥーレーヌ地方を知ってもらう努力をいとわなかったようだ。帰途に彼らはトゥールを訪れる。「大司教館、大聖堂。それからなかなか見事な植物園に行く。そしてサン＝マルタンの大教会堂、ここの地下納骨堂で聖人の墓を見る」とレーモン・クノーは記している(8)。子供時代にトゥーレーヌ地方を訪れたことを、作家はその後あまり思い出さなかった。とはいえ「サント＝モールのチーズ」と題された『通りを走る』の詩に、次のようなものがある。

［……］狂った合唱隊員の群れが
アメジストのドレスをまとい褒めそやしてた
ロワールの渓谷を
その地の滋養豊かな製品を
単純かつ素朴な旋律で
まったくもってどんちゃん騒ぎ
けれど土曜日だったから
浮かれた口元の人々は
タルティーヌとリエットをかじってた(9)［……］

オーギュスト・クノーの方は、生地であるトゥーレーヌ地方にノスタルジーをいだいていたのかもしれない、だからこそ彼は、レーモンにそれを見させてやろうとあれほど骨を折ったのだろう。二人兄弟の弟であるオーギュストは、十八歳で海兵隊に入った。一八八八年四月二十日、第三ＲＩＭＡ〔海兵歩兵連隊〕に加わった彼は、同じ年の十二月二十七日に上等兵となり、一八九〇年二月一日に伍長となった。そして他の連隊も経験し、戦時下のトンキン〔現ハノイ〕に赴いたのち、一八九三年四月二十九日に予備役に配置された。

「彼が思い出としてこの地から持ち帰ったのは、アンナン語で一から十まで言う言い方と、ニャケネス〔地名だと思われるが不明〕の女は男と同じような格好をするということだった。ずいぶん後になってから、二等車室の中の婦人を前に、燃えた竹の匂いを思い出すように語った時、彼はたった一度だけ抒情的になった(10)」。レーモン・クノーは『波を切って進む[11]』の中で次のように問いつつ、このことに言及している。

なぜこの感情かなぜこの思い出か
たくさんのことが忘れられているのにこれだけはちがう
閉じた窓ガラスの中に私たちはじぶんの姿を見ていた
現実なのか虚像なのかすでにしてあやふやな見え方
竹は焼けるべくして焼けた

自由になり、また肝臓を病んでいたオーギュスト・クノーは、息子の言い分を信ずるならば進路をどうするか迷い、一八九四年に第四等の植民地軍倉庫警備下士官となった。アフリカに配属された彼は、まずはダカールに赴き、それからサン＝ルイ〔セネガルの都市〕、そして現在のマリにあるカイとカティに行った。一八九六年九月に帰国すると、植民地軍功賞を授けられるという喜びを得た。マルセイユの病院で療養した彼は、一八九七年はじめにボルドーで軍務に復帰した。そして九月三日にダカールに戻り、その後はサン＝ルイに戻った後、カイに、そして一八九八年二月二十八日にはトンブクトゥにたどり着く。だが五ヶ月後、彼はそこを発ってバンディアガラとカティの軍事病院に向かわねばならなかった。

オーギュスト・クノーは、両親に宛てた手紙で、自分の健康問題を注意深く隠しながら、むしろ風景の美しさ、水田、山、川、巨大な森、綿花やアワや落花生の畑等々、要するにトンブクトゥの砂地にはあるはずもない植物群にうっとりとしてみせた。

多少の治療を受けた後、再びフランスに送り返された彼は、一八九九年三月十七日にボルドーに降り立った。一八九八年三月以来、第三等の倉庫警備下士官となっていた彼は、ル・アーヴルでの任務を指示され、一八九九年七月二十六日にそこに着いた。「彼はセネガルとスーダンに、トンキンよりもたくさんの思い出があった。ウォロフ語とバンバラ語で数を数える言い方を覚え、川の水がゆったりと流れるニジェールのことと、チャドの方に向かって川を遡ったことを感激しながら語った。彼はまた、むち打たれ、その刑罰を受けている間に糞を垂れた黒人の話や、気の狂った行政官かなにかによって、窯で焼かれるかダイナマイトで吹き飛ばされるかした黒人女の話を時々した[12]」。

事実、オーギュスト・クノーは旅の途中で得た印象[13]を記しており、それをレーモンは知っていたはずだ。未来のアカデミー・ゴンクール会員の書き物のような文学的価値があるわけではないにせよ、それでもこれは、動物や植物の世界、アフリカの文明、そして当時の植民者がどのようなことを感じていたかを知ることのできる良い資料となっている。たとえば以下のような記述が見られる。「バラフォン、これは楽器という名にふさわしい唯一の土着の楽器である。バラフォンは台形の枠からなっており、その上には非常に固く、長さの異なる木の薄板が固定され、下にはてっぺんを開けた大小ひと連なりのひょうたんが付けられている。演奏するとき、土着民の芸術家は、小さな木槌をそれぞれの木の薄板に打ちつけるのだが、それは非常によく響く」。他の箇所では、トンブクトゥに着いたときのことを語っている。「私は帽子を取り、この神秘的な都市に敬礼をする。ここは五年前には知られざるところであり、これを見たヨーロッパ人は二百人にも満たない」。

一八九八年三月五日の日付がつけられたこの物語では、オーギュスト・クノーの帰還と病については触れられていない。息子はこの物語に影響を受け、幾度か言及することになるだろう。とりわけ『樫と犬』には次のように書いてある。

この男はインドシナとアフリカから戻ってきた。
顔色は黄と緑であった。
肝臓から来る腹痛を身体に飼っていて
それが彼を意地悪く打ちのめした。[14]

後の一九〇三年一月十日になると、ブリュッケル医師によって、彼の肝臓障害が確認される。その原因は「患者が植民地滞在中に罹患した胆汁熱の感染からくる症状と悪性の発作」だ。三月十七日の再検査では、「長期にわたるチフス性熱」という診察が下される。七月二十日のまたもうひとつの診断書では、「肝臓鬱血を併発したマラリア」と記載される。こうして「水を用いた治療のため」何度かヴィシーに赴くことを勧められた患者は、療養のために幾度か休暇をとることになる。だが植民地軍の役人は、彼の健康状態をきちんと記録することなどなかったのだろう。一九〇三年五月六日、彼は「マルセイユを六月一日に出発する蒸気船で」インドシナのとある部署に合流せよという任務の命令を受ける。一九〇四年二月十八日には「ボルドーの植民地業務における人員措置として、中国予備役旅団に配属される植民地部隊事務部主計局第三等会計掛の後任となる」ことが任命される。さらに六月には、「マルセイユを一九〇四年八月一日に出発する蒸気船で」インドシナに向かうべしという命令が通達される。そこで彼は辞職願を提出し、それが一九〇四年八月二十七日付の省の公用文書において受理されるのだ。一九〇四年十一月三日には、J・ユモーという『きびしい冬』の主人公を思わせる名の博士が〔この小説の主人公はルアモーという〕、次のように書いてオーギュスト・クノーが下す決断の後ろ盾となっている。[15]「患者は一九〇三年と一九〇四年にヴィシーで二度にわたる治療を行った。現在、状態はかなり改善している。とはいえ激しくかつ長期にわたった発作、そして熱ならびに縮小までかなりの時間を要した肝臓の肥大のために、私は植民地軍務を辞することを推奨した。また私見によれば、この不調のため、患者は現役の軍務には不適格である」。

病人と出会わせたうえに結婚させるなんて、自分のためには神の摂理がうまく働いてくれないと、ジョゼフィーヌ・ミニョはさまざまな困難を前にして思ったにちがいない。そしておそらくは、娘時代の思い出がよぎったことだろう。というのも、彼女は不運と死に見舞われていたからである。ゼフィラン・ミニョ[16]と、その妻で一八三八年一月十一日にグランヴィルで生まれたマリア・ルヴァヴァスールの間にできた四番目の子供であった彼女は、やはりグランヴィルで一八六五年九月十日に生をうけた。ミニョ夫妻は二人の男の子と四人の女の子を産んだが、男児の一人は死産であった。生き延びたのは、長姉のマリアとジョゼフィーヌだけであった。ウジェニーは一八七四年に十二歳で、リュシー＝マリアは一八七九年に七ヶ月で死去したのだ。ある日ジョゼフィーヌは、若きレーモンに彼の伯母のことを次のように語ったのだが、その時彼女の念頭にあったのが二人の姉妹のうちどちらかは分からない。つまりレーモンの伯母は、自分の妹を「肺炎でくたばらせるために嵐の日に雨の中を散歩に連れ出した[17]」というのだ。彼は続けて書いている。「こうした非難が示しているのは、なんらかの理由、それもしばしばささいな理由で、うわべを取り繕った家族の会話にひびが入る時、二人の姉妹の間でどれほどの憎悪が燃え上がったかということである」。

レーモン・クノーの思い出を信ずるならば、ジョゼフィーヌとマリアの関係はしばしば緊張していたようである。彼の母も、とりわけ過去を美しく飾るという良からぬ傾向を持っていたようであり、すると必ず姉のマリアがそれをとがめたのだ。「母にとって重要だったのは、アラビア号の遭難のせいでたいへんな、おそらくは貧困にあえぐほどの子供時代を送ったという事実を隠すことであった[18]」。

これらのことを書くに際して、おそらくレーモン・クノーは子供時代に自分の周りで話されていたことを再び取り上げたのだろう。だが真実は違っていた。母方の祖父ゼフィラン・ミニョは、髪は栗色、目は灰色で一メートル六十センチの男であったが、一八四五年、十三歳のときに、はじめ少年水夫として、その後見習い水夫、水夫、二等航海士、そして最後に一八六三年三月十六日以降は長距離航海の航海士として、実際に船に乗っていた。さらに一八六九年には、リヴァプールから来て沈没したウィンザー・キャッスル号に乗っていたイギリス船員を救い上げたことで功を上げた。彼はこの行為によって、海軍軍管区長官からレジヨン・ドヌール勲章に推薦されたのだが、一八六九年三月十三日の省の公文書では以下の理由でそれに対する反対が述べられていた。「レジヨン・ドヌール勲章は、救難という事由については最大の褒賞である。それゆえこれは、まったくもって例外的な場合か、救助者がすでに複数の勲章を得ている場合にしか与えられない。そこで私は以下のように決定した。一、第一等の金の勲章を、グランヴィル百番に登録されている長距離航海士ミニョ（ゼフィラン＝ジャン＝バティスト）

に授与する[19]……」。

　その当時、ゼフィラン・ミニョはすでにアラビア号の指揮を執っていた。これは銅で打ち張りされ、釘打ちとボルトを施された、三本マストで二百九十七トンの船であった。この船は一八六三年にナントで航海を開始し、ヨーロッパ、南米そして東洋の間をつなぐ商品の輸送を行っていたのだが、そのことから、レーモン・クノーは「私の祖父は中国と日本に行っていた[20]」と書くことになる。一八七三年、彼は十二人の乗組員とともに、モンテビデオ、ポンディシェリ[21]、アキャブ[22]〔現シットウェ〕に向けて発った。旅のはじまりは何ごともなかった。アラビア号は一八七三年十一月二十二日から十二月十五日までモンテビデオに、そして一八七四年三月十三日にセイロン島南部のゴール岬に寄港し、その日のうちに再びアキャブに向かって発った。そこには四月八日に到着、そして米を積み、ル・アーヴルに向けて二十四日に再び碇を上げた。その後なにが起こったのか？　それは分からない。とにかく船は六月九日にポートルイス[23]に寄港したのだが、そこから乗組員とともに出発することはなかった。実のところ船は一八七五年二月二日に差し押さえられ、休航させられた。このことはモーリシャス島海軍提督補裁判所によって確認されている。唯一発見された資料には[24]、この法廷が「ポートルイスでアラビア号が負った借金に対し、ミニョ船長に連帯責任があると判断し、その結果、この航海士〔ミニョのこと〕の用船料を、この船舶の販売収益からの天引きによって支払うという申請を却下することを宣告した」と裁定したことが記されている。ゼフィラン・ミニョと船主の間で、財産をめぐる重大な諍いが起こって両者が対立し、ポートルイスに船を停止させることで、船主が約束した金額を支払えなくなった、あるいは支払うことを望まなかったということが考えられる。いずれにせよ、一八七四年八月には、何人かの乗組員が別の船に乗り、フランスに向けてモーリシャス島を発っている。船長の方は、一八七五年三月五日に郵船会社の定期船であるティーブル号に乗って帰国した。

　ミニョ船長にとって、この仕打ちは厳しいものだった。というのも、この惨憺たる事件の後で彼が航海に出ることはもはやなく、その後は海員登録官として地上勤務に配置されたからだ。レーモン・クノーが書いた『子供時代の思い出』の以下の一節は、こうして説明される。「祖父が私の知らないどこかの海で指揮していた船をいつ失ったのかは分からない。そもそもこの遭難は存在したのか？　これは家庭の秘密に属する事柄であった。いずれにしても、ゼフィラン・ミニョは辛い思いをし、その後グランヴィル近くの村キャロルで《港長》となった。といっても、こんなところに《港長》が存在したとは思えないのだが[25]［……］」。レーモン・クノーは正しかった。この称号は、彼を馬鹿にして与えられたものであると考えられるのである。

　自尊心に受けた傷は別としても、このことによってミニョ家の暮らしぶりは相当影響されたに違いない。お人好しやら一杯引っかけた船員やらが、海員登録官という冴えない行政職と引き比べつつ、ゼフィラン・ミニョの過去について語ることをためらわなかったことだろう。

　定年退職の年を迎えたレーモン・クノーの祖父が、妻子を連れてこの地を離れ、ル・アーヴルに向かったのも、おそらくそれが理由だろう。ル・アーヴルで彼は、「ルーアン織り、メリヤス製品、小間物」の店を、円形交差点《ロン・ポワン》の西に位置し、現在はジョッフル元帥通りとなっているノルマンディ通り百二十七番地に購入した。数年後、彼はより中心街に近づこうとして、ティエール通り四十七番地、現在のルネ・コティ通りに移り住んだ。

　父の後を継ぎ、オーギュスト・クノーと結婚した娘のジョゼフィーヌは、商売をかなり繁盛させたので、夫妻は一九〇六年にサン＝テパンに土地を買い、一九〇九年と一九一一年にル・アーヴルに家を二軒購入するまでになった。二つの家のうち最初のものは、エプルメニル通り五十一番地に位置しており、庭、キッチン、食堂、客間、そして三つの寝室とトイレがある二階、二つの屋根裏部屋と物置がある三階のつくりとなっていた。二番目はミュルーズ通り五十五番地にある五階建ての建物で、二つの洗濯室と十四の貯蔵室が、また各階に洗面所があった。それに加え、売却証書には次のように明示されている。「クノー夫妻は現在の相場額の金貨と銀貨、そして法定価格と見なされるフランス銀行券によって支払った」(26)。

　商売を成功させた商店主となったオーギュスト・クノーは、同業者たちからも注目されるようになり、一九〇八年三月二十五日には、シュヴァリエ通り三番地に本拠地をもつ「〔百貨店による〕独占に反対する商業防衛」グループの議長に満場一致で選ばれた。レターヘッドのついた紙に印刷されたこの団体の信条は単純である。

　　独占をおこなう百貨店
　　これぞ敵だ！

　一九一四年、オーギュスト・クノーは「ル・アーヴル小売商人行動委員会」となった組織の副議長職に相変わらず就いていた(27)。

　その間(28)、おそらくは一定の人気に後押しされ、オーギュスト・クノーは、「進歩主義共和同盟と共和連合」の名簿に名を連ねて市議会選挙に出馬した。しかし、彼の政友で選ばれたのは八人のみだった。この団体が得た四千三百七十三票では、市政の多数派であった「左派連合」を負かすことはできなかったのだ。勝者の中には、劇作家〔アルマン・サラクルー〕の父であるカミーユ・サラクルーや、区参事会員と任期を終えた市町村参事会員であった若き弁護士、ルネ・コティ〔後にフランス第四共和政第二代大統領となる〕がいた。

第二章　幼少期と思春期

結婚から一年半後、ジョゼフィーヌはティエボー通り百四番地[1]にある彼女の母の家で、一人の男の子を産んだ。『樫と犬』を読んだ者なら、誰もがこの最初の詩句を思い出すことだろう。

私がル・アーヴルで生を受けたのは一九〇三年
二月二十一日

ジョゼフィーヌは、「メゾン・クノー」のレターヘッドがついた便せんに義理の両親に宛てた手紙を書き[2]、この知らせをオーギュストの兄ならびに伯父や伯母、いとこたちに伝えるよう依頼している。彼女はまた、出産がひどく「つらい」ものであったこと、そして「大きな男の子は九リーヴル〔四・五キロ〕の重さ」だったことを記している。一方レーモン・クノーは、自分の体重が七リーヴル〔三・五キロ〕であったということを、祖母からの手紙の中に見つけている。おそらく、ジョゼフィーヌが義理の家族に向かって誇張をしたというのが実情だろう。彼女の息子自身も、母には現実を歪めるくせがあったことをしばしば記しているのである。

レーモン・クノーの幼年期については、彼自身が述べておこうと思ったこと以外、ほとんど知られていない。「私の記憶にあるのは、近代化されていない店、祖父の寝室、乳母、自分が二歳半まで育てられたル・アーヴルの郊外のグランヴィルとサンヴィックだ[3]」。母親をみならってか文学のためにか、『樫と犬』で彼はいくらか記憶を歪めている。

なぜかは知らぬが私は不正義を知った
そして預けられたのだ
貪欲で愚鈍なひとりの女、すなわち乳母、
自分の乳房をさしだす者のところに。

彼自身が自分の幼少期の記憶についてわざわざ「虚構」であると断っている以上、幼いレーモンが母と引き離されて苦しんだと主張するのは危険だろう。だが一方、彼が両親とその後取り結ぶことになる関係や性の目覚めが、「かなりの年、少なくとも十歳になるまで」[4]両親の寝室に寝ていたという事実に影響されたというのは大いにありそうなことである。そもそも彼自身、自分の欲動を隠さず明らかにしている。

私は母が便所に行くのを見張っていた。
だから成長して、いくつかの嗜好を持つようになったのだ。
それが病気であったことは認めねばならなかった、
科学の進歩に頼らねばならなかった
ある種の妄想を厄介払いするために[……]。

「十四から十五歳のころ、ラスパイユの医学マニュアルの助言に従って、私は自慰と戦うために性器を樟脳で包んだ」[5]ことも彼は明記している。彼の性の発達には、母の態度が重くのしかかったのである。彼は後年、以下のように書くことになるだろう。「難局から抜けだしたことには満足だが、それにしてもたいへんな苦労だった！　この教育について、母が十一歳から十二歳になっても私の身体を洗っていたことを覚えている。というのもある日、性器を洗いながら、彼女は私に陰毛が生えていることに気がついたからだ。このことは、一種の嫌悪とともに思い出される。私が寝ようとすると、果てしなく抱擁とキスが続いた、それは母としてはほんとうにヒステリックなものだった」[6]。

両親に対し残酷な態度をとることもあった。「両親はとてもしっかり結びついていたのだが、そのせいで私は不適応者、不良、神経病になったのだった。彼らの間には言い合いも口論もない、不和もまったくない。そうねあなた、と母は言い、そうだなおまえ、と父は言う。いつもこんな調子で、私はうんざりしていた。さもなくば、私が食卓についてスープを飲んでいる間は、チュッチュッと音をたててキスをしていたのだった。反吐が出る」[7]。だがこの目に見える夫婦仲と矛盾するようだが、クノーはオーギュストとジョゼフィーヌの間に起きた諍いについて幾度か思い起こしている。それは彼女が「船長の娘」という身分をひけらかして彼の農民の出自を責めるときや、夫婦のうちどちらがうまく家の財産を管理したかという話になったときである。「私の幼少期全体[……]を通して見られた光景は、両親のどちらがうまく経営を行ったか——あるいは重要な貢献をしたかをはっきりさせるための口げんかである」[8]。クノー夫妻には、ぴりぴりしたときと愛情のこもったときの両方があり、それを彼らは息子に隠さなかったと考えるべきだろう。

レーモンは、両親の店とアパルトマンを行き来して、そして彼らの散歩や旅行に連れられて育った。店については次のように記憶している。

[……] 絹製品が何トワズも、
ボタンが何トンも、
バイアステープとリボン類が何キロも、
棚に並んでいた。

従兄弟アルベール・モンテギュとは違って、彼はよじ登って行く売り子たちのスカートの中を覗くために、梯子の下に陣取ったりはしなかったようだ(9)。彼が思い出すのは、ただ彼女らの汗である。

腋の下で玉となっている労働の果実(10)。

彼はむしろ、自分の部屋で、父とアルベール・モンテギュの間で交わされる「ヤギと交わる [あるいは] 女の足の指を舐める羊飼いたち(11)」についての会話を聞くほうを好んでいた。

何ごとにも正確を期するレーモン・クノーは、両親が借りていた店の上のアパルトマンの描写と図を残している。「部屋が四つ、玄関、台所、イギリス式トイレ、地下室、屋根裏部屋。バルコニーが三つのおもだった部屋に沿っており、ティエール通りに面している」。そこから彼はカーニバルの行列を眺め、「もっとも古色蒼然たる思い出」を報告している。「竹馬に乗った連中が二階の高さでお金を集めていた。人々は巨大な紙吹雪の袋を買っていた。父の顔に向かってひとつかみ投げつけた娘が見え、私はこの女性の成功に驚いた(12) [……]」。

レーモン・クノーが育ったこのアパルトマンには、兄弟も姉妹もいなかった。子供は一人だった。彼は愛情を猫のピポに注いだが、彼の書くところによれば(13)、その猫は「私の幼少期の仲間であり、激しく愛していた(たしか七歳ごろに書いた最初の詩の一つはピポに宛てたもので、だいたい次のようなものだった。ピポがいなくなったら/僕も死ぬって君に誓う)、しかしほんとうのことを言うと、私はピポがいつ死んだのかもどこで死んだのかも思い出せない、ピポが死んだ状況を思い出せないのだ」。実際にピポが死んだのは一九一五年六月三日であり(14)、レーモン・クノーは、生涯を通じて動物にはとても感じやすく、また愛着を持ち続けることになる。

多くの小商人とは違ってクノー夫妻は旅をし、その息子は一九一〇年にパリとオルレアンに行き、一九一二年にはレ・ザンドリとサン゠テパンに、また一九一三年にはサン゠マロ、ディナン、グランヴィル、サン゠テリエ、カルテレ、シェルブール、カンそしてトゥルーヴィルに行ったと『日記』に書き付ける。[15]これらすべてについて彼はこう書いている。

フェカン、これが私の最初の旅、
ベネディクト会修道院を見に行くのだ。
私は機関車に感嘆する
年の割にはませているのだ。

多くのル・アーヴル人と同様、クノー一家はごく近所の海岸に行くだけで満足することもあった。

母はときどき私をサント＝アドレスに連れて行った
馬車に乗せて
シードルを飲みエビを食べた
灯台近くのレストランで。[16]

「古典劇のためでもなく、ブルヴァール劇（『ブールマン嬢の結婚』を見たことはあるが）のためにでもなく、オペラを観るために、ル・アーヴル大劇場へと」両親とともに行くことがあったとレーモン・クノーは打ち明けている。[17]「あとはオペラ・コミックやオペレッタだ。こうして私は『ファウスト』や『エロディアード』、『ラクメ』を観た。その他のものについては、まだ幼かったからか、ほとんど記憶にない」。オーギュストとジョゼフィーヌのクノー夫妻が、息子をル・アーヴルのフォリー・ベルジェールに連れて行ったとはなかなか考えにくい。だが彼は父がこの場所について語るのを耳にしており、『きびしい冬』でそのことを思い出している。デュクイヨンとかいう名のこの店のシャンソン・コミックの歌手がおり、彼はとあるリフレインで有名になったのだが、それを書き写すクノーは、あきらかに楽しそうだ。「恋に落ちれば馬鹿になる／人の言葉にゃ耳貸さず[18]」。

レーモン・クノーは、オペラやオペラ・コミックの一節、あるいはグランヴィル風のリフレインを母が歌うのをしばしば耳にしていた。[19]「母はよく歌っていた、まずは歌うのが好きだったからであり、それに当時はそれが普通だったからだ。人々は歌っていたのだった。歌は専門家の手に委ねられ、あるいは人の代わりにそれをする機械ができた。私が話している世紀の初めには、皆がロマンスを歌うか、あるいは少なくともリフレインの切れ端を口ずさんでいた[20]」。レーモン・クノーはピアノの手ほどきまで受け、オリヴィエ・デュクーランのレッスンを受けた。ただこのデュクーランは一九一九年十二月に自殺し、そのことが彼のトラウマとなった。彼のピアノの腕前は、ルルーとドンゾンというリセの仲間二人と一緒に、ヘンデルやリュリを弾くほどのものだった。[21]

父はむしろ映画館を好み、彼をしばしば連れて行った。「私たちはキュルサール・シネマに行った」と彼は一九一五年七月一日の『日記』に記している。[22] その後、彼はパテやオンズ＝ビヤール、ゴーモン等々の映画館の名を挙げることになるだろう。当時のル・アーヴルには、数多くの映画館があったのだ。一九一二年、ゴーモンがストラスブール大通り百二十三番地のローラースケート場だったところにやってきた。「劇場は縦長で、ほとんど改築されていなかった。座席はかつてのスケートリンクの上に並べられており、大通りからジュール＝レセーヌ通りにかけて広がっているひろい遊歩場がいまだに残っていた。舞台はなく、ただスクリーンが、スナックバーに沿って貼り付けられているだけだった」。[23] 同じストラスブール大通りにある裁判所の反対側では、パテがこの新しい劇場に仁義なき戦いを仕掛けた。この激しい競争にもかかわらず、第三の映画館キュルサールが、その後間もなくパリ通り二十二番地、かつてカフェ＝コンセールだったところに開かれた。規模が小さかったキュルサールには一人のピアニストしかおらず、その彼が奮闘して、どうにかこうにか音楽をスクリーンに上映された映画に合わせていた。だがこの映画館は間もなく連続興行をはじめ、チャップリンの初期作を上映する。オーギュストとレーモンのクノー親子はその常連となったのだが、このことは彼らの人間関係に悪影響を与えずにはいなかった。「私の少年時代、田舎の商人たちが映画館に行くということはまずなかった。映画好きだった父は、変わり者として通っていた。彼は毎週日曜日に私を連れて行ったのだが、当時は戦争（もう一つの方、第一次世界大戦）だったので、劇場はいっぱいで席を予約せねばならなかった。父はいつも、第二列目の同じ席を予約した」とレーモン・クノーは一九四六年に書いている。[24] この少年は、自分が観たチャーリー・チャップリンの映画の一覧表を『日記』のなかに作成している。一九一六年末にはその数が三十ほどにもなった……。

レーモン・クノーは、生涯を通じてこの英国人の俳優に対する忠実な態度を変えないだろう。一九二七年十月一日、彼は『シュルレアリスム革命』誌に掲載された「ハンズ・オフ・ラヴ」に署名をする。これは、チャーリー・チャップリンの妻が不道徳の廉で夫を告発したことに反対するものであった。彼はまたチャップリンについての記事を集めており、一九二九年にポルトガルを旅行した際にも、九月二十八日号の『シネフィロ』誌に掲載された一連の写真を持ち帰っているのである。栄光の絶頂を示すものとして、彼は一九六〇年の『パリ・マッチ』誌に掲載されたルポルタージュを保存している。そこには『地下鉄のザジ』を原作にしたルイ・マルの映画にチャーリー・チャップリンが感激しているさまが描かれているのだ。ぎくしゃくして、ほとんど機械的とも言える身振りから来るチャップリンの喜劇性を、レーモン・クノーは気に入ったに違いない。また、近代世界の行き過ぎに対する告発、抑圧された人々の弁護も忘れられない要素である。

第一次世界大戦が勃発したとき、彼は十一歳であった。彼にとって、まずそれはもうひとつの見世物、つまりル・アーヴルを行進したりそこに駐留する外国人部隊による見世物だった。好奇心旺盛で注意深い観察者であった彼は、一九一四年八月三日の『日記』にこう記している。「カーキの軍服を着た英国部隊の上陸。経理部と輜重隊。REとASC[25]」。十二月十一日には次のように書いている。「今日は大砲と弾薬を運ぶ二百十頭のラバを連れたインド人を見た。インド人は例の曲がったサーベルを持っていた[26]」。また機会があれば記章を手に入れ、コレクションを始める。文民ないし軍人の当局がこの種の行いを止めさせせようとすると、彼は拒否する。「市役所とJ・フレンチ卿はイギリス人の記念品〔のやりとり〕を禁止し、それらを持っている人々は市役所に持って行くよう命じた。私は返すつもりはない[27]」。

残存している『日記』の下書きは、ときに非常に詳細なものだが、そこでレーモン・クノーは、ディテールに対する自分の嗜好を自由に発揮し、一九一六年十月十日に行われた中国人の行進を長々と記述している。『樫と犬』でも、部隊が出発する際にレーモン・クノー少年が示した同種の興奮が喚起されている。

百二十九部隊は巨大な欺瞞に向けて旅立った。
駅で私は従兄が乗車するのを見た。
深夜近く、帰宅するため馬車に乗り、
「ベルリンへ！」と暗い車内で私は叫んだ[28]

若きクノーは情熱的であり、また情熱をかき立てる人物だ。だが彼の度量がこの時期からいかんなく発揮されるのは、とりわけ知的活動においてである。彼の巨大な知識欲は学校そしてリセに行くようになるやいなや現れ始める。あらゆるものに彼は興味を抱いた。小さな実験室をあつらえることまでした化学、物理学、医学、神秘学、そして歴史、特に古代エジプトの歴史、ヒエログリフを読み解き、アラビア語を勉強した文献学、地理学、ル・アーヴルの地質調査へと彼を駆り立てた自然科学、古銭学、哲学、書誌学、天文学、考古学、微積分の基礎も学んだ数学、そしてなによりも文学を学び、詩作を始めるようになった。これらの学問すべてを列挙する彼をみて、大言壮語と叫びたい気に駆られるかもしれないが、それは慎まなければならない。彼が残したあらゆる資料がそれを証明しているのである！彼はすべてに興味を持ち、驚くべき活動を展開しているのだ。一九一五年十月二十六日、十二歳だった彼は実験を行う。「パン、輪切りのレモン、ルバーブのジャムに発生する腐敗を研究する。火薬を作る」。翌日、彼は「硫酸の溶解を行う」。翌年の二月十四日には、鉱石を教師のところに持って行くと「これは銀、アンチモンあるいは鉛の鉱石だ」と言われ、論理への情熱を発揮してこう書き足す。「それゆえこれは輝銀鉱か輝安鉱か、あるいは脆安銀鉱か輝安銀鉱か、車骨鉱かホリバス鉱か四面銅鉱か錫石だろう[29]」。彼はこのとき……まだ十三歳になろうとするところだったのだ！　仮に彼が手近にあった科学総覧を使ってこれらを書いたのだとしても、資料収集と研究の努力は讃えてもよいだろう。数ヶ月後、断崖の下方で行った地質調査旅行によって、彼は「キンメリッジ階の海綿、ポリプ母体、腹足綱の殻、化石化した木、黄鉄鉱、燧石、鉄分を含む黒い燧石等々[30]」を手に入れた。すでに創作家であった彼は、飛行機を構想した。ブレリオ〔フランス航空界の先駆者〕の飛行機は七・八メートルであった。それがどうしたというのだ！　彼の機体は三十七・五メートルの長さがあったのだ！　ブレリオの翼幅は九・二メートルだった。彼の機体のそれは四十三・二メートルもあった！　一九六九年、ピエール・ブルジャードが彼に「それは空中にとどまれるのですか？」と尋ねた[31]。「ええ、計算によれば」とレーモン・クノーは答える……。

リセ時代、彼はすでにコレクションと目録作りを好んでいた。たとえば彼は貝殻や化石、あるいは石や植物を、番号を振った箱に入れて整理していた。箱はそれぞれ内部が仕切られ、それぞれの物は箱と仕切りの場所に従って目録に記載されていた。若きクノーは学問の世界と同列のところに自分がおり、たいした問題もなく著作を準備できるように感じていた。軽率と言うべきだろうか？　いや！　要求の多い精神が示している知的関心なのだ！　彼は資料を集めるために書誌学に興味を抱き始めさえした。一九一六年五月二十九日、「カフカス人の歴史に関する書誌のことで」行った問い合わせに対し、アルグス・スイス・ド・ラ・プレス社は詳細を伝えるよう彼に求めた。続く七月十一日、通信相手の年を知らなかったアルグス社は、この十三歳の少年に、カフカスに関する新聞記事の切り抜きを配送することを提案したのである。

レーモン・クノーの頭にはすでに百科事典があったのだろうか。その通りだと言える。というのも、彼の作品に関する未刊のリストには、「百科事典計画」という十頁のｆｄ〔さまざまな判型〔formats divers〕の意味か？〕の記載があるのだ。ただしこの続きは書かれなかったようだ。彼は小説の方に、とりわけ「架空の〈歴史〉教科書[32]」に関心を移す。彼は、ジュール・ヴェルヌから着想を得、彼が書いたような冒険物語に惹かれた。「私はこうした小説の一つで、地下を動くために作られた一種の《潜水艦》、つまりは潜地艦を発明しました。戦闘的な民族によって使われるこの潜地艦は、当然恐ろしい武器となったはずでした[33]」。彼はリュザピという国を発明してその地図を作成し、慣習を紹介し、政体を分析し、さらには戦争を記述してリュザピ語という言語の研究までおこなった。彼はまた二十世紀アルバニアの歴史を書いた。これは「思い出していただきたいのですが、一九一二年にトルコから独立を獲得したアルバニアそのものとともに始まります。アルバニアはこのときイタリア征服を画策し、まずは南部イタリアから手を付けました。そしてこの征服は、私がその後一九五〇年までの歴史を描くことになった大きな出来事の端緒となったのです[34]」。

ほら話か、あるいはインタビュー用にしつらえた話だろうか？　まったくそんなことはない。レーモン・クノーのアーカイヴには、彼が言及した作品が実在する証拠がある。しかし彼は書いた物を焼却することがあったため、いまでは断片的な数枚の紙しか残っていない。一九一八年六月、彼は自分が引き裂いたり焼いたり捨てたり等々した紙の一覧を作成した。そしてその数を数え上げたところ、なんと三千五十二頁にも上っていたのである！　なんとも精確な数字ではないか！　さらに彼は、その重さを四キログラムと推定し、出版するよりも火葬に付した方が精神を明るくすると論評している。そして灰については、適度に湿らせてやることによって、インクを作るのに役立つというのだ。目録一覧はこのようにしてふたたび書くことへと回帰してゆく[35]。あらゆるものが最初の点に回帰してゆくという考え〔『はまむぎ』では冒頭の文が末尾に回帰する構成をとる〕は、すでにレーモン・クノーの精神において重きをなすものとなっていたのだ。

一九七五年の『カイエ・ド・レルヌ』誌に発表された「狂気の小説」のあとがきと最初のページが、このような破壊を免れた唯一のものである。なぜこれだけが残されたのかは分からない。色々あるにせよ、おそらくは痕跡だけでも残しておきたかったという欲望だろう。というのも、レーモン・クノーは自分の記憶に非常に強い愛着を持っていたからだ。「狂気の小説」に関する資料を掲載させるまで、彼は長い間躊躇した[36]。それというのも、彼が選択したテクストには、アメリカ人の詩人の名に由来する「ダンコ」という題の文学批評の論考も入っていたからだった[37]。このテクストが一九一六年に書かれたことは、最後に書き込まれた日付から明らかなのだが、それはまた、冒頭でクノーがヨーロッパ文学は存在しないと宣言していることからもうかがえる〔大戦中のヨーロッパの危機的状況を暗示しているということかと思われる〕。「ダンコ」の主題に関して、レーモン・クノーが全面的に支持している結論と同様に、これも断固たる言明である。

彼はこの論考に自分の名ではなく、ジョヴァンニ・パピニの名で署名をしている。これはロマン・ロランの『パリのジャン・クリストフ』の中で見つけた名だろう[38]。

これら若書きの作品が非常に面白いのは、そこに未来の文学者の先触れがあらわれているからである。後にたしかに彼のものとなる、あの類い希な文体こそまだ見られないものの、それでも彼の特徴をなすいくつかの点が浮上しつつあるということが確認できるのだ。「狂気の小説」の副題をなす« Kakotrinomaneimatétribé-gorgodiégésimuthiquie »は、『地下鉄のザジ』をあれほど有名にした後年の発見の予兆となってはいないだろうか。それにしてもこの音韻的な書記法の着想を、彼はどこから得たのだろう。それは文学創作の神秘なのか、それとも読書から得たものなのか。たぶん、後者だろう。一九一三年一月九日の『ル・プティ・アヴレ』紙で彼が読んだかもしれないアルベール・エレンシュミットの記事がある。そこでは、フリアー＝ナヴァラン氏なる人物が、議員たちに対し、月の名を「ハンジュクタマゴ月［三月］」とか「エンドウマメ月［四月］」などと変更するよう提案しているのである〔「半熟卵（œuf à la coque）」や「エンドウ豆（petit-pois）」を音韻表記し（œufalacoquidor／petitpoisidor）、フランス革命期に暦の改革が行われた際、月の名に付けられた«-dor»という接尾辞を付している〕。ただし仕上げを行ったのが作家の創造性ということはありうる……。

『狂気の小説』はレーモン・クノーの最初の作品であろうか。実際のところは、他の試作もあった。レーモン・クノーは、アルバン・ミシェルが出版していたかなり国粋主義的な子ども向け新聞『ル・ボン・ポワン・アミュザン』に、掲載を目論んで散文を送ったはずだ。だが作家の卵への評価は低かった。「アイデアはたいへん独創的なのですが、『黒人物語』は掲載できません」という遺憾の意が示された一九一五年六月十日付の手紙を、彼は受け取っている。さらにその前年にも、彼は同じ新聞によって次のような論評とともに掲載を拒絶された。「貴殿が送付された作品は魅力的ではありますが、当方は模倣された物語の出版はいたしません[39]」。

若きレーモン・クノーの初期の作品が、一から十まで想像されたものでないことは確かである。彼は大量の資料を集め、大量に読み、そしてそこから着想を得た。一九一七年につくられた簡単な蔵書目録から、当時の彼が持っていた書物が分かる。その詳細に分け入ると、辞書類以外にあるのは次のようなものだ。

マスペロの『東方諸民族の古代史』と『エジプト学』、マレの『中世史』と『近現代史』、バラデルとファルールの『ノルマンディ小史』、ブーガンヴィルの『世界周航記』、ギリシアとローマの古典作品のほとんど、ドゥーミックやランソンなど数々の文学研究書、マロ、ロンサール、デュ・ベレー、ドビニエ、レニエの詩、ラブレーの『著作集』、フランス古典演劇、シラノ・ド・ベルジュラックの『日月両世界旅行』、ジャン＝ジャック・ルソーの選集、『ポールとヴィルジニー』、そして『殉教者』、『キリスト教精髄』、『墓の彼方からの回想』〔これら三つはいずれもシャトーブリアンの作品〕、数多くのヴィクトール・ユゴーの著作、『モンテ・クリスト伯』〔アレクサンドル・デュマ〕、『シルヴェストル・ボナールの罪』〔アナトール・フランス〕、『月曜物語』、『風車小屋だより』そして『タルタラン・ド・タラスコン』〔これら三つはいずれもアルフォンス・ドーデ〕、『戦乱を超えて』〔ロマン・ロラン〕、『砲火』〔アンリ・バルビュス〕、エルネスト・ルナンの『幼少期と青年期の思い出』、エドガー・ポーの『怪奇物語集』、ジュール・ヴェルヌの『地底旅行』の英語版〔A Journey in the interior of the earth〕、H・G・ウェルズとコナン・ドイルの作品をいくつか、『神曲』、それから『キリストのまねび』のような宗教的著作、フラマリオン社の天文学年鑑、ボキヨンの『植物の生命』、マンジャンの『樫の記憶』、ル・アーヴルに関する書誌目録や出版物、等々。

これほどの資料収集をみれば、レーモン・クノーが一時期『研究者好事家仲介』誌の通信会員であったことも容易に理解できるだろう[40]。しかもそれは一九一九年、つまり彼が十六歳のときのことなのだ！　アンドレ・ブラヴィエに打ち明けたところによると、我らが若きリセの生徒は、R・Dもしくはとりわけ R・Tというイニシアルを用いて、碩学然と振る舞っていたのである。彼はP・ラクロワの十二巻になる『回想録』が出版されているかどうか、また「彼の著作の完全な書誌」が存在するかどうかを問い合わせている。同様に、ブランシュヴィックが、彼の校訂したパスカル『パンセ』の版で引用していたラテン語エピグラムの作者を、ヴィクトール・ユゴーの翻訳に引きつけたうえで尋ねたりもしている。これが質問の方面だ。他方、別の仕方で参加していることもあり、その場合には、鋭敏な玄人ぶりを示して、どれを取っても学問的なさまざまな質問に答えている。「アラリ〔獲物を追い詰めた時の猟師の叫び声〕」や「ハレルヤ」の語源についての詳細を提供しながら、そのついでに、前者についてはギリシア語の、後者についてはヘブライ語書記法の正確な転写を再構成することまでしているのだ……。またラルース辞典を示しては「ボヘミアンは文学的な意味ではボエーム〔ブルジョワ的規律に反抗し、自由気ままに生きる芸術家を指す言葉〕の同義語」であることを論証し、デュリュイと彼の著作『ギリシア人の歴史』を参照して「ギリシア語で書かれた最古の論述は［……］紀元前五世紀前半に遡る」と指摘する。最後に彼は、ノルマンディの歴史の専門家として、『サン＝ローラン＝ド＝ブレヴダン自治体についての歴史概略』と題されたラシュヴァリエの著作に、ウドゥト家に関する情報が見出せると述べている。

たしかに、資料収集の術を知っていたレーモン・クノーが、自分の蔵書目録に記した著作のすべてを読んだわけではないだろう[41]。とはいえ他方でマダム・ボワ古書店やビブリオテック・デ・ファミーユ[42]から彼が本を借りていたことを考慮すれば、その教養の広さにはただ感嘆するしかない。一九一四年と一九一五年のビブリオテック・デ・ファミーユのカタログを開いて印が付けられたタイトルを見ると、その多くをレーモン・クノーが読んだか、目を通したか、あるいは読む気になったのではないかという考えに誘われる。ルイ・ブッスナールの青少年向け小説は、『一千万の赤いオポッサム』という題名ゆえに注意を引くものだ。クノーの「シュルレアリスム・テクスト」には「青いオポッサム」がある[43]……。さらにジュール・ヴェルヌ作品については、彼自身が読んだことを認めているものよりも、はるかに多くのものがあることに気づかされる。その目録[44]は圧巻ですらある。一九六〇年代にマルセル・モレはジュール・ヴェルヌについての研究を書いたが、クノーがその出版を支持した理由の一つはここに求められるだろう。一九五五年に明言したように、詩に対する嗜好もまたこの時期にあらわれる。「私が詩を発見したのは、十四歳のときに読んだヴェラーレンです。それによって、詩人になるという使命が私の中に芽生えたとすら言えます。そして仮に、そのような役割を詩人の功績に帰すべきではないと考える人がいるとしても、私としては、この啓示について限りない恩義を彼に感じています」[45]。この日は打ち明け話をする気になっていたレーモン・クノーは、さらにこう付け加えている。「それは一九一七年のことで、ランボーはまだ授業用の選集には入っていない頃でした。しかし一人の若者にとって、詩とはつねにモダンなものであったのです。私は自分では個性的なつもりで詩を書いていましたが、実は極端なほどヴェラーレンの模倣をしていたのです。彼の詩の中には、若いル・アーヴル人を特に惹きつける側面がたくさんありました」。そしてクノーは、「セーヌ川河口の雨がちで産業的な風景」や「ノルマンディを流れる川筋に沿って分岐する、触手を伸ばすがごとくに広がる町」、そして「幻覚にとらわれた田舎」を引き合いに出している。フロランス・ジェエニオーの研究[46]と『日記』の出版が特別な仕方で明らかにしたクノーの読書から分かる範囲で言えば、ヴェラーレンの影響が本当であるだけでなく、それに一九一九年に彼が読んだラフォルグとリクトゥスを付け加える必要がある[47]。

他方、クノーがランボーを発見したのはやはりその後、一九二〇年になってからのことであった[48]。そのことに関して、リセの教科書はまだランボーの詩を受け入れていなかったという彼の説明は確かに正確だろう。だがこの理由はいささかうわべだけのものに思える。というのも、レーモン・クノーは自分の教養を広げるために公式の授業計画を待ったりはせず、さらには「優秀な生徒にはほど遠い[49]」ことを、この学校外の興味のせいにしていたりもしたのだから。正確なところはどうなのだろうか。

一九〇八年、現在ではフランソワ一世リセとなっているル・アーヴルリセの少年学級Bに彼は入学し、そこですべての教育課程を終えた。一九一八年に彼自身が作った記録を信ずるならば、この学校教育の初年度から、彼は朗読で一等を取って賞状を獲得し、また計算と実物教育では二等を獲得したらしい。それゆえ出だしは前途有望であり、「病気がちだったが」と付記されてはいるものの、自分の勉強に対して下した全体的な評価は「良い結果」そのものであった。

第六学年に入るまで、彼は二十二回受賞対象者となり、そのうち十二回は賞、四回は良、六回は次席を得た。彼が特に秀でていたのは自然科学と計算であったが、朗読と地理歴史をないがしろにしたりはしなかった。また一九一二年と一九一三年にそれぞれ次席第五位と次席第六位だったことからすると、宗教教育には情熱を示さなかったようである。この一九一三年に彼は第六学年に入ったわけだが、そこから第三学年までは、もはや主にフランス語、自然史、それからラテン語翻訳においていくつか次席を取っただけとなった。

第二次世界大戦後に記者たちに打ち明けた話の中で、彼は出来の悪い生徒という自らの評判を好んで作り上げたが、それはこの時期のことに由来する。「生徒クノーは、三番目に出来の悪い劣等生で、また騒がしかった。彼が好んで標的にしたのは、ベスコフというあだ名の教師モンスクール〔Monsecours〕であった。口承で伝えられるところによれば、ベスコフというのは、一九〇三年にル・アーヴルに上陸したロシアの提督の名であった。モンスクールはそれまでの二十年を黒板の前で過ごし、マルメロの実のように黄色かった。ある日のこと、授業中に、劣等生レーモンは《助けて〔ア・モン・スクール〕》と叫びだした。この言葉遊びを思いついた者はまだ誰ひとりとしておらず、そして哀れな教師は恐怖に襲われて震えだした[50]」。

このような名前のロシアの提督は存在しなかったようだが、レーモン・クノーと、フランス語＝ラテン語＝ギリシア語の教師であるモンスクール〔Monscourt〕――彼の苗字の本当の綴りはこうである――との間に通じ合うものがほとんどなかったのは事実である。クノーは彼の『日記』に、ベスコフによって何度か居残りをさせられた[51]、あるいは「大目玉を食らった[52]」と記している。こうした諍いのあったことは、レーモン・クノーの少年時代の友人ロベール・ル・ブロゼックによって確認される。一九七〇年にこの人物は、どれだけ自分たちがベスコフに対して情け容赦なかったかを彼に思い出させているのだ。例えば彼は、中学生的なおふざけをひとつ思い起こしている。ラテン語の翻訳において、彼らは《fama》を「おばさん」と訳し、「名声」の方はわざと無視するのだ！

モンスクール＝ベスコフとしては、怒りよりも残念な気持ちだっただろう。なにしろレーモン・クノーの第四学年の成績表を見ると、フランス語＝ラテン語＝ギリシア語には「可」がついているのだ……。しかしお調子者の生徒はこの寛大な措置に満足したりはしなかった。当時十三歳だった彼は、『地獄にて[53]』という短い劇を書き、その中で、プルートー〔冥府の神〕とペルセポネーの王国において、ベスコフが騒々しい一団に追われ、彼らから逃げおおせる様子を描き出しているのである。若き作者はこの中でコイノスに次のように宣言させることで、早くも創作家としての才能を発揮している。「プルートーは馬鹿者だ。ベスコフをどこで見つけられるかを俺たちに明かそうとしないくらいなら、あのカローン〔冥府の川の渡し守〕の奴に船のエンジンをくれてやった方がいいのに」。レーモン・クノーはアラビア語のことわざすら織り込んだ。そして地獄での革命とその首領があっという間に捕らえられる様子の想像力は、すでに相当な完成度を示している……。コイノスは杖を振り上げて王と王妃を追放し共和国を宣言する。「暴君を廃そう！　騒々しい者たちよ、私はカローンとケルベロスとドロコスとベスコフを、暴君にへつらった者として逮捕することを提案する」。だがその直後、最後の場面で、今度はコイノスが次のように宣言する衛兵と共和派の人々によって失脚させられるのである。「コイノスを極右王党革命派《ユルトラ》として、そしてクラトスを旧貴族として逮捕すべき時である！（コイノスとクラトスが連れ去られる。）ブラボー！　シャンパンを持ってこい！　共和国万歳！　暴君を打ち倒せ！　裏切り者は処罰されるのだ！　やつらは腐敗し、盗み、偽善者だったが、我々はそれらをすべて変えたのだ」。

この劇を読むと、レーモン・クノーが主に執筆していたリセの学校新聞を見つけられなかったことが残念でならない。この新聞については、ピエール・エベール[54]が一九四五年に彼に思い出させている。「［……］あなたは『ル・モクール〔からかい好きな人〕』という新聞を（早くも！）創刊しておりましたね、あともう一つ、（私の記憶が正しければ）『エトワル・ルージュ』というものも。私の双子の兄、つまりギーとジャン・エベール、そして二歳年下でしたが私自身も、この結社に入会を許されていました。サン＝ロック公園で開かれた会合を思い出します、だいたいあれは極めて奇抜なものでした」。

後者のタイトルに関するピエール・エベールの回想は、自ら『エトワル・ルージュ』に言及しているレーモン・クノーによっても裏付けられている。リセの生徒たちが自分の同級生向けに書いた記事の調子や主題を想像するのは簡単だ。ベスコフのように、教師たちの幾人かが好んで標的にされたにちがいない。

とはいえレーモン・クノーがいつも騒がしい人間であったわけではなかった。何人かの教師については、その教えがうまくいった。その一人がマリス氏だ。この人物については、彼が一九一五年八月六日にこう記している。「マリス氏宅で初めてのギリシア語の授業を受ける」。そして一九一八年七月十二日。「マリスのところでラテン語とギリシア語の授業、ポティエのところで数学の授業を受ける」[55]。彼はまた英語の個人授業も受けた。なにしろ一九一六年二月十七日には、『日記』にこう書き込んでいるのだ。「零点をとり英語は最下位」[56]。

レーモン・クノーはその経験から結果を引きだした。第二学年から最終学年にかけて、彼の学業は改善し、また賞を取るようになったのである。第二学年A〔ラテン語とギリシア語の古典語を学ぶコース〕のフランス語＝ラテン語＝ギリシア語教師は彼のことを「非常に良い生徒であり、その進歩は年間を通じて一貫し、また次第に顕著になっている」と評した。数学の教師の評価は「真面目」で「満足できる進歩」である。そして古代史の教師は、彼が「良い結果をだした」と記したが、他方で近代史と地理の教師は、彼の「理解が非常に良」く、また「歴史への嗜好がある」ことは認めたものの、「規則正しく勉強することがほとんどない」と付け加えている。

だがレーモン・クノーが素行を抜本的に改めたのはようやく翌年になってからで、その結果彼はギリシア語、近代史と地理、古代史、そして数学の四つの科目で一等を獲得するまでになった。これらの科目を彼が真に見出したのは一九一六年から一九一七年にかけてのことだった。また彼は、作文、ラテン語翻訳とギリシア語翻訳で三つの次席第一位を得た。そこで学校長もためらうことなく彼を「良い生徒で才能もあり勤勉」と紹介したのである。最終学年の哲学級で、彼はその判定に反することなく、小論文で名誉賞を、数学で一等賞を、そして物理と化学で次席第一位を獲得した。クノーの知性を認めながらも「知識が不足している」と非難した英語教師を例外とすれば、教師たちはそろって彼のことを「素晴らしい生徒」と評価した。彼は当然のごとく「大学入学資格予備試験《シミリ＝バカロレア》」を通過し、そして一九二〇年七月に、カン大学でラテン語＝ギリシア語＝哲学の公式試験に合格した。その当時、ル・アーヴルはこの都市の大学区に属していたのである。彼の好成績は複数のメダルに相当するものだった。一九一九年、第一学年を終える際に、ノルマンディ古代史協会がすでに一つのメダルを古代史の成績に対して与えていた。一九二〇年にはル・アーヴル市のメダル(57)とル・アーヴル諸学協会のメダル(58)だ。彼はまた、「すべての課題においてもっとも満足する結果を示し、そして総員の最高度の評価に値する生徒に対して与えられる(59)」ところの「優秀賞」も得た。

当時、リセの生徒の数は限られていた。たとえばクノーがいた哲学級の生徒数は十一人だ。しかしこの少人数の同期生たちの中には優れたメンバーがいたのである。その中には遠くから見ただけの人もいれば、親しく付き合った人もいる。とあるインタビューで「それで、ル・アーヴルには誰がいましたか」と訊かれたのに対して、彼はこう答えた。「デュビュッフェもいたし、サラクルーもランブールもボストもいました……。それから少し前には、オトン・フリース、ブラック、デュフィといったあの一群の画家たちもいました……。それから音楽家ですね、オネゲルがいます、結局のところずいぶん豊かな都市なんですよ！(60)」ル・アーヴルでの幼少期に、レーモン・クノーは、実際に後の有名人たちを見かけたか、あるいは親しく付き合ったのであった。

ジャン・デュビュッフェは、クノーに比べて二歳年長であっただけにもかかわらず、レーモン・クノーとル・アーヴルで知り合いになることはなかった。だからこそ画家は、一九四四年二月二十八日にジャン・ポーランに宛ててこう書いているのだ。「ミショーとクノーの知己を得られたら大満足でしょうね。ええ、そうなればたいへん嬉しいです(61)」。

一八九九年生まれのアルマン・サラクルーの打ち明け話は、少し修正されるべきである。『リーヴル・ド・フランス』誌(62)には次のようにある。「私たちは隣り合って生きていたのだが、それでも出会いにいたるまでには時間がかかった！　私の方には口実がある。レーモンにはない。つまり彼は私の存在を知っていたのだし、さらに慣例に従って言えば、私のことを羨んでいた。というのも、彼がル・アーヴルのリセの第六学年に入った時、私は第三学年で年長者の中にいたからだ。［……］そしてパリの街路でも私たちは互いを見ることなく袖すり合わせていた。それは一九三九年十月二十日、クノーが一四―一八年戦争をテーマとして書いたばかりの『きびしい冬』という本を私にくれた時まで続いた［……］」。ところがサラクルーの伝記(63)を書いたジャン＝フランソワ・マッスとティエリー・ロダンジュは、後にアカデミー・ゴンクールの会員となるこの二人が一九二〇年代からの知り合いであったと指摘している。サラクルーは一九二〇年七月十七日に、ル・アーヴルの人民大学でワグナー劇に関する講演を行ったのだが、レーモン・クノーはそれを自分の『日記』に書き込んでいる[64]。さらに一九二二年五月十七日に、彼らはエピネー＝シュル＝オルジュにあるクノーの両親宅で夕食を共にしており、その二日後には植物園で、また五月二十四日にはカルチェ・ラタンで再会しているのである。おそらく彼らはその後互いにやや距離を置き、そして一九三九年になって本当に関係を取り戻したのだろう。

ル・アーヴルのリセで、レーモン・クノーはまた別の有名人と親しくなった。それはレーモン・ラス・ヴェルニャスだ。第一学年では彼がラス・ヴェルニャスをさしおいて優秀賞を取っただけになおのことである[65]。数学で大学入学資格《バカロレア》を取った後に英語を専門とするようになったこの人物に、彼はそれから数年経った後でも関心を寄せ続けた。一九二三年八月十一日、レーモン・クノーはサン＝テパンでルイ・ピエルに宛ててしたためた返事で、高等師範学校合格者の中にラス・ヴェルニャスの名前を見たと書いているのだ。この著名な英文学者は奇妙なことに『日記』には現れないのだが、コンラッドについての記事を書くことを承諾したラス・ヴェルニャスの手紙[66]は、二人の作家の間に交際があったことの証である。さらにパリ大学人文学部のレターヘッドが付いた便せんで、彼はクノーに対して親しい呼称を用いているのだが、これは彼の人間関係においては非常に希なことであった。彼にそのような呼称を用いる者は数人しかいなかったのである。そしてジェラール・ヴォジェルの言を信ずるなら[67]、レーモン・クノーは、一九七六年にガリマール社から「『グラン・バッサンの路面電車』[68]が出版されたのを見て」喜んだということだ。

しかしながら、ヴェルヴィエのレーモン・クノー資料センター（CDRQ）のアーカイヴによって確認できるル・アーヴルでの彼のもっとも親しい友人は、ピエル兄弟の他、ロバン、ギヨン、トリュフォー、カディック、ビュザン、ジョンヴァル、サドレール、マルーである。一九二三年二月十日、ルイ・ピエルは彼に宛てて書いている。「[……]サドレールが復活祭に二週間くらい戻ってくる。僕は昔のトリオを少しの間また作ることができると信じているつもりだ。[……]彼[マルー]は（手紙で）僕に、クノーの強烈な表現に従って、自分は《反教権主義的ブルジョワ》でありつづけたと言っている」。彼ら若者たちは、レーモン・クノーが一九一九年夏に発見したビリヤードやチェスに興じた。彼らは旅行もし、当時のル・アーヴル人たちの多くがそうしたように、セーヌ川河口の対岸へと船で行った。一九二〇年七月十二日に、クノーは『日記』にこう書いている。「ロバンとサドレールとともにトゥルーヴィルへ向けて四時四十五分に出発。トゥルーヴィルで夕食だ。カンへは十一時頃に着いた[69]」。たばこを吸い、酒を飲んだこともあった。一九二三年三月二十九日、ルイ・ピエルはクノーにル・アーヴルに戻ってくるよう執拗に迫り、気を引くために、彼を待っている楽しみを数え上げた。「君は海を眺めるだろう。前にノスタルジーによって海の方へと呼び戻されると言っていたな。僕の小さな弟や妹にも会えるし、マリス親父、トリュフォー、ギヨンにもまた会える。ビリヤードをまたやって、ピットの店でまた酔っ払うんだ」。

レーモン・クノーと彼のリセの仲間は文学にも大いに興味を示しており、それは彼らの文通からもうかがい知ることができる。レーモン・クノーのことをときどき「親愛なる樫さん」と呼ぶルイ・ピエルはこうしてよく知られた作品名を解く鍵の一つを我々に与えてくれているのだが〔『樫と犬』はクノーの自伝的な詩作品〕、その彼は、オクターヴ・ミルボーの『ジュール神父』に際して覚えた「興奮」と、マルセル・プルーストの『ソドムとゴモラ』に対する「大いなる感嘆」を彼に喚起している。一九二五年一月十五日、ピエルは彼に「ル・アーヴル地方の栄誉がもうひとつ増えた。大判のボストのポートレートがフラマリオンに張り出されている」。しかしルイ・ピエルのピエール・ボストに対する評価は低く、彼はいそいでこう付け加えている。「彼の最大の特徴は、想像力の完全な欠如だ」。

実際のところ、この当時彼らの想像力をもっともかき立てていた人物は、一九〇〇年生まれのジョルジュ・ランブールであった。ルイ・ピエルは彼の話をほぼひっきりなしにしていた。一九二二年九月十六日、彼はル・アーヴルへの帰還を告げる。その目的は「浜辺で海の空気を吸うこと。そこで私は、官能的でくつろいだ姿を太陽にさらしている人々を見た。相変わらず訳の分からない活動に耽っているロバン、どんどん太り、とろりと、感傷的になっているギヨン、アメリカ式眼鏡の後ろに隠れて謎めいたランブールたちが、私の憂鬱をいくらか晴らしてくれた」。十月二十九日に彼は「かなり激しく騒々しいランブールのインプロヴィゼーション」に言及し、一九二三年二月十日には、クノーに対して次のように尋ねる。「ランブールはどうなった？　彼の現地報告は刺激的だったか？」そして十月一日にもまた彼に尋ねる。「それでランブールは？　彼は最近の『文学《リテラチュール》』誌にどうも詩を発表したらしい」。一九二四年一月十二日は、彼に次のようなことを教える。「ここ数日で二度ランブールに会った。彼はジャージーかガーンジーで何か当て込んでいることがあるようなことを言っている。彼は憔悴した様子で派手な色の服を着ている。僕が会った時、彼は愚か者（ここでは『日記』のペドロン）を待っているのだと言った。そして翌日、《あいつはまあほどほどに愚かだった》とはっきり言った」。ジョルジュ・ランブールが精力的な人物で、アルバニア、エジプト、ポーランド、ハンガリー、あるいはパレスチナ人の格好をして反乱の最中にあったエッドゥルーズ山地〔シリアの山地〕まで行った旅行愛好家であることを言っておかねばならない。さらにジョルジュ・ランブールは、ル・アーヴルの同級生たちがまだ自分たちの未来について思い悩んでいたときに、すでに作品を発表していた。一九二一年から、彼の最初の詩作品と『極地の子ども』の冒頭が『アヴァンチュール』誌に掲載されたのである。

この時期から、レーモン・クノーとジョルジュ・ランブールは結びついていた。『日記』[70]の草稿で、クノーはランブール、マルーその他が再集合した小屋に言及している。一九二二年には、ジャン・ピエルとランブールをエピネーに招待し、そのすぐ後に「ル・アーヴルでランブールとアラゴン」と記している。「強烈な精神的鬱状態」の最中、彼は自分のことを「非社交的」で友人がいないと判断しているのだが、その時に彼の念頭にのぼったわずか数人の名前の中に、ジョルジュ・ランブールの名もあった[71]。他方、ランブールは「わが友レーモン」[72]と題して記事を返し、その中で、バイエおばさんのことを含むいくつかの思い出を想起している。古本屋の彼女は「一週間十サンチームで貸本をして生計を立てていた［……］。約束もしていないのに、レーモン・クノーと非常にしばしば会ったのはそこである。そこに通い始めた頃は、言葉を交わすのではなく、彼、レーモン・クノーを見知っていただけだったので、なおのこと約束などはなかった。しかし我々は当時相当な数の本を食らっていたので、絶えず書架に戻り、そして遭遇しなければならなかったのだ」。

当時、レーモン・クノーが好んでいた読書のひとつは、レオン・ブロワの作品であった。一九一八年一月二十二日に彼はこう記している。「レオン・ブロワ『絶対の巡礼者』と『汗と血』を買った[73]」。七月二十日、彼はある古本屋とブロワの話をしてこう書いた。「B夫人はラ・サレットでブロワと一緒だった一人の男を知っている」。当時彼がこの情報をどれだけ重要視したか、想像できるだろう。四年後、彼は『日記』に自分が影響を受けた作家たちを示すための図を書くが、その時レオン・ブロワは一九一八年の間中言及される唯一の作家となる。そしてそれは一時の熱中のようなものではなかったのである。一九一九年十二月六日、彼が最も再読した作家たちを列挙しているとき、そのペンの下から、ブロワの名前は一番に出てくるのである[74]。そもそも彼は、青年期におけるレオン・ブロワの重要性を一度も否定したことはなく、ダスティエに次のように打ち明けるほどだった。「私は十五、十六歳までカトリックの教えを実践していました。カトリシズムから離れてゆくきっかけになったのは、レオン・ブロワを読んだことだったのです[75]」。

彼の最初の「宗教的危機」は、非常に精確に一九一八年八月一日という日付を有している。彼はカトリシズムを放棄するのだが、奇妙なことに、それをただちに『日記』には書かない。このことが最初に言及されるのは、ようやく一九二〇年四月二十八日になってからである。この年月を通してレーモン・クノーが苦しみ、自問したということが自ずと考えられる。両親にも打ち明けていないのであればなおさらだ。たしかに彼は、母と祖母〔おそらくは「伯母」が正しい〕について次のような観察を行ってはいた。

「死者の祭儀に対してすらも根本的に不信心だ。ある日、どんな理由かは知らないが、たしか十一歳か十二歳だったときに、この聖マリア墓地に母と伯母とともにいた。突如として彼女たちは、そうだわ、パパに会いに行こうじゃないのと言い出し、あちこち墓を探した。とうとうそれをみつけ、私はその、穴を露わにしながら死体を覆うこの葬礼のオブジェを前にして泣き出した。母と伯母は狂い笑いした[76]」。クノーのプレイヤード版第一巻を作ったクロード・ドゥボンは、異本や不確かな読みに加えて、次のように指摘している。「狂い笑い〔fourire〕というのは原稿にあった綴りのままである。その前の文は妙なものだが、これは子どもが感じ取っていた動揺に由来するかと思われる」。彼女はまた『波を切って進む』の「海辺の墓地」を参照している。その原稿の日付は一九六八年九月二十一日だ[77]。

　　船乗り船長の墓で
　　涙を遠洋に流すこの子ども
　　無駄なことをと陽気に笑う伯母と母
　　日本のシナ海一粒の涙を
　　船乗り船長に難破船に
　　墓地の中そこから見えるのは
　　遠くで凪いでいる向こうの海

感じやすく、不安げで、生と死の大きな秘密に動揺している子供のイメージがこうして現れる。そこから『樫と犬』の詩句もより良く理解できる。

　　私が送ったのは恐怖と奇妙な不安に
　　打ちひしがれた幼年期[78]

善悪の鋭敏な感覚を備えた若きレーモン・クノーは、性愛の猿まねをする仲間たちを見て苦痛を覚え、こう打ち明ける。

　　そして私は戦いていた
　　〈創造物〉が呈する
　　汚辱と無垢の混合に[79]。

とはいえ彼は聖歌隊員であり、また二度の聖体拝領を、一度目は一九一四年五月十四日に、二度目は一九一五年五月二十日に受けたのであった。さらに従兄弟であるアルベール・モンテギュや隣人でピアノ商の娘ジュヌヴィエーヴ・デフォルジュ、そしてルイ・ピエル、ピエール・エベール、ロジェ・デブルイユ、マルセル・ユエ、アンドレ・ギヨン、ミシェル・オーディア、モーリスとジャンのティブメリー兄弟といった仲間たちとやりとりした宗教画をたくさん保管していた。彼は定期的にミサに行き、告解を行い、そして聖体拝領を受けていたようである。一九一七年に彼は『最後の日々[80]』と題された長い詩を書き、その中で人類の未来についての黙示録的な光景を提示し、こう締めくくった。

それから私は見た、平和の成就を、
それから〈救世主イエス〉が予言した死者たちの復活を。
それから私は人々を見た、
それから私は裁きを見た。
だが私はもはや何も見分けられなかった、
なぜなら現実の中に再び落ち込んでいったから、
羽根が皺になった私の想像力によって
そして自分の〈幻視〉に震えていた。

神に栄光あれ。

これ以上ないほど明らかな物言いである。レーモン・クノーは常に天地創造について考えていた。人類の運命の意味は、若い時から彼の関心の中心にあったのだ。それは彼の生涯を通じて変わらず、時期によってさまざまな鋭さで表明されることになる。一九一八年の宗教的危機はその一つの発作に過ぎない。他の発作がこれに続くだろう。レーモン・クノーの形而上学的探求がここから始まるのだ。

第三章　パリでの最初の年月

ソルボンヌ大学で学業を続けるという息子の固い決意を理解したオーギュストとジョゼフィーヌのクノー夫妻は、パリ周辺に移住するために、ル・アーヴルの商売を売り払った。この取引は、スイスはローザンヌに住むウジェーヌ・シャルル・シャブロとの間で一九二〇年九月十一日に成立した。十二月一日からこの人物が営業権を取得し、二階のアパルトマンについては同月の二十五日までクノー家が使うということになった。さらに買い主は、取得日から一九三一年九月二十九日まで、売り上げの一パーセントを手数料として売り主に毎月支払うことに同意した。

目的は明らかだった。つまりレーモンをパリで一人にしないこと。そこで住む場所を見つける必要が出てきたのだが、それは簡単ではなく、面倒な調査を要した。レーモンが九月十三日に書いている。「ヴァンセンヌ大通りまで地下鉄、サン＝モールまで路面電車。一戸建てはなし。ジョワンヴィルも同じ。深夜にル・アーヴルに帰宅[1]」。一家が後に購入して彼らのものとなるエピネーの一戸建住宅を訪れるのは、ようやく十月二日になってからのことである。十月十七日に、レーモン・クノーはいまいましそうにこう書く。「十一月にパリに行き、エピネーに住むことになるまで二ヶ月間ホテルで待っているということになっていた。しかし今晩両親は意見を変えた。やはり僕を一人でパリには置いておきたくないというのだ。若過ぎるからだという。なんとも面白くなりそうだ！[2]」

彼は十一月六日に文学部に登録し、一九二五年に取得する学士号の準備をした。その時に得た修了証書は、一般哲学と論理学（一九二三年）、心理学（一九二四年）、哲学史（一九二四年）、そして倫理学と社会学（一九二五年）であった。一九二二年から一九二四年まで、彼はまた理学部の学生証も持っており、そこではとりわけ数学の授業を受けた。同じ時期に、[3] ロベール・デスノスは『新ヘブリディーズ諸島』の中でこう書いている。「私は数学の本をふたたび手に取った」。一九四二年、彼は「《詩学》を数学の一章にするという野望[4]」を公言していたが、これはレーモン・クノーが最終的に実現させることになる。

大学での成績を時系列に配置してみると、この時期が彼にとってどれほど難しいものであったのかが分かる。一九二一年七月七日に彼は最初の試験に落第し、『日記』にそのことを「試験に落ちた[5]」と簡潔に記す。一九二二年十月の結果は「学士の試験は全体的に失敗[6]」と書くほどすべてが惨憺たるものであった。

明らかに当時クノーは重大な危機の中にあった。彼は自分自身を疑い、未来は見えず、そして何にも、誰にも支えを見つけられないような状態であった。「私はおそろしく悲しい。闘争。待機。失望。時々苦痛はあまりに刺々しくなり、この頂点を超えられずに消散するほどになる[7]」と彼は書いている。一九二二年二月二十六日、彼は「強烈な精神的鬱状態」と語り、自殺を考える。「（三つの結末しか見えない。死、もっとも唾棄すべき凡庸さ、遠い地方への亡命）。非社交的なこと。友達がいない（女友達はもっといない！）」。

フランソワ＝ベルナール・ミシェル[8]にならって、ぜんそくが不安と結びついているという医師たちの意見を受け入れるなら、レーモン・クノーがこの病を初めて感じたのがこの特に辛い時期だったということにも納得がいくだろう。彼の発作が始まったのは、一九二三年初めのようである。その前には二月から四月にかけて宗教的な高揚の時期があり、それから六月の試験の落第があった。彼が興味深い詳細を知らせてくれることも時にはある。「しつこい咳だが痰はほとんどなし（今朝少し血痰が出た）。咳は特に就寝時に現れ、起床後一時間か二時間まで続く。呼吸困難。ぜんそく。当然執拗な不眠[9]」。レーモン・クノーが当時陥っていた心理的困難を考慮するなら、次のように書くフランソワ＝ベルナール・ミシェルは完全に正しいのではないかと考えることができる[10]。「ある人々にあっては、ぜんそくとは実際のところ意味、つまり人生の意味の喪失による苦しみの徴候なのである。家族や社会職業的な環境の中で、次第に周縁に追いやられたり、そこから拒絶されたりする患者の状況は、この点において示唆的な例である。存在するために彼らが有しているのは、自分たちの症状のみである。夜中に起きる彼らの発作は人に迷惑をかけ、医師や緊急手当やさらには入院を求めるものとなる。ぜんそくであるがゆえに我存す。死なないためのぜんそく」。たいへん幸運なことに、レーモン・クノーは、いくらかぶり返しが今後くることになるものの、文学創作のカタルシス的効力のおかげで、この状態を乗り切ることに成功するだろう。呼吸器系統の病の専門家であるフランソワ＝ベルナール・ミシェルは、『ルイユから遠くはなれて』において喚起されたルイ＝フィリップ・デ・シガールの発作を、「[彼が知った中で]最上の描写」であると評価しているが、それはとりわけ次のようなことへの言及があるからである。この「種類の呼吸困難は、しかしこれは喉、つまり上部の管を捉える呼吸困難なのではなく、下部から、また両側から同時に来る呼吸困難であり、胸部の呼吸困難、呼吸のための樽を包囲されることなのである」[11]。

それゆえ、成人したレーモン・クノーの最初の数年間はきわめて困難なものであった。鬱状態になった時、彼は自分が完全に孤立し、拒絶されていると思うほどに、節度についてのあらゆる感覚を失っていた。ヴァンサン・テュクデンヌ[12]と同様、彼は「過去、あのいつだって同じような日々、彼が送っている恐ろしく単調な暮らし、家族の食事、陳腐な大学生活、習慣化したキャロム・ビリヤード」のことをしばしば考えていた。とはいえ、彼はルイとジャンのピエル兄弟とは定期的に会っており、彼らとパリをうろついたり、リュドでビリヤードをしたり、煙草を吸ったり、酒を飲んでおおいに語り合ったりしていた。しかし新しく関係を結んだ人はほとんどおらず、またル・アーヴルのかつての仲間たちとの付き合いは、新しさに対する渇望も、刷新に対する渇望も満たしてはくれなかった。そしてさらに状況が悪化する。ルイ・ピエルが重い病気になったのだった。ルイは錯乱し、兄は彼を精神病院につれて行かねばならなかった。この一件は、レーモン・クノーを楽観主義から遠ざけた。だがそれにもかかわらず、彼は幸福な高揚の瞬間を経験することもあった。一九二二年三月十日に彼は書いている。「昨晩、J＝B・P［ジャン＝バティスト・ピエル］とサクレ＝クール付近を雨の中歩き回る。素晴らしい[13]」。

この時期に彼が行った旅行でも同様の経験をしただろうか？確実に違った。何度か行ったサン＝テパンではそうとう退屈したようである。たとえば一九二二年四月十四日に彼はこう書いている。「オルセー駅から十四時三十分に出発。思いもかけない暑さ。すごく綺麗な女！　サント＝モールからの旅程は長く感じる。このポンコツ普通列車一時間のみなのだが。最高におぞましい憂鬱。サン＝テパンの父の兄弟の家には腑抜けになって到着する。父の母の家に泊まる。ひどい夜。胃痛。シュオッブを読んで寝る[14]」。続く日々に事態が好転したわけではまったくなかった。「一日中町にゆく。ワイン、ワイン、ワイン。岩の中のカーヴ、抜かれた酒樽。ワイン、ワイン、ワイン。／復活祭。何もない朝。午後、ワインへと回帰」。レーモン・クノーによる失望の繰り言は続き、ただいくつかの希望の瞬間だけがそれを途切れさせている。彼は将来にわたって嫌悪し続けることになる田舎を呪詛し、一九二三年七月二十八日にはこう打ち明けている。「振りをし、うわべをとりつくろわなければならなかった。退屈な日(15)」。

おそらくは一九二二年七月に行ったグルノーブルへの旅行では、すばらしい景色を発見し、熱情をかき立てられた。『日記』にはこうある。「ロータレ峠を車でエクスカーション。山々と峡谷と激流と滝の絶対的な美。それからはただ草原と氷河。峠の孤独。帰りはさらに印象的。山に打ちのめされた(16)」。八月にはイギリスに行く。パスポートには、一メートル七十八センチで、髪、眉と目が褐色、鷲鼻というこの若者の当時の様子が描写されている。そして証明写真で彼は眼鏡をかけてはいない。彼は『日記』に、特にたくさんのコメントを付けることなく自分がたどった道筋を詳細に記している。我々が知るのはただ彼が読書をし、モニュメントを訪れ、劇場に行って詩を書いたということだけだ。『レ・ジオー』に含まれる「異国の都市」という詩はこの時期のものだが、その感興は沈鬱なものである。

過ぎ去りし日々のただひとつの記憶
死に瀕したある冬の日に
哀れな死者よお前たちは行くのか
えぐられた断崖につきあたり
砕ける海を腐敗させに
あるいは風やそよ風に凍え
果てしなく続く不幸にぶつかって
一年中呻き声をあげるのか(17)

一九二二年十二月二十六日に、相変わらず醒めているレーモン・クノーはこう書いている。「自分自身については何も新しいことはない《ナッシング・ニュー・アバウト・マイセルフ》。望んだものは何ひとつ得ていない《アイ・ハッド・ノーン・オブ・ザ・シングス・アイ・ウイッシュド・トゥ・ハヴ》(18)」。彼はペシミズムにひたって悦に入り、またとりわけ形而上学的な領域においては、苦々しい事実を次々と確認することにほとんど喜びを見出しているように思われる。特にキリスト教信仰を否定したことは、彼を全面的な動揺に陥らせたようだ。『日記』にはこう書いてある(19)。「無限は存在しない。宇宙は無制限とはいえ有限である。神の場所はない。そもそも神が存在しようがしまいが、結局のところ我々にとってそれは同じことに帰着する。物質は変化し、最後には消える。魂と身体の関係の問題は解決し得ない——あるいは不合理なものだ。人間は未知の、盲目的な、そして変化する諸力の玩具である」。あきらかに彼は確信が持てなくなっており、すべてが揺らいでいる。「自分のもっとも深い性向のひとつは、一切が可能だと信じることであり、あれこれのことが存在し得ないとか、あれこれの出来事が生じないとは言えないと信じることであり、そしていかなる瞬間においても新しいことや予期していなかったことが実現しうると信じることである」と彼は書いている(20)。

一九二三年には、絶望によるものであれ形而上学的なものであれ、彼は次々と危機に見舞われた。彼のおおきな関心はここに位置している。つまり知識とおそらくは確信に飢えたレーモン・クノーは、大いなる生の神秘に答えをもたらそうとしているものであれば、なんでも熱心に読む読者となるのである。彼は自分をカトリシズムの放棄へと導いたレオン・ブロワから離れることはせず、彼の八つの作品を一九二一年十月から十一月にかけての読書リストに書き込んでいる。彼はまたニーチェ、ベルグソン、ルヌーヴィエあるいはライプニッツの思想にも興味を示す[21]。また形而上学について、「ルネ・ゲノンのおかげでより明確な考え[22]」を持つようになってから、ライプニッツをよりよく理解できるようになったと告白している。レーモン・クノーは『ヒンドゥー教教理研究総論』をそれが出版された一九二一年にはやくも読んでいた。そのことは十二月五日にこの本についての記述があることから分かるが、その時彼は「心底驚いた[23]」と感想を書いている。それ以来、彼はルネ・ゲノンの忠実な読者となり、彼の著作をすべて手に入れる。一九二二年から一九二七年にかけて、彼は『ヒンドゥー教教理研究総論』、『神智学、偽宗教の歴史』、『交霊術の過ち』を五回、『東洋と西洋』を三回、『ヴェーダンタによる人間とその未来』を二回読んだ。彼は『イシスのヴェール』誌の記事も見逃すことなく、ゲノンの考えのいくつかを自分のものにしはじめた。アラン・カラム[24]が明らかにしたところによれば、一九二二年に書かれた「運命[25]」において、レーモン・クノーは次の一節にゲノンへの暗示を込めた可能性がある。「謎めいた形而上学者との対話は、彼に数えきれぬように思えるほどの可能性を示唆した」。また、以下の一節を強調することもできるだろう。「いにしえの〈祖先〉たち、限りない彼らの叡智、無数の人々を前にして、どうして何者かでいつづけられようか。自らを失わなければならない！〈伝統〉〈民族〉〈悠久の大地〉〈不可避の原理〉と一体化しなければならない」。他方、知識を得るための方法として夢に訴えかけることは、もちろんシュルレアリスムの実践に由来するものだが、これについてルネ・ゲノンも、一九二五年の『ヴェーダンタによる人間とその未来』の中で言及している[26]。クノーの作品にかくも頻繁に現れる循環の概念は、ゲノンの複数的状態の理論においても同様である。ゲノンにとって「宇宙的循環は、〈普遍的存在〉の諸状態や諸段階に他ならない、あるいは従属的循環やより限定的な循環が問題となる時には、それらの二次的な様態となる[27]」。レーモン・クノーは良き弟子として、〈師〉の主張を採り入れてこう記す。「形而上学的な実現にいたるための唯一の方法は、〈集中〉以外にありえないだろう[28]」。ヒンドゥー教に強く影響された彼は、以下のような目標を設定する。「第四期において成し遂げられるはずの普遍的次元で可能性の実現を待ちながら、生の第三期において自己に含まれる個人的次元でのあらゆる可能性を実現させる。当然ながら〈叡智〉は、上記の最初の段階で計画された可能性の発展が、〈絶対〉における〈自我〉の将来的な発展を妨害しないことに存する[29]」。彼の人生を通じて、とはいえ時代によってばらつきはあるが、レーモン・クノーはルネ・ゲノンの思想を深く考えることになる。その度合いは、晩年、息子のジャン＝マリーに「私はルネ・ゲノンを読み過ぎた」と認めるほどであった。

とはいえ彼は、常に自由で好奇心にあふれ、そして新しい知識に貪欲な精神の持ち主であった。それゆえ彼が〈師〉の教えとフロイトの教えとの間に矛盾を見出すことはなかった。フロイトについては、一九二一年に『精神分析入門』（一九二四年に再読）、そして『精神分析試論』、『性理論三篇』と『夢判断』を一九二七年に読むことになる。一九三〇年代以前にルネ・ゲノンがこのウィーンの医師の思想に敵対して、読者に注意を促していた様子がないことは確かだ。だが彼がそうし始めたところで[30]、レーモン・クノーが精神分析への興味を失うことにはならなかった。というのも彼は、一九三三年九月に、R・アレンディ博士の精神分析に関する著作を取り扱った論考を書き、自分自身も一九三三年から一九三九年まで分析を受けるからである。ルネ・ゲノンの立場は知られている。彼にとって「どんなかたちであれ精神分析に頼ることは、結果的に、人間状態の不明瞭かつ危険な領域の支配を許してしまうような一種のカタルシスに頼るようなものだ。どんなかたちであれこのような手法に頼ることは、〈解放〉へ向かう歩みにおいては間違った方向性として、行き止まりとして、さらには罠として告発されなければならない[31]」。

規則的に愛読していた哲学書の他に、レーモン・クノーは真面目さの程度が低い本も読むことにしていた。一九二五年三月二十五日から十月二十八日にかけて、彼は『日記』に次のように書いている。「『ファントマ』（三十二巻[32]）」。嘘なのだろうか。はったりだろうか。ほんとうだろうか。彼はスヴェストルとアランの作品〔『ファントマ』のこと〕を読んでいることを一度ならず裏付けている。たとえば一九四七年十一月二十五日に、彼はデコーヌという人物に手紙を書き、その中で、ずっと以前にファントマの生涯を書きたいと思って、『ファントマ』の統計を取ることに専心したことを明かしている。この目的のために、彼は三十二巻を四回読むことを自分への義務として課し、五回目は第二巻で止めた。そしてクノーは、数字を拠り所として、ファントマは殺人の四分の一近くに失敗するが、後半十六巻になると成功率が改善することを明示した。

一九二〇年から一九二五年の時期について彼が作った読書リストに同じ方法を適用すると、レオン・ブロワとルネ・ゲノンの他では、後にアカデミー・ゴンクールの同僚となるマッコルランに栄誉が与えられることとなる。特に『海賊の唄』は、十一回も読まれさらに再読されているのだ！　後の一九六九年に、レーモン・クノーは有名となった序文において[33]、「辛辣なマッコルラン」と『海賊の唄』を再検討することになる。彼は「エリアザールの大恐怖、ヘレサのネクタイ、ベベ・サレの泥酔、北の天使号の冒険譚」に魅惑される。

……風が吹く。
私たちを苦しめるのは海風だ。

マッコルランはこう書いている。「旅人ならばみな、日曜旅行家でさえも、凍てつき、悲嘆の合図に満ちた駅での出発というものから漂ってくる、時として絶望的な憂鬱に心を動かされる。過去、現在そして未来がはらんでいるあらゆる未完成なもののために、駅は愛されている。この十二月の夕べ[34]、それこそが貧弱に照らされた待合室の中で読書を続けながら、私の心を動かしたものである」。

自己を探求していたレーモン・クノーは、アンドレ・ジッドの作品にも目を向けた。一九二〇年から一九二五年にかけて、彼はジッドの作品をしばしば熱心に読む。『法王庁の抜け穴』は五回、『地の糧』は四回、その他、『パリュード』、『背徳者』、『イザベル』、『重罪院の記憶』、『田園交響楽』といった作品も無視してはいない。同世代の若者のイメージどおり、レーモン・クノーは、ラフカディオ〔『法王庁の抜け穴』の登場人物〕の犠牲者となって、無残に人生を終えるアメデ・フルリソワールの冒険の滑稽さを堪能する。彼はまたラフカディオの自由闊達さと、あらゆる論理的かつ功利的な説明を逃れるとされるその無償の行為について考えを巡らせる。またナタナエルについていえば、その解放への欲望と物質的あるいは知的な安逸に対抗する姿勢には魅了されるばかりだったのだが、それはまた、彼が同様に評価していた他の作家、すなわちニーチェとゲーテをも想起させた[35]。『地の糧』の東洋主義と聖書の主要な本文への暗黙の参照にもまた、若きクノーは無関心ではいられなかった。

深層の自我について常に考えをめぐらせていたレーモン・クノーは、この頃、他者の人格とその成立の仕方を熱心に見つけ出した。たとえば彼はスタンダールの主要作品を読んだが、なかでも家族環境に対する敵意と、両親とはまったく異なった人生への渇望が書かれた『アンリ・ブリュラールの生涯』を好んだに違いない。さらにスタンダールのやり方も彼にはぴったりと合った。というのもスタンダールは、自分の記憶を書きながら、自分自身の内部をはっきりと見つめることをなによりもまず探求していたからである。キリスト教を拒絶した後のレーモン・クノーは、スタンダールの拒絶をおそらく評価しただろう。彼はまた、文学を見限ることなく、がむしゃらに数学を身につけようとする若きアンリ・ブリュラールにも親近感を感じていた。

一九二〇年から一九二五年にかけて、クノーがギルバート・キース・チェスタートンに対して示した大きな関心について指摘しておくことも興味深い。彼の関心はその後も失われることがなかった。一九二一年十二月二十九日に彼はこう書いている。「G・K・チェスタートンの驚嘆すべき『木曜の男』を読み終えたところだ[36]」。彼はこの本を一九二二年と一九二三年に三回再読すらするが、同様に『球と十字』、『新ナポレオン奇譚』、『ブラウン神父の無心』、『世界でうまくいかないこと』といった著作も忘れてはいない。ところで『球と十字』と同様に『木曜の男』においても、作者は信仰へと向かう変化を隠してはいないが、これが十五年ほど後に彼自身をしてカトリック教会を支持させることになるのだ……。ここにもまた、当時レーモン・クノーの心を占めていた形而上学的関心を見出すことができる。

あまりに動揺が大きいときは、彼は自分が同一化している作品の一節を書き写す。一九二一年十月七日、彼は『日記』に次のように書き込むことによって、当時の彼の個性を明らかにしている。「誠実であることが私にはできない。自分がかつてそうであった様子や、すくなくとも私がそうだと信じていた様子を自分自身にむけて表現することが時折はあったとはいえ、臆面のなさの欠如からか、あるいは恥じらいの残滓からか［……］、あるいは私の虚栄心にしてみたら、私に取り憑いているのを見るだにつらくなる欠点があって、書くことによってそれらが具体化することなどはなかなかに耐えがたかったからだろうか、私はそれを書くことができなかったのである」（マルセル・プルースト）。

自分が好む作家たちの文章を書き写すだけでは満足しなかったレーモン・クノーは、ル・アーヴルでの学校時代にそうしていたように自分自身でも書いたが、ただし同じような創造性に達することはなかった。彼が日々感じていた生きることの辛さによって、生産性がひどく制限されていたのである。医師であり社会学者であったギュスターヴ・ル・ボンの著作に熱を上げていた彼は、彼の心理学と社会学に関する研究を注意深く追い、『諸真理の生』については二度、『教育心理学』については一度再読するにいたった。同様に、とりわけ『群衆心理学』や『臆見と信仰』、『物質の進化』そして『人間と社会』にも関心を抱く。一九二二年十月、彼はギュスターヴ・ル・ボンに関する論考を著し、それを『メルキュール・ド・フランス』誌の「学術動向」欄を担当していたボーンに送ることまで決意した。このボーンは、十月十八日に受け取りを通知し、彼に問い合わせをしてきたが、この論考は最終的に拒絶され、作者のところに戻された。

この時代のものとして、レーモン・クノーが特に残すことになるのは、後にいくつかの詩集で発表する詩である。これらの詩を、彼は『レ・ジオー』（一九四三年）、『牧歌』（一九四七年）、あるいは『運命の瞬間』（一九四八年）に差し挟んだ。しかしいくつかのものについては、一九八九年のプレイヤード版『全集』第一巻が出るまで未刊のままであった。これらの詩が表明しているのは、若きレーモン・クノーの懐疑、問いかけ、そしてペシミズムである。彼は一九二一年に、たいへん意味深い題を選びとって書く。

出口なし

大聖堂の艀
大型船《パクボ》の内陣仕切り
それらが動物じみた歩みを妨げていた
美しいだけでない《パ・ク・ボ》徘徊人の
［……］(37)

一九二三年、彼は「アンフィオン」(38)を書いたが、それについて以下のような注釈を『作家たちの歌』において行った。「［……］パリに来て一年にもならないうちに、私はボードレール的憂鬱を自分のものとして再び取り上げていた。つまり都市のかたちは、なんたること、人の心よりもはやく変わるのだ。この詩は「アンフィオン」と題されている。［……］『異端教祖株式会社』に収められた物語の一つで、アポリネールは街路を打ち鳴らす者たちすべての守護聖人に彼〔アンフィオン〕を仕立て上げた(39)」。ボードレールとアポリネールは、ランボーやロートレアモンと同様に、レーモン・クノーの精神において重要な人物となった。間もなくして他の人物たちが、彼に新たな霊感を与えることになるだろう。彼らの名は、アラゴン、ブルトン、エリュアール、プレヴェール、スーポー等々だ。

第四章　シュルレアリストたちとの最初の出会い（一九二四年から一九二五年）

「ソルボンヌで出会ったピエール・ナヴィルを通してブルトンを知りました。『宣言』が出版されてすぐ、一九二四年から二五年にかけての冬でした」とレーモン・クノーは語っている[1]。『シュルレアリスム資料[2]』は十月二十四日という正確な日付を教えてくれる。それに引き続く数日の間、レーモン・クノーの名が通常集会のノートに現れることはないが、しかし彼が「シュルレアリスム研究局」を再び訪れたとしてもおかしくはない。というのも、ピエール・ナヴィル[3]が十二月二日に彼にこう書き送っているからだ。「ここ最近の回であなたにお目にかかれなかったのがたいへん残念ですが、仕事のせいで予定がはっきりしないことがあるのです。木曜午後にはセンターに来ないでください。我々は雑誌のためにアランソンに行くので、明日と木曜日は閉まっていますから」。

この同じ手紙で、ピエール・ナヴィルはレーモン・クノーに対して水彩画の礼も言い、次のように加えている。「とても気に入ったものがあります。赤と青の二つの格子縞がある絵と、大きな目がたくさんある絵はとりわけ」。当時金欠だったクノーがナヴィルに贈るために絵を購入できたとはなかなか考えられないから、おそらくここで話題になっているのは、レーモン・クノーが描いた初期の絵なのだろう。そもそもナヴィルが言及しているモチーフは、まったくもってシュルレアリスム的であるように思われる。

新しい芸術に対するクノーの関心は、一九二四年、アンドレ・ブルトンの友人たちと初めて出会ったときより以前に遡る。

一九二〇年にははやくも、二月十五日の『日記』が証しているように、彼はダダの集会を重要なものだと認めている。「ダダイスムに関する新聞報道の馬鹿さ加減」[4]。その数週間後にはこう書く。「ピエルに返事。私の手紙には四つのダダ詩、宣言とプログラムが一つずつ同封されている」[5]。事実、トリスタン・ツァラは一月よりパリにおり、『文学《リテラチュール》』誌に支持されて興行＝挑発を始めていたのだった。初めての夕べが組織されたのが一月二十三日、その後、二月五日と七日、三月二十七日と五月二十六日に行われている。反抗し自己を探し求めていたレーモン・クノーのような人物は、こうした興奮に無関心ではいられなかった。ツァラが声高に言い立てていた、希望も未来もないということは、若きクノーが好んで確認していた状況の一つと一致したにちがいなく、それ以来彼は、ダダイスムの動向を熱中して見守っていたのだ。新聞雑誌には多くの記事が掲載されていたため、情報を得るのはさほど難しいことではなかった。

三月二十三日、アンリ＝ルネ・ルノルマンはこう記している。「ときにはたいへんな苦労をして作られるダダイストの非理性的な産物を、神経症の自発的な心的活動と同一視しようとするのは行き過ぎだろう。とはいえ両者を関連づけるよう迫られることもある。そこで私は、『メルキュール・ド・フランス』誌において、アンリ・アルベール氏が、ダダイスムとは《神経に変調を来し、幼年期のあやふやな表現を真似ることで健康に立ち戻ろうとする》ドイツ人によって想像されたものだと書いたとき、彼は事態を正しく見ていると信ずるのである」[6]。この雑誌『コメディア』の中には、その五日後に、これら若きダダイストたちを東洋に送り込んで新たな宗教を創造させれば、彼らを有効利用できるのではないかと書いたマルセル・ブーランジエ[7]の記事もある。「おおいに出資」すれば、この新宗教はイスラム教と張り合うかあるいはそれを破壊するという大いなる利点を発揮するかもしれず、そして「たいへん都合良くフランスの影響を広げるかもしれない」。たしかに、人々の気を静めるための応答が翌日に届いたことも事実で、それは簡単にこう言っている。「[……]ダダを馬鹿らしいと感じるなら、それを見に行かなければよいのです、それを見るために十フランや二十フランを払わなければよいのです、さもなければあなたがさらに馬鹿になるでしょう。私としては、楽しいと思うなら、若者たちが――平和な時には――愚かしいことをしたり、狂ったり、白痴を装ったりする権利がないとは言い切れません」[8]。アンドレ・ジッド自身もこの論争に加わり、一九二〇年四月一日の『新フランス評論』誌に、この運動についての洞察力に富んだ、しかし人種差別が疑われるせいで不快なものとなっている分析を発表した。「ダダの発明者にとっての大いなる不幸は、彼が引き起こした運動が彼を押しのけ、自分の機械によって自分自身が押しつぶされるということだ」と見事に記した後で、彼はこう加える。「その者は外国人だということである。――それは容易に納得できる。ユダヤ人だ。――私もそう言おうとしたところだ」。とはいえアンドレ・ジッドは完全に否定的なわけではない。「ダダ、それは破壊の企てである」と彼が述べたとしても、希望的な調子で結ばれている。「だが私は、それでもこの大樽の中から、若者の最良のワインが少々こもったにおいを間もなく放ち始めることを期待している」。

それから数日後の八月一日にも、『新フランス評論』誌は、アンドレ・ブルトンの「ダダのために」とジャック・リヴィエールの「ダダへの感謝」をもってこの主題を再び取り上げた。このときの『新フランス評論』誌は、まさしく革新者の側についている。というのも、「ほとんどのダダの詩はただ解読不可能であるだけでなく、文字通り読むにたえない」と認めたあとで、それでもジャック・リヴィエールは、ツァラの友人たちの試みを擁護し、それから名声を博すことになる言葉を発するからだ。「彼らが率直に打ち明けようとはしないときでも、ダダはアポリネールの野望であったシュルレアリスムに向かい続けている」。

レーモン・クノーのたいへんな読書欲を知っていれば、彼がアンドレ・ブルトンとジャック・リヴィエールのテクストを楽しんで読んでいる姿を容易に想像できる。あいにく、彼の『日記』はこの点についてほとんどなにも語ってくれないのだが、一九二〇年十一月に次のように書かれていることは認められる。「同様に、ノートルダムには二、三度行った。そこでかつてサン＝パレイユ〔一九一九年にルネ・イルスムが創立した出版社、書店。初期のダダ、シュルレアリスム関連の書籍を出版した〕で買った『カニバル』誌を読んだ」。これはピカビアがダダイスムの『官報』のようなものを作ろうとして、『３９１』誌に代わるものとして起ち上げた雑誌である。だがピカビアはすぐにこれを放棄し、『３９１』誌に戻っていったのだ。

文学界の動向に常に注意を払っていたレーモン・クノーは、一九二一年一月二十一日の『日記』に書き込んでいる。「サン＝パレイユに行く。『文学』の予約購読を申し込む」。これはルイ・アラゴン、アンドレ・ブルトンそしてフィリップ・スーポーが一九一九年に創刊した雑誌だ。たいへん型どおりの題名であるが、アンドレ・ブルトンは自ら次のように説明している。「『文学』の最初の六号が出版された一九一九年の春と夏の間、我々はまったく自由に動けるわけではなかったという事実を考慮してください。私が動員解除されたのはようやく九月になってからでしたし、アラゴンのそれはさらにそれから数ヶ月後だったのです[9]」。一方、この題名がヴァレリーの示唆に基づくものであり、またヴェルレーヌの「詩法」の最後の詩句から想を得たものであるという点において、アンドレ・ブルトンは続けてこう明言している。「この語を誌名として採用したのは反語としてであり、ヴェルレーヌとはもはや何の関係もない、嘲弄の意図からでした[10]」。

残念なことに、当時レーモン・クノーが『文学』誌についてどのようなことを考えたのかは分からない。しかし彼が劇的に変化するパリの文学界の動向を追い、一九二一年四月十四日には、ダダイストたちが試みた最初の訪問や小旅行に参加すらしたかもしれないということは知られている。事実、彼のアーカイヴには、サン＝ジュリアン＝ル＝ポーヴルで開かれたが、激しい雨のために短時間で終わってしまった会合のチラシがある。この日のことは数葉の写真が証しているが、レーモン・クノーの姿をそこに見分けることはできない。

当時、ジョルジュ・ランブールは、アンドレ・ドーテル、ロジェ・ヴィトラック、アンドレ・マッソンあるいはマルセル・アルランと並んで、『アヴァンチュール〔冒険〕』誌に詩を発表し始めていた。レーモン・クノーはこのことを、一九二一年十一月十二日の『日記』に書いている。「『アヴァンチュール』にランブールの詩」。元学友の例に勇気づけられたレーモン・クノーは、自分も詩の鍛錬を続ける。「今日、〈今晩〉いくつかの詩を推敲した。いくつかは六度目か七度目の手直しになる[11]」。

ジャン・ピエルはランブールとの出会いを欠かさず彼に伝えた。クノーは一九二二年五月三日の『日記』に書いている[12]。「J＝B〔ジャン＝バティスト・ピエル〕と会う。彼はランブールとアラゴンの話をした。彼はル・アーヴルでアラゴンに紹介されたが、アラゴンは姉妹に会いにイギリスへ行くところだった。ランブールの希望、それはブルトンとスーポーだ」。二日後、クノーとランブールとピエルはパリで会う。「G〔ジョルジュ・ランブール〕、J＝B〔ジャン＝バティスト・ピエル〕と私――メディシス、それからラ・シレーヌのバーのカーヴ、エリゼ宮前のカフェのテラス、それからFg St-Honoré〔フォーブール・サン・トノレ〕街に面したバー（なぜ書くか？　なぜ出版するか？）――それからワグラム大通りのカフェ[13]」。

レーモン・クノーは、ル・アーヴルの友人たちに、パリの最新情報を知らせてくれるよう頼まれることもあった。ルイ・ピエルは一九二三年初頭における文学、芸術、社交のあらましを彼に尋ねた。『アヴァンチュール』と『ルフ・デュール[14]〔ゆで卵〕』の両誌がまだ存在しているかどうかを知りたがったのである。彼はまた、マルセル・プルーストを特集した『新フランス評論』誌一月号の善し悪しを問い合わせる。レーモン・クノーは律儀に返事をしたためた。二月二十一日に、ルイ・ピエルは三通の手紙を次々に受け取ったことを知らせる。彼はポール・エリュアールの詩を付けてくれたことを感謝しつつ、クノーの哲学への情熱を励ましている。

レーモン・クノーが、自分では立ち会って見ることができなかった出来事について知らされることもあった。一九二三年八月、ジャン・ピエルはピカビアの伯父の葬式でこの画家を見かけ、その趣のある姿を彼のために描き出している。小柄で太っているという画家の姿はよく知られている。この時は、帽子を斜めに被り、巨大な印章付き指輪を小指にはめていた。そして周りにいた自分の子供たちを、式のあいだ注意深く監視していた。

ピエル兄弟とレーモン・クノーとの手紙のやりとりには教えられるところがとても多い。ルイ・ピエルは、手紙を受け取らなくなると、からかっているふりをしながら執拗に手紙を求めた。一九二三年十月一日、彼は哲学の勉強を以前と同じように熱心に続けているか、そしていまだに愛書家であるのかを尋ねる。彼はいわゆる艶福ということをからかった後で、すぐに文学の問題に立ち戻り、『ヌーヴェル・リテレール』誌について質問する。

レーモン・クノーは、文学芸術界の動向を見守るだけでなく、自分自身も作品の発表を試みてもいる。彼は一九二四年八月に、フォントネー・オー・ローズのルイ・ベルナンのところから詩の小冊子を出版するという計画を抱いていたはずである。というのも、この人物が、クノーの手紙を受け取ったことを知らせつつ、同業者の一人に連絡を取るよう助言をしているからだ。あきらかにルイ・ベルナンはこの件に関心を示してはおらず、地元の業者のところに行くよう伝えることで、この若き取引相手がパリ周辺の印刷業者に訴えかける気をなくさせようとした。彼の頭の中では、クノーが返信をしたためたエピネー＝シュル＝オルジュは遠くの地方に位置していたのだろう……。いずれにしても、レーモン・クノーは分をわきまえていた。

自分の署名のついたテクストを公にするまでには、そしてそこに到るべく、シュルレアリスムグループにある程度溶け込むまでには、彼はまだ待たなければならなかった。彼がクローディーヌ・ショネに告げたとされていることには反するが、[15]『シュルレアリスム革命』誌の第一号に彼は言及されていないし、また雑誌の最初の協力者リストにも挙げられていない。[16]しかしながら未刊であったシュルレアリスム・テクストが明らかにしたように、[17]彼は数多く書いていた。「土地台帳大臣は今夜」で始まる手稿は、一九二四年十月二十八日の日付である。「一九二四年十二月」という注記のある十三枚の紙は、以下のような注意がはじめに来ている。「もはや笑うときではない！　文学が問題になっているのではない。［……］精神そのものが問われている、そのもっとも密やかな曲折、そのもっとも感動的な神秘、同時代人たち全体の愚鈍化に流されなかった人々が案じていることがそれだ［……］」。「産褥にあるばかでかい建造物の樹木はその晩家事を怠っていた」という一句によって口火が切られる作品は、一九二五年一月二十日のものである。[18]これらの中でレーモン・クノーは、とうてい予期できないイメージを結びつけたり、あるいはアンドレ・ブルトンならびにその友人たちが行っていた科学主義や新古典主義に対する罵倒を自分でも用いることによって、シュルレアリスムを実践しているのである。

一九二五年一月二十三日金曜日、オペラ座近くのバー、セルタで会合が開かれ、レーモン・クノーも参加した。議題は重要なものであった。シュルレアリスム研究局をより効果的なものにするために、再組織を試みるというのである。そこでアントナン・アルトーに「全権とともに[19]」指揮を委ねるという歴史的な決定がなされた。他方、その時のシュルレアリストたちは、「東洋文明と西洋文明の対立ならびに前者が後者の上にぶら下げている脅威について」公衆の情熱が高まっていることに気づいていた。それゆえ彼らはこれについて議論することを決定したのだが、まさにその時、なんたる驚きか、内気で控えめであったレーモン・クノーが発言し、「西洋の《哲学》と、東洋文明の基礎となっている《形而上学》を対立させた。彼には〈ユダヤ人問題〉が東洋の問題であるとは考えられなかった、というのもユダヤ人は〈東洋人〉というより〈西洋人〉になったのであり、またそもそも東洋人たちからは激しく嫌われているからである。彼にはボルシェヴィズムの方が興味深く思われる、というのもそれは、〈西洋〉にとって差し迫った《危険》のひとつであるからだ[20]」。誰もが耳を疑った！　なんと！　あのやや無器用な背の高い若者が、こんな主題に通じていようとは！不意を突かれたアンドレ・ブルトンと友人たちは、この議論を繰り延べることにした。彼らの議事録には手短にこう書いてある。「東洋問題の議論は、この問題について出席者のほとんどが抱いている概念が不十分であることを考慮し、後日に延期された[21]」。後年、ミシェル・レリスはこう回想している。「クノーが割って入り、彼の慎重な態度を崩すことなく、あきらかに我々の誰よりもこの問題についてよく知っている人間として、アジアの哲学と文明について語った。我々の何人かは、その時、クノーが極度に鋭い精神と広大な教養を、沈黙と控えめな態度の後ろに隠していることを理解したのだった[22]」。

それ以来、レーモン・クノーはアンドレ・ブルトンのグループに溶け込んだ。一月二十七日には「シュルレアリスムは新しいあるいはより簡単な表現方法の一つではなく、詩の形而上学の一つでもない。それは精神と精神に類することすべてを全的に解放する一つの方法である[23]」ことをとりわけ主張した〈声明〉の署名者となっている。それから数週間後の一九二五年四月十五日、『シュルレアリスム革命』誌の目次にある「夢」の欄に彼の名前が初めて現れる。実際のところクノーは、自分の夢想を書き写す訓練をかなりしていた。彼は新しい友人たちに自分のテクストを読ませたに違いなく、そのきわめて論理的な結果として、彼らは雑誌の一角を彼に与えたのである。彼の喜びはおのずと想像できるだろう。とはいえ、幾度か書かれたこととは反対に、このテクストをことさら重要視するべきではない。とりわけ、この手稿がジャック・ドゥーセ図書館に託されたからといって、それが作者にとって象徴的な価値を有していたということにはならないのである。この有名な図書館にテクストを委ねたのがおそらくは彼自身でないのであるから、それはなおさらだ。いずれにせよそれを確証する資料はない。むしろこの手稿は、『シュルレアリスム革命』誌のアーカイヴととともにその図書館にやってきたように思われる。

『オディール』（一九三七年）を読めば気づくように、シュルレアリストたちの間で交わされた数多くの議論に、レーモン・クノーは深い影響を受けた。たしかに小説家は、この作品が自伝ではないと断言している。とはいえ完全に空想の産物というわけでもないのだ……。たとえばアングラレスと彼の友人たちは、彼らの「下意識現象の理論と弁証法的唯物論[24]」の両立や、あるいはこの後者と「魂の不滅への信仰[25]」の両立のために問い続けることをやめない。他方、たとえば『シュルレアリスム資料[26]』には、次のように書いてある。「イデオロギー委員会は、次の月曜、一九二五年三月三十日にセンターに集まり（四時）、〈革命〉の観念が〈シュルレアリスム的〉観念に対して優位に立つべきか否か、一方は他方の代償となるのか、両者は歩を一にするのかを決める。イデオロギー委員会は、この機会に再組織され、以下のメンバーを含むことになる。アラゴン、アルトー、マッソン、モラン、ナヴィル（J・A・ボワファール）」。

しかし一九二五年四月二十日に、アンドレ・ブルトンはシュルレアリスムセンターの閉鎖を決める。「こうして五ヶ月の実験に終止符を打った。彼はアルトーの神秘主義とナヴィルのとげとげしさを、また同様に《ささいなサボタージュ行為》を断罪し、ついに『シュルレアリスム革命』誌の発行を自分の監督下に置くことにした[27]」。ブルトンは、一九二五年七月十五日の日付がある彼の雑誌の第四号でこの件を弁明し、とりわけ次のように書いている。「シュルレアリスム運動の規模がそのために損なわれようとも、この雑誌の欄は、文学的アリバイを探し求めてはいない人間のみにしか開かれないということは、ぜひとも必要なことであると私には感じられる[28]」。クノーは選ばれた人となる。しかしながらさしあたってのところ、彼は距離をとる。ジョルジュ・リブモン＝デセーニュに述べたように、シュルレアリストのグループには［「センターが」］閉じられてからは、ときどき会うだけでした。私はあまり興味をそそる新入りではなかったし、極めて内気だったので[29]」。

そのような事情をまったく知らなかったジャン・ピエルは、シュルレアリストたちについての質問を彼にしつづけ、一九二五年五月には、モランジュ事件と、それに対するブルトンとエリュアールの態度決定について彼に尋ねている。実のところ、ユルム街の高等師範学校生で、『フィロゾフィー〔哲学〕』誌の共同創刊者であったモランジュは、「シュルレアリスム」という言葉を不遜にも用いたという理由で、数ヶ月来ブルトンやその友人たちと争っていた。この軽率な行為のせいで、彼は、一九二四年十月十一日に、次のような反駁を受けたのである。「ムッシュー、貴殿が《シュルレアリスム》という語を、自発的にかつ我々に断ることなくあえて書くのであれば、我々は十五人を少々超える人数で、貴殿を残忍な仕方でお仕置きする用意があることを、きっぱり警告いたします！　口答えはしないように！[30]」署名は以下の通りである。「シュルレアリスム研究局代表――ポール・エリュアール、ルイ・アラゴン、アンドレ・ブルトン、ロジェ・ヴィトラック、等々」。モランジュはこれにまったく動揺せず、すぐさま返答した。「あなたがたは残忍な仕打ちで私を脅迫なさる。それを行使してはいかがですか。それは正当なことであると申し上げましょう。ですがそれは、確かなことですけれども、効果的かつ仮借ない防御によって迎えられるでしょう。［……］我々にとって、あなたがたは今や年老いています。若者を、つまりは我々の若さや割り込んでくるその信条を嫌悪するという法則が、今ではあなたがたのものとなっています[31]」。それから数ヶ月間、論争は展開し続けたが、クノーがこれに加わったようには思われず、また彼がジャン・ピエルにどのような返事をしたのかも分からない。

他方、彼は六月二十五日にヴィユー・コロンビエ座で行われた騒ぎに参加したことを自ら伝えている。プログラムには、M・アロンによる平均的フランス人についての講演、それに引き続いてルイ・アラゴンの演劇があった。弁論者が話を始めるや否や、会場からは叫びと怒号が発せられ、その声をかき消した。「そしてさまざまな地点から突如として非常に歴史的な言葉が発せられるのを聞いた。だがこの言葉は実直な会衆よりはナポレオン軍にふさわしいものである[32]」。警察が介入した。フィリップ・スーポーが舞台に飛び上がり、銃剣の力によってでなければその場から去らないと宣言した。デスノスは群衆に熱弁をふるっていた。エリュアールは平手打ちを食らった。ヴィトラックが彼を助けに駆けつけた。そして、『サムディ＝ソワール』紙に書いてあるところでは[33]、「クノーは桟敷に陣取り、観衆を罵っていた」。「無意識が勝利する！」という叫び声が上がっていた。奇妙にも、クノーはこの件について『日記』では一言も述べず、一枚の紙片に次のように書きなぐるだけにとどめている。「七月―十一月、シュルレアリストたちと再会」。これは、それに先立つ月々の間は彼が距離を取っていたことを示し、またヴィユー・コロンビエ座にいたのかどうかを疑わせるに足るものだ。そもそも『シュルレアリスムの歴史[34]』執筆のためにレーモン・クノーが資料を貸したモーリス・ナドーは、ヴィユー・コロンビエ座の催しに言及する際にまったくクノーの名を挙げていない[35]。しかしながらレーモン・クノーは、数年後の一九三一年十月にこの出来事に再び触れて、こう書いているのである。「シュルレアリストたちの乱闘において、たしかに私も戦った――少々、まあ何度か拳のやりとりをした。たとえばユルシュリーヌ、ブラッスリー・リップ、ヴィユー・コロンビエ座で[36]」。ならば認めよう。周知の如く、記憶はしばしば真実を歪めるのだとしても……。

七月以降シュルレアリストたちの陣営に戻ったクノーは、八月には「まず革命を」というパンフレットに署名した。これは九月二十一日の『リュマニテ』紙、十月十五日の『クラルテ』

紙と『シュルレアリスム革命』誌に再録された。ここで問題となっていたのは、祖国という観念の超克である。これは「我々の精神がその中に入れられようとしている、最高度に獣的であり、かつ最も哲学的でない概念だ。シュルレアリストとその友人たちはそう宣言した」。彼らは続ける。「我々は〈経済〉あるいは〈交換〉の法を受け入れない、我々は〈労働〉の奴隷状態を受け入れない、そしてより広い領域では、我々は〈歴史〉に反逆していると宣言する」。クノーがかもし出した東洋主義の教訓が実を結んだようにも思われる。というのは、次のような声明もあるからだ。「承諾されたあらゆる法に対する我々の拒否、また〈歴史〉を転覆し、事実の馬鹿らしい連鎖を断ち切ることを可能にする、新しく、地下に潜む力への我々の希望、それらが我々の目をアジアへと向けさせるのだ。なぜなら結局のところ、我々が必要としているのは〈自由〉であるのだが、それは我々のもっとも深い精神的必要と、我々の肉体のもっとも厳密でもっとも人間的な要求を写し取った〈自由〉なのである。[……] 近代は自らの時を終えた。[……] これからはモンゴル人たちが我々の場所に陣を敷く番なのだ」。

この〈宣言〉を含む『シュルレアリスム革命』誌第五号には、「雪の大砲が永続する災厄の谷を爆撃する」という文句で始まるレーモン・クノーのテクストも収録されている。その数行後には、後のクノーの作品で再び見出すことになる言葉やイメージが見つかる。「大洋の赤い泥土、[……] 盲目の魚 [……]。それが流星の周囲と月よりも古い樫の栄光の中に消えてゆく水星の軌道だ」。作家の想像力がかたちを取りはじめているのであるが、それを可能にしたこともシュルレアリスムの功績の一つなのである。

『シュルレアリスム革命』誌がこのテクストを発表した直後、「まずそして常に〈革命〉を!」と題された宣言の後に続き、「兵士と水兵」に呼びかけたある〈宣言〉が、『リュマニテ』紙に発表された。リフの原住民と彼らの首領アブド゠エル゠クリムに敵対し、モロッコで勃発したばかりの戦争が、『クラルテ』、『フィロゾフィー』そして『シュルレアリスム革命』それぞれの雑誌で活動をしていた者全員の怒りを引き起こしていたのである。行動中央委員会と団結した彼らは、軍人たちがリフ人たちと親しくするよう促すべく、次のように述べた。「この戦争には、国家の名誉を救うという目的がない。あなたがたが命を落とすためにモロッコへと送られるのは、銀行家たちがリフ共和国の豊かな鉱脈をおさえ、一握りの資本主義者たちが私腹を肥やすためである。あなたがたは銀行家のための戦争をしているのだ……」。クノーの名前はこのアピールの下に現れるが、この時期以降、彼は兵役の準備をするのであり、「自分の署名は十一月以降見合わせるように――兵役に出発のため[37]」と友人たちに依頼する。十月二十三日と二十六日の会合の後、ブルトンその人の手になる声明においてこのことが確認された。この時レーモン・クノーが、自分に厄介事をもたらしかねない軍当局を警戒したのはまったく正しかった。平和主義と革命の運動家はすぐに責め立てられたからである。しかも彼はこれまでに、予告なしに自分の名前が宣言の下に現れるのを見るという、不愉快な驚きを経験していたかもしれないのである。以下の『オディール』におけるトラヴィのように。


その攻撃文書の下に僕の署名があった。

「むろん、」と僕は言った。

「こんなものに署名などしていない」

「本当に？」

「僕は二週間前から外に出ていない。病気だったんです。アングラレスには三週間会っていない」

「君の言うことは信ずるが、それにしても迷惑な話だ」

「何もしていない僕には特にね[38]」


シュルレアリストたちに対してクノーが実際はどのように感じていたにせよ、彼は入隊の時まで彼らと親しく付き合い続けた。彼は『フィロゾフィー』誌のアンリ・ルフェーヴルとピエール・モランジュ、そしてアルトーの辞任を公認する十月二十七日の会合の声明に連署する。アルトーの辞任は「厳密に内輪のもので、かつ〈委員会〉がじゅうぶん辞任の原因になると判断するほど重い理由による。この辞任がもたらすのは、アルトーを我々のグループの行動から一時的に遠ざけることのみである[39]」。この状況に直面して、他のメンバーたち[40]も新たな〈委員会〉の選挙を行うために辞任する。ここで『オディール』の別の一節を考えずにはいられない。「考えれば考えるほど、彼［アングラレス］がこういう企てに対して寄せる情熱が不思議に思われた。所詮は、同盟、会合、騒動、宣言、祝辞、異議申し立て、争論、解散であるのに[41]」。十月三十日、クノーの名前はブルトンの名前とならんで〈声明〉に現れる。「（除名と異なり、不信任を含意しない）解任の原則が、賛成十五票対ブルトン、クノーの反対二票によって採択された[42]」というのがその理由だ。十一月二日、彼はまた議論に参加し、『クラルテ』紙次号に協力する件で、ブルトン、アラゴン、エリュアールそしてレリスと一緒に言及されている。より正確に言えば、次のようなことだ。「『クラルテ』紙次号のために、グループのメンバーに対して一定数の記事が求められる可能性があるということが決定された。メンバーは、論考、書評等々のかたちでなされる自分の協力を〈委員会〉に知らせるよう明確に求められている。これらの提案は十一月五日木曜日を期限として〈委員会〉に届けられなければならない[43]」。最後に、レーモン・クノーは十一月十日、アラゴンが要求した資料審議会の件で、バルサルー、レリスとともに再登場する。その最初の会合は『クラルテ』紙本部で、一九二五年十一月十四日土曜日の十五時に定められた。クノーがそこに赴いたかどうかは分かっていない。いずれにしても彼は、十一月十六日の日付の『日記[44]』にこう書き込んでいる。「ルイイ［兵舎］。一時に出発」。別の経験が彼を待っていたのであった。

第五章　兵役に就くレーモン・クノー

一九二五年の春から、レーモン・クノーは兵役のことを気にかけ始め、その年の間に、一九二五年度の最初の徴集兵とともに、モロッコ砲兵隊の独立部隊に加えてもらえるよう願い出ていた。フランス人はすでにリフ戦争を始めていたのだから、こうしたクノーの奔走は驚きとともに受け止められるかもしれない。無分別なのか、異国趣味への渇望なのか、ヒロイズムなのか、あるいはまた、トンキンに行った父と肩を並べ、さらには彼を凌駕することへの欲望なのか。それは分からない。彼はいかなる説明も残していないのである。MやNに始まり、Zまでの名前を持つ一九二五年第二期兵の若者たちが、全員モロッコに送られることになっていたのはたしかである。戦争大臣の決定を覆すことはできない。レーモン・クノーはそれを知っていたのだろうか。赴任を先取りしたかったのだろうか。それまで彼にとっては虚しかった人生にけりをつけるため、危険に身をさらそうとしたのだろうか。推測の中に迷い込んでゆくばかりである。

いずれにしても彼はついに召集令状を受け取ることになった。そこにはコンスタンティーヌ〔アルジェリアの都市〕へ向かう第三ズワーヴ連隊に派遣されるため、一九二五年十一月十六日の九時に、パリはルイイの兵舎の、第四十六歩兵連隊に出頭することが厳命されていた。軍人手帳が伝える彼の姿は、濃い栗色の髪、黒い目、額は普通、卵形の顔、そして一メートル七十六センチの身長である。彼はまず鉄道でなかなか快適な旅をして、マルセイユまで行った。新兵の数が多すぎることはなく、彼は自分の好きなように眠ることができたからだ。あきらかにクノーは、このとき、良い側面から人生を見ている。到着した彼は、レストランに行き、素晴らしい貝料理と白ワインを自分のために奮発しているのだ。レピーヌ総督号に乗船してボーヌ〔現在のアンナバ〕へと向かった渡航はうまくいった。船倉の奥に藁布団が用意されており、彼は好きなだけ眠ることができた。より快適な環境を得るため、彼は乗組員の簡易寝台を借りることまでした。ボーヌからは三十人ほどの集団となり、フィリップヴィル〔現在のスキクダ〕へ、それからバトナへと到着した。列車での旅はほぼ二日間かかった。頻繁に停車し、延々と動き出さないこともしょっちゅうあった。市民生活との断絶がついに成し遂げられる。彼は装備一式を受け取り、カーキ色の服を着て、シェシア〔円筒形の帽子〕をかぶるのだ。

バトナでレーモン・クノーは死ぬほど退屈していた。制服を着てからは、いくつか雑役をこなし、ワクチンを受け、あとは長い時間横になっていた。わくわくするようなことはまるでなかった。昔ながらの演習、身体訓練、規則、決められた時間の食事といったものが、彼が兵舎で送っていた単調な生活を構成していた。晩になると彼はトランプに興じてくつろぎ、快く酒をおごった。習慣的な生活が日に日に定着し、市民生活はたいへん遠いものに感じられた。生活の基本的な気がかりが優位に立つようになり、それらに心を占められた若き兵士は、少しずつ以前の自分自身が別人のように感じられてくるのであった。

彼は視力が弱いせいで周囲の人々からとやかく言われ、新しい眼鏡をかけさせられそうにまでなった。しかしながらたいしたことは何もなく、健康状態は良かった。風邪もぜんそくの発作も起こさなかった。無精髭が生えるに任せておいた時もあったが、丸刈りの頭にそれが加わると悪党面になった。ただ外出する機会がある時には、さすがにその風貌は正したのだが。バトナは正方形に囲われて要塞化し、複数の大きな道路が通じていた場所で、そこでの滞在は短いものであった。家々は平屋で小さい。彼は現地人の区域で、ぼろをまとってはいるが威厳のあるアラブ人たちに混じって、クスクスとトルココーヒーを発見した。「僕の前に、一人のアラブ人がじっと動かないで、曠野と空とを見つめている。詩人のように、哲学者のように、気品に満ちて」という言葉が『オディール』の冒頭には書かれている[1]。クノーは他の新兵や現地人と気安く接したようである。彼が孤立感を抱いていたようには感じられない。とはいえ彼は、自分の胸中を打ち明けるために、またとりわけ安心させるために、両親には規則正しく手紙を書き送っていた。そして彼らの手紙も嫌がらずに受け取っていた。それらを彼は、どちらかといえば平板で型どおりのものだと考えていたが、それでも両親の日常生活の細々とした出来事を知らされるのは嬉しかったのである。両親のおかげで、彼は大事な何か、つまり心の奥庭というやつにしがみつくことができたのだった。毎日手紙を受け取るのは無理だと頭では理解しようとしていたものの、郵便担当官が彼の名を呼ばない時にはやはり悲しく感じられた。

それゆえオーギュストとジョゼフィーヌは、息子に語るような刺激的な報せが特にない時でも、頻繁に手紙を書くよう努めた。父親は威厳を保ち、母親はささいなこと、例えばシェシアを被った写真を撮るよう強く勧めることに心を砕いた。オーギュスト・クノーの方は、郵便物が届くまでの時間を問い合わせたり、かつて息子と出かけたときの思い出などを書いた。彼はまた、自分が見た最新の映画についても語った。両親はレーモンに、一家の近況を伝えることもあった。十二月十日には、母が彼に、ボルドーにいる彼らの従姉妹のフィフィーヌが離婚したがっており、クレオームとかいう人物が相変わらず独身かどうか知りたがっているということを知らせた。オーギュストはこの件について実利的な立場を崩さず、息子には、万一別れた場合には、世帯に金を持参したのが夫である以上、夫婦のお金は夫のものになるはずだと書いた。こうした類の知らせが兵士クノーを心底夢中にさせることはなかったが、それでも少しの間彼の心を占め、そして……彼を微笑ませたにちがいない。

一方、バトナの生活はずいぶん精彩を欠くものであることが判明したため、レーモン・クノーは直ちに幹部候補生の講義を受講する願いを出した。そうすれば、アルジェに配置転換されるはずだったからだ。そして一九二五年十二月にその許可を得たのだが、この件について彼に尋ねた友人たちは、その報せにおおいに驚いた。クノーが彼らに対してどのように答えたのかは分からない、しかし彼がアルジェでより活動的な生活を見出したことは分かっている。事実、時間割はバトナに比べてずっと詰まっていた。講義の合間に訓練と学業があり、夕食後も二時間はそれに従事した。日中はすっかり埋まっている。もちろん銃を組み立て、解体し、清掃し……再度組み立てる作業もある。武器の点検は必然的に行われ、そして銃身が十分に磨かれていないものがあれば、それは休暇取り消しの理由となった。

クノーはそれに引っかからなかったようである。彼は外出の機会を利用して町を発見し、アラブ風の道とヨーロッパ風の道や、モスクと教会が混在するさまを好んだ。彼は小さな路地と野外の商店とムーア人のカフェのあるカスバの魅力に非常に心を動かされた。全体としては、演習と雑役が同じようなものであるとしたら、より温暖な気候と、より好感の持てる雰囲気のおかげで、バトナよりも居心地が良いと感じられた。要するに、希望が再び芽生えたのである。

しかしながら十二月二十一日に、フランス語と地理歴史の試験がやって来る。翌日には算数の試験を受けた。このとき実際には何が起こったのだろうか。それは分からない。彼、数学に情熱を燃やしているこの人物は、たいして難しくはなかったはずの算数の試験に、みじめにも失敗したと両親に語ることになる。そしてピエール・ナヴィルに対しては、ただ試験に落ちただけではなく、軍事的精神の欠如を非難されたと説明することになる。結局のところ、それは十分に考えられることである。

入隊前、リフ戦争に反対する宣言(2)に署名を寄せていたことが、軍保安当局の責任者の目には悪く映ったにちがいない。このような人物がフランス軍の士官になることなどできない……と。

　結果が公に布告されるまでにはいくらか時間を要した。レーモン・クノーは両親に心の準備をさせるためにその期間を利用した。オーギュストは、驚きはしないが、それでも自分と同じように伍長にはなってもらいたいと返答した。最初のうち、彼は息子を恨むことなく、とりわけ為替は送り続けた。モンテギュの伯母も、兵士には常に金が入り用だということで、同じようにした。それゆえレーモンは日常生活を改善し、町に出かけ続けた。一九二五年のクリスマスにはアラブレストランで夕食を奮発し、ポタージュにチョルバ〔スープ〕、次にクスクス、シャクシュカ(3)、そしてデザートにヌガーを食した。もちろんムーア風のコーヒーも忘れていない。クノーはそれゆえ現地の生活に関心を抱いていたのであり、より深くそれに関わるために、書棚にあるアラビア語会話の教科書を送ってもらえるよう両親に頼んだ。健康状態は相変わらずまずまずだった。ただ、ぜんそくに少々苦しんでいることだけは認めている。

　その時まで彼の父は、士官になった自分の息子の姿を見ることは諦めていたように思えた。だが数週間が経つと、彼はとうとう我慢ができない様子を示したのである。彼はまず、バトナで伍長候補生教育隊に入る願いを出すよう息子に忠告した。だがすぐに彼が失望を露わにするのが感じられ、例えば字が下手であることに触れるなど、不愉快な言葉をかけるようになる。軍では学士の読みづらい字より、小学生のきれいな字を好むとオーギュストは言い張っていた。そのために息子は事務局から遠ざけられたに違いないのだ。また、料理人補佐やパーコレーターの責任者になるという息子の願望をからかったこともあった。とはいえジョゼフィーヌ・クノーが息子を咎めはしなかったことにあわせて父の非難も弱まってゆき、ついには自分の苦しみをじっとこらえるようになった。とはいえ時折は毒を含んだ言葉をいくらか差し向けはした。とりわけ学士にしては常に非の打ち所がないわけではない正書法や文体にである……。オーギュストはレーモンがほとんど気にとめない繰り返しを好まなかったのだ。実際のところ、父は息子の失敗をなかなか受け入れられなかった。簡単に言えば、父としての誇りを傷つけられたのである。

　結局のところ数学の試験をわざと失敗したのかもしれないレーモン・クノー自身は、このことで悲しんでいるようには見えなかった。彼は哲学を再び学び始めることを考え、ミショー社から出ているヘーゲルの『選集』や『非統一的に現象する共通の機構』〔セルビアの数学者ミハイロ・ペトロヴィッチの著作〕、アルチュール・アヴァロン訳でボサール社から出版されている『女神への賛歌』〔サンスクリット語の著作〕を送るよう両親に頼んだ。この時、過去の学問を再開し、自分の好む活動をもういちど見出したようである。『黄金狂時代』

を観るために映画館に行き、『アクション・フランセーズ』紙のチェス問題を求めた。とはいえ実際的な問題から目をそらすこともなく、アルジェあるいはチュニスのズワーヴ兵との配置転換を目論んだりもした。このために彼は、第三ズワーヴ隊の指揮官モンディエリ大佐の推薦について問い合わせたのである。

一九二六年一月、彼はバトナに戻り伍長候補生小隊に配属された。静けさが失われたのはもちろんだ。彼はふたたび山中での演習に送られたのだが、これによって士官候補生の平穏な生活は一変する。原住民騎兵や狙撃兵とともに、ズワーヴ兵も戦闘のシミュレーションに参加させられた。銃弾がクノーの周囲で鋭い音を立てる。機関銃が乾いた音を立てる。行進に次ぐ行進、そして彼自身も、荷物を背負い、ベルトの弾薬入れを石でいっぱいにしたまま二十五キロから三十キロの道のりを踏破できたことに驚く……。ランバエシスにあるローマ時代の廃墟にひととき心が引き留められるが、大部屋の伍長が病気になったために行うことになった伍長代理の任務を忘れたりはしない。彼にとって幸運だったのは、中尉の覚えが良かったことであり、そのために〈宇宙〉と〈大地〉についての講演を小隊の隊員たちのために行うよう依頼された。さらに毎日昼になると、連隊のアルザス人たちにフランス語の授業を行ったのだが、彼はドイツ語を上達させるためにその機会を利用した。つまるところ彼には退屈する暇などほとんどなかったのだが、それでも再役しようとは考えていなかった……。

二十三歳になったときに与えられた二十四時間の休暇によって、彼は夢を一つ叶えた。それは南に下ってビスクラまで行くことである。三人の友人がそこに加わり、到着するやいなや、彼らは駅の広場に生えた野生のミモザが香る暖かい空気を味わった。そしてラクダに乗ってヤシ園やアラブ人地区に赴き、オアシスを散歩した。クノーは幸せそうだ。彼は発見した風景の美に感激し、出会った人々に夢中になった。他者を発見し、その声に耳を傾けるという嗜好を、彼はその後も持ち続けるだろう。兵舎に戻った彼を待っていたのは、駐屯地の決まり切った生活だったが、彼がそれを辛がった様子はない。ある日の医務室の訪問は特に彼を喜ばせた。到着以来、体重が二キロ増量したのである！　従兄弟のアルベール・モンテギュが重い病に罹ったという知らせを受けたが、彼は楽観視することを止めなかったようであり、頑強な体質の従兄弟は回復するはずだと信じようとした。しかし彼は、その直後に死去したのである。

第三ズワーヴ隊が戦争中のモロッコに送られることを彼が知ったのはこの時である。彼の父はその知らせを、義理の姉の手伝いをするためにル・アーヴルにやって来た時、彼女の口から聞いた。レーモンが彼女にその知らせを打ち明けていたのである。大騒ぎが想像できる！　そこでレーモン・クノーは、モロッコはアルジェリアとほとんど変わらないということ、そしてモロッコぜんぶがリフではないということを説明して両親を安心させようとした。ズワーヴ兵ならこの国に行くことは普通であること、そしていずれにせよ、リフ戦争に巻き込まれるのは部隊の狙撃兵だけであることを彼らに納得させようと努めた。この一人息子しかいない両親の恐怖は想像できるだろう！　それゆえレーモンは、モロッコの気候はバトナと同じくらい健康的で、また第三ズワーヴ隊は戦争ではなく占領を行うのだということを示そうと躍起になった。両親がその答えに納得したかどうかは分からない……。

彼はバトナを一九二六年三月十二日に去ってフィリップヴィルとモロッコに向かい、そして二十日の昼頃にウジダに到着した。旅はさらに西にあるタザ方面へと続いた。最初の印象は良いものだった。彼はほとんど砂漠である地帯と、これまで接してきた土着民とはあきらかに違う人々によって生じた環境の変化に感じ入った。とはいえ彼は、座席といえば砲弾の箱かセメントの袋しかないという、快適とはいえない輸送条件に苦しんだ。

彼の関心はタツァに向かった。古いモスクや葦の生垣に覆われた小路、市場《スーク》があり、さらにいろいろな連隊の兵士たち、スペイン人飛行士、リフ人の捕虜等々がいる町だ。用心深い性格のジョゼフィーヌ・クノーは、ルルドのノートルダム寺院のメダルを彼に送った。オーギュストの方は、この種の心配をする人間ではない。彼は、もし自分の馬鹿息子が士官になるための試験に愚かにも失敗しなかったのなら、命を危険にさらすことなどなかったのにという考えから逃れられなかった。

息子はそんなことなど気にかけてはいなかった。アイン・アイシャの北方約二十キロ、リフ人の戦列が十ほどならぶスケルの部署に到着し、これだけ戦闘地帯に近づきはしたものの、過度に気を高ぶらせる様子はなかった。彼はこの地がかなり肥沃であることを認め、ネズミ、サソリ、ジャッカル、シラミ等々、信じられないほどたくさんの動物がいることに気がついた。こうしたことがすっかり書き留められた手紙を受け取った母親がどれだけ怯えたかは想像できる……。第十二部署に配置されたレーモン・クノーは、訓練に行き、塹壕を掘り、水を二キロ離れたところまで取りに行く雑役に従事し、スラ・ワジ〔河川〕で体を洗い、毎晩二時間の当直任務に就いた。兵士たちのなかには部署の小屋に自分のベッドを持っている者もいたが、彼はテントの中で寝た。彼にとってこの地は非常に静かであった。彼は狙撃大隊が四隊いることで安心し、あるいは安心しようとしていた。彼の父はつべこべ言うことなく、他のことを話題にしたがった。彼はロチがモロッコ旅行記に書いていたツルボランを村で見たかと息子に尋ね、レーモンはそれに対して、青い花をたくさん見たと答える……。作品のタイトルの兆しがみえる……。

一九二六年春から、彼はある程度知的な生活を取り戻したいと強く願うようになる。彼は世間から隔絶することを怖れ、新聞や雑誌を求めた。そしてなにもかも忘れてしまったのではないかと懸念した。オーギュストは急いで『ヌーヴェル・リテレール』、『カンディード』、『コメディア』、『エクセルシオール』等々を送った。だが厳として存在する軍隊生活は、重苦しく、疲れさせるものであった。五月十三日、彼はスケル第十二部署を離れ、スラ・ワジの治安部隊に加わった。当時の彼が生活していた環境は、非常に不安定なものであった。毎日、膝のところまで水がある河川《ワジ》を渡り、二キロ離れた場所まで食料を取りに行かねばならなかったのである。周辺にアラブ商人は一人もおらず、そのため日常生活を改善するための買い物もできなかった。日々の活動といえば、朝から晩まで塹壕を掘ることだけだった。十七日、彼のグループは再び配属替えになったが、今度はもっと良い印象を受けた。兵士たちはブー＝アダに到着した。そこは耕作され、美しく、小麦や大麦、いろいろな樹木、ウチワサボテンやアロエやヒナゲシがみられる非常に豊かな地域に位置する、たいへん趣のある村だった。彼は以前にも目にした、おそらくはツルボランと思われるあの青い花が一面に咲く野も再び見出したのだった。

　とはいえ戦争はすぐ近くにある。徴兵された兵士たちとともに、安南人の狙撃兵部隊が一隊駐在し、また七十五ミリ砲が二台あって、こちらはリフ人の部隊や村を発見しては一日に十二度ほど砲撃を行っていた。爆撃が止むことはなかった。レーモン・クノーはこの時、戦場のすぐそばにいたのである。飛行機が往来し、爆弾を原住民たちの上に落としていた。陸には十一の大隊がおり、戦車がそれに従っていた。前進のスピードが速かったため、しまいには砲兵隊がフランス人あるいはパルチザンによって占拠された部署に砲撃を仕掛けるなどということも起きてしまった。なんと無益な死者たち！　ああ神よ、なんと戦争は素敵だ〔アポリネールの詩の一句〕！　とても運の良いことに、当時髭が伸びるままにしていたレーモン・クノーは、直接戦闘に巻き込まれることはなかった。彼が就いていたのは、持ち場の回りに石垣を築くため、朝の五時から夕方五時まで石を運ぶ任務であったのだ。間もなく攻撃は進展する。フランスの外人部隊はスペイン植民地側のリフに侵攻して住民を制圧した。諸部族は降伏し、勝者の前を悲しげに行進する。男たちは手に武器を、女たちは鞄を持っている。彼らの後に続くのが汚らしい子どもたちと、貴重な財産、すなわち羊、子牛、山羊等々である。勝利声明が出されたからといって、徴兵者の日々の仕事が免除されるわけではない。だからクノーは朝から晩まで石を運び続ける……。とにかく、除隊までまだ三百日あるぜ！　彼は哲学的にそう考えた。

　それからは滑走路を作り直す仕事を与えられ、その後アイン・アイシャの方へと送られた。彼には自分がこれからどうなるのか分からなかったが、土地を見聞することは喜んで受け入れたように思われる。たとえばシリアに配属されることについてもやぶさかではなかった。可哀想な彼の母はきっと身震いしたことだろうが。アイン・アイシャに到着した彼は、隊長が古典的な軍事表現に従って、各人の業務は能力に従って定められると言うのを聞いた。しかし彼の能力は何だったのだろうか。士官たちにはそれを測ることが難しかったようだ。というのも彼に再び与えられたのは、牛や羊、そして大麦の袋を見張る役か、さもなければ毛布の山か布製品の荷物を運ぶ役だったからである。オーギュスト・クノーは、自分の息子がもっとうまくやれたはずではなかったかと夢見つづけていた。とはいえレーモンは、糧秣事務局での仕事を見つけることで境遇の改善をなしえた。この書類書きの仕事には、少なくとも、他の人々が太陽の真下で働いているときに日陰に留まっていられるという利点があった。この当時、アイン・アイシャは重要な基地であり、そこには二十前後の市、床屋、酒保、図書館、そしてワインとパンの協同組合店がそれぞれ一つずつあった。缶詰の値段はさほど高くなく、最新刊の本や新聞もいくつか手に入れることすらできた。日曜に立つアラブ人の市はとても趣があって利用価値が高い。そのおかげで、日常生活に彩りを添える果物や野菜を買うことができたのだ。

レーモン・クノーは、糧秣事務局からサン＝ジュリアン野営地の事務局に配属され、書類を分類し、署名を要する書類を基地内のさまざまな部局に運ぶ係となった。あいかわらず伍長になれなかった彼は、父をおおいに嘆かせることになったが、それでももはや歩哨に立つこともなく、二人の召集兵とともに静かな小屋に住まうことができたという理由で、自分自身では幸せに感じていた。両親からは少々の金といくつかの荷物、そして彼がたいへん喜んだパイプが送られてきた。彼にとって、パイプを吸うことは、恍惚の絶頂に思えたのだ。当時彼の上官は、教養のある中尉であったが、その人物は彼に、ヴィクトール・ユゴーは思想家であると思うか否か、あるいは「legs〔遺贈〕」という語にはどうして「s」がついているのかなどという質問をいきなりしてきた。彼はまた基地の図書館にも通っていたようだ。というのも、一九二六年七月三十日、美味しい料理を奮発した後で、彼はレオン・ドーデが克明に描写したブイヤベースあるいはブリッド〔パンの輪切りを入れた白身魚のスープ〕をまだまったく食べていないと加えているからである。彼はやはり兵役に就いていたピエール・ナヴィルに連絡をとり、無沙汰を詫びつつ近況を尋ねた。ナヴィルからの手紙は間もなく届き、それに対して彼は、かつて付き合いのあった人々との関係を結び直すため、すばやく返事をしたためた。彼はパリに戻って感じの良い仲間たちと再び相まみえる日が待ちきれないこと、そして現地住民たちに対してかくも恥ずべき抑圧を行う士官たちからさっさと逃げ出したいことを打ち明けた。彼は自分の煉獄がもう十分に長く続いたと思い始めてはいたが、それ以上のことは口にしなかった。文通相手と同様、彼も軍事検閲を警戒していたのである。彼が文学創作を再開したのもこの時期であった。一九二六年七月十七日の日付をもつ未刊のシュルレアリスム・テクストの一つは[4]、アイン・アイシャで書かれている。

八月一日、彼はフェスのプロコス野営地にある第二ズワーヴ部隊の郵便係へ異動となることを知り、喜んだ。彼にとっては十分な静けさを得て、自分の教育を補う新たな機会であったのだ。事実彼は、タイプ打ちの習得を始め、自分の蔵書を送るよう要求しはじめる。八月十二日、彼はルネ・ゲノンの『人間とその生成』[5]をとりわけ指定し、また文学の教授資格試験と領事試験の試験科目を知りたがった。それはこの二つの職業に就こうと本気で考えていたわけではなく、質の高い知的活動をなんとしても取り戻したいと思っていたからであり、つまりはすでに社会復帰を気にかけていたのである。『人生の日曜日』の中で、ブールリエはブリュに尋ねる。「なあ、民間人になって何をするつもりだい？[6]」とはいえ教師の職に就く可能性という点について言えば、彼は自分の生活する場はパリか、さもなければ外国でしかないと考えており、学士号をもった教授として地方に赴任する気はなかった。彼は英語を忘れないため、『オブザーバー』紙を数ヶ月前より受け取っていた。ドイツ語はアルザス人の生徒のおかげで多少上手になり、アラビア語にも関心を持ち続けていた。アラビア語については、少しは話せたが、読み書きはできなかった。彼はエコール・ユニヴェルセル〔一九〇七年に設立された通信教育〕にいくつかの講義について問い合わせた。その目的は、二つの現用語を習得し、速記タイプを少々学ぶことで市民生活を取り戻すことであった。事実彼は、哲学学士をもった人々と比べて、これが仕事を見つける上で有利な決め手となるであろうことを理解したのである。それゆえ彼は、エコール・ユニヴェルセルに登録するという考えに傾いていった。まず彼は、月払いで商用英語と商業の二つの講座に登録することを両親に相談し、一九二六年九月末からその教育を受け始めた。彼は一週間に一セットの割合で課題を送り、良い結果を得た。彼はその後、これを最後まで続けようという意志を固め、その結果、一九二七年五月には、真面目さと体系だった思考、そして広い知識を称える評価とともに、二十点満点中平均十四・六八七点という結果で学位を得たのである。

学問をやり遂げるという意欲のせいで、彼がモロッコの街路が見せてくれるスペクタクルに関心を失うことはなかった。少年時代、ル・アーヴルの外人部隊を驚嘆の目でみていたときと同じくらいの情熱を、彼からは感じることができる。生のあらゆる徴候をたえず研究しつづける人文主義者と同じ、飽くことを知らない好奇心が彼にはあった。『日記』にはこう書かれている。[7]「個別的事物のすべてが私を惹きつけ、私はそれを知りたいと思う。かくも美しきこの瞬間よ止まれ！　全体に対して個別がなにものでもないことは知っている――私はそのことを知っている、そして知り得ないでいる、そして知ろうとは欲していない！　謎なのはこのことだ。つまり、こうした個別的なものはすべてどうしてこんなにも重要なのか」。アラブの小路は、人の家の中庭なのか、道路なのか、行き止まりなのか、あるいは市なのか分からない。彼はモロッコで、そのような小路をぶらついて楽しんだ。白のバーヌース〔頭巾付袖なし外套〕を一様に着てはいるが、アラブ人は信じられないほど多種多様であるということを彼は敏感に気づいていた。この群衆の中で、彼の視線は泣きわめく子どもたちや、青色のガンドゥーラ〔外套の下に着用する袖無しの服〕を着た高貴なカイド〔北アフリカムスリム世界の地方官〕たち、静かなロバ、鼻をクンクンさせている痩せこけた犬、さらには乞食や蛇遣いなどに分け隔てなく注がれた。彼の情熱はたいへん文学的なもののようだ。数週間以来、もっとも苦しい軍務からは解放されていたレーモン・クノーは、再び書き始めていたのではなかっただろうか。いずれにしても、フェスから両親に宛てて送る手紙には、描写の量が次第に増えてゆくようになる。九月六日、彼はユダヤ人街であるメラーのことを長々と書き綴った。皆が同じように黒い玉房のついたシェシア帽を被って灰色のバーヌースを着用しているということだ。彼は観察の才能によって、そこにいるあらゆる種類の人々を見分けた。ユダヤ＝ヨーロッパ人、見事な鷲鼻の腹のつきでた人、痩せた苦行者、特徴的な髭の持ち主。アラブ人街、つまりメディナの方は、人々が従事する職業に従って街区が分けられていることがまず彼を驚かせた。彼はバブーシュ〔トルコ風室内履き〕売りや、素焼きの壺の店、あるいは蹄鉄工の前で立ち止まった。そしてモスクが大学と同じくらいたくさんあること、フェスはイスラム教の一大中心地であることを理解した。最も聖なるモスクはムーレイ＝イドリスだ。彼がモスクに入ることは禁じられており、また家々の中をあまり見たりしない方が良いことも心得ていた。とはいえ青と白のタイルが織り成すスペクタクルに、彼は魅惑されたのである。彼は事務局にいる時、長い時間をかけてこの通りのスペクタクルを描写した。もっともそれは、上官が不在の時にではあったが。

アラブの文明にかくも惹きつけられたため、彼はその言語についての知識に磨きをかけ、間もなく読めるようになった。彼は十年間アラブの学校で学んだ経験をもつ、隊長の従卒に教えてもらったのである。この人物は、野営においても重要人物であった。狙撃兵全員の手紙を書くのが彼だからだ。これがマルキとかいう人物のはずで、その名前は、一九二六年にフェスで書かれた、アラビア語方言に関するノートの最初のページに見られる。クノーは彼にアラブ文学の手ほどきを受け、イスラム教の物語をいくつか翻訳した。それらの一つに、かつてのアラブ人は朝に片目の男と出会うことを怖れていたという物語がある。ある日片目の人物を見た王は、その者を棒打ちの刑に処して牢屋に入れた。それから王は狩りに行き、多くの獲物を得たので、片目はその晩に、不幸を相手にもたらしたのは自分なのか王なのかと問うた。王はたくさんの家禽を殺し、片目は棒で殴打された後に牢屋に入れられたというわけだ。王は高らかに笑って片目に褒美として貨幣を与えたという。

「過ぎ去った時」という『運命の瞬間』に収められた詩は、彼がフェスに滞在していた時期に書かれたもので、[8] 北アフリカで発見した文明に対する彼の感嘆の念を証している。

これほど〈月〉に見とれるようになったのは
アラビア語では月のことを
ＱＭＲと呼ぶと知ってから［……］

フェスでは比較的安全な境遇にあったとはいえ、そのことが戦争を忘れさせたわけではなかった。一九二七年一月一日に書かれた『牧歌』の詩はまさに「戦争」と題されている。

［……］移住者たちの不幸は現在そうであり、また過去にそうであったごとくにありつづけるだろう、閉じ込められ、夜のうちに輸送船を沈める氷山の橋のように無人で。
［……］
しかし――国境が語った（何と言ったのか？）
そして今他の人々は泣き彼らの涙は皆の身体を貫き人間は終わりなく荒々しく休みなく常に力任せに身体を貫き隠れようが投降しようが誰も逃れられない［……］。

レーモン・クノーの知的活動が、この時、入隊以前の状態に再びなろうとしていることが容易に分かるだろう。九月十二日、ナヴィルに宛てた手紙の中で、彼は慎重さを捨てることまでしてきわめて直截に語り、いくつかの問題についての研究に再び取りかかったことを認めた。彼は数ヶ月におよぶ孤独から脱けだしたことを十分に意識しており、文通相手に、共産党に対するシュルレアリスムグループの立場について問い合わせた。さらに彼は、現在の情勢に再びついてゆくべく、重要な記事を送ってくれるようナヴィルに頼み込んだ。ナヴィルは彼の状況を理解し、ただちに彼に返事をしたためた。情報に飢えていたクノーは、またもや彼に手紙を書いて、自分の考えることといったら除隊のことだけで、軍事に関することはなんでも吐き気を催させると述べた。自分がいない間になされたことを思っていたたまれない気持ちになり、また自分の手に入るひどく貧しい新聞に気分が萎えたのである。当時ナヴィルは除隊しており、軍事郵便を担当していたクノーには、自分の手紙が開封されることはないという確信があったに違いない。

総括の時がやって来た。市民生活に戻る百日前、レーモン・クノーは過ぎ去ったばかりの数ヶ月について思いをめぐらせ、モロッコに行ったことで何ひとつ後悔すべきではないと、母とのやりとりの中で考えた。この経験から彼が導き出した教えは、実際、非常に豊かなものであった。とりわけ植民地主義のスペクタクルは、彼の青年的感性に刻印を残したのであり、彼はこのことを常に、そしてアルジェリア戦争の時には特に顕著に思い出すことになる。帰還を準備しながら、彼は、自分が受け取ったあらゆる手紙を含むさまざまな荷物を両親に宛てて送り、自分の書類が無事に届いたか幾度となく尋ねた。レーモン・クノーはこれからも常に、保管と分類を気にかける偉大なる文書保管者でありつづけるだろう。ついに大いなる日がやってきた。彼は除隊し、一九二七年二月八日に、ウジダで、第二ズワーヴ部隊の指揮官であるレカーヌ大佐が署名した、素行良好証書を受け取った。クノー＝ブリュ〔ヴァランタン・ブリュは『人生の日曜日』の主人公〕は、平の二等兵としての時を終えたのであった……。

第六章　家庭内のいざこざ

一九二七年三月八日にパリに戻ると、レーモン・クノーはただちに昔の知人たちと再び相まみえた。十二日の『日記』に、「正午にシラノでブルトン」とあるのがその証拠だ。[1] 再会はそれより早かった可能性もある。というのも、レーモン・クノーは、カデ通り十六番地にあるグラン・トリアンホールで三月十日金曜日に行われたグループ・オクトーブルの夕べを告知したチラシを保存していたからだ。アンドレ・ブルトンとその友人たちに一刻も早く再会したいというこの欲求は、それだけ彼らが重要だったということを強調している。一月二日、彼はフェスで『日記』にこう書いていた。「私をシュルレアリスムと結びつけるもの、それはその《詩》と《革命精神》だ、私が革命家であるのはその点においてであるのだが、それを代表する人々に対する感嘆と友情を別にすれば、その後にこれについて解き明かしていない[2]」。これらの人々の方でも彼を忘れてはいなかった。一九二六年十一月二十七日の集会で、さまざまなシュルレアリストたちの立場を革命という観点から検討したときに、クノーの件についても取り上げられたからである。ナヴィルはその時にこう表明した。「クノーはモロッコだ。彼に伝えることは難しいが、しかし彼は良い素質を持っている。彼の件は動員解除まで保留にせねばならない[3]」。議論をとりあえず打ち切るにはこの発言で十分であり、その後はジョゼフ・バルサルーの状況についての検討に移ったのだった。

市民生活に戻ったレーモン・クノーは、金銭的な困窮ともまたすぐに出会うことになった。「素寒貧」と彼は『日記』に書いている。「本を売る、嫌になる仕事だ、それで一週間のうち四日は一文無しときている。さえない、不条理な生活。働かねば、そうせねばならない[4]」。その目的のために、彼は実にさまざまな職に対して応募の手紙を送った。三月三十日、航空機関の技術と実践に関する雑誌である『ラエロフィル〔航空愛好者〕[5]』は、発明家を逃したことも知らず、不採用の通知を彼に送った。だが希望は再び生まれた。四月二十一日、彼は「大旅行」で知られるル・ブルジョワ代理店に、応募した通訳の職の件で呼び出された。だがさらなる失敗であった。三十日のアヴァス通信社、五月九日のパリ＝オランダ銀行、十日の大西洋汽船会社、十一日のフランス郵船会社も同様だった。だがこの日、彼は国立パリ手形割引銀行の[6]人事部長室に出向くよう要請され……採用されたのだ！　彼は十八日にこの銀行に入行し、有価証券部門に配属された。これは配当券の支払いを管理する部門だった。人事の担当係は、彼の英語とタイプの知識に快い驚きを感じたが、それでも志願者には翻訳試験を受けさせた。彼がエピネー＝シュル＝オルジュ市長の推薦を受けていたことも述べておかねばならない。市長は彼の両親の財政状況を「非常に羨むべき」ものと紹介していたのであった。それゆえあらゆる保証がそろっていたのだ。おそらくただ一つ、当人のモチベーションを除いては……。はじまりは有望だった。「この聡明な職員の勤務態度は非常に真面目である。しばらくしてやり方をよりのみ込んだ際には、非常に良い仕事を期待できる」。六月の評価はこのようなものだったのだ。

レーモン・クノーが銀行職員になったと知ったときに、あらゆる賃金労働を拒んでいたアンドレ・ブルトンがどのような反応をしたのかは分からない。しかし、幾人かの友人たちはおおいに楽しんだようだ。一九二七年七月六日、ルイ・ピエルは、資本主義の象徴である紙幣をクノーが銀行で破壊してはいないかとマルーが手紙で尋ねてきたことを彼に知らせている。たしかにその数ヶ月前、軍隊では偽善を増長させ、自分の共産主義的感情を隠しおおせたということを、クノーはピエルに請け合っていた。それゆえに彼は国立パリ手形割引銀行に迷い込んだのであって、出てくるのも早く、八月七日には、地方に生活の拠点を移さねばならない義務が生じたという理由で辞職願を出したのである。このような見通しを彼が毛嫌いしていたことを思えば、この理由にも面白みがある。この短い銀行経験については、『はまむぎ』の次の一節が残されることになる。「「ピエールは」預金銀行の前には十分前に着いた。彼は待ちながらこの大きな建築物を眺め、こんなへんてこなものを作り上げた建築家の愚かさと卑しさを推しはかった。とはいえ、五大陸が下ぶくれの商業の女神の足下に自分たちの《産物》を置いているさまが表現されている浅浮彫、あるいは高浮彫はなかなか魅力的だと認めざるをえなかった。なかでも美しい乳房をした黒人女が、なんともいえぬ笑みをたたえて差し出しているバナナの房、パイナップル、そして象牙は特に気に入った[7]」。

だが規則正しく働かずに生きてゆけるほどの個人的財産をレ

ーモン・クノーがもっていたわけではないので、なんとか食べてゆくだけの方途を見出すべく、彼はさまざまな運動をしなければならなかった。テュクデンヌ〔自伝的小説『最後の日々』の主人公〕はこう自問する。「自分はどうなるのだろう？　人をかじる凡庸が、凡庸のねずみのような歯が自分を待ち伏せているのが見えるのだった。では冒険は？　おそらくいつか旅立てるのだろうか？[8]」おそらくはランブールに、また数多く読んだマッコルランの書物に影響を受けてのことだろう、クノーは、遠方の地で暮らすというほとんどロマン主義的な切望を長い間あたためていた。かくして六月二十七日、彼は代替兵役補佐官として、旧フランス領西アフリカに向けて出発すべく、兵役状況の報告と身体的特徴を記したカードを提出した。また数ヶ月後、彼はペルシアにおける教員の地位に応募することになるのだが、国立大学事務局が彼の申請に応えることはなかった。

一九二七年夏のはじめ、レーモン・クノーは相変わらず自分に自信が持てずに迷っていた。職業の道についての見通しが描けるわけでもなく、自分の書くものの価値についても確信がない。遡ること一月、彼は『日記』に次のように記していた。「本当のところを言えば、私には文学作品は無理なのだ——たくさんの主題に心が引かれるのだが、小説や劇は皆無だ。想像力に欠けているわけではないが、この方向性ではない。これは一つの欠陥だ（ライプニッツと共通の欠陥、彼はどんな主題についても書いたが、小説や劇は一つもない）[9]」。不安で落ち着かず、また困惑していた彼は、ある実験を試みる。匿名の自動筆記テクストをブルトンに送り、客観的な観点から彼がそれについてどのように語るか聞こうというのだ。すると驚くべきことが起こった！　非常に良い反応が返ってきたのだ！　ブルトンは興奮し、『シュルレアリスム革命』誌にその長い抜粋を掲載すると言った。だが不幸なことに彼はその原稿を紛失してしまい[10]、警察署にまで赴いて紛失届を提出した。「以下を白い紙で小さく巻いたもの。匿名の手書きノート、『ラ・プレーヌ』と題された定期刊行物、そして《リーズ》の署名があるいくつかの原稿。これらすべてが『シュルレアリスム革命』のレターヘッド付き便せんに包まれている[11]」。クノーがリブモン＝デセーニュに「ブルトンは私が彼に見せたあるテクストに興味を示しました」と打ち明けたとき、彼の念頭にあったのは、ブルトンが彼に対して示したこの配慮であっただろう。彼はそれからこう加えている。「私はすぐにシャトー通りと呼ばれていたグループ、つまりプレヴェール、タンギーそしてマルセル・デュアメルが作っていたシュルレアリスムの下部組織に加入したのです[12]」。

クノーがシャトー通り五十四番地に到着したのが八月、その少し前に彼は実家を離れ、ノートル＝ダム＝デ＝ヴィクトワール通り二十番地に移ってきていた。シャトー通りにみなぎる雰囲気に魅惑されていたアンドレ・ブルトンは、アンドレ・パリノーとの『対話』の中で次のように回想している。「《暗黒叢書《セリ・ノワール》》や《恐怖叢書《セリ・プレーム》》の出版などまだ夢にも考えていなかったマルセル・デュアメルが、友人のプレヴェールやタンギーを同宿させたのは、そこ［……］でした。ペレとクノーもこの家に長期逗留して、デュアメルの厄介になりました。絶対的な非順応主義と完璧な不敬、そしてまたこの上ない上機嫌がそこを支配していました。［……］『パリ＝フランスでの仮面晩餐会の描写の試み』〔プレヴェール〕や『私はそのパンを食べない』〔バンジャマン・ペレ〕や『文体練習』をのちに生み出すに至るこの懐胎期ほど、軽やかな懐胎期を私は知りません」[13]。レーモン・クノーは、ねぐらと食事だけでなく、シャトー通りにみなぎっていた生きる喜び、友情の崇拝、そして連帯を高く評価していたはずだ。ジャック・バロンは、この当時、レーモン・クノーが「黒いモールスキン風フェルト帽をかぶり、パイプを口にし、数学とチェスの非常に複雑な問題に熱を上げていた」[14]と記している。またそもそもクノー自身が、この時期の彼の人生について、自分が住んでいたのはノートル＝ダム＝デ＝ヴィクトワール通りの角にあり、ブルトンが住んでいたフォンテーヌ通りとシャトー通りの間に位置するルロン通りであったと明らかにする証言を残している。彼はいつもどのようにしてプレヴェールと彼がフォンテーヌ通りを出発し、シャトー通りに向かっていたのか、またどのようにしてプレヴェールがノートル＝ダム＝デ＝ヴィクトワール通りまで彼を送ってゆき、シャトー通りに戻っていったのかをこと細かに語ったことがある。この道すがら、プレヴェールは自分や他人の人生について語ったのだが、その話は驚異的で目がくらむようなものであったと思われる。彼の天才はその言葉のなかに現れ出ていたのだ[15]。のちにクノーは「ジャック・プレヴェール、守り神」[16]と題された論考を書き、あるいは「プレヴェールは兄弟ではなく、師である」[17]と公言することになる。また彼は、一九二七年に、アクション・フランセーズの活動家たちが頻繁に通っていたブラッスリー・リップで起きた乱闘騒ぎにプレヴェールと加わりもした。彼はボリス・ヴィアンにこう打ち明けている[18]。「理由はまったく記憶にない。ギャルソンとも少しはやりあった。その一人はコート掛けを外してしまった。全員そろってちょっと警察署に連れて行かれた。たしかアクション・フランセーズも」。つまるところ、クノーがつねに探し求めていた人間的熱意を最初に与えてくれたのが、このプレヴェール、タンギー、そしてデュアメルだったのかもしれない。そして彼は、そのことを忘れないだろう。

より散文的な方面では、マルセル・デュアメルが自身で支配人をしていたアンバサドール・ホテルでの教師の口を彼に斡旋した。彼にとって当時のクノーは「眼鏡をかけ、額に髪を散らばらせ、半ズボンを履き（この点は定かでないが！）、かなり謙虚、とはいえいかなる時にでも大声で響く笑い声をたてる、とうが立った学生」[19]であった。デュアメルがホテルの案内所に、フランス語学習希望者を数名探すよう指令を出すと、間もなく二人のアメリカ人が名乗りを上げた。合意の取り決めをするため、彼らはその晩にタンギー、プレヴェール、デュアメルそしてクノーを彼らの部屋に迎えて夕食を振る舞った。挨拶がすむと間もなく、二人の外国人は四人の仲間にアヘンを一緒に吸おうと提案する。それは実行され、それからデュアメルが、本来ならば静かに横になっていなければならないにもかかわらず、散歩に出ることを提案し、それが受け入れられた。すると起こるべくして起こることが生じた。つまり四人とも具合が悪くなってしまったのだ。だがこの出来事はグループの結束を強めることにしかならなかったし、またおそらくこのことは、レーモン・クノーをより楽天的にしただろう。

「懐古的に思い描くのとは逆に、シュルレアリスムの時代には数多くあった無為と憂鬱の夕べの一つ」に——こう回想するのは、アンドレ・ブルトンの最初の妻であるシモーヌ・カーンだ(20)——小さな紙を用いた遊戯を行うことが決められ、各自がそれぞれ、自分の前に書かれた語を見ることなく一語ずつ書くことが決められた。「プレヴェールが口火を切った。《妙なる屍は……》、その隣人は、《新しい》だ。さらにその次の人は《ワインを》で、最後の人物は《……飲むだろう》」。ブルトンは紙全体を開きながら狂喜した。「妙なる屍は新しいワインを飲むだろう」」。こうして遊戯が生まれた。「妙なる屍」という見出された名前とともに。クノーもこれをいくつか保存している。「フェルジヌーズ〔「鉄分を含んだ」の意味あり〕嬢は、自己愛ゆえに書物を破壊する」。あるいは「ウグイス親方〔「ウグイス親方」と訳したCompèreLoriotは「ものもらい」の意味がある〕は晴れ着を着て、打ち捨てられたシャトー通りに岩塩を振りかける」。

レーモン・クノーは、孤独と陰気な考えを紛らわせてくれるこの愉快な雰囲気を心地よく感じたはずだ。一九二七年秋、彼はふたたび『シュルレアリスム革命』誌に加わって、「象牙の回」という詩を発表したり、「ハンズ・オフ・ラヴ」(21)という声明に署名したりした。ジャクリーヌ・ベスヴィックは、ペネロペに言及しながら前者の詩のタイトルを見事に説明している。彼女にとって、「朦朧として実体のない夢の通う門は二つあって、その一つは角で、もう一つは象牙で造られている。人の見る夢のうち、挽き切られた象牙の門を出て来たものは、実現せぬ言葉を伝えて人を欺きますが、磨かれた角の門を潜って出る夢は、それを見た人に見たとおり実現してくれます。〔『オデュッセイア』(松平千秋訳)からの引用〕」。言い換えると、クノーは自らのペシミズムを表現するためにホメロスを参照したということだ。そこからジャクリーヌ・ベスヴィックは次のように結論づける。「クノーは、より豊かな生の夢に対する、譲渡不可能な権利を主張したのだが、ただしその主張は、希望が幻影であることを強調しながらなされたのであった。それが象牙の回ということである」。一方、「ハンズ・オフ・ラヴ」は、チャーリー・チャップリンの擁護である。チャップリンが堕胎を無理に望み、またとりわけフェラチオを強要するという倒錯ぶりを示したといって、彼の妻をはじめとする人々が彼を糾弾していたのだ。このテクストはまず九月に英語で『トランジション』誌に掲載され、その後、ナンシー・キュナードの翻訳によって、『シュルレアリスム革命』誌にフランス語で掲載された。

その数週間後、シュルレアリストたちはシャルルヴィルの役人たちを攻撃した。彼らは、自分らの父たちがランボーを呪われた詩人に仕立て上げたというのに、この詩人の像を駅の広場に建てようというのである。一九二七年十月二十三日の日付をもつ辛辣な誹謗文書では、「田舎の小都市の中でも見事なまでに愚か」であると生地の都市について書いていたランボーが、どれだけそれを拒絶していたのかが喚起されている。名士たちはまた、「祖国のために死んだ者たちへのモニュメントが存在することと、敗北主義の観念、すなわち戦時において「彼らが」銃殺していた活動中の敗北主義の観念を最高度に体現した人間を記憶するモニュメントが存在すること」を、自分たちの都市においていかに両立させ得たのかを述べるよう促された。事実ランボーは、一八七二年六月に次のように書いていた。「私はアルデンヌが占領され、もっと際限なく絞り尽くされることを強く望んでいる。だがこんなことはまだ月並みなことだ」。彼はまた、ミュッセを非難することでフランスに対する嫌悪を吐き出していた。「おお「夜」よ、おお「ロラ」よ、おお「ナムナ」よ、おお「杯」よ！　すべてがフランス的、つまりは最高に憎むべきものだ」。その後も同じ調子で続く。「ランボーだって？　コミューン主義者、ボルシェヴィキ［……］、彼は酔い、戦い、橋の下で夜を過ごし、シラミをわかせていた［……］、彼は仕事を忌み嫌っていた［……］、あなたがたの汚らわしく卑小な生活を作るあらゆるものが彼に嫌悪を催させていた、［……］彼は常にありとあらゆるものに反対していた」。そして以下の引用をもって結論づける。「司祭、教授、師よ、あなたがたは私を司法に委ねるという間違いを犯している。私はかつて一度もキリスト教徒だったことはなかった。私は責め苦のなかで歌う種族の者。私は法を理解しない。私には道徳的感覚がない。私は粗暴な者。あなたがたは間違っている」。このテクストを執筆したのは誰なのか？　シュルレアリストたちの集団？　アンドレ・ブルトン？　あるいはランボーに次のような思想を与えることで、自分自身を相当反映させたまた別の人物だろうか。「希望はまるでない。地上にも、他の場所にも。あなたがたには決して分からないひどい憂鬱に襲われ、彼はつねに立ち去ることしか考えていなかった」。これはもちろん、レーモン・クノーである。そう、彼はまさしくこのひどい誹謗文書の著者なのだ。一九七〇年十一月四日、彼はそれをクロード・ラメイユの前で認めた。事実ブルトンは、論争に一時うんざりして引っ込んでいたところだったのだ。

クノーは、とりわけシュルレアリスムグループの女性たちのあいだで魅力的な存在となったはずだ。これまでのところ、彼をめぐる艶っぽいはなしはほとんど確認できない。我々が参照できる彼の告白は、シュルレアリストたちによる性についての議論の第五回と[22]『日記』のなかに見出される。いつ、どのような状況で童貞を失ったのかという質問をクノーはブルトンとその友人たちに投げかけたのだが、それについて自分ではこう答えている。「一九一九年三月十八日、私はル・アーヴルの中央市場のあたりを散歩していた。すると傘を持った売春婦に――雨が降っていた――誘われた。いうなればものすごくセックスをしたかったので、私は彼女と部屋に上った。彼女はそれをするために服すら脱がず、それにはとてももげんなりしたが、最終的にはとても満足した」。十六歳で経験者として皆の前に出られるようにしてくれたこの傘を持った女は、彼にとって僥倖であった！　しかし彼は一九三一年に『日記』で次のように打ち明けている。「私は常々十六歳か十七歳――あれ、思い出せない――で童貞を捨てたと人には思わせてきた。どちらにせよひどい嘘だ。実際のところ、一九二七年三月十八日になるまでそれは起こらなかったのだ（二十四歳だった）[23]」。またしても三月十八日だ！　奇妙である。一九二八年二月の性に関する探求の第五回会合で、彼は月日については真実を述べたが、実際よりもいくらか前の日付にしたということか……。一九二七年には、『日記』に以下のような文言を読むこともできる。「女はみな好きだ／ひとりひとりではない／売春宿は／今ではなんとも高すぎる」[24]。これは三月十八日以前の記述に違いない！　一方テュクデンヌが愛について思いをめぐらせるとき、彼は「どうやっていつの日かそれが、女性との出会いが、彼の身に起こるのかわからなかった、彼が愛し――そして愛される――女性との出会いが」[25]。

だがそれはついにレーモン・クノーの身の上に起こった。おそらくは一九二七年終わりか一九二八年はじめのこと、相手はシモーヌ・ブルトンの妹ジャニーヌ・カーンであった。彼女はパリで一九〇三年十月三日に生まれた。アルザス＝ロレーヌ出身で、ドイツにこの地が併合されたときに移住したブランシュとフェルディナン・カーン夫妻の娘である。ジャニーヌが生まれる以前、彼らはペルーに渡っていた。フェルディナン・カーンはその地でゴム栽培の会社を興した後に、輸出入を営む会社へとそれを転換させる。そしてシモーヌがイキトスで一八九七年に生まれ、その後一家はいくらかの財を蓄えてフランス、パリに戻った。ジャニーヌの学業についての情報はほとんどない。閲覧することができた彼女の最初の数年間にわたる成績通知表は、ぱっとしないものだ。彼女はまじめに勉強をせず、嫌な科目には興味を失ってしまったように思われる。ジャニーヌは、その生涯の最後の時を除くと、扱いにくく、気むずかしく、また不安定で気紛れな人間だという印象を残したが、シモーヌはそのような彼女に対し、ほぼ常に母親の役割を果たしていた[26]。アンドレ・ブルトンとその友人たちのところに出入りを許されるや否や、シモーヌは彼らの行状を欠かさず妹に伝えた。彼女はアンドレが数々の奇抜なことを行い、また信じがたいほど自在に物を書くのを目の当たりにしてうっとりとした。彼女はまた、友人であるポール・エリュアール、フィリップ・スーポー、ルイ・アラゴンのおふざけについても忘れずに報告した。アラゴンは常に紳士的で、敬意のこもった称賛を彼女に対してためらうことなく表明したが、彼女はそれに心を動かされた。シュルレアリスムはアンドレとシモーヌのブルトン夫妻の生活に染み渡り、そしてシモーヌはジャニーヌにもそれを真似るよう促したのである。

それゆえごく自然にジャニーヌ・カーンはシュルレアリストたちと付き合いはじめ、間もなく彼らの間に欲望を、さらには情熱をかき立てることになった。小柄[27]で髪は褐色、目は栗色という彼女の魅力は、それに加えてはつらつとした才気、しばしば辛辣でどぎついこともあるが、いつも当意即妙である応答によって増していた。その魅力を敏感に感じ取ったアントナン・アルトーは、彼女を誘惑しようとしたが、その試みは失敗に終わったようだ。彼は彼女にしばしば、長い手紙を書き、その中で彼女を愛してしまったことの不幸を嘆き、また占い師マダム・パコの予見を記した。その占い師がアルトーに請け合ったところによると、ジャニーヌは彼に対していくらか愛情を抱き始めているが、しかしそれが発展することは決してなかろうということだった。アントナン・アルトーが自分にまとわせて悦に入っている神秘に気を引かれてはいるものの、ジャニーヌが彼に身を任せることは決してないだろうということを、このカード占い師はよく理解していた。何事にも過剰なアルトーは泣き崩れ、自ら選んだ女性に愛されない不幸を天に呪った。ジャニーヌはこうした強烈な感情の発露に心を動かされないわけではなかったが、それに流されないようすぐに自分を取り戻した。

ジャニーヌとレーモンのクノー夫妻は、一九二七年に生じたある逸話[28]を好んで語っていた。それはこういうものだ。ある晩、シュルレアリスムの会合の際、シモーヌの隣に座っていたレーモンは彼女の方に身をかがめ、ジャニーヌを指さしてこう言った。「あの騒々しい馬鹿女はなんだ?」「あら、私の妹よ!」その答えを聞いた若者がどんな顔をしたのかは想像される。このときから彼はこの女性に関心を持ち始めたのだろうか。それは分からない。控えめの化身のようなクノーは、いつだって非常に遠慮がちだった。当時ピエール・ユニックと関係を持ちながらも、レーモンに白羽の矢を立て、ついに勝利を収めたのは、むしろジャニーヌの方であったのではないかという推測すら不可能ではない。おそらくはその決然とした気性ゆえに、自分から彼を愛していると打ち明けることまでして、臆病なレーモン・クノーを追い詰めたのだろう。若者の困惑ぶりが自ずと想像される。ピエール・ユニックの恋人で、アンドレ・ブルトンの義妹として知れ渡った女性から、ひるむことなく自分の気持ちを打ち明けられたのだ!　いまだに学生で、女性にもてるなどということはこれまでほとんどなかった彼にしてみれば、驚くべき話、驚くべき情事だった。

他方、この新たな状況によって、彼はまったく別人のようになったと思われる。イヴ・クリエールは、マルセル・デュアメル、ジャック・プレヴェール、アンドレ・マッソンそしてジャン・ピエル、つまり当時の彼の友人全員の証言を再び取り上げ、彼が「翼が生えたように感じていた」[29]と書いている。彼を愛する女性がいる！　つまりレーモン・クノーは、ついに自分に自信をもつ理由を見出すに至ったのだ。おそらくそのせいで、彼は、一九二八年はじめにブルトンが組織した性についての探求に積極的に参加したのだ。マルク・ポリゾッティは次のように述べている。[30]「ピエール・ナヴィルによると、この会話は［……］、シャトー通りでのある夕べに、ブルトン、モリーズ、ペレ、プレヴェール、クノー、タンギー、ユニック、そして彼自身の間で、一月の終わりに非公式なかたちで始められた。しばらくするとブルトンはモリーズに記録をとるよう依頼し、またその夕べには有力なシュルレアリストが複数（とりわけアラゴン）不在だったので、彼は四日後に討議の場を設けることにした」。事実、一九二八年一月二十七日から一九三二年八月一日までのあいだに十二回の会合がもたれ、レーモン・クノーはそのうちの四回に参加している。[31]その記録を読むと、自ら質問を提案し、またアンドレ・ブルトンに反論するほど、彼が自らの意見を威厳たっぷりに断言している様子に驚かされる。最初の二回の会合の際、彼は華々しい知的遊戯に身を委ね、それによって舞台の前面に出てきたように見える。いつも同じやり方でセックスをするのか、バンジャマン・ペレはフェティシズムの傾向があるのか、つまり足の不自由な女が好きなのか、またシュルレアリストたちは外的な条件がきっちりと満たされることを欲するのか、修道女と関係を持ってみたいと彼らが思っているかどうか、不潔さや衣服のだらしなさのせいで女を愛する気をなくすかどうか、性行為の最中の言葉に興味があるかどうか等々、こうした質問を参加者たちにするのは彼なのである。さらにアンドレ・ブルトンと最初に対話をするのも彼であり、またブルトンは絶えず彼の言動を重視しているという印象すら得られる。最初の会合は、男は相手の快楽をどの程度理解しうるかというブルトンの問いかけによって始まる。イヴ・タンギーが簡潔に答えると、すぐにブルトンはクノーに呼びかけ、彼の意見を尋ねる。それからしばらくして、ブルトンが女性に対して持ちうる信頼について言及すると、ただちにどの程度その信頼を与えているのかとクノーがブルトンに尋ねるのである。その少し後では、これまで内気と慎み深さを常としていたあのクノーが、堂々と「私はブルトンに賛成だ［……］」と述べる。バンジャマン・ペレが女同士の恋愛について、グループのメンバーがどのように想像しているかを知るために言葉を発すると、レーモン・クノーは最初に応答し、こう明言する。「この点について私が言うことは書物と想像に依っている。私はレズビアンの話を聞いたことはない」。それに対しペレがすぐさま彼が男色についてどう思っているかを尋ねて話を続けると、クノーは、その質問が道徳的観点からなされたものであることをはっきりとさせてから、次のように言い返すのである。「二人の男性が愛し合っている以上、私としては、彼らの肉体的関係に対して道徳的に反対する理由を一切見出さない」。おそらく彼はこの問題を自問したことがあったのだろう。というのも、ジャン・ピエル[32]が伝えている兵役中に書かれたクノーの手紙の追伸には、以下のような文句があるのだ。「困ったことだ、僕はこの小さなアラブ人たちにことごとく恋してしまった」。バンジャマン・ペレの発言に対するはっきりとした彼の返答は、しかしながらペレ本人、そしてピエール・ユニックとアンドレ・ブルトンの抗議を呼び起こした。ジャック・プレヴェールは、次のように食い下がるクノーの味方になる。「シュルレアリストの面々には、男色に対する奇妙な偏見が存在するようだ」。この言葉はブルトンには行き過ぎだった。彼はこう宣言する。「体制として成立し、私が尊重する企図をことごとく麻痺させる傾向にある心的ないし道徳的な障害を、人類の寛容さに向けて提案する男色家たちを、私は糾弾する。私が例外とするのは、ひとつは傑出したサドに対して、そしてもうひとつは、これは自分にとっても驚くべきなのだが、やはり傑出したロランに対してである」。ブルトンとクノーははっきりと対立し、クノーはマスターベーションが話題となったときに、これが男色と同じくらい正当であると断言することで再び攻撃を開始した。こうした返答は、おそらくアンドレ・ブルトンに強い印象を与えたのだろう、彼はこの主題を次の会合で再び取り上げ、クノーに対して「あなたは男色家か」と率直に尋ねた。彼が否定したことでブルトンは安心したはずだが、しかしこのときクノーはルイ・アラゴンの意見を巧みに尋ね、あらゆる道徳的断罪を自分は控えるという言葉を引き出した。アンドレ・ブルトンは、レーモン・クノーがこの点に関して重量級の味方を手に入れたことを苦々しく認めたに違いない。レーモン・クノーが三度目に議論に参加した五回目の会合で、討論がこの二人の対立へと発展したのも、そうした理由によるのかもしれない。クノーは次のような醒めた言葉が口をついて出るままにした。「私は愛のためにも革命のためにも死ぬだろう、だが私はそのどちらにも出会わないということを知っている」。アンドレ・ブルトンは間髪入れずにこう宣告した。「それは典型的な反革命的言辞であり、愛に反する典型的な言辞である」。クノーも後れをとることなく、一般的な次元へとよじ登った。「信頼とはどんなものであれ、反シュルレアリスム的なものであるように思われる」。それに対して、この応酬を勝利者として終えることにこだわったブルトンは、「そのような条件にあるなら、私はクノーの理解するようなシュルレアリスムには反対である」と言い切った。とはいえこれで断絶したわけではない。両者はそれぞれ弁明を述べた。それから言葉の意味について合意しようと努め、ブルトンはこのように明言した。「クノーが全面的実証主義として糾弾されたことは一度もない。おそらくは軽率に楽天主義という非難を浴びせたことについての応答があったのである」。

レーモン・クノーが赴いた最後の会合は一九二八年三月三日である。重大であり、かつまったく予想もしていなかった出来事が生じたのはその直後だ。マルセル・デュアメルが書いている。[33]「私が知っていた内気な学生は、いきなり自分がどれほどのものかを示した。彼はいきなり立ち、ジャニーヌを誘拐した

［……］」。当時、彼は他人の金を持ち去ったということも言われた。それはどうだか！　だが事実はある。この一九二八年三月のはじめ、レーモンとジャニーヌはコート・ダジュールの方へと逃避行したのだ。その前の月にも、クノーはシュルレアリストの友人たちにこう言明していたのだが。「今まで共に生活できるような女には一人も出会ったことがない。そういうことが僕にも起こるかもしれないのだが、そうした人間とは決して出会うことがないだろうという絶対的な確信が自分にはある」。隠蔽？　おそらくはそうだろう。構想がすでにあったとはいえ、準備中のことを彼が大声でわめき立てようとするはずもない……。

それゆえ皆を仰天させ、ジャニーヌとレーモンはコート・ダジュールに旅立った。シモーヌは、醜聞が流れることをとりわけ恐れた母、ブランシュ・カーンをなだめることに尽力した。シモーヌ・ブルトンはレーモン・クノーに対し敬意を抱いており、さらに妹を絶対に守ろうとしていたことは言っておかねばならない。彼女は巧妙に立ち回ってジャニーヌが逃避行したという考えに母が慣れるよう少し時間を置き、もし両親が彼女を拒絶するようなことにでもなれば生じうる苦悩を、大げさに言い立てることもいとわなかった。要するにシモーヌ・ブルトンは、間もなく成功に向けた正しい道に自分がいることを見出した。この場面に一つだけ影が差していた。それがジャニーヌの恋人、ピエール・ユニックである。彼は絶望し、打ちのめされ、不眠状態に陥っていた。一方、彼らの友人であるブルトン、プレヴェール、モリーズはこの出来事を非常な達観とともに受け止め、賛同した。クノーの恋の成功に対する男性特有の反応だろうか。それもあるだろう。だが彼らの伴侶たちも同じ意見だった。ピエール・ユニックの例外を除けば、グループが嘆きの声をあげることにもならなかった。人生は続いていたのだ。

三月十五日に『シュルレアリスム革命』誌第十一号が出版されたが、そこには最初の二回にわたる性に関する探求の夕べについての記録と、いくつかのクノーのテクストが掲載されていた。マルセル・ノルと作り上げた四つの妙なる屍、シュルレアリスト画廊で行われたジョルジオ・デ・キリコ展[34]を激しく非難した紹介[35]、そしてこの一九二八年はじめにレーモン・クノーが行っていた文体的探求の証となる自動筆記のテクストが一つである[36]。「〈書物〉を反対にすると〈卑屈〉になる（LIVRES à l'envers ça fait SERVIL）〔« servil » は「卑屈な」を意味する形容詞 « servile » を喚起する〕」というこのテクストの最後は人の心を惑わすものだ。

ラヴァンドゥーで終着駅大ホテルに投宿したジャニーヌとレーモンは、パリの動向をうかがい、ピエール・ユニックの訪問を受けさえした……。言うまでもなく、彼はパリのシュルレアリストたちの反応について不安の種をまくような説明を行い、自分は友人たちを諭すために来たのだと述べた。レーモン・クノーはこうした働きかけを良くは思わなかった。ジャニーヌが当惑しきっていたのでなおさらである。そしてアンドレとシモーヌのブルトン夫妻のあいだで深刻な問題が起こりはじめたという知らせも、雰囲気を重苦しくすることにしかならなかった。

金銭的な問題が生じはじめ、緊急に解決策を見出さねばならなくなった。シモーヌ・ブルトンはつねに妹を支え、最も良い助言を与えようとしていた。その彼女は間もなく結婚しろと言うようになり、ジャニーヌには、両親に対して、なにより彼らに敬意を払うために、このような儀式を計画しているのだという点を強調するよう勧めた。実際的なシモーヌ・ブルトンはまた、たっぷりの持参金を得られるよう妹を促した。ジャニーヌは彼女の意見に同調し、こうして結婚式が七月二十三日に十七区の区役所で執り行われることに決まった。立会人は二人、アンドレ・ブルトンと、やはりシュルレアリストで、物語に並外れた才能を示したロラン・テュアルである[37]。結婚式の公式な保証人となることを引き受けてくれたのだから、シュルレアリスムの法王は、このときレーモン・クノーに対していかなる敵意も抱いていなかったと信じなければならない……。だが実は、彼の忍耐力とユーモアは、その前にひどい試練にかけられていたのだった。ジャニーヌが出発して間もなく、ジャック・バロン、マルセル・デュアメル、ジャック・プレヴェール、そしておそらくアンドレ・マッソンは、義妹の逃避行の相手が……ジャック・バロンであるとブルトンに信じさせたのである。そのことに激しく怒った彼は、このいたずらの当事者たちと仲違いし、長々と手紙を書いて[38]レーモン・クノーに説明をして、彼には全幅の信頼を寄せていると明言したのだった。

レーモンとジャニーヌは、まず公証人ヴィエノ氏のところへ赴き、後得財産限定の財産共同体契約を結んだ。クノーが所有していたのは衣服、肌着類、宝石と自ら使用するための動産、つまりたいしたものではなかった。反対にジャニーヌは、個人的な財産に加えて、一定額の金といくつかの絵画を持ち運んできたが、絵画の方はすぐに大きな価値があることが判明した。ヴォジラール通りのパリ＝ニューヨークホテルで数日過ごした後、若夫婦はポルトガルに向かって旅立ち、それからふたたびコート・ダジュールへと赴いた。コート・ダジュールでは九月はラ・シオタに、そして十月と十一月はサン＝ポール＝ド＝ヴァンスに滞在した。レーモン・クノーにとってはあらゆることが変化した。これ以降、彼は「これまで満たされることのなかった旅についての妄想をほしいままにすることができるようになった。今度は快適な旅であり、思いがけないものの探求から着想したものではもはやなかった[39]」。

十一月になると、末娘の結婚を完全に受け入れていたブランシュ・カーンは、ジャニーヌとレーモンのために住むところを探し始めた。彼女はてきぱきと行動し、たいへん閑静な袋小路に位置する、デヌエット小公園四番地の二にアパルトマンを見つけてきた。賃貸契約が十一月にレーモン・クノーと北フランス不動産会社事務局長であるラ・トゥール子爵グザヴィエとの間で結ばれた。約六十平方メートルの大きな仕事場、エントランス、台所、二つのアルコーヴ、回廊、二つの寝室、化粧室、トイレそして地下室のついた部屋だった。フェルディナン・カーンが一期分の家賃と、ジャニーヌが始めたリフォーム工事の代金を支払った。彼女がこの方面に関して確固たる考えを持っていたであろうことは、その記録の中にスケッチや非常に精確な注釈が残されていることからもうかがえる。

趣味が良く、しっかりしたところのある女性であったジャニーヌ・クノーは、デヌエット小公園のアパルトマンの改修を一人で仕切ったと思われる。レーモンの方がそれに気を配った様子はない。いずれにしても、この時期の『日記』は「夢調査」を与えてくれるばかりで、この点についての情報は一つもないのである。若夫婦は、工事が終わるのを待ちながら、コーランクール通り十八番地にあるダニエル・ホテルに身を落ち着け、そこで友人たちを迎えた。その一人マルセル・デュアメルは、クノーと過ごすことをことのほか好んでいた。「詩人かつ数学者(40)」であるデュアメルは、チェスに秀でていた。彼はこう語っている。「そして女たちが下でおしゃべりしている間、我々のほうは力の限りポーンし、駒を仮置きし、捨て駒し、チェックし、メイトし、引き分けた。十二回の勝負——彼の勝ちが十一回、引き分けが一回——を終え、気がつくともう真夜中を過ぎていた」。ある日のこと、金を持っている者など誰もいなかったこの小さな集団に、シナリオを書いて、マルセル・デュアメルがそれをドイツに売り込みに行くという考えが浮かんだ。「私は一文も持たずにウーファ〔ドイツの映画会社〕のスタジオを買い取りに行くところであったのだが、シナリオの件は大失敗に終わった。工場から定期的に届けられるこれらユーモアの傑作が一つも売れなかったのだ。そして私は空のポケットのまま、尻尾を垂らして、サン＝ロック通りの五階で人知れず働くへぼ詩人たちのチームのところに帰って行ったのだ(41)」。『財宝』と題されたレーモン・クノーの最も古いシノプシスは、この時期のものである。これはマルセル・デュアメルやジャック・プレヴェールと共に書かれたもので、いくつかのシュルレアリスム的な場面を忘れることなく盛り込んだ財宝泥棒の話だ。ある老人がカマンベールに触れてみて、まだ十分に熟していないと判断する。すると店主が、店内にはもっと良い品質のものがあると答える。「老人は店の奥に入る。乳製品屋はとある箱の釘を抜く。縄で縛られた一人の年寄りがその中に閉じ込められている。老人は微笑を浮かべてその男に触れる。彼は言葉をいくつか紙に書きつけ乳製品屋に手渡すと、店主は箱を閉める。彼は出て行く(42)」。さらに先では、サルペトリエール〔精神病院〕院長の娘を愛したと語る狂人が出てくるのだが、その娘の格好は次のようなものだった。「侯爵の帽子をかぶり、頭頂部には鏡付きたんすを載せている。そこには二フラン二十五サンチームでエスカルゴ一ダース、パン一切れ、ボジョレー一杯とチョークで書かれている」。

一九二九年はじめ、シュルレアリスムグループは騒乱状態の時期に入っていた。その原因となったのが、「起こさねばならない個人的あるいは集団的行動の準備のために、シュルレアリスムと〈革命〉に近いあるいは遠い一定数の重要人物たちに宛てて、現在のイデオロギー的立場の説明を求める」[43]手紙を二月十二日に送ったことである。そこではいくつかの問いが立てられていた。

I．結局のところ［……］、貴殿の活動は、決定的であるか否かはさておき、個人的形式に限られるべきか否か？

II－A．その場合、我々の大多数を集めうる場において、貴殿の動機についての簡潔な説明に努めていただけるだろうか。貴殿の立場を明確にしていただきたい。

II－B．そうでない場合、貴殿はいかなる範囲で共同的活動が継続され、あるいは再開されうると考えるか。その性質はいかなるものでありうるか。誰とともにであればその活動を行いたいと欲するか、あるいはそれを受け入れるか。

回答は二月二十五日までに、パリ、コーランクール通り十八番地のレーモン・クノー宛に送られることとなっていた。これを基にして、回答することを受け入れた人々全員を集めて後に討議が行われることになったのである。質量共に十分な反応があったため、三月十一日に、シャトー通り五十三番地のバー・デュ・シャトーにおいて、マックス・モリーズを議長として会議が組織された。出席者は以下の通りである。アレクサンドル、アラゴン、アルプ、オダール、ベルナール、ブルトン、コーペンヌ、クルヴェル、ドーマル、ドゥロン、デュアメル、フーリエ、ジルベール＝ルコント、ゲーマンス、アルフォー、アンリ、カジアード、マグリット、メグレ、メザン、クノー、マン・レイ、リブモン＝デセーニュ、サドゥール、サヴィトリ、シマ、タンギー、ティリオン、ユニック、ヴァイヤン、ヴァレンティン。アラゴン、フーリエ、ペレ、クノーそしてユニックが署名した手紙によって、欠席者の一覧が示され、またレオン・トロツキーの運命の検討が考察の主題として提案された。事実、トロツキーはちょうどこのとき、スターリンによって、権力から追われ、亡命したところであった。それゆえ自らのことを革命的であると言い、またそう見なしている人々すべてにとって、このようにして生じた状況を省察し、また必要があれば共同的活動を検討することが義務として現れていたのだった。

レーモン・クノーが回答を読み上げ、まずは共同的行動を率先することに敵対的な人々の視点を紹介した。それはバタイユ[44]、レリス、マッソン、ギタール、ベルニエ、ゲンバック、フランケル、ミロ、オールマンといった人々である。それから彼は、シュルレアリスムの活動に留めておくことを望む人々の議論を紹介した。多数派の観点を共有していたクノーは、次のように考えていた。「文学は懐疑と詩の交差点で自分に属する男を待ち構えている。唯一、集団的行動が個人の逸脱を矯正することができるのだ……。それゆえ大多数の人々の精神にとりついている混迷状態に打ち勝つことが肝要である……。〈革命〉を行っている労働者たちを裏切ってはならない。個人的な問いは裏切り者が問題となるときに出される……」[45]。彼は自分でも知らずに図星を指した。というのも、ここで個々の立場の決着がつけられはじめたからである。アンドレ・ブルトンは、「集会が資格の程度、あるいは他のもの、とはいえおそらくは各人の道徳に関する態度を明らかにする」ことを押しつけることに成功した。彼の目的の一つは、ロジェ・ジルベール＝ルコント、ルネ・ドーマル、ロジェ・ヴァイヤンそしてジョゼフ・シマという『ル・グラン・ジュー〔大いなる賭け〕』誌の代表者たちを糾弾することにあった。この雑誌はブルトンの影を薄くしはじめており、また彼の支配下にはなかったのである。彼はその企てに完全に成功した。だが同時に、共同的行動の計画は頓挫させてしまった。事実、シュルレアリストでない人々、『ル・グラン・ジュー』誌の代表者、そして「トロツキーという口実に潜んでいた〔……〕罠」[46]を告発したジョルジュ・リブモン＝デセーニュは、一時的なものも含め、ブルトンならびにその友人たちと同盟関係を結ぶことを一切拒絶したのである。

　この記念すべき会合について、レーモン・クノーがどのように考えたかは明らかではない。アンドレ・ブルトンは、アンドレ・パリノーとの『対談』のなかで、いくらか行き過ぎたところがあったことを悔いただけであった[47]。だがこの二人の間の決裂がこの時期に始まったということは考え得る。ブルトンが革命の純粋さという自らの趣味と、知的裏切りの拒絶という性向に従ったのだとしても、鋭敏なレーモン・クノーが、彼の戦略を理解しないわけがなかった。クノーはこれ以上ブルトンの味方をすることができないと考えた。というのも、それから間もなく、彼はアンドレ・マッソンとの関係を取り戻そうとするからである。クノーはマッソンと数年前に知り合い、ボクシングのレッスンに登録してその影響を受けたのかもしれない。事実マッソンは、ホアン・ミロ――彼についてはアーネスト・ヘミングウェイが「ミロは、構えは素晴らしいが、自分の前に相手がいるということを忘れている」と書いている[48]――と一緒にボクシングのトレーニングをしていたのだった。クノーがアンドレ・マッソンと再会する機会を与えられたのは、画家がシモン画廊で四月八日から二十日にかけて開いた展覧会であった。クノーがどのような手紙を送ったかは定かでないが、マッソンは申し出に対して好意的に返答し、友情を保証した。とはいえこの画家は、三月十一日の会合の目的については、はっきりとした言葉で反対していたのであった。「君が寄越したアンケートを台無しにしているのは、その首謀者（あるいは首謀者たち）が七十五人の受賞者仲間のうしろにひっそり隠れているということだ。まったく！　あのダダ時代のしくじった大乱痴気騒ぎ《パリ会議》と、あとは、間違いなかろう、世界一破廉恥な文学芸術新雑誌の創刊に行き着くような訳の分からない文ばかり。面白くもない」[49]。同様に、マッソンの展覧会カタログの序文は、一九二四年の展覧会カタログも同じなのだが、もう一人のシュルレアリスム離反者ジョルジュ・ランブールによって書かれていたという事実を付け加えておこう。彼は二月十二日の手紙に答えないという選択をし、それゆえ三月十一日の会合にも招待されなかった。モーリス・ナドーは、[50]彼について「一時的に運動と冷たい関係にあった」としている。

他方、マルク・ポリゾッティの言を信ずるなら、[51]「一九二九年はじめのこの時期、離婚の間際にあったブルトンは、クノーにシモーヌとの関係を解消することで自分に対する忠実の証を示すよう迫った」。いくらか義理の母といったところがあるように感じていたとはいえ、シモーヌの良さを高く評価していたレーモン・クノーは、今回に関してはブルトンの要求が行き過ぎだと考えた。とはいえ二人の協力関係はまだしばらく続く。というのも、シュルレアリスム特別号を準備するようブルトンとアラゴンに働きかけたベルギーの雑誌『ヴァリエテ』は、クノーのテクスト「その時精神は[52]……」を六月に掲載しているからである。

一九二九年の夏は、特に新しいことはなかった。ジャニーヌとレーモンのクノー夫妻はポルトガルに旅行し、そこでマックス・モリーズからとても感じ良く、愛想のいい詩を受け取った。それはこのように始まる。

親愛なる友《アミ》クノー
それから小さな歯《クノット》　我が女友達《マミ》
あなたがたに送ります
皮も実《ミ》もないパンのような言葉を。

すてきなポルトガルのことは
その悦楽も知らないから
ぼくは謹んで願います
彼の地があなたがたを魅了することを。［……］

ふたたびぜんそくの発作を起こしていたレーモン・クノーにとって、パリへの帰路には困難が伴った。彼を診察したブラムティエ医師は、ぜんそくを抑えるための粉薬や薬物たばこ、そして鼻への薬品噴霧を勧めた。彼はまた、濃霧や湿気の多い大気を避け、寝具の構成や食事に気を配ることも助言した。この新たな発作は、アンドレ・ブルトンの友人たちを分裂させている緊張にも由来しているのではないだろうか？　一九二九年十二月十五日に発行される『シュルレアリスム革命』誌[53]にはクノーのテクストが一つも含まれていない。たしかにそこで発表されている「第二宣言」に、クノーに対する攻撃はない。ノエル・アルノーは、[54]「単に彼を名指すことを避けた」と指摘している。たしかにそうだろう。しかし、ブルトンが自動筆記のテクストや夢の物語について次のような攻撃をするとき、他の者とならんで彼にも狙いをつけていなかっただろうか。「この種のテクストをシュルレアリスムの出版物のなかに導入することに対して我々が執拗に力説し、またいくつかの著作においてはこれらの占める位置が際立っているにもかかわらず、それらの利点について支持しがたいものも時折はあり、またそうしたものは《見せ場》のような効果を発揮しすぎるようなものであったことを告白しなければならない。［……］その過ちはたいがい、自らの内部で何が生じているかについてはいささかの顧慮も払わず、紙の上にペンを走らせるままにして満足している作者たちの大いなる怠慢に帰されるのである［……］」。シモーヌと再び会うことを友人たちに禁止しようとしたブルトンのまったくもって不作法で高圧的な要求に加え、観点の食い違いが、少しずつクノーをブルトンから遠ざけていたはずだ。一徹で挑発的なブルトンのシュルレアリスム概念は、クノーが受け入れられないような方向へとブルトンを導いて行ったのであった。

レーモン・クノー、マックス・モリーズ、ルイ・アラゴンあるいはピエール・ナヴィル[55]をひとしなみに狙ったともいえる、夢の物語や自動筆記テクストに関するこうした暗示に加え、「第二宣言」では、レーモン・クノーが高く買っていた人物たちが直接的に非難されている。ランブールは「ほとんど消滅している［……］。すなわち最悪の意味での懐疑主義と文学的衒い」と紹介されている。シュルレアリスム的信念をはっきりと有しているマッソンは「我慢できずに『シュルレアリスムと絵画』と題された書物を読んだだろうが、その書の作者は、しかしながらこうした序列などほとんど顧慮していないので、マッソン氏が下劣とみなすピカソに対して彼を上位に置くことや、また同様に、単に自分より絵が下手だという理由で彼が告発するマックス・エルンストに対して彼を上位に置くことは、するべきではないし、またすることもできないと思ったのであった」。また、レーモン・クノーが兄弟と見なしていたデスノス[56]は、「もっとも危険な活動の一つ、ジャーナリズム的活動」に身を委ね、また「それに関連して、シュルレアリスムがその道すがら直面した、たとえばマルクス主義か反マルクス主義かといったような、容赦のない呼び出しに応えることを怠った」として、悲しみとともに締め出された。アルトー、スーポー、ヴィトラック、バロン、リブモン＝デセーニュ、バタイユ。レーモン・クノーがよく知っていたこれらの人々もまたアンドレ・ブルトンによって決定された粛正の犠牲者となった。これは行き過ぎであった。反撃は避けられなかった。一九三〇年一月はじめ、ドゥ＝マゴで準備された[57]『ある屍体』という誹謗文書となって、それは現れた。そのなかにクノーは、まずもって相手を傷つけることを目的とした「デデ」を発表した。それは次のように始まる。

アンドレ・ブルトン
尻の穴に指を突っ込んで
悪魔と契約を結んだ
尻の穴に指を突っ込んで

悪魔は彼に上質の三つ揃いを作らせた［……］

『シュルレアリスムのビラと集団宣言』[58]を編纂したジョゼ・ピエールは、このクノーの詩について、「《尻の穴に指を突っ込んで》というモチーフは、『シュルレアリスム革命』誌第十二号に発表されたペレの「戦死者に捧げられた記念碑のための墓碑銘」から取られたとはいえ、［……］その下劣な言葉にはまったく比肩できていないことが示されている」と評している。だがご覧の通りだ。

決裂は決定的になった。アンドレ・ブルトンはこのことについていくらか後悔した。というのも、『対談』で彼は「とりわけプレヴェールやクノーの協力や友情を失ったことが私にはこたえました」とはっきりと述べているからである。レーモン・クノーの方は、このとき、「全面的な否定に直面し［……］、道を見失った人間であった。もはや文学も、シュルレアリスムという反文学もなかった」[59]と認めている。数年間、彼はアンドレ・ブルトンを恨んだ。クルヴェルが自殺したとき、彼はジャック・バロンに向かって、自分はブルトンのことを、どうしても文学のマンジャン〔第一次世界大戦時にヴェルダンの戦いなどで活躍した将軍〕と考えてしまうとすら打ち明けている。

しかし、この二人は第二次世界大戦の後で和解し、ブルトンは、ジャック・プレヴェールとレーモン・クノーについて、シュルレアリスムから離れたとはいえ「数多くの点において、運動の精神に忠実であった」とアンドレ・パリノーに言明することになる[60]。実際、レーモン・クノーにとって、シュルレアリスムが当初応えたのは、家庭の支配から自由になりたいという渇望とそのための努力に対してであった。いささか息苦しい小商店主という家庭環境に出自をもつクノーは、シュルレアリスムの中に、強烈な知的かつ芸術的活動と同時に解放を見出したのであった。彼は一九五八年五月、『ディアローグ』誌でこう打ち明けている。「シュルレアリスムが私の関心を引いたのは、文学的な観点からではなく、生き方としてであった。それは全面的な反抗であった。このときの私は、作家になろうとは思っていなかった。私にとって、シュルレアリスムはすべてであった」。

だが何はともあれ、彼は書き始めた。そしてその時の彼は、シュルレアリスムのイメージを育み、そこからいくつかの主題を引き継ぐことによって、きわめて自然にシュルレアリスム的なやり方で書き始めたのだった。この点について、クロード・ドゥボンは[61]、冒頭が重要な意味をもつ詩「無価値の施し」[62]に注意を促している。

もっと軽くいつももっと軽く
犯罪者の逃走
絶望の家のバルコニーの上

生の両極端が触れあう

指鼻

他方、パスカル・デュランは次のように考えている。「『レ・ジオー』と「マリーヌ[63]」をざっと検討するだけで明らかになるのは、シュルレアリスムを覆う数多くの特徴が浮かび上がるということだ。つまりは都市の漂流、タロットカード、夢は言うまでもなく、また《密儀伝授団体》や《入眠序列》といった表現[64]である」。

それゆえ運動に出入りしている間、クノーの文体はきわめて明瞭にシュルレアリスム的であった。だが一九三〇年に決裂してからの彼はそれを乱暴に拒み、その点については何年も経った後でも明白な発言をし続けている。たとえば一九四〇年四月、彼は「ディエリー・モニエがシュルレアリスムによって差し出された罠に落ち、この流派のことを詩の発展において必要な段階の一つであり、また波乱に満ちたフランス詩の流れの紆余曲折の一つ――私の見方では、これは汚水溜に消えてなくなる放水路に過ぎないのだが――であったとみなしているのを見る[65]」ことが残念だと述べている。さらにずっと後の一九七三年、その時にはすでにアンドレ・ブルトンとの関係を取り戻してから長い年月が経っていたにもかかわらず、レーモン・クノーは一九三〇年代以降に彼が書いた詩がシュルレアリスム詩と同一視されることを拒み、シュルレアリスム詩のアンソロジーに発表される計画はことごとく断っていた[66]。

後でより見事に離れるために、レーモン・クノーがどれほど深くシュルレアリスムを拠りどころとしていたのかを示したパスカル・デュランは[67]、それゆえ正しく物事を見ていた。「クノーの根本的なやり方は、破壊行為、つまりシュルレアリストたちが儀礼化し、執り行ったような、詩的典範を突き崩す繊細な仕事を引き起こした」後で、「シニフィアンの有意な潜在性」を開発する「再構築」であるという彼の言葉は当たっている。

そもそもクノーも、一九六〇年九月にスリジーで開かれたシンポジウムで、この点に関して一度限りの打ち明け話をしていたのだった。シュルレアリスムの後、彼にとっての罠は、アカデミスムにふたたび落ち込むことであった。それゆえ彼はそこから逃れようと努力し、「超構造、超構成……」を用いた。「［……］私のあらゆる作中人物は計画に従っており、作中人物はリズムに従って登場する。各々の章は、一定数の下位の章によって構成される［……］」。また、古典主義あるいは後退を避けるための二点目としてあげられるのが言語の問題である。まったくもって先入見のない言語を使うことで私がたどり着いたのがこれだ［……］。しかし当時の目的はまだ文学ではなく、言うなれば［……］、文学の序説であった」。道筋はつけられた。レーモン・クノーがこれからなすべきなのは、自分の作品を書くことだけである……。

第七章　レーモン・クノーとジョルジュ・バタイユ

アンドレ・ブルトンを尊敬すべきモデルとし、彼に評価されることを重視していたレーモン・クノーにとって、ブルトンとの決裂は辛い経験であった。一九三〇年と一九三一年はじめの『日記』は世に知られていない。しかし出版された版、すなわち欠落のある一九二八年十月から一九三一年八月にいたる版には、ブルトンが直接的に介入する夢の物語が収められている。「私はアメリカーノ〔カクテルの名称〕を注文する。バーテンダーとはたいへんに良い雰囲気になっている。突然ブルトンが入ってくる。彼はたいへん若返った。私に話しかける。最初、私は答えず、次に嫌みな感じになる。〔……〕それから私たち、ブルトンと私は田舎にいる。彼は自分を正当化しようと試みる。彼はまた、分裂の時に、もう一つの《党》を作ろうとしたことを批判する[1]」。つまり二十ヶ月ほどの時間が過ぎていても、レーモン・クノーの無意識は『ある屍体』をいまだに忘れてはいなかったということだ。そして一九三一年末のあらゆる夢は、ブルトンという人物に立ち戻る。「私にとってブルトンは父の象徴だ[2]」とすらクノーは書いている。

一九六〇年に開かれたスリジーでのシンポジウムにおいて、レーモン・クノーは、彼がシュルレアリスム運動と決別したときの精神状態を、途方に暮れ、目印がもはやない状態であったと述べた。「では、そのとき私に何ができたでしょうか？　もちろん何もできませんでした。私が行ったのはまさしくそれです。つまり何もしなかったのです。あるいはむしろ、その時に私はピクトグラムを作りました」。事実、彼はこれを一九二八年から描き始めたのだが、その創作はシュルレアリスムから離れようとする渇望と結びついているようにも思われる。さらにこれは、クノーにおいて非常に強く見られる、象徴的言語に対する嗜好ともつながっている。その言語は「類推的で［……］［その］抽象的な帰結は当然ながら数学の言語になる」[3]。数学に対する関心が次第に増してゆくことは、シュルレアリスムと「数学は何一つわからないことを自慢にしていて、ピタゴラスの定理〔誰でも解ける問題の意がある〕より先には行けないことを誇りにしている」[4]人々からレーモン・クノーをより遠ざけることにしかならなかった。アングラレス〔『オディール』の登場人物。ブルトンがモデル〕自身もそこから遠いところにいたわけではない。というのもレーモン・クノーは、彼に次のような返答をさせているからだ。「私はこれまでずっと数学を軽蔑してきた、［……］しかしそれが若干の有用性をもつものであることは認めなければならない。たとえば確率の計算だ。占星術の科学的根拠となる限りにおいてね」[5]。

一連の断固たる判断に交えて、アンドレ・ブルトンは次のように述べていた。「ところで、バタイユ氏に出会うことなくしてはシュルレアリスムから抜けられないと考えるのは面白い」[6]。レーモン・クノーもその例外ではなく、あっという間にジョルジュ・バタイユの側につくことになった。おそらくはミシェル・レリスの仲介で一九二七年に出会っていたこの二人は、互いに相当異なる人物であった。レーモン・クノーよりやや年上のジョルジュ・バタイユが、国立図書館で「保証された地位」[7]を手にしていたのに対し、レーモン・クノーは安定した職を手に入れるまで何年もかかった。他方、クノーはそれまでに哲学者の書物を多数読み、熟考していたのに対し、バタイユは「三十歳という年になるまで（つまりだいたいクノーと出会った時期）、哲学の授業をただの一つも聴かずにきた《リセ在学中ですらその機会はなかった。私は緑の布で綴じられた教科書で、必要不可欠なものを急いで学んだ》」[8]ことを認めている。最後に、ジョルジュ・バタイユは一貫して、レーモン・クノーよりもずっと慎重な態度をシュルレアリストたちに対してとり続けていた。彼はシュルレアリストの雑誌にはまったくと言っていいくらい関わっておらず、アンドレ・ブルトンに対しては常に距離をとり続けていた。そして彼もまた、『ドキュマン』という定期刊行物を創刊し、その最初の号は一九二九年四月に発行された。絵画商ジョルジュ・ヴィルデンステンが出資したこの雑誌は、バタイユの他に、ジョルジュ＝アンリ・リヴィエール[9]とカール・アインシュタイン[10]が指揮を執っていた。そしてミシエル・レリスが六月二日に編集次長となり、その後一九三〇年に発行責任者となった。

三十年後、レリスは途方もない『ドキュマン』を思い起こすことになる[11]〔『クリティック』誌のバタイユ追悼号に掲載されたレリスの論考を指す〕。その「協力者たちは、考え得る限り異なった地平からやって来ていた。というのも、もっとも尖った場所に位置する作家たち――そのほとんどがシュルレアリスムから転向してバタイユの周囲に集まった者――の横に、まったくもってさまざまな学問分野を代表する者が並んでいたからだ（美術史、音楽学、考古学、民族誌学等々）。何人かはフランス学士院のメンバーであったり、博物館や図書館の管理職に就いたりしていた。まさしく《途方もない》混在であった。学問分野《ディシプリン》――そして規律無視《アンディシプリン》――の多様性という理由にも増して、人々自身の雑多さによって」。ジョルジュ・バタイユが身を献げて行っていた「周囲を取り巻く社会とその心的構造に対する執拗な告発[12]」を高く評価していたにちがいないレーモン・クノーは、こうした状況を好ましく感じていた。

しかしながらレーモン・クノーの名が『ドキュマン』誌の目次に現れるのはただ一度、一九三〇年の第五号、つまり五月―六月号のみである。彼はここで、『ホワット・ア・ライフ！』と題された一冊の本を紹介している[13]。これは一九一一年にロンドンで出版され、デパートのカタログからとられたコラージュによってイラストが飾られるという点に特徴がある本だ。そこで語られているのは中流イギリス人の生活なのだが、たとえば歯科医に初めて行くことがペンチによって喚起されたり、「亀＝針山」なるものによって、彼が亀やヤマアラシと出会うことが連想させられたりしている。そしてレーモン・クノーはこれを次のように閉じている。「最後に、『ホワット・ア・ライフ！』は英語で書かれ、文とイラストは明白にユーモラスなものであることを言っておこう」……。

「ランボーがそうあろうと望んだように、《美》の侮辱者である「ジョルジュ・バタイユは」、《醜悪さ》に興奮を汲み取り、太陽を《腐った》と形容し、《汚辱》の概念にうっとりとする[14]［……］」。一方この同じ時期に、レーモン・クノーは、ピエール・ルーの『神の科学概論』を発見し、そして太陽の象徴について考えていた。彼は資料を充実させようとジョルジュ・バタイユに願い出る。「どの神話のなかで太陽を神の眼と捉えていたか思い出せますか。エジプトでしたでしょうか、あるいはそれは私の想像ですか。もう一つ。太陽を憎悪したグノーシス主義者はいましたか[15]」。そこから太陽の象徴についての思いもかけない説が提示されるだろう。それらの中から、クノーはとりわけ、ピエール・ルーに由来する次のような意味づけを取り上げている。「太陽は宇宙の悪魔の一つであり、真の偽善者のように語る彼は、神の衣服を着ている。それは白くなった墓場であり、その中は骸骨と腐ったものでいっぱいだ。悪魔は人々を騙すために、この天使に光をまとわせる[16]」。そしてクノーはこうも加えている。「太陽が排泄と最大限の類似を示しているということ、これには驚き、さらには呆然とさせられる。とはいえ体系全体のなかに置き直してみると、この考えはきわめて論理的に思われる。というのも、熱素が不純なら、その源もまた不純でなければならないからだ。性や男根的力に対するルーの嫌悪から、彼の憎悪は太陽へと向かってゆく。さらにこの憎悪がもう一つの憎悪、すなわち父に対する憎悪を象徴しているということもあり得る[17]」。とりわけ伍長の位に一度も昇進できず、また自分で生計を立てられないことが明らかになったという理由から、自分の父とは折り合いが悪かったレーモン・クノーは、この発見に大喜びしたはずだ。それだけでなくこれによって、もう一人の父を殺すこともできるようになったのだからなおさらだ。つまり、アンドレ・ブルトンをである。

しかしながら当時、彼は「ディノ」と題されたシュルレアリスム的発想のテクストを書いていた[18]。これは「イヌ科のあらゆる性質に加え、不可視という驚くべき才能を有した」存在しない犬の物語である。とはいえ「ディノ」は、その直線的な構造ひとつとってもシュルレアリスムから遠ざかっている。彼はその方針を守り続け、『不正確科学百科事典』という文学的大著に着手した。その中では、ピエール・ルーの書き物ですらごくわずかの部分にしかならないような著作である。彼の野心は、国立図書館の資料を活用することであった。埋もれた天才を発見するために、彼はそこへ足繁く通ったのである。また、完全に無償の行為であるにもかかわらず自らの存在を正当化してくれるものだと思えたがゆえに、この計画が彼を喜ばせたことも付け加えておこう。だがなにより、いまだにシュルレアリスムの影響下にあった彼は、狂気と天才の関係を理解してみたかったのである。

時代を十九世紀に限ったにもかかわらず、研究には約三年を要した。彼は関心を寄せた人物たちの正確な身分証書を手に入れるべく、役所の書記官に数多くの手紙を書いた。かくして彼は、たとえばジャン・ピエール・エメ・リュカの出生証明書を手に入れた。この人物は共和暦四年実月《フリュクテイドール》三十日に、ディエップでその出生が登録された。彼はまた、一九三一年夏、ラ・シオタに滞在した時を利用して、一八二六年七月十二日に生糸撚糸工を父としてベドワンで生まれた、グザヴィエ・コットンについての情報を集めた。一九三一年一月には、ラ・ロクブリュッサーヌの当局に対し、フォルテュネ・ルスタンに関する情報を得るための請願を繰り返した。というのも送られてきた資料は、彼が以前に調査した結果と符合しなかったからである。これは、身分証明担当官による単純な間違いであった。レーモン・クノーは多くの書を読み、また大量のノートを取った。そのいくつかは彼のアーカイヴに保管されている。たとえばデレピエール『狂人たちの文学史』（一八六〇年）、サントゥー『狂人ジャーナリストとジャーナリスト狂人』（一八六七年）、レジャ『狂人たちの芸術』（一九〇八年）、シャンフルリー『奇人変人』（一八五二年）、ヴィジャン『精神薄弱者における詩的才能』（一九〇四年）、フィロムネスト・ジュニオール『奇人文学、幻視者たち、夢想家たち等々に関する書誌学試論』（一八八〇年）、あるいはシャルル・ノディエ『風変わりな書物いくつか』（一八三五年）等々の痕跡をそのなかに見出すことができる。

彼は戯れに「ささやかな栄光[19]」というテクストを書きさえした。そこで彼が想像したのは、ああした埋もれた天才たちの一人であるM・Gがよみがえり、国立図書館に戻ってくるという話である。この人物は、自著のページが切られていないことを知って落胆したのであったが、十九世紀フランスの無名人に情熱を注ぐ碩学に出会うことで、再び希望を持つ。だがなんとしたことか、出版直前に原稿を紛失してしまったこの本の作者は、嫌になってパリ近辺の田舎に隠遁してしまうのだ。クノーによる結末は次の通りである。「M・Gは何度も学者を訪問して励ました。研究を再開してくれるようずっと願っていたのである。だが、駄目だった。相手はその気にならなかった。何も知りたくなくなっていた。M・Gは、人々の心の中に生き続ける望みが消えていくのが分かり、自分が少しずつ弱って、砕けていくように感じた。遠からず完全な死が訪れると思うと、怒りが頂点に達し、残っていたいくばくかの力を振り絞って学者の首を絞めた。学者は死んだ。M・Gのほうは、どんどん散り散りになり、消え去ってしまった。あとには何も残らなかった。もともと幽霊なのだから幽霊にはならないのだ（そんなものだろうか？）」。

レーモン・クノーは、必要に応じて同時代に出版された学問的著作にも関心を向けた。たとえば一九三〇年七月、サンタンヌ精神病院の医師長A・マリーが著した精神病者たちの芸術についての研究に注釈をつけている。一九三二年には、ジャック・ラカンの博士論文『人格との関係からみたパラノイア性精神病』の紹介をアーカイヴに収めている。そして一九三三年一月には、『病院雑誌』を読んで精神錯乱を研究している。

出版を望んでいたレーモン・クノーは、一つのテクストを準備しさえした。それがアンドレ・ブラヴィエに従って〔『不正確科学百科事典』の〕(20)序文と見なすことのできる「狂気を理解する」である。クノーはその中でもう一度分類と科学的厳密さに対するきわめて明瞭な嗜好を表明し、「神秘家、交霊術者、オカルト、社会主義者、人生の一時期に狂人となった作家、さらにはいちどもそうはならなかった者等々」を除外する。「ミシュレ、ウォルト・ホイットマン、ウロンスキーはエドガー・ポー、パラケルスス、ソクラテスの近くにいる。〔……〕では、このようにさまざまなふるいにかけた後で残るのはどのような作家だろうか。それは多くの場合、著作が地方で出版された無名の者である。彼らの出版物が書評欄に載ることは決してない。せいぜい、新聞に皮肉な反応が掲載されるくらいである。そしてもっとも多くの場合、その著者は胎児後の段階を精神病院で終え、彼の書物は国立図書館（パリのもの、というのも私は探求をフランス語で出版された書物に限ったからだ）の沈黙と埃のなかに、あるいは地方の屋根裏部屋のなかに重々しく落ち込んでゆくのである」。これら一連の偉大な埋もれた人々に向き合ったレーモン・クノーは、「反動的精神とある種の精神的不安定の間には関係がある」とアイロニカルに認めている。しかし何より彼は、精神科医の視野の狭さを非難し、彼らに向かって大いに理解することを説いた。知性と同情をもって狂気に関心を抱くことにより、人間をよりよく理解することができるのみならず、「なぜ精神錯乱の不透明なガラスによって、人々が我々と隔てられたのか」を理解することができる。「星座と甜菜畑のただ中で道を見失った人間は、もしかすると、もしかすると！　そこに見出すかもしれないのだ。保形関数理論に対する熱狂の根源を、鏡が割れた際の心配の根源を、マスタードの壺やオペラハット を前にした笑いの根源を、その笑い、いささか狂ったその笑いの根源を」。おやおや……レーモン・クノーは自分自身、あるいは伝説的になった彼の笑いを念頭に置いていたのだろうか？

序文がこれほど見事にできたにも関わらず、『不正確科学百科事典』は日の目を見なかった。これは「出版できるものではなく、出版されずじまいで、仕上げられるものではなく、仕上げられずじまいとなった七百頁の原稿である。（後にいくつかの抜粋が、ある小説[21]に移植された。）大した成果はなかったのである。掘り出されたのは、ほとんど反動的な偏執狂と、耄碌した饒舌家だけだった。《面白い》妄想は稀だった。選別は、《師もなく弟子もなく》の原則に則っていた。《物書き狂人》についてではなく、《異様な人》について語らなければならないということがわかったのは、もっと後になってからに過ぎない[22]」。出版社も見誤らなかった。ガストン・ガリマールは「十九世紀における何人かの幻視者たちについて[23]」の原稿を単に退けただけだったが、ロベール・ドノエルは詳細な批判的分析をするよう作者に提案する配慮を示した。彼はこの著作に含まれた学識、注釈、引用そして出典指示の必要性をつよく疑っていた。このような知識の誇示は、この若い作家の才能のほどを示す強烈な特徴を隠してしまうだけに、一層残念なことだと、この出版業者には思われたのである。

おおくの時間とエネルギーを注ぎ込んだだけに、クノーは落胆したことであろう。だが人はそう簡単に百科事典の作家などになれるものではなく、またこれは良い経験にもなった。そして彼のこの経験は、当時同じような計画をあたためていた友人ジョルジュ・バタイユの役に立つこととなったのである。「世界史というこのヘンテコな歴史はどのようなものでしょうか」とクノーはバタイユに宛て、一九三一年九月十七日に書いている[24]。そして十月五日には、「君は五つか六つの文字からなる世界史を相変わらず書いているのですか」と再度尋ねている[25]。

当時バタイユとクノーの関係は緊密であった。バタイユは一九二八年にシルヴィア・マクレスと結婚したが、ジャニーヌ・クノーは彼女をよく知っており、デヌエット広場のアパルトマンに定期的に招いていた。一九三一年の夏の間、クノー夫妻は、ジョルジュ・バタイユによって、リオン＝エス＝モンターニュ（カンタル県）にある彼の母方の家族の家に迎え入れられた。彼らは一週間滞在し、二組のカップルはその時間を利用してこの地方を見て回った。リオン＝エス＝モンターニュの南部、アプション、それからサン＝イポリットとラ・フォン＝サントを訪れた。またル・クロー、ディエンヌ、マリー山も見た。別の日は北に行き、コンダ、コルニユー、リューのダムを見る。確かなことが一つある。それは、レーモン・クノーが運転をしなかったということだ。一九二九年十月、彼は運転免許の試験場に姿を見せず、その後も試験を受けることは一度もなかった。生涯、彼は運転をジャニーヌや友人、あるいはタクシーやバスの運転手に委ねた。その中の一人は彼のおかげで有名になったほどだ〔『文体練習』がバスを舞台としていることを指している〕。

レーモン・クノーの頭にまだ『文体練習』はなかった。彼の心配はずっと物質的なもの、つまりどうやって生活費を稼ごうかというものであった。義父のフェルディナン・カーンからは毎月金が支給され、また伯母のモンテギュからも時々いくらかの金を渡されていた。彼女は時々、自分の健康を願って乾杯してくれるよう、為替を送ってきたのだ……。しかしレーモン・クノーとしては、このように人々に頼ることに苦痛を感じていたにちがいない。一九三一年九月の夢の物語に彼はこう書いている。「私の従兄弟はデフォルジュ[26]の親友だった。彼は戦争に行き、捕虜となり、病を得て戻り、そして死んだ。私の伯母。彼女にはお金をもらう時以外ほとんど会わない[27]」。その数日後、彼は次のように書いている。「さすがにヒモになるまではいかなかった。しかしこれについては一連の観念がある。つまり金持ちの女と結婚する——シモーヌとブルトン——自分自身の場合」。一月後はこうだ。「[彼の夢の] 明らかな内容には、義父から告げられた手当の減額に関する数多くの暗示が含まれている[28]」。この状況を放っておくこともできなかったため、彼は自分一人で確実に得られる生活の手段を見つけなければならなかった。そこで一九三一年春に外国での教員職を求めて出願したところ、国立大学事務局からは上海に赴任することを受諾するかどうか問い合わせる手紙を受け取った。最終的に、トルコはガラタサライにあるリセの教員という提案を彼は受けたのだが、そこには行かなかった。彼は、レストランに広告入りのテーブルクロスを置かせてもらう仕事を、ＢＭＤ社[29]のためにする方を好んだのだった。彼がこれに成功したかどうかはよく分からないが、売上高は良かっただろうと考えられる。契約は二・五％の手数料を彼に約束していたからだ。それゆえ彼はこの収入で少しは良い暮らしができ、また自分のために数枚の絵を購入することもできた。ジャニーヌは持参金とともに数枚の絵を持ってきており、またレーモン・クノーも大いに絵画を好んでいた。一九三三年七月、彼はガストン＝ルイ・ルーの《パイプ》を購入した[30]。とはいえ、レーモン・クノーがこの仕事で多くの金を手に入れたかどうかは定かではない。この商売の発案者であることを明言しているマルセル・デュアメルは、実際、こう書いている。「紙テーブルクロスの例のやつ。宣伝だ。レストランに——無料で——受け入れてもらうという仕事だった。私には自信があった。レーモン・クノーという説得力と熱意を兼ね備えた訪問販売員を手にしていただけに。だが彼は一枚も置いてこなかった[31]」。マルセル・デュアメルがしばらく支配人をしていたホテル「ランバサドール」の名前は、新聞のタイトルとしても用いられたが、レーモン・クノーはそのうちの三号を保管している[32]。そこに彼の署名は現れない。しかし編集長マックス・モリーズと発行責任者ジャック・バロンとともに、この仕事に加わったことも考えられる。たとえそれがクロスワードの格子を作り、わずかの金を稼ぐためだけのことであったとしても。だがやはり、安定した収入を得る方が好ましかったはずだ。それゆえ彼はジョルジュ・バタイユに加え、社会党のジョルジュ・モネと急進党のガストン・ベルジェリという二人の議員を推薦人として挙げ、国立図書館の補佐の職を得ようとした[33]。このことを彼はラ・シオタから送った手紙でバタイユに語っているが[34]、奔走は実らなかった。当初事務局長ジュリアン・カンは、免状を理由に希望があるとクノーに思わせ、また彼の哲学と科学に関する知識を褒めそやした。だが一年後に来た回答では、より望みが薄くなっていた。というのもジュリアン・カンが、しばらくのあいだ補佐職を用意することはできないと告げてきたからである。彼はただ、直接的に、あるいはバタイユを介して、自分と連絡を取り続けるよう勧めただけであった。

　レーモン・クノーとジョルジュ・バタイユが当時『社会批評』誌に協力していたことを考えれば、カンの勧告を称賛することは、一層容易になる。レーモン・クノーにならって、この雑誌を次のように紹介することができるだろう。「ボリス・スヴァーリンが指揮する民主共産主義サークルの機関誌であり、それに帰属していたのは、いくらか騒ぎを起こし始めていた文学運動から出てきた作家たちであった。奇妙なことに、その作家たちは、非政治的であるという理由でその運動から離れるか、あるいはそこから排除された人々であった[35]」。シュルレアリスムと決裂したジョルジュ・バタイユ、ミシェル・レリス、レーモン・クノー、ジャック・バロンは、ボリス・スヴァーリンの方へと向かったのであった。アンドレ・ブルトンが「奇妙奇天烈な仕方で、バロン氏は、数ヶ月前、完全なレーニン主義に転向したことを私に知らせてきた[36]」という言葉でさらし者にしていたことを考慮すると、実際のところ、最初に働きかけたのはジャック・バロンであったはずだ。ジャック・バロンときわめて近しかったレーモン・クノー同様、当初は『ドキュマン』誌で手一杯だったミシェル・レリスとジョルジュ・バタイユが、最終的に彼についていったということは考え得る。

　ボリス・スヴァーリンは、一九二四年に、トロツキーの思想を支持していたという理由で——とはいえ一九二九年に彼はトロツキーと袂を分かつのだが——共産党から退けられていた。民主共産主義サークルの指導者であった彼は、伴侶としていたコレット・ペニョとともに、『社会批評』誌を創刊して自分の信念を知らしめることを決意した。その目的は、「現状の知的問題を取り上げること、とりわけ同時代の思想界の状況を反映している新著の書評を行うこと[37]」であった。それは、「フランス語の書物や雑誌、少なくともそれらの中でも最も興味深いものないしは最も代表的なものに対して、マルクスの批評的方法、あるいはこう言った方が良ければ唯物論的弁証法を適用し、(とりあえずは書誌というヴェールに覆われている)この批評の助けによって、我々のものである観点を、政治的でもあり、経済的でもあり、そして文化的でもあるやり方で引き立たせる[38]」ことを目的としていた。

このような企図に直面したレーモン・クノーが、はじめはどうして良いやら分からなかったのは当然だ。「マルクス主義者に見えるのに十分な知識などほとんど持ち合わせていない」と彼は一九三一年十月九日の『日記[39]』に記している。そのとおり、クノーは民主共産主義サークルと『社会批評』誌の周辺にいつづけた人物として認知された。彼の記憶としてボリス・スヴァーリンが抱いていたのは「どちらかといえばリベラルな精神のユーモア作家」というものであり[40]、サークルに関する手書きの回想[41]でエドワール・リエネールが残したのも、「あけすけで、良く響き、気さくに笑う大きな若者」だが、戦闘的な政治活動からは距離を取っていた人物というものだった。それでも一九三一年七月から一九三三年九月にかけて書評が彼に委託された。だが彼が言うところでは[42]、「著作は協力者の間で偶然に任せて割り振られた[……]。私が自分で選んだ著者に関する書評はいくつかのみである。それがパブロフ、ベルナドスキー、ルフェーヴル・デ・ノエットである」。

これらのうち最初のものは、一九三三年四月に、パブロフの方法論をしっかり把握しようと努めた、どちらかといえば客観的な書評のかたちで紹介されている。レーモン・クノーはこう書く。「意識という概念は、魂や才能と同様に、心理学からは排除されなければならない。この概念は、科学がその研究領域から除外する《性質》に属しているのだ」。一九三一年十月に出された二番目の著作については、「『数学思想の大きな潮流』の中で私が発表し、そして『周縁』に再録された、科学の分類に関する円環理論の芽を含んでいる」とクノーは自ら明かしている[43]。最後の著作についての書評は一九三三年一月に発表されたのだが、この著作がレーモン・クノーの気に入ったのは、それが「ただひたすら、技術の進歩に関する既成のあらゆる観念を転覆させ、奴隷制についてまったく新しい——そして厳密に唯物論的な——説明を与える」ことを目的としていたからである。この記事のせいで、クノーは、公に非難されることこそなかったものの、一九三三年九月に発表された「資本主義的生産の真の限界」についての研究の中で、ディックマンによって異議を唱えられることになった。

『社会批評』誌に掲載されたレーモン・クノーのその他の記事は、彼自身が打ち明けたところによると、「思慮を欠いたとはいわずとも、まったくもって若者らしい、また軽率な無礼さをしばしば伴って書かれた退屈な作業[44]」であった。たしかに寛大さの印は見られない……。とりわけ一九三一年七月の第二号で、

『アデン・アラビア』を書いたポール・ニザンを、彼は嬉々として貶している。ニザンは「自分の考えが虚しいことや、表明せんとする感情が欺瞞であること、そしてその中で満足している文学的主題が流行遅れであることを一瞬たりとも考えずに、ホモ・エコノミクス（本書で最も馬鹿馬鹿しい一節の一つ）について、あるいは旅の虚栄について」長々と語っているという理由により非難されているのだ。たしかにこのテクストの署名は、同じ号に出たジャン・グラーヴによる『第三共和政下の絶対自由主義運動』に関するテクストと同様に、「R・A」となっている。だがレーモン・クノーは、この両方とも『ギリシア旅行』に再録している。このことは、これらの作者が疑いなく彼であることを示すものである。こうした点に関して、彼はまったくもって几帳面であったのだ。

クノーが『社会批評』誌に執筆した記事のすべてが、これほど否定的だというわけではない。『ヒポクラテス』を書いたガストン・ベセットに対し、彼は好意を示している[45]。というのも「ヒポクラテスという偉大な人物を超えて、人間が宗教に背を向けて世界を明晰な目で眺め、医師が病人を放棄して神の良き意志に委ねることを止めるという、科学の誕生［を彼は喚起している］」からだ。ルネ・アレンディ博士は、精神分析を世に知らしめるのに貢献したという理由で同様に称賛されている。精神分析は「無意識を探求する方法だ。それは無意識の内容を記述する。そして最後にそれは、精神神経症（またおそらくは精神病も）の治療学という目的のために、変調を研究する」。そしてクノーがレーモン・ルーセルと彼の『アフリカの印象』や『新アフリカの印象』にどれだけ親近感を覚えたかは推察される。彼はルーセルの想像力が「数学者の錯乱を詩人の理性に結びつける」と書いた[46]。そしてためらうことなくこう結ぶ。「レーモン・ルーセルは、力強さと独創性、そしてこれまでは父なる神のみが独占していたと信じていた言葉をもって、複数の世界を創造する」。

逆に、あっさりと片付けられた作者たちの数は多い。ポール・ニザンは一九三二年九月に再び『番犬たち』のせいで俎上に載せられ、前回同様の容赦のない扱いを受けた。レーモン・クノーはこう書いている。「本書の理論的水準はあまりに低く、［……］思考はあまりに堕落しているので、マルクスの引用がここでは調子外れに響いている」。ルネ・アレンディ博士の別の著作は、一九三一年十月に、以下のような非難を受ける。「宗教の不合理を排除することは良いことだ、しかし神智学や神秘学の下らぬ駄弁をそれに取り替えるには及ばない」。マドレーヌ・イスラエルとその『ジュール・ロマン、その生、作品』にはぼろくそな判断が下されている。「開いても仕方のない一冊[47]」。ルイ・オワイアックと彼の著作『人類の曙』は次のようなコメントを招き寄せた。「それゆえ仮に〈人類〉の《曙》の研究をしたいのならば、よそで資料を集めた方がよい[48]」。傑出した人物ジュリアン・バンダはどうかといえば、クノーが彼の『ヨーロッパ国への演説』に見出すのはこうしたものだ。「飲んだり食べたりすべきもの［……］がある――そしてとりわけ吐くべきものが[49]」。

一九三二年三月、レーモン・クノーとジョルジュ・バタイユは「ヘーゲル弁証法の原理の批判」を共著で発表する。その中でクノーが執筆したのはエンゲルスにおける数学の弁証法に関する部分だけであったが、これは後に『周縁』と『棒・数字・文字[50]』に再録されることになる。バタイユとヘーゲル哲学について多くの議論を行ったのはこのときである。折しもこの問題に関する著作がいくつか発表されていた。『ヘーゲル哲学における不幸な意識』（ジャン・ヴァール、一九二九年）、『ドイツ哲学の現在の傾向』（ギュルヴィッチ、一九三〇年）、『フッサール現象学における直観の理論』（レヴィナス、一九三〇年）。さらに「ハイデガーが一九三一年に『ビフュール』誌に掲載され、フッサールの『デカルト的省察』が同じ年にフランス語で出た。この年はまたヘーゲルの死を記念する年でもあった[51]〔ヘーゲルは一八三一年に死去しているので死後百周年〕」。自分自身とバタイユの視点をはっきりと定めるため、レーモン・クノーは以下の点を明確にすることにこだわった。「バタイユも私自身も（バタイユについては私が知る限り）共産党に属していなかったものの、我々は硬直化した唯物論的弁証法に救いの手をのべると主張し、またブルジョワ的思想の最良の種、つまり精神分析（フロイト）と社会学（デュルケームとモース）をそこに蒔くことで、これを豊かにし、新しくすることを目的としていた――言うまでもなく、まだレヴィ＝ストロースは知られていなかった」。

カルル・コルシュやジャン・ベルニエといった純粋マルクス主義者たちの何人かはこれを公然と愚弄した。とはいえバタイユとクノーは意見を変えず、別の論考を発表する。『社会批評』誌第六号に掲載されたその論考は前回よりもずっと短く、『ルヴュ・フィロゾフィック〔哲学雑誌〕』誌がヘーゲルに割いたページに関するものであった。「そこにおいては、《フランスの若き哲学者》と形容されたジャン・ヴァールの仕事によって、《ヘーゲリアニズム》についての新しい観念の基礎が提示されたことが想起され、そしてまた、とりわけ――我々の目には――ヘーゲルの術語の難しさを証明した、コイレの論考についての指摘がなされた[52]」。

論争が始まり、クノーは勉強する意志を固めた。ボリス・スヴァーリンが、純真な政治的青年とためらうことなく形容した、あの彼がである。知識に対する彼の激しい欲望を知っていれば、彼が自分の面子にかけて、マルクス主義と共産主義を勉強しただろうと考えられる。こうした観点から、彼は自分に知識を与えてくれる数多くの催しや会合に参加した。彼は新ロシアサークルや共産主義研究サークルに出入りし、ガストン・ベルジェリの団体「共同戦線」に加わった[53]。これらのグループの中で、彼はさまざまな講演を聴く機会を得た。一九三二年十二月には、後にシモーヌ・カーンの夫となるミシェル・コリネが「農地危機」について発表した。一九三三年一月十八日と二十五日には、プティガンが「フランス革命中の階級闘争」について報告する。二月二十二日、同志パトリが「URSS」について発言し、そして三月二十五日のシモーヌ・カーンの情報によると「ドイツでの最近の出来事をその目で見た証言者」が、次の水曜日にサン＝シュルピス広場のカフェ・ド・ラ・メリーで話をすることになった。芸術分野においては、レーモン・クノーは「前衛観客集団」に属し、「アマチュア労働者写真家」が『ルヴュ・デュ・シネマ』誌、新ロシアサークル、そしてソ連と外国を結ぶ文化関係の団体VOKS[54]の援助を得て組織した「ソヴィエト写真・映画展」を訪れた。彼はアテネで出会った『社会批評』誌の予約購読者ニコラ・カラマリスと頻繁に文通し、そこからマルクス主義の教えを受けた。事実、スヴァーリンの雑誌に賛辞を送りつつも、カラマリスは、たとえば、「消費の概念」[55]について書かれたバタイユの論考の出発点は受け入れがたいなどと評価していたのである。彼によると、この問いを真面目に研究する唯一の方法は、消費が心理的必然となるようにさしむけることを可能にした経済的理由を検討することなのだ。慧眼なニコラ・カラマリスは、将来生ずる困難を予感していた。とりわけマルクス主義者にとって必要不可欠な行動がなおざりにされることを危惧し、それゆえ近い将来に困難が生ずるだろうと予言したのである。

彼はそうとは知らず図星を指したのだった。というのも、その一年後、とりわけ二月にパリで起きた暴動〔一九三四年二月六日に起きた右派によるクーデター未遂事件〕の結果、民主共産主義サークル内に重大な政治的不和が生じたせいで、『社会批評』誌は消滅してしまったからだ。だがレーモン・クノーは、読書と思索を続けていた。たとえば彼のアーカイヴには、一九三二年十二月という日付をもつ一連のノートがある。これはマルクス主義ととりわけその矛盾に関するものだ。彼がとりわけそこに書いているのは、マルクス主義が自らのことを、歴史と政治経済における科学であり、生成の哲学であり、また現実の細部にまで適用される行動の方法であると標榜しているということである。だが彼は、マルクス主義が行動のドグマと教条主義になってしまっていると指摘する。一九三三年以来、レーモン・クノーが少しずつボリス・スヴァーリンのグループから離れ始めたのは、そのためであるように思われる。たしかに彼の記事は、九月の『社会批評』誌に掲載されているが、これが最後であり、十一月、それから一九三四年三月の最終号に彼の記事はない。フランス語で書く共産主義作家ヴィクトール・セルジュがレニングラードで恣意的に逮捕され、彼のために一九三三年四月にアピールが出されたが、クノーはそれに署名をしていない。宣言の下に見られるのは、ジョルジュ・バタイユ、リュシアン・ローラ、ジャック・メニル、ピエール・パスカルそしてボリス・スヴァーリンの名前のみだ。十一月号では、ミシェル・レリスがエドガー・ポーについて書かれたマリー・ボナパルトの本を、そしてジョルジュ・バタイユがマルローの『人間の条件』を書評している。レーモン・クノーはこの号に参加していないが、ただ一点だけ例外がある。それは、「受領した書物」の欄に『はまむぎ』があるのだ。これについてはまた後で触れることになろう。だが一九三四年三月の時点で、クノーの小説が問題となることは一切なかった。

ジョルジュ・バタイユとの友情は『社会批評』誌が廃刊してからも続いた。実際、一九三四年四月十四日に、旅行中のローマでファシズム展覧会を観てきたバタイユから、クノーは非常に心のこもった手紙を受け取る。(56) バタイユはこう尋ねている。「君は元気か。そして息子とジャニーヌの調子はどうだ。もし手紙を書いてくれるなら、君の息子の名前を知らせてくれ。たしかニコラだと思っていたのだが、君はそうではないと言った。それ以上のことは一切分からないんだ」。それからジョルジュ・バタイユはローマに来るようクノーを促しつつ、「法王が聖者のように振る舞うのを見に来た坊主や信心家ども、多くはフランス人」(57)が数多くいることを残念がった。そしてこう書き加える。「僕は相変わらず《比較史》に取りくんでいて、そのために動き回っている。今はすべてを数行で書けるようになった。まずそれが始まるとき、聖なるものはただちにすべての人を支配し、最も力強く表明される。次いでそれは分解し、個別の歴史、哲学的、社会的歴史が存在するようになり、その期間を通じて中立的な社会が発達し、優位に立ち、そしてもはや聖なるものは一切失われる。さて、分解によってすべてが破壊されないために、中立的社会は失われた聖なるものに取って代わるべき明瞭な命令を求めるか、あるいはそれを受け取るかする。それ以降、聖なるものはその一片また一片と全体的に再構築される(58)［……］」。

九月においても友好的な関係が続いている。ジョルジュ・バタイユがジャニーヌに宛てた二通の手紙がその証拠だ。一通目で彼はシルヴィアの近況を伝えている。彼女は彼に託して、ジャニーヌに心のこもった友情を伝えていたのだった。ジョルジュ・バタイユ本人は、失意と憂鬱のうちにあることを明かし、それからクノーに対する変わらぬ友情を約束している。二通目になると彼の調子は良くなったようで、悪夢から抜け出したことに触れ、再び幸福になったと述べている。そして困難な時期に支えとなってくれたクノーに対し、大いなる感謝の念が向けられている。

これらの非常に友好的な言葉にもかかわらず、一九三四年の終わりになると、バタイユとクノーの関係は悪化していた。レリスに宛てた手紙の下書きの一つに、バタイユはこう書いている。「ラカンのところでの会合についてだが、クノーに、彼が来たら私は直ちに立ち去るつもりだということを伝えてもらいたい(59)」。一九三五年一月二十日、バタイユは、『コントル＝アタック』誌に対する躊躇をおそらくは彼に知らせたらしいレリスに自分の考えを説明しようと試みている。この雑誌は「革命の攻勢を急速に展開」させ、「権力奪取を唯一の目的とする決定的な闘争に貢献する」ことに向けられたものだ[60]。実のところ、一九三四年二月の暴動とそれに引き続く社会不安によって、バタイユは、政治の推移に影響力を行使したいと望むようになっていたのだった。彼に従ってこの道に入るつもりがなかったミシェル・レリスは、一九三五年十二月二十六日、自分の『日記[61]』にこう記すことになる。「私は、時間の無駄であり、彼の詩的才能を駄目にするということを口実にして、政治に足を突っ込んでいるバタイユを非難した」。ジョルジュ・バタイユはこのことで気分を害し、このように見解が食い違ったことをクノーの影響のせいにした。彼はミシェル・レリスにこう書いている[62]。「モレのところで開いた我々の会合以来、君の見方が変わったことは、クノーと君が交わした会話によってまったく素朴に説明がつく。当初から君には伝えていたが、私は共同して雑誌を刊行する計画にクノーが興味を持つのを見て驚いていた。今ではもちろんその驚きは弱まっており、彼が興味をもつことを面白がってすらいる――これはけんか腰で言っているわけではない、まったくその逆だ――それは、無意識のうちに彼を袋小路に追い込むためだ」。

一九三五年二月、バタイユとクノーの関係は決裂した。実際には、マルセル・モレのところで行われた会合が急転換したのだ。「バタイユが狂ったようになり、L［レリス］とQ［クノー］を罵倒しはじめた[63]」。翌月、「何をなすべきか？／ファシズムを前にして／共産主義が不十分である以上」のチラシをミシェル・レリスに送ったジョルジュ・バタイユは、こう明言している。「人員の問題に関して言えば、私は彼らにはっきりと背を向けることにこだわっている[64]」。とはいえ彼はこう付け加えている。「同じような紙をクノーにも送ったが、一応そうしたまでのことで、彼が来られると真面目に考えているわけでもないし、来ることを望んでいるわけでもない」……。その後、一九三九年の終わりになって、ジョルジュ・バタイユはこう記すことになる。「クノーは最初に私を見捨てた者だ[65]」。これは数年にわたる不和の後で、レーモン・クノーが彼を訪れたある日のことであった。「一九三四年に見捨てた（この語はかなり正確だ）後、彼が自分からやって来たのは初めてのことだ[66]」。兵役休暇中にパリにやって来たレーモン・クノーの方は、こう書いている[67]。「国立〔図書館〕でバタイユ。私に会って嬉しそうな様子だ。戦争、スターリン、現在の可能性、彼の計画について話す。我々は証券取引所近くのカフェに行く――我々がかつて通っていたカフェに彼はこだわる。また彼の友人になったと感じる」。この二人は、とりわけマルセル・モレのところで再び相まみえるようになるだろう。だが時に非常な辛辣さを示すレーモン・クノーは、ジョルジュ・バタイユが死去した際、サラクルーにこう書くことになる。いずれにしても、彼は存命中からすでに不在だったと……。

第八章　最初の小説群

　一九三五年一月二十日付のミシェル・レリス宛ての手紙で、(1)ジョルジュ・バタイユはクノーについてこうも書いていた。「彼の本がどれだけ自発的なものだとしても、それらは知性のもっとも典型的な展開、たとえばドイツ現象論の術語との関連で位置づけられる……」。バタイユはたいして好意をこめてこう書いたわけではないが、彼が提示したクノーの作品の単純化された見方は、正鵠を得ていた。

　クノーの最初の小説である『はまむぎ』は、ドノエル社に拒絶され、ガリマール社に五月に受け入れられた後、一九三三年十月、正確にいえば十一日に出版された。レーモン・クノーは、もう何年も前から小説ジャンルに心を引かれていた。彼の若書きの作品を想起しよう。(2)それに加えて、ロジェ・ヴィトラックに語った別の試みもある。クノーはこう言っていたのだ。(3)「一九二八年頃、私がまだシュルレアリストだった時分に、金儲けをしようと思って、ジャック・バロンと一緒に小説を書こうとしました。私たちは推理小説を書いて金持ちになろうと思ったのです。だが実際のところ、できたのは絶対にあり得ないシュルレアリスム的小説でした」。一九三二年にギリシャで書かれた、それゆえ『はまむぎ』より前の未発表原稿がある。そこで舞台装置としてとりあげられているのはビスクラ〔アルジェリアの都市〕、つまり兵役を行った場所である。この街の駅を出るアゾールという主人公は、生暖かい大気と現地住民の趣ある家屋に対してたいへん感じやすい人物として紹介される。このような感受性は、この人物がまったく心の準備をしていなかっただけにいっそう驚くべきものとして現れる。事実彼は、思春期から数学に打ち込んでいたのだ。

　アゾールの物語は、出だしこそ調子よく、快活であったが、結局完成しなかった。それは『パパと息子はギリシャへ行く』でも同じである。このように、小説を書くことにこだわっているレーモン・クノーを見ると、アンドレ・ブルトンがこの文学ジャンルに対して行った批判について考えさせられずにはいられない。そもそもレーモン・クノーはそれをよく知っていた。「二十世紀の大作家たち」(4)を紹介する際に、それに言及することになるからである。彼はブルトンが「純然たる報告文体」であるとか、描写の「むなしさ」であるとか、作者たちに野心が欠けているとか、「首尾一貫した登場人物たち、論理的な彼らの行動、作者が彼らと保つ関係」のせいで小説を非難していることを知っていた〔こうした批判は『シュルレアリスム宣言』に見られる〕。それゆえ彼は、小説技法を刷新し、独創性を発揮しようとしていたのであった。『はまむぎ』はこの意味で最初の応答であり、また同時にかつての師に対する挑戦にもなっている。レーモン・クノーは自己を確立し始めていた。彼はシュルレアリストとしての自分の過去を忘れはしなかったが、それを乗り越えようとしているのである。一九三二年七月末から十一月初旬にかけて、ギリシア旅行の最中とその後で書かれた『はまむぎ』は、クノーの主要なテーマを予告する世界をまるごと内包しているのである。

　ジャニーヌとレーモンのクノー夫妻は、七月二十三日に、マルセイユからパトリス二号に乗船し、二十七日にピレウスへと到着した。最初の周遊旅行で彼らは南東へと向かい、デロス島とミコノス島を訪れた。八月九日から十七日にかけて、彼らは再びアテネに滞在し、それから今度は北西へと向かって、デルフォイ、パトラ、ケルキラ、ヨアニナを訪れる。そこからアテネには八月二十九日に戻り、またもや南東に向かって、シロス島、ナクソス、パロス島、シキノス島などを訪れながらサントリーニ島まで足を伸ばした。

　この旅行は、レーモン・クノーに大いなる啓示を与えた。「ギリシャに何を期待していましたか？」という質問に対して「何も期待していませんでした。私は別人になって戻って来たのです」(5)と答えたことも容易に納得できるだろう。彼はとりわけ、アクロポリスの麓にあるディオニソス劇場の調和を敏感に感じ取った。彼はこう書いている(6)。「ディオニソス劇場の大理石でできた階段席に座ると、脈打っているようにも感じられるこの暖かく柔らかな大理石から、〈自然〉が人間の仕事と結びつくのが見えるのだ。というのも、周囲を取り囲む山々と空さえもがそれに完全なる意味を与え、その存在——その中ではすでに建築の数的な調和が具現化している——を偉大にするべくやって来るのが認められるのだから。[……]」。

　明らかに、レーモン・クノーは自問していた。美が数学的組み合わせの上に基づいているとしたら？　その組み合わせのなかに、本質的に上位の知識に到達する方法を見出しているプラトン哲学が正しいとしたら？　プラトンが数学的教養を持たない者を一切自らの学校に受け入れなかったのは、正当だったのではないか？　レーモン・クノーは小説の執筆に乗り出していただけに、いっそう考察すべき題材があった。美と知に到達しようとした彼は、自らが「算数狂」と呼んだものに身を任せねばならなかったのではないか？　彼はその立場をとった。それぞれ十三節からなる七章、つまり九十一節がこうして生まれることになる［『はまむぎ』の構成のこと］。それゆえ『はまむぎ』について行った自らの分析を『解読されたクノー』[7]と題したクロード・シモネは、まったくもって正しかった。彼は批評家としては稀なことに、作者による賛辞を受けるという満足すら得た。しかも作者は、この分析者が『はまむぎ』の執筆全体に立ち会ったような感覚を覚えたと述べたのである。とはいえ著作の厳密に数学的な構造に関して言えば、すでに一九三七年[8]に自分の関心事について語っていたクノー自身が、シモネを助けていたのだ。クノーは書いている。「『はまむぎ』は九十一（七×十三）の節から構成されている。九十一は最初の十三個の数の和であり、その《和》は一であるから、それは存在者の死の数字であると同時に、それらが実在へと回帰する数字でもある。当時の私は、その回帰を、希望なき不幸が解決せずに永続することだとしか考えられなかった。このとき、私は十三に都合の良い数を見ていた。それはその数が幸福を否定するからである。七については、私はそれを自分自身の数のイメージと見なしてきたし、今でもそう見なしている。というのも私の姓と二つの名はそれぞれ七文字で構成され、また私は二十一日（三×七）に生まれているからだ」。

クロード・シモネはこう書き加えている。「この数の科学には、そもそもの原則として、ピタゴラス主義的グノーシス説という一面があることは明白である。しかしこの面は、それを隠している他の諸側面と混ざり合っている」[9]。この点について、レーモン・クノーもまた何度か弁明している。『はまむぎ』の起源について、時折異なる説明を行ってきたことを彼は認めているのであるから、最後に書かれ、それ以前に発表したことを補ったり、あるいは修正したりしている「正誤表」[10]に立ち止まってみるのが良いだろう。まず彼は、以下のように細かい区別を立てる。「かつて私はこう書いた。《私が『はまむぎ』という小説になるはずの《何か》を始めたのは、あるアイデア（デカルトを現代フランス語に翻訳する）が頭にあってのことだった》。しかし別の時、私はあるインタビュー（ああ！　このインタビューというやつは！）でこう表明した。《『はまむぎ』となるはずのものを書き始めた時、私はただ単に、『方法序説』を現代フランス語に翻訳するというちょっとした試みをしようとしていたのでした》。ここには微妙な変化がある」。そして、歴史的真実に仕えることに常時心を砕いているレーモン・クノーは、以下のことを明らかにしている。「『棒・数字・文字』[11]でこう書いたが、それはいくらか不正確［である］。《船上で私は……カサレヴサ〔共通文語〕とデモティキ〔口語民衆語〕のあいだの闘争について、ギリシア人たちと語るようになった》。実際のところ、このような会話を行ったのはアテネに滞在している時だけであった。［……］その後、八月五日に我々はミコノス島に降り立ち、そこの住民の家に部屋を借りた。私は《仕事をする》つもりでおり、翻訳を始めた……ここで注意。私は四冊の本を持参した。ルネ・デカルトの『方法序説』、キェルケゴールの『死に至る病』（出版されたばかりであった）、フォークナーの『サンクチュアリ』（まだ知られておらず、翻訳もなかった）、そしてダンの『時間の実験』である。(12)ジョラスの助言に従って、私が翻訳しようとしていたのは、この最後の著作であった」。彼は仕事に取りかかり、それを放棄したが、後に『はまむぎ』の最初の数ページでそれを利用した。かくして「相対性理論から借用し、前兆となる夢を説明するために」ダンが作った「観察者」が生まれたのである。クノーはさらに続ける。「おそらく私の念頭には、『序説』の現代フランス語訳がもたらすはずの関心があったのだろうが、この仕事は一度も着手されることなく、常に計画の状態に留まったのだった」。上記の通り証する。ただ、思考するに従って少しずつ肉体を持つようになる影が、やはりあの有名な「我思ウ故ニ我在リ《コギト・エルゴ・スム》」を描き出しているということだけは指摘しておこう。他方、ある名前がいまだに引用されていない。それはジョイスの名であり、クノーは自作に対する彼の影響について一度も否定したことはないのである。彼はこう書く。(13)「私はそれを主張しさえする。小説に複雑な構造を持ち込み、それをミクロコスモスと成し、そしてそれをより上位の格にまで引き上げた初めての人物であるこの作家を、私はきわめて意識的に模倣しているのである」。この点について、クロード・シモネはたいへん適切にも『トランジション』誌が果たした役割について指摘した。「発行元がパリのシェイクスピア・アンド・カンパニーの住所となっているアメリカのアヴァンギャルド雑誌。クノーが寄稿するのは後になってのことだが(14)、しかし非常にはやくから(15)、彼の友人であるプレヴェール、ミシェル・レリス、デスノスそしてリブモン＝デセーニュのテクストが見られるようになる。一九二九年、『トランジション』誌の編集者たちはある宣言を発表するのだが、それはさまざまな点において、ジョイスの影響とは言わずとも、ある種のジョイス的な雰囲気を結晶化し、また具体化している。それらの点は、三〇年代の若い作家がジョイスの例から引き出しえた教えを、格言というかたちに翻訳しており、それによって表明されている文学的態度に、『はまむぎ』が——きわめて個人的なやり方ではあるが——かなり正確に対応しているのを見て取るのは興味深い(16)」。

レーモン・クノーを語る際、クロード・シモネがベルトルト・ブレヒトを持ち出すことに驚きを感じるかもしれない。「クノーは、物語が恣意的であることを執拗に強調するが、それは彼が形式を執拗に強調することと対になっている。これらはひとえに、作品の客観性、そしてそれが読者に対して取る距離をより良く目立たせるための言辞だ。小説に対するこうした態度は、ある程度、演劇の筋に対するブレヒトの態度に引きつけて考えることができるだろう。どちらの場合にも、作品から《距離を置く》ことが問題となっているのだ。ブレヒトはこう奨励していた。《光源を隠すことなく、あるいはさらに良いのは、観客の注意をそこに向けさせつつ、舞台を暴力的に照らすこと。常に危険で有害な、観客の幻影を消し去る方法がそこにある》」。クノーがブレヒトに抱いていた関心はほとんど知られていない。彼の名前が『日記』に登場することもない。とはいうものの、リブモン＝デセーニュがクノーに送った一九三七年六月八日の手紙には、グリュンベルクが逐語訳したブレヒトの作品についての約束がある。レーモン・クノーがそれに文学的かつ演劇的な形式を与えるということになっていたのだ。リブモン＝デセーニュは、クノーがこのドイツの作家に対して関心を示したことに喜んだ。というのも、彼は自らの同国人である作家〔クノーのこと〕の才能を知悉しており、この翻案の成功を一瞬たりとも疑わなかったからである。I・グリュンベルクとR・クノーによって翻案された(17)三幕十三場からなる『尖った頭蓋と丸い頭』(18)は、日の目を見なかったようだ。間違いなく興味深いものになっただけに、残念なことだ。物語の舞台はリマ、丸い頭のチューク族と尖った頭蓋のチー族という二つの種族が住む都市である……。

『はまむぎ』におけるいくつかのテーマと、あきらかな影響関係についての締めくくりとして、「我思ウ」のさらに先に行くために、クロード・シモネによる以下の数行を採り上げておこう。「外観についてのエティエンヌのデカルト的省察は、現れ出るものの存在についての考察へと自ずと発展する。かくして、小説的《ロマネスク》珍妙さを通して、現象学が自ずと存在論へと行き着くこと、そしてハイデガー的な主題がフッサール的主題と混ざり合い、それを延長することが見て取れるのだ」(19)。レーモン・クノーは、『省察』〔フッサール『デカルト的省察』を指すと思われる〕が一九三一年に出版されていて、それを読んでおり、またそれをギリシアで再読するために、レヴィナスの『フッサールの現象学における直観の理論』とともに持って行ったことを、クロード・シモネに対して認めている。このことが「正誤表」では語られていないという事実を記しておこう……。

『はまむぎ』の原稿をガリマール出版に渡したのは、フランク・ドボであった。彼はその少し前にクノーの友人のグループに加わり、この原稿を読んであげたのだった。彼はこう語っている(20)。「最初のページから、並外れた作者であり、また深い独創性を持って、鮮やかな言葉をやすやすと用いる作者であると感じた。しかし私がとりわけ驚かされ、また魅了されたのは、彼が類い希な手並みをもって、その小説を構成したことである。その結果は比類なきものだった。私は驚嘆した」。オペラ・ムンディ社の文学部門を仕切っていたフランク・ドボは、それからすぐにガリマール社に赴き、ブリス・パランとエマニュエル・ブド゠ラモットに前もって知らせたうえで、若い原稿審査委員にテクストを渡した。するとこの社の慣例に逆らって、「この小説を出版する決定は数週間のうちになされた」のであった。

『はまむぎ』の抜粋のいくつかは、一九三三年に、リーズ・ドゥアルムが指揮を執る『ヌイイの灯火』誌の第三―四号に発表された。これはマン・レイ、ブラッサイ、リー・ミラー、ドラ・マール等々の写真を掲載する、美しく格調の高い月刊誌だった。ジョルジュ・リブモン゠デセーニュ、マルセル・ジュアンドー、ジャック・ラカン、ハンス・アルプ、ユージーン・ジョラス、あるいはミゲル゠アンジェル・アストゥリアス等が寄稿していた。レーモン・クノーは、この雑誌に、ナルサンスが読む新聞の小さなニュース記事(21)や、結婚式の食事がはじまる場面、つまりポタージュ、いやシュープ……から、風変わりな見せ場へと展開する箇所(22)を発表したのだった。この後者の場面には哲学も欠けていない。というのも、会食者たちは「存在が虚無を隠しているように、満ちた皿が空虚な皿を隠していたなどと考えもしなかった［……］」と書いてあるからだ。

パリの他の新聞は、これほど『はまむぎ』を支持しなかった。ある批評家などは、小説のタイトルにもその作者の名前にも言及しないほうが良いと判断し、また匿名を希望したうえで、ことさら批判した(23)。クノーのユーモアと彼の目的をまったくもって理解しなかったその批評家はこう書いている。「そもそも相当風変わりな仕方で、《人影》や《観察者》、あるいは《低固形性存在》と呼ばれるように、立体感をあまり持っていない人間が、パリや郊外でどちらかといえば不潔な奇行に耽るということ、そして卑猥でお粗末な人々のお粗末で卑猥な言葉づかいが文字どおり、またその正書法どおりに記載されているということ、最後に、青白い話し相手がそう言うからというのを口実に、《ムシュー》であるとか、キャセロールの代わりに《カストロル》とか書かれたりするのを読むということを知っておくだけで十分である。こうした冗談は、滑稽新聞や、昔の中学生たちが紙挟みのなかに忍び込ませていたあの恥ずべき刷り物であれば、それがあまり場所をとらないという条件付きで、一瞬なら大目に見ることもできるだろう。だがそれが三百十三ページにわたっているとなればスキャンダルであろうし、どうしてこんなものを書いた人が、また印刷した人がいたのだろうか、さらにどうしてこんなものを読む人がいると考えられるのだろうかと自問することになるのだ」。

ドゥ゠マゴにいつも集っていたクノーの友人たち(24)は、『はまむぎ』の不成功を残念がり、レーモンに栄冠を与えるために賞を創設することに決めた。『カイエ・ド・レルヌ』誌において、フランク・ドボは、この動きを主導したのが誰であったか覚えていないと言っている。他方、ボリス・ヴィアンは、『サン゠ジェルマン゠デ゠プレ入門』のなかで、美術学校の図書館員であったM・マルティーヌがそうであったと述べている。『はまむぎ』の作者のために、千三百フランが客たちから集められた。それによって、次のような広告ができた。「ドゥ＝マゴ賞。千三百フラン、十三人の人物が、レーモン・クノーによる十三の愉快な（?）小説『はまむぎ』にこれを与える」。「もう一つのディテール。ドゥ＝マゴ賞を受け取った夜、それを祝うためにレーモン・クノーは友人たちを連れてフロールへと行った」[25]。ピエール・アスリーヌはそれを不作法だとしている[26]。だが我々としては、これはむしろ強がってやりたいとか、ブルジョワを不快にしてやりたいという意図だろうと考える。

　とはいえ、一九三三年から三四年にかけての売上げ数はまあまあであった。四千四百部を刷り、そのうちの千五百七十部が売れたのである。翌年以降の売上げは半分に減ったが、それでも一定して売れた。『クロッシュ夫人』という題名で舞台のために脚色するという計画があったが[27]、それはうまくいかなかった。それゆえレーモン・クノーが、財政的な困難を抱えていることには変わりなかったのだ。たしかに、フェルディナン・カーンが若い夫妻を援助していた。たしかに、モンテギュ伯母が場合によっては頼みの綱となり、気前の良いところを示していた。しかしレーモン・クノーにしてみれば、このように他人に金をせがむことはきわめて辛いことだったに違いない。一九三四年の夏、彼は、千二百フランの手当で、ローマにあるリセ・シャトーブリアンに赴任しないかという申し出を受け取ったのだが、それには答えなかった。結局のところ、彼は定期的にある程度の額になる報酬を確保する手段を持っていなかったのである。

　だが一九三三年以降、彼は「週に五回、精神分析家にかかり、自分の仕事をうまく管理できないという困った性向を取り除こうとしていた[28]」。彼はジャニーヌの勧めに従って分析家のところに行ったのだが、彼女自身も『フランス精神分析雑誌』の指導部メンバーであったオディエ博士によって分析を受けていたのであった。当時の状況からすると、ジャニーヌは、すでに信じ込んでいる人に向かって説き聞かせたことになる。というのも彼は『日記[29]』にこう書いていたからだ。「私が欲するのは、さらに勉強すること、自分で医学をやること、精神分析を受けること、等々」。またクノーは事実をはっきりさせる。「O博士は［……］、私をB博士のところに行かせた。その彼はロウスツキ夫人［Lowstski］という人のところに私を預けた。彼女はロシア＝ドイツ移民、つまりロシアを一七年に、ベルリンを三三年に離れた移民であり、医者ではなかった。私はまずアルボニ広場の彼女のところに行くようになった。彼女はそこの友人宅に仮住まいしていた。［そして］最後はアンリ＝パテ広場である。そこに彼女は一九三九年まで住んでいたのだが、その年にパレスティナへと旅立ったのだ。私は直ちに彼女が哲学者シェストフ[30]の姉妹であることを発見した。簡単に分かることだが、それで事が容易になるわけではない。彼女は到着したとき、フランス語をほとんど話さなかった。これもまた、事をまったく容易にはしなかった」。

精神分析は六年続いたが[31]、レーモン・クノーの症例について明らかになるような打ち明け話をファニー・ロウツキー[32]は残していない。『フランス精神分析雑誌』には彼女の論考が一篇、一九三四年に掲載されているが、そこにはクノーについての情報は一つも含まれていない。「治療に対する超自我の抵抗」と題されたそれは、三人の女性の症例を扱っている。移し替え——つねにあり得ることだ——を行っているのでない限り、小説家である患者に彼女は言及していない。ただし念頭にはあったかもしれない。また一方で、彼女はクノーに手紙を書くことがあったが、その内容にはほとんど重要性が認められない。ただし一九三三年に一つだけ例外がある。彼女は彼から手紙を受け取ったことと、その中で、ジャニーヌと彼が子供を手放さないことに決めたという重大な知らせを告げてくれたことに礼を述べている。さらに彼女は小説、つまり『はまむぎ』のことでも彼に礼を述べ、彼が準備中のものを読んでみたいと表明しているのだ。

それが『ピエールのつら』であった。ガリマールが一九三四年九月二十日に売り出し、レーモン・クノーが、彼自身の手になる年表に従えば、五月十八日に書き終えていた作品だ。書評依頼状は、父と三人の息子の物語をきわめて簡潔に喚起したあとでこう述べている。「これは小説的《ロマネスク》な筋ではなく、〈ふるさとの都〉——あなたは行ったことがありますか？——でよく知られた神話なのである。神話というものがそうであるように、それはさまざまな解釈を許す。それを見出すのは読者だ、というのも——なぜ読者にいくらかの努力を求めないのだろうか？　常にすべてが説明されるのだ、読者には。軽蔑的に扱われ、ついには怒りだすのだ、読者は」。そうは言ってもやはり、いくつかの注釈は歓迎されるだろう。というのも『ピエールのつら』は取りつきにくいからである。作者もしまいには、自分自身でそのことを意識したはずである。その証拠に、一九四五年四月九日付のある女性に宛てた手紙[33]のなかで、彼は自分が望んだことを説明している。それはまず、「ジョイス（『ユリシーズ』）、つまりは構造のある小説、《定型の》小説」である。それから父親に対する息子の戦いに関心を寄せること。「良心のやましさ、悔恨が乗り越えられず、消された父親が、父とまったく同じように行動せよと息子に強いる道徳的超意識のかたちを取って生き延びるのである」。そして最後に、「ある種の個人的神話を創造すること」であった。実際、この小説では精神分析の影響が本質的であると思われる。レーモン・クノーはここで「フロイトの概念、とりわけエディプスコンプレックスを用いている。息子たちと父親の敵対関係、彼らの攻撃性、そして自らが監禁している娘に対する父親のコンプレックスが見て取れる[34]［……］」。とはいえ鍵はこれだけではない。クロード・ドゥボンの次の言葉にもあるように、作者の「数科学」に対する嗜好もまた見出せるのだ。「三という数字の上に構築されたこの書物は、動物、植物、鉱物の三つの世界をあらわし、そのそれぞれが息子の一人に対応している」。だがまず何よりもクノー自身の表現を用いると、『ピエールのつら』は「小説的《ロマネスク》な筋ではなく、象徴的な定理である(35)」。この著作の真の性質と、おそらくは弱点もまたここにある。この本は、時には容易で、時には難しい解読をいつも強いるのだ。「小説の象徴体系は、脈絡なく散在する注記を通じて、あらゆるレベルにあらわれる。全体の構造以外では［……］、作中人物がキリスト教的象徴体系を借用している。《名のキリスト教的意味。ピエールは教会／石《ピエール》の神／ピエールのつら。名の三重の意味。長男／ポールは目立たず、中間の位置にいる。ジャン／預言者であり詩人。これら全体が大いなる完成に向かう(36)》」。ただしこのことは、『ピエールのつら』の象徴的とはいえない最初のページにみられる水槽の場面にはあてはまらない。「〈異国の都〉にある動物園の水槽の前でピエールが行う考察は、《魚の生活》によって明らかになった人間の条件と、自分の町ではない場所に住む孤独者としての彼自身の条件、そして彼がもうすぐ帰ることになる〈ふるさとの都〉についての考察に同時になっている。［……］しかしそれだけにとどまらない。最後の啓示において、彼は次のことを理解するのだ。《〈水〉に住むあらゆる〈非人間的〉動物》、《盲目で無口で耳の聞こえない》すべてのものは、人間の生とは別の生の性質を帯びている。彼らの生、それは〈胎児〉の生だ。かくして彼はこう認識した。《二つの〈範疇のまとまり〉があり、〈生〉は〈沈黙〉、〈闇〉、〈不動〉、〈単一性〉であると同時に、〈多様性〉、〈動き〉、〈光〉、〈刷新〉でもありうる。そして〈休息〉と同時に〈不安〉でもあり、〈平穏〉と同時に〈恐怖〉でもある(37)》」。

五千五百部が印刷された『ピエールのつら』のうち、最初の一年で売れたのは千二百十九部のみであった。レーモン・クノーは、いつもの良い習慣を守らず、この小説については新聞記事のファイルを作らなかったようだ。とはいえ彼は、ジャン・ヴァールの手書き原稿とA＝M・プティジャンのタイプ原稿は保管していた(38)。彼らの反応は、面白がると同時に困惑しているというものだ。ヴァールはまず、この小説の三つの部を要約しようと試み、最後にこう指摘している。「調子は叙事詩的になるが、といってもより真面目になったのかどうかはあまり定かではない。作者は、《洞窟棲息魚》と《大水底のナマコ》が住んでいる地帯から、《猛禽類が光を切り刻む》空間と、《石の乳房、大地の鉱物でできた大いなる乳房》である山の頂上にまで我々を連れて行ってくれる。この驚くべき書物の概観を与える術はない。私にできるのはこの書物の存在を知らせ、それが高度な喜びの時を与えうるものであること、そして実際に私にそれを与えてくれたことを、レーモン・ケノー(39)［Quéneau］に対して感謝することだけである」。アルマン・プティジャンの評価はこうだ。「表現が作者の自由意志を裏切ってその下心を明らかにし、また、（ポワンカレ的な意味で(40)）より一層の便宜のためには、談話の形式のみを、さらには神話的エクスカーションのみを用いると主張しつつ、彼は正真正銘の錯誤行為を行ったのである［……］」。結論はレーモン・クノーをよく知る人物から導かれる。「彼は人生について思惟し、その思惟をドラマにできるのだから、あとは彼が人生を学ぶ（それになじむことなく）ことを望むだけだ」。

この作品では、精神分析の治療もまた用いられた。『樫と犬』にもその反響は見られる。この韻文小説の第二部は、事実次のように始まるのだ。

私は長椅子に身を横たえ
そして我が人生を語り始めた
我が人生と信じていたものを

分析の主要な理由ははっきりと表明されている。

だが最も重要なこと
それは
私は仕事ができないということ

たしかにユーモラスな調子ではあるが、傷は深かったに違いない。このテクストを執筆した当時、レーモン・クノーは、三十歳を過ぎてなお、自らの道をはっきりと定めていないという状況にあった。それでも書くことに固執し、そして精神分析の治療を受けることによって、彼に変化がもたらされた。アンヌ・クランシエは次のように書いている。[41]「『樫と犬』の執筆のおかげで、彼は〈自我〉の統合を追求できるようになった。おそらくそれは、作家にとって、分析家の喪を開始する方法だったのだろう」。自らも医学博士で精神分析家であるアンヌ・クランシエは、『樫と犬』という、作家の本質を明らかにもするが、まずなによりもユーモラスな作品に、専門家としての視線を投げかける。「これはほとんど精神分析のパロディであり［……］作家はここでフロイトの概念を例証している。つまり、口唇期、肛門期、エディプスコンプレックスのポジティヴな側面とネガティヴな側面、原初的幻想（去勢不安、原光景の幻想）、同性愛、兄弟間の敵対関係、そして最後に昇華[42]」。この著作は三からなるリズムに従っているが、それは、幼少期、思春期、精神分析治療、そして最後に、おそらくは内面の大いなる解放を象徴する「村祭り」を次々と喚起してゆく三つの部によって作られている。そして題名は、作者の名前に含まれる二重の意味を取り戻させる。

樫と犬　ほらこれが私の二つの名、
厄介な語源だ
神々と悪魔を前にして
いかに名を秘し続けられようか。

犬は骨の髄まで犬
そいつは犬儒《ひねくれ》で粗野なやつ
[……]
樫の方は高貴かつ偉大
力強くたくましい［……］。

クノーは、一方ではもっとも世俗的な現実へと自分を絡め取り、他方では天上と超越を渇望させるこの二重性にとりつかれていた。そして、たとえば両親が交合する物音のように(43)、彼が幼年期に出会ったいくつかの光景に対して意識的になることによって、彼は強迫観念から解放され、犬というよりは樫へと至るのである。

この小説を一九三七年七月に刊行したドノエル社は、十二月に、クノーに対して、五百部を刷ったことに加え、「この初版では印税が一切発生しない。重版の際には、売り上げ部数の十パーセントという高い額が支払われることになる［……］」と知らせた。財を成すとはまだ言えない……。この著作は、画家ジャン・エリオンの口絵付きで出版された。彼は一九三四年に、リブモン＝デセーニュの家でクノーと出会ったのだった。ジャン・エリオンはこう書いている(44)。「私はこのとき、いわゆる《抽象》のただ中にあったのだが、すでに〈現実〉へのノスタルジーに密かに悩まされていた。レーモンはそのことを察し、それから間もなく、私の絵の中では目が少し開いていると書いた。今になって分かるのだが、まさに彼の詩や小説に助けられたおかげで、私は日常を取り戻したのだ」。このクノーの指摘は、『新フランス評論』(45)誌に掲載され、以下のように発展している。「エリオンの絵は生きた存在のように引き続いている。驚きに次ぐ驚き、ただし確実な歩み［……］」。画家は作家からの影響を自ら進んで認めている。たとえばクノーの最初の三部作について述べたところでは、そこに登場する一人の作中人物をしばし取り上げ、次のように明言している。「私は、『最後の日々』という小説の中に出てくるレーモン・クノーのあの主人公のことをはっきりと考えた。そこではカフェのギャルソンがちょっとした預言者となっており、ミサを行うように飲み物を提供するのだ(46)」。だがジャン・エリオンが特に影響を受けたのは『樫と犬』だ。この作品の挿画のために、七枚のクロッキーの準備にとりかかるほど、これは「［彼の］抽象作品に働きかけ、その変化を促進」したのである。彼はこう語る(47)。「ある晩、自分のアトリエで、私はクノーの手紙に返信をしようと思い、近況を知らせる代わりに、何の説明もつけず、地面に散らばっていたこの続き物のデッサンを一枚封筒にいれた。彼はそこに自分の姿をかなりはっきりと認め、初版本の巻頭にこれを印刷させることにした［……］」。

ジャン・エリオンとレーモン・クノーはしばしば文通をしたが、その中でエリオンは、鋭敏な文学批評家ぶりを示すこともあった。『最後の日々』刊行からしばらくの後、彼はこの本を取り上げ、以下のような注釈を付けた。「さらに私は、とりわけ『ピエールのつら』、それから『最後の日々』の中で、小説的な章の骨組に隠れて組み立てられた詩の構造を大いに好んでいます。あなたのなすべきは、これを徹底的に推し進めることだと思います。叙唱、描写、独話、叫び、引用等々の極彩色、これらすべてが、非常に激烈で、内側から形成され、そして奇妙な植物のように、予想もつかない外的な形をとるまで育つオペラにまとめられているのです。そこであなたはためらうことなく自分を出していますが、その時に形式を省くことはしても、意味を省いたりはしないのです(48)」。

作者自身の言うことを信じれば、『最後の日々』は、一九三四年六月十三日に着手され、九月十九日に脱稿した。その奥付は、一九三六年二月二十六日になっている。「アルフレッドあるいはカフェ」と題された抜粋が、三月の『新フランス評論』誌に掲載された。『最後の日々』は、『オディール』（一九三七年）と並んで、クノーが自らの過去――ここでは学生時代――を乗り越えるための試みとなっている。彼は、非常に厳密な構造に従って、この作品をおおいに推敲し、また手直ししたと明かしている。アルフレッドの独白で区切られる章の連続は、とりわけ一種のコーラスとなっている。それにもかかわらず、彼はその後この著作が再版されることに反対した。その理由は、これがあまりに自伝的で、フローベール的理想からあまりに離れていると判断したためである。だが彼はこの著作を再読し、そう思っていたほど自分のことを語ってはいなかったと気づくに至り、一九五〇年以降はガストン・ガリマールにこの本の再版を依頼するのである(49)。

ギュスターヴ・フローベールの名が挙がったのは興味深い。というのもこの作家は、『ブヴァールとペキュシェ』をなによりも愛していたレーモン・クノーにとって、非常に重要であったからだ。百科事典的な知の探求が彼の心に触れたこと、そしてこの探求が愚弄されるのを受け入れられるくらいには、そこから距離を取ったということを信じなければならない。そもそも、クノーはブラバンとトリュの出会いが「ブヴァールとペキュシェの、同題の小説の冒頭における出会いを完全になぞっている」ことを自ら指摘している。「《暑い日だったので》〔『ブヴァールとペキュシェ』の冒頭は「三十三度の暑さだったので……」となっている〕……。こちらでは霧雨が降っている。そして違いは、B〔ブラバン〕とT〔トリュ〕の間にはまったく友情が生まれないが、B〔ブヴァール〕とP〔ペキュシェ〕の場合は、彼らの出会いが感動的な友情の始まりであるという点にある」。そもそもレーモン・クノーは、ずっと以前からフローベールの著作を読み始めていた。彼は『ブヴァールとペキュシェ』に情熱を傾ける前に、ひいきの著作である『聖アントワーヌの誘惑』のグノーシス主義におおきく心を動かされていた。エレーヌという作中人物は、『はまむぎ』執筆の時期に読んだこの本に由来している。

ダニエル・イルシュに宛てた書評依頼状の草案において、レーモン・クノーは「意図的あるいはそうでない模倣を別にしても、数多くの影響」が自分の小説にははっきりと見て取れることを打ち明けている。書評依頼状の通常の様式に逆らうことを明らかに楽しみつつ、彼は以下のように続けている。「取り上げられたさまざまのテーマについていえば、これらはここ数年の間に生み出された小説に見られる、卑俗なもののストックに属するものだ。戦後、青年、老人、詐欺師、詩人、ランドリュ〔連続殺人犯。結婚広告を出して応募してきた女性を殺害した〕そしてジョルジュ・カルパンティエ〔ボクサー〕、冒険、そして新トマス主義（不安を忘れるところだった、ああ、不安だ）。要するに、現代のがらくたがここでは次々と現れるのだ。たしかにきちんと順序だってはいるが、しかし人をかつぐような新しさはない。文体だが、これは何も壊していない。長いこと、作者はボシュエを読んで格調を与えようとしている。だが不幸なことに、この作品はまだその試み以前のものである。それゆえ言葉遣いの貧困についてはご容赦願いたい」。

この草案は通らず、結局、別の独創的な書式が取られた。そのなかでは、冒頭が同一のいくつかの文が連続している。「いかにして二人の老人がダンテ通りの角で出会い、二百五十ページ先で死んだのか。いかにしてヴァンサン・テュクデンヌは、無神論のトマス主義者から心気症に、それから軍人となったか、等々」。だが残念ながら、作者が繰り広げた努力に見合うだけの商業的効果は得られなかった。ガストン・ガリマールの協力者であるJ・フェスティが一九三七年十二月十日にこう記している。「『最後の日々』、二千二百部印刷。出荷は二百五冊」！

レーモン・クノーにとって非常に幸運なことに、『オディール』はもう少し成功を収めた。J・フェスティは、三千三百部を刷って、千六百三十部の注文が書店からあったことを記録している。一九三七年三月の『新フランス評論』誌において、『イディール〔田園詩〕』という仮題の一つで告知されたこの小説は、四月二十八日に発行された。クノーがどう言おうとも、彼はまたもや自分の青年期の経験をくみ取って、誰もが難なくアンドレ・ブルトンその人であると識別したアングラレスなる人物を舞台にのせたのだ。そしてサクセルはルイ・アラゴンを、ヴァションはバンジャマン・ペレを、シェネヴィスはポール・エリュアールを想起させた。とはいえ、小説家の芸と技法の力のおかげで、「『オディール』は、レーモン・クノーの回想録の抜粋としても、あるいはシュルレアリスムの歴史の一章としても読まれないだろう。『オディール』は一冊の小説なのである。ただし論争的な小説ではあるが[50]」。当然のことだが、レーモン・クノーは現実を再創造し、あるいは場合によっては自らを二重化させるのである。たしかに彼はロラン・トラヴィであるが、また同時に、アングラレスと彼の友人たちがインスピレーションをめぐって作り上げる概念を非難するヴァンサン・N……でもあるのだ。この人物はトラヴィにこう明言する。「インスピレーションとテクニックは対立するものとされて、すべてのテクニックを否定することによって恒常的にインスピレーションをもとというのが彼らの考えだ。するとどういうことになるか？　インスピレーションが消滅するんだ。メタファーの巻物を繰り広げたり、地口の糸玉をほどいて見せるような連中を、インスピレーションのある者だとはなかなか考えられない。［……］僕はこれとは逆に、真の詩人は《インスピレーションを受ける》ことなどないと思っている。彼はまさにこのプラスとマイナスを超えたところに、すなわち彼にとっては同一のものに他ならないテクニックとインスピレーションを超えたところにいるのだ。同一のものと言うのは、彼はその二つを遙かに人並み優れてもっているからだ。真にインスピレーションを受ける者は、決してインスピレーションを受けるのではない。彼は常にインスピレーションのなかにいるのだ。彼はインスピレーションを求めることはないし、いかなるテクニックに対しても苛立つことはない[51]」。この教訓はクノーなる人物によって受け止められることとなる。彼は『オディール』出版から一年と少しの後に次のように書く。「［……］真の詩人はそれゆえ、いかなる次元のものであろうとも、慰めも一切要らなければ、麻薬も一切要らない。彼は決してインスピレーションを受けない。なぜなら彼は言語とリズムの力だけでなく、自分が何者であり、何ができるかを知っているからだ。つまり彼は、観念連合の奴隷ではないわけだ[52]」。

　このような観点を高らかに、かつ力強く断言することを通じて、クノーはシュルレアリスムから明確に一線を画して自らのアイデンティティをよりしっかりと勝ち取るために、精神的な父の一人を殺したのであった。この解放は、大いなる論争家にふさわしい辛辣な言葉を嬉々として用いることで成されている。ブルトンは小説の描写が「むなしい」ことを非難してはいなかっただろうか。クノーの描写は、どれもがそれに対する攻撃的証言として意味深いものであり、またその文体は重々しくもなければべとついてもいない。以下に見られるアングラレスの住まいの紹介が証明しているように、そこには破壊的な狡猾さと皮肉がつねに紛れ込むだろう。「［アングラレスは］さも落ち着いた外観の一戸建て、典型的な郊外の医者の住居に住んでいた。見かけはそんなに平凡でも、一歩なかに足を踏み入れると、住人が並の人ではないに違いないと見て取れた。入るとすぐに女トランプ占い師か、ビルマ人の占者の巣窟かといった臭いがしてきた。［……］もちろん大きな書棚もあった。僕は一瞥したが、そこにある名前は僕の無知にぶち当たるばかりだった[53]」。

　しかし作者にとっても読者にとっても、『オディール』のもっとも重要な側面は、その結末にある。ロラン・トラヴィは旅の終着地点として、ギリシャと自分の内面にたどり着く。今や彼は現実に対峙してこれと「戦い」、それに「打ち勝つ」心構えができた。その心構えは、愛する能力を通じて自己が完成することを発見しただけに、いっそう強くなった。クノーは否定的態度を捨て、「普通の」人としてふるまうことをもはや恐れない。彼はこう加える。「嘲笑の時は終わった。僕はもう、愛を拒絶しようとは思っていなかった。僕の愛を確かめたかった[54]」。

過去は遠ざかっていった。レーモン・クノーは少しずつコンプレックスを統御し、年月と経験を重ねるとともに自らのアイデンティティをはっきりと定めていった。だが彼は、あと二回後戻りを行った。一度は『リモンの子供たち』によって『不正確科学百科事典』の方へと、もう一度は、『きびしい冬』によって子供時代の環境へと。

前者は、「三つの作中人物のグループによって筋が運ばれる［……］。一つはパドヴァの聖アントニウスの熱心な信者である食料品店主グラミニ、ピアノを弾く女中クレマンス、苦い運命が待つボシュ息子、そして物語が始まるにあたって舞台となるラ・シオタのわずかな人々からなるグループ。二つ目は、大ブルジョワだが種々の奇行（ぜんそくの発作、政治活動、迷信）に囚われているリモン＝シャンベルナック＝アカモート家のさまざまなメンバーからなるグループ。三つ目は、シャンベルナック氏と彼の秘書ピュルピュラン、または《哀れな悪魔》からなるグループである[55]」。このピュルピュランという人物は、ある大著を準備するためにシャンベルナックに秘書として雇われている。それは「十九世紀フランスのあらゆる物書き狂人に関する、評伝でも書誌でも選集でもあるような[56]」ものだった。レーモン・クノーはそれゆえ三〇年代の計画に立ち戻り、それを小説の中に組み込み、「古びた文書を新しい本に[57]」する。クロード・シモネ[58]はそこに「小説の軸、［……］忘れ去られたテクスト、図書館のゴミや屑を承認し、正当化すること」を見る。彼はこう続ける。「古い書物を忘却から救うシャンベルナックの仕事と、屑屋となって古紙を回収し、そうして《物質をその零落から引き出す》アストルフの仕事の間には、明白なアナロジーが存在する」。それに加え、クロード・シモネは、自分の原稿を受理させることに失敗したシャンベルナックと、『新フランス評論』の編集部やらポーラン邸やらドノエル社編集部やら[59]」で彼と何度かすれ違った正体不明の人物が最後に出会う箇所を強調している。この人物が彼にその著作を読んでくれるよう頼んだところ、シャンベルナックはそれを譲ろうと申し出る。するとこの謎の人物は自分が小説家であることを明かし、シャンベルナックの研究を作中人物の一人に割り当てたいと言うのだ。シャンベルナックがそれを承諾すると、彼は自分が何者であるかを述べる。クノーだ。シモネは述べる。「この出会いは、フィクションと現実が遭遇する重大な瞬間である。これは物語を閉じる結び目であり、それによって円環構造がもたらされるのだが、その構造はクノーが《地方のリセの校長。結婚しており、子供はいない。ある日、悪魔が彼の浴室に忍び込む》と設定した人物に「『百科事典』編纂の役割を割り振ると」明確にしたことで、より一層厳密になる。これはオデュッセウスである——シャンベルナックは吟遊詩人クノーを聴いている。《オデュッセウスは自分自身の物語を吟遊詩人が歌うのを聴いている……これは非常に驚くべきこと、いわば現代性《モデルニテ》とでもいうべき事態だ。なにせまさしく小説の内部にある小説なのだから》」。もっとも驚くべきことは、この作品内の作品が「二重の状態で見出されることである。というのも、一方では小説についての小説があり、それによって作者は自分の言葉を説明して、物語をそれ自体の上で閉じさせることになる。また他方では、書物の中の書物がある。すなわち『物書き狂人百科事典』が、小説の内部に置かれ、その生成過程が小説によって語られるのだ(60)」。『リモンの子供たち』は満場一致で受け入れられたわけではない。ガリマールの内部でも、自然さの欠如と「創案にみられるくどくどしいまでの勤勉さ」が非難され、反対の声があがっていた。ともかくこの著作は一九三八年七月に刊行された。だが批評家の関心を引き起こすにはいたらなかった。そして売上げは非常にわずかであった。

　翌年、『きびしい冬』がたどった運命はもっとまともで、数ヶ月のうちに三千部以上が売れた。小説の舞台は第一次世界大戦時のル・アーヴルだ。主人公ルアモーは「三つの出会いをする。幼女がおり、少女がおり、ドイツ人がいる。ベルナール・ルアモーが〈戦争〉と〈新たな生〉を取り戻すという物語である(61)」。これは書評依頼状の最初のヴァージョンである。我々が知っているヴァージョンでは、次のようなことをはっきりと述べ、より詩的な結末となっている。「ただ幼女のみが、ベルナール・ルアモーを憎悪と宿命から引き離せるだろう。まさしくこの愛による啓示を受け、彼は前線へと戻り、他の者たちと同じく戦争を通じて新たな叡知を《悟る》ことになるのだ」。

『ユーロップ』誌――レーモン・クノーはここに一九三九年七月十五日に「合衆国とフランス革命」についての記事を掲載させた――の中心人物であったジャン・カスーは、『きびしい冬』出版の申し出を断った。彼はこの作品をたいへん面白いと思ったのだが、読者の非難を怖れたのだった。そこで七月八日、レーモン・クノーはジャン・ポーランに自分の小説を『新フランス評論』誌で発表することを提案し、受け入れられた。だがダニエル・イルシュが十月一日までに本を出版したがったのに対し、雑誌は九月、十月、十一月の三号に分けて掲載する予定となっていた。そこでクノーは二号のみとすることを提案したのだが、その後で意見を変えた。そこで交渉がなされ、『新フランス評論』誌の方は当初の計画のままで良しとなった。『きびしい冬』は十一月に発売され、ゴンクール賞の呼び声も高かったのだが、獲得はならなかった。一九四〇年三月には、ポピュリスト小説賞も彼の手から滑り落ちた。この年の受賞作は、ジャン＝ポール・サルトルの『壁』であった。

第九章　『民主主義美徳概論』

『はまむぎ』（一九三三年）の出版から『きびしい冬』（一九三九年）の出版にいたる年月の間に、経済的困難とファシズムの伸張のせいで、フランスの政治状況は激しく揺れ動いた。多くの知識人が興奮し、グループを作り、あるいは雑誌や宣言を発行するなどして、自らの活動圏の中で、推移する事態に影響を与えようと試みた。一九三三年二月、ビヤンクールのルノー工場で九人の労働者が事故死した後に、革命的作家芸術家協会〔AEAR〕はアンケートを要請した。それは労働者に「彼らの生活を描写すること、そして彼らが文学的ないし芸術的な表現形式を見出す助力を行うAEARの仲間に加わること」を促した。声明の著者の中には、アラゴン、バルビュス、ブルトン、クルヴェル、ダビ、リュルサ、ペレ、ポリツェール、ロマン・ロラン、ジョルジュ・サドゥール等々の人物がいた。一九三四年二月十日、統一行動を実現させるため、多くの名士たちが労働諸組織に対してゼネストのアピールを出した。その中には、イヴ・アレグレ、アンドレ・ブルトン、ロジェ・カイヨワ、ルネ・シャール、ポール・エリュアール、ラモン・フェルナンデス、ジャン・ゲーノ、アンリ・ジャンソン、ミシェル・レリス、アンドレ・マルロー、ジャックとピエールのプレヴェール兄弟、イヴ・タンギー、ロジェ・ヴィトラック等々の名前があった。一九三五年十月七日には、「革命的知識人闘争の結集」として『コントル＝アタック宣言』が出される。これはジョルジュ・バタイユのみならずアンドレ・ブルトン――両者は一時的に和解していた――の署名を集め、またロジェ・ブラン、モーリス・アンリ、ジョルジュ・ユニェ、ピエール・クロソフスキー、ドラ・マール、レオ・マレ、バンジャマン・ペレ等々の署名も加えていた。モスクワ裁判に反対して抗議するために、数多くの芸術家や知識人が一九三六年夏にも結集した。だがこれらすべての宣言に賛同した人々のリストに、レーモン・クノーはいちども登場しない。何が起きたのだろうか。一九三一年十月の『日記』[1]に、「この若者は私が共産主義者であるとは思ってもいない」と記したその人はどうなってしまったのだろうか。

こうした問いに対する答えの本質は、一九九三年にエマニュエル・スシエが刊行する[2]まで未発表であった『民主主義美徳概論』の中に認められる。レーモン・クノーは『日記』[3]の中で、次のように書いていてこれに言及していた。「真剣に『民主主義美徳概論』を再開しようと思う（三七年の。セットン湖にて）」。だが彼はまったくそうすることなく、著作は未刊に留まった。これを意味ある資料とするための困難は、まさにこの点に存するのだ。規模の違いはさておき、レーモン・クノーは、パスカルの『パンセ』に相当する一群のノートを我々に残したと言えるのだが、ただし彼がそれに与えたであろう最終的な形態については何ひとつ知られていない。エマニュエル・スシエはそのことを隠さず、むしろはっきりと言っている。「作者の死後、彼に属していた資料全体の第一のコピーが、レーモン・クノー資料センター（CDRQ、在ベルギー、ヴェルヴィエ）を創設するためになされた。その数年後、プレイヤード版用の資料コレクション作成を目的として、ガリマール出版用に第二のコピーが企画された。この資料コレクションはその後複製され、レーモン・クノー資料研究出版国際センター（CIDRE、リモージュ大学）に託された。オリジナルの資料は、それゆえ少なくとも二度にわたって、さらにはどの紙片にもあらかじめ番号を振ることなく取り扱われたことになる。それで三つの資料（オリジナル、CDRQ、CIDRE）は、とりわけ順序に関して数多くの相違点を示している」[4]。つまり『民主主義美徳概論』ノートの分類は、信用できないのだ。他方、作家であれば、最後に読み直すときまで、自分の考察や議論の順序を変えることができる。それゆえ『民主主義美徳概論』については、きわめて慎重な態度をとらなければならない。

だが、レーモン・クノーが戦前の数年間にどう変化したのかを理解しようとする人々にとって、これが重要な資料であることに変わりはない。この著作によって、彼はユートピア主義者の仲間となった。なにしろ彼は、「真の民主主義者」が生きることのできる「別の世界、別の文明」について考えようとしているのであるから。さらにその後すぐにこう付け加えている。「最終的結末。あらゆる〈善意の人々〉にとっての〈地上〉——と他の場所——における〈平和〉。そして人間というものはみな善意の人になるだろう。千年王国説。聖エイレナイオス、フーリエ」[5]。調子は決まった。一九二〇年にはすでにキリスト教からは離れていたレーモン・クノーだが、ここではそれをもう一度拠りどころとする。エマニュエル・スシエは、この一節が新約聖書、特にキリスト生誕の際に天使らが羊飼いたちに述べた言葉を参照していることを明らかにしたが、それは正しい[6]。またルネ・ゲノンが『世界の王』の中で、ラテン語のミサ曲《グローリア》の解釈を行ったことも事実だ[7]。エマニュエル・スシエはこう明記している。「《グローリア》は、《栄光の光》を意味する。その中で、あるいはそれを通じて、至福の観照（*in excelsis*）が行われる光だ。そして〈平和〔*Pax*〕〉の意味は、《この地上世界に（*in terra*）に打ち立てられた霊魂の諸中心が有する根源的性質の一つ》である。レーモン・クノーは、『ルカによる福音書』を引用する際に、〈栄光〉については言及していないが、〈平和〉のことは述べている。別の言い方をすると、『民主主義美徳概論』が強く望んでいる《最終的結末》、すなわち《真の民主主義》とは、顕現した世界の秩序における真の《霊魂の中心》の構築のことなのである。だがそれは、人間が〈悪徳〉ではなく〈美徳〉を選び、《正しい意図》と《善意》を兼ね備えてのことになる（《*Pax hominibus bonae voluntatis*》）。これについてクノーはいささかの疑いも抱いていないようだ、というのも、彼は《人間というものはみな善意の人になるだろう》と考えているのだから」。

クノーの読書リストが示しているように、彼はゲノンの著作を継続して読んでいた。そのため、彼にゲノンの思想の影響を見出しても驚くべきことではない。必要であれば『日記』がこの説を補強し、さらに明確にしてくれるだろう。そこには次のように書かれている。「私は一九三五年夏の間に霊的な道に入った。良い原理とともに出発できたと思う――ゲノンのおかげだ。見者世界に対する異国趣味もなく、幻想に対する欲望やその他の虚栄も一切ない。その後私は、《あれ》に混ざっている理性的なものをすべて理解した。さらにその後私は、行動と信心の道を理解した。《理解した》と言うのは、垣間見たという意味だ[8]……」。一九二〇年から二五年の時期に比べても、レーモン・クノーはルネ・ゲノンの思想により熱中している。一九三六年には、神秘主義科学を専門とするシャコルナック書店を通じ、彼はゲノンと文通まで試みた。八月七日、カイロからゲノンはポール・ブラントンについて彼に返信を送る。クノーはブラントンの著作、とりわけ『秘められたインド』、『秘められた道』、そして『アルナチャラからのメッセージ』を読み[9]、この人物について問い合わせたのだった。ルネ・ゲノンは自分の同業者を手荒に扱う。この人物がイギリス人でジャーナリストであることを喚起し、奇妙なことだが、それゆえ知的能力が限られているとするのだ……。他方、彼が参照する幾人かの人物について、ルネ・ゲノンは、これらを単なるいかさま師と判断して否定した。ところがレーモン・クノーは、こんどはブラントンの方に宛て、他ならぬゲノンとその『交霊術の過ち』について質問をした。だがブラントンの秘書が告げたのは、師はそのような作品も、またその作者も知らないということであった……。

ゲノンとブラントンの作品を読んだことに促されて彼が行った思索に、高等研究実習院で受けた授業を通じて生まれた思索を付け加えるべきだろう。この研究機関の年鑑は、一九三二年の新学年から彼が授業への出席を始め、一九四一年まで通ったことを証している。もっとも興味深いのは、兵役に就いていた一九三九年から一九四〇年の大学年度にも彼の名前があることだ。一九三九年七月に登録を更新したことが想像される。ジョルジュ・バタイユが一九三一年から登録しているという点を考慮すると、それがきっかけとなってクノーもここで授業を受けることにしたのかもしれない。彼はコイレ、次いでコジェーヴによる、ヘーゲル宗教哲学の分析を聴講した。加えて彼は、一九三三年から一九三四年にかけてと一九三五年から一九三六年にかけて、聖エイレナイオスの思想を紹介したアンリ＝シャルル・ピュエシュの学生としても名前が挙げられている。それゆえ『民主主義美徳概論』の冒頭から聖エイレナイオスが現れるとしても、それは驚くべきことではないのだ。フランソワ＝マリー・シャルル・フーリエについてはこうだ。「資本主義システムにはらまれる矛盾について彼が行った《分析》、労働組織について彼が抱いた概念、人間の能力を花開かせるために人間と社会の間の争いを解決しようとする意志、それらによってこのユートピア主義者は、《フランス社会主義》の原初的先駆者の一人であり、また『民主主義美徳概論』の論理的先駆者にもなった[10]」。

『周縁』（一九六三年）と『ル・モンド』紙（一九六七年）で自身が再び取り上げることになるフーリエと同様に[11]、クノーは、あらゆる社会的変化が「避けがたい経済的法則の実現ではなく、個人の幸福[12]」を担うものとしている。

　それを達成するためにしてはならないことを、彼はよく分かっていた。「政治。私はこれを控える[13]」。こう書くほど、彼はこれを糾弾するのである。政党、とりわけフランス共産党を彼は嫌っている。エマニュエル・スシエは、彼が編纂した『民主主義美徳概論』にクノーのテクスト[14]を一つ加えている。ここでクノーは、彼の目に「たいへんな馬鹿」と映った、一九三四年二月九日のアンドレ・マルティによる記事を引用している。その結論にいたっては、疑いようもない。「このように変化したPCF〔フランス共産党〕はもはや病んだマルクス主義でしかない。すでに死んでいる。残っているのはただ腐敗の種だけ――それがすべてだ。考えてもみよう！　もし三色旗に包まれ、《プチ＝ブルジョワ》が腐るほど詰め込まれた《共産主義》政府がフランスに成立したら、それはマルクスの勝利などではなく、新たな、そしてさらに屈辱的な敗北なのだ！」

　社会民主主義は「裏切り」の廉で糾弾される。マルクス主義とファシズムは「力と策略のイデオロギー」を形成し、他方でロシア革命によって「プロレタリアはただちに奴隷状態に再び落ちた」とされる。圧政はつねに偉大さの徴のもとに居座ろうとする。だが偉大さは押しつけられたもので、「現実的な指揮を欠く。それが指し示す高みとは単なる言葉でしかない。あらゆる人間が奴隷であって、この見せかけの偉大さから利益を引き出すことができない。それは彼らの上を流れ去る、国家がいくらか偉大さを吐き出し、彼らの上でそれが滑ってゆく。隷属状態が彼らを無関心にする」[15]。ついでにレーモン・クノーは歴史的使命という複雑な観念も告発する。というのも、彼が心から願っている民主主義においては、「権力は一人の人間の手（専制）にはなく［……］、階級（ブルジョワ共和国）にもなく、カースト（ソヴィエト的官僚制）にもない」[16]からだ。クノーはまた、以下のような指摘をすることに喜びを見出している。「人間は不幸だ。そう告げることは、人間をさらに不幸にする。それは次のようなことだ。不幸せの度合いが最も少ない人々、ただし他人が不幸であるがゆえにそうである人々」[17]。別の言い方をすれば、グノーシスに親しんだからといって、彼が明晰さや辛辣さを失いはしなかったということだ。それらは次のような指摘にも見られる。「自由の滑稽な側面。［……］雇用主が理解しているような意味での労働の自由」。以下のような観察をする際にも同じことが言える。「有名教授、地位のある大金持ち、流行作家、どういう理由かは分からぬが宣伝を重ねてゆく人たち。取るに足らぬ人間以下の存在で、どんな者よりも馬鹿であるようなそうした者ども。人間は不平等であり、お前たちにはそれを少しも変えられはしないと言うのは、そうした者どもなのだ」[18]。「階級。すばらしい」と書くレーモン・クノーに、無政府主義的なところはまったくない。だがその直後にこう付け加えていることも指摘しておく必要がある。「しかし上位の者は、ある一定の役割に関してのみ下位の者に対して上位であるにすぎない。彼は絶対的に上位であるわけではない。いくつかの役割や活動においては、上位の者と下位の者がおり、指揮を執る者と指揮される者がいる――しかしそれらの活動の外に出れば、上位の者がその優越を保つ理由は一つもない」[19]。まったくもって、この『民主主義美徳概論』は万人向けではない……。

理想都市計画の構築に関して、レーモン・クノーは、自分が「人間と人間自身の間の、人間と社会の間の紛争解決となる完全なるシステムの探求を提示する」ことしかしていないと認めていた。あまりに明確な組織モデルがここにあると考えるのは絶対に避けた方がよい。それゆえ我々としては、レーモン・クノーがいくつかの手がかりを提唱するだけに留めたということ以上に考えを進めないようにしよう。

まず彼は、「〈社会〉は現在から未来へと移行するために破壊を恐れてはならない」[20]と考える。彼は、変化が周期的になされるという感覚を持っていた。「変化のサイクル。歴史哲学と『易経』[21]」と彼は書く。易経とは、エマニュエル・スシエが書いているように「中国古典の五つの書〔五経〕の筆頭に位置するものである。中国人にとっては《およそ人間の関心事となり得るものは、最初の書物群に潜在的に含まれている。そして［……］あらゆる問いに対するあらゆる答えも潜在的にそこにある》。マジオワによると、『易経』は《総合的かつ抽象的、論理的かつ占術的、政治的かつ形而上学的、存在論的かつ道徳的な［……］〈書物〉である》」[22]。スシエの指摘によると、クノーは一九三五年八月にマジオワを読んでおり[23]、『日記』も二冊の書物についてはこれを裏付けている。『形而上学の道』と『文人たちの中国』である[24]。また、ルネ・ゲノンによれば、道教は「とりわけ『易経』に含まれる、より本源的な伝統から来る原則を発展させたもの」[25]である。クノーは中国哲学を知っており、またそれを高く評価していた。なかでも彼が一九三五年七月から十一月にかけて読んだのは、孔子＝孟子の『四書』〔クノーは『日記』で、『四書』の著者を孔子＝孟子としている〕である。彼はウィエジェの著作『中国における宗教的信念と哲学的意見の歴史』[26]を知っていた。彼は道教の教えについてしばしば思索した。その教えによれば、あらゆる事物の〈原理〉あるいは道《タオ》は「永遠で、偏在し、理解不能で言い表せない。その美徳ならびに〈陰〉と〈陽〉という様態の交替によって［……］、それは天と地を生み出す。非存在であるそれから存在物が出てくる。精神、徳の性質、抽象はその延長である。すべてはそこから出てきてその内へと帰って行くので、何もそれを減らさず、何もそれを増やしはしない[27]」。レーモン・クノーはしばしば中国の賢人の思想を記述した。たとえばCDRQのアーカイヴには、夢でしかないかもしれない生についての荘子の美しい思索が見つかる。「目覚めることで愉快な夢から引き出され、悲しむ者たちがいる。目覚めることで悲しい夢から解放され、喜ぶ者たちがいる。両方とも、自分たちが夢を見ている間は、その夢の現実性を信じていた。偉大なる目覚め、つまりは死についても同じことであり、その後で人は、生というのは長い夢でしかなかったと言うのだ。しかしこれを理解する生者はほとんどない。はっきり目覚めていると信じている者がほとんどである。彼らは本当に、自分たちのことを、王であるとか、従僕であるとか信じているのである。あなたも私も、私たちは皆、夢を見ている。あなたは夢見ているとあなたに言う私。かく言う私もまた自分の夢を見ている」。

中国伝統思想が染みこんだレーモン・クノーは、『民主主義美徳概論』に次のように書くにいたる。「控えることが、加わらないことが慎ましやかである。〈霊的なもの〉が再び現れたなら、その時には何らかの行動が可能となるだろう[28]」。「何をなすべきか？〈何も〉」とも書いている。この問いは、エマニュエル・スシエによると「レーニンの『何をなすべきか？』から取られている。これは何よりもまず革命的行動を目指す政治的書物なのだが、それにはっきりとした返答が続いている。それが、いくつもの力強い線で強調された〈何も〉だ。この返答は、道《タオ》によって展開させられた*wou wei*〔無為〕の理論、つまりエティアンブルによれば《非＝行動》の理論、グラネによれば《非＝介入》の理論を参照している。マルセル・グラネの説明によれば、道《タオ》の《唯一の規則は*wou wei*、非＝介入である》。また彼は次のようにも述べる。《たしかにそれは働きかけ、あるいはむしろ能動的であると思われる。だがそれは、倦むことなく一種の連続的空虚を振りまくという意味においてだ。あらゆる共存の包括的原則であるそれは、中立的中間を形成するのだが、それはまさしく、際限なく寄せては返す自発的相互作用に適したものなのである[29]》。

実のところ、レーモン・クノーは、シュルレアリスムとマルクス主義を経験したことで、グループや党が試みたり企てたりする行動というものを警戒するようになっていた。彼はそれゆえ、変化するという条件でいわば個人にすべてを期待し、個人の内に閉じこもるようになった。闘争がどのように企てられなければならないかと自問する彼の答えははっきりとしている。それは「個人による改革が変化をもたらす行動[30]」である。とはいえ、このように定義された原則が、彼を完全に満足させたわけではない。数年後、彼は『日記』にこう書くことになる[31]。「個別的なものの実存《エグジスタンス》。これが（私にとって）常に躓きの石なのだ。なぜ（ハイデガーのように）存在《エートル》ではないのか、そしてなぜもう一方なのか。[……] 私には個別的なものを（そしてもちろん、全体的なものを）、人がどのように超越しうるかはよく分かる。だがこれがどのように意味を持つのか、どのように正当化されるのかは分からない。私はこれをたいへん非合理に見ている。そうすると〈聖なるもの〉自体もこうして正当化される。ならば個別的なものと普遍的なものとの間に、合理的でない結びつきが存在することを理解する必要がある。プラトンはそうすると不完全だ。そして聖トマスも。こうして私は忘れていた主題に立ち戻る。合理的かつ超合理的説明と非合理的理解の総合――結局のところ、この総合はあらゆる東洋的形而上学によって与えられる。しかしゲノンは、補うべきとは言わないが、理解すべき存在だ」。

『民主主義美徳概論』を書いていた時期、心を動かされていたあらゆる思想潮流を調和させることに、クノーはいくらか困難を感じていた。とりわけ成さねばならなかったのは、ゲノンの理論と、コジェーヴが高等研究実習院で教えていたヘーゲルの理論を合致させることであった。アラン・カラムが書いているように、「クノーは《近代哲学が生み出していた最も進んだところ、すなわちコジェーヴによって再評価された、さらには明らかにされたヘーゲルを無視することはできなかった。[……] それゆえ彼は、自分の民主主義が必然的に考慮しなければならないものを知っていた――それが普遍的かつ均一な国家（あるいは帝国）であり、ヘーゲルはナポレオンの帝国の中に、そしてコジェーヴは一時期（ヘーゲルとナポレオンに立ち戻る以前）スターリンの帝国の中に、それを認めていたのである。クノーが仕事をしていた精神状態は、二重の知的芸当を彼に強いた。つまりゲノンとヘーゲルという相容れない要素を、コジェーヴないしゲノンの論法に含まれる本質的部分を締め出しつつ、統一的な政治理論の中で和解させるということである[32]》。

しかしながらクノーは思索を続け、記述を止めなかった。マルクス主義者たちとは異なり、彼はプロレタリアを神聖化することを拒む。それは「現状では、[……]権力に値しない[33]」。しかし、そうだからと言って、彼が反動陣営につくこともない。「真の民主主義者はどこから集められるだろうか」と問う彼の答えははっきりしている。「プロレタリアだ。もしブルジョワ知識人たちによって彼らに与えられた歴史的使命を果たす機会を彼らが再び逃したりしないのなら[34]」。自らが切望する世界がすでに試みられたかどうかを知ろうと考えをめぐらせた彼は、またもやゲノンの影響下[35]に、それは中世にあったと答えている。例として彼が引くのは次のようなことだ。「その民主主義、つまりは神の前でのあらゆる人間の平等、〈恩寵〉の自由。そして友愛、すなわち愛が基礎となる社会。さらに規律、階級、厳格さ[36]」。こうして三つの原則〔自由・平等・友愛を指す〕が現れた。それらはレーモン・クノーが、彼の理想とする民主主義において、各々の市民によって実践されることを望むものであり、また、しっかりと理解されていれば、そうした民主主義の美徳の現れともなるものだ。『法の精神』のモンテスキューと同様に、クノーはこの性質を個々人が涵養することを求める。というのも、「民主主義が堅固であるかどうかは、存在でなく、あるべき存在である市民たちの美徳にかかっているから[37]」である。

　第一になされねばならないのが自由の実践であるが、自由といっても、もちろんそれは、あらゆることを好きなときに好きなように行う可能性ではない。自由と規律を結びつけるクノーは、非常なまでに厳格主義者である。実際、彼にとって、自由は「禁欲、犠牲、断念、苦しみ、苦悩によって[38]」のみ得られるものだからである。その第一の基礎は「各人は他者の自由を尊重すること、[……]各人は他者の解放に努めること、各人は自己の解放に努めること、[……]そして各人は他者の平等を尊重すること[39]」である。

　この共和主義の第二の原則にもまた、興味深い考察が伴っている。彼はこう書いている[40]。「人は生まれつき不平等だと言われる。誇張してはならない。人間にあるのは、自然的次元での違いよりも、多様性という違いである。[……]社会的で人工的な、高さにおける不平等がある。それは無価値で、破壊されなければならない。横幅における不平等がある。つまり個々人は他のいかなる者とも異なるということだ。個々の人間はこの人間であり、他の何者でもない。ここにこそ平等の原理がある」。それゆえクノーによれば、調和の取れた全体を構成するために、各人には自ら果たすべき役割があるということになる。かくして、あらゆる個人はその隣人と対等の者となろう。才能などというものは、偶然の配剤による結果にすぎない。だからそのせいで自惚れるには及ばない。とりわけ才能ははかないものであり、死がすべてをならしてしまうことを考慮するならば。彼は書いている[41]。「平等の意味は、優越を認めることに基づかねばならない。平等の意味は、偉大と恭順の意味に基づかねばならない。無限という観点からすれば、人間はみなひとしなみに平等である。全体性の像である社会（人類）にとって、あらゆる人間は平等である」。それは大きな人間だろうが小さな人間だろうが同じことだ。「それゆえ平等は真に友愛と似通ったものなのである」。

第三の原則を栄誉あるものたらしめるには、「兄弟を服従させ、凌駕し、否認することが、わずかでもあなたの気がかりとならないようにせねばならない」。もちろん、現在の社会においては、「自分たちのエゴイズムに役立つ権力を自由にする富者と、憎悪に還元された貧者がいるからには、自由も平等も友愛もない」とクノーは述べる(42)。「思想は人間の血で生きている(43)」と考える彼は、社会関係についてかなり独特の概念をすら持っている。彼はこう書いている。「[……]水晶の大気にしっかりと支えられ、不動に見えるコンドルのように、空へと高く上ってゆくのは愛と友愛の理想である。人間がそれを認めるや否や機銃が音を立てはじめ、処刑部隊が町の壁に小さな穴を穿ち、監獄では、その扉の下を流れる下水が黒ずんだ深紅と化し、女たちの腹は裂かれて空に向けられる。愛と友愛の理想が町の上に飛んでいるのを人々が認めると、いたるところで人間のきれいな血がほとばしり、純粋な観念はそれを養分とするのだ」。

この暴力を根絶するため、レーモン・クノーは、「三対神徳」すなわち〈信徳〉、〈望徳〉、〈愛徳〉を、共和制の標語に加えることを望む。「〈自由〉は〈信徳〉の領域に属する。〈望徳〉はいかなるものか。〈平等〉だ。そして〈友愛〉は〈愛徳〉に属している(44)」。「三八年から三九年にかけて、私は何度かFM〔フリーメーソン〕に加わることを考えた(45)」とクノーが書いていたことを知れば、この共同体、少なくともフランス大東社〔一七七三年に結成されたフリーメーソン団体〕の理想がクノーの思想に与えた影響を認めることができる。エマニュエル・スシエの次の指摘では、この系列がよりいっそう明白である。「薔薇十字団（スコッチ儀礼第十八位階）の章では、三対神徳の名［〈信徳〉、〈望徳〉、〈愛徳〉］がそれぞれ《自由、平等、友愛》の標語と結びつけられている(46)」。

レーモン・クノーにとっては、この標語の唯一の源泉が愛であるということから、エマニュエル・スシエは、このような観点が『ヨハネによる福音書(47)』と『ヘーゲル読解入門』にも見出されることを正しくも指摘している(48)。この最初のものは、キリストの言葉を伝えている。「私があなたがたを愛したように、あなたがたも互いに愛しなさい」。後者はこう述べている。「〈愛〉はヘーゲルにとって、相互承認であった。[……]〈愛〉がないところでは争いが強くなり、状況が耐えがたくなり、すべてが破壊を免れなくなる。だが始まりは〈愛〉でしかない。主と奴の争いは本質的かつ原初的だ。〈愛〉は対等の者の間にしか存在し得ない。この絶対的な平等という状況は、〈歴史〉が到達する〈完全な（普遍的かつ均一な）国家〉においてのみ現前するものである」。『民主主義美徳概論』は、もう一つの考察の前触れともなっている。一九四二年に着手され、一九六六年に出版された『模範的歴史』がそれである。

第十章　友情と交友関係

幾人かとは仲違いし、また自らも政治的、精神的な変化を遂げたとはいえ、レーモン・クノーがパリの文学芸術界で孤立していたわけではなかった。ギリシャ旅行の際、彼は、当時『ヴァル＝ド＝グラス』(1)をすでに出版していたアンドレ・フレニョーと出会った。彼らはすぐに理解し合い、友情で結ばれた。クノー夫妻よりもだいぶはやく滞在を切り上げてフランスに帰国した彼は、レーモンと手紙を交わした。クノーはフレニョーに宛てた手紙の中に、必ず描写をいくつか書き込んだが、それは彼に、もっと長くギリシャに滞在しなかったことを後悔させるためのものであった……。その代わりに、クノーはパリの最新ニュースと友情のこもった言葉を受け取る。フレニョーはこう書く。「ジャージー島から戻り、口数の少なくなったバタイユと会いました。ベル＝イル島から戻ってかなりこんがり焼けたバロンは、ヴィトラックと合流するため、スイヤックに発ちます、等々。〔……〕アテネに戻ったあなた方が、七時というこのスタンダール的時間に、ヤナキスの店でアイスクリームを食べているのが見えるようです。謎めいたゲイリー・クーパーが英国ホテルから出てくるでしょう。あなたがたの気を引くために白い服を着て。そしてデラパトリデス……あまりに甘美な思い出をかき立てないようにしましょう。ジョアニデス(2)はバレアレス諸島にいて、金になるクルージングを行っています。《クノット》はさらにこんがり焼けた肌と引き替えに、相貌を変えたに違いないでしょうが、近くにいる私のことを忘れないでください(3)」。二人の作家の間の友情は数年続き、レーモン・クノーはアンドレ・フレニョーに欠かさず自著を寄贈した。『最後の日々』について、フレニョーはクノーに一風変わってはいるが真実をついた分析を送っている。[4]「他にも特徴はありますが、なかでも《義務的馬鹿笑い》とでも言えるようなものが、しゃれこうべの上に見出されます。あなたの本、そしてあなたの精神には、おそらく類似した何か、つまり器質的な皮肉があるのです。この新作の小説はとても気に入りました。『ピエールのつら』よりずっと。あなたは自分の言語、言葉を持っていて、あなたの友人である幾人かの画家が形態を引き延ばすように、形容詞を引き延ばします。こうしたことがすべて、本物の年代記を下敷きにしてなされているのですから。いいですか、スタンダールがしたのも同じことです。ただ彼は、ロートレアモンあるいはセリーヌから（美学者として）出発する代わりに、民法典から出発しました。最後に、やはりル・アーヴル風の干し魚あるいは燻製魚の味がします。今ではあなたが、どことなく手に魚の頭を握っているハムレット（もちろん）の姿で想像されます」。

ギリシャに行った時、ジャニーヌとレーモンのクノー夫妻は、テリアドとも一緒に旅をした。この人物は、一九三五年四月、モーリス・レナルとともに、『ラ・ベット・ノワール』という文学芸術雑誌を創刊することになる。レーモン・クノーはそれに三つの論考と一篇の詩を寄稿することになる。つまり「知的流行」、「旋律とシャンソン」、「聖なるインド」、「ミューズと蜥蜴」である。[5] 論考は、『社会批評』誌で示したいくつかの判断と同じくらい辛辣なものである。衝撃的で容赦のないアイロニーに身を委ねたレーモン・クノーが激しい非難の対象とするのは、知的スノビズム、そして「ついにやって来たと毎度信ずる人々のおめでたさだ。彼らはアインシュタインからテクノクラシーへ、量子論から五年計画へ、新トマス主義から弁証法的唯物論へと連れ回され、毎回行進する（一、二！　一、二！）」。彼はまた真のポエジーに対する最大級の尊敬を要求し、「《ポエジー》という偉大な名を利用して、哲学的＝科学的＝オカルト的＝マルクス主義的まがい物をつかませようとする」者どもを告発する。《聖なるインド》を主題にした映画は、彼にとって、ルネ・ゲノンがすでに示していたように、〈東洋人〉について〈西洋人〉が抱くまったく出来合いの観念をもう一度確認する機会となった。インドにおける不可触民の存在に進んで憤ってみせる西洋人たちに対し、彼はこう応答する。「不可触民たちについていえば、我々のところにはそのような者は存在しないということが知られている。存在するのはただ可触民たちだけだ――棒の殴打で」。

『ラ・ベット・ノワール』誌は賛同ばかりを得たわけではなく、その発行は、第六号〔第八号の誤りか。注（6）を参照。フランス国立図書館にも第八号まで所蔵されている〕を最後に止まった。[6] とりわけ画家アンドレ・マッソンの批判は激しかった。一九三五年五月、彼はダニエル＝アンリ・カーンワイラーに手紙を書く。「親愛なるエニ〔カーンワイラーのあだ名〕、私は『ラ・ベット・ノワール』の話などあなたにせずにすんだらと思う。この雑誌はまったく気に入らない。ミシェル〔レリス〕とクノーという友人たちが、引き込まれるままにこのような馬鹿げた小新聞に協力してしまったのが残念だ。彼らを除いたら、この新聞が集めている、あるいはこれから集めるのは、せいぜいダダイスムとシュルレアリスムの売れ残りくらいでしかない。私はそういう奴らを知っている。怠け者の詩人たち、なんでもやる美術批評家たち(7)」。アンドレ・マッソンは、レーモン・クノーの息子の代父となるほど彼と強く結びついていたのだが、それでも容易には怒りを収めなかった。六月十四日、彼はカーンワイラーとの書簡で再び『ラ・ベット・ノワール』誌に言及して以下のことを彼に指摘する。「一、R・ヴィトラックはあちこちでバルテュスがこの時代で唯一の画家だと言いふらしている。二、小バロンはこの点について大ヴィトラックと同じように考えている。三、レーモン・クノーは、《アンドレ・ブルトンとそのボーイズ》たちによって、ずっと前に禁じられたシュルレアリストの絵を好んでいる。私が名指したのはタンギーのことだ。彼はアルプのモノ（極めつけの抽象画！）のたいしたコレクションを持っている」。明らかに、この言いがかりは傷つけられた自尊心から来るものとして説明がつくだろう。六月十九日、当時住んでいたトッサ・デ・マール〔スペインはカタルーニャ州に位置する海辺の町〕から、マッソンはレリスにこう書き送り、再び攻撃を行った。「テリアド＝ベット・ノワール対テリアド＝ミノトールとは、なんて見事なサーカスの出し物じゃないか！　そうだ、ミシェル、僕は君やクノーが、あんな滑稽な代物を喜んで受け入れたことに腹を立てる権利があるのだ」。この数行の冒頭は重要だ。

一九三三年、テリアドは『ミノトール』誌の創刊に加わっていた。これはアルベール・スキラの望みで作られた見事な美術雑誌であったが、そこには詩や精神分析や民族誌も含まれていた。さらに、創刊後間もなく、モーリス・エヌとピエール・マビーユとともに、アンドレ・ブルトンが編集部に加わった。ミシェル・レリスはダカール＝ジブチ調査団の資料を、ラカンは彼の「パラノイア的犯罪の動機」をそれぞれこの雑誌に発表した。それから二年後、その同じテリアドが、『ラ・ベット・ノワール』という、奇妙にも『ミノトール』を喚起するタイトルを付けた雑誌を刊行したのである〔「ラ・ベット・ノワール」は「黒い獣」のほか「いやな人（物）」の意味もある。「ミノトール」はミノタウロスのフランス語読み〕。フランソワーズ・ルヴァイヤンによると(8)、『ラ・ベット・ノワール』に敵対したマッソンは、「理論的であると同様に倫理的な問題点を表明していた。私見によれば、それがマッソンを駆り立てたものだ〔……〕。いまだに尽きてはいないシュルレアリスムの活力のすべてをただ一つの雑誌（『ミノトール』）のために使わねばならないようなときに、『ラ・ベット・ノワール』を創刊したレリス、ヴィトラック、クノーの策略は、ブルトンが一九二九年に行っていた警告を事後的に正当化するように思われた。《我々は、あらゆるかたちをとる詩的無関心、芸術的気晴らし、学識のための研究、純粋思弁に反対する。我々は、小さな者でも大きな者でも、精神の倹約家とはいささかも共通点を持たないことを欲する。〔……〕そもそも注目すべきなのは、彼らなしでやっていかねばならないという必要性に、ある日我々を陥らせたこれらの人々が、彼ら自身に、そして彼らだけに任されると、すぐさま足を取られ、そろいもそろって頭からの画一化を大いに信奉している秩序の擁護者の寵愛を取り戻すために、もっとも惨めな方策に頼らなければならなかったということである》」。

一九三五年六月末、ミシェル・レリスが最初に『ラ・ベット・ノワール』誌を去ると、言い争いは落ち着き始めた。アンドレ・マッソンは彼に書いている。[9]「あんなものから君が身を引いてくれたので、僕はとても満足している。テリアド、レナル、クノーとその他の何人かが家族のように集い、紋切り型や下らないことや戯言を交わし合って満足するなら、勝手にそうさせておこう。いくつかの雑誌を失って貧しくなったブルトンのかつての友人たちが、何かをしようと試みたのはこれで二回目だ。つまり〈ゴミ屑〉のような『ある屍体』に続いて、常軌を逸した『ラ・ベット・ノワール』が来たというわけだ。結果は嘆かわしい。これほど無能な見世物には、おそらく怒りより軽蔑がふさわしい」。クノーにとっておよそ快いことではなかったが、しかし争いは少しずつ弱まってきた。そのような折、一九三六年に、クノーとレリスが、バレアレス諸島でスペイン内戦に出くわし、フランスの当局に身柄を引き受けられることになると、アンドレ・マッソンは心配し、「ミシェルとクノーは帰国できたのか、そう願うが、あるいは彼らはまだイビサ島にいるのか」とカーンワイラーに尋ねることになる。そもそもその少し前、アンドレ・マッソンは、『ミノトール』誌に対する自分の態度が正しいものであったかどうかをとうとう疑うようになっていた。この雑誌の最新号が彼のところに送られてこなかったのである。彼はジョルジュ・バタイユに宛てて書いている。[10]「『ミノトール』に僕たちがした協力についても知らせてほしいと思っていたのだ。十日ほど前、カーンワイラーから、雑誌がすでに出版されていることを知らされた。僕の絵（どれだろう？）の複製がたった一つだけあるが、しかしちっぽけなんだって？　僕の詩は問題にならない——要するに、カーンワイラーは《陰謀》を——僕にとっては罰を受けるに等しいようなことがあると話していた！　どういう意味なのだろう？［……］当然、僕としては、いったい何が起こっているのかをどうしても知りたいのだけど、君が話してくれないから、最悪の事態を推測しているのだ。*

*この場合、クノーとレリスがとんでもなく正しかったということになる——だとしたら嘆かわしいことだ」。

非常に親しい関係にあったレーモン・クノーとミシェル・レリスは、『ラ・ベット・ノワール』誌に対する態度を、同じように変化させていった。クノーの『日記』には、もう一人の協力者であったマルセル・モレの日記に基づいたノートがつけられている。「ＭＭ［マルセル・モレ］邸で『ラ・ベット・ノワール』の集まり。Ｑ［クノー］とＬ［レリス］は潰すことに賛成。《ヴィトラックが状況を救おうとする》。《クノーは妥協しない》」。理工科学校の卒業生、証券の公認仲買人、音楽愛好家、そしてジュール・ヴェルヌのファンであるマルセル・モレ[11]は、レーモン・クノーよりも年長で、ミシェル・レリスの仲介で彼を知ったのだった。一九三四年、モレは、『幻のアフリカ』〔レリスの著作〕についての記事を『ル・プティ・デモクラット』紙に発表していた。二人は仲良くなり、ミシェル・レリスは、当時『エスプリ』誌の指導部メンバーでもあったマルセル・モレに、自分の友人たちを紹介したのであった[12]。ムニエ[13]のグループの集まりは、彼の家で行われていたが、そこにはあらゆる傾向の作家や哲学者が招かれていた。マルセル・モレ、クノー夫妻、レリス夫妻、つまりミシェルと、ダニエル＝アンリ・カーンワイラーの妻リュシー〔彼らは正式な結婚をしていなかった〕の娘ゼットは、いつも連れだって外出し、幾晩も語り合って過ごした。マルセル・モレとレーモン・クノーは、モーツァルト、ベートーベン、ヴェルディの曲を演奏するコンサートに行った[14]。彼らにシェフネル、アンリ＝シャルル・ピュエシュ、ジャック・バロンとミシェル・レリスが加わって、ブードゥー教の映画と、ジョン・クロムウエルの映画『泉《ファウンテン》』を観に行った。この後者の映画について、レーモン・クノーは、瞑想する生を扱ったものだとあらかじめ知らせていた。マルセル・モレは〔キリスト教の〕信者であったから、形而上学的な説明を求めていたクノーが、どれほど信仰について彼と語ったかは想像できる。また一九三七年二月二十二日には、バイエルンの聖痕を受けた女性テレーゼ・ノイマン――〈キリストの受難〉を毎年経験している女性――に会いに行きたいので、推薦状を司祭宛に書いて欲しいという依頼まで彼はすることになる。マルセル・モレ、レリス夫妻、クノー夫妻は、それぞれの家に招待し合った。クノー夫妻は、息子が生まれてからというもの、デヌエット広場の家を離れ、ヌイイのカジミール・ピネル通りに引っ越していた。なおこの息子は、マルセル・モレの影響によって、一九四〇年に洗礼を受けた。彼らは友人たちを喜んで自宅でもてなし、形而上学的な話題の他に、文学についても語りあった。こうして、会話が数字の象徴性に及んでいる最中に[15]、マルセル・モレは、レーモン・クノーが『はまむぎ』とその算術的構造について語るのを耳にしたのだ。その晩、モレは、家の主人〔クノー〕が初期キリスト教徒における手相術も学んでいることを知り、なぜそんなことをするのかと考えた。一九三六年五月三日、レーモン・クノーは、珍しいことに自分の過去を振り返り、『最後の日々』についての説明をマルセル・モレにした。その他の時間は、ニュースをめぐって会話が交わされた。レーモン・クノーが、自分の小説を構築するための想を得ようとしていたジョイスについて話をすることもあった。他方、ジャン・エリオンはフォークナーを称えたが、レーモン・クノーもこの作家には敬服していた。そしてジュアンドーの諸論考[16]と彼が反ユダヤ主義を告白したことが大いに論評された。ヒトラーのファシズムが拡大し、同時に、ユダヤ人の財産強奪と投獄が始まっていたことが、その議論にいっそうの広がりを与えたのである。

マックス・ジャコブのような他の友人たちも、時折はマルセル・モレ、レリス夫妻、クノー夫妻の集まりに参加した。クノー自身によって作成された「一九一五年から一九三八年にかけて出会った人物リスト[17]」を信ずるなら、クノーがマックス・ジャコブと知り合ったのは一九三四年であると考えねばならない。おそらくそれは真実だろう、というのも、彼らの文通は一九三四年十一月に始まっているからである。当時、マックス・ジャコブは五十八歳、クノーは三十一歳であった！　しかしそのような年齢の違いにもかかわらず、この二人は互いの真価を認め合っているようであった[18]。いずれにせよ、非常に批判的になることもあったマックス・ジャコブの手紙には、クノーの文学に対する称賛が数多く見られる。彼は『ピエールのつら』を気に入り、『はまむぎ』よりも優れているとみなした。彼はこう書いている[19]。「あなたは一国の中での父と子と芸術家の関係を、異なる世代が互いに道をふさぎ合い、殺し合う様子を、〈若さ〉の永遠の勝利を打ち立てました。そう！——一八六七年に騒ぎを起こしたツルゲーネフの傑作『父と子』を、あなたは気に入るかもしれません。ツルゲーネフの方には、あなたのような叙事詩的なところはありません。なんと！……ツルゲーネフとは！……」。クノーは恩義を受けるままにはせず、マックス・ジャコブの詩の優れた点を褒めそやしたが、それに対しジャコブはたいへん気をよくして次のような返事をしたためる[20]。「しかしあなたのような偉大な芸術家から称賛を受けるとは！〈時代〉のもっとも見事で堅固な知性である芸術家、私がかつて知った中でももっとも教養があり、物知りで、独立した知性、またその教養にもかかわらず、金輪際真似できぬたいへんな独創性を保ち、時代の上に見事な影響を及ぼすであろう知性の一つから——なんとも！　この世での報いをお与えくださった神に、あとは感謝するだけです」。マックス・ジャコブの神秘性は、一九一一年に出版された『聖マトレル』を読んだばかりだと一九三六年八月十九日に打ち明けた[21]当時のクノーにとって、悪い気のするものではなかったはずだ。彼はこの作品が、名前こそ挙げられなくても、他の多くの作品にどれだけ影響を与えたかということを認め、それゆえにいっそう感嘆の念を隠そうとはしなかった。『聖マトレル』の美しさに魅惑されたクノーは、マックス・ジャコブに対し恩義があるように感じた。この著作に対してクノーが他にどのような判断を下したのかは分からないが、当時彼が哲学的ないし形而上学的な問いを抱いていたことを考慮すれば、世界の天体的秩序の構想に従って提示され、〈叡知〉の中心地に入ろうとする無益な試みの話であるこの作品を評価しないわけがなかっただろう。クノーはまた、「財布か人生か《ラ・ブルス・ウ・ラ・ヴィ》／人生の下の泥《ラ・ブー・スー・ラ・ヴィ》」のような、第三部『ビュルレスクな作品〔正確なタイトルは『マトレル修道士のビュルレスクで神秘的な作品』〕』の言葉遊びも嫌いではなかったはずだ。おそらくレーモン・クノーは、マックス・ジャコブの叙情的かつ幻視的散文も大いに愉しんだことだろう。ジャコブは、一九三六年八月二十一日にこう返事を彼に書いてきた。「君が私に負っていると考えているものは、〈火星〉と〈月〉に負っているのです。私たちは、かつてそう言われたように、同じ船、〈酔いどれ船〉と〈洗濯船〉に乗り合わせているのです。哀れなマトレルが酷い目に遭わされたようにも思われるのですが、実際のところ、彼は〈火星〉の最初の光線の下に生まれるという運を手に入れたにすぎません。そして十年後に、あなたもその光線に加わったのです。悲しきかな、年齢の問題です。一月前に六十歳となり、一八九四年から今まで四十年間お仕えしたことになります。これで私は引退する権利を得たのです［……］ありがたいことに、管理しきれない産物のためにではなく［……］。彗星とともに世界を支配する、〈水瓶座〉のウラノスのようにではなく。つまり光の照射に基づく途方もない発明、言い換えると、ああ戦争、そしてもしかすると強力な革命――〈もし神が御身として介入しないのなら!〉、〈祈り〉が必要だ。しかしながらノストラダムスは、一九四一年あるいは四四年に、無敵かつ〈聖人〉の王がフランスに現れることを予言している」。『オディール』が出版されたとき、マックス・ジャコブは、ロラン・トラヴィが『感情教育』のフレデリック・モローと同じくらい有名になるのではないかと考える。『悪霊』〔ドストエフスキー〕――ただしロマン主義を差し引きます――を私に連想させた、これらすべての絶対的な調和が理解されて欲しいと願っています。愛にいたるまで、一緒になってうまくいかないものはないのです。オディールと一緒になるトラヴィも例外ではありません。偽りの恥、慢心、非凡な者になりたいという欲望は、愛の純潔さ、そして愛することを知らないか、あるいは打ち明けられないというこの外観（それは外観ではなく現実なのですが）の下に見事に隠れているのです。今日では、最初に告白し、私たちの観念的あるいは戦闘的な精神の性的運命を決めるのは、女たちなのです」。マックス・ジャコブとレーモン・クノーはかくも強く結ばれており、一九三九年一月二十四日には、ジャコブが準備中の書物をクノーに献げ、その代父とすることを約束するほどであった。このことについて、書簡[22]ではそれ以上のことは言われていない。しかし『エチュード』誌のアンドレ・ブランシェ[23]の手紙が教えるところによると、マックス・ジャコブは聖書についてのノートのファイルをいくつか作成しており、その一つは『宗教的解剖学』の題名で発表されるはずであった。これは「〈東洋的象徴の伝統〉の助けを借り、その後で三十二にのぼる〈仏陀の美〉の兆候との比較をすることで」『ルカによる福音書』の解釈を試みたものだ。そしてその献辞は以下のようなものであったらしい。「この書物の代父レーモン・クノーに」。これによって、クノーがこの時期、聖書と東洋哲学に関心を持っていたことが改めて確認されるのである。

やたらに人と人を会わせる癖があったマックス・ジャコブは、おそらく一九三四年に、レーモン・クノーを画家のエリー・ラスコーと引き合わせた。事実、マルセル・モレの『日記』[24]を参照してクノーがつけたノート[25]の一九三四年十二月三日の欄に、彼の名前が現れている。エリー・ラスコーは、カーンワイラーの画廊入りを直ちに認められ、その後この画商の義兄弟となった。その画風は、具象的で、調和に満ち、穏和で、無垢と夢と純粋さを帯びたものであった。彼が日常――その神秘的可能性を引き出す術を彼は知っていた――に愛着を抱いていたことは推してはかられる。「事実、彼の絵はフィルム（その第一義の意味で〔「薄膜」という意味を考えているとみられる〕）である。物質性のないイメージ、物質性としてあるのは基底材だけだ。色づけられた物質すら変化している。それらはオブジェや風景の知覚なのであって、たとえば耕された畑の外観に加え、まき散らされた人間の汗の現実やら、腐植土の品質やら、土壌の性質やら、耕作の歴史やら、先祖の記憶やら、要するに、絵画に人間的ないし宇宙的な響きを与えそうなものを付与しようとする虚しい努力ではないのだ」。レーモン・クノーはエリー・ラスコーのいくらか現実離れした人物を感じ取り、彼の絵を複数購入した。画家はその『日記』[26]において、孫のグザヴィエ・ヴィラトのために思い出を漫画にしてまとめている。その中に、出会いの場面が次のようなキャプションとともに描かれている。「家で嬉しい驚き。マックス・ジャコブがやって来て、レーモン・クノー、ジャック・バロン（彼は知っていた）とその彼女を紹介してくれた。日曜日のことであった」。正確な日付は記されていない。とはいえラスコー一家とクノー一家はすぐに意気投合した。たとえばエリー・ラスコーが次のように記しているのを見よう。「［一九三九年］五月、ジェルメーヌ[27]の最初の聖体拝領。リュシー［カーンワイラー］がベレットに頼んで、彼女の家で私たちの友達をもてなすことになった。彼女はたいへん見事なパーティをしてくれた。ガートルード・スタイン、ミス・トクラス[28]、マルセル・モレ、クノー一家、デボワ一家、デムーラン一家、ヴァレット一家、マクレス一家、ヴァヌエット一家、シモン一家、ヴァシリエフ、ジェルメーヌの先生と小さな仲間たち」。

ガートルード・スタインがこの家族的な集まりにいたということは、彼女がパリの芸術家や文学者の社会に溶け込んでいたことを示している。ペンシルヴァニア生まれの彼女は、一九〇三年にパリにやってきて、『アリス・B・トクラスの自伝』（一九三三年）、『マティス、ピカソそしてガートルード・スタイン』（一九三三年）、『みんなの自伝』（一九三七年）そして『ピカソ』（一九三八年）によって注目された。だが一般的な読者公衆には知られていなかったため、レーモン・クノーは『著名な作家たち[29]』で彼女を称賛することにこだわった。「働いてすり減った」言葉に、「再びそれが失った活力を与える」べく、言葉の修得に励んでいたガートルード・スタインの努力は彼も共有するところであっただけに、そのこだわりが一層強かったのである。ボキャブラリーをはぎ取ろうとすることで、彼女は「当然のごとく単純な叫びに行き着いた。フェヌロンに引き合わされたが主の祈りを唱えられず、ただ《おお！》と言って神に祈りを捧げたあの老女のように。ガートルード・スタインは不明瞭な言葉を前にして後ずさりなどしなかった、そして彼女はオブジェがともにある仕方を研究した、さらにここで彼女はまた初めから、つまりは単純な列挙から始めた。まずは数えなければならないのだ。そうして、彼女は異なる語どうしを《ぶつけ》、意味の火花をほとばしらせた。こうして彼女は、文学に関する一種の公理系を実現させたのである」。

ガートルード・スタインの作品に対するクノーの興味は、自ら公言しているように、彼女が行った言語の探求によって説明がつくが、そこには同時に、英米文学に対する彼の顕著な関心もあった。この方面で彼を助けたのは、フランク・ドボである。『はまむぎ』をガリマール社の原稿審査委員に紹介してくれた人物だ。そのとき以来、彼はクノー夫妻の親しい友人となっていたのだが、それが進んでジャニーヌに恋をするまでになった。見たところ彼は、その数年前にアントナン・アルトーが得た成功以上のものを手にすることはなく、そこから立ち直るのに苦労した。彼はこの不運に対して良き心をもって応え、とりわけジャニーヌが身ごもっていることを知って以来、彼女に友情を寄せた。ずっと後になってから、彼はロジェ・ヴィトラックのところでの初めての出会いを振り返っている。彼はこの若い女性が入ってくるや、一目で魅了されたのだった。まさしく一目惚れ、しかも荒々しく、説明のつかない一目惚れであった。向こうも自分に気があるとすら信じたのであった。それはともかく、ポール・ヴィンクレール国際文学通信社の社員であったフランク・ドボは、エドガー・ウォーレスの『ケイト、プラステン』を翻訳するようジャニーヌに提案した。彼女はそれに取りかかったが、妊娠したために最後まで終えられなかった。そこでレーモン・クノーが仕上げを行い、この本は『黄金列車の神秘』と題されて、ジャン・レーモンの名前で出版された。しかしながら、一九三四年二月一日に報酬としてドボから送られてきた小切手は、ただジャニーヌにのみ宛てられていたのだ……。モーリス・オサリヴァンの『成長の二十年』の話になったとき、ドボはジャニーヌに、翻訳家として彼女がたいへん進歩したと書いて寄こした。とはいえ、ロンドンにより頻繁に、またより長期間滞在することで、さらに磨きをかけねばならないとも考えた。彼はそのロンドンに住んでいたのである……。この著作はガリマール社から『青春の二十年』という題で出版され、レーモン・クノーの名前だけが署名されている。

ロンドン、次いでニューヨークからも、フランク・ドボはレーモン・クノーと数多くの手紙をやりとりしていた。一九三四年十月十六日[30]、彼は「天才的な思いつき」をしたと考え、その内容を直ちにクノーに送る。「世界中の定期刊行物から定期的に記事や情報を切り抜き集めて、一種の『リュ』誌のようなものを作れるかもしれません。私が考えているのは、『カナール』〔『カナール・アンシェネ』紙〕の《ラ・プレス・デシェネ》のようなものではありません。あれはだいたい印刷のミスやジャーナリストの言葉の間違いを元にしています。〔そうではなく〕私が考えているのは、長い時間熟考されたあとで書かれ、作者の考えが正しく反映されている記事です。〔判読不能〕のシュルレアリスムに行くまでもないと思います、我々の社会の真面目さは十分に狂っているのですから。お考えを聞かせてください！」

この計画は実現しなかった。他のアイデアが浮かんでくるのを待つ間に、フランク・ドボは、クノーの小説を読んだ感想を知らせてきた。彼はあきらかに『ピエールのつら』を読んで戸惑ったようで、その当惑を隠そうとはしなかった。彼はクノーにこう書いている。「もういちど読んでみて、［それを］理解するためにできる限りのことをしてみます」。『最後の日々』を初めて読んだときは少々落胆したが、しかしレーモン・クノーはいつの日か大小説を書くのだという考えを頑なに変えなかった。彼は次のように説明している。「あなたはキャラクターの一人一人を生き生きとさせることで、細部において見事なまでの成功を示しました——だが私の見たところ、あなたは全体において失敗しています。副次的なキャラクターたちに過剰なまでの重要性が与えられることで、最初の瞬間から最後の瞬間まで面白い本にはなっているのですが、その面白さが次第に増してゆくようにはならなかったのかもしれません。成長する様子を注意深く観察され続けた植物は、右や左に小さな花を咲かせたのですが、しかし果実が現れないのです。何も食べられずにいるままなのです。もう一つ。作品が心の琴線を深いところで鳴らすためには、人間的条件の下で、読者が兄弟として作者と直接向き合うような印象を得られるページがなければならないと、私は考えています。読者はこう自分に言わなければならないのです。ほら、人間が語っている、と。あなたのカフェのギャルソンはそれに成功していません。彼の説得力は完全でなく、また彼は十分に人間的でありません」。[31]

クノーはこのことで彼を恨んだりはせず、ドボとの文通を続けた。[32] クノーの小説の売れ行きはたいしたことがなく、彼はいつでも成功につながるようなアイデアを探していた。一九三六年十一月十七日、彼はフランク・ドボにアメリカでの楽しみは何なのか、そして何が流行しているのかを訊いている。彼が知りたがっていたのは、アメリカの新聞雑誌において、どのようなことが読者の気晴らしになっているのかということであった。その同じ手紙の中で、彼はシンクレア・ルイスの小説を翻訳している最中であることを告げている。彼の趣味からすれば、まったくもってひどい代物であったそれは、『ここでは不可能』であった。一九三七年に出版されることになるこの作品は、いかにしてファシズムが民主主義の機構を次第に腐敗させうるかを描き出していたのだ。たしかに小説家の技術にはときどきうんざりさせられるが、テーマは重要で、当時ではアクチュアリティを持つものであった。フランク・ドボには、レーモン・クノーがどのようなアメリカの定期刊行物を探しているのかがよく分からなかったのだが、それでも三つの雑誌を送り、その中には出たばかりの『ライフ』誌もあった。クノーはどれもこれもあまりに知的にすぎると判断し、もっと大衆的な何かを探しているのだと打ち明けたのだが、この話はそこで終わってしまった。そしてその少し後、十一月二十三日に、『ラントランシジャン』紙で「パリをご存じですか?」の最初の記事が発表されることになる。

相変わらずクノー一家と近づくことを望んでいたドボは、彼らが合衆国に来て「古い世界を捨てる」ことを望み、そうさせようとした。レーモン・クノーは渡米計画を考えたが、そのあとで取り下げた。しかしその少し前には、彼らの近しい友人の一人である画家のジャン・エリオンが、大西洋の向こうに移り住む決心をしていた。そこでクノーが彼の住所をフランク・ドボに伝え、彼らはその後友人となる。またフランク・ドボは、レーモン・クノーの利益になることを忘れたりせず、マックス・ホワイトという若い小説家に『はまむぎ』を読ませた。この小説家は感激し、翻訳しようと望んだ。だがその計画はうまくいかなかった。クノーの作品が翻訳され始めるのは、戦後を待たねばならない。だが逆に、クノーの方では、アメリカ人の作家たちに積極的に関心を寄せ、一九三八年には『ムジュール』誌に、ウィリアム・サローヤンの『心を高原においた男』の断片を発表した[33]。彼はフランク・ドボに、アメリカの文学生産の状況をしばしば尋ね、それに対してドボは、たとえばスタインベックの『二十日鼠と人間』を傑作であると知らせた[34]。その間にドボは『オディール』を受け取ったが、これもその前の二作と同じように、『はまむぎ』に比べて劣っているという判断を下した。彼はこう書いている[35]。「私は『オディール』がひどいと言いたいのではありません。あなたが書いた他のものをまったく知らなかったのなら、この作者には大きな才能があると確信すらしたでしょう。重要なページがありますし、非常に愉快なページもあります。しかし筋に緊張感がなく、キャラクターが十分に展開されていません。そして全体としてややローカルな興味しかないのです――あなたはこれに一般的な射程を与え損ねたのであり、またそれ自体の力で本を正当化することについては……それに成功しませんでした。［……］私は、『はまむぎ』によってあなたが大きく跳躍し、ご自身を超え《ザット・ユー・オーヴァーリーチド・ユアセルフ》たのに、なおざりにしていた領域を今になって描き出すために後戻りさせられているといった印象を受けます。『オディール』は、あなたの最初の本であってもよかったでしょう……」。

見たところ、レーモン・クノーはフランク・ドボの率直さを好んだようだ。彼は手紙を書き続け、自分の活動を知らせることを止めなかった。たとえば、『新フランス評論』誌に掲載された『北回帰線』や『黒い春』についての自分の書評のことを彼に知らせたりしている[36]。その数ヶ月後、クノーはもう一度ヘンリー・ミラーの名を挙げ、この人物にしばしば会っていること、そして「彼からの手紙が分厚い束になり始めている」ことを述べる。さらに次のように付け加えている。「不思議な混合です。彼の中には、我々の優れた批評家たちが言うような《最良のものと最悪のもの》があります。彼は奇妙なほど執拗に――そして大量に――書きます。しかし今ではそれも少しおさまったはずです、というのも彼は水彩画に――あえてそう言いますが――身を投じたからです。先生についたりしていいます。これまで彼が塗りたくってきたやつは、ぱっとしません」。

ヘンリー・ミラーとレーモン・クノーは、一九三四年に知り合った。このことは、『日記』[37]と彼らが交わした初期の手紙によって裏付けられる。当時のミラーは、合衆国とヨーロッパの両方で生活していた。一九三四年にはパリのヴィラ・スーラ通り（十四区）に住んでいた。そしてその翌年にニューヨークに発ち、またパリに戻って来た。レーモン・クノーは、フランク・ドボと並んで、彼のおかげでアメリカ文学の現状を仕入れることができた。たとえば一九三六年八月二十三日、彼はヒュー・サイクス・デイビーズの『ペトロン』をクノーに推奨し、話をしたサローヤンの本を手に入れたかどうか尋ねている。一方、ミラーは『ピエールのつら』を読んで次のようにコメントをする。「すでに『魚』は消化しました。この章はきわめて興味深い。これについてはあなたに言わねばならないことがあります。私から良いアイデアを盗みましたね！」十月二十七日、彼は自分のエージェントであるマイケル・フランケルの手紙について知らせている。この人物は、ミラーの作品に関するクノーの記事をたいへん評価しており、クノーに三つのエッセー[38]を翻訳する話を持ちかけたはずである。仮に『北回帰線』と『黒い春』が翻訳されることになった場合、ミラーはクノーにそれをやってもらうことを望んだだろう。ブレーズ・サンドラールと並んで、クノーは、彼のことをよく理解している唯一の人間だったからだ。クノーはどうやら、この仕事を始めたようだ。一九三六年十二月三十日、ヘンリー・ミラーは、テヘラン通りのアメリカ書店に寄って「名前の素晴らしい辞典、それからファンクとワグナルの大辞典」を見るようにとクノーに薦めている。彼は、クノーが疑問を抱いていたいくつかの語について説明することはないと打ち明けている。たとえば《Boondoggles》という語だが、これは彼にとって何の意味もない。ただ音の響きが良いと感じられたのである……。マルセル・デュアメルの方が好まれたために、クノーの翻訳は結局実現しないことになる。だがクノーとミラーの間には、作家同士の友人関係が結ばれた。それから間もなく、ヘンリー・ミラー、ロレンス・ダレル、ウィリアム・サローヤンによって、フランス・アメリカン・カントリー・クラブから創刊された『ザ・ブースター』誌がクノーのテクストの掲載を望み、「魚」と「アルフレッド」を彼に求めた。ミラーは、『ムジュール』誌からの依頼を受けたのだが、それ以降の連絡がなく、いらいらしていた。彼はフランスの出版界にはびこっている優柔不断と混乱を嘆いている。アメリカ人のミラーには、はっきりした決定を知らせることなく、自分の時間を徒に空費させることが理解できなかったのである。彼自身は十分で発表の可否を決めるのに！　彼にはまた、出版されなかった場合に、その原稿を返してこないことも許せなかった。要するにヘンリー・ミラーは、フランスの出版業界に対して、壊し屋として振る舞ったのであった。だが一方でクノーと彼は良い関係を保ちつづけ、形而上学的な書物を読んだときには、それについての印象を手紙でやりとりしている……。一九三八年七月十五日、ミラーはヘルメス・トリスメギストスを話題にして「彼の中に真の兄弟を見出して大いに満足した」と明言している。「どうして人はこれを難解な作品だと言うのだろうか。すべてがまことに明晰だ――もしかすると明晰すぎるくらいである」。一九三九年三月二日、彼は『イシスのヴェール』誌の昔の号に掲載されていた、易経についての小さなエッセーについて指摘する。レーモン・クノーがこれを知っていたことは確実だろう……。五月十日、今度は老子の校訂版を送って来てこう書き加えている。「神智学者については、あなたに完全に同意します――同意以上のものです！　あなたのコレクションにただ加えていただきたいので、この版をあなたに進呈します。《珍品》として〔原文英語〕」。つまるところ、レーモン・クノーが持っていた形而上学的関心は、おそらくはある世代、なんとなく深淵の縁にいるように感じている世代のものでもあったのだろう。

第十一章　『ラントランシジャン』、『ムジュール』、『ヴォロンテ』

すでに言及したもの以外にも、レーモン・クノーが戦前に寄稿した雑誌は数多く存在する。一九三三年には彼の署名を『カイエ・デュ・シュッド』[1]に見出す。一九三五年には、ブリュッセルの『スファンクス』[2]。一九三七年は『ミクロメガ』[3]で、一九三八年は『アール・エ・メティエ・グラフィック』[4]と『ルフレ・ド・ラ・スメーヌ[5]〔一週間の反映〕』である。この最後の雑誌名は、『ヴァンドルディ〔金曜日〕』が、生き残りをはかってつけたものである。とはいえこれらの刊行物へのクノーの参加は、一時的なものであった。一方で、『ラントランシジャン』、『ムジュール』、『ヴォロンテ』には、より長期間にわたって寄与を行った[6]。

レーモン・クノーは、どのような経緯で『ラントランシジャン』に受け入れられたのかを自ら語っている。一九五五年に彼はこう書く[7]。「私の人生——まだすっかり終わったわけではないが——のある時期に、私は——難しい予算問題を解決するために——ある《アイデア》を探し求めることになった。今では廃れた卑俗な表現に従うなら、《ほうれん草にバターを加える〔「暮らしを好転させる」という意味の慣用句〕》ことを可能にする、あるいは別の言い方をするなら《儲けになる》[8]ような《アイデア》だ。私が他のものより推し進めた計画の一つは、折り込み式の予言＝統計による競馬新聞である」。とうとうある日、彼は良いアイデアを思いついた。「このアイデアだが、私はこれを百メートル進ませて『ラントランシジャン』紙にたどり着かせたところ、驚くことに、そこの人（後に『コメディア』誌を率いることになるはずのドランジュの姿をとった人）が、私の《アイデア》を、たくさんのお褒めの言葉とともに、さらには、当時にしてはかなり充実した報酬とともに受け入れてくれたのである」。

　これが、毎日三つの質問を読者に投げかけ、答えを次のページに掲載する「パリをご存じですか？」である。質問は読者に読んでもらうため、間もなく三行広告欄に置かれることになる。レーモン・クノーは、さまざまなパリのガイド本が、それぞれ同じことを繰り返していることに気づき、それらの情報を自分自身で実地検分することに決めた。その結果、彼はおよそ二年にわたり、果てしない遍歴に従事する。一区から十区までのすべての通りを、さらに十区から二十区までの通りもそのほとんどは踏破したことを、彼は幾度か語っている。彼がそこから学んだことは多く、それによって『ラントランシジャン』紙の読者に興味深い問題を提案することができた。一九三七年六月、彼は次のような問いをだしている。「ナティエ広場はどこに位置するか、パリの最初の市内バス《オムニビュス》（もともとの意味での〔乗合馬車のこと〕）はいつ始まったか」そして「パリの市内バス《オムニビュス》会社は、一つの会社に統合される以前にはいくつあったか」。一九三八年一月、彼はイエナ小路と最初の東駅それぞれの正確な位置と、フール〔「オーブン」や「パン焼きがま」の意味〕通りという名前の起源を読者に尋ねた。必要な場合には、友人たちからもアイデアをもらった。一九三七年の年明けの挨拶で、ブラッサイは次の質問を提案した。「扉も窓も家の番地もないパリの通りはどれか」。彼は正解も付けた。「十四区のメシエ通り。アラゴ大通りと、サンテ刑務所の壁に沿っているジャン・ドラン通りの間に位置する」。

　クノーはいくつかの記事を、パリでのこうした発見を書くために費やした。一九三八年十一月二日、彼は『ラントランシジャン』紙で忘れ去られた墓にこだわり、次のように書いた。「万聖節の日であってすら、誰一人として訪れることのない墓地がパリにはある。もう何年も前から閉鎖されており、家族たちは絶え、そして草が墓石を覆い尽くしているのだ。たとえばブーローニュの森の真ん中、セーヴルからピュトーに向かう道路沿いにあるブーローニュ＝シュル＝セーヌの古い墓地。一八一〇年に開かれたこの墓地は、一八五九年には打ち捨てられた。フランドル通り四十四番地にある、かつてのユダヤ人墓地もそうだ。こちらは一七八〇年に、聾唖者たちの最初の教師となったペレールによって創設され、彼自身もここに埋葬された。中庭――かつての旅館の中庭――を渡ると、そこには小さな庭園があり、墓がいくつか散らばっている[9]」。

　『ラントランシジャン』紙の読者たちは熱心に「パリをご存じですか？」を読み、編集部に――というのも、レーモン・クノーはこの欄に署名をしていなかったからだが――たいへんな数の手紙を送ってきた。間違いはどうしても避けられない、それゆえ必然的に抗議も起きた。真面目さが足りないと嘆き、たとえばサン＝ロック通りに大きな映画館が存在していることを、本をよく読んで学ぶよう忠告してくる人もいた。事実クノーは、一区に映画館は一つもないと明言していたのだ！　彼がこの手紙を読み、笑いだそうとしているところが自ずと想像できる。たとえそれがやや苦笑いであっても。時折は、情報を提供する人もいた。たとえばテュレンヌ通り六十七番の肉屋は、彼が言ったよりもずっと古くからあることを教えられたりもした。質問を受けることもあった。読者の一人は、十七世紀初めのイギリス大使館の所在地を知りたがった……。クノーが行政機関に問い合わせることもあった。一九三七年六月十七日に警視庁が彼に答えたところによると、パリには一万二千九百二十三の歩行者用パサージュが存在し、その初めのものは、一九二七年五月二十日にペレール広場に設置されたとのことであった。この同じ手紙には、発光信号機が七十九の交差点に設置されており、そのうちの五十九が押しボタンによって作動し、十八がペダル式自動機械によって、そして二つが空気圧ボタンか自動で動くとも記されていた。我らが百科事典家は、この種の回答を堪能したに違いない……。いずれにしても、彼は『ラントランシジャン』紙に協力したことを心温まる思い出として保ち続けた。その後いく度かこの点に触れることがあったが、その時には常に、この時期のことが彼の人生において大切なものであり、またその意義も失われることはないという態度を示していた。一九四〇年二月十三日、彼は『日記』に次のように記している。[10]「「パリをご存じですか？・」」のためにパリを踏査したことは、私にとってこの種のことでは唯一の注目すべき出来事だった――いずれにせよ私に喜びをもたらした唯一のことであった。なのでこのコラムの廃止によるショックから立ち直るのに長い時間を必要とした」。アンヌ・クランシエは、「パリをご存じですか？」に対して示したクノーの情熱を、認識愛つまりは知ることへの情熱として説明している。それはおそらく正しい。しかし我々としてはそこに付け加えて、レーモン・クノーは、このコラムを受け持つことによって完全に大人になった、つまり金を稼ぎ、さらに広い読者層の関心を引き得たという意味で、いわば一人前の文学者になった気がしたのではないかという点を指摘しておこうと思う。その証拠として、彼の死後、息子は、彼が初めてジャニーヌと一緒に乗った地下鉄の使用済み切符に加え、一九三六年十一月二十二日から一九三八年十月二十六日にかけて『ラントランシジャン』紙に発表された自分のコラム全てを丁寧に切り貼りした六冊のノートを、銀行の金庫の中に見つけたのである。

この戦前の数年間、クノーは四半期ごとに出版された良質の文学雑誌『ムジュール』にも協力した。これはヘンリー・チャーチという資産家のアメリカ人が出資した雑誌であり、第一号は一九三五年一月十五日に刊行された。その時の編集部は、ヘンリー・チャーチの他に、ベルナール・グロテュイゼン、アンリ・ミショー、ジャン・ポーランそしてジュゼッペ・ウンガレッティによって構成されていた。一九三六年十一月にクノーの詩を拒絶した後[11]、ヘンリー・チャーチは、一九三七年に『樫と犬』の抜粋[12]、その後の一九三八年四月には『心を高原においた男』、そして一九三九年一月には、ホテルの部屋をとって代金を払い、去って行く男のことを語った奇妙な物語である「パニック」[13]を掲載することにした。ついにはヘンリー・チャーチも、いささか人を面食らわせるレーモン・クノーの文学に慣れていった。一九三八年、彼は『リモンの子供たち』を称賛した。とはいえ、狂人たちに費やされた部分については、いくつかの留保をつけていた。彼にはそれが、長すぎるように思われたのだ。彼はクノーに、リズムを重くするのを避けるため、次の小説ではうんちくの部分を全部排除するよう助言した。何度か自宅に招待するなどして、レーモン・クノーと次第に親しくなったヘンリー・チャーチは、一九三九年五月に、七月に刊行が予定されているアメリカ文学特集号の作成を指揮してみないかと彼に提案した。彼はクノーに千フランの月給を二ヶ月分与え、それに加えて翻訳についても報酬を支払った。こうしてレーモン・クノーは仕事にとりかかり、コットン・マザー、セント・ジョン・クレーヴクール、ウォルト・ホイットマン、ヴェイチェル・リンゼイ、ハート・クレイン、ヘンリー・ミラー、マリアン・ムーア、ウォレス・スティーヴンズ、ウィリアム・カーロス・ウィリアムズのテクストを発表した。ヘンリー・チャーチはいくつかの解題もレーモン・クノーに託したが、その時に、剽窃として非難されないためにも、アンソロジーの解題とは一線を画すよう彼に忠告していた。クノーはこうしていくつかの解題を書いたようだが、その一つに、一七三五年一月三十一日にカンで生まれたミシェル・ギヨーム・ジャン・ド・クレーヴクールを紹介したものがある。「二十歳のときにモンカルム〔フランスの軍人、貴族〕の麾下で軍務に就いた。イギリス人がカナダを征服した後、彼は《十三植民地》に渡って放浪生活を送り、バミューダに赴いた。一七六四年、彼は帰化認可状を取得し、その直後にニューヨーク州の農場に居を定めた。一七八〇年にヨーロッパに戻った彼は、その二年後、ロンドンで『アメリカ人農場主の手紙』を出版した。一八一三年にフランスで死去」。

『ムジュール』誌への協力に加え、レーモン・クノーは『ヴォロンテ』誌の創刊に加わった。一九三七年十二月二十日に発行された第一号の表紙ページには、『トランジション』誌主幹のユージーン・ジョラスやヘンリー・ミラー、そしてクノーの友人であり、一九三一年にマリア・ジョラスが創設したヌイイ新学校を一九三六年以来運営していたジョルジュ・ペロルソンといった人々の名前とともに彼の名前が並んでいる。彼らの信条告白は単純明快にしてきわめて野心的である。

諸価値の擁護を支持
思想の自由な表現を支持
詩を支持

商業化した思想、芸術そして人間に対して
反対

偉大への意志
生きることへの意志
確固たる決意。

「偉大への意志《ヴォロンテ》」と題された別のテクストでは、この新しい出版物の創刊者たちが、「[彼らの]時代の道徳の大いなる悲惨」に苦悶していることが知らされる。「すべてはやり直されなければならない、何もなされていない。うわべが取り繕われている。世界がこれほど青ざめていることはなかった。知的エリートを自称する者は、砂糖菓子、卑劣さ、際だった妥協、芸術上の不確かさではち切れんばかりになっている。文学の礼拝堂は、競り上げとスキャンダルだけで生きている――店の奥の間では、麻薬と芸術作品、コカインとロートレアモンが一緒くたに売られている（無料なのは中傷のみ）。皆がしたり顔をして、他人の糞便に関わり合っている。君は僕にへつらい、僕は君にへつらう……。共同の自慰行為。[……]我々は言おう。重要なのは生だと。我々は言おう。重要なのは人間だと。これほど存在する雑誌に我々がもう一つを付け加える理由がこれだ。なぜならそれらには意志がないのだから、なぜならそれらには偉大さへの配慮がないのだから。[……]」。

『ヴォロンテ』誌の論考(14)において、レーモン・クノーは、雑誌が表明した路線に完全に沿っているのだが、『日記』にはこうも書いている。「それらの一つ[つまり論考の一つ]が書かれるやいなや、すぐに私は自分がそこで否定したものに関心を抱きはじめるのだ。[……]日記に反対等々と書いた後で、半ダースほど（あるいはほとんどそれくらい）の日記を読んだりする。あるいはシュルレアリスムに反対と書いた後で、戦うのを止めるよう懇願したりする。私は自分を閉じ込めるものが嫌いだ(15)」。

こうしたパラドックスがあったにもかかわらず、当時、レーモン・クノーは『ヴォロンテ』誌で論陣を張る友人の批評家たちと完全に手を組んで、同時代人たちに反対していたと言うことができる。たとえば彼は、ユーモアを告発している(16)。というのも「知性の広がりでは秀でることのない人々によって最後の鉱脈まで掘り尽くされてしまったので、[それは]至高の、そしていわゆる形而上学的価値になったと同時に、もっとも低劣な安直さの言い訳と成りはてた」からだ。彼によると、ある種の人々の精神において、ユーモアは絶えず頼りにされ、ついには安易な言い訳、「知的低劣さの一形式」となるのだ。彼はユーモア作家たちが自分たちについて作り上げている高尚な意見を告発する、なぜなら「ユーモアは真面目なものだからだ。ユーモア、それはパタフィジック[ママ]だからだ」。何とかいうコレージュ〔言うまでもなくコレージュ・ド・パタフィジックのこと〕の仕事と……アルフレッド・ジャリ礼賛の先取りがここに見られる。だがこの時代のクノーは、ユビュ王の父に対して距離を保っていた。というのも彼はこの同じ論考の中でこうも書いているからである。「人はジャリのことを、赤い旗の振り手にさせたがっているが、彼の反軍国主義は、象徴主義作家の耽美主義によるものでしかない。ユビュ王に意味があるとすれば、彼を賛美する人々が位置している《左翼》への対抗者として差し向けられることだ。ユビュ、それは、セネップによるジュオー〔レオン・ジュオー、フランスの労働組合活動家〕のカリカチュアだ、とはいえ私の見るところ、このイラストレーターがユーモアに秀でているというわけではないのだが」。

それゆえクノーを文学の礼拝堂の中に閉じ込めることは――たとえそれがパタフィジックの礼拝堂でも――常に慎み、その時々において彼を捉えなければならない。たとえば一九三三年一月、彼は『社会批評』誌において、『新アフリカの印象』のレーモン・ルーセルを褒めそやした。だが五年後の『ヴォロンテ』[17]誌では、自分が告発する「ユーモア作家」たちが手を出そうとはしない作家の一人としてルーセルに言及する。彼はこう書く。「彼らの小さなパンテオンの中では、レーモン・ルーセル、ジャン゠ピエール・ブリッセそして他の幾人かが上席を占めている。彼らは無意識にそうだったという理由で、途方もないユーモア作家であると公言されているのだ。実際、自分が何をしているのか分かっていない人々が他人よりもずっと優れているのは、周知のことだ」。

レーモン・クノーの矛盾、あるいは変化……その文脈で言えば、『ヴォロンテ』誌の記事の一つ「豊かさと限度」[18]では、百科事典が槍玉に挙げられている。とはいえ年月を経たのちに、彼はプレイヤード叢書百科事典の監修を引き受けることになるのであるが。彼はこう言明する。「真の〈百科事典〉なるものは、現在では不条理である。忘れられてゆく事実の数（というのも事物をこのように捉えるのだから）は、かくも莫大なものであるがゆえに、もはや人が目にすることができるのは、お粗末で恣意的な図式ばかりだ。そしてもし百科事典が数千巻におよぶものだとしたら、もはや使いものにならない。というのも、このような〈百科事典〉には、統一性を作り出しうる連関が常に欠けているということになるだろうから。こうした連関は、材料を寄せ集めはするが、構築に向かう原理を一つも持たない現在の科学の性質そのもののせいで、存在し得ないのである」。彼自身が百科事典の責任者となる際、この暗礁を避けるべく腐心することを認めよう。

『ヴォロンテ』誌において、レーモン・クノーはかつて『社会批評』誌のいくつかの記事でそう振る舞ったように、今回もまた無慈悲な検閲官となったことに、喜びを感じているかのようだ。その犠牲となったのがロラン・ド・ルネヴィルで、原因となった彼の著書『詩的経験』は、以下の理由から関心に値する書物であると紹介されている。「詩に関するもっとも忌むべき偏見が、実にその真裸の姿で、またその露骨な姿で提示されているのを見るのだ」[19]。ジュール・ロマンについては、「文学は善意の人々〔『善意の人々』はジュール・ロマンの小説のタイトル〕でごちゃごちゃしている」[20]と述べる。……一方、ジュリアン・グリーンは、その『日記』で次のように書いたことで非難されている。[21]「マネの展覧会。私の感嘆を邪魔するもの、それはこの画家のたいへんな技量だ。いくらかの不手際が誠実な作品の徴なのだという考えを捨て去ることができなかった。その優雅さや、描いている時の彼が示す上流階級の人といった雰囲気のことで、私は密かにマネを非難している、等々」。クノーはこの断言を仰天すべきものと判断して憤る。なぜなら彼にとって、真の芸術は完成と同義語であり、完全に成し遂げられた仕事を前提とするからだ。彼は同時代人たちが持つ未完成への嗜好を徹底的に拒否し、[22]古典の価値を称揚する。そもそも彼は、最初の論考[23]のエピグラフとして、コルネイユの次のような引用を置いているのだ。「(古代人の)規則は良い、だが彼らの方法は我らの世紀のものではない。そして彼らの足跡の上のみを歩くことにこだわる者は、ほとんど進歩せず、読者をよく楽しませないだろう。本当のところ、人は道に迷う危険をいくらか冒しているのであるし、踏み固められた道から離れるときには道に迷うこともしばしば起きさえする。だがそこから離れれば常に迷うというわけではない。幾人かは要求した場所により早くたどり着くのだから、各人は思い切って危険を冒してみればよいのだ」。

このように古典主義を標榜することで、クノーにはシュルレアリスムとの違いを示し続けることも可能になった。事実、自動筆記は「むかつくくらい平凡な駄作か、生まれたときから、それらを産み落とした環境の偏執に苦しめられた《テクスト》しか生産したことがなかった[24]」。他方、神秘と無意識によって構成されるのは、ただ「幻影、今日日の趣味に合わせた隠喩のがらくた、文学の掃き溜め、一時代の心的残滓がそこで腐敗する沼地[25]」でしかない。同様に、「《民衆のもとへ行くことで》、または政党に所属することで、もしくは労働者や食料品店主の平板さを書くことで[26]」、詩人とその同時代人たちとを隔てる分裂を小さくしようとする試みも彼には無駄に感じられる。つまりレーモン・クノーはシュルレアリスムとの関係の清算を続けており、それに反対することを止めていなかったのである。

彼は自分に固有の価値も明言していたが、彼の目に根本的なものとして映っていたのは「算数、幾何学、実物教育[27]」であった。彼は現代文学では誰を大家とみなしているのかを隠そうとしなかった。プルーストとジョイスである。前者のことは「健康で強靭――バルザックのように[28]」と評し、またとりわけ「プルーストは、ジョイスとともに、最初に小説を構築した人物の一人である[29]」と評価している。彼は『ユリシーズ』と『進行中《ワーク・イン》の作品《プログレス》』を見事に特徴づけているこの性質にたいへんこだわっていた。彼は書いている。「これらの作品においては、何ものも偶然には任されていない。委ねられているのは自身の持ち分のみであり、すべてが自由に湧き出してくる。というのも、自由は偶然から作られるのではないからだ。エピソードであれ、全体であれ、すべては定められている。それでいて束縛を示すものは何一つないのである」[30]。レーモン・クノーは、「適当な数の、見たところ現実的な作中人物を、鷺鳥の群れのように自分の前に押し出して、適当な数のページや章の長さからなる荒れ地を横切らせるようなことは、誰にだってできる」[31]と考えている。彼としては、「こうしたいい加減さ」を拒否し、英米の小説家が教えてくれたような、「散文の実践」における「増大した厳密さ」を推奨するのだ。そして自作を参照しつつ、『はまむぎ』、『ピエールのつら』そして『最後の日々』が「三つともに同一の構造、すなわち円環の構造を有している」ことを、さらに彼には「章の数を決定するという役目を偶然に任せるのは、我慢ならなかった[……]」ということを強調する。それに加えて、「他の部分と同様に、作中人物の配分は「なおざりにされる」べきではない。というのも彼らの意味の一部は、まるごとそれに依存しているからである」。

『ヴォロンテ』誌の各論考は、それゆえレーモン・クノーの小説を深く理解するための鍵となる。彼が今では有名になったイメージを提示しているのも、この中の一つ、「奇妙な趣味」[32]においてである。「傑作というものはまた球根と比べられる。ある人々はそれらの表層にある皮を剥くだけで満足するが、別の人々は、より少数派だが、皮を一枚一枚剥いてゆくのだ。要するに傑作というものは、タマネギと比べられるのである」。数年後に自ら実例を示すことになる言語についての考察も、ここに見られる。彼はこう指摘する。「あらゆる西洋言語においては、書き言葉に対して話し言葉が本源的な位置を占めている。だから荷役労働者は常に正しい。現行の正書法、つまりはこの忌まわしい誤綴法の擁護者たちは、まさしくこの点に耳を貸そうとしないのである」[33]。『ヴォロンテ』誌は「詩を支持する」意志を第一号から表明していたわけであるから、クノーがこの問題を一度ならず論じ、彼の詩人観を再検討することに驚きはない。彼によると、インスピレーションは気分や温度や政治的状況や主観的偶然や下意識に依存するものでは決してない。「要するに、詩人は常にインスピレーションを受けているのだ。詩の力は常に詩人の自由になり、彼の意志に従い、彼に固有の活動に従属しているのだから」[34]。

論考「小説の技法」[35]の結論は、単なる方法論上の考察すら超えて、彼の哲学的な関心を再び見出してもいる。実際、次のような文言が読まれるのだ。「提出された素材に、〈数〉のあらゆる美徳を抱かせる小説の形式が存在する。そして表現そのものと物語のさまざまな側面から生まれ、主導的観念と同一の本性をもち、それが引きつけるあらゆる要素の娘であり母であるような構造が展開し、〈普遍の光〉の最後の反映と〈諸世界の調和〉の最後の反響を作品に伝えるのだ」。ルネ・ゲノンの思想も、次のような記述に再び現れる。「〈西洋〉において合理主義の名の下に実践されている、代数学的かつ可算的な思考の方法は矛盾を生み出すが、それに不安を感じるのは、この思考法が閉じこもっている領域においてのみである」[36]。また、「豊かさと限度」を次のように締めくくるクノーの筆致には、『民主主義美徳概論』での熟慮もまたいくつか見て取れる。「知識（事実）は、それ自体では生み出すことのできない生きた活動によって活性化されなければ死ぬ。知識は豊かさ、つまり、自らに対して固有の限度となるなにものかを構成するのだが、生きた人間の人格は、絶えず自らに固有の限度を打ち壊し続けている。こうした豊かさに自己同一化すること、それは俗物根性、衒学趣味、デカダンスそして無味乾燥だ。この豊かさを拒絶すること、それを放棄すること（ある種の人々にとってはそれを消費すること）、少なくともそれに対して無関心でありつづけ、あるがままの状態でそれを受け取ること。それが精神の唯一の生であり、混乱の解消であり、可能な活動であり、自由なのである」。

第十二章　ジャン・ポーランとガリマール出版

レーモン・クノーの『日記』によれば、彼がジャン・ポーランと出会ったのは一九三四年である。[1] 二人の作家の間に交わされた書簡は、この事実を裏付けている。確認されている最初の手紙は、一九三四年九月七日のものだからだ。[2] その手紙は『幻のアフリカ』[3] の書評に関するものである。これをレーモン・クノーは『新フランス評論』誌に送っていたのだが、これは出版されもしなければ見つかってもいない。この出来事以来、ポーランとクノーの間の関係はずっと続くのだが、それは常に平穏だったわけではない。レーモン・クノーより二十歳ほど年長だったジャン・ポーランは、『新フランス評論』誌の重要人物であった。彼は文学について確固たる考えを持ち、また物語の筋や弁論術についての確かな趣味も持っていた。レーモン・クノーの独創的かつまったく新しい調子に、彼が少なくとも最初のうちは面食らったと考えてよいだろう。一九三四年十月、彼は「パニック」をたいへん驚くべきものだと評し、十一月には、一読したところ、『ピエールのつら』第三部を好まなかったと認めている。一九三五年七月、彼はレーモン・クノーから託された詩――彼はそこにさまざまな影響関係をたやすく見分けていた――のおかげで困惑していることを告白する。しかしながら彼は、それらをたいへん評価していると明言することも厭わない。ポーランは、作家たちのきわめて繊細な自尊心を傷つけぬように批判し、それから褒め称える術を知っていた。一九三六年二月、『イディール［つまりオディール］』を一読して面食らったとクノーに打ち明けるために、彼はこのお気に入りの方法を再び用いる。クノーの作品を最初に読むときにはいつもこうだと彼は認めている。この作品における数学的組み合わせに、彼はあまり賛同していない。だがそれ以外の部分では、たいへん気に入った箇所もあった。

彼は『最後の日々』を好み、その抜粋を「アルフレッドあるいはカフェ」のタイトルで、一九三六年三月の『新フランス評論』誌に掲載することを決めた。他方、日付のない手紙の中では、『樫と犬』の詩を発表する準備があると知らせていたが、この提案は紙面不足のために実現しなかった。クノーは向かっ腹を立ててこう返事をしたためる。「もう場所がないですって？　おそらく『新フランス評論』誌は都合に合わせて作れるからなのでしょう。しかし私の都合には合わされないのです……」[4]。その数日後の六月十日、彼は『新フランス評論』誌に、ピエール・レイリスの手になるコラムが発表されたことに気がつく。「《高みにある三滴は野蛮さといかなる関係をも持たない》と、『トランジション』誌のある雑然とした号の冒頭では主張されている。そこではミロ、クノー、ペロルソンそしてアステカの蚤が高みにいる滴なのかもしれない。だがそれ以外は野蛮さに到達していない」。怒り狂ったクノーはポーランを責め立て、『新フランス評論』誌の低俗な滴のことを彼に向かって口にする。その結果、文人たちが得意とするいつもの口論が起こってもおかしくはなかったのだが、ジャン・ポーランは冷然としつづけることを選んだ。とはいえ彼は、ピエール・レイリスの文章に低俗さは見当たらなかったと単刀直入に返事をし、またクノーの手紙にいくらか馬鹿げたところがあると非難することもためらわなかった。そして、とりわけ『樫と犬』がガリマールならびに『新フランス評論』誌から拒絶されたことでレーモン・クノーが傷ついているのだと考えた彼は、ドノエル社と合意を結んだうえで、『ムジュール』誌にこれを掲載させようと申し出た。かくしてヘンリー・チャーチの雑誌が、レーモン・クノーの韻文小説の抜粋を大々的に掲載することになるのである。

この出来事の後、彼とジャン・ポーランの関係は穏やか、さらには友好的になったように思われる。一九三七年九月の終わり、彼はミラーかサローヤンのテクストを『新フランス評論』誌のために翻訳しないかという提案をポーランから受ける。結局その恩恵にあずかったのは、またもや『ムジュール』誌であったのだが、このときクノーは苦々しく思わなかったようだ。

一九三八年一月になると、ジャン・ポーランがレーモン・クノーの職業人生の変遷において決定的な役割を果たすことになる。彼はクノーに、月収千五百フランになる秘書のポストが、ガリマール社で一つ空いていることを知らせたのである。彼がただちに就いたのはこのポストだろうか、あるいはガストン・ガリマールが持ちかけたもう一つの方だろうか。むしろそれは、英米文学の専門家として、月に五百フランの固定給を受け取るパートタイムでの協力だったようだ。こうしてはやくも一月十九日から、彼の名前が原稿審査委員として現れる。たしかに彼がこの号で発言することはなかったが、ガストン・ガリマールはテイシェイラ・デ・パスコアイス〔ポルトガルの作家〕の『天国への帰還』の審査を彼に託した。こうしてレーモン・クノーは、セバスチャン＝ボタン通り〔ガリマール社の所在地〕に受け入れられたのであった。一九七六年に死去するときまで、彼はそこに留まることになる。その後、彼とポーランの関係は、常に平和であったわけでもなく、むしろ激しい緊張が伴うことすらあった。とはいえ、戦前の両者の間には、多大なる信頼関係が結ばれることになる。一九三八年三月、ポーランは『ムジュール』誌のため、彼にルイス・キャロルについての研究を依頼する。その時彼は、これは数学の知識を持ったクノーにしか書けないと請け合った。五月、彼は『リモンの子供たち』に熱のこもった称賛を与え、翌年にはジャン・カスーが『ユーロップ』誌の方へと逃げた後に、『きびしい冬』を『新フランス評論』誌で発表する。ポーランがガストン・ガリマールに宛てて次のように書いているのは、おそらくこの小説についてであろう。[5]「クノーの物語を雑誌に載せたいと強く思っています。なぜならこれはきわめて愉快で、面白く、善良であり――なぜならここにはやはりクノーの非常に良いところ（最も偉大なところではありませんが）が出ていて、我々が彼を偉大な作家だと見なしている（実際にそうですが）ことをついに示さねばならないからです」。クノーはポーランを信頼した。一九三八年八月、彼は『ピエールのつら』の続きを書くために、この作品をもう一度取り上げることにしたと彼に伝えている。この月のはじめ、ラジオでクノーが語るのを聴くことができなかったジャン・ポーランは、それでも「皆の意見では、［彼の］声は胸を打ち、男らしく、ラジオ映えしていた」と彼に書く。クノーは彼に「このあいだの聖社会学研究会の例会は非常に興味深かった[6]」と語る。一九三九年八月十八日、ジャン・ポーランは、アンドレ・ジッドへのオマージュに加わるよう提案し、クノーはそれを承諾する。だが不幸にも、動員されたために、クノーはこの計画を成し遂げられなかった。

「アルフレッドあるいはカフェ」と『きびしい冬』以外にも、レーモン・クノーは『新フランス評論』誌に自らの署名をつけた記事をいくつか掲載した。[7]一九三六年四月、画家ジャン・エリオンについて彼はこう書いている。「彼の最近の作品では、《人物たち》が目を開くのを我々は見る――裸の小鳥を見て、大きくなったらこれがどれほど見事な羽毛に覆われるのか思いもよらないのと同様に、我々が盲目であるせいでこれまで識別できなかったのがその目なのだ」。ところで当時、ジャン・エリオンの絵画は非具象的であった。だが自ら認めるところによると、[8]彼は「すでに〈現実〉へのノスタルジーに密かにさいなまれていた。レーモンはそのことを察し、それから間もなく、私の絵の中では目が少し開いていると書いた。今になって分かるのだが、まさに彼の詩や小説に助けられたおかげで、私は日常を取り戻したのだ」。

戦前の『新フランス評論』誌におけるその他のクノーの論考は、ガリマール社で専門家になったという理屈どおり、英米文学を扱っている。彼は友人であるヘンリー・ミラーの作品に対し、多大なる理解を示している。『北回帰線』の分析においては、彼との親近感を大いに感じてすらいるようだ。クノーの指摘によれば、これは「暴力的かつ的確な言葉で書かれた濃密で激しい物語であり、そこでは、切れることのない息づかいによる語りが溢れんばかりに流れるように思われるなか、充満した文において、またその時間と場所において、各々の語は自らの重みや位置を保ち、自ら振る舞うところを意味し、しっかり立っている」。『黒い春』について、クノーは、『北回帰線』の特徴であった「見事な統一性が欠けているかもしれない」と感じたものの、それでも「今では弱点がないことが明確になった〔……〕言葉の妙技」という長所を認めている。「彼の言語は、正確で強く、たくましい美という点においてさらに高まった」とクノーは評価する。『黒い春』に対する彼の評価は、自分自身の形而上学的関心をいくつか見出したことでいっそう強まる。彼はこう書く。「〔……〕この『黒い春』は、《世界が筒型花火のように消える》時には、一つの季節でなく、一日、〈審判の日〉となる。そして街頭、ほんものの街頭の人、《中国で》うろつく男、この男が孤独に《最悪の場合でも、俺は〈神〉とともにいるのだ！》などと独り言を言うことは決してない。そして彼はこう続ける。《明日、お前たちはとうとうお前たちの世界を破壊できる。明日、お前たちは〈天国〉で、煙を上げる廃墟となったお前たちの国際色豊かな都市で歌える。だが今晩、俺はたった一人の男のことだけを考えたい。お前たちとはまったくもって何の共通点もないがゆえに俺が尊敬する男だ。その男とは、俺自身のことだ。今晩、俺は自分のあり方をじっくりと考えたいのだ[9]》」。

ケイ・ボイルの『一昨日』については[10]、ずっと評価が低い。「雑誌指導者たちの（ヘーゲル的な意味での）実存的弁証法を我々に明らかにした〔「若き現象学者たち」の雑誌ということがすぐ前で問題になっている〕」という点で、彼はこの作品に感謝しているが、そこにはアイロニーが込められている。次のような文言においては、アイロニーがある種の攻撃性すら帯びている。「マリー＝ルイーズ・スーポー夫人の翻訳は見事である。だが不幸なことに、ケイ・ボイルの文体は、奇跡もしくは偶然によってのみ翻訳される部類のものである」。

「英米心理学[11]」と題された論考において、レーモン・クノーは〈大衆観察〉によるいくつかの調査を説明し、またとりわけグラハム・ハウの『時間と子供』を支持している。自らがよく知っている精神分析療法を参照しつつ、レーモン・クノーは、医師が患者にしてやらねばならないのは、患者が現実に直面するよう、自覚を持つに至らせることだという点を確認する。だが実際、その自覚とは何だろうか。グラハム・ハウが懸命に答えようとしているのがこの問いであるのだが、そのやり方は、レーモン・クノーの哲学的省察の期待にも十分応えているのである。彼はこう結論する。「牧師たちの乳色をした《道徳主義》からも、政治家たちの血の色をした《現実主義》からも同様に遠く離れているグラハム・ハウは、ただ一つの知恵の初歩を、現代的な言葉で表現しているだけなのだ。それはあらゆる時代、あらゆる国々のものであったのだが、我々の時代、我々の国のものであることを止めてしまった知恵である」。

エズラ・パウンドについて言えば、クノーが彼に無関心でいられるということはあり得なかった。というのも、彼は、ジェイムズ・ジョイスのテクストを出版し、物質的にも援助することによってこの作家を支えた人物だからである。さらにエズラ・パウンドは、ロマンス諸語の知識から極東文学の知識にいたる、世界文化の必要性を信じてもいた。彼にとって、孔子の中国はローマと同じようにモデルだったのである。「しかし彼は聖書（創世記の嘘）とギリシア（プラトン、そしてアリー・ストテレス〔Arry Stotl〕――二千年もの間人間精神を《固定させた》者を彼はこう呼ぶ――のギリシア）を拒絶する。孔子、ホメロス、オウィディウス、ダンテそしてシェイクスピアが、基礎となる五人の作家である」。ムッソリーニの崇拝者という側面があったにせよ、エズラ・パウンドの〈東洋〉の知識にクノーがどれだけ敏感に反応したかは推察できる。『『文化案内』のテクストは、しばしば漢字を用いた中国語の引用で飾られている」と、彼は明らかにしている。「フェノロサの文書を相続したエズラ・パウンドが、自分の時間の大部分をその研究に費やしたということは知られている。そしておそらくはそこに、彼の作品であるこの案内のもっとも揺るぎない側面が存しているのである」。それからクノーは、父親が自分の息子にこう書くことができるようになれば良いと願う。「今やあらゆる学問分野が復元され、諸言語が樹立された。中国語、それなしで人がハクシキを自称するなど恥ずかしい……。イエズス会士に好きなようにさせていたなら、今ではそうなっていたかもしれないのだが」。最後に『カルチュアー案内〔*Guide to Kulchur*〕』〔についてのクノーの批評〕には、『理想の書棚のために』[12]の予告が幾年も前になされていることを見て取らねばならない。それというのも、レーモン・クノーはここで次のように書いているからだ。「オーギュスト・コントは、牛のような勤勉さでもって、実証主義の理想の書棚を構成する百五十冊を選んでいた（パイエンヌ通りにある〈人類の神殿〉の一室でそれを見ることができる）」。

クノーの作品に対して発表された批評において、『新フランス評論』誌が常に優しかったわけではない。作家がガリマール社に入るまさにその時、つまり一九三八年一月に、かつて『ピエールのつら』の評価に慎重な態度を示したことのあるアルマン＝M・プティジャンは、『樫と犬』に対して手心を加えず、レーモン・クノーには「最良のものと最悪のものの両方が可能だ」と断言し、こう結論づけた。「この小著には五十の《美しい》詩句があると言おう。これらは私が今年読んだうちで、詩の未来をしっかり占うことを可能にする唯一の詩句かもしれない。もちろん私は、詩の永遠などについて語っているわけではないのだが」。この二人は時折衝突したことも言っておかねばならない。たとえばマルセル・モレは、彼の『日記』[13]に次のように書いている。「一月二十一日。〔一九三七年〕夕食後、MM〔マルセル・モレ〕はQ〔クノー〕一家のところに行く。そこにはペロルソン一家もいる。十時、プティジャンが到着する。《挑発的》なクノーは、『想像と所産』をめぐってプティ〔ジャン〕を攻撃する」。プティジャンよりしばらく前に、ジャン・ゲラン[14]は、「ここ十五年で、この本は新発見だと言えよう」と指摘して『はまむぎ』に対するむしろ好意的な態度を示していた[15]。一九三九年三月、モーリス・エヌは、『リモンの子供たち』の書評をクノーに頼み込まれ、文学者の道楽である不誠実に陥ることなく、その仕事を立派に実行した。彼はクノーを「屈託がなく、皮肉で、辛辣な語り手」と評価するのである。

『青春の二十年』（一九三六年）と『ここでは不可能』（一九三七年）の翻訳者であったレーモン・クノーは、それゆえガストン・ガリマールによって、才能ある英米作家を発見し、彼らをこの出版社に結びつけるという仕事を任されたのであった。一九三八年一月に行われた『若き芸術家の肖像』を買い取る裏取引に彼が加わらなかったとしても、ジョイスを出版させるために同じくらいの努力をしたことを知って驚く者はいないだろう。こうして一九三八年二月八日、クノーは、このアイルランドの作家が、確実に翻訳[16]は難しそうな新著をもうすぐ出版すると告知する。この作品についての一種のエッセーをステュアート・ギルバートに依頼してはどうかと提案したのは、そのためであった。二月十五日、ジャン・ポーランが『黒い春』を受け入れるという提案を出す。彼はそれに付け加えて、ドノエル社とストック社がヘンリー・ミラーの作品に関していかなるオプション契約もしていないという条件で、ガリマール社がそのような契約を一つ結ぶことが望ましいと述べた。ガストン・ガリマールとレーモン・クノーは、この点について示し合わせる。数ヶ月後、クノーは『マックスと白い食細胞』をためらうことなく採用するよう進言する。これは論考とエッセーと短編を集めた書物であるが、そのうち二篇の短編は、ミラーが書いた最良のものの中でもたいへん光っていたのである。クノーはまたシンクレア・ルイスの『放蕩両親』も支持したが、こちらは熱がこもっていなかった。この本は十分に面白いことを認め、この種の著作を好む読者層があるだろうと見越して、出版を勧めたのである。ジョージ・デュ・モーリアの『ピーター・イベットスン』も、クノーによれば、フランスで非常に多くの読者を見出すはずだった。一九三八年七月、彼はこれを驚くべき本であるとみなし、翻訳せねばならないと考えた。その計画は一九四六年に実現に至る。ジョン・ドス・パソスの『戦争と戦争の間の旅』については、彼の『すべての大地の上』が不成功に終わっていたため、慎重な態度を示した。しかしながらクノーは、『見られた物事』〔どの著作を指すか不明〕の価値を評価した。どのような意見を表明するときでも、彼は自由で、独創的で、偏見を持っていないように見える。いずれの場合でも、誰かに盲従するということはなかった。H・G・ウェルズの『ブリュンヒルド』をまったく考慮に値しないと考えて手荒に扱った彼は、しかしながらこの作家に反対するような偏見を抱いたりはせず、それからしばらくの後、『ドロレスの件』を、ウェルズ晩年の著作群でも傑出した最良の作品として紹介している。バートランド・ラッセルも同様の扱いを受ける。一九三八年二月、フランスでは反響がまったく得られないだろうという理由から、『平和にはどの道か』が拒絶された。しかしながらクノーは、この書物が平和主義の主張を見事にかつ揺るぎなく表明していると断言する。他方で彼は、一九三九年一月、権力についての考察である『権力』を翻訳することに応じた。同じ時期、アースキン・コールドウェルの『南部人気質』を凡庸だとして拒絶したが、その一方で、修道士に対する伝統的な風刺を想起させる『巡回牧師』には好意的な態度を示した。また、いろいろな意見があるとはいえ、彼がフォークナーの文学を味わったようには思えない。一九三九年一月三十一日、彼は『野生の棕櫚』を採りあげたが、事実その時の判断は、フォークナーの小説でもっとも難解ではないというものだった。最後に、ヘミングウェイに対して一九三八年三月に下した判断を記しておかねばならない。クノーは、彼の『持つと持たぬと』を完全な失敗作であると評した。しかしながら彼は、この「むらのある」小説家を「取っておくべきだ、なぜならこのまま去らせてしまったら、十五年か二十年の後に悔やむことになるだろうから。彼は初のアメリカ人作家なのだから」と付け加えた。『老人と海』が発表されるのは、一九五二年のことである……。

第十三章　動員と市民生活への復帰

一九三九年八月二十四日、レーモン・クノーはディエップにほど近いヴァランジュヴィルでヴァカンスを過ごしていた。彼もその一員であった予備役軍人に召集命令が出されたのは、その時であった。彼はただちにパリに行き、それからヴェルダンの北方に位置するステネーの動員事務局へと赴いた。そしてそのさえない環境の中に二週間いたのである。「部屋の汚さ。規律の欠如。混乱。大騒ぎ。きちんとした軍隊——だがその一員となるのはうんざりするという矛盾」と彼は書いている(1)。彼の気力はかなり萎えていた。それというのも、常に運命の皮肉のことしか考えられなかったからである。『新フランス評論』誌で『きびしい冬』を発表しようとしていたまさにその時に、戦争によってそれが妨げられる。ヌイイ新学校にポストを見つけたというのに、それを手放さなければならない。精神分析を終え、はっきりと良くなったように感じたまさにその時に、兵卒という馬鹿馬鹿しい生活にまたもや直面させられる。彼はこのような精神状態を幾度か『日記』に書きつけるものの、おそらくは慎みゆえに、過度に強調したりはしない。「そこそこの社会的な《成功》を得ようとした［ときに］、すべてが壊されるという目に遭ったが、悔しい思いはほとんどない」と書くのだ(2)。神への信仰と呼ぶべきものも、彼の失望を和らげてくれた。状況が許すようになるとすぐに教会に通い、ミサに出席して神の摂理に身を委ねようと祈ったのである。このように不確実で激動の時期になると、多くの人が伝統的な信仰を再発見することは事実である。アンドレ・ブラヴィエ自身も、絶望に落ちたある日、神に訴えかけたことを我々に打ち明けている。だがブラヴィエは、神性への言及がいくつも「クノーの」『日記（一九

クノー一族が19世紀初頭に住んでいたラ・ドゥニズリ（個人蔵）

サン＝テパンのラ・トゥッシュ農地入口（個人蔵）

レーモン・クノー生家。ル・アーヴル，ティエボー通り104番地。現在はサライユ将軍通りと改称されている（個人蔵）

レーモン・クノーが幼少期を過ごした家。ル・アーヴル，ティエール通り（個人蔵）

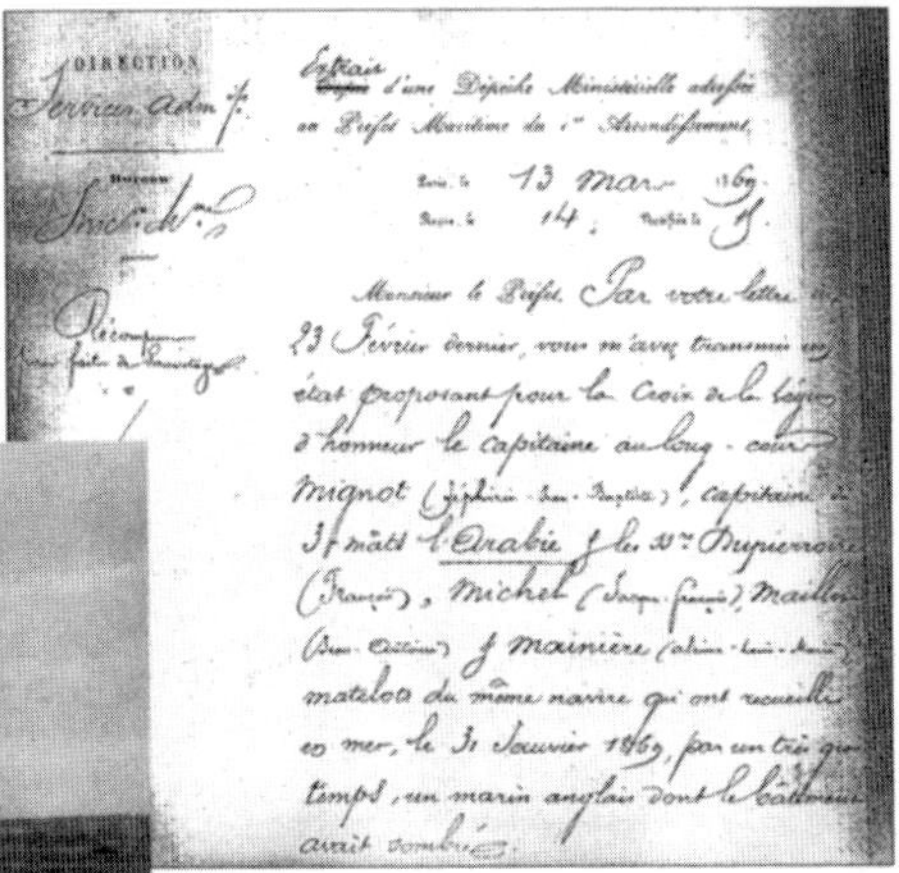

Extrait d'une Dépêche Ministérielle adressée
au Préfet Maritime du 1er Arrondissement.

Paris, le 13 mars 1869.
Reçue le 14.

Monsieur le Préfet. Par votre lettre du
23 Février dernier, vous m'avez transmis un
état proposant pour la Croix de la Légion
d'honneur le capitaine au long-cours
Mignot (...), capitaine du
3 mâts l'Arabie et les Srs Dupierroux
(François), Michel (Jacques-François), Maillet
(...) et Mainière (...)
matelots du même navire qui ont recueilli
en mer, le 31 Janvier 1869, par un très gros
temps, un marin anglais dont le bâtiment
avait sombré.

ミニョ船長に対するレジヨン・ドヌール勲章の申し出（シェルブール海軍資料部蔵）

レーモン・クノーの母方の祖父が指揮していたものと同型の三本マスト帆船（個人蔵）

ル・アーヴル高校における1913年の授賞式（個人蔵）

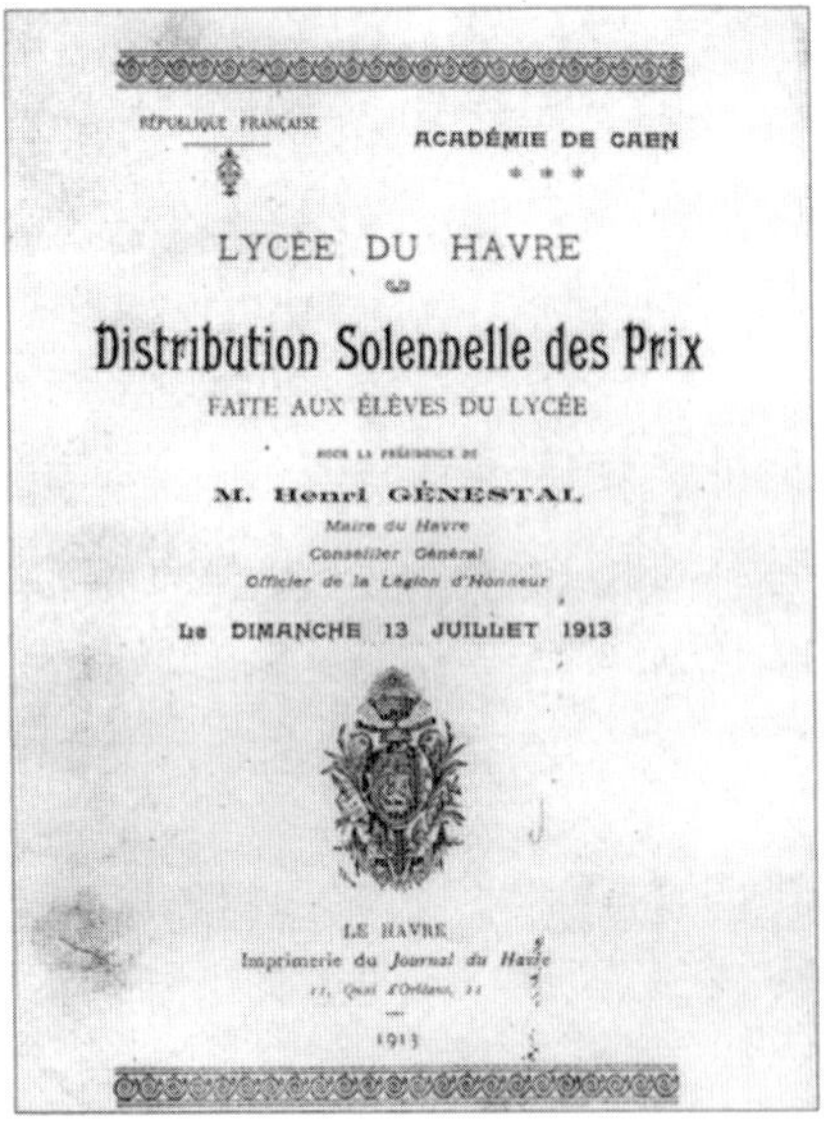

RÉPUBLIQUE FRANÇAISE

ACADÉMIE DE CAEN

LYCÉE DU HAVRE

Distribution Solennelle des Prix
FAITE AUX ÉLÈVES DU LYCÉE

M. Henri GÉNESTAL
Maire du Havre
Conseiller Général
Officier de la Légion d'Honneur

Le DIMANCHE 13 JUILLET 1913

LE HAVRE
Imprimerie du Journal du Havre
11, Quai d'Orléans, 11

1913

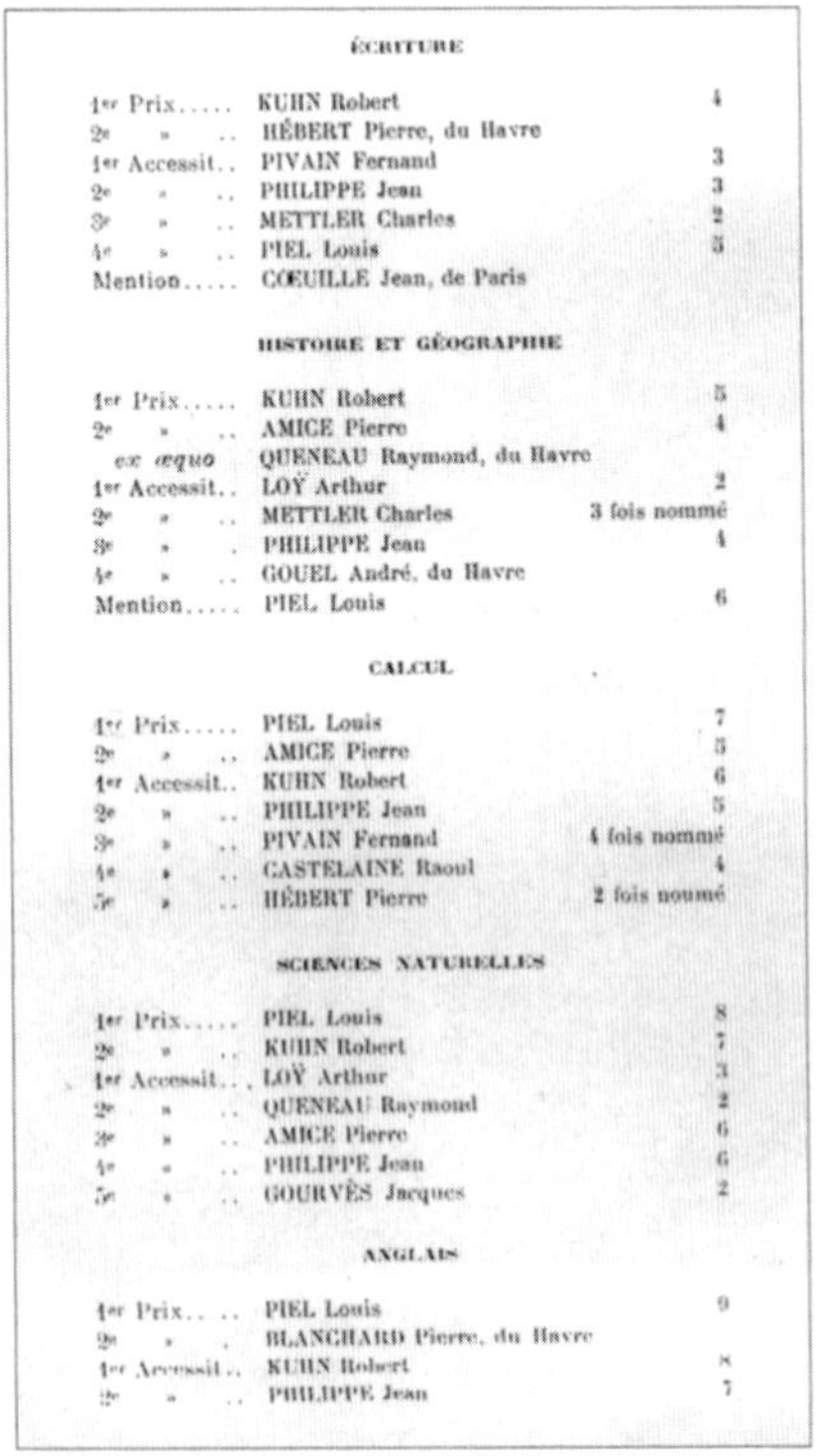

ÉCRITURE

1er Prix.....	KUHN Robert	4
2e » ..	HÉBERT Pierre, du Havre	
1er Accessit..	PIVAIN Fernand	3
2e » ..	PHILIPPE Jean	3
3e » ..	METTLER Charles	2
4e » ..	PIEL Louis	5
Mention.....	CŒUILLE Jean, de Paris	

HISTOIRE ET GÉOGRAPHIE

1er Prix.....	KUHN Robert	5
2e » ..	AMICE Pierre	4
ex æquo	QUENEAU Raymond, du Havre	
1er Accessit..	LOŸ Arthur	2
2e » ..	METTLER Charles	3 fois nommé
3e » .	PHILIPPE Jean	4
4e » ..	GOUEL André, du Havre	
Mention.....	PIEL Louis	6

CALCUL

1er Prix.....	PIEL Louis	7
2e » ..	AMICE Pierre	5
1er Accessit..	KUHN Robert	6
2e » ..	PHILIPPE Jean	5
3e » ..	PIVAIN Fernand	4 fois nommé
4e » ..	CASTELAINE Raoul	4
5e » ..	HÉBERT Pierre	2 fois nommé

SCIENCES NATURELLES

1er Prix.....	PIEL Louis	8
2e » ..	KUHN Robert	7
1er Accessit..	LOŸ Arthur	3
2e » ..	QUENEAU Raymond	2
3e » ..	AMICE Pierre	6
4e » ..	PHILIPPE Jean	6
5e » ..	GOURVÈS Jacques	2

ANGLAIS

1er Prix...	PIEL Louis	9
2e » .	BLANCHARD Pierre, du Havre	
1er Accessit..	KUHN Robert	8
2e » ..	PHILIPPE Jean	7

レーモン・クノーと母親。ル・アーヴルに近いサント＝アドレスにて（ル・アーヴル，ドンブル書店蔵）

ル・アーヴル，ル・キュルサール映画館。20 世紀初頭（P.A.H. 蔵）

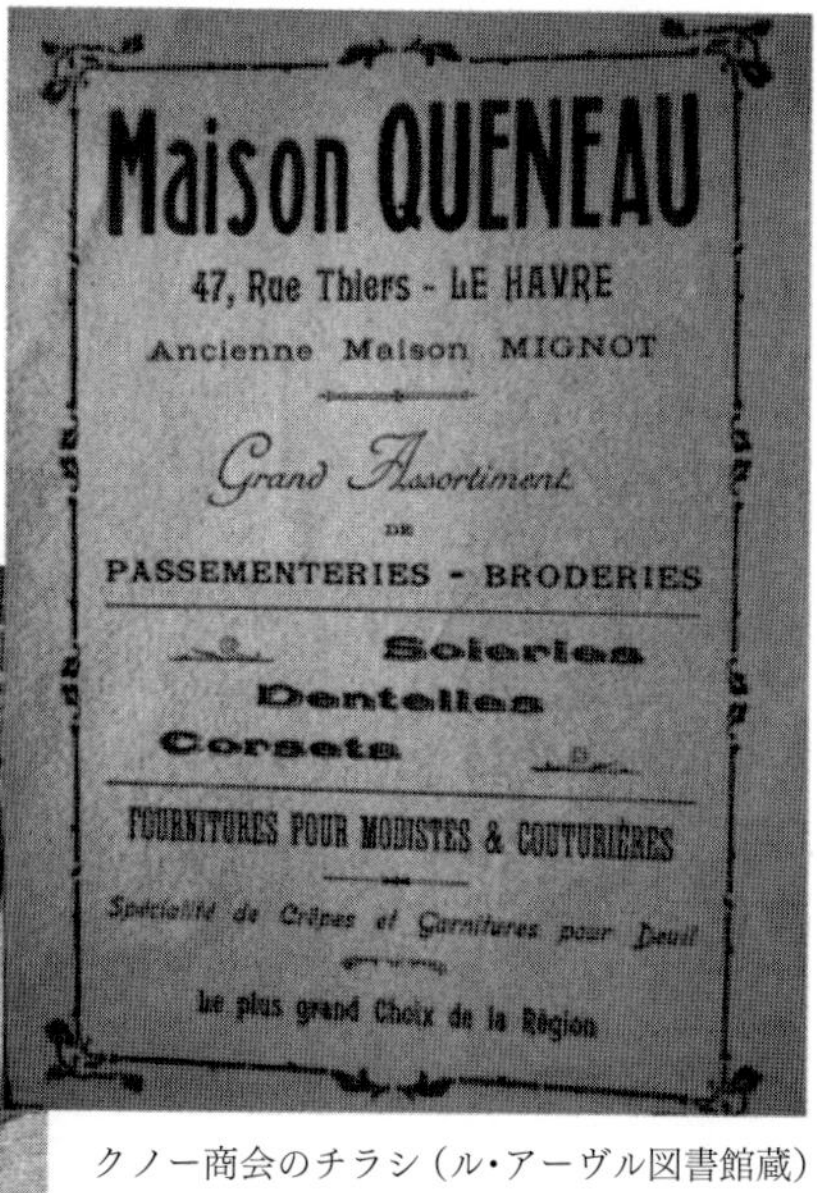

クノー商会のチラシ（ル・アーヴル図書館蔵）

ル・アーヴルのイギリス兵。第一次世界大戦中（P.A.H. 蔵）

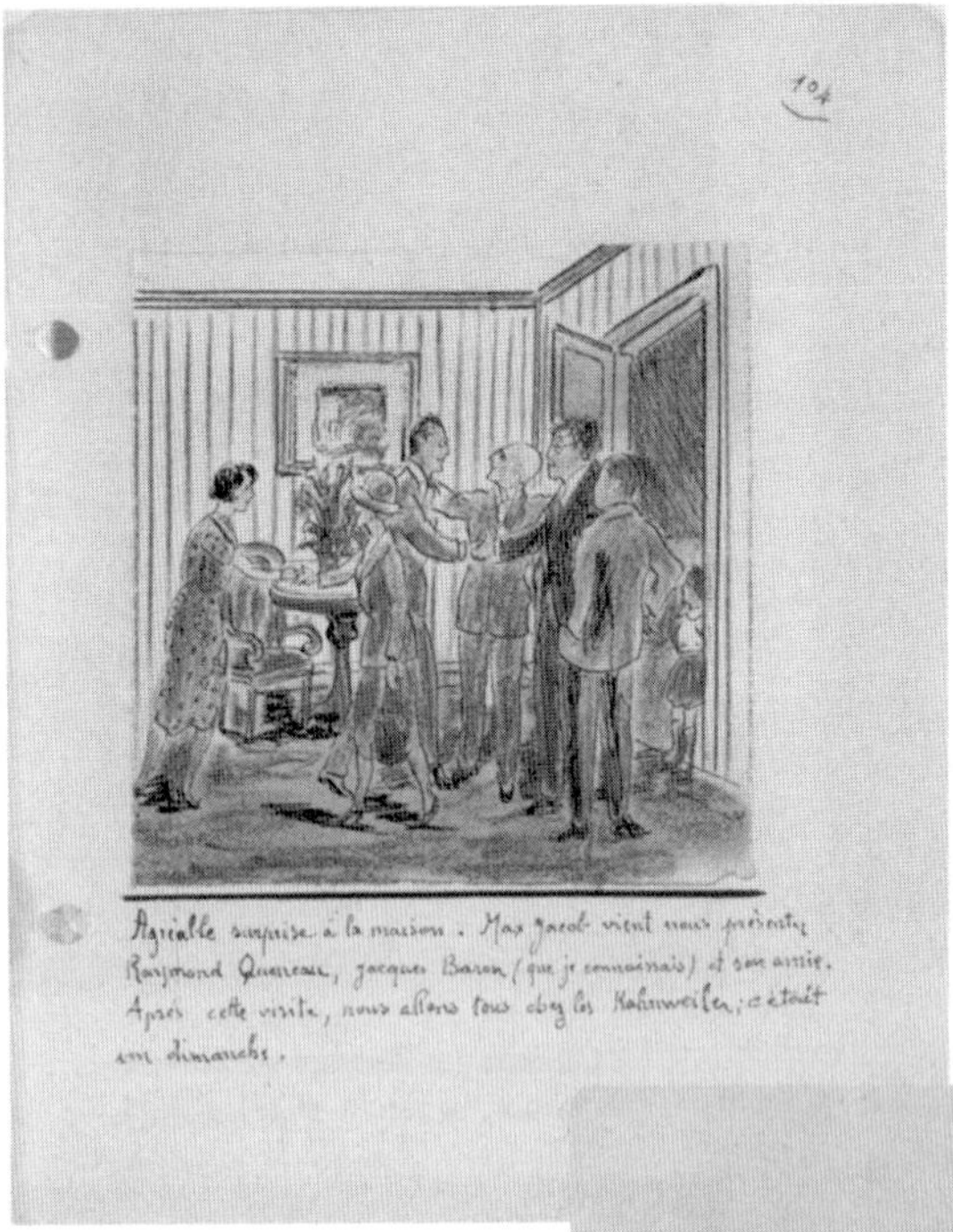

レーモン・クノーとエリー・ラスコーの初めての出会い。ラスコー作（個人蔵）

サン＝レオナール＝ド＝ノブラに到着するクノー。ラスコー作（個人蔵）

サン＝レオナール＝ド＝ノブラにおけるクノー，ミシェル・ガリマール，エリー・ラスコーの邂逅。ラスコー作（個人蔵）

手相を見るクノー。ラスコー作（個人蔵）

パリに戻るジャニーヌ・クノーと息子。ラスコー作（個人蔵）

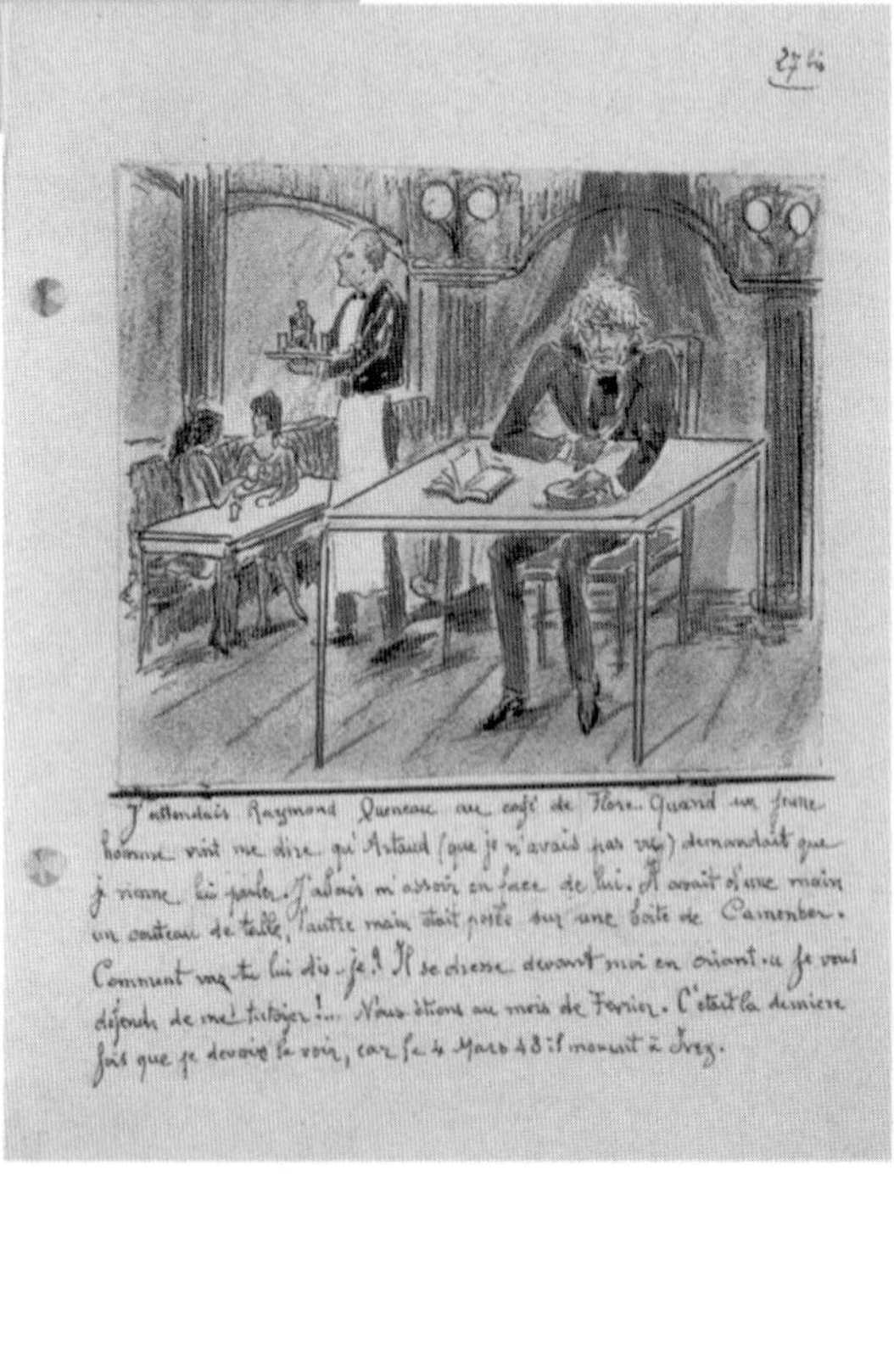

アントナン・アルトー。ラスコー作（個人蔵）

『雨が降っている』，パリ，オリヴェット工房。ガブリエル・パリによるエッチングとシルクスクリーン，1978 年。箱入り，60 部（クロード・ラメイユ蔵）

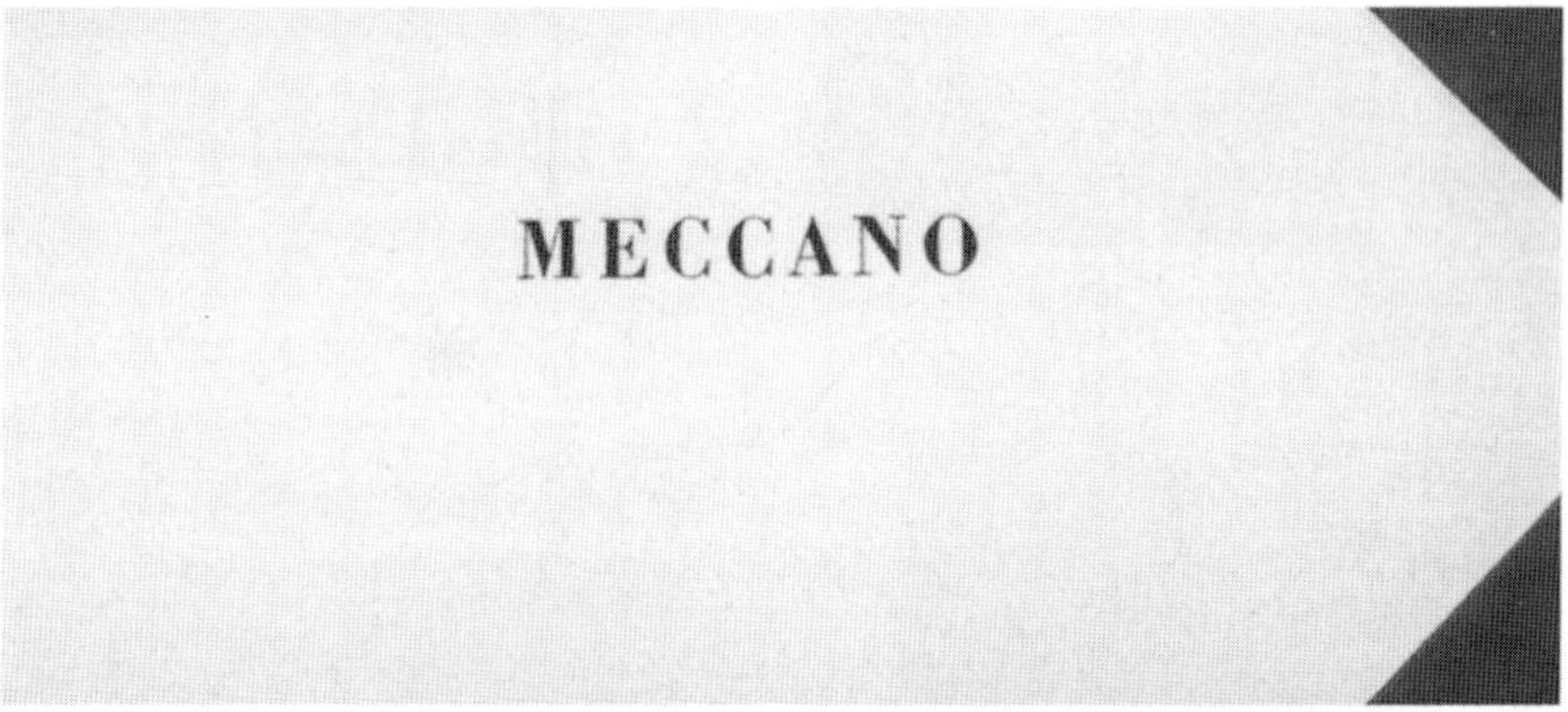

『メカーノ，あるいは言語の行列《マトリックス》的分析』，ミラノ，セルジオ・トジ出版，1966 年。エンリコ・バーイによるメカニカルな 17 の版画の挿絵入り。174 部。クノーとバーイによる署名入り（クロード・ラメイユ蔵）

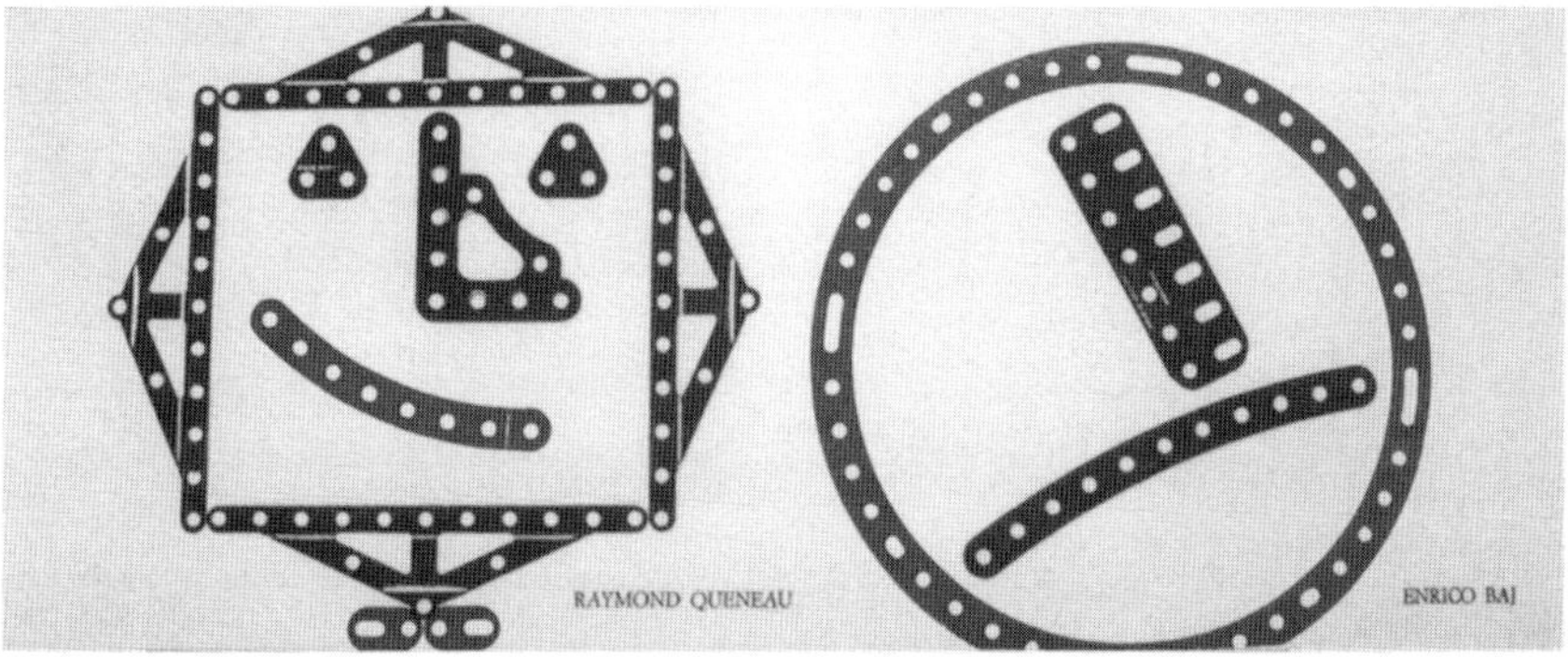

クノーが編纂した『プレイヤード百科事典』の広告（個人蔵）

「ハーシュフィールド」，『デリエール・ル・ミロワール』誌，マーグ，1951 年（個人蔵）

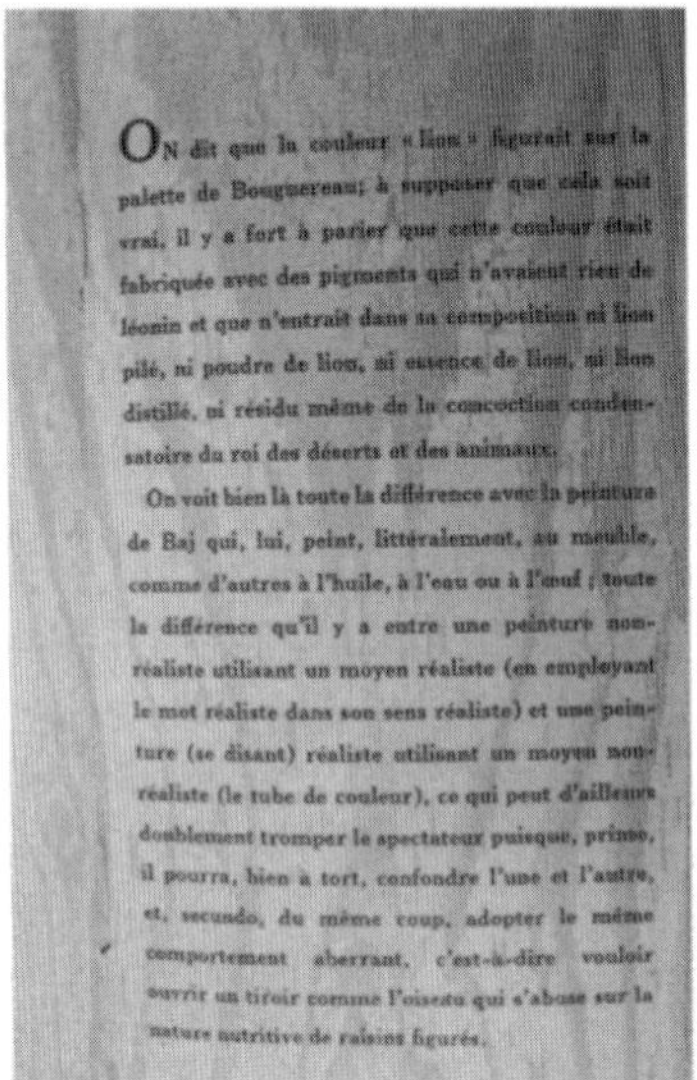
On dit que la couleur « lion » figurait sur la palette de Bouguereau; à supposer que cela soit vrai, il y a fort à parier que cette couleur était fabriquée avec des pigments qui n'avaient rien de léonin et que n'entrait dans sa composition ni lion pilé, ni poudre de lion, ni essence de lion, ni lion distillé, ni résidu même de la concoction condensatoire du roi des déserts et des animaux.

On voit bien là toute la différence avec la peinture de Baj qui, lui, peint, littéralement, au meuble, comme d'autres à l'huile, à l'eau ou à l'œuf ; toute la différence qu'il y a entre une peinture non-réaliste utilisant un moyen réaliste (en employant le mot réaliste dans son sens réaliste) et une peinture (se disant) réaliste utilisant un moyen non-réaliste (le tube de couleur), ce qui peut d'ailleurs doublement tromper le spectateur puisque, primo, il pourra, bien à tort, confondre l'une et l'autre, et, secundo, du même coup, adopter le même comportement aberrant, c'est-à-dire vouloir ouvrir un tiroir comme l'oiseau qui s'abuse sur la nature nutritive de raisins figurés.

バーイの『家具』展に寄せたクノーの序文。ベルグルアン画廊，パリ，1962 年（個人蔵）

バーイの『壁紙と版画』展のカタログ。クノーが序文を寄せている。1961 年（個人蔵）

三九―一九四〇年）』[3]に現れているのを見て、驚き、そして失望した人間の一人である。アンドレ・ブラヴィエはそこにルネ・ゲノンの影響を見て取ったが、それは否定できない。レーモン・クノーが、周囲の召集兵について以下のように記しているのを見ると、ゲノンを読んでいるかのような気にさせられる。「これらは〈野蛮人〉である。西欧《文明》が純粋な幻想であり、無価値な塗料であることは明らかというか、次第次第に、もはや理論上のみならず明らかに思えてきた。こうした者どもの精神的な不＝活動――無＝活動〔non-activité 士官の休職という意味もある〕を問題としているのではない――については口にしないとしても、獣にして罪人という彼らの丸裸の姿を、覆いを取って露わにしようとしたら、病、自然、動物と対面している彼らの姿を見るだけでよい[4]」。そもそもレーモン・クノーは、奇妙な戦争の間、幾度かルネ・ゲノンの名前を引き合いに出し、それによって彼を重視していることを裏付けている。「あるものはなんでも取っておこうとしているんだ」と声高に言う「意固地で不機嫌な」農婦と出会った彼は、すぐさま「シヴァ神の優越――破壊者でなく形を変える者。（ゲノン）[5]」に思いを馳せる。「個人と普遍の間に合理的でない結びつき」が存在していると考えた彼は、プラトンと聖トマスでは不十分であると判断し、こう付け加えた。「合理的説明ならびに超合理的説明と非合理的理解の総合――結局のところ、この総合はあらゆる東洋的形而上学によって与えられる。しかしゲノンは、補うべきとは言わないが、理解すべき存在だ[6]」。しかしクノーがゲノンの教えの限界を強調することもある。というのも「俗人は、理性をもってしかこれを体得できない」と考えるからだ。それゆえ、「私に瞑想を可能にさせてくれた」ブラントンならびに、「六年間の精神分析によって完遂した変化に形を与えてくれた」ハウによって、彼はゲノンをすでに補っていたのである。レーモン・クノーは、ハウのことを「カルマ＝ヨガに非常に近い」と評価し、彼が引用するあらゆる哲学者が、道、「〈師〉」、そして「〈真理〉[7]」を求める彼の探求を証していると認めている。この観点から彼はマルセル・モレと文通し、キリスト教について意見を交わしている。一九三九年十月九日、彼はモレが受け入れられなかった過去の発言を訂正し、こう書く。「キリストが《無意味に》やって来たと言いましたが、そうは考えていません――むしろ拙い表現をしてしまったのです（あらゆる存在が虚栄でしかないというのは事実です）。しかし私には、彼が人類に与えてくれた好機がひどく損なわれてしまったように思えます。それらを（再び）呼び起こすことができるのでしょうか？　我々のいるこの場所は、きわめてキリスト教的な地方です。我々が住んでいる〈貯蔵室〉の横には、《ルルドの洞穴》が存在し、そこでは日々祈りがなされています。ところで、これはきわめて原初的で、先史時代的で、キリスト教以前のもののように――伝統的かつ遠いものとして――映ります。だがキリスト教的な徳性や感性は失われており、日々さらに消えてゆくように思われるのです[8]」。マルセル・モレはクノーが自らに課している問いを完全に理解し、以下のことを喚起した。「キリスト教は〈神〉

と我々の間の問題であって、〈神〉と他者の間の問題ではありません。[……] いずれにせよ、目下のところあなたにとって本質的なのは、とりわけ祈りを通じて、あなたにできそうなやり方で、キリスト教を生きようとすることだと思っています。だからこそ私は、先週の土曜日にあえて小さな祈祷書をあなたに差し上げたのです。私の目には、キリスト教を学ぶ手段は一つしかありません。それは生きられた経験です(9)」。

近しい人の多くは、彼の問いを知っていたか、あるいは感づいていた。しかしそれは難しく、デリケートな話題であった。マルセル・モレが祈祷書を贈ったことで、彼は不快になった。「プロパガンダは嫌いだ(10)」と彼は憤慨して書いている。神学生や司祭にほとんど好感をおぼえないと打ち明けるのも、それが理由である(11)。『キリストのまねび』や『コリントの信徒への手紙』あるいは御復活のラウレンシオ修道士〔十七世紀のカルメル会修道士〕による『神の現存の体験』といった聖なるテクストを自分自身で発見し、あるいは再読する方を彼は好んだのだ。クノーはこの最後に挙げた著作のルイス・ファン・デン・ボッシェ版を一冊自分のアーカイヴに保有していたが、それは部分的に焼けていた。彼がこれを火災から、あるいは幾度かやったことのある焚書から救い出したのだろうか。ある日この本を意図的に破壊しようと欲し、その後で思い直したのだろうか。真相は分からない。ただ一つ確実に言えるのは、彼に疑いが生じたということである。一九四〇年六月末、彼はこう書いている。「神がどのように私を見捨てたことか! 私が悲しむこともなく!! 私は神を信じていない。祈らない。瞑想もしない。私は十分に落ち着き払って、そしてつまるところ内面の平静さをすっかり保って、出来事が過ぎゆくままにしているのである」。しかしそれから二週間ほど経った後、彼はリジューの聖女テレーズ〔十九世紀末のカルメル会修道女〕の教えをいくつか書き写し、七月二十一日に「私は神の友だ」と記している。その翌日、「私は神を、その作品において感嘆している」と彼は付け加える。

ゼット・レリス(12)もまた、レーモン・クノーの形而上学的な関心を理解しており、彼にはカトリックへの性向がある程度あることを認めていた。しかし彼女の目に、彼が良き信者と映ることは決してなかっただろう。彼には罪の観念が欠けていたからである。彼女は十分な事実を踏まえてそう判断した。つまり彼女は、彼に言い寄られていたのだ。一九三九年の春以降、彼は彼女に夢中になり、会う機会や贈り物をする機会を増やし続けていた。この時期のメモ帳には、ゼットのイニシャルが頻繁にあらわれる。そして彼はついに気持ちを告白するに至った。そのことは、一九三九年八月五日付のディエップ局留めの手紙の中で、彼の愛に対しては何も応えてやれないと彼女が述べていることからも分かる。いろいろなことがあったにもかかわらず(13)、彼女は夫であるミシェルに対して頑なに忠実であろうとし、また友人であるジャニーヌ・クノーを裏切りたくないと考えていた。引き裂かれた彼女にできたのは、レーモンに対して友情を申し出ることだけであった。彼の方は、ステネー、ル・セリエ、そして九月七日に配属されたナントとアンスニの間から規則正しく彼女に手紙を書き送っていた。彼はジャニーヌからの手紙を受け取ることに幸福を感じ、また彼自身の言葉を使えば、それが深く心を打つものであることを認めていたのだが[14]、自分自身が規則正しく彼女に近況を知らせることはあまりなかったようだ。反対に手紙を受け取っていたゼットは、コワ＝ラ＝フォレにある姉の別荘に落ち着いたジャニーヌのもとを訪れたとき、とても気まずい思いをした。彼女は自分の友人が心配していることに長い間耐えられず、滞在を早めに切り上げようとした。彼女は自分の気持ちがミシェル・レリスに強くつなぎ止められており、レーモンに対するジャニーヌの愛を壊さないよう固く決心しているということを、常に自らに言い聞かせていた。だが彼は容易に諦めなかったと考えなければならない。というのも、彼女は彼を愛することができないと幾度も強く訴え、また急に、彼が男色家であったらよかったなどと望み始めたからである！……。十二月十六日、非常に女性的なところのある彼女は、ある機会にジャニーヌと会ったピカソが、彼女をとても綺麗だと感じていたということをクノーに伝えた……。一九四〇年二月八日には別の戦略を用い、リュシエンヌ・サラクルーのことを、おそらくは予兆を感じさせるような仕方で、彼の気に入るにちがいない女性であると話した……。だがさしあたってレーモン・クノーはゼットに固執しつづけ、彼女は彼の肉体的な欲望に憤慨するか、あるいは憤慨する振りをしたのである……。

ゼット・レリスに対したいへんに熱を上げてはいたものの、ジャニーヌが自分の愛であり、伴侶であるとも書いている[15]。レーモン・クノーは、『日記』の中で、「ル・セリエからの手紙[16]」では、彼女に対して注意を払い、やさしく振る舞う。一九三九年九月十日、彼は熱意を込めて自分の気持ちを再確認することで、手紙を締めくくった。「僕の愛する人、愛しいジャニーヌ、あなたを愛しています。あなたに再び会いたくてたまらず、もうすぐそうなることを願っています――すぐには会えないとしても、思念と心と体で私はいつもいます[17]」。十七日、彼はこう吐露する。「あなたの手紙は私にとってかくも大きな励ましになります――かくも厳粛で、かくも活き活きとして、かくもあなた自身である手紙――それは私に、世界で――この世界で――もっとも貴重なものなのです」。十九日には将来のことを考える。「愛する人、愛する人、私たちがもう一度相まみえ――ともに生活するのはいつのことになるでしょうか。いつもあなたのことを、共に過ごしたあの過去の年月を、私を助けてくれたことを、私を信頼してくれたことを思っています。こうしたことをすべて取り戻すでしょう、そうですね？」ここから、作家が確実に二枚舌を使っていると結論しなければならないだろうか。そうかもしれない。だがそうしてしまうと、相反する感情を彼に抱かせた複雑さと、おそらくはまだ完遂していなかった自分自身の探求が忘れられてしまうことになるだろう。

彼が思考や感情をもてあそんで楽しんでいたことは考慮しないとしても。

自分の息子に対しても、非常に迷い、さらには自己矛盾を来していたことが察せられる。注意を過度に向ける対象であると同時に、理解しきれない対象でもあるようにみえるこの一人っ子の性質と立場を、彼は理解できなかったようだ。彼はこう記す。[18]「まったく手に負えず、私にいつも教育無能証明書を渡させるようなジャン＝マリー（『赤ん坊に下剤をかける』〔ジョルジュ・フェドーのヴォードヴィル劇〕のタイプ）によってすべてが台無しになった」。自分自身に過剰に焦点を絞った男の多くがそうであるように、父親であることが彼に重くのしかかっていた。「またしても一家の父という自分の役割を演じ、子供を従わせたりなんだりしなければならない。これは私にはしばしば不愉快なことだ。あの子が完璧だったら！　だがそう、彼もまた、これを受け入れなければならないのだ」[19]。しかしながら、レーモン・クノーは非常な愛着を息子に感じてもいる。一九三九年九月十六日、彼はジャン＝マリーから、彼が書くところによると[20]「涙が出てきてしまったほど素敵なデッサンのついた」手紙を受け取った。ジャニーヌに返事をしたためた彼は、息子の様子を尋ねる。「あの子がちゃんと楽しんでいてくれればと思います。私にとって彼が楽しむことは、あの子が私に与えてくれる愛情の最大の証です――その年齢で可能な《思慮分別》をもって愉快でいてくれるように。きれいなデッサンのお礼をあの子に伝えてください。ずいぶんうまくなりました。褒めて、力づけてやってください。どれだけ私が愛しているかあの子に伝えてください」[21]。また別の時、クノーは年端もいかない息子のためにお話を語ってみせ、PCN（小さな黒猫〔petit chat noir〕）の物語を楽しんで想像している。「兵隊だったとき――もちろん、猫兵隊の連隊にいたのですが――、猫兵隊たちはみな長靴を履いて、尻尾を出すために後ろに穴の空いたネズミ皮の半ズボンにフランネルのチョッキを合わせ、そして羽根飾りのついた大きな帽子をかぶっていました。――PCNが猫兵隊だったとき、彼はラッパの音楽が嫌いでした。だからずっと、ずっと考えました。どうしたらいいんだろう？」彼は、大きな栓をラッパに突っ込むことを思いついた。「ラッパを吹いていたおじさんは驚いて、もっと強く、もっと強く、もっともっと強く吹き、そうして栓を吹き飛ばすと、栓は飛んでいってPCNの顔面に当たりました。ニャアニャア。彼はたいへん不機嫌でした[22]〔……〕」。

十月末以降、新たな配属先となったフォントネー＝ル＝コントで、彼はカドレ司令官の配下となったが、この司令官は文学界において生じつつあったクノーの名声を敏感に認め、自分の事務室に配属させたうえで、好きなだけ休暇を与えた。それまでの彼は、通常の雑役や雑居生活といった軍隊生活を経験していた。『民主主義美徳概論』においてはプロレタリアートに歴史的使命を与えていた彼が、突如として不作法や馬鹿さ加減や意地の悪さと直面したのである。彼は次のように記している。[23]「旅行中に驚かされたこと［……］。ほとんどの奴ら、とりわけ二十五歳から四十歳の間の奴ら、《男ども》の下劣なエゴイズム、その巧妙な手口の残忍さ——これに止むことのない文句と戯言と貪欲が加わる！」作家は現実に戻った。たしかに彼は「世の中にはさまざまな人がいる」という民衆的な格言にこだわっており、これを「高度の叡知」と見なしていた。だが彼はこうも指摘する。「いびきや屁やげっぷや馬鹿話をいつも聞かされるとうんざりする」[24]。一九三九年十二月二十七日、パリに休暇中の彼は、ジョルジュ・バタイユを訪ねて「大衆それ自体への嫌悪」を宣言し、加えて「貴族制に同意」と述べた。[25]それゆえ彼は、通訳になることで、自分の運命から逃れようとしたのである。すでに一九三九年九月二十日には、「新フランス評論出版において英語書籍の原稿審査委員であり、イギリスやアメリカの著作を複数翻訳した」という資格を引き合いに出し、この職務への配属を願い出ている。第二十四兵站部を指揮していたプティ大佐はこの申し出を支持した。彼は、クノーが通訳として際だった任務を果たすことができるはずだと言うのである。彼はクノーの教育、一般教養、そしてアングロサクソン文学に関する論考を褒めそやした。だがこの好意的な意見にもかかわらず、この奔走はめでたく成功というわけにはいかなかった。クノーはあきらめず、友人や関係者を動員した。十二月二十四日、彼はガストン・ガリマールに訴えかけ、自分の置かれた状況を披露したうえで、この「掃き溜め」に長居するつもりはないという点を強調した。そこから抜け出るための努力がこれまで無駄に終わったことを包み隠さずに話し、新たな奔走のためにガストン・ガリマールの厚情と支援を請うたのである。[26]ガリマールはクノーに対する敬意を請け合い、これに快く応えた。彼は連絡部隊にクノーを推薦したが、一九四〇年三月には明白な事実の前に屈しなければならなかった。彼の直属の上司による妨害のせいで、何ひとつ達成しなかったのである。だがその妨害がどこからやって来たのかは分からない。

それゆえ何度か休暇を取った以外、クノーはフォントネー＝ル＝コントに数ヶ月間滞在した。カドレ司令官が相変わらず理解を示してくれたので、レーモン・クノーはジャニーヌとジャン＝マリーを呼びよせ、たくさんあった余暇のかなりの時間を彼らのために費やすことができた。気管支炎やぜんそくに幾度か見舞われたものの、彼は再び知的活動に身を献げる。彼はマルセル・モレに、彼の家で開かれていた会合のことを、それが長続きするとは考えもせずに問い合わせた。彼はこう考える。[27]「無形のグループに可能なのは変形だけです。私はこの種の事を一度も信じたことがありませんでした。［聖社会学］研究会は、明らかに《良い》考えを引っ張り出してくれました。それが〈秘密結社〉の考えです。だがこれはまったく別の事です」。モレは、ジョルジュ・バタイユの役割を強調しつつ裏付ける。「それが二年間続いたのは、バタイユの強力な人柄によるということも忘れてはなりません。とはいえそれでも、戦車が幾度か泥にはまってしまうのは避けられなかったのですが。おそらく、あなたはあそこにはたまにしか通っていませんでしたから、そのことは分からなかったのでしょう」[28]。クノーはジャン・ポーランとも文通し、文学の現況を論評している。彼はこう書く[29]。「『完全な歌』[30]を確かに受け取りました。重ねて感謝します。とても良いと思います。［……］ヴァールによるベルグソンへの賛辞を［『新フランス評論』誌に］見つけましたが、とても感じが良く、心に響きました。カイヨワの「祭儀の理論」ですが、あれの不幸は、彼がそれを信じていないということです！ あれはバタイユの古い論考、「消費の概念」（『社会批評』誌のもの）とは比べられません。カイヨワは完璧です、あれは小ルシフェルです、彼が過ちを犯したのはただの一度きりです。それにひきかえバタイユは……。『伝承研究』誌〔ルネ・ゲノンが一九三六年に創刊した雑誌〕での安全ピンとボタンの象徴的（形而上学的）意味をお読みになりましたか。私はあれは分かりますが、《科学》の方はだめです」。通訳になるという見通しに促されて、彼はスパリス夫人なる人物の英語の授業を受けた。また市立図書館に通い、宗教や形而上学の書物に加えて、ジッド、ドストエフスキー、ジュール・ロマン[31]、モンテーニュ、あるいは……プラトンを読んだ。『パイドロス』を読んだことで、新しい小説の計画を思いつきさえした。『ピエールのつら』を再び取り上げて、その続きを書こうと努めたのだ。「ＧＤＰⅡ〔『ピエールのつらⅡ』〕のいくつかの部分がはっきりした」と彼は一九三九年十一月十九日に書いている[32]。彼は一時、『リモンの子供たち』を書き直そうかという気になった。「狂人たちの物語（より詳細な一巻をなすことになる）を分離し、愛の物語と女性の作中人物を発展させることになり、（すでに悪魔がいるように）妖精が現れるだろう。そしてアニエールの邸宅と政治の部分もまたより発展させることになるだろう」[33]。その後、彼はこの計画が実現不可能であると判断し、一九四〇年一月四日に「一つの小説を練り始める。かなり複雑だ」と書く。これはおそらく、一九四二年にガリマールから出版される『わが友ピエロ』のことだろう。

一九四〇年三月、『新フランス評論』誌にクノーが翻訳したウィリアム・サローヤンの『日曜日のツェッペリン』が発表された。またデュガの『数学無理解試論』の書評も執筆するが、これは未刊に留まることになるだろう。三月三十日には、『ル・フィガロ・リテレール』紙に、「彼らが読むもの」というアンケートに対する彼の機知に富んだ返答が発表された。彼はこう書いている。「一九三九年八月二十四日に出発したとき、私は一冊の本も持っては行かなかった。それ以来、私はいくつかの本を受け取った。平和な時に受け取ったとしても同じ本だったろう。周りで読まれているのは、週刊紙、推理小説、大衆向け小説と呼ばれているもので実際にもそうである小説だ。自分の仲間たちに向かって、好きな作家を明かそうなどという気には一度たりともならなかった。それゆえそうした作家について、彼らは何の判断も下す必要がない。論争はことごとく避けられる。こうすることで、私は自分にできる慎ましやかな範囲で、国民的統一の実現に協力しているのだ」[34]。五月二十七日、彼は

「隠喩の説明」とデュガの本についての書評の校正刷りを受け取る。彼は急いでそれらを送り返そうとするが、事態は急激に展開しようとしていた。

　五月二十二日に上等兵に任命された彼は、六月三日にパリとル・アーヴルに最初の爆撃が行われたという知らせを受けた。彼は三月二十九日以来、ラ＝ロッシュ＝シュル＝ヨン〔フランス西部ヴァンデ県の都市〕にいたのだった。ガイヤンドルという彼の新しい司令官は、なんとしてもクノーの軍事教練を仕上げ、彼を伍長にさせたがった。兵士クノーは射撃の訓練をしたが、そこで輝かしい成績を収めることはなかった……。「今朝、射撃（ルベル〔十九世紀末から使われていたライフル銃〕）。十五年来初めてのことだ）。五つの的に一発当てた」と彼は書いている[35]。ドイツ軍は今やものすごい速度で進撃しており、狂ったような噂が流れていた。ジャニーヌとジャン＝マリーは南部へと発っていった。大混乱であった。避難民と敗走する兵たちで道路はいっぱいであった。軍の被服倉庫が荒らされた。自動車が盗まれた。六月二十一日、クノーを含む一部隊が、ラ＝ロッシュ＝シュル＝ヨン北西約十五キロに位置する、エズネーの十字路を占拠するべく送り込まれた。だが撤退命令が届き、二十五日には、リブルヌの南にあるタルゴンで、クノーが『日記』に記したところでは「銃声が鳴り響く（ドイツのサイドカー二台を吹き飛ばしたナント街道に位置する第三区のことだ）。それに続いて銃撃戦が起こる。私はナント街道に面したバリケードの後ろ、機関銃のそばに陣取る。左では、第二小隊が撤退している。［……］銃撃戦は断続的に続いている。その時私は、自分の周りで銃弾がひゅうひゅうと鳴っていることに気がつく。（これが我々を側面から狙う〈城〉の中庭に置かれた一台（あるいは複数）のドイツの機関銃であることを後で知ることになる。彼らはどうやってそこまで来たのか？　それは分からない。）撤退命令が十五時三十分に出される」[36]。後退に次ぐ後退を重ねたクノー伍長の中隊は、ペリグーに行き着き、そこで動員解除された。彼は非占領地区であったリモージュ近くのサン＝レオナール＝ド＝ノブラにあるエリー・ラスコーの住所を伝え、七月二十二日にそこに着いた。

　エリー・ラスコーとその家族の他、レーモン・クノーはその地でカーンワイラー一家と再会した[37]。彼らは近辺のルペール・ラベイに家を借り、レリス一家や画家のアンドレ・ボダンとともに避難したのだった。クノーはそこに住まなかった。エリー・ラスコーが彼のために町中に部屋を見つけてやったのだが、それは「物置小屋となったかつてのダンスホール」[38]の中にあった。「まさにそこで、埃と干からびたタマネギに囲まれ、私は市民として、また敗者としての最初の日々を送った」[39]。だがクノーはそのようなことは気にせず、運命論者となり、〈神の恩寵〉に身を委ねる。「今朝再び、サン＝レオナールを発つ前に私は神に祈る。私は散歩をしながら行く。何も見つからないような気が私にはする。神を信頼する」[40]。だがジャニーヌとジャン＝マリーからの便りがなかった。敗走に押し流された彼らは、到着したアンダイユから一通の電報をかろうじて彼に届けることができたのみであった。しかしこの時のクノーは、甘んじて一連の出来事を受け入れる。七月二十四日に彼はこう書いている。「召集されてから十一ヶ月後のちょうど同じ日、こうして私は《市民生活に復帰》した。神は私にあらゆる軍事的な虚栄を禁じ、〈彼〉が良かれと思う道を私にたどらせ、私を危険の外に連れ出した。あらゆる〈彼の意志〉について私は〈彼〉に感謝する」。

フランスが被ったばかりの軍事的敗北に考えが及んだ時、彼は昔から抱いていた危惧の確証をそこに見出した。一九三七年、彼はすでに「ミュンヘン」[41]という詩を書いていたが、それは一人の学生を非難して次のように述べるという設定であった。

哀れな学生よおまえは母をどうしたのか
幾多の英雄を産んだこのフランスを
人民戦線ダカラおまえは彼女を軽蔑するというのか
あるいはあまりにSFIO〔社会主義労働者インターナショナル〕ダカラといって〔……〕
おまえは哀れ《エール》なヒトラー〔ハイル・ヒトラーのかけ声を喚起する〕の前で感動し口をぽかんとあけている
オリーニ殿の前で熱狂している〔ムッソリーニへの暗示。クノーはすでに『はまむぎ』でムッソリーニを連想させるミス・オリーニ（ただしここの「オリーニ殿」とは綴りが異なる）という人物を登場させていた〕
だがおまえは自分の老いた母親のことは考えない
おまえのあまりにみすぼらしい姿を長いこと見て嘆いていた母親のことは〔……〕

しかしながら、人民戦線が彼の熱狂をかき立てていたわけではなかった。それには「苛立った」と彼は書いているが[42]、ただしこうも付け加えている。「〔同時に〕右翼の批評家連中にも〔彼は〕怒っている」。敗北となり、彼はペタン元帥の演説を聞いて、こう指摘した。「背後に何があるのかを見抜かず、舞台の袖でどのような人間どもが動いているのかを知らなければ、評価すべきものだったであろう[43]」。多くのフランス人がそうであったように、彼は自分の国が裏切られたと信じていた。彼はこう考える[44]。「戦争の勝利は、敵方の裏切りと《諜報》によってのみもたらされてきた。〔……〕ホメロスを振り返ろう。西洋における最初の大戦争の勝利は、トロイの木馬という裏切り行為によってもたらされた。三八年九月以降、フランス人がヒトラーを愛していたことは火を見るより明らかだ。私が言っているのは、その幾人かが権力の座についている札付きの裏切り者のことではない」。

このように悲観的な言葉を吐きはしたものの、レーモン・クノーは過度に悲しまなかった。ボダンやラスコーと連れだって一杯飲み、また農村をぶらついては、しばしば昼食や夕食まで彼らを引き留める農民たちと出会う機会があれば、それを逃さなかったのである。彼はリムーザン地方の方言や、ある種の言葉遣い、そしてその資源やフォークロアに興味を示した。彼は次のように書いている(45)。「地元民は自分たちをミヤウレトゥーと呼んでいる。フクロウと何らかの関係があるらしい。また月曜日に市が立つ広場もあるし、周辺には鉄マンガン重石の鉱山、工場（紙、陶器）、さらにはクロヴィスの樫の木やラバの足《ル・パ・ド・ラ・ミュール》、死者の石といった名所もそれにふさわしい伝説とともにある。もっとも要求の高い民俗学者をも満足させる槍的遊び《やりまと》〔騎士が槍で武具や盾を突く中世の遊び〕のことは言うまでもない」。手相占いを好んでいた彼は、関連する本をいくつか過去に読んでおり、とりわけ女主人たちの手相を興にまかせて見たりもした。驚いたことに、彼はしばしばぴたりと当てるということで評判となり、そのために扉や棚を開いて彼をもてなす人が数多く現れたのだ……。「ある農婦に向かって、彼女は夫を消したいという強い欲望を持っていると冷淡に明かした。私はそうすることで、大喜びした妻が用意した鳩のグリーンピース添えをテーブルに出現させたのだ(46)」。こうして彼は、サン＝レオナール＝ド＝ノブラでもっとも有名な菓子店を営み、上等の食事を出すという自負のあるプティジャン家に招かれた(47)。彼らには高等証書の第三部〔一九四一年まで存在した高等小学校の課程〕を準備していた孫娘が一人おり、クノーは彼女の宿題を手伝ってやった。だが不安をもたらす知らせがパリからやって来た。彼は次のように書いている(48)。「非占領地区の人々の《強烈な恐怖》や馬鹿げた心配、それで頭をいっぱいにしている異様なほら話のことなど」が語られている。「非占領地区に留まることはある種の危険にもなり、悪く見られる等々。二つの地区の人々の間にすでに柵があることは明白だ。私としては、ジャニーヌとジャン＝マリーゆえに帰ろう」。事実、彼の妻と息子はヌイイに戻ることができ、彼に再び手紙を書くようになっていた。そこでクノーは引き揚げのために申込みを行い、列車の席が空くのを待った。

九月十四日、彼はまだサン＝レオナール＝ド＝ノブラにいたが、その時に小説の未来に関してアンドレ・ビイへ送った返答が、『ル・フィガロ・リテレール』紙に掲載された。「私からすると、小説の変容や、もしかすると消滅は、形式面での変化において期待される。小説は一つの有機的な骨組み、一つの文体、一つのリズムそして複数のリズムを見出さねばならず、音楽的な状態、形式的な必然性、ある種の厳密さの方へと向かわねばならない。要するにそれは詩を目指さねばならず、また、自らに固有の領域を増大させつつ詩の領域の中に消滅しなければならない。なぜなら、詩はあらゆる文学の主要かつ原初的な形式であり続けているのだから。さらに私は、言語の（それゆえまたしても形式の）可能性が発展させられると信じており、また話された（民衆の）言葉を認めさせ、フランス語の新たな段階にたどり着くための新たな努力が今後なされるとも信じている。〔……〕おそらくそこに《未来》があるのではないか。いずれにせよ私はこれまで、これら二つの方向で仕事をしてきたのだが、それである程度、おそらくはわずかだが成功をおさめただろう。また私は、『ヴォロンテ』誌において、これと同様の考察を幾度か表明したのである」。おそらくはすでに『わが友ピエロ』に取りかかっていた小説家の目標が、ここで明確にされている。

ジャニーヌの帰宅から遅れること二週間ほどを経た一九四〇年九月二十七日、レーモン・クノーはカジミール・ピネル通りに着いた。彼の乗った列車は二十六日の二十三時に出発し、翌日の十八時にパリに到着したのである。彼はこう語る[49]。「ヌイイだ［……］、ジャニーヌとジャン＝マリーはシモーヌ［・コリネ[50]］の家にいる。私は出る。大通りとロンシャン通りの角にあるカフェに行く。ドイツ人と女たちで一杯だ。電話をする。出たのはドニーズ・ナヴィルだ。それからジャン＝マリーが《パパ！》と叫んで泣きだす。それからジャニーヌ」。レーモン・クノーは彼らに合流して夕食をとる。「菓子、バター等々。なんとも豊富にある。だがワインは希少であるとのこと。それを除けば、帰ってきたことに皆満足している。一般的な理論。ZL［非占領地区〔Zone Libreの略〕］の偽善的な態度を続けるよりは状況に深く関わっているほうがまだよい。いやまあ。とにかく。私はZL精神をもって到着している。ZO［占領地区〔Zone Occupéeの略〕］精神に自分を調和させる必要がある」。

こうした見通しを持って、彼はまずいくらか金を稼ごうとした。十月一日、ペロルソンが再開したヌイイ新学校で、彼はラテン語、ギリシア語、そして地理の授業を始める。その前年、週十五時間、月収二千四百フランという勤務条件で、すでにジョラス夫人が彼を雇っていたのであった。彼はペロルソンに相当苛立っていた。一九三九年の夏にはすでに、「彼の反動的な《皮肉[51]》」を好まないと『日記』に書いている。授業に加え、『コンタクト』という新たな雑誌に参加しないかとペロルソンに提案されたクノーは、関わらない方がよいと判断した。「考えてみよう。とはいえ本当のところを言えば、どうして雑誌など可能なのか理解できない[52]」。主だった人物をあげると、カアヌ、ペロルソン、「滑稽な人物」であるギュト、プレヴォ、オーリアン、ダステそしてコンベルによって構成される指導部に、彼がほとんど心惹かれなかったということは言っておかねばなるまい。クノーは教育だけにとどめておくことを選んだ。とはいえ教育に使命感を覚えることはなく、授業の準備に費やす時間もほとんど見つけられないという状態で、これがやむを得ぬ手段でしかないとも考えていた。それゆえ、新学年が始まった日の午後には、カルチエ・ラタンを歩き回り、書店を借りるか買うかできないかと探し回ったのである。この計画は実現しなかった。

彼はまた、ガリマール出版との関係を再び結び、まずは彼の詩「隠喩の説明」と、ジャン・ポーランに送っていたジュール・ロマンについての論考を取り戻そうとした。クノーは『善意の人々』に関する自身のテクストがあまり良くないのではないかという危惧を表明したのである。実際、彼は、構成と作者の意図がまったくもって不明瞭だと指摘することで、ジュール・ロマンをいくらかこき下ろしていたのであった。彼は、ジュール・ロマンの著作が厳密な構成なしに書かれていると見て、作中人物たちがきちんとした理由なく現れたり消えたりすることを嘆いていた。レーモン・クノーは、彼の小説の観念に忠実だったというわけである。[53]彼はまた、批評家はまったく作者を非難しないが、『善意の人々』に肉体的な愛がどれほど現れているかということを確認して喜んでいる。彼は、エロティックな百科事典を書くことが、ジュール・ロマンの頭にはあったのではないかとすら考えているのだ……。この指摘はいたずらのようなものであった。というのも、かつてエドモン・ジャルーがクノーの猥褻さを嘆いたことがあったからである。それゆえ彼は、ためらうことなくジュール・ロマンのうちに彼が読みとったことを、十三点にわたってあげつらい、一覧にしたのだ。その中には特に、熟女による青年の童貞喪失、若い女性の処女喪失、初夜、姦通、不感症、女性の性的快楽、受け身の肛門性交などがある。

この種のテクストが発表されることを、レーモン・クノーが怖れたとは考えにくい。だが他方で、ドリュ＝ラ＝ロシェルの『新フランス評論』誌にそれが掲載されることは避けたいと願っていた。彼はポーランにこう打ち明けている。[54]「私は［……］GG［ガストン・ガリマール］に、例の雑誌にどうしても協力したいわけではないと言ったのです――行儀良く、遠回しにではありますが。例えば、様子を見るとか、事態を見定めるまで待つとかいうことです。これはもちろん、あなたのためです。いずれにせよ、私は（少なくとも今のところは）一切の記事を断っています」。レーモン・クノーの立場は、それゆえ完全にはっきりとしている。その数日前には、『日記』にこう記してもいるのだ。「家族で昼食。その後でペロ［ルソン］宅、きわめて対独協力的《コラボラシオニスト》。私は違う。ドリュから手紙[55]」。確かに、その少し前、ドリュが彼に手紙を送り、『新フランス評論』誌のために、覚え書きやその他のものを依頼したのであった。

ちょうど、ユダヤ人の地位を定める最初の法律が『官報』に出されたところであり[56]、それゆえレーモン・クノーが新しい当局を敵視し、近親者のために心配する十分な理由があったことは言っておかねばならない。ジャン＝マリーを守るため、ジャニーヌとレーモンは、しばらく前から考えていたことに従って、彼に洗礼を受けさせることを決めていた。[57]洗礼は十月五日に、ヌイイのサン＝ジャン＝バティストで行われた。クノー一家の友人であった精神分析家のマドレーヌ・ヴィオレを代母とし、マルセル・モレが代父となった。他方でガストン・カーンは、義理の兄弟である[58]レーモン・クノーを、自分が所有するレオン・ルヴィル社の取締役としていた。それゆえクノーは、自分にはまったく理解のできない取締役会の議長を務める仕儀となったのだ……。さらにユダヤ人の配偶者として、彼はジャニーヌの民族的帰属を、また彼女の全同宗者たちと同様に、その財産を公式に報告しなければならなかった。ルネ・ポズナンスキの著作には次のように記されている。(59)「申告の義務に違反する者は稀であった。従順に、また《自らの出自を否認することを拒み、法に従う習慣によって》、ユダヤ人たち——彼らに課された義務から逃れるよう助言するユダヤ人団体は一つもなかった——は、自分らの地区の警察署の前で、定められた日時に列を作ったのだ」。それゆえ一九四〇年十月三十日、クノーはガストン・カーンの勧めに従って、レオン・ルヴィル社の株や持ち株を、父親が用益権を有していたル・アーヴルのミュルーズ通りにある家も含め、地区の警察署長に報告したのである。一九四二年二月二日、彼は取締役の職を辞し、株ならびに持ち株を売りに出した。だが見たところ、一九四三年十二月になっても、レーモン・クノーは何も受け取っていなかったようである。会社の管理人であるヴィクトール・カクレールが、この時点でなお彼の結婚財産制に関する公式書類を求めており、売却は実際に行われていたにもかかわらず、支払いはそのせいでいっそう遅れることになったのだ……。

第十四章　占領

ガストン・ガリマールは、自分の出版社をマンシュ県のサルティィを経由してミランドに移すことで救おうと、はやくも一九三九年の九月に画策しはじめていた。そこで彼は何人かの協力者とともに出立したのだが、その中にはジャン・ポーランとその妻、エマニュエル・ブドゥ＝ラモットとその姉妹のマドレーヌ、ピエール・セリグマン、女性秘書が一人、そしてレーモン・ガリマールがいた。「ミランドはノルマンディの美しい邸宅で、牛のいる牧場に囲まれ、はっきりとモン＝サン＝ミシェルも見えるところだ。だがガストンは退屈している」(1)。しばらくの間、ガストン・ガリマールは支店のあるカンヌに滞在することにし、それから一九四〇年十月終わりにパリに戻る。彼は自分の会社を再び手中にするが、そのためにドイツ側に譲歩して、今後五年間はドリュ・ラ・ロシェルが『新フランス評論』誌を率いることを認めた。ドリュ・ラ・ロシェルは「その上、出版社の《あらゆる精神的および政治的な産物にまで拡大された権限》を持つことになる」のだった(2)。

一九四一年一月、ガストン・ガリマールはレーモン・クノーを「原稿審査委員長」に任命する。適切な選択であった。というのも、この作家はある程度の名声を得はじめていたからである。『きびしい冬』は比較的よく売れたし、その作者が書いた論考もしばしば取り上げられ、議論の的となっていた。他方、三〇年代から文学界に身を置いていた彼は、そこで多くの人々との関係を培っていた。ジャン・ポーランとの仲はきわめて良く、『ヴォロンテ』誌への参加は、教養ある読者たちの関心を惹いた。さらに『ヴォロンテ』誌に加わったことで、彼はジョルジュ・ペロルソンの知己を得ることとなり、この人物によって、しばらくの間ヌイイ新学校で雇われもした。その後ペロルソンはヴィシー政権の青少年事務局副幹事長になるのだが、それもおそらくクノーの別の知り合いを介してのことであったように思われる。その知り合いとはレーモン・デュメで、一九四一年にはすでにその事務局で働いていた人物である。『草原に草は生える』（一九三九年）という小説で知られる彼は、占領下でさまざまな定期刊行物に寄稿しているが、その一つに『コメディア』誌があった。この雑誌の編集長ルネ・ドランジュは、戦前には『ラントランシジャン』紙の責任者だった人物だ。レーモン・クノーが、「パリをご存じですか？」を発表することができたのは、彼のおかげであった。

一九四一年はじめに構成された原稿審査委員会のメンバーは、ガストン・ガリマールとレーモン・クノーに加え、マルセル・アルラン、ベルナール・グロテュイゼン、エマニュエル・ブド＝ラモット、ドリュ・ラ・ロシェル、ブリス・パラン、ジャン・ポーラン、そしてラモン・フェルナンデスであった。一月九日、クノーはさっそく自分の新しい職務を引き受け、いくつかの作品を不採用にした。その中にはアンリ・グイエの『演劇の本質』についての研究書と、エディット・トマの小説『火の分け前』がある。一方で彼は、ピエール・ラフュの『潜水』を支持している。その理由は、非常に劇的でよく書けているというものであった。

ピエール・ラフュはマルグリット・ドナデュー、つまりマルグリット・デュラスの名でより知られている人物に近しい人物である。彼女はこの時代に書き始めており、最初の小説『タヌラン一家』をガリマール社の手に委ねている。それに対してマルセル・アルランは好意的でない評価を下したのだったが、まだ不採用の通知が送られていないときに、ロベール・アンテルム[3]が結果を聞きにやってきた。彼はクノーと廊下で出会い、非常な確信をもってクノーに『タヌラン一家』について話したので、新たな原稿審査委員長は、自分自身でその原稿を読むことに決めたのである[4]。「彼が表明した意見もまた否定的なものであった。とはいえ、雑然として抑制を欠き、アメリカ文学、特にフォークナーの影響が強すぎると判断した物語の下にはさまざまな美点が隠れていることを認めていた[5]」。ガリマールからの公式な返答はなかなかなされなかった。そこでマルグリット・ドナデュー＝アンテルムは、ラモン・フェルナンデスを知るピエール・ラフュに介入してもらうことにした。するとガストン・ガリマールは、アルランとクノーに全面的に賛同する。一九四一年五月十六日、彼はマルグリット・ドナデューに以下のように書く。
「マダム、我々はあなたの原稿を非常に興味深く読ませていただきました。目下我々には、この作品の出版を企画することができないのですが、近いうちにセバスチャン＝ボタン通りにお越しいただいて、この作品についてあなたとお話しすることができれば幸いに存じます」(6)。この対面は、マルグリット・ドナデューにとって「文学の面できわめて重要」であった。「クノーは彼女に、アメリカ的な手本を捨てることや、回りくどくせず明確な言葉を用いること、そして本質に切り込むことを勧めた。彼は彼女に対して穏やかかつ親切で、そして説得力があった。マルグリットは彼の言うことを聞いていた。［……］彼女は後年、自分にとって決定的だったこの最初の対談に際して、クノーがくれた助言はただ一つだけであったと語るだろう。それは、書くこと、ただそれだけをせよということである。作家であることは、一つの職業だ。そこにしがみつかなければならない。その後、彼女がこの教えを忘れることはなかった」(7)。レーモン・クノーはその後もマルグリット・デュラスとたいへん親しくつきあい、彼女とともに文学について深く考えたり、彼女に助言や手助けを行ったりした。この出会いから三年後、彼女がクノーのところに『静かな生活』を持ち込んだところ、この作品は受け入れられた。クノーはこう書いている(8)。「原稿審査の報告書を書くときは、その作者の美質を強調しなければならず、また我々は、（ものごとを少しばかり単純にするために）その作品の座標軸みたいなものを示す傾向がある。『静かな生活』についていえば、引き合いに出したのは『異邦人』と、一貫して用いられた複合過去である〔カミュは単純過去で物語る従来の小説の慣例を破り、複合過去を用いて書いた〕。これはこの時代の偏執ではあったが、この作者はそれを乱用していなかった。すでに述べたとおり、それは座標軸にすぎず、我々はすでにマルグリット・デュラスが作家であることを承知していた。ジャン・ブランザとシャルル・プリスニエが、彼女について書いた記事でそのことをただちに認めている」。クノーとの最初の対話の後、そのときまでクノーの作品を一つも読んだことのなかったマルグリット・ドナデューは、『きびしい冬』を読みはじめて夢中になった。彼女はすぐさま、そのことをきわめて率直に彼に書き送った。クノーはそれに気をよくし、マルグリット・ドナデューとその新たな伴侶となっていたディオニス・マスコロの面倒をいろいろとみた。当時の権力者たちに協力〔対独協力を意味する〕していたラモン・フェルナンデスのところに、日曜のお茶会に呼ばれていた彼らは、自分たちがどれほどの危険を冒しているのか認識していなかった。ある日、廊下の曲がり角でディオニス・マスコロの袖を引っ張り、慎重を期すよう助言したのはクノーであった(9)。マルグリット・デュラスとレーモン・クノーは、出版社の仕事がどのようなものであるかということについてしばしば議論したのだが、その際、レーモン・クノーはこう打ち明けている。「自分は原稿の価値を見誤ることはあっても、その作者が《アマチュア》か《プロ》かという本質的な事実について見誤ることはない。言い換えれば、書くという行為について、それが気晴らしであるとか、《なんだかできてしまうもの》とか、幸福感をもたらす薬の一つに過ぎないとか、さらには幾人かの作中人物を行き当たりばったりに動かせば小説になるとか考えているような人であるかどうか、あるいは反対に、永遠という尺度に照らせばたいしたことでないにしても、我々人間の尺度からすれば、書くということが重大な、あるいは危険な活動であって、また作者の人格を越え出る（超越するとは言わないまでも）行為なのだということを知っている人なのかどうかということだ[10]」。

一九四一年にパリに戻ってきたポーランと、クノーはたいへん良好な関係を築き、自ら進んで彼の近作『タルブの花』にコメントを寄せている。この二人の作家は、中国思想について同じような知識を持ち、また文学に対して同じような情熱を共有していた。孔子のものとされるある物語をクノーに思い起こさせたのはジャン・ポーランであるが、その話とは、ある堕落した王国を健全にするべく呼ばれた孔子が、言語の改革を何よりもまず望んだというものだ。ポーランはこの例に力を得て、フランス語に対する同時代人たちの空虚な態度と虚栄心を告発し、『タルブの花』における自分のやり方を正当化したのであった。孔子に倣い、言語を正すことが、思考に健全な基礎を与え直すことだと考えていただけに、彼はいっそうそのことにこだわったのである。

占領中にレーモン・クノーが手を貸した出版物のいくつかは、きわめて公的な栄誉を得ることになった。一九四一年に『待降節の音楽』、一九四二年に『風がたつ』をガリマール社から出版していたマリウス・グルー[11]は、一九四三年に『人の通行』でゴンクール賞を獲得した。かつてル・アーヴルのリセでクノーを教えたことのあるレオン・ルモニエは、『キャプテン・クック』によって一九四一年にアカデミー・フランセーズ賞を受賞した。ポピュリスム詩賞の選考委員だったレオン・ルモニエは、一九四一年六月にレーモン・クノーを招いて、審査会で一度議長をさせ、その後もクノーに何通かの書簡を送っているが、そこからはこの人物の文学の嗜好が確かであることが見てとれる。とりわけ、新刊を寄贈されて間もなく彼が書いた『ぐずついた天気』についての最初のコメントは、この作品の特徴をうまく描き出している。この作品の途方もない独創性と並んで、その多様性と統一性がそこでは強調されているのである。

『ぐずついた天気』は、レーモン・クノーが『ピエールのつら』の続きを書こうと企図した一九三八年から準備されていた。そもそも一九四一年末に刊行されたこの本は、長いこと『ピエールのつら・二』と呼ばれていたのだ。最終的な題名が現れたのはもっと後になってからのことである。クノーが残した構想メモを見ると、一九四一年初頭に彼がこの作品の執筆を精力的に再開したということがわかる。この時期にクノーはとりわけ以下のことで頭がいっぱいだった。つまり「《共謀、反乱、廃墟、火災》を伴う《推理小説》の側面。（一九四一年の三月から九月というのは、これと平行して準備されていた『わが友ピエロ』の生成過程における《探偵小説》の時期であることが見てとれよう）。［……］この作品の《日記》によれば、まさに一九四一年の三月末か四月初旬に、《小説家》は《小説的な形式を（少なくとも）四回試した後で、第三部については戯曲あるいは対話の形式》を採用したのである。次いで、この資料は引き続き六枚の紙にわたって、この第三部の構成の各段階を大まかに示している。それは特徴的な挿話やさまざまな《幕》とその《場》、支配的な諸テーマ等々についてであるが、しかし手がかりとなる日付はもはや示されていない。『ピエールのつら・二』の制作ノートは次の文言で締めくくられている。《一九四一年七月三日十二時二十五分に完成》[12]。

たった一つの計画だけを進めたためしが一度もないクノーは、『わが友ピエロ』を準備しながら、小説になりそうな他の主題を書き留めている。彼は、妻に神秘主義的な生活をするよう仕向け、自分はそれを利用して放蕩に耽ろうとする夫の話を想像する。また、熟年男と少女の恋愛を物語る三面記事を取り上げたりもしている。スキャンダルとなったことで、恋人たちは心中するのだ。クノーはこの主題を活用しようとしていたが、同じ時期に、息子が会いに来なくなってしまったために両親二人だけで暮らしている夫婦を描写しようとも考えていた。

もしかするとこの後者のアイデアは、自分自身の父親との関係に想いを馳せることで得られたのかもしれない。当時彼の父親は、手紙の中で自分が孤独であるとたえずぼやき、それはとりわけレーモンがほとんど訪ねてきてくれないせいだと言っている。一九三七年初頭に寡夫となり、相変わらずエピネー＝シュル＝オルジュに住んでいたオーギュスト・クノーは、息子が出版するものに関する情報を、新聞雑誌を通じて追っていた。一九三九年、彼は『きびしい冬』を読んで息子の進歩を感じたものの、『カナール・アンシェネ』紙に彼がいくらか酷評され[13]たのを見たときは大いに笑ったのだった。そのとき父は、息子に向かって、セリーヌを真似したがっている限りずっと状況は変わらないだろうと予言したのだった。その数ヶ月後、父は息子に『ジュ・スュイ・パルトゥ』紙の記事を送って、この新聞の王党派連中が『カナール・アンシェネ』紙の社会主義者の連中よりもずっと親切であることを指摘している。一九四〇年春、戦争が始まり、父の庭は砲弾でえぐられてしまったが、建物は無傷なままだった。それゆえ彼は、食料と訪問とをたえず要求しながらその家に留まった。彼にはどうして息子が自分に会いに来ないのか理解できず、手紙を書くたびに、息子に事細かな要求をした。たとえばサッカリンと本を持ってきてくれといった具合に。自分の息子が出版社に勤めているにもかかわらず、数冊の本を手に入れるためにあれこれと主張しなければならない状態にあったこの老人がどんなことを考えていたかは、およそ見当がつこうというものだ。ときによって、オーギュスト・クノーは、レーモンと最後に会ってから経過した日の数や週の数を指摘してくることもあった。哲学者的なところのあった彼は、息子は無頓着であるがゆえにこうした態度を取るのだと考えようとしていた。とはいえ義理の姉マリア・モンテギュを亡くしたばかりであったこともあいまって、彼が感じていた孤独は、非常に大きなものであったにちがいない[14]。彼はマリアのことをあまり評価していなかった。あの人はマキャヴェリやカトリーヌ・ド・メディシスの時代なら華麗なキャリアを打ち立てただろうに……などと進んで言い放ったりしていたのだ。だが、苛立ちの種であったとはいえ、マリアの訪問や彼女からの手紙は、彼の心を占めることがらであった。とうとう彼は、生じている出来事の重大さを理解できなくなり、多くの年寄りの例にならって、何よりもまず自分自身のことを考えるようになった。一九四四年、パリ市内にバリケードが築かれているさなかに、彼は息子に、おまえはもう六ヶ月も会いに来ていないじゃないかと指摘している。一九四七年十月二十五日、オーギュスト・クノーは死去した。

パリ解放までジャニーヌ・クノーが直面していた状況を、この老人が推量していたようには思えない。というのも、彼が手紙でこの件について触れることはいっさいなく、ほのめかしすらもしないからだ。だがつまるところ、彼は意図的に口を閉ざしていたのかもしれない。外国籍ユダヤ人の集団逮捕はすでに一九四一年五月から始まっており、その数ヶ月後にはフランス国籍ユダヤ人の逮捕がつづいた。迫害は一九四二年に激しさを増した。とりわけ一九四二年二月七日には、二十時から六時までユダヤ人には外出禁止令が出されたのである。「ユダヤ人」と書かれた六角の黄色い星については、一九四二年五月二十九日以降、それを身につけることが義務づけられた。真剣に用心するべきだろうとレーモン・クノーが心に決めたのは、これら二つの日付の間のことであった。彼自身は、職業上の義務ゆえにパリに留まらざるをえないので、まずジャン＝マリーを、次いでジャニーヌをサン＝レオナール＝ド＝ノブラに送ることにした。自分が除隊になったときにたいそう温かく迎えられた町である。ラスコー家の人々はただちに承諾の返事をよこし、レーモン・クノーは四月二十三日、彼らにありったけの感謝の気持ちを表明している。「親愛なるエリー」と彼は書いている、「葉書をありがとう、そして受け入れてくれて感謝している。きみの熱意と共感に僕はとても心を打たれた。J＝M［ジャン＝マリー］はサン＝レオナールに行くと聞いて大はしゃぎしている――もっとも、この町について、僕があの子にこれ以上ないほどほめちぎって描写してやったからなのだが。もちろん、どうやって行かせるのかという問題がある。しかしこの問題も、あの子の学校のとある女の先生のおかげでなんとかなるだろう、この人が非占領地区へと子供たちを引率してくれる手筈になっているのだ」[15]。実際のところ、ジャン＝マリーはヴィエルゾンまで付き添われてきたが、その後は一人の農夫に託された。この人物が彼を荷車に隠して境界線を越えさせ、さらにサン＝レオナール＝ド＝ノブラへと送り届けてくれたのである。ジャン＝マリー・クノーはおそらく一九四二年六月に当地に着き、ラスコーの名でその地で学校に通い、少年聖歌隊メンバーにまでなった。七月四日のエリー・ラスコーの手紙は、ジャン＝マリーが安閑としており、また新しい環境に完全に溶けこんだことを証言している。「僕らの新しい小さな友だちに関して言えば、彼は日々が短すぎると思っているらしい。今日などは、マダム・マロの親切なお手紙に返事を書くよう、こわい声で言ってやらねばならなかったよ。そしたらあの子は、切手を買うからと言ってマダムにおこづかいをねだったんだ。分かるかい、マダムへの手紙の内容として、あの子がみつけた話題はそれしかないんだ。きみたち二人宛てとあわせて、あの子はぜんぶで三枚ハガキを送った。でもプティジャンさんと釣りに行くはずになっているから、そうなるときみたちは常にハガキを待ちわびるっていうことになるね。そんなわけで、いいかい、心配しないでくれ。親愛なるジャニーヌ、そして親愛なるレーモン、すべてとてもうまくいっているということが分かるだろう。あの子はきみたちをたいへん愛している善良なおちびさんだ、でもまだ八歳なんだな[16]」。

ジャニーヌ・クノーは七月末に息子のところに合流したはずである。というのも一九四三年七月二十九日の手紙で、レーモン・クノーが、妻子とはかれこれ一年離ればなれであると書いているからだ。ジャニーヌとジャン＝マリーは最初ミディ・ホテルに滞在し、仕事の都合が許せば、レーモン・クノーがそこに二人を訪ねてきた。サン＝レオナール＝ド＝ノブラからは、ジャニーヌが、食料とそして情と愛にあふれた感動的な手紙を送った。相変わらず丁寧な調子を崩さずに書きながらも、彼女は彼に、彼のそばにいると感じられる幸福のことや、彼と共に生きる喜びのことを語っている。ルペールとフォーブール・ド・ラ・リベルテ[17]での生活は、彼女の励みになった。というのも、そこではレーモン・クノーが非常に高く評価されていたからだ。彼が皆に尊敬されていることは、彼女がこの別離を耐えしのぶ助けとなった。エニ[18]が自分の夫を称賛していると、彼女は満足げに書き留めている。レーモン・クノーがそうした好意を受けっぱなしだったわけではない。ジャニーヌに宛てたすべての手紙の中で、彼は忘れることなく当時自分たちを結びつけていた優しい愛情に言及している。彼は離れて暮らすことを辛く思い、しばしばそう語っている。そして体調不良のせいでサン＝レオナール＝ド＝ノブラに行けないときは、悲嘆と絶望を口にし、そしてできる限り早く再会したいと熱望するのだ。

その書簡の中で、ジャニーヌは、ラスコー家やカーンワイラー家の人々とともに自分が送っている日常生活について話している。画家の妻で、ベロあるいはベレットと呼ばれていたベルトが乳ガンを患っていることを知ったとき、ラスコー家の人々がどのように心配したかを、彼女は心動かす言葉を用いて詳述した。また、画家というものは必ず餓死しなければならないものでもないと言ったときのように、時折おばかさん扱いされることも承知の上で、彼女はしばしばエニとおしゃべりをした。彼女は彼に対して優しい気持ちを感じていたが、かつがれたりするのはお断りであった。

ジャニーヌが自分の読書について夫に知らせることもあった。

たとえば彼女は『ある婦人の肖像[19]』を発見したことに喜びを感じたりしている。この小説のおかげで、第一次世界大戦後にヨーロッパにやってきたアメリカ人たちの動機がよりよく理解できたからだ。また別の折には、ミシェル・レリスとの対話を伝えてもいる。彼はジャニーヌに『招かれた女』について長々と語ったのだ。グザヴィエールの最終的な堕落は彼を落胆させたし、シモーヌ・ド・ボーヴォワールは憎しみの感情に呑まれて自分の作中人物をぞんざいに扱うほどになってしまったのだと彼は考えたという。ジャニーヌはなるほどと思ったが、レーモンの意見を聞きたがった。

アメリカとフランスの文学一般に興味は持っていたものの、ジャニーヌが最も興味深く思っていた書き手は誰かと言えば……レーモン・クノーであった。『フィガロ』紙に掲載された『わが友ピエロ』についての大きなインタビュー記事と写真[20]を見つけた彼女は、喜びを隠そうともしなかった。彼女はまた、『ル・プログレ・ド・リヨン』[21]紙でレーモン・クノーがマルセル・エメと比較されたときも、彼にそのくだりをちゃんと引用してやっている。いわく「作中人物の選び方や人物の会話において、レアリスムとバロック的滑稽さが愉快に混じりあっているという点で」クノーはエメに「類似している」というのである。一週間後、ジャニーヌは、『わが友ピエロ』が今年一番の本であるとためらうことなく断言している。しかしながら夫と離れて暮らすことにうんざりするようになった彼女は、一九四三年の終わりになると、パリで一緒の生活を再開できるよう夫をせっつくようになる。彼はいくつもの用心を重ねたうえ、その要求を容れた。レーモンからジャニーヌに宛てた気送管速達郵便〔地下の圧縮空気管を使って速達で郵便を送るシステム〕から分かるとおり、この時彼らはロンサン小路六番地[22]に住んだはずだ。それは画家のガストン＝ルイ・ルーが、彼らが使えるようにと残していってくれたアトリエであった。

ジャニーヌと離れていた間、レーモン・クノーは自分の仕事のことを規則正しく彼女に知らせていた。そのような次第で、一九四三年の三月二十八日、彼が日曜日を利用してパンタンに行き、そこを自分の新しい小説の冒頭の舞台にできるかどうか検討したということを彼女は知ったのである。このことは、彼の文学創造についての見通しを開いてくれる。つまり他の多くの作家と同様、レーモン・クノーは実際の風景を小説の背景として用いていたのだ。今回に関していえば、パンタンは合わないと彼は感じた。この郊外は彼にはどちらかというと陰気な感じに思えて、西の郊外のほうがいいと感じたのだ。こうして『ルイユから遠くはなれて』が生まれた。三ヶ月後、彼はこの小説がほとんど進んでいないと判断している。計画では全部で五部構成になるはずであったのが、まだ最初の二部しか書き終えていなかったのだ。彼は詩も書いており、ジャニーヌにはそれらを必ず送っていた。あるいはシナリオも書いていて、それについてもジャニーヌに話していた。書き上げたばかりの作品があったのだが、彼はその題名を明言してはいない。とはいえ、そのころ書いていたのが『負けるが勝ち』であったということは、推察によって導かれる。『コメディア』誌の編集長ルネ・ドランジュが、十月十五日、コメントも付けることなくこれを彼に送り返してきたからだ。事実この週刊誌は、シナリオのコンクールを創設していた。ロジェ・レジャンが仕切り役を務め、とりわけ以下の面々から審査員団が構成されていた。コレット、マリー・デア、エドヴィジュ・フイエール、マドレーヌ・ルノー、ジャン゠ルイ・バロー、マルセル・アシャール、ジャック・オーディベルティ、ピエール・ブノワ、ジャン・ドラノワ、ピエール・フレネ、ジャン・ジロドゥー、アルチュール・オネゲル、マルセル・レルビエ、アンリ・ド・モンテルラン、マルセル・パニョル、リュシアン・ラバテ、ジャン゠ポール・サルトルといったところである。クノーの挑戦はまったく成功を収めなかったわけだが、それは一考に値することがらである。というのも彼はこのことにより、映画に対する自分の関心を、しかも作者としてそれに関わるという関心を確認したからだ。マルセル・デュアメルの呼びかけで、かつて映画の筋書きを練り上げる作業に参加したことがあったし[23]、また自分のところで映画の協同組合立ち上げの会を催したこともあった[24]。それ以降、彼は自分自身でシナリオを書くことをもくろんでいた。一九四三年九月二十四日、彼はパテ社から断られた旨を告げているが、この件についてはそれ以上述べられていない。このことを彼はジョルジュ・バタイユに話したのだろうか？　バタイユが手伝おうとクノーに提案したのだろうか？　それは分からない。だがとにかく、一九四三年十一月二十三日、クノーはジャニーヌに、バタイユが相変わらず彼らの共作となるシナリオに取りかかっていると伝えている。他方、一九四四年二月には、ジャン・マルテの小説を元にした『猊下』のシナリオを作ることに関して、クノーがグレイ゠フィルム社との契約書にサインをしたということが確実に分かっている。三十ページほどのタイプ原稿と、完全に展開させ、会話の形にまでした場面を三つか四つという注文だった。彼はこの仕事のために一万フランを受け取ったが、どうやらこの仕事は未完に終わったようである。

ジャニーヌと手紙をやりとりする中で、レーモン・クノーは『わが友ピエロ』の刊行後に見られた友人たちの反応や批評を楽しそうに報告している[25]。そのような次第で、彼は一連のコメントを列挙する。なかでもとりわけクノーがジャニーヌに注意を促したのは、『ジュルナル・デ・デバ』誌に掲載されたモーリス・ブランショの批評だ[26]。この批評は、クノーの目にこの上なく知的で炯眼であるように見えたのである。クノーはまた、モーリス・ベスと、ピエール・マッコルランの評価にもたいへん心を動かされた。ベスについては、この人が彼の小説を、その動きやユーモアやしっかりした観察ゆえにたいへん快いものになっていると紹介してくれたことを心に留めている。とりわけベスが指摘したのは、クノーの作中人物の人間的性質だ。今回に限っては、超知性主義や冷淡さといった非難を受けなかったのである。ピエール・マッコルランの記事も、『わが友ピエロ』について非常に深い理解を示していたゆえに、クノーを有頂天にさせた。彼はまた、エルザ・トリオレの批評[27]も高く評価し、「たいへん感心する」と言っている。その理由は、トリオレがこの記事を以下のように締めくくっている点にある。「作者は滑稽さへの恐れや、根深い含羞に捉えられているようだ。こうしたことが、凡庸でソフトな感じになってしまうことを彼に禁じている」。おそらくはここに、クノーの真の人となりを理解するための鍵がある。

『日記』が存在しないために、ジャニーヌに宛てた彼の手紙は占領期を知る上でたいへん貴重である。たしかに、以前は習慣的に作成していた読んだ本のリストこそジャニーヌに送っていないものの、自分の読書については手紙のそこかしこに書いているのだ。一九四二年十二月七日、その前の日曜日には一日中スピノザを読んで過ごしたと告げている。一九四三年二月二日、オウィディウスの『変身譚』に没頭していると知らせる。三月五日はプルーストの『書簡集』を読み終えたところで、これについては全面的に感心するばかりだという。五月十日にはバルザックとアナトール・フランスを読んでいる。ふさぎ込んだときには自分の書棚を整理し、数学をしてその日を過ごすのだが、だからといって驚くにはあたらない。書きもの机から立ち上がったときに、アパルトマンの模様替えを思い立つこともあって、ラスコーやマッソン、ミロといった画家の絵を含む手持ちの絵画の配置替えを試みたりするのだった。

占領期にジャニーヌに送った手紙のおかげで、レーモン・クノーが当時出会った映画や演劇についても知ることができる。クノーが映画館に足しげく通っていたと知っても驚きはないだろう。一九四三年三月十四日、ティノ・ロッシ主演の『太陽がいつも正しい』を見た彼は、スクリーン上にジャックとピエールのプレヴェール兄弟、それにマルセル・デュアメルを発見して喜んでいる。六月一日、おおかたの批評とは反対に、ピエール・ブランシャールの『秘密』は駄作ではなく、楽しんで見ることができると評価している。あらゆる仕掛けを理解するべく、概してプロの目で映画を見ているのだと彼は認めている。だがすぐに気落ちしてしまう。というのも、自分にはもっとうまくできるなどと思えないからだ。彼はせりふの部分に圧倒されてしまい、演出へと方向転換したほうが良いかもしれないと内心思うのであった。

占領下であったにもかかわらず、クノーは展覧会や、演奏会や、講演会にも赴いている。すでに一九四一年三月一日には、何年も前から知っていたアドリエンヌ・モニエのところで、ポール・ヴァレリーが『わがファウスト』の抜粋を朗読するのを聴きに来ていた。一九四三年の三月六日には、アンデパンダン展を訪れている。二月七日には、『新フランス評論』誌が主催した四つの演奏会のうち最初のものを聴きに行っているし、十四日には、ロートレアモンに関するバシュラールの講演を聴き、素晴らしいと評価している。それまで彼の著作のことは、紛れもない駄作であると考えていたにもかかわらず、講演後にはグラスを片手にこの哲学者と話し、たいへん感じのよい人物だと思ったのである。

このようにクノーは、ジャニーヌに向かってさまざまな論評を打ち明けていたのだが、その中には辛辣なものも含まれていた。一九四三年六月二日、『蠅』〔サルトルの著作〕の衣装合わせ稽古のあとで、彼はこの作品の第一幕はどちらかというと出来が悪いと思った。彼の目に、この芝居は第二幕になってからでないと本当には始動せず、デュランを含む役者たちも、ぱっとしないように見えたのだ。彼はサルトルが悲劇とオペラのどちらかのジャンルをはっきりと選ばなかったことを残念がっている。そのしばらくのちに彼はレリス家でサルトルに再会したが[28]、そのとき『内的体験』をサルトルが攻撃したのに対し、クノーはジョルジュ・バタイユを擁護した。明らかにレーモン・クノーはこの時期、ジョルジュ・バタイユと頻繁に会っている。彼はバタイユのところで開かれていた講演会や演奏会に、何度も参加したのだ。そこでは議論もよく行われたが、一九四三年二月十二日、クノーはそうした議論が常に楽しいものであると指摘している。この日の彼は、死の不安をめぐって交わされた言葉を報告しているのだが、その議論の最中に彼が生理学的な不死の可能性を考察して、居合わせた皆に強い印象を与えたのである。そのしばらく前、クノーはコジェーヴから便りを受け取っていた。コジェーヴは彼に、自分の考えではバタイユが最終的にカトリシズムに加わることになる、それも彼があと一歩を踏み出しさえすればそうなると言ったのだった……。

一九四三年五月二十五日、彼はピカソに向かって、消費ならびにエロティシズム――クノーがとりわけ愛着を持っている主題だ――に関するバタイユの理論を説明した。ピカソと親しかったクノーは、一九四四年三月十九日にレリス家で開かれたこの画家による戯曲、『しっぽをつかまれた欲望』の朗読会に当然のことながら参加している。そのほかの役者たちも錚々たる顔ぶれだった。シモーヌ・ド・ボーヴォワール、ヴァランティーヌ・ユゴー、画家のユニエ、ミシェルとゼットのレリス夫妻、アルベール・カミュ、パブロ・ピカソ、ピエール・ルヴェルディ、ジャン＝ポール・サルトルなどである。クノーは〈タマネギ〉の役を演じたが、ほかの人たちの役柄は〈デカ足〉〈丸い先端〉〈タルト〉〈従姉妹〉〈二人の叔父ちゃん〉〈沈黙〉〈脂ぎった不安〉〈やせっぽちの不安〉〈幕〉となっていた。これらはすべて、一九四四年にレーモン・クノーが『カイエ・ダール』誌に掲載した「美しい驚き」という文章の中で回顧されている。一九四一年一月十四日という日付をもつこの物語は、『しっぽをつかまれた欲望』を今まさに書いている〈デカ足〉という作家の家で始まる。気が向くと詩人になる彼は、数多くの作中人物に取り巻かれているが、その大半が彼の足の親指までの背丈しかない。〈タマネギ〉もその一人だ。〈デカ足〉は〈タルト〉に恋していて……。このような状況の劇的効果は強調するまでもない。それは極度に悲痛な悲劇にしかなりえないのであった……。

レーモン・クノーは一九四二年の初頭からアルベール・カミュとつきあいをもつようになったが、それは、アンドレ・マルローとガストン・ガリマールに認められた『異邦人』の刊行がきっかけだった。占領下のフランスとアルジェリアの間では連絡をとることが難しかったため、刊行の準備は簡単なものではなかったのだが、クノーはカミュの、そしてとりわけパスカル・ピアの指示に従おうと努力した。一九四一年九月、ピアはこの作品の原稿を、『カリギュラ』と『シーシュポスの神話』の原稿とともに、カンヌの事務所に送ってきていたのだった。クノーの励ましもあり、こうしてまず『異邦人』が出版された。一九四二年三月二十日、彼はこの作品の作者にどれほどの共感と敬意を感じているかを書き送っている[29]。しかしながら、カミュが一九四三年初頭にパリにやってきたときには、いくらか厄介なことが持ち上がった。一月十三日、クノーはジャニーヌとともに、カミュを同伴したピエール・ガリマール、ミシェル・ガリマールと夕食をとったのだが、そのときカミュのことをむしろ感じの悪い人間だと思ったのである。一方で彼は、ミシェル・ガリマール〔ガストン・ガリマールの甥〕とは非常にうまが合った。そのとき以来、この二人は互いに深く理解し、また大いなる友情をはぐくんだのであり、それゆえ一九六〇年にミシェル・ガリマールを交通事故で亡くした際には、耐えがたいほど辛い思いをしたのである〔この事故によってカミュも同時に死亡した〕。この人物に対するクノーの信頼は相当なもので、サン＝レオナール＝ド＝ノブラに一緒にくるよう招いたほどであった。ミシェル・ガリマールと親しくしていたクノーであったが、彼はまたガストンとも非常に近しい関係をその後も保ちつづけた。ガストンは自分の出版社で公式の催しを開く際、必ずクノーを参加させることになる。かくして一九四三年七月二十九日、レーモン・クノーは、ガストンがこのほど創設したプレイヤード賞の審査員団に加わることになったとジャニーヌに告げている。彼はサルトル、ブランショ、カミュ、エリュアール、アルラン、グルニエ、マルロー、ブスケ、ポーラン、そしてテュアルと肩を並べ、受賞者に十万フランを授与する立場になったのである。

ガリマール社での仕事に没頭していたクノーだが、そうはいっても自分自身の作品の出版を顧みなかったわけではない。一九四三年五月三十一日の奥付をもつ『レ・ジオー』[30]は、さまざまな時期に書きつづったテクストを集めたもので、特殊なケースである『樫と犬』を除けば、レーモン・クノーの最初の詩集となる。これは一貫した着想がなにより勝っているような詩集ではない。言葉遊びやら（「ミューズと蜥蜴」[31]）、アポリネール流の歌やら（「アンフィオン」）、美しく心を揺さぶる文句やら（「アニエールの犬たち」）がかわるがわる現れるのだ。そして人類が示す光景は悲劇的で、絶望がしつこくつきまとっている。そうなると、クノーが言葉の現実性を信じていたのか否か疑わしくなり、さらには言葉というものは、何にもまして愛すべきものだが、同時に悲しくもある気晴らしなのではないかとすら考えてしまうだろう。極言すれば、そうした言葉を創造することもできる。まさにタイトルがその例なのだが、それにしてもくだらなさからは決して逃れられない〔『レ・ジオー（*Les Ziaux*）』は、眼（les yeux）と水（eau）をかけ合わせた造語〕。それゆえあまり注目を集めなかったとはいえ、クノーはこの作品で詩人として自らを確立したというわけだ。とはいえモーリス・ブランショのような批評家はあやまたず、『ジュルナル・デ・デバ・ポリティック・エ・リテレール』誌の記事(32)でこの作品の価値を称賛している。「言語がこれほど単純かつ直接的に問題にされている作品はほとんどないように思われる」とブランショは明言している。「ここで言語は破局のすぐ近くをかすめて通り、その荒廃をもたらしたまさにその理由によって逃げ去る〔自らを救う〕のだ」。

レーモン・クノーが変わらず持っていた詩への関心は、ジャン・レスキュールが主宰していた『メッサージュ』というレジスタンス雑誌へと彼の興味を向けさせた。彼らは一九四二年初頭に出会ったが、クノーが初めてレスキュールに託したのは、三〇年代に書かれた「ディノ」というテクストだった。クノーの前で「反＝ナチズムの義務」(33)の必要性を訴えていたレスキュールは、この存在しない犬の物語を大いに楽しみ、うろたえることなくこれを受け入れた。『メッサージュ』誌の第二号に、人を面食らわせるようなこの作品をジャン・レスキュールが掲載してくれたのを見て気をよくしたのだろう、レーモン・クノーは、彼を支え、彼のために協力者を見つけようと決心した。この雑誌の目的は明らかだった。つまり反『新フランス評論』勢力を作ろうというわけだ。一九四二年末以来、ポーランの仕事場で全国作家委員会〔レジスタンスの作家組織〕の会合――アラゴン、モーリヤック、サルトル、ゲーノ、エリュアール、そしてカミュも一緒だった(34)――に参加していたクノーであったが、このレスキュールの目論見がクノーを不快にさせたとは思えない。最初の出会いから一ヶ月後、クノーはジャン・レスキュールに、カルージュという筆名を用いていた若き批評家クチュリエを紹介する。他方でピエール・エマニュエルが、ジョー・ブスケや、ピエール・ジャン・ジューヴ、あるいはジャン・ポーランの仲立ちでレーモン・クノーとはリモージュで知り合いになっていたジョルジュ＝エマニュエル・クランシエといった詩人を、『メッサージュ』誌の第三号に結集させていた。『メッサージュ』誌は、一九四二年の末に刊行されたが、そこには人間の条件について書かれたクノーの長い詩、「隠喩の説明」が掲載されている。その冒頭はこうだ。

時から、空間から、遠く離れ、一人の男がさまよっている、
髪の毛のようにやせこけ、曙の光のようにたっぷりとして、
鼻孔は泡をなし、二つの目は引きつり、

両手を前に出して、あたりのものを触ってみている。

——しかも存在しないのだ。しかし、と人は言うだろう、何なのだ、この隠喩の意味は、と。

「髪の毛のようにやせこけ、曙の光のようにたっぷりとして」

そしてなぜ三次元の域を出たこの鼻孔などというものがあるのだ？ と。


クノーのこの詩はたいへんな成功をおさめた、というのもこれは、この時代の疑問や不安に確かに答えていたからだ。数ヶ月後、彼はジャニーヌに、もうこの詩しか引き合いに出されなくなったからという理由で、自分が「隠喩の説明」を激しく嫌悪するようになってきたと打ち明けている。ジャン・レスキュールの周りの人たちはとうとう心配しはじめ、またとりわけ、クノーの精神性は何か他のものを隠しているのではないかといぶかりだした。エリュアールが彼に会いにやって来て、好意的な結論を引き出した。彼はレスキュールにこう書いている。「ところで、私は出立する前にクノーに会いました。そう、私は正しかった。『きびしい冬』の主人公は卑劣漢ではありません。単に現実と接触すれば、当初思われたよりも善い人だと判明するような男です。それは愚か者の正反対なのです」[35]。シュルレアリストのグループ《ペンを持った手》が、『メッサージュ』誌を全般的に非難するパンフレットを一九四三年五月一日に出したが、そこにはとりわけノエル・アルノー、モーリス・ブランシャール、ピエール・デュメイエ、ルネ・マグリット、レオ・マレ、ジェラール・ド・セード、そしてアンドレ・スティルの署名があった。彼らのもっとも激しい攻撃は、『メッサージュ』誌の非時代性を告発することにあった。「『メッサージュ』誌は何一つ時代の状況に負っていない」と彼らは表明している。「『メッサージュ』誌はいつの時代でも『メッサージュ』誌であったろうし、『メッサージュ』誌は戦後にも『メッサージュ』誌であるだろう。今日の『メッサージュ』誌は、ポール・クローデルとともにある『メッサージュ』誌だ。明日の『メッサージュ』誌がフランソワ・モーリヤックやジョルジュ・デュアメル等の人々とともにある『メッサージュ』誌となることは分かっているのだ」。これに対しジャン・レスキュールはこう評価した[36]。「《ペンを持った手》の若者たちは間違っていなかった。彼らは自分たちが正当にもその擁護者を自任している唯物論的（また彼らにとっては革命的）正統性に警戒心を起こさせるようなものを、『メッサージュ』誌に発表されたテクストの中にかぎ取ったのである」。レーモン・クノーは、この雑誌にミシェル・レリスの、次いでジョルジュ・バタイユの関心を向けさせていたわけだが、これを読んで大笑いした。彼はノエル・アルノーとジョルジュ・ユニェが仲違いした一九四三年十月六日の事件を注意深く見守った。アルノーがユニェに平手打ちを食わせたが、ユニェはそれに対して何もせず、シュルレアリストやノエル・アルノーに対する誹謗中傷の言葉を述べたことを否定するにとどめた。クノーはそこに、かつて自分も体験したことのある過激な行為を改めて見出したように思っただろう……。だが《ペンを持った手》による批判もクノーを『メッサージュ』誌から遠ざけはせず、一九四三年末には『文体練習』の最初の十五編がその雑誌に発表された。彼はこの『文体練習』を一九四七年に発展させることになるが[37]、この作品は言語の軽業師という彼のイメージを作り上げることに貢献する。一九四四年一月、クノーは『メッサージュ』誌に「西郊外の電車」と「生者たちと死者たち」という二編の詩を寄せたが、これはのちに詩集『運命の瞬間』に再録された[38]。

リヨンの雑誌『コンフリュアンス』に対しては、クノーは慎重な態度を保ち続け、占領期間中はこの雑誌に作品を発表することをしなかった。しかしながら、この雑誌の編集長ジョルジュ・ロリスと指導者ルネ・タヴェルニエは、一九四三年の小説特集号に参加するよう、クノーに対してかなり執拗に頼み込んだ。彼らはエルザ・トリオレやアラゴン、サルトル、カミュといった人々を引き合いに出したが無駄であった。どうにもならなかった。クノーは譲らなかったのだ。その代わり、彼はマルク・バルベザの雑誌『アルバレット』に「劇に先立って一幕よけいにある」戯曲「通りすがりに」を発表し[39]、そしてとりわけ、マックス＝ポル・フーシェがアルジェで主宰していた『フォンテーヌ』誌[40]に「『ブヴァールとペキュシェ』のための序文」を発表した。

この仕事は重要である。というのも、一方では、『ブヴァールとペキュシェ』を締めくくることになっていた『アルバム』から、彼は一九四四年に出された『馬鹿げたことども《フーテーズ》』[41]という小冊子を思いついたのではないかと考えられるからだ。それは以下のようにさまざまな思いつきから成っている。「**フランスの歴史**——フン族が二人を刺して大急ぎでトロワにやってきた」〔一、二、三という数を想起させる言葉遊び〕とか、「**夢**——彼女のストッキングは、太股を一周している細い赤と青の革紐で押さえてあった」など……。他方では、もっと深刻な指摘となるが、アラン・カラムの見解によると、懐疑論思想に依拠している「『ブヴァールとペキュシェ』のための序文」は、『わが友ピエロ』や『文体練習』の初期の作品、そして『模範的歴史』の草稿と並んで、彼の「回心取り消し」表明の一つであろうということになる[42]。アラン・カラムは以下のことをたいへん見事に示している。「友好的でないピエール・クーガール[43]〔……〕からわが友ピエロへの変化は、一九四一年と一九四二年の間に、クノーが知性を罷免し、そして支配的（とはいえもはや啓示的なものではない）理性と和解したことの象徴の一つである」[44]。したがってクノーは、戦前の彼に宿っていた、そして『日記（一九三九—一九四〇年）』を読んだ者の多くを驚かせた信仰を失ったと考えられるのである。彼は一九四〇年末からアドリアン・ボレルのところで精神分析を再開しているが、それもおそらくは、この〔信仰喪失の〕結果として起こった心理的ショックによって説明がつくだろう。なかなか信じがたいことではあるが、どうやら本当らしい。この件に関して指摘できるのは、彼を宗教へと導いた一人であるマルセル・モレを、当時のクノーは不快に感じていたようだということである。だがこうした表面的な反応だけではなく、『日記（一九三九―一九四〇年）』[45]に見られたのとは反対に、ジャニーヌ宛のどの手紙の中にも、宗教的あるいは形而上学的な関心事が言及されていないということを確認する必要がある。これらの関心事は、この作家の省察から完全に姿を消してしまったかに見える。同様に、一九四四年から一九六五年にかけての『日記』、少なくとも我々の知るその唯一の版においても、こうした関心事は書かれていない[46]。彼がそれについて語ることはもはやなく、またこの点についていかなる説明もすることはない。アラン・カラムは、「ヒトラー＝ヴィシー的な反ユダヤ主義と夫婦愛によって理性の側へと引き戻されたクノー」という像を引き合いに出す人々を正当にも嘲弄している。カラムは次のように続ける。「反ユダヤ主義は『日記（一九三九―一九四〇年）』の頃からすでに予見していたものであり、そのせいで彼の精神的な活動が減じたりはしない。また夫婦愛についても、『日記』が示しているように、それが形而上学の妨げになることはまったくなかった[47]」。実際のところ、信仰は非理性的なものの領域に属し、論理によってはほとんど説明されない。おそらくこのために、占領期の初めに自らが被った根本的な変化について、レーモン・クノーはいかなる説明も残さなかったのだろう。一九四四年八月二日と彼自身の手で日付が書かれた草稿で、彼は人間の条件について考察しているが、そこにはいかなる形而上学的省察も展開されていない。それゆえ合理主義が勝ったのだ。『わが友ピエロ』が告げる新しいレーモン・クノーがここに生まれたのである。本当のところを言えば、彼の人格のこうした〔合理主義的〕側面は知られていたのであるが、それが彼の哲学的および神秘主義的な関心に対してこのように優位に立とうとは誰も想像していなかったのである。これ以降、彼は合理主義を培い、一九二〇年代にカトリシズムを拒絶して以来、彼に取りついていた形而上学者の衣を脱ぎ捨てたように見える。このようにして彼は巨大な成功を得ることになり、その後多くの批評家は、彼の人格のこうした側面のみを守ろうとするのである。

第十五章　政治参加する作家

いかなる資料からも、いかなる証言からも、レーモン・クノーが、ビラ撒きやサボタージュに携わるなどしてレジスタンスを支持したと断言することは今のところできない。この件について尋ねられたジャン・レスキュールは、クノーの関与はおそらく一切なかったであろうと考えている。レーモン・クノーは、ジャニーヌとジャン゠マリーの運命が気がかりであったあまり、この種の行動への参加を控えたと考えることはできる。だがその一方で、フランス解放に際してのみならず、早くも占領期間中から、[1]彼は全国作家委員会の会合に出席し、『レットル・フランセーズ』誌に文章を書いているのである。占領期間中、この雑誌の記事は匿名で書かれていた。そして署名が付けられるようになった当初、クノーはこの雑誌の中でたいした位置を占めていたわけではなかった。たとえば一九四四年七月十八日には、「彼らの最終発表《コミュニケ》は……」[2]という題の非常に皮肉をきかせた文章を書いたが、それはわずか数行にとどまっている。八月、彼はシェルシュ゠ミディ通りで「バリケード作りのために働き」[3]、その後『カイエ・ダール』誌の店舗に行ってエリュアールと会い、『レットル・フランセーズ』誌での宣言について話し合っている。結局、クノーのこの雑誌への協力は非常に限定的であり、その年に書いた記事は三本を超えなかった。とはいえ彼は常に歓迎されたらしく、ともかくも一九四八年にこの雑誌が財政的困難に見舞われたときには、他の人にまじって助けに駆けつけたのである。さまざまな募金や寄付を集めることでこの雑誌を支援するべく、そのとき「プレイヤード団」なるものが創設された。クノーは、ときには嫌味を含む彼流のユーモアを捨てることなしにこう述べている。「バリケードの破壊者たちが舗道を支配せぬよう――『レットル・フランセーズ』誌が再び非合法にならぬよう――そしてジャン・ポーランがCNE〔全国作家委員会〕[4]に再加入する羽目にならぬよう、プレイヤード団に加入せよ」。

周知の通りポーランは、占領中に『レットル・フランセーズ』誌の共同創刊者となったものの、最終的にこの雑誌から遠ざかり、一九四七年の初めにはCNEも辞任してしまった。あまりに多くの作家をブラックリストに載せ続けることに抗議したというのが、その主要な理由である。クノーも一度ならず不当な出来事に遭遇したはずであろうが、節度を保とうとしていたゆえか、彼が大騒ぎすることは一度もなかった。彼の変化はひっそりと、きわめて控えめに行われた。とはいえ、彼がはっきりと態度表明することもあった。たとえば一九四四年八月三十日、ラモン・フェルナンデスの寡婦のためにおこなった行動がそうだ。この女性が逮捕された直後、レーモン・クノーは、フェルナンデス夫人が政治に関わったことは一度もないと関係閣僚に手紙を書いたのである。彼はガストン・ガリマールの罪を減免するための証人も引き受けた。ガリマールは、一方ではアラゴン、エリュアール、サルトル、カミュといった作家たちの作品を出版しながら、もう一方では『新フランス評論』誌をドリュ・ラ・ロシェルに託すなど表裏のある行動をとったとして、戦後、幾人かの人物に糾弾されたのだ。クノーの証言にあいまいなところはなかった。「［……］三年半の占領期間中、ガストン・ガリマールが、対独協力的な作家を排除し、ドイツ側からの計画はすべて阻止し、反対に、占領者側からは睨《にら》まれていた作家、また反ナチスで有名な作家たちの作品を精力的に出版していたのを、私はつねに見てきました[5]」。

これらの発言にもかかわらず、一九四六年二月十日、彼はCNEの仲間たちによって副議長に選ばれたのだった。そのため、はやくもその翌日から、彼はプレイエル・ホールで、ポール・エリュアール、クロード・モルガン、ジャン・カスー、そしてアンドレ・ルソーと肩を並べることになった。アンドレ・ルソーはそのとき、CNEが政治的な立場を選択したこと、またそれを『レットル・フランセーズ』誌で表明したことを非難した。議論は白熱し、アンドレ・ルソーはホールを出ていった。そして、今後は『レットル・フランセーズ』誌の一面に「CNE機関誌」という文言を載せないことが決定されたのである。続く六月には、フォーブール＝サン＝マルタン通りのフランス士官クラブで、年に一度開催されるCNEのメンバーの第二回作品販売会が行われた。各々の作家は献辞を書くことになっており、また、誰のものかは分からない作家のサインが入った袋が、「アンリ四世からレーモン・クノーに至る独創的な散文」を手に入れられるという触れ込みで、百フランで売られた[6]。だが次の年、クノーは副議長のポストを離れた。実際には何が起こったのか知りたくもなるだろう。息子ジャン＝マリー・クノーによれば、ガストン・ガリマールがクノーに、おそらくは彼があまりに忙殺されることをおそれ、この活動に終止符を打つよう要請したらしいとのことである。一九四七年五月九日の『レットル・フランセーズ』誌の中で、活動報告担当のアラゴンがこう書いていることも事実だ。「任期が満了した重役会メンバーを再び候補として立てることとした。ただし、補佐役ノエル・ビュローの陰に隠れている会計担当のギユヴィックと、CNEの活動に一度も参加しなかったジャン＝ポール・サルトル、仕事上の理由でCNEを退くことを希望しているレーモン・クノー、そして死去したJ・R・ブロックはのぞく」。もちろん、クノーを傍観者の立場に追い払おうとする駆け引きがそこにあったと考えることもできよう。しかしその後も彼は『レットル・フランセーズ』誌にとどまり、またCNEの活動について書かれたこの雑誌の記事には、彼の名が定期的にあらわれてもいる。一九四八年、彼はCNEのデモ活動に何度か参加している。さらに二月二十六日の『レットル・フランセーズ』誌は次のように報じた。CNEは「エルザ・トリオレの願いを実現させることにした。毎週開催されるレセプションの一部を、作家らの作品を讃えることに充てるのである。カスー、アンドレ・スピール、アラゴン、エリュアール、ツァラ、レーモン・クノー、ロベール・ガンゾ、ルネ・ラポルト……といった先輩が居並ぶ中、口火を切るのは若い詩人たちだ[7]」。二ヶ月後の四月十七日、レーモン・クノーは、ロベール・ガンゾ、フランシス・ポンジュ、リュシアン・シェレール、ジャン・タルデュー、そしてトリスタン・ツァラとともに、CNEのサロンでの詩の朗読会に参加している[8]。次の年の七月二日には、イヴ・ロベールの演出でフレール・ジャックによって上演された『文体練習』が、CNEの面々にも披露されて大成功をおさめた。十月になると、第五回となるCNEの本と原稿の販売会に招かれた。一九五一年三月には、CNEの仲間たちがクノーのアカデミー・ゴンクール入会を祝うパーティまで企画し、自分たちの仲間が今後アカデミー・ゴンクール十人衆に連なることに喜びを覚えると表明しているのだ。一九五二年、「ドリュ・ラ・ロシェルの後継者ジャン・ポーラン」と題した記事を発表したエルザ・トリオレによって、ジャン・ポーランは公然と侮辱されることになった。しかしその一方で、相変わらず『レットル・フランセーズ』誌はクノーを好意的に迎えている。一九五二年六月には、ジャン・マルスナックが『人生の日曜日』に友情のこもった論評を書くだろう。「クノーはなにより詩人である。今日では他の誰にもないような調子をもっており、ユーモアと憂愁がその中で調和している。そして、専門的な学者が主張するほど厳密ではないが、ゆるぎなく真摯な一つの哲学がある[9]」。

　クノーはユーモア作家、詩人、そして、言語に夢中な作家として『レットル・フランセーズ』誌に登場した。「候補者たち」と題された全二場からなる寸劇[10]は、ユビュおやじが、アカデミー・フランセーズのメンバーになろうと立候補しに来るという設定である。レーモン・クノーがこうしたアイデアを通じてどのような立場をとったのかは容易に想像できる。あきらかに楽しんで、ユビュおやじに時事問題についての長広舌をふるわせているのであれば、なおさらそうだ。ユビュおやじは、レジスタンスへの参加を問われてこう答えている。「わしらか？　どてっ腹《コルヌジドウイユ》〔ジャリの造語〕！　わしらはできるかぎり、抵抗運動《レジスタンス》に抵抗したよ」。また『レットル・フランセーズ』誌の他の記事では[11]、子供の頃、つまり一九一四年に、第百二十九歩兵連隊がドイツへと出発するのを見たあとで、「ベルリンへ！　ベルリンへ！」と叫んだことを語っている[12]。ほぼ四十年を経て、彼はむしろ悟りきって皮肉なコメントを発する。「こうしたことがことごとく示すのは、あの時代、ガキどもがどれほど英雄的な気分でいたのかということだ。今の子供らはもっと自由である。戦争の宣言など出されても、彼らはその中に何もおもしろいことなど見出さない。そして大人は、自分たちのやり口が今の子供にはもう通用しないのかとがっかりする」。『レットル・フランセーズ』誌は、一篇の詩を掲載してもいる。「実験用犬ニコラ」というその詩を、編集部は「CNEの友のために特別に書かれた」と紹介している。クノーにインスピレーションを与えたのは、ブルッセ病院から実験用の犬のニコラが脱走したという三面記事で、そこから悲しく幻滅に満ちた詩句が作られたのだが、その中で彼は動物の条件と人間の条件とを比べている。

ニコラよ
おまえは知らんかったんだ〔……〕
ニコラよ
おまえはまさしく人間だった
そういうわけで俺らもみんな〔……〕
ニコラよ
そしておまえとおんなじで知らないんだ

このような詩によって、クノーは、言語について以前に提案していた論考を『レットル・フランセーズ』誌の読者たちに例証してみせたといえる[13]。ここでは民衆的な話し方に対するクノーの嗜好がはっきりと現れているが、彼は、思想を表明するという行為から締め出されているとしてそれまで「非国民罪」に処されていた表現手段に奉仕しようとしたのである。彼はこう書いていた[14]。「まだそれは生物学の論文やヨーロッパの未来についてのエッセーを書くためには用いられていない。中世の終わりに諸言語の俗語は、聖書の翻訳のおかげで《文学》の言語という高い地位に達することができたのだった（フランス語は例外である。このことはおそらく残念なことだ。そうでなければ、ドビニエにしかないあの深みが加わっていただろうから）。私は聖書を話し言葉のフランス語に訳せと言っているのではない。しかしたとえば、いつか現代の哲学者が、現象学の問題か何かについてのなんらかのエッセーを、ネオ＝フランセ〔新しいフランス語〕で書いて発表することで――麗々しい常套句でいこう――自らを生け贄として新しい言語の祭壇に捧げることになれば面白いだろう」。ついでにクノーは、以下のような指摘をすることに楽しみを見出している。「ネオ＝フランセを実践している書き手のほとんどは、程度の差こそあれ、政治的に中道か右派である。［……］［セリーヌは］庶民でない。医者である。［……］ところが、彼には大作家ぶりたい傾向も大いにある。とはいえ『夜の果てへの旅』、これはやはりセンセーショナルな本だった。しかし彼が政治家ぶろうとしたとき、どんなに馬鹿なことを言ったか。［……］そうは言ってもやはり『夜の果てへの旅』が、会話だけでなく叙述の部分にも話し言葉が使われた最初の重要な本であることに変わりはない。そうしたことは、『放蕩』〔アラゴンの作品〕のいくつかの短編に見られるだけだ。セリーヌにおけるアラゴンおよびシュルレアリスム全般の影響は疑いえない[15]」。

レーモン・クノーはすでに、一九四四年十二月一日の『フロン・ナショナル』紙に掲載された『オーレリアン』に関する記事の中で、アラゴンの果たした決定的な役割に言及していた。パリ解放時にジャック・ドビュ＝ブリデルの指揮下にあったこの新聞は『レットル・フランセーズ』誌と同様、レジスタンス活動から生じ、共産党にも近い新聞であった。共産党との関係は、一九四六年十一月にこの新聞が消滅するまで変わらない。一九四四年九月二十九日から一九四五年十一月十二日まで、クノーはこの新聞で文芸欄を担当し、五十五という相当数にのぼる記事を寄稿している。この文芸欄の主目的は、彼に重要と思われた新著を紹介することにあった。彼はポール・エリュアールの『生きるに値する』を称賛するが[16]、それはひとえに、この作品集に「自由」があるからである。クノーは書いている。「この詩は『詩と真実一九四二年』〔エリュアールの著作〕において初めて世に出たが、これは［……］ありとある自由についての詩であったし、またあらゆる非合法の詩を出現させるきっかけとなった。そしてこの詩は、政治ビラから政治ビラへと、ロンドンからジュネーヴへと、ブリュッセルからアルジェへと飛び回ったのだ」。クノーはコンスタンティノス・カヴァフィス[17]にも賛辞を捧げている。なぜなら彼の詩は「世界史におけるギリシャの卓越した役割と、自由のための闘いにおけるその実質的な役割」を称揚しているからである。「テルモピュライとサラミスにおいて創られた神話は我々にとっても死んでいないのだが、アレクサンドリアのこの孤独な詩人にとっては生を保っていた[18]。そして一九四〇年にアルバニア国境で黒シャツ隊を相手に闘った兵士たちは、その神話の完全かつ普遍的な意味が保たれていることを知っていたのである」。シモーヌ・ド・ボーヴォワールの『ピリュスとシネアス[19]〔邦訳『人間について』〕』は、数年間におよぶ残虐なできごとの後で新たな道徳を模索しているという観点から、まったくもって意義深いものに思われた。彼は次のように指摘している。「一八五〇年の哲学者は、十二歳の子どもが工場で一日十四時間働いているのを見に行かずともよかったし、病院や死体安置所、あばら屋なども訪問せずにすんだ」。だが二十世紀初頭から、悲劇的あるいは残虐なできごとが増えてきた。「彼が自分なりに世界をあるいは悲劇的に、あるいは平板に見ようなどとすることは、もはや不可能であることが明らかになった。地獄が地上に上ってきて、不条理で脅迫的な状況になっている。［……］だから哲学者は、おびえた状態になってしまった。しかし、ではどうやって、これほどの希望を巨大な廃墟にしてしまったにもかかわらず、闘い続けている人間の肯定的な面にたどり着けばよいのか」。『誤解』と『カリギュラ』の出版の際には、この後者の戯曲の中でカミュが「なにがしかのことを示そうとした」とクノーは強調している。「つまり、独裁者（月を求めることで不可能を体現する人間）が至りつく自由というものは、悪い自由であるということを。なぜならその自由は、他の人々に敵対する形で行使されるからだ[20]」。

容易に認められることであるが、『フロン・ナショナル』紙に書いた文学についての記事の中で、クノーは、終わったばかりの戦争のことを、そして不吉な強制収容キャンプの生存者たちが明るみに出した最終的解決［ユダヤ人絶滅計画のこと］の恐怖のことをたえず考えている。機知《エスプリ》の人、ユーモア作家、よく響いて大きな声で笑うクノーという人物の後ろには、神経をひりひりとむき出しにした人物が隠れており、その人がナチスと対独協力者を力の及ぶ限り強烈に非難するのであった。シャルル・デュマの『裏切られ引き渡されたフランス[21]』について、クノーはこう断言している。「ペタンの真の姿が見えはじめている。ヴェルダンのペテン師、フランコの友人、一九三四年にはすでにギュスターヴ・エルヴェの理想だった男、第三共和政が国防に関してもっとも重要な地位を任せてしまった（悲しいかな！）男で、機甲師団のことを《たいしたことはない》と言った男、そして、前の戦争の時から《このような政体ならフランスの勝利はない》と考えていた男（一九一八年によって否定された彼は、報復を二十年も待っていたわけだ）、［……］二日後にはド・モンジーに向かって《五月の下旬にもなれば、連中は私を必要とすることになる……》と言っていた男だ」。人間が残酷さに対して示す素質について省察した際はこう述べる[22]。「ドイツ人はおそらくほかの民族に比べてサド＝マゾ的な傾向が強いのだろう。［……］しかしそうは言っても、フランスにも二万人余の《親独義勇隊員》と言われる人々がいて、同胞を拷問することに奇妙な熱意を示していた。その熱意はフランス人がペタンによる対独協力政権のもとで四年ではなく十年を耐えていたら、また共和主義教育を七十年ではなく十五年しか受けていなかったら、油のしみのように広がっていただろう」。

『フロン・ナショナル』紙で活発に執筆し、『レットル・フランセーズ』誌でも存在感を示していたクノーは、一九四四年八月に、共産党の新聞『ス・ソワール』でも雑報欄を担当した。だが彼は、「これは得意分野ではない[23]」と『日記』に綴っている。実際のところ、「夢と現実」という記事を一本発表しただけの彼が、居心地良く感じていたはずはないだろう。さらにおかしなことには、印刷されたこのテクストは四つの段落から構成されているのだが、原稿では八段落あったのである。検閲だろうか？　むしろスペースの不足のせいで、編集長が削除を要請してきたということにしよう……。もしかすると編集長がクノー流のユーモアを解さなかったということもあるかもしれないが……。

『ス・ソワール』紙、『フロン・ナショナル』紙、『レットル・フランセーズ』誌に加えて、クノーの署名記事は、レジスタンスの活動家たちによって創設された他の定期刊行物にも戦後[24]登場するようになった。彼は『アクション』紙に二つの詩集『牧歌』と『運命の瞬間』に収録された詩[25]、そして『ブヴァールとペキュシェ』についての考察を寄稿したが、こちらは一九四三年に『フォンテーヌ』誌に寄せたものとは明らかに趣を異にしている[26]。今回クノーは、ブヴァールとペキュシェが研究していないほぼ唯一の学問が数学であることを指摘し、それに引き続いて彼らの注意を引いた諸々の学問の検討に取りかかっている。そして彼にとって重要なものとなっていた区分を援用し、クノーはこのフローベールの作品を、結末が『カンディード』を想起させるオデュッセイアの一つであると断言したのである〔彼は西洋の物語文学を「オデュッセイア型」と「イリアース型」の二つに分けていた〕。事実フローベールにとって、「我々の庭を耕そうというのは、この世でもっとも偉大な道徳的教訓である（エドモン・ド・ゴンクールへの手紙）」のだ。

一九四三年十月にアスティエ・ド・ラ・ヴィジュリーが共同創刊者となった『アクション』紙は、一九四四年九月以降「フランス独立の週刊紙」としての地位を確立し、ガエタン・ピコンやクロード・ロワ、ロジェ・ヴァイヤン、あるいはドミニク・ドザンティといった豪華な協力者たちをひきつけることに成功した。共産主義者に近い『アクション』紙は、とりわけレジスタンスと労働部隊とに忠実であろうとしていた。パスカル・ピア、ロジェ・グルニエ、モーリス・ナドーやアルベール・カミュ[27]らを擁し、さらに名の知られていた『コンバ』紙もクノーの詩や散文を受け入れた。一九四八年一月二十四日、著作権のきれたあらゆる著作の売り上げに六パーセントの課税を行い、その一部を国立文芸基金に充てることを計画した法案に対し、クノーが強い口調で抗議した文章が掲載された。この基金は、劇場や若者の劇団に補助金を出し、また画家や音楽家、あるいは彫刻家への発注を可能にさせるはずの組織であった。その理由を尋ねられたレーモン・クノーは、本の売上に対する税金を要求していた文人協会を激しく非難し、次いでその負担は読者がかぶることになると結論づけたのである。「読者は古典作品一つを読むのに、三分の一余計に支払うことになる。そしてそれは、哀れを誘うこの同業者組合の信じがたいイカレポンチたちを養う（しかもほんの少しだけ）ためなのだ。ともかく読者は、成功（あるいは不成功）のギロチンによって斬首された老人たちや徴税請負人たちの年金を支払う必要などないのだ」。一九四八年四月、『コンバ』紙に、たいへん憂鬱な調子を帯びた「もし人生が過ぎ去るなら[28]」が掲載された。

［……］もし人生が過ぎ去るなら
さらばだ、最後の人生よ
もし人生が過ぎ去るなら、消尽して過ぎ去るなら

もう後退することはないだろう
雨が降りしきり泥で埋まる［……］

数ヶ月後の十月には、『記念碑』第四篇のやはり悲しげな調子を帯びた詩が、[29]『コンバ』紙に発表された。

一生涯かれは脂肪に浸かった
腹の中に九ヶ月——かれはいた
それから乳を飲んだ
階級と右に置かれた武器の乳を
聖体パンと食糧配給カードの乳を
父親と祖父の関
——係の乳を

その後、『コンバ』紙にクノーの署名を再び見出すまで、三年待たねばならなかった。一九五一年一月十八日、彼は詩集『マンドリンを持った犬』に収録されることになる「思い出」を掲載したが、そのときこの詩は、ブリュノ・デュロシェが編纂した『さまざまな性質』という選集からの抜粋として紹介されたのだった。この選集には、他にマルセル・ベアリュ、ジョルジュ゠エマニュエル・クランシエ、リュック・エスタン、マックス・ジャコブ、ロイス・マッソン、ジャン・タルデューといった人たちの詩が収録されていた。その後デュロシェは何度か[30]この詩を公にし、また一九五八年には、そのとき以来『オートフイユ』[31]と題されることになった彼の雑誌に、クノーのソネを複数掲載することになる。三月、『コンバ』紙は『ペドンジーグの名誉』〔ロジェ・ラビニオーの小説〕に寄せたクノーの序文[32]を再録したが、クノーはこの作品を次のように紹介した。「これは、箒《ほうき》で掃くみたいに、掃除機で吸い込むみたいに、扇風機で吹き飛ばすみたいに、におい消しをまき散らすみたいに、ワイパーで拭くみたいに、展望窓から眺めるみたいに書かれた文章だ。善良なる人々よ、読むがよい。そうすれば、もうその晩から、こもった匂いがしないということを確認できるだろう（快い驚きだ）」。

こうしたことを公言することによって、レーモン・クノーは、読者によって評価される才気煥発な書き手へと再びなっていった。このことは、『フラン・ティルール』紙とならび『カナール・アンシェネ』紙の編集長であったエルネスト・レノー、通称R・トレノにはずっと以前から分かっていたことであった。そうした次第で、一九四八年、この風刺週刊紙の文芸欄を担当してくれるよう彼はクノーに頼み込んだのである。クノーは彼に「ベック゠ド゠カーヌ出版のダイジェスト」[33]というものを提案したが、それは『レ・ミゼラブル』と聖書そして『蟻とキリギリス』の三つを魅力たっぷりに紹介したもので、R・トレノは当然のことながらそれに大喜びした。一番短いのは『レ・ミゼラブル』であり、それは二つの詩句から成っていた。

コゼットを少々

ジャヴェールの歌にのせて

狂喜したR・トレノは、新聞記事にもできそうな報告書風の文体をそこに見てとった。「モーゼ・アンド・カンパニーによる聖書」や「ジョン・ド・ラ・フォンテーヌによる蟻とキリギリス」も味わい深いものだったことは言っておかねばならない。アダムとイヴは、ロボットになってしまい、次のように話し合う。「《あいつのリンゴを食べてしまいましょうよ》と、女ロボットが男ロボットに言う。《OK》と男のロボットは答える。スーパーマンが彼らを追放するが、彼らは増殖しはじめる。スーパーマンは彼らを溺死させようとするが、うまくいかない。そこで彼は彼らのところに自分の息子を送り、小さなロボットのふりをさせるが、秘密エージェント、J・イスカリオ大佐〔イスカリオテのユダを想起させる〕のおかげでその正体はじきに判明してしまう〔……〕」。「蟻とキリギリス」の方は、アメリカ合衆国に舞台が移される。「一六六六年から一六六七年にかけての冬。メトロ＝ゴールドウィンの映画ニュースで見るシカゴあるいはニューヨークでしかありえないような降り方で雪が降っていた。五番街の卓越した一家、頸吻亜目の一家に属するリタ・シカーダ夫人は突然、自分の小切手帳を忘れたことに気づいた。彼女は反国家的活動の道に走った堕落した女だった。しかも、彼女は自分の銀行口座に一セントも持っていなかった。〔……〕」これらの文章を読んで、R・トレノが大喜びしたのもうなずける。だがおそらくは時間がなかったために、クノーが続きを書くことはなかった。とはいえ、彼のアーカイヴに、ラ・フォンテーヌに着想を得たもう一つ別のテクストがあるところをみれば、「蟻とキリギリス」はとりわけ彼のお気に入りだったのだろう。それはシモーヌ・ヴォルテラとロラン・プティとの間に生じたいざこざに関するテクストで、こんな風にはじまる。

ヴォルテラは、冬の間じゅう
開けていたので、
まったくの金欠状態になったと気づいた
暖かさが訪れたとき
マドレーヌ・ルノーみたいなものは
ひとかけらだって持っていなかった。
彼女は窮乏を訴えに行った、
ロラン・プティのところへ、彼の隣人の女は彼に頼み込んだ
ごくちょっとしたバレエを自分のために踊ってくれと
新しいシーズンまで。〔……〕

時がたつにつれて、クノーの署名は、もはやレジスタンス活動から生まれた新聞雑誌に限らず見られるようになった。ついにそれは、保守的な新聞、あるいは『コンバ』、『カナール・アンシェネ』、『アクション』、『ス・ソワール』各紙よりは政治色が薄いとされるような新聞にも現れるようになった。一九五〇年には、『フランス＝ソワール』紙が彼のアメリカ回想録を

掲載した[34]。クノーはロラン・プティといっしょに、バレエ作品『ダイヤモンドをかじる女』の共作者としてアメリカを旅行してきたばかりだったのである。「フランス人が今までUSAについて書いた中で、もっともユーモラスな、もっとも人間味のあるルポルタージュ」であることを請け合っているこの新聞の予告は、クノーの才気を特別視している。たしかにレーモン・クノーは、持ち前の皮肉な調子を失うことなく、カンディード流のやりかたでアメリカ合衆国を描写した。タクシーの運転手たちは感じがよく、自分の乗客たちをくつろがせようとする。彼らはもし自分が道をまちがえたらメーターを止める。レストランのウェイトレスたちは、献立を提示しながら、歌を口ずさんだり口笛を吹いたりしている。クノーは以下のように綴っている。「この女の子たちが示すうっとりするような機嫌の良さが、契約書に定められているものなのかどうか私は知らないが、とにかくこれは客にとって、料理の皿に唾を吐くよう店主たちがギャルソンに促している安食堂より気持ちのいいものだ。その上この若い女性たちの脚は美しく、もっとも魅力的な効果をあげるナイロンのストッキングを履いているのである」。事実クノーの視線は、脚線美やその他の女性の魅力を決して見過ごさない。「スキャンダル」という名のガードルの広告は、彼を常に夢見心地にさせてきた。それは彼の強迫観念の一つである。クノーはまた、アメリカでは人が気軽にファースト・ネームで呼び合うことも指摘しており、それを楽しんでいる。彼自身は自分の妻に最後まで敬語で話していたのであるが……。彼は、アメリカ人と意思疎通をするのにどれほど苦労したか、そして彼らがどれほど《楽しいfun》という言葉を使うかを語っている。というのも彼らは、笑うことが好きだからだ。ただし共産主義は例外だ……。ブロードウェイには、いたずら玩具の店がネクタイの店と同じくらいたくさんある。「ネクタイというものも、《fun》の機会になる。たとえばネクタイに小さな電球をつけ、好きなだけ光らせたりする。私はある午後にたいへんきちんとした黒ネクタイを買ったのだが、夜が来るや、暗闇の中でしか姿を見せない裸の女性が、燐光を発してその上に現れるのが見えたのだ。これもまた、悪くないしろものだ」……。フィラデルフィアでとりわけ彼が見逃さなかったのは、女子プロレスの試合だった。そして、二人の対戦者が自分たちのバスローブを脱ぎ去ったとき、彼は落胆する。「私が期待していたほどの反応がないのである。皆、スポーツを見に来ているのだ。とはいえ、その女性たちの見た目が不愉快であるというわけではない。彼女らは、私の父が《美女》と呼んでいたところの人たちだ。黒髪のほうはどうもやや鈍重で、そして金髪のほうはどうも意地悪にすぎるようだ」。要するに、女たちに興味を示すのはクノー家の伝統なのだ……。彼は試合のあとに女子プロレス選手たちの出待ちまでした。だが彼女たちには連れがあり、彼は姿を隠す。ボストンへの旅行では、彼は「バーレスク」つまり、ストリップを幕間に挟んだショーを見に行く機会を得た。クノーはこう書いている。「嫌気のさした旅行者たちが言うのとは反対に、このショーは単調なものではまったくない。というのもまったくもって古典的な純粋さを備えたテーマは非常に単純かつ飾り気がないので、もしこう言ってよければ、真面目な女性アーティストなら、自分にインスピレーションを吹き込んでくるアイデアの高みに達していることを示すために、自分の才能が許す限りの手段を尽くさなければならないからである」。照明が彼を夢中にさせる。「ランプや蛍光灯が壁を覆っていて、大量の光を生じさせているのは当然なのだが、そのうえすべてが動くのだ。カップルが踊っていたり、紳士がステッキをくるくる回していたり、曹長が拍子をとっていたり、巨大なアダムとイヴの間をナイアガラの滝が流れ落ちていたりする。ごく小さな衣装しか身につけず、ガードルの長所をみせびらかすように屋根の上を闊歩していた光り輝くご婦人がいたが、数時間前にその照明が消えてしまった（まったく残念でならない）」。強迫観念よ、おまえはとりついて離れない……。アメリカで、レーモン・クノーはジャズにも興味を持った。「ニューヨークで私は、ビ・バップシティでディジー・ガレスピーを、そして三十二番街でシドニー・ベシェを聴いた。そしてボストンでは、ボブ・ウィルバーを聴いたが、これはクロード・リュテールのアメリカ版といったところだ。バンドの全員が黒人で、ポップ・フォスターやヘンリー・グッドマンといったミュージシャンも含まれている。彼は黒人街のサヴォイで演奏している。客層の一部は学生だ（ハーヴァード）。ドラムのトミー・ベンドフォードは、パリでジャンゴ・ラインハルトと共演した人物である」。数ヶ月後の十一月に、クノーは『ヌーヴェル・リテレール』紙のアンケートにこう答えている。「私は、ヴェルディを好きなのと同じようにジャズが好きだ。信用してもらっていいのだが、私はジャズについては何も知らない」。したがって、インタビューへの彼の返答はきわめて慎重に受け取る必要がある……。ニューヨークでは、「広大な部屋の三方の壁を［覆いつくす］、ＩＢＭのセレクティヴ・シークエンス電子計算機」を眺める楽しみを味わった。「右でも左でも電子管が光ったりパチパチいったりしていた。奥では、穴のあいた厚紙のロールが問題のデータを機械に示し、別のロールが解を受け取っていた。このＩＢＭＳＳＥＣはこのとき、アメリカ政府のために、百七十八の未知数をもつ百七十八の連立方程式の解法を含む超機密事項の問題を解いている最中だった」。数学者クノーの興味は大いに刺激されたことだろう。最後に文学者の義務として、彼は四十二番街の映画館で、サルトルの『恭しき娼婦《リスペクトフル・プロスティチュート》』が上演されているのを観に行った。「俳優陣はあまり良くなかったが、あの女性は別だ。その女性は、私が思うに、英語で役を作り上げたのだろう、やせっぽちの女で、すばらしい大衆的な言葉で演じていた。シナリオの翻訳は忠実で、カットされてもいない。そしてこの戯曲は熱意ある喝采を浴びたのだ。そのことは、このホールにいたかなりの数の人たちが、人種間の憎しみの告発を《待っていた》ということを示している」。

『フランス＝ソワール』紙のほかに、『フィガロ』紙もレーモン・クノーに門戸を開いた。一九五一年二月、「風刺詩で遊びませんか？」という欄で、彼は楽しそうに書いている。

古き時代には、風刺詩は
グラムでしかほとんど売れなかったものだ。
現代では、『フィガロ』紙のおかげで
キロで平らげるしかなくなったのだ。

三月十七日、「我が犬のために」と題した記事では、キオスクに犬のための新聞がないことを残念がり、そういうものを作るよう要請している。それは非常な愛犬家であったユーモア作家の放言でしかなかったが、『我らが犬』誌の女性編集長はこの記事をたいそうまじめに受け取り、さらにその機に乗じて、毎月異なる犬種を表紙に掲載して讃える雑誌が自分のところには存在していると知らせたのである……。一九五一年の四―五月号の『アルバム・デュ・フィガロ』誌で、クノーは、黒人が「色についての天分」も持っていると主張した。黒人芸術に関して、音楽や彫刻の天分を黒人が持っているということはよく言われる。だが「ああ！　もし黒人たちが色を発見することになったら……。次はおそらく詩だ……数学だ……。青白い顔の連中が独占する普遍性はもうなくなるだろう……」。ユーモア作家というのは本当に危険なものだ……。

文学関連の週刊誌でありながら政治的姿勢を打ち出すことも望んでいたいくつかの雑誌も、クノーのさまざまなテクストやその物の見方を発表することになった。『ガゼット・デ・レットル』誌は、一九四七年と一九五一年に『文体練習』ならびにレーモン・デュメに宛てられた一通の手紙、たいへん短く、またそれ自体では興味もそそらない手紙を掲載した[35]。だがデュメは、この手紙を筆跡鑑定家に出し、なかなか興味を惹く結論を導き出させた。クノーは冷静沈着なタイプで、またとりわけ「[……]知的で、哲学的で、場合によっては宗教的な（あるいは理想主義的な）傾向と、いくらかの悲観主義を備え、皮肉なユーモアと逆説を好む気質である。彼がこの種の芸術的、とりわけ文学的な傾向の性質を豊かにすることを観察しておく必要がある。この点は、かなりこわばっているがゆえに感情論者的なところや造形的なところのほとんどない筆跡から推論される。印刷された紙面に対する強迫観念に由来するかなり凝った活字体のこの文字からは、美的素質がはからずもにじみ出ているのである。文学的理想というものは、新しいものをつくりだすという単純な義務によって、予測可能なものの彼方にまで精神を導いていくことができるということを書きとめておこう」。

『ヌーヴェル・リテレール』紙では、「ガマガエルたちとカエルたち」という、ジャン・ロスタンの選んだテクストから成るページに、クノーは「カエルたち[36]」という作品を載せている。一九五〇年六月八日、単為生殖について意見を述べるよう請われた彼は、ジャン・ロスタンの意見の陰に逃げ込んだ。九月二十一日、彼はヴィクトール・ユゴーに対する慎重な態度を表明した。「からかってやりたくなるような、立派なおじさんそのものだ。人物としては非常に尊敬すべきである。しかし作家となると、自分の銅像を建造させようとしすぎたし、またこの人の散文はしばしば滑稽だ。彼の作品を読むと、同時にメソニエでもマネでもあるような画家の作品を見たような気持ちがする」。また「二月二十九日には何をする予定ですか？」という質問には、工兵カマンベールの誕生日なので、クリストフの思い出を記念する予定だと答えた[37]〔工兵カマンベールは、十九世紀末に発表されたクリストフのバンド・デシネ作品の主人公〕。このアイデアは非常に受けたため、翌日には『パリ＝プレス』紙に再録されたほどだった。

ロジェ・ニミエが華々しく指揮を執っていた『オペラ』誌に、レーモン・クノーは以下のような『馬鹿げたことども』をいくつか掲載させた[38]。「**人間の弱点**――叔母が手書き原肛門を持ってくる」あるいは「**今日の定食**――クレヴァスのエクルヴィス〔びえ〕のバスク風ビスク」。この同じ雑誌で彼は、運転を習おうなどと一度も考えたことはないと答えている[39]。とはいえ一九二九年八月十日、彼は運転免許試験の召喚状を受け取っていたのだ[40]……。

一九五二年、レーモン・クノーは、週刊の『アール』紙にも三つの論文を寄せた。「自由区[41]」、「イヨネスコに[42]」、「映画界がその負債を払うとき[43]」である。一つめのテクストでは、カンヌ映画祭の印象を詩人として紹介するはずであったのだが、モナコの水族館と、切手収集の展示会を訪れたことを物語っただけであった……。二つめは、『椅子』を批評家にこきおろされていたイヨネスコを擁護するためのものであった。時間がなかったクノーは、ただこのように宣言している。「私は立派な手紙を書きたいと思った。だが仕事が多すぎる。できなかった。私は『椅子』がたいへん好きだ。以上」。カイヤットとスパークのアイデアを紹介した三つめはずっと興味深い。そのアイデアとは、「ある（本物の）小説家に、自分たちがまさしくこれから撮ろうとしている映画『おれたちは全員人殺しだ』のシナリオをもとに、だがその映画の演出とは独立したかたちで小説を書くよう依頼する」というものだ。ジャン・メッケルがこの挑戦に応じ、その小説はクノーを魅了したのであった。「したがって我々は、この映画がすでに《物語った》話を読むのではない。我々は、すでに描写された出し物を見に行くのではない。そこには二つの重さの単位と二つの長さの単位がある。つまり二つの異なりつつ平行する芸術があるのだ。そしてそこにこそ、この試み――それは成功をおさめた――の大いなる独創性がある」。

有名な日刊紙や週刊紙に迎えられたレーモン・クノーは、非常に多くの戦後の雑誌からも依頼を受けた。それらのいくつかは、占領期間中すでに彼の作品を掲載していた。彼はこうして『メッサージュ』誌への協力を続け、『文体練習[44]』や「ピクトグラム[45]」のいくつかを掲載した。またとりわけ、『メッサージュ』友の会会員たちのために、ドノエル社にまだストックがあった『樫と犬』[46]に新しい表紙をつけ、百部をシリアルナンバー入りで刊行した。彼はまた『フォンテーヌ』誌にも忠実でありつづけ、『詩集』[47]、『文体練習』[48]、そして「森のはずれで」[49]を寄せた。後者はすばらしい短篇で、犬のディノが洗練された口調でしゃべり、ついには旅人の目に完全に見えなくなるという話である。犬が二つの円の中に閉じこもった後で生じるこの変化は、まったくもって魔法のようである。「ディノはすぐに椅子の下へ飛び降り、椅子にぶつからないよう部屋の真ん中で大きな円を描き始めた。出発点の近くに来ると、ディノは進行方向を変えて、ほんの少し半径が小さい第二の円を描く。と同時に、自身の大きさも同程度の割合で縮まった。こうして螺旋を描きながら、とうとう微少な犬原子のようなものになって、浮き出てきた幾何学図形の垂直対称軸に沿って、ますます速く回っていた。ついに限界に達すると、このバクテリアは限りなく小さくなり、やがて消え去った」[50]。一九四二年三月、クノーは『ぐずついた天気』の抜粋である「夜警」を『キャトル・ヴァン』誌に掲載したことがあったが、チュニスよりジャン・アムルーシュが指揮していたこの雑誌と一九四五年に再び関わりはじめ、「詩法のために」[51]から四つの詩[52]を発表している。そこにはとりわけ、以下の非常に魅力的な作品がみられる。

ええいくそ 俺は書きたくてたまらんのだ ちょっとした
詩を
おやちょうどひとつそこを通っていく
ちびちびちび
ここへおいで おまえを数珠つなぎにしてやるよ
俺が書いた他のいろんな詩でできた首飾りの糸に [……]
ちぇっ
ずらかっちまった

一九四四年一月九日付の手紙[53]を信じるならば、占領期間中、クノーはポール・エリュアールの『エテルネル・ルヴュ』誌のために、今は失われてしまったいくつかのテクストを書いたようである。他方、一九四四年十二月一日付の『エテルネル・ルヴュ』誌新シリーズ第一号は知られている。この号には「運命の瞬間」とならんで、「私は、人が小石を投げているのだと思っていたが、それは飛んでいる鳥たちであった」という『馬鹿げたことども』の一篇が載っているのである。

一九四六年四月、レーモン・クノーはついにルネ・タヴェルニエとルネ・ベルトレが指揮していた『コンフリュアンス』誌にまで加わっている。「死すべきもの」というタイトルは、この雑誌に発表された詩が『運命の瞬間』に属していることを想起させるが、すべてがそうであるわけではない。「一年の終わり」という詩は、例外として『牧歌』に収められているのである。そして「ありふれたこと」という題の、非常に有名になった詩句がこの雑誌上に初登場している。それらは「おフランスのシジン、ロンサールのジュテームなテーマについて[54]」のヴァリエーションとなっているのだが、とりわけ最初の二行のおかげで有名になった。

考えてもごらん
考えてもごらん

戦後、クノーはピエール・セゲルスの雑誌『ポエジー』にもテクストを寄せている。一九四四年、彼はこの雑誌上で「真ん中人《メディアン》のところの聖グラングラン」を発表しているが、それにはとりわけ味わい深い注がつけてあった。「我々はこのタイトルのもとに、真ん中人《メディアン》たちのところに数年滞在したのちに、聖グラングランが都会生まれ語《ユルビナタリアン》で書いたいくつかのテクストの翻訳を発表する。都会生まれ語文学はフランス文学とほとんど接点を持たなかったのだが、後者の前者に対する非常にはっきりとした影響がこの中に見出されよう。何人もの識者がこのテーマについて研究している」。『ポエジー』誌には、エリー・ラスコーに関する数ページにわたるテクストを一九四五年に寄せており、一九四六年十二月には、いくつかの詩を再掲しているが、その一つが「慈悲のル・アーヴル」である。この詩の中で、レーモン・クノーは英米による爆撃のせいで壊滅した生まれ故郷を前にする苦しみと絶望を見事に表現している。

空間や思い出を探してはならない
家々が眠っている甚大な塵芥の中に
時間や記憶を探してはならない
屋根屋根が砕けてできた黒っぽい鉄くずの中に［……］
私は瞬間も歴史も探しはしなかったろう
壁の重みの下で茫然自失した通りには
地図はこの地形を再び描くだろう
資料館はこの年代期を作り上げるだろう
無味乾燥な裂け目のくぼみで死が純粋なものとなる［……］

『ポエジー』誌にならい、他の多くの雑誌も、レーモン・クノーの散文や詩を喜んで受け入れた。ピエール・ダヴィッドとH・コロンベの、タイプ印刷による非常に質素な『ランス＝フラム』誌は[55]、一九五一年に「アニエールの犬たち」を、そして一九五二年に『馬鹿げたことども』を再掲した。後者には以下のものが含まれている。「**聖トマス**——信じるために、見ることと触ることを欲していた。人は彼を、聖おさわりトマスとあだ名した」。〈偉大なる時計職人〉の定義もまた引用するに値する。「**神**——自分のことについて語らせることにもっとも成功した非‐存在」。ブリュッセルで刊行されていた『プティ・コブラ』誌は、一九四九年二月二十日、『携帯用宇宙開闢論』の抜粋を掲載した。注釈が明記するところによると[56]、これは「『レ・タン・モデルヌ』誌の第三十八号から許可なしにもぎ取られてきた」ものである。この雑誌にはまた、おそらく同じ条件で出版されたものと思われるが、アルベール・スキラ社の画集に載った「ホアン・ミロ、あるいは前史時代の詩人」の抜粋が認められる。[57]アルベール・スキラは、非常に美しい雑誌『ラビラント』に「真ん中人《メディアン》のところの聖グラングラン」の一節を再掲したのち[58]、一九四六年四月一日、『聖グラングラン祭』のまた別の断章を「節足動物のエレーヌ」というタイトルで紹介し、さらに十二月には「ドキュメンタリー映画の神話」という論考を掲載した。『プティ・コブラ』誌は剽窃の対象とした『レ・タン・モデルヌ』誌は、『携帯用宇宙開闢論』の六つの歌を[59]、それから一九五一年十二月から一九五二年二月にかけては『人生の日曜日』を先行発表した。さらにこのジャン＝ポール・サルトルの雑誌〔『レ・タン・モデルヌ』のこと〕には、一九四七年二月に「フランスのカフェ」が、十二月に『運命の瞬間』からとられた三つの詩が、そして一九五一年一月には重要な論考「哲学者たちと不良たち」も見出される。『リュ』誌も一九四六年と一九四七年に『運命の瞬間』所収のいくつかの詩を、そして一九四六年七月十九日には「ジャック・プレヴェール」に関する論考を発表している。この雑誌の名は、一八六七年に創刊されたジュール・ヴァレスの雑誌からとられた。一九四五年の四月と六月に三号がサン＝テティエンヌで出版され、次いで第四号が一九四六年五月十八日にパリで、レオ・ソヴァージュの編集のもとに出された。行政上の厄介ごとに巻き込まれ、その後間もなく財政的な困難にも直面した『リュ』誌は、それでも一九四六年には七号を出すことに成功したが、最終号となる第十二号をもって一九四七年に消えてしまった。とはいえ、この雑誌は重要な人々による記事を集めていた。モーリス・フォンブール、ジェラール・ジャルロ、ピエール・ベルジェ、ムルジ、ジャック・プレヴェール、ジャン＝ポール・サルトル、ロジェ・グルニエ、アレクサンドル・ブルフォール、イヴァン・オドゥアール、ボリス・ヴィアン、レーモン・クノーなどである。

個人的な選択や時宜にかなっているという理由で、レーモン・クノーの散文のみを掲載した雑誌もいくつかある。一九四七年四月十日の『数学研究報告』誌には、「リンド数学パピルスについての覚え書き」というテクストが読まれる。また、かつて『ヌーヴェル・リテレール』誌[60]に掲載されたことのあるジャズについてのクノーの寸評が『ジャズ・ホット』誌[61]に再掲され、複数の『文体練習』の抜粋が、すでに触れた諸雑誌に加えて『この世は涙の谷ではない〔「涙の谷」は聖歌に見られる表現で「この世」を意味する〕』[62]、『コンパニョン』誌[63]、そして『レイヨヌマン・デ・リーヴル〔書物の輝き〕』誌[64]に掲載された。一九四四年には『カイエ・ダール』誌が、ピカソの『しっぽをつかまれた欲望』にもとづいて書かれた「美しい驚き」を掲載し[65]、ユーグ・フラスの『ブティユ・ア・ラ・メール〔海の瓶〕』誌は、一九四八年末に「トロイの木馬」を出版した。同じ年に『カイエ・デュ・シュッド』誌は、「数学思想の偉大なる諸思潮」に関する特別号を出してレーモン・クノーによる「諸科学の分類における数学の位置」という紹介文を載せ、また一九四九年に組まれた「フランス小ロマン主義者」特集号には、ドフォントネーについてのクノーの研究を入れた。

『ス・マタン』誌は、「夫婦間高速会話」と題された『人生の日曜日』からの抜粋を掲載した(66)。また、短命に終わった写真家マルク・ヴォーの『カオス』誌のおかげで、クノーは「フランス語動詞直説法現在の活用に関する比較的未知の諸側面」に一般大衆の注目を集めることができた。動詞活用の奥深い変化を読者に注目させたこの文章は、当時の文法家たちの研究にとってもはっとするほどの大きな貢献であった。たとえば賛意を示す動詞「私 いい〔je oui〕」の直説法現在は、古い、「つまり一九五〇年頃までの」フランス語においては「言う〔dire〕」という動詞の活用変化にしたがっていたが、その後は以下のように語尾変化することとなったというわけである。

私　いい〔Je oui〕
きみ　いい（無変化）〔Tu oui〕
彼　いい（無変化）〔Il oui〕
私たちは感じている〔Nous jouissons〕
あなた（がた）は感じている〔Vous jouissez〕
彼ら　いい〔Ils ouient〕（これは魚にのみ適用される。彼らにおいて生殖のメカニズムは、測定できる快感なしに行われるようであるから〔oui は言うまでもなくフランス語の肯定の副詞だが、nous と vous で活用させられているのは jouir という動詞であり、この語には「性的快楽を得る」という意味もある〕）

『カオス』誌は、「言語の正しい用法」と題されたクノーのもう一つの論考を第二号に掲載すると予告していたにもかかわらず、その後消滅してしまった。ただしそれ以前、レーモン・クノーにはすでに『革命的シュルレアリスム』誌一九四八年三―四月号において、この主題について意見表明をする機会があった。これは、ブルトンと一線を画し、共産党を「唯一の革命的機関(67)」と認めることで、シュルレアリスムという松明をもう一度手に取ろうとしている運動であった。マックス・ビュカイユ、クリスチャン・ドトルモン、ジョゼフ・イストラー、アスガー・ヨルン、そしてノエル・アルノーという面々がそこには見受けられる。レーモン・クノーに心酔していたノエル・アルノーは、その詩の深みをよく理解し、彼に関する文章を『革命的シュルレアリスム国際紀要』に寄せている。その中ではとりわけ次のように書かれている。「彼、クノーには、無駄にする時間などない。彼は訳の分からぬ考えをきっぱり叩き売った。そして未知の者と接触状態に入った。彼は手始めに、相手に帽子を取るよう頼んだ。その者に礼儀正しくあることを教えるため、これから互いに知り合いとなる、しかも徹底的に知り合うのだということを彼が理解できるようにするために。レーモン・クノーは未知の者と同じ立場に立っている。彼の闘いは、現実のただ中で展開される。他人以上に彼はおびやかされているのだ。それはまるで、司祭は十字架をまったく恐れていないが、坑夫は炭坑内の可燃性ガスを恐れるようなものである」。『革命的シュルレアリスム』誌のクノーの論文は「フランス語動詞に関する比較的未知の諸側面」というタイトルが付いていて、『カオス』誌に載ったものとかなり近いが、ただその内容は異なっている。ここでは接続法とかなり近いセッジョク法というものが問題となっている……。そのセッジョク法というものは、『聖ユーラリーのカンティレーナ〔中世の叙事的・叙情的詩篇〕』や、『ロランの歌』、ロンサールの『エリザベス王女への悲歌』、あるいは『シンナ』の以下の一節に見られる。

そしてもし私の自由がおまえをして企てしめていたなら、
おまえは自由を返すことで私の邪魔をしなかっかっただろう、
おまえはそのことをこの国全体の名において受け入れたろうに、
それによって私が殺されっれれることを望むことなしに。

この論文の結論は、まったくもって一考に値するものだ。「接尾辞の哲学化についていえば、自明なことである。そして、《私は愛しニッツ、私は愛しノザ、私は愛し磁石、私は愛しブリュール、私は愛しデガー》と言うときは、単子《モナド》的に、完全に、互いに、原始的に、あるいは現象学的に愛しているという意味に理解される〔「磁石」を除いて、それぞれライプニッツ、スピノザ、レヴィ＝ブリュール、ハイデガーの名前の一部を「愛する aimer」の活用語尾に結びつけている〕。接尾辞の科学化においては、《私は愛してるキン、私は愛ンシュタイン、私は愛してルナ》はそれぞれ、バクテリア的に、相対的に、あるいは月的に愛しているということを意味する」。

このように執筆された諸々の論考によって、才気に満ちた人物というクノーの評判は確固たるものとなった。一九五一年、[68]「心的＝文化人類学的意図をはっきり示す名前」とクノーが指摘した『アダム』誌は、「新学期ばんざい！」という文章を載せた。この中でクノーは、労働の時間と余暇の時間との間に違いをもたせないということを主張している。「私が好きなのはサボり学校だけだ」と彼は認めているが、これはおそらく本当だろう。彼には、禁断の果実を栽培して喜びを感じるという性向があるのだ……。

彼はまた、「きわめて大胆不敵な想像力」と「解決不能な問題に単純かつ冷静な解決策を与える」才気を発揮することに関して、ガストン・ルルーに力強い賛美を捧げることも厭わなかった。[69] 彼が提示する例はたいへん説得力を持つ。「汽車が一台消え去った。しかしながら、その汽車は転轍《ポイント》操作場の前を確かに通ったのである。転轍操作夫は何も見なかった。謎である。解決は以下の通りだ。鼻風邪をひいた転轍操作夫が、ちょうどくしゃみをしているあいだに、汽車は気づかれることなく彼の鼻先を通ったのだ。では次に、殺人犯はどこに被害者の頭をうまいこと隠しおおせたのだろうか？　答えは以下の通りだ。被害者は醜いツラの持ち主だった。そこで殺人犯は念入りに被害者のひげを剃り、頭も剃り、鼻の穴にパセリを詰めて、豚肉屋の陳列台にならぶ豚の頭の間に置いてきたのだ。よし、行って見つけようではないか」。ガストン・ルルーの独創的な発想に対しクノーが示す嗜好の責任は、ただ本人だけに負ってもらうことにしよう。

クノーが『サムディ＝ソワール』誌に偽名で協力したかもしれないという謎を解くには、ルルーの才能が必要となろう。そのように言われているものの、証拠だてるものが何もないのだ。確実なところを知るために、新たな文学のルールタビーユ〔ガストン・ルルーの推理小説の作中人物〕の才能が現れるのを待とう。唯一確実に分かっているのは、この新聞が一九五一年五月五日に「ミロへのオマージュ」を再掲したことである。これは一九四八年十一月に、マーグ画廊から出版されていた豪華な月刊誌『デリエール・ル・ミロワール』に載った文章だ。一九五〇年五月、クノーはミロの絵画について書かれた「魔法のカボチャ」をこの同じ新聞に再び寄稿している。そして一九五一年一月には、「私は猫を猫と呼ぶ」という文章で、ハーシュフィールドの絵画を紹介している。

同じ年に、クノーは『クリティック』誌[70]に「新しい文学ジャンル——サイエンスフィクション」を、『ルヴュ・ド・パリ』誌[71]に「ジャック・プレヴェール、守り神」を発表した。彼がプレヴェールを称賛し、彼に対して友情を抱いていたことはよく知られているが、その関係は彼ら二人がシャトー通りに足しげく通い、またそこに住んでいた時代から続いているのである。クノーはつねにプレヴェールに対して忠実であった。なぜなら彼はプレヴェールの詩と思想を評価していたからだ。そのことは、次のような判断を下す彼の感受性にたやすく見てとれる。「プレヴェールの『言葉』の裏には多くの沈黙が聞こえるようにも思えるが、彼はもちろん道教の賢者でない。彼はシュルレアリスムの予言者でも実存主義の哲学者でもない。彼は希有な人物である。真正の人、以下のように世界をそのあるがままの姿で見ている人なのだ。

やさしくて残酷
現実的で超現実的
おそろしくておかしい
夜であり昼でもある
非‐突飛で突飛
すべてのもののように美しい

そして世界が美しいということを知っているから、彼自身が善なのである」。

戦後クノーの文章が掲載された雑誌を広く見渡してみると、いくつかの雑誌で詩が特別扱いされているということに気づかされる。たとえば『スメーヌ・エジプシエンヌ〔エジプト週間〕』誌、[72]『カロティッド〔頸動脈〕』誌、[73]あるいは『スメーヌ・ア・ムジェーヴ〔ムジェーヴ週間〕』誌[74]などに詩が掲載されているのは驚きである。この最後の雑誌については、ムジェーヴ〔オート・サヴォワ県のコミューヌ。スキーリゾートで有名」の医師ピエール・ルナールが、セゲルスの仲介を得て、ウィンタースポーツ・リゾートのイベントプログラムに詩を添えて楽しくしてくれるよう、クノーに依頼したのだ。(75)『ルヴュ・ヴィヴァント』誌、『ヴィザージュ』誌、『サントル』誌、あるいは『ポワン』誌にクノーの詩が載っていることにはそれほど驚かない。『ルヴュ・ヴィヴァント』誌は、ベルギーのディゾンで刊行されているもので、(76)フランスでの責任編集者はガストン・クリエルであった。そしてこの人物は、ルネ＝ギー・カドゥに加えて、リモージュの『ヴィザージュ』誌に作品を発表する作家の一人であったのだ。その『ルヴュ・ヴィヴァント』誌は、クノーの「ちいさな手足」を掲載した。これはほとんど知られていない詩で、次のように始まっている。

パリの屋根屋根、背中を下に横たわり、
そのちいさな手足を宙にあげている。

☆

バレエの一団が激しく前進した、
そのちいさな手足の上で。

☆

墓の虫たちが、そのちいさな手足でもって……。

☆

『ヴィザージュ』誌と『サントル』誌はリモージュで出されていた。前者はH・ラプラーニュとP・ジローのイラスト付きで、『運命の瞬間』の「壁」を掲載した。後者が紹介したのは、『牧歌』に所収される「軽い詩《ポエジー》」である。そこにはとりわけ次の一節が見られる。

子ども

ぼくはもはや六ヶ月でない
もう一歳だ
ああ年を取ったな
なんて歯が痛いんだ

『サントル』誌はジョルジュ＝エマニュエル・クランシエ、ロベール・マルジュリ、ルネ＝ジャン・ルジュリが監修していた文学雑誌で、地方の文化活動に奉仕することが意図されていた。一九四五年十二月付の第一号では、そのことがはっきりと表明されている。「周知のとおり、一九四〇年前後に地方で誕生したさまざまな雑誌——とりわけ『フォンテーヌ』誌や『ポエジー四十』誌、『コンフリュアンス』誌を念頭に置いている——は、パリ解放の折にパリにその本部を移し、そこを自らの場所とした。しかしながら活きた文学をよりよく知らしめ、また知的かつ芸術的な情報の発信源となりうる雑誌が地方にも存在することが望ましい。こうした目的のもと、ここジロドゥーゆかりの地に、精神的な出会いの場として役立つことを目指すこの雑誌が創刊されたのである」。

『ポワン』誌の責任者たちが抱いていたのも、同様の使命感であっただろう。これは、ロット県スイヤック近郊のランザックで隔月刊行されていた文学芸術雑誌であった。一九四五年の三月、ジャン・カスー、クロード・モルガン、ヴェルコール、ジョルジュ・サドゥール、アンドレ・ヴュルムゼール、ジャン・マルスナックなどといった面々のテクストに加えて、『ポワン』誌編集部は、トリスタン・ツァラ、ミシェル・レリス、アラン・ゲルブラント、V・M・サジェール、クロード・セルバンヌ、ガストン・ピュエル、アンドレ・フレデリック、そしてレーモン・クノーの詩を掲載したのである(77)。

文化交流総局が発行していた月刊誌『パージュ・フランセーズ』は、定期刊行物の抜粋を集めたものであった。それゆえクノーの署名がその誌面に見られるのはごく当然のことである(78)。ここには「そんなに怖くない」と「古き時代のことわざによるバラード」が掲載された。『ルーティエ』誌と『ル・タン・ド・ラ・ポエジー』誌にも「不幸な人たち」「振り子時計」「サン＝トゥアンのブルース(79)」が、そして「アクリボルド・アクロマット」が「濡れた海」というタイトルで掲載された(80)。ジャン・ダニエルとかいう人物が編集長をしていた月刊文学誌の『カリバン』も、一九五〇年四月、有名な「ありふれたこと」という詩、「考えてもごらん」とも呼ばれていた例の詩を逃さなかった。最後に、エメ・マーグが一九四四年の夏からカンヌで刊行を始めた、マティスやアンドレ・マルシャンといった画家たちの絵がついた豪華小冊子がある。九百九十九部が発行された一九四五年十一月号は、表紙と五十のリトグラフをマルシャンが手がけた。そしてジョルジュ・ユニェ、ガブリエル・オディジオ、ピエール・エマニュエル、ジャン・グルニエ、ポール・エリュアール、ガストン・バシュラール、ピエール・セゲルス、そしてガストン・シェサックの詩と並んで、レーモン・クノーの「モナコの憂愁」と「すべての権利」が掲載されている。

やや保守的な雑誌にも名前が掲載されていたにもかかわらず、彼は当時「共産党シンパ」と見られていた。「それは正しくない」と彼自身が一九四七年、クローディーヌ・ショネ宛にはっきり書いている(81)。もちろんシンパではなかった。シュルレアリストと共産主義者のもめごとやら、その後『社会批評』誌周辺で繰り広げられた争いを知りすぎていたクノーが、政党に服従することなどありえなかった。だがボリス・スヴァーリンはそのことを理解しなかった。自身の『社会批評』誌が再刊された際、彼は序文に次のように書いている(82)。「スターリン主義に引き入れられたレーモン・クノーとミシェル・レリスについて、私はたいしたことを知らず、あの流行の馬鹿げた影響、つまり赤軍がベルリンに向かって進んでいくにつれて非常に広まったある種のブルジョワ・スノビズムをかぎつけることくらいしかできない。この熱狂を助長し、非常に刺激したのがド・ゴールだ。彼はヴィシーに対する勝利に酔いしれ、彼の想像の中で不安をかきたてていたアメリカの威光に対抗するソヴィエト権力に夢中になっていた。その結果、すでに言及したこの《知的テロリスム》が生じたのだが、それに対して抵抗できた独立精神の持ち主はほとんどいなかった」。ボリス・スヴァーリンは間違っていた。戦後のクノーが、鎌とハンマー〔共産党のマーク〕のついた横断幕を前に掲げて行進などしようはずもなかった。それについての確信を得るには、『レットル・フランセーズ』誌や『フロン・ナショナル』紙に発表された数多くの宣言を再読すればよい。ルイ・アラゴン、エルザ・トリオレ、あるいはクロード・モルガンの名がほぼ常に挙げられているのに対し、レーモン・クノーの名が示されることはほぼ皆無である。一九四五年六月二十三日、『フロン・ナショナル』紙がルネサンス統一運動〔一九四五年に創設された左派政治運動体〕のためにアピールを発表したとき、アラゴン、アスティエ・ド・ラ・ヴィジュリ、リュシーとレーモンのオブラック夫妻、マルセル・カシャン、フィリップ・ドシャルトル、ジャック・ドビュ＝ブリデル、ジャック・デュクロ、エティエンヌ・ファジョンなどといった人物が署名を寄せたが、レーモン・クノーの名はどこにもない。一九五一年はじめ、トルコの詩人ナジム・ヒクメットが一九三八年から拘留されているトルコの刑務所内でハンガー・ストライキを試みるという出来事があり、詩人を支援するための署名リストが流通したのだが、『レットル・フランセーズ』誌が発表したリストにレーモン・クノーは載っていない。クノーが署名したのは別の支援者リストである。そこに連なっているのは、ミシェル・レリス、モーリス・メルロ＝ポンティ、ジャック・プレヴェール、ジョルジュ・リブモン＝デセーニュ、ヴェルコール、ジャン・ヴァール、シモーヌ・ド・ボーヴォワール、クロード・ブールデ、フランシス・カルコ、ルイ・ギュイユー、ジョゼフ・ケッセル、レオポルド・レヴィ、ジャン・ロスタン、アルマン・サラクルー、ジャン＝ポール・サルトル、ジャン・シュランベルジェ、そしてジュール・シュペルヴィエルらの名前である[83]。これは純然たる偶然だろうか？　断定は難しい。クノーは『レットル・フランセーズ』誌の協力者たちと連絡のつかない状態にあったのだろうか？　その可能性もある。しかしレーモン・クノーの名が共産党シンパの雑誌で発表されるリストにはめったに掲載されなかったことから考えると、彼は何よりもまず自分の自由意志を保ち、また場合によっては『レットル・フランセーズ』誌が距離をとっていた案件でも支持できるようにしておきたかったのではないかと推測される。一九五二年二月、アラゴンの雑誌がアンリ・マルタンに対して取るべき行動をめぐって分裂してしまったように見えたとき、クノーは、インドシナ戦争に反対するビラを撒いたことで一九五〇年に禁固五年を申し渡されていたこの平和活動家の釈放を要請する嘆願書を、ロジェ・

マルタン・デュ・ガールに回している。同様に、早くも一九四七年九月に、クノーはゲイリー・デイヴィスとフランス司法の紛争も追っていた。良心的徴兵忌避を擁護し、世界市民権を優先するためにナショナリズムを断罪するというゲイリー・デイヴィスの考えは、『レットル・フランセーズ』誌内で共有されていたわけではなかった。アンドレ・フォンテーヌ[84]が、ゲイリー・デイヴィスの行動をめぐって結晶化した問題の核心をうまく述べている。「人はデイヴィスのうちに、西洋の同盟の機運を弱めてしまいかねない要素や、敗北主義の予言者を見出して告発した。一言でいえば、程度の差はあれ意識せずに行動しているが、効力がなくもないソヴィエトのスパイであると見なされたのである。反対陣営では、最初は逆の理屈が支持された。次いで〈フォル・ド・シャイヨ〉[85]が群衆の注意を引くのに力を発揮し、格好のマルクス主義者として彼を利用することに努めた。ルイ・マルタン＝ショフィエやヴェルコールは、彼を支持していたということで非難されることはなくなった。そしてこの世界市民の人柄についてはさっさと見逃すことにして、同じ時期に〈自由の闘士たち〉〔一九四八年に設立されたレジスタンス起源の平和運動〕が国民集会で表明していた平和への意志をとりわけ強調したのである」。クノーはゲイリー・デイヴィスによって引き起こされた論争に参加し、彼を支持する委員会に加入した。だが、最後には失望してしまった。彼は以下のように書きとめている。「少し前に、私は五区と六区の《世界市民》集会に参加した。三人のハゲと一人の坊主がいた。そして名もない下品な演説者が、牧師がキリストの生涯を物語るような調子でゲイリー・デイヴィスの生涯を物語っていた[86]」。クノーには規律正しく敬虔な闘士という要素が何一つない。彼は何よりもまず非常に発達した批評精神を持つ知識人であり、政治に対してとりわけ慎重であった。彼はシュルレアリスムと最初に関わった頃からはやくも政治に出会い、また実践もしていた。それゆえ彼には、慎重になる理由が山ほどあったのだ。それに対し、文学、芸術、あるいは人間に関わる主義主張の擁護ということになると、物怖じすることはなかったのである。

とりわけ彼は、ヘンリー・ミラーの立場を支持した。ミラーの本を出したフランスのシェーヌ出版とドノエル社が、司法に脅かされた時のことだ。モーリス・ナドー[87]は、以下のようにこの件をうまくまとめている。「一九四六年にヘンリー・ミラーに対する訴追が始まったとき、ミラーおよび表現の自由を擁護するための委員会が組織された。メンバーは以下の通りだ。フランシス・アンブリエール、ジョルジュ・バタイユ、ジョー・ブスケ、アンドレ・ブルトン、アルベール・カミュ、ジャン・カスー、ポール・エリュアール、マックス＝ポル・フーシェ、アンドレ・ジッド、ポール・ジルソン、エミール・アンリオ、アルマン・オーグ、ロベール・ケンプ、フレデリック・ルフェーヴル、クロード＝エドモンド・マニー、エマニュエル・ムニエ、モーリス・ナドー、モーリス・ノエル、ジャン・ポーラン、レーモン・クノー[88]、アンドレ・ルソー、ジャン＝ポール・サルトル、ピエール・セゲルス。道徳社会行動会議による訴追が取り下げられ、またそれにつけこまれた司法がヘンリー・ミラーに《特赦を与え》、自らの非を認めて謝罪するために、この委員会が活動する必要はなかった(ヘンリー・ミラーは有罪判決を受けなかったのである)」。しかしナドーのこの記事が一九五一年のものになっているのは、一九四九年にこのミラーの件が蒸し返されたからである。今度はナンシーの四軒の書店が『北回帰線』および『南回帰線』を頒布したことで訴追されたのだ。波乱含みのさまざまな展開や、クノーを含むたくさんの作家が動員された後で、無罪が一九五一年五月に言い渡された。しかしながら、判決理由には不安にさせるような要素があった。家族・出生率諮問委員会の意見に同調した判事たちは、「きわめて低級かつ攻撃的なポルノグラフィが、意図的に下卑た言葉で展開されている」として非難されたミラーの二作品を告発したのである。これらの作品は「良俗に反する」と宣告されたが、これらを商った書店は放免された。その理由は、「書店に対し、彼らの売っているすべての出版物を読むことまでは要求できない」というものである。

レーモン・クノーは、アントナン・アルトーのテクストによってラジオで持ち上がった論争でも注目を集めた。それは「神の裁きと訣別するために」というもので、一九四八年の二月に読まれることになっていた。それを番組ディレクターのヴラディミール・ポルシェが禁じたわけであるが、それに対し、アルトーにこのテクストを書くよう依頼した張本人であるフェルナン・プエは、クノーを含む何人かの文学関係者を集めて、彼らの意見を聞こうと考えた。クノーの意見は放送に対して好意的であったが、しかし検閲はそのまま残った。戦争直後というこの時期にアントナン・アルトーが行ったのが、アメリカの好戦的帝国主義に対する非難であったことは言っておかねばならない……。

一九五〇年、四月に行われたイジドール・イズーの裁判に際して彼を擁護し、またとりわけボリス・ヴィアンが裁判所に出頭させられることに対して抗議するために、クノーはまたもや同業の文学者たちと手を結んだ。レーモン・クノーが署名した請願書は「道徳という覆いのもとで作者と出版社に対して起こされた訴訟に反対し、表現の自由の名のもとに」立ち上げられたものだった。そこにはジャン・ポーラン、レーモン・クノー、ピエール・プレヴェール、アンドレ・ベリ、アンリ・プライユ、ジャン・コクトー、モーリス・ロスタン、ピエール・ベアルン、リブモン゠デセーニュ、イヴァン・オドゥアール、アンリ・ダンフルヴィル、ジャン・デュビュッフェ、ウジェーヌ・モワノー、モーリス・シアンタールの名が見られた。

その一月後、今度はサド侯爵の『閨房哲学』を頒布したことで、プルミエール社が訴追されたとき、それに対する抗議活動でクノーの名がもう一度現れた。一九五〇年十月、アンティーブの映画祭に参加した際[89]、彼は映画作家たちやジャーナリストの側について[90]、アメリカでエドワード・ドミトリクが投獄されたことを告発している[91]。十人のハリウッドの映画作家がその意見を罪に問われて投獄されたのだが、ドミトリクはそのうちの一人であった。そして一九五二年、クノーは、ジャン・ロメアスを擁護するべく、ガイイ予審判事に対して働きかけを試みている。ジャン＝ピエール・ロネのペンネームで知られているこの人物は、五月二十八日に逮捕され、二週間後にも相変わらず獄中にいたのだった。クノーは、ジャン＝ピエール・ロネがいかなる政党にも属していないこと、また職務質問されたときにデモが行われていた場所に彼がいたのはまったくの偶然であったことを証明しようと骨を折った。さらにロネは小さな出版社を経営しており、彼がいないとこの社は崩壊しかねないのだった。

レーモン・クノーはまた、マック・ジーを救おうとする人々にも加わった。この人物は、一九四五年十一月に、白人女性を強姦したかどで告発された三十七歳のアメリカ黒人である。この事件においてクノーは、ダヴィッド・ルーセ、ジャン・ロスタン、ポール・ランドフスキ、ガブリエル・マルセル、ロベール・トレノらと名を連ねた。だが一九五一年五月八日、マック・ジーは、自分は黒人ゆえに処刑されると断言した手紙を妻子に宛てて書いた後に、電気椅子で処刑されてしまったのである。

第十六章　認められた作家

パリ解放から数週間後、レーモン・クノーは『ルイユから遠くはなれて』を発表するが、これは当初『レットル・フランセーズ』誌に連載され(1)、次いでガリマール社から刊行された。作品について彼がどのようなことを述べているにせよ、彼はこの小説を書くために、再び自分自身という源泉から想を汲んでいる。とりわけ、ルイ＝フィリップ・デ・シガールの喘息の発作を喚起するときなどはそうだ。「なにしろ首を絞められるより、喉をふさがれるより、窒息するよりひどくて、生理学的深淵、解剖学的悪夢、形而上学的不安、反抗、嘆きで、心臓は早鐘を打ち、両手は握りしめられ、肌からは汗がにじみ出てくるのだ(2)」。妙薬《エリクシール》を商品化して安楽に暮らし、シラミを殺す良い製品を生み出そうとしている薬屋のリネールという人物は、アルマン・サラクルーを思い起こさせる。サラクルーとレーモン・クノーは、数年前から再びつきあうようになっていた。さらに自分自身への言及もある。ロジャーナの隣に座るようすすめられたジャックは、「アニエールの犬たち(3)」の歌がとても気に入ったと彼女に打ち明けているのである。また『ルイユから遠くはなれて』の中にはクノーのお気に入りのテーマのいくつかが見られるが、とりわけ映画は荒唐無稽な叙事詩の頂点にまで達している。クノーはこのように書いている(4)。「スクリーンには巨大な白馬、それから騎手の乗馬靴が映し出された。［……］そんなわけで、単蹄動物のたてがみと乗馬靴を履いた男の乗馬ズボンが映り、次いで乗馬ズボンを穿いた男のベルトに下がったピストルが映り、その後ピストルを携行している男の隆々と丸く盛り上がった胸部が映り、最後に男の面相が映る。いかにも名うての武人らしき男、他人の命などシラミの命ほどにも頓着しない大男だ。この男こそジャック・ロモーヌ、だがジャコは、そのことにちっとも驚かない」。次いでこの映画の中に彼がいるということが知らされる。なぜなら彼はアメリカで身を立て、かの地で「ムホーモノ」となることを選んだからだ。また明らかにクノーは話し言葉に対する注意を研ぎ澄ませつつあり、音声的な綴りを喜んで使っている。「ぜえんぶのんで、さ、ごくりとやって[5]」という言葉は、ビストロの女主人が、ワインを出しながらジャックに投げかけるものだ。より深刻、つまりより悲劇的な人間性を示しているのは、妻の死にあたり、死という言葉に反抗しているデ・シガールの姿である。ただし彼の言葉遣いはまったく野卑なものであるのだが。「ああ、くそっ、あの女が死骸になって腐っちまうのかと思うと、胸が掻きむしられるようだ。しかも誰だって同じようになるのかと思うと、ああ、くそっ、くそっ、くそっ[6]」。

クノーの文体は残念ながらすべての人の気に入ったわけではない。特に『レットル・フランセーズ』誌の数人の女性読者には覚えが悪く、彼女たちは自分たちの落胆を隠さなかった。はやくも連載三回目には、女性読者の一人が立ち上がって次のように問いかけた。「レジスタンスにはこの種の通俗的で、さらには無能で猥褻ですらある小説家しかいないのだと私たちに信じさせたいのでしょうか？　下品な隠語と俗悪で粗野な言葉がちりばめられたこの第三回を読んで、誰が憤慨せずにいられましょうか？　あるいは、これが新しいフランスだとでも？　私たちは、スキュデリー嬢の美しい言語や、そこまでいかずとも単にヴォルテールやヴィクトール・ユゴーの純粋な文体や文章、そして選びぬかれた言葉を捨てなければならなくなるのでしょうか？　実に私たちは、アンリ・ボルドーやピエール・ブノワら発禁となった書き手の各氏を惜しんでおります。宗教、政治、人種といったもろもろの問題は別にして、彼らは少なくとも《書き方を知っている》という長所を持っていました」。別の女性読者は、この小説によって「期待を裏切ら」れ、また「気分を害した」と明かし、この小説の「凡庸さを凌いでいるのは、ただ悪趣味と、下品な感情と、卑猥で下劣な表現のみである」と言い切っている。ただしこうした視点が少数派であったことは考慮しなければならない。というのも『ルイユから遠くはなれて』の売れゆきは非常に満足のゆくものだったからである。販売部数は一九四五年と一九四六年に六千部を突破し、続く数年には七千部を超え、ついに一九五一年と一九五二年には八千部に達したのだった[7]。

一九五二年に『人生の日曜日』が刊行された後、アレクサンドル・コジェーヴが、『わが友ピエロ』と『ルイユから遠くはなれて』そして『人生の日曜日』を「知恵の小説[8]」というタイトルのもとにまとめ、非常な才気をもって論じた。これによりコジェーヴは、レーモン・クノーが一九五一年一月に『レ・タン・モデルヌ』誌に発表した「哲学者たちとごろつきたち」という論考に対する精緻な返答を与え、またこれら三作品に一貫性があることを示したのである。〈知恵〉を、ヘーゲルが構想したように「まったき自己意識をともなった完全な満足」と定義しつつ、コジェーヴはピエロ、ルイユの詩人、そして兵士ブリュを見事に特徴づけるのがこの〈知恵〉であると考える。コジェーヴはこう書いている。「自己を意識し、自分たち自身に満足していて、同時に他の皆にとって完全に受け入れられる人間であるにもかかわらず、なぜ彼らは賢者たちの威厳をもつ権利がないように見えるのだろうか。もっとも、そうした権利を彼らは要求してもいない。おそらく謙虚さという理由からなのだろう。そういう謙虚さは、正当化できるわけではないが、彼らのキリスト教的な出自によって説明がつく」。コジェーヴはまたこう続けていた。「あまり一般的でないものの愛好家たちにとっては、彼らのふるまいは奇妙きわまりないのだが、それが、教養があり、多少なりとも哲学の歴史に入り込んだことのある精神の持ち主にとっては喜びの源泉となりうるのだ」。そしてコジェーヴは、クノーのこれら三つの小説からいくつもの出典が浮かび上がってくることを示しつつ、彼にとって『人生の日曜日』が「《人間の安息》、すなわち満足自体を十全に意識し、本質的に平安で、できるかぎり何もすることのない満足の状態で生きることを目指した人間が、自らの構想した世界を創造する際に求められた、辛い闘いと辛い労働とが完遂された後にやってきた人間の決定的な休息」以外の何ものでもないということを主張した。そしてヴァランタン・ブリュは「真正なる〈知恵〉、つまり、知恵それ自体との不毛な遊戯に楽しみを見出したりするどころか、知覚可能な具体的現実と即座に接触をもつ〈知恵〉」にすら到達しているようなのである。「〈賢者〉において、それとの接触は、嫌悪感や不安でなく、快さや喜びを引き起こす——このことが、良識を備えた女千里眼師、つまりは彼に誠実でかつ彼を支配している伴侶ジュリアに、くつろいだ笑いをもたらすのである（『人生の日曜日』の最後の一文を参照せよ）」。

この小説と『ルイユから遠くはなれて』との間に出された『文体練習』（一九四七年）によっても、クノーは注目を集めた。とりわけイヴ・ロベールが二年後にこれを脚色してラ・ローズ・ルージュ座で上演したことで、彼の知名度はひろく定着したのであった。フランス文学で類を見ない九十九からなる『文体練習』は、とある平凡なできごとを九十九の異なる方法で物語るものである。路線バスに一人の若者がいる。度外れに首が長く、ひもの飾りのついたソフト帽をかぶっている彼は、ぶつかった乗客と言い合いになり、そのあとで空いた席に突進する。二時間後、サン・ラザール駅の前で再び彼を見かけるが、そのとき彼は一人の男友だちと大いに議論しており、その友だちが彼に、切れ込み部分を短くするため、コートにボタンを一つ加えたらどうかと提案しているのだ。ここで音楽との比較が必要となる。レーモン・クノーが自ら明言しているとおり、『文体練習』が示すのは、一つのテーマのさまざまな変奏である。[9]「一九三〇年代に、私たち（ミシェル・レリスと私）は、プレイエル・ホールでとある演奏会を一緒に聴いたのだが、そこで演奏されていたのが《フーガの技法》であった。私たちはそれをたいへん熱狂して聴き、会場から出ながら、文学の分野でこの種のことをやったら実に面白かろうと言い合ったことを覚えている（対位法やフーガという角度からではなく、相当貧弱な一テーマをめぐってほとんど無限にいたるまで増殖する変奏という手段を用いて作品を構築するものとして、バッハの作品を考察していた）。実際私が『文体練習』を書いたのは、きわめて具体的にバッハを、またまさにプレイエル・ホールでのあの演奏会を思い起こしながらだったのである［……］」。その目標に到達するため、クノーはフランス語のあらゆる口調、あらゆる資源を使い、実に鮮やかな手際を示した。さまざまな時制、さまざまな法、電報風の文体、高貴なあるいは下町風情の文体、十二音節詩句《アレクサンドラン》をはじめとするさまざまな形式の詩、コントルペトリ〔文字や音節を入れ替える言語遊戯〕、文法と構文の数々の可能性や、まったく意表を突く語彙。こうしたものすべてが動員され、偉大な才能を備えた言葉の曲芸師にふさわしい、ユーモアと言葉遊びの傑作が出来上がったのである。だがそれなのに……。彼は原稿をガストン・ガリマールに渡しながら、「次の本については不安で身のよじれる思いです[10]」と打ち明けている。『ル・モンド』紙のエミール・アンリオ[11]を筆頭に、批評は非常に好意的だった。アンリオはこう書いている。「レーモン・クノー氏の文体練習は器用ということを越えている。バンヴィルや、『シラノ』の鼻に関する長広舌で知られるあのロスタンも、これについては謙虚にコツを尋ねてくるかもしれないくらいだ。これは最良の賛辞である。クノー氏は、書評依頼状では文体のパロディを一切控えた。実を言えば、彼がはからずも到達したのは、卓越した《誰それ風の……》という連作である。つまり彼が行った言葉の入れ替えのうちのいくつかは、ラブレーやプルースト、ペギー、バルザック、ジュール・ルナール、コペー、マラルメ、セリーヌ、あるいはレオン＝ポール・ファルグと署名されていてもおかしくないものなのだ。そしてクールトリーヌは、あらゆるページで、おかしさと才気に関して越えられてしまっている……」。口うるさいことを言ったのはジャン・カナパ以外にほとんどいなかった。クノーは六月に全国作家委員会の副委員長を辞めていたのだが、奇妙なことに彼が非難されたのは、『ポエジー四十七』誌の八―九月号であったのである。ここにはおそらく何らかの関係があるのではないだろうか。いずれにせよもっとも型通りの、はっきり言うならもっとも才気に欠けた批評のかたちをとっていたのがカナパの批評であった。「いや、今日スコラ的形式主義の文学遊戯に対し、ほだされた甘い態度をとることはできない。というのもそうした遊戯には反啓蒙主義的な含みがあり、それによって危険な遊戯となっているからだ。だからこそ、無邪気な賛嘆に突き動かされたC・シモネが、《［クノーの］『文体練習』は、はじめは一つの遊戯に過ぎない》と書いた後で次のように続けるのを見るのは悲しいことだ。その遊戯は、《文学がまじめな精神の下で窒息している時代にあって、かなり元気を取り戻させてくれる[12]》。なんだって！　まじめな精神に対するこの軽蔑――すでに時代遅れになってはいるが――はどうだろう？　それでもってあなた方は我々を打ちのめそうというのか？　［……］フランスでは日々大量に対独協力者が自由の身になり、ギリシャやスペインでは愛国者が銃殺されているというのに……君たちは皆に笑っていてほしいというのか？［……］こうしたことすべてが《文学の最大の財産になる！》と言っているように見受けられる。だがむしろ、文化の最大の害悪と言うべきではないのか。大いに推奨されてもいるあの文学の自殺によってもたらされる、政治的には反動となる帰結におめおめと《乗り込む》ことを拒否する人間からしてみたら、このような無駄話は言い訳無用のしろものである。したがって、こんなものが《左翼》と言われる知識人によって賛同され、広められるのを目にするのは容認しがたい。しかもそうしたことを通じて、いくつかの種類の前衛が、もっとも退行的な蒙昧主義の遊戯へときわめて論理的に至り着いているということもわかるのである」。ジャン・カナパがこのテクストを書いた際、進歩の光は必ずしもその原稿を照らしていなかったようだ。

『文体練習』が出版される前の一九四六年に、クノーが何もしていなかったわけではなかった。『レットル・フランセーズ』誌に言語に関する二つの論文――それはジャン＝ジャック・ポーヴェール社の「パリミュグルの抜き刷り」に再掲されることになるのだが――を書いたうえに、ジョージ・デュ・モーリアの『ピーター・イベットスン』を翻訳したのである。映画化されたおかげもあって、彼はこの小説と一九三七年に出会い、その後一九三八年、一九三九年、一九四〇年と三度も再読していた[13]。「作者ジョージ＝ルイス＝パルメラ・デュ・モーリアはフランス系である。彼の母親はジャン・バルトの子孫であり、祖父は十二世紀から知られたガラス職人の家系の貴族で、大革命のときにイングランドに亡命した。［……］伝えられているところによると、ある晩、ヘンリー・ジェイムズと散歩をしながら、デュ・モーリアは彼に小説のテーマを示唆した。ジェイムズはその提案を辞退し、自分で書くようにとデュ・モーリアを励ました。モーリアは仕事に取りかかり、一八九一年、『ピーター・イベットスン』が出版され、大成功を博したのである」[14]。ジョージ・デュ・モーリアの孫娘のダフネ・デュ・モーリアも小説家で、『ジャマイカの宿』（一九三六年）と『レベッカ』（一九三八年）で知られる。

疲れ知らずで、どのようにかは分からないが書く時間を捻出していたレーモン・クノーは、一九四七年に『おじけ』[15]と『皆いつも女に甘すぎる』[16]を出版した。前者にはスカトロジーに対する彼の確かな嗜好が示されており、そして一九五〇年に『サリー・マーラの日記』という続編が出る後者には、アイルランドとジェイムズ・ジョイスの小説に対する大いなる関心が示されている。連作となった二作は、当初はサリー・マーラが書き、ミシェル・プレルなる人物が翻訳したとされていたが、このミシェル・プレルという名が奇妙にも喚起するのは、クノーがよく知っていた女優の名前である〔ミシュリーヌ・プレルのこと〕。パスカル・ピアが言うように(17)、なぜクノーは二度にわたってサリー・マーラとミシェル・プレルという偽名のかげに隠れる必要を感じたのかという問いが浮かんでくる。一九四六年に『墓に唾をかけろ』をヴァーノン・サリヴァンという名で出版していたボリス・ヴィアンの例に倣ったことと、人を煙に巻くという嗜好ゆえだろうか？　そうかもしれない。パスカル・ピアがこの件について回想しているのだが、ジャン・クヴァルによると、レーモン・クノーは、サリー・マーラの冒険に『文体練習』ほどの手間をかけておらず、それゆえこれを自作とは主張したがらなかったということだ。だがクヴァルはまた、『皆いつも女に甘すぎる』が「たどったのは《ユリシーズの道程と似通った道程であり、それゆえ仮に手早く書かれたにせよ、この小説は準備なしに書かれたわけではないと考えられる》」とも述べている。パスカル・ピアはこう続ける。「私が『皆いつも女に甘すぎる』を最初に読んだときにまず驚かされたのは、一九三〇年代のアメリカの書き手たちに特徴的な物語手法に訴えるサリー・マーラの器用さである。行動主義の小説家たちと同様に、サリー・マーラはくだくだしく説明したりはしない。アイルランドの共和主義者たちによるダブリンの郵便局占拠事件という話は、ジェイムズ・ケインのもっとも優れた作品にまったくひけをとっておらず、したがってクノーと署名されたクノーの作品からは著しくかけはなれている。とはいえ、この物語が彼にインスピレーションを与えた手本と完全に合致しているわけではないということや、とりわけそのパロディ的な性質によって、これが手本と区別されることはすぐに理解される」。パロディ的性質は、以下のことを特に明確に述べた一九六二年に出された『サリー・マーラ全集』の序文で確認される。「これらの出来事を扱ったぞんざいなやり方の中に、政治的＝歴史的意図を認めなければならないとは思わない。つまり、一九一六年の復活祭の月曜日に起こったダブリンの蜂起は、まったくこのとおりというわけではなかったらしいのである」。

実際のところ、『皆いつも女に甘すぎる』と『サリー・マーラの日記』は、エロティックな傾向を持ったアングロ＝サクソンの小説を模倣する楽しい気晴らしであった。それに対して『聖グラングラン祭』（一九四八年）は、レーモン・クノーにとってははるかに重要であった。というのもそれは、十五年ほど前に『ピエールのつら』（一九三四年）とともに始まった一つの作品の到達点であったからだ。クノーはこの『ピエールのつら』とそれに続く『ぐずついた天気』（一九四一年）の物語を異本《ヴァリアント》とともに再びとりあげ、それらに「聖グラングラン祭」と題した章を付け加えた。その章では、かつて自分の父親によって山の中に追放されたエレーヌが語っているのである。ジョルジュ・バタイユは次のように書く(18)。「最初の計画では意図が錯綜していた。高尚な意図もあれば人を中傷するような意図もあるといった具合で、それらは明らかに煮えきらない状態にあった。作者は、思考に展望を開いた社会学、精神分析、現象学という学問の広がりや深み、あるいは可能性に対し、じゅうぶんな豊かさをもって応えたいという配慮に従っていた」。『聖グラングラン祭』について次のように付け加えたバタイユの判断は的確だった。「だが十五年ほど経ったのち、彼は結局のところ、詩的な誹謗中傷の要請へとすべてを還元しなければならなくなった。つまり豊かな思考は、豊かな詩に比べて短命なのだ。というのも、知的所与の動機づけられた単純さを解体してしまうのが詩だからである。つまり詩は、より深い一つの真実へと移行してしまうのだ。そこにおいてものごとは、もはや使用価値を持たない。それぞれは欲望、嫌悪、哄笑あるいは恐怖の対象である。ある意味では、（リビドーについて語る）精神分析が、（聖なるものについての）社会学が、そして（存在の）現象学が我々に教えることがまさにそれなのだが、しかしこれら学問の教えは、はっきりと定められた対象にそれぞれの語が適合するという地平でなされる。［……］［だが］それらの学問は、真正なる詩が単純におこなっていることを決してなしえない。すなわち、思考の推論的な組み立てというゴミを次々と掃除していくこと、そして観念の彼方にあって単純な——形もなく、様態もない——詩の真実へと単刀直入に到達することである。『聖グラングラン祭』という散らかり放題の部屋の窓は、その真実に大きく開かれているのだ」。

短編小説というまったく異なるジャンルでも、レーモン・クノーは、一九四八年にジョルジュ・ヴィザ出版社から、クリスティアーヌ・アラノールによるドライポイント挿絵を添えた『トロイの馬』という作品を刊行している。登場する男と女が、「かがみ込み、女と連れの紳士に、酒を一杯つきあわないかと提案する」一頭の馬と、とあるバーで一緒に過ごすというこの物語は、率直に言って幻想的なものである[19]。不可思議なことが前触れもなしに、だが一方では完全に合理的な物語の中にやってきたりすると、マルセル・エメの非現実の世界にいるような気がしてしまう。この二人の作家は知り合いであり、また互いを評価していた[20]。マルセル・エメはガリマール社のクノーのオフィスをしばしば訪れていたのだ。もっとも、彼がたいへん活気にあふれた会話をしたわけではないが……。それはさておき、『トロイの馬』については、『小説家マルタン』の著者が『ルイユから遠くはなれて』の著者に影響を与えてはいないかと考えることはできる。それに関連して、レーモン・クノーの作品中の馬が、自分の祖父はケンタウロスだったと語っているのが確認できるのは興味深い。ケンタウロスは、マルセル・エメが一九五〇年に『後退』という選集で発表した『婚約期間』という短編小説に登場する作中人物なのだ。確かにエメの物語にはきわめて特殊な様相が与えられているものの、『トロイの馬』の面々と同様、彼もまた人間と半人間とを隣り合わせているのだ。クノーの例の馬が誇らしげにこう発言しているのを思い起こそう。「私には二本脚の妹がいるんですよ。タバラン〔パリのダンスホール〕で踊り子をしています」。一方、マルセル・エメのケンタウロスは、カッパドキアの男爵の娘エステルがギリシア神話に対して抱く熱情から生まれたものである。彼女の父親もそれを認めている。「あの子が立派な神話を一つ想像するだけで、胎内でそれがすぐさま具現化したんだ」。

この愛すべき冗談の後で、クノーは再び真面目なことに戻り、自分がそれまで雑誌やさまざまな出版物で書き散らしてきた文章を集めることに関心を寄せた。こうして『棒・数字・文字』が生まれたのだが、その内容は版によって、とりわけ一九五〇年の版と一九六五年の版で異なっている。この本の方向性は興味深い。というのも、一九三〇年に『ドキュマン』誌に発表された「ホワット・ア・ライフ!」や、一九三八年に『アール・エ・メティエ・グラフィック』誌に掲載された、魅力的な物書き狂人ニコラ゠ルイ゠マリ゠ドミニク・シリエについての「活版印刷が生む妄想」という珍しいテクストを、一般読者に提示していたからだ。しかしながら『棒・数字・文字』は、すでに知られたいくつかの文章をまとめるだけにとどまらなかった。『ノートル゠ダム・ド・パリ』のような作品に関する、あるいは「リブモン゠デセーニュとの会話」で語られたシュルレアリスムや詩や言語に関する未発表のテクストも含まれていたからだ。ヴィクトール・ユゴーの名高いあの歴史小説は、クノーによれば、イリアスと縁続きであるという。彼は次のように書いている。「似ているとはとても思えないかもしれない。にもかかわらず、作中人物の歴史的な絵巻を通して、そこには同じテーマ、同じ性格、同じ人間のふるまいを発展させたものがある。エスメラルダ、それはヘレナ。フェビュス、それはパリス。そう言ったところで、ふざけているのでも、パラドックスでもない。カジモド、それはテルシテス。ノートル゠ダム、それはトロイの街。〈奇跡の庭〉、それはギリシアの人々、と言ってもまた同じことだ。それはただ(およそ)三千年前に撒かれた種が花開いたと認めるに過ぎない」。他方、「ジョルジュ・リブモン゠デセーニュとの会話」は、一九六二年に出版される『ジョルジュ・シャルボニエとの対話』の先触れとなっている。クノーはこの中で、自らのシュルレアリスムとの出会いと断絶を思い起こし、結局はその重要性を、つまり「自分自身にとって、また自分以外の人々にとってのシュルレアリスムの重要性と、深くまた広いその影響の重大さ」を認識するに至ったと結論づけている。他方では、「話し言葉と書き言葉の間の対立は[……]、現代フランス語において惨憺たる状態だ」と述べ、話し言葉に一つの文体を与えることが喫緊の課題になっているとみなしている。また自身の作品について問われた彼は、『文体練習』を書くに当たっては現実の出来事から出発したと明言した後で、以下のように述べる。「最初は十二通りに変えて語りました。次にその一年後、さらに十二通り、そして最終的には九十九通りになりました。人々はこの作品に文学の解体の試みを見ようとしましたが、私の意図したところはまったくそうではありません。どのみち私の意図は練習すること以外のなにものでもありませんでした。その結果は、おそらく文学のもろもろの錆落とし、垢落としということでしょう。私がそのことにいくらか貢献できたとすれば、鼻高々にもなりましょう、特にあまり読者を退屈させずにやったとなれば」。最後にリブモン＝デセーニュから今後の計画を紹介するよう求められ、『携帯用宇宙開闢論』を予告している。「全部で六つの歌になるでしょう。ジャンルがそう要求するのです。人間は第五の歌の最後に登場し、第六の歌は機械にあてられます。大きな計算機を歌って終わることになるでしょう。これは教育的な詩ではなく、科学を詩のテーマとみなしたものです。さらに第三のヘルメスの熱弁の中ですが、詩そのものの中にこの詩の一つの説明があります」。

詩は常に彼の関心事であった。戦後に引く手あまただったときも、また特に重要な散文作品をものしていたときでも、彼は複数の詩集を出版している。『運命の瞬間』は最初、マリオ・プラシノスの十六の銅版画を添えて一九四六年にヌリチュール・テレストル社で出版された。これは、一九四八年のガリマール版に含まれる六篇のみからなる版である。そのガリマール版の書評依頼状は、短いが興味深いものである。「私のお気に入りの詩人は、リュトブフ、ヴィヨン、ジャック・ジャック[21]、ボワロー、シェニエ、そしてペギーだ。私は彼らを（そして他の幾人かも）精一杯模倣したのであり、どんな主題でも、あることないことでも、たとえば死が問題になっていても、これらの詩の中にそのことが見てとれることを願う。さらに古い詩、つまり《シュルレアリスムの》詩、そしてその時代より前の詩も、この選集《ルクイユ》の第三部には含まれている（集める《ルクイユ》のだから良いではないか）。そうすることで——あの時代についての——ある見方を与えられるのではないかと考えたのだ」。これら初期の作品群は必ずしももっとも理解しやすい部類に入るわけではないが、しかし『運命の瞬間』の全体によって、クノーは、その才能の別のさまざまな面に加え、偉大な詩人としても姿を現したのであった。

『運命の瞬間』の最初の二つの版の間に、彼は『牧歌』（一九四七年）を発表しているが、これを彼が大いに好んだとは思えない。事実彼は、「ジョルジュ・リブモン＝デセーニュとの会話」の中でこの詩集を「小さな子どもたち」向けのものだと紹介しているし、また一九六二年一月には、ガリマール社でこれが重版になると思い込んで反対の意を表明している。そんなことをしても仕方がないと思ったのだ。だが実際のところ、重版を彼に告げた『新フランス評論会報』の責任者は、ヴァレリー[22]によるウェルギリウスの翻訳書と混同していたのである……。

『牧歌』とは逆に、一九四八年にムスティエ出版から出した『記念碑』を、レーモン・クノーはたいへん気に入った。彼は画家で版画家のジャン＝ポール・ヴルームの求めに応じ、「版画家があらかじめ考えたタイトルがそれぞれについた十二の版画と表紙からなる《グラフィック・シナリオ[23]〔図形で表したシナリオ〕》」のためにテクストを書くことを承諾したのだった。通常、挿絵画家の仕事は詩人あるいは小説家の後でなされることを考えれば、これはまったくもって斬新な試みだった。クノーはそれに完全に成功した。そこでクロード・ドゥボンにならって、次のように言うことができよう。「ここでは図像が、とりわけ刷新された詩的エクリチュール［……］を生み出す機会となっている。彼のお気に入りのテーマ［……］――また彼固有の文体的手法――を見出すことはじっさいにできるものの、この詩集には、活字の配置に対する気遣い――クノーはそれまでほとんどこれに関心を払ってこなかった――と、『基本的道徳』の濃密かつ難解ですらあるテクストを予告している散文詩が現れているのを見て取れる(24)」。

レーモン・クノーが(25)ジョルジュ・リブモン＝デセーニュにはっきり述べていたことにつけ加えれば、『携帯用宇宙開闢論』は〈地球〉の形成と〈生命〉の出現を最初の三つの歌の中で喚起し、第四の歌で「アメーバからシロアリまで(26)」進むのだった。この詩人の世界観の力強さと幅広さにはただ魅了されるばかりだ。あふれんばかりの叙情が、過剰に教育的になることなく我々の惑星の歴史全体を再創造している。これはギリシアとラテンの古典文学に関する完璧な知識を基盤とし、そこに愉快な言語的思いつきを結びつけた非常にスケールの大きい詩《ポエジー》なのである。イヴォン・ブラヴァルによれば(27)、「結局のところ［……］『携帯用宇宙開闢論』は一つの学問的機械である。その中ではすべてが互いにはまったりはずれたりし、それによって百通りものやりかたで遊ぶことができるのだ。この作品を表層的に読んでみなさい。すると人を食ったような調子に笑わされる。これを解読してみようとしてごらんなさい。するとパーティゲームが出現する。それがあれば――あらゆる辞書をテーブルの上に並べて――家族で何日もの間、晩に気晴らしができるようなゲームだ。しかも非常にためになるゲームなのである。作家になることを夢見ているって？　それならこの作品がどのようにできているか探求してごらんなさい。目の前にあるのは実演一覧です。詩《ポエジー》を期待しているって？［……］再読なさい、常に読みなさい、少しずつ、これら掘り抜き井戸の水を放出しなさい、そうすれば、夢想が長続きするでしょう［……］」。

一九五二年、その二年前にいくつかの散文を『棒・数字・文字』にまとめたときと同じように、クノーはすでに出版されたいくつかの詩集をまとめた。それが『考えてもごらん』だ。実際には『樫と犬』、『レ・ジオー』そして『運命の瞬間』はたしかに再録されたものの、『記念碑』も『携帯用宇宙開闢論』も『考えてもごらん』には入っていない。クノーはこう書いている。「反対に、『牧歌』は完全にカットされたというわけではない。［……］クノーはそこから三十六篇の詩を除外した。それ以外は『運命の瞬間』に組み入れられ、その結果『運命の瞬間』の構造に変更がもたらされたわけである(28)」。ルネ・ベルトレが監修した一九五二年の「ル・ポワン・デュ・ジュール」版は、レーモン・クノーが過去二年間に書き、まったく未発表のいくつかの詩から構成された「小組曲」も収録している。[29]『考えてもごらん』というこの詩集の題名は、ジュリエット・グレコが歌ったあの有名な歌の題名から来ていた。この題名は、一九四九年七月にレコード会社のジャック・エノックの求めで「ありふれたこと」[30]から変更されて付けられた。エノックは、ガリマール社に対し、次のようにそのことを知らせてきた。「昨日クノー氏と我々は電話にて会談し、この詩の題を『考えてもごらん』に変更することを氏に求めるに至った諸々の理由を氏に開示したことをお知らせいたします。クノー氏はこの変更を受諾なさいました」[31]。クノーと親しいルネ・ベルトレは、書評依頼状でクノーの詩《ポエジー》をうまく定義している。「この哀歌を構成する挿話は、あるときは語られ、あるときは歌われる――歌われるよりむしろ語られる。《クノーの語り口》というものがある。じっさいクノーは書くというより語るのだ(プレヴェールあるいはデスノスと同じく)。[……] しかし断固として生《き》のままでありながらも本質的に学問的なこの語り口においては、きわめて繊細な教科書的経験が、乱暴にもなる単純な言い方で、きわめて乱暴かつ単純な事柄を述べる地上的な荒っぽい感覚とよく調和するのだが(《信じさせる》とか《リボンで飾りたてる》ということではなく……《考えてもごらん……》)、こうした語り口から、最終的には、心をとらえるような力強い詩《ポエジー》が生まれ、それがこのクノーの語り口を、あらゆる時代の叙情詩人たちの歌と縁続きのものにしているのである」。

もっとも陳腐な駄洒落からもっとも精緻な警句までを踏破し、その合間にコントルペトリや思わず吹き出してしまうような探求に寄り道する冗談の愛好家たち。そのようなパタフィジシアンは、いつの日かレーモン・クノーを自分たちの仲間と認めなければならなかった。一九四八年五月十一日に創設されたコレージュ・ド・パタフィジックは、「七十七EP年の面年《つらどし》十七日(俗に言う一九五〇年五月十一日)、栄光ある太守団《サトラップ》[32]」の中に彼を迎え入れた。これは、アドリエンヌ・モニエ書店の常連から人集めをしていたモーリス・サイエが主導して行ったことである。[33]これは誰にとっても驚くべきことではなかったが、パスカル・ピアからしてみれば当然のことであった。後年のことにはなるものの、ピアは次のように述べている。[34]「最初の作品以来、クノー氏は絶えずパタフィジックを実践しつづけ、他のすべてに超越するこの分野において、年を追うごとに自身を確たるものにしていった」。それからしばらくして、[35]パスカル・ピアは「私は彼を、フォーストロール〔アルフレッド・ジャリの作中人物〕以来我々が得た最初のパタフィジシアンとみなしている」と断言すらしている。レーモン・クノーはアルフレッド・ジャリの弟子たちと完全に同化しているのだ、というのも彼が「いかなる価値にも価値を与えず、あるいはさらに良いことに、「ノエル・アルノーによれば[36]」このパタフィジシアンが誰にも増して肯定的であるがゆえに、あらゆるものの価値を引き上げている」ことは誰の目にも明らかだからだ。したがって、太守団《サトラップ》の《罷免可能(暫定的)調停官》であるオクタヴ・ヴォトカが『手帖』第三―四号[37]で早くもクノーへの賛辞を歌いあげたことは驚くにあたらない。彼はこう公言する。「『リモンの子供たち』、『はまむぎ』、『最後の日々』、『聖グラングラン祭』、我々がいつの日か注釈を再検討するであろうこれらの作品は、二十世紀のパタフィジシアンにとって必要不可欠な必携書一覧を構成しており、我々の〈教育〉における〈基礎的古典作品〉の中に並べられている。他方、これら先立つ作品群に劣らず尊敬に値するのが、あの小さな最近作『携帯用宇宙開闢論』」である。これは詩的に横長で、横長で詩的（しかしただ横長だ、フォーストロールに感謝せねば）である」。『手帖』第八―九号[38]の中で『リモンの子供たち』を「贖いの神秘」に結びつけつつ、それに興味を示したのは統括補佐行政官《プロヴェディトゥール》および法案審査掌璽院長官《ダテール・ド・ラ・ロガシオン》であるジャン＝ユーグ・サンモンその人であった。じっさい、自身の人生を「失われたものの贖い」に捧げているシャンベルナック氏は、「《物書き狂人》」、すなわち自分たちの豪奢な悩みの種や卓越した精神錯乱を、栄光を得ることのない紙の上に伝えたこれら不運の人々を救いたいのである。善き〈牧者〉のように、彼は図書館の砂漠に入り込み、これらの迷える羊たちを自分の隠喩的な両肩の上に負って連れ帰ってくるのだ。彼は彼らを破滅から救い、『不正確科学百科事典』というこの救いの箱舟の中に保護するのだ」。言語と知性の反順応主義ということで仲間たちに高く評価されたレーモン・クノーは、その恩義を返さないままではいなかった。彼はコレージュ・ド・パタフィジックの出版活動には、最初の『手帖』から早くも積極的に協力しており[39]、これに「加法の空気力学的特性に関する若干の簡潔なる考察」を載せた。「二足す二が四であるということを証明すべく今日までなされてきたあらゆる試みにおいて、風速はまったく考慮されてこなかった」と始まるこのテクストは、高度に知的な省察であった。一九五二年九月四日の『手帖』第七号に、クノーは「幾何学者ユゴー」を寄せた。ここでは、この上なく著名なあのヴィクトールにではなく、ヴィクトールの甥の一人、レオポルドに興味を寄せている。この知られざる天才は、早くも一八六七年に「円形準線の結晶体《クリスタロイド》」を発見しており、「一八七三年には『結晶体《クリスタロイド》の幾何学についての試論』という自著を刊行している。この結晶体《クリスタロイド》という用語で、レオポルド・ユゴーが指し示しているのはいくつかの規則的な立体なのであるが、それは、彼が発明したものなのである――ただしアルキメデスとヴィヴィアーニによってすでに考察されていた、底面が四角のエキドモイドと（彼はこのことを知らなかった）、また当然のことだが、底面が円形のエキドモイドにすぎない球体については例外である。こうした立体のうち、あのエキトレモイドに注意を喚起しておこう。細かい砂で完成されるそれは、半熟卵の加熱に必要な時間を計測するために台所で使われる」。一九五二年の末、クノーは友人のパタフィジシアンたちに、ガリマール社が受け取った以下の重要な通信文を伝えている。

「ムイアにて、一九四八年十一月二十六日。

ガリモー社長様
パリ通り四十三番目ボーム通り
七十四番出版「フランス香水準備」

拝啓
私に香水のカタログを私のところにたどり着くように発送してくだされろ、次の郵便物の返送に。
心をこめり挨拶を。
あなたの新しい顧客。
マンドゥク・ジョルジュ・ブティキエ
マコッソ・テオファヌ様方
ングニエ、ムイラ、A・E・F（ガボン）」

ガリマール社にとってこれほど重要な文書を公にすることでクノーが冒した危険を考えると、体が震えてしまう……。

当時[40]、レーモン・クノーがセバスチャン＝ボタン通りの有力者となっていたことは事実だ。とりわけそれは、ゴンクール賞審査委員会が彼を仲間として認めたことによる。実をいえば、すでに一九三八年に、この有名な会合が賞を与えようとしてクノーに関心を示したことがあった。しかしながら彼は、J・ド・ラ・ヴァランド、C・ブロンそしてJ＝P・ロネと同様にそこから遠ざけられ、その時にはアンリ・トロワイヤの『蜘蛛』が受賞したのだった。そして一九五一年、彼は第六席を占めていたレオ・ラルギエにとって代わることとなった。元来この座は、また別のノルマンディ出身者であるバルベー・ドールヴィイに割り当てられていたものである。一九五一年三月十二日の投票は、レーモン・クノーの加入をロラン・ドルジュレスが反対したために、平穏には進まなかった。その日の会食メニューの裏に[41]、ドルジュレスは異議を書き付けたが、それは「毎年多くのゴンクール賞候補者を出す出版社で現在重要な地位を占めている作家[42]」に狙いを定めて書かれたものだった。第一回投票から、クノーはサラクルー、エリアとマッコルランを当てにすることができた。しかし六票対二票でロベール・ケンプを退けて勝利するためには、四回戦わなければならなかった。選挙の後、ドルジュレスは、自分の投じた票を否定することなく、非を認めて謝罪した。彼は詳細かつ明瞭に、ゴンクール賞審査委員会でガリマール社の影響力を強めたくなかったのだとクノーに対し説明した。入会が認められたクノーは、少なくとも最初の頃は熱心にこの十人の会に通った。たとえば彼は四月、五月、六月に出席しているが、六月の会の日付の『日記』にはこう記している。「アルスナル図書館における《アカデミー・ゴンクール資料室》の開設式典。ドルジュレスがカルコを見て《あれはおもしろい人だ、今や歯が一本しかない——私に対する恨みの歯だね》〔「～に対する歯を持つ」は、「～を恨む」という意味になる慣用表現〕。彼は自分が以前言ったことの話をした。《ある日私は彼のことで言ったんだ――彼は若返ったよ、髪も歯も黒いんだもの》。汲めどもつきぬ人である。《あるご婦人が、私がカルコのことを良く言ったんで驚いていたんだ。奥様、死んだ友人のことは良く言ってやるものですよ――なんですって！　カルコは亡くなったのですか？――ええ、奥様、私にとってはね》［……］」[43]。一九五一年秋、ゴンクール賞はジュリアン・グラックの『シルトの岸辺』に贈られることになるが、この作品を支持していたクノーは、報道機関に対しアカデミーの選択結果を告げる役目を任されることになる。一九五一年の活動報告書の中で、アカデミーはクノーの選挙について振り返っている。「幅広い教養、自由な想像力が、小説、批評、詩において輝かしく発揮された。『わが友ピエロ』と『携帯用宇宙開闢論』の作者であり、レオ・ラルギエと同様サン＝ジェルマン＝デ＝プレの散策者である彼が、今後は我々のテーブルに就く最年少者となる」。一九五二年にも、クノーは相変わらずゴンクール賞審査委員会にきわめて熱心に通うことになる。また、その場でやりとりされる逸話を書き留めることにも非常な楽しみを見出し続けた。たとえばこんな調子だ。「賞の発表に先立つ［……］昼食時。ドルジュレスがル・ヴィガンについて話す。彼は占領時、自転車をベッドの中に入れていっしょに寝ていたという。するとビイが、以前の恋人が自転車をベッドの上にくくりつけていたと物語る。彼が彼女を抱くときには、彼女はその自転車の車輪をぼんやりと手で回していた……［……］」[44]。この年、賞は八票を獲得した『司祭レオン・モラン』の作者ベアトリクス・ベックに授けられた。その八票の中にはクノーの票も含まれていた。クノーは相変わらず名誉というものを馬鹿にし続けながらも、ゴンクール賞審査委員の十人に受け入れられたことは光栄に思っていたようだ。選出されて以来、自分の作品には欠かさず「レーモン・クノー、アカデミー・ゴンクール所属」と署名したのである。

第十七章　著名人

すぐれた作家として次第に認知されてきたレーモン・クノーは、戦後になると、とりわけ彼がガリマール社で占めている地位のために、文学界の重要人物として幅を利かせる存在となり始めた。きわめて確かな判断力を備え、また献身的な態度も疑いえないと思われたために、ガストンはクノーに信頼を寄せ続けた。クノーは週一回の原稿審査委員会をめったに欠席しなかった。その委員会は、ガストン、弟レーモン、息子クロードのガリマール一族のほかに、ジャン・ポーラン、マルセル・アルラン、ロジェ・カイヨワ、アルベール・カミュ、ブリス・パラン、ジャック・ルマルシャン、ダニエル・イルシュ、ディオニス・マスコロ、そしてギー・シェレルが集うものだった(1)。会社の利益をなによりも優先する鋭敏さと知性を備えた彼は、一目置かれる存在であった。彼は時と場合によって、自分の個人的な嗜好を沈黙させ、出版に関してのみ心を砕くにとどめることを知っていた。一九四八年二月二十四日、大いなるジョイス賛美者であったにもかかわらず、彼はきっぱりと『フィネガンズ・ウェイク』を却下している。翻訳にたいへんな時間がかかり、また非常に高くつくだろうというのがその理由である。だが彼は英米文学に多大なる注意を払い続け、ドス・パソスの『世界戦線を往く』を退けはしたものの、トルーマン・カポーティの『遠い声、遠い部屋』を「フォークナー化した『グラン・モーヌ』だ」と紹介して受け入れた。ガストン・ガリマールにとって、クノーは常に英米文学、ひいては外国文学の専門家であった。したがって一九五一年五月十日に、ガストンが翻訳を組織的に行うことについての緊急の覚え書きを彼に渡したのも偶然ではない。「一、まずは近刊本の翻訳——緊急を要するもの――一冊の本を複数の翻訳家が担当することもありうる。翻訳家の男性あるいは女性を給与制――（月ごと）――で雇うことも検討できるかもしれない。ただし、年間翻訳点数による月給制が正当化されるならば。二、他方は文学の翻訳。翻訳家のリストを作ったうえで組織化することを企画していただきたい[2]［……］」。

クノーはこの問題に通暁しており、またガストン・ガリマールはそのことを十分に意識していた。ヘンリー・ミラーとフランク・ドボが翻訳に値する作品を知らせてくれていたが、クノーはそれに加え、モーリス＝エドガール・コワンドローとも連絡を取っていた。当時プリンストンで教えていたコワンドローは、翻訳に値する最新のアメリカの出版物を欠かさず知らせてくれていた。トルーマン・カポーティについてクノーとまったく同意見であったコワンドローは、短編集『夜の樹』と、『月曜の狂気』と題された小説を予告していたこのアメリカの小説家の価値を一九四八年十一月に力説していた。またコワンドローは、新しい才能を待ち伏せしているだけではなかった。彼は同じ手紙の中で、二つの注目すべき作品についても告げていたのである。それがアースキン・コールドウェルの『この正真正銘の地球』と、フォークナーの『墓地への侵入者』だ。彼に加え、ルイ・ギュイユーやロベール・メルルといった作家を当てにすることもできたレーモン・クノーは、この分野に関してすぐれた協力者に事欠かなかった。

一九五〇年に出版されたアースキン・コールドウェルの『主《しゅ》の道』の翻訳、とりわけ一九四九年の『ズイドコートの週末』〔映画『ダンケルク』の原作となったメルルの最初の作品〕は、ロベール・メルルの手になるものである。この小説は当初ジュリアール社によって拒絶された。この会社の原稿審査委員たちが、作品のエロティシズムと俗語を良しとしなかったからである。反対にクノーはただちにこれを気に入り、一九四八年七月二十日の委員会で、『武器よさらば』や『最低の職業』〔ジャック＝ロラン・ボストの作品〕よりもすぐれた、並外れた本として紹介した。この作品の採用を薦めつつも、一方でクノーは著者に対し、題名を変更し偽名を使うよう求めた。結局、そうしたことはまったくなされず、この本は今や周知の成功を収めた。ガストン・ガリマールはメルルにゴンクール賞を取らせるためのキャンペーンまで張り、アルマン・サラクルーに以下のような言葉で語りかけている[3]。「各方面から、ジュリアール社が我々と《メルル》に敵対して、極度に不愉快なキャンペーンに乗り出していると聞いております。これに対する反撃のため、私はあなたを頼りにしております。ジュリアール社が自分のところの候補者、あなたもご存じのラクールを勝たせようとしてそんなことをしているだけになおさらです――あなたはラクールがどんな人物かご存じでしょう。親愛なるアルマン、あなたを煩わせて申し訳ないが、メルルを通すことが非常に重要なのだと請け合います。あらゆる種類の理由がそこにはあります。他にも人がいたので、先日の晩にはそれをあなたに言うことができませんでしたが。ですがこれらの理由を考慮できるのは、あなたしかいないのです。『〔ズイドコートの〕週末』がそんな労をとるに値しない作品なら、私はこれほど強く主張しないでしょう。しかしあなたの友人たちと私の友人たちはこの著者に大いなる才能を認めているのです。その友人たちとは、サルトル、ジッド、カミュ、クノーなどなどです〔……〕」。この作品の質の高さゆえ、サラクルーは同僚たちの賛同を勝ち取るのにほとんど苦労しなかった。ルイ・ギュイユーに対して八票対一票という結果を得て、メルルが栄冠に輝くのに要した投票は二回のみであった。ガストン・ガリマールは成功し、才能ある小説家を自分の会社の手中におさめたというわけだ。

マルグリット・デュラスとは、占領時以来の友人関係が続いていたが、そのせいでクノーの批判的判断がゆがむことはなかった。ロール・アドレールは次のように書いている(4)。「〔……〕一九四四年十二月二十八日、ついにマルグリット・デュラスの二作目の小説が出された。『静かな生活』だ。しかしながら、マルセル・アルランはまたもや断固としてマルグリットの小説を出版することに反対し、レーモン・クノーの署名が付いた報告書も手厳しかった。筋は整理されておらず、制御を欠き、アメリカの――とりわけフォークナーの――影響を受けすぎている。しかしこうした数々の欠点はあるものの、この本は出版できると彼は強調している。一九四四年三月二十八日にレーモン・クノーが送った契約書は、マルグリット・アンテルムによって署名されているが、デュラスの名で出版されることを望むと明記されている」。ところで「『静かな生活』の原稿提出から『太平洋の防波堤』まで」は六年近くも隔たっている。「賞賛に値し、実効性のある忍耐力だとクノーは述べている。もはや疑いはなかった――もっとも、彼が疑ったことは一度もなかったのだが。つまりマルグリット・デュラスは、今後自他ともに任ずる《自身の世代の最良の小説家の一人》となるのである(5)」。後の一九五二年、ガリマール社はデュラスの新しい小説を出版することになる。それが『ジブラルタルの水夫』だったが、クノーはこれを気に入らなかった。というのも、ロール・アドレールの指摘によれば(6)、この作品は「ロマン主義文学からあまりに想を得すぎている」からであった。「彼は彼女にそれを伝え、なぜだめなのかを示すことを控えなかった。彼女は泣いたが、一切の変更を加えることを拒否した」。こうしたことがあったにもかかわらず、クノーは彼女に会い続け、また文学創作のさまざまな面について彼女と議論し続けることになる。

レーモン・クノーとボリス・ヴィアンの関係はもっと単純であるように思えるが、デュラスとの関係以上とは言わずとも、同じように友好的なものであった。ボリス・ヴィアンは一九二〇年生まれで、レーモン・クノーよりずっと若かった。最初に彼は、このガリマール社の事務局長の人となりに強い印象を受けた。ロスタン家〔ヴィアンは生地ヴィル＝ダヴレーでジャン・ロスタン一家と付き合いがあった〕の人たちの仲介による彼らの出会いは、一九四五年にさかのぼる。クノーはすぐさま『ヴェルコカンとプランクトン』を気に入った。ボリス・ヴィアンはそのとき彼に、非常に恭しくこう書いている。「［……］『ヴェルコカン』を手直ししました。どの週のどの日に、あなたがそれら［ウィートリーの二つの推理小説と『ヴェルコカン』］をお受け取りになれるか、あなたのお好きな方法でお知らせいただけますでしょうか――これらの本だけでなく、あなたにとってはあいにくではございますが、わたくしもまたそこに参ります。ご面倒をおかけすることを改めてお詫び申し上げます。しかしあなたがわたくしをとても温かく受け入れてくださったものですから、わたくしはこの非常に厚かましいお願いをするに至った次第でございます(7)」。じきに、この二人の男は意気投合した。そしてクノーは『ヴェルコカンとプランクトン』を、ガリマール社で彼が監修し、「風に吹かれたペン」という甘美な名前を冠した叢書に迎え入れることを決めた。彼は自分自身で裏表紙の文章を執筆する労すらとったが、ただし署名はしなかった。そこにはこう書かれている。「これら若き作家の中には、ホメロス（ギリシアの吟遊詩人）の〈蛙鼠合戦《バトラコミユオマキア》〉とともに産声をあげた由緒ある伝統を継承しつつ、ときどきは《ハッ、ハッ》（笑うことを自らに決して許すことなく高齢に達した非常に著名な老人フォントネルが言っていたように）だとか、あるいは《ア、ア》（フォーストロール博士の忠実な相棒のヒヒで、著名であることにかけては引けを取らないボス＝ド＝ナージュのように）だとか書くことすらまったくいとわない人々が幾人かいる。ここに彼らの作品――あるいは少なくとも、そうした作品のいくつかがある。よく知られるように、笑いは感染するものであるから、出版社側にとっては――被害を最小限にするために――こうした作品には特別な表紙を用意しておくのが良いように思われた。／自分たちの羽毛のお仕着せをまとって、これら（こうした慎み深い作品たち）はこうして読者公衆の前にその誠実な姿を現す。つまりあまり服を着ず、かなり生意気な様子で(8)」。じっさいのところ、この本は「［……］ピンク（叢書名ならびにNRF〔新フランス評論〕の略号と同じ色）と茶色（題名、著者名、出版社名と同じ色）の羽が交互に並んでいる表紙(9)」となっていた。あいにく、売れ行きは非常に微々たるもので、その叢書は三冊出版したあとで打ち切りになってしまった。その代わり、ボリス・ヴィアンとレーモン・クノーの間の友情は、ますます固いものとなる。そしてレーモン・クノーはたくさんの人と、とりわけ自分自身の妻とも敬称で話す関係を崩さなかったというのに、彼らはとうとう親しい呼称で話すようにすらなったのである。日付はないが、クノーの手で「一九五二年」というメモ書きのあるボリス・ヴィアンからの一通の手紙が、この当時の彼らの関係を示している。

思わないか、レエモン、おれが
きみの休息をのぞんでるて。糸を断ち切ること。
おれはむしろ自分の目をえぐりぐり
自分の樹をはっぱっぱはっぱっぱ一枚ずつむしって

自分をちゃーびるびるで料理りしたいなて。
こんないやしい乳房で糧を与えるよりは。[10]［……］

このような詩節を六つ以上も含んだ手紙を受け取ったクノーが、どれだけ喜んだか想像できよう。二人の仲の良さは、早くも一九四六年に、ジャン＝ポール・サルトルの助力を得たクノーが、この若き同業者にプレイヤード賞を獲得させようと支援したほどだった。これは原稿の著者に与えられる賞で、受賞後その原稿がNRFで出版されることになっていた。だが悲しいかな、ボリス・ヴィアンには挫折が待っていた。審査委員の過半数が、彼よりも、アンドレ・マルローとジャン・ポーランを後ろ盾に持つジャン・グロジャン[11]を好んだからである。[12] ボリス・ヴィアンはそのことでたいへん苦い思いをし、当時このように書いた。

私たちはほとんどちゃらんポーランじゃなく出発した。
悲しいかな！　おまえは私を一刀両断にして焼いた、ポーランめ。
臭くもあるらん、マルセルの屁の犠牲者だ
おれはグロジャン神父によって打ち負かさせられられた
［……］。
おれはずっと泣いている。
くっ……ノォー！　くっ……ノォー！　と。
サルトルはサトルだろう、あいつらがおれに笑いながら、
神秘の詩なんて書かないようにねと言ったことを[13]［……］

クノーの支援があったにもかかわらず、ガリマール社とボリス・ヴィアンの関係にはいろいろと難しいこともあり、彼はしばしば別の出版社を見つけなければならない羽目に陥った。たとえば一九四九年には、『赤い草』が拒絶されることになる。セバスチャン＝ボタン通りにいたのが、ボリス・ヴィアンとレーモン・クノーの友人ばかりであったわけではないことは言っておかねばならない。出版社というものは、人間同士の諍いをしばしば引き起こす動機に起因する嵐に揺さぶられる小宇宙となるのだ。利害関係やら性的問題、そして自己愛、野心、形式主義……。クノー自身も一九四九年にそうした被害をこうむることになる。「昨日は、逃した賞[14]の一日だった」と彼は自分の『日記』に書き留めている。[15]「ポーランの策略。ブランザが私に、ポーランが彼に書いた手紙を見せてくれた。クノーに一票という内容だ。ブランショにも同様の手紙。文学賞でシュペルヴィエルと競いあう自分が少しばかり（かなり）滑稽に思える」。『忘れがちな記憶』の著者〔シュペルヴィエルのこと〕が確実な成功を収めるまでには、六回もの投票が必要だった。結局この著者が八票を獲得し、それに対してクノーが『聖グラングラン祭』で二票、アルマン・リュネルが『エクスのアーモンド』で一票、ルネ＝ジャン・クロが『太陽を浴びた亡霊たち』で一票という結果となった。ポーランは、ジャン・ブランザとモーリス・ナドーの

支持を得たクノーには投票しなかったのだが、最終投票が終わってから、クノーを選ぶことがより勇気ある行動だったろうと漏らしたのである……。

数多くの新聞雑誌や会話に種を提供してきたポーランとクノーの間の対立は、戦後のこの時期の数年間に始まるものである。だが二人の作家の仲は、パリ解放時にはまだ良かった。一九四六年八月二十六日、ポーランはクノーに対してこのような問合せをしている。「全国作家委員会はいつ集まるのだろうか？　二、三、ブラックリストから抹消したい件があるのだが、できるだけ早くそれを全国作家委員会に要請したいのだ。でもそのうちの一つは、今すぐにでも許可してもらえそうに思える。ピエール・ブノワが非難されるべきことなど、これまで誰に対してもなかったのだから」[16]。この件に関する彼らの態度はその後分かれ、そしておそらくは事態がこのように推移したことが、次第に増大する不和の原因の一つとなった。彼らはそれから何年もの間、セバスチャン＝ボタン通りで互いの存在を我慢しなければならなくなる。彼らがこの上なく建設的な空気を常に蔓延させていたわけではなかった。とはいえ『プレイヤード百科事典』は、両名の貢献によって誕生したものだ。戦前に端を発するこの計画を、この種の出版物に対する周知の嗜好を持っていたクノーが、一九四四年に積極的に再着手したのである。彼はポーランに多くの助言を求め、最初の見解をゆだねている。「これが『プレイヤード百科事典』の『文学史』の巻についての私の計画です」と彼は六月二十日に書いている[17]。「当然、私はあなたの指摘、助言、批判を待っています。あなたはこれを担当したがっていないということですので。それから提案もお待ちしています。特に協力者たちについて。第一部第一章の執筆を承諾してくれますか？　さらに他の章はどうですか？　第十二章は？／第二部の各章はごく短いものになる予定です。たとえば、仏文学については四十から五十ページで、それ以上を割くことは考えていません。このあたりは書いてくれますか？／当然のことながら、マダガスカル文学についてはあなたを当てにしています。一方、索引(三ページ？？)と一覧表は百五十から二百ページになるでしょう。／あなたが協力を請け合ってくれることを願っています」。この手紙は効果的だった。ポーランはクノーの計画を吟味し、「非常に面白い」と評したが、「しかし鍵となる章（第一章と最終章）はどうしたってあなたに書いていただかなければなりません」[18]とも指摘した。これに続く彼らの文通はきわめて友好的である。たとえば一九四六年の夏、クノーは七月末にサド侯爵の城を訪れたことをポーランに知らせている[19]。一九五二年にはポーランが、当時構想中だった新『新フランス評論』誌委員会への参加をクノーに提案してさえいる。だが一九四九年にクノーが賞を逃したという出来事がこの友情の果実に虫食いを生じさせており、このとき彼らの関係はすでにだいぶ悪化していた。「このところの原稿審査の会合は活気がほとんどない」とクノーは六月二十九日に書いている[20]。「ほとんど心もこもっていないのだが、例の批評家賞の顛末以来、ますますそんな具合だ。ルマルシャンがロシェとかいう人の原稿について報告したが、これはけっこう年のいったヤツだ。ポーランがこの原稿を採用させた。四四年ごろのことだった。契約書は四六年に署名されたと思う。それ以来、その原稿は立ち往生している。したがって今回は再読というわけだ。ルマルシャンはこれを酷評した。《四四年には、これは二十五年遅れたものだったが、いまや三十年もの時代遅れだ。こんなのを面白いと感じるのは、一九二四年に胸を高鳴らせていた人間だけだ》」。ポーランは一八八四生まれであった！　ガリマール社の原稿審査委員会というこの小さな世界の中では、容赦というものがほとんどないのだ。数年後、ミシェル・ドゥギーもそれで痛烈な経験をすることになる。だが大変幸いなことに、機知に富んだ逸話がいくつかその雰囲気を和らげてもいる。クノーがこう書き留めている。[21]「昨日［……］アルランが、あるイタリア人教授のプルーストに関する博士論文について報告した。ソルボンヌ大学で受理されたものだ。しばらくしてこの教授は動転した様子でアルランに会いに来たそうだ。《アルランさん、そうじゃありませんか、プルーストには、自然に反した品行なんてなかったでしょう。私を安心させてください、それにみんな、アルベルティーヌが男だなんて言い張ってすらいるんです、そんなことありませんよね、そうじゃありませんか？》」また別の時には「カミュが、結核患者で才能に満ちた一人の若い娘の原稿について報告した。彼女は何という名前なのか？　という問いに、カミュはこう答えた。すみません、彼女は私と同じ名前なのです。／するとアルランがこう言った。何だって！　その女、あつかましいことをしたもんだな！」[22]

ガリマール社で、レーモン・クノーは重要人物となり、その立場ゆえに、各方面から懇請を受けた。数多くの無名の人々、あるいは何冊か出版して再び無名になってしまった人たちが、自分の原稿を提出するために彼に手紙を書いてくるのだ。有名であり続ける人もいる。たとえばルネ・ファレは『新フランス評論』誌への掲載を当て込んで『眼の中の眼』を彼に提出した。これはおよそ百ページのタイプ打ちの中編小説で、いつも彼の本を出しているドマ社が、これではじゅうぶん厚みのある一巻にならないということで断ったものだった。またクロード・シモンは自身の『ガリヴァー』が一九五一年七月に拒絶されたことに気を悪くし、そのことを返信で隠そうともしない。しかも……クノーの文体をまねているのだ。それはこのように始まる。

「がすとんがりまる　さん　の　てがみは　えねるえふ〔新フランス評論〕　の　げんこうしんさいいんかい　が　がりゔぁーのげんこう　を　きょぜつしたと　わたしにしらせてきたもので　それを　たしかに　うけとりました。でも　わたしが　おもうに　まちがってるかもしれませんが　これを　かいた　のは　かれ（がりまるさん）　じゃない　そして　かれは　くちさきさんずんの　こうしたほうしん　をひてい　した　そこからわたしは　ろんりと　れいぎを　いっしょにして　このちょ

っとした　へんじは　れいの　委員会　ぎちょう　れもんくのさん（わたしに　おしえてくれた　のは　どようのよる）におくらねばならない　という　けつろんにいたりました。いずれにせよ　わたしの　てがみを　よむのが　くの　さんを　うんざりさせるとしても　このてがみは　それでもやはり　かれの　おんな――あるいはおとこ――ひしょ　をげらげらわらわせるだろうし　かのじょ――あるいはかれ？――が　この　がりまる　と　しょめいのある　おくやみの　みじかい　つうちじょう　をしっぴつしたかも　しれないのだから　ちょうどい　い　というわけです[23]」。

ガリマール社における職務のせいで、クノーは多くの気がかりを抱え込むことになった。原稿を採用されなかった著者たちからの反発を受けるだけでなく、死亡した作家たちの作品を出版する際にも、さまざまな困難が持ち上がることがあるのだ。たとえばアントナン・アルトーは一九四八年三月四日に死去したが、それ以前の一九四六年九月六日に、ガリマール社から自身の『全集』を自分の手で出版するという契約書に署名していた。死去の二ヶ月後、アルトーの兄弟の一人がやってきたので、ガリマールはこの人物に対し、自社が独占的な出版社であると表明した。六月三十日、この兄弟はアルトー自身からその最晩年に打診を受けていたポール・テヴナンならびにロジェ・ブランに対し、本文の校訂に関わってくれないかと提案し、彼らは受け入れる。一九四九年一月十三日、第一巻の校正刷りの準備が整い、読み返しのためということで、出版社からロジェ・ブランとポール・テヴナンに渡された。六月にクノーはガストン・ガリマールからこの件を任され、件のアルトーの兄弟と面会しようとするもののそれは果たせなかった。ところが十月、クノーはアルトーの母親によって呼び出された。母親は、娘であるマロセナ夫人とともに、ポール・テヴナンとロジェ・ブランを糾弾した。彼らがアルトーの原稿を奪い取り、第一巻を未発表作品でふくらまそうとしたというのだ。それ以来マロセナ夫人は、ただ自分一人だけがアントナン・アルトーの作品の出版を統括できると考えるようになった。文学界に動揺が走った。百人を超える作家や芸術家が、この思い上がった家族に抗議した。その中には、ジョルジュ・バタイユ、アンドレ・ブルトン、マックス＝ポル・フーシェ、ミシェル・レリス、モーリス・ナドー、ジャン・ポーラン、ジャック・プレヴェール、ジャン＝ポール・サルトル、アンドレ・ジッド、アンドレ・マルローといった人たちがいた。結局、アルトーの『全集』はポール・テヴナンの監修のもと、ガリマール社から全二十六巻で出ることになる。

ガリマール社の中心で大きな影響力を持っていたレーモン・クノーは、社内でもきわめて活動的であった。一九四九年、彼は「［二百人の作家あるいはさまざまな人物たちとともに］一種の《理想の書棚》を共同で打ち立てる」アイデアを出した。「それはつまり［……］あらゆる《紳士》が読んでおかねばならぬような百の作品のリストである」[24]。さらに後には、彼はガストン・ガリマールに対して、理想の映画集、レコード集、そして絵画集を提案してすらいる。彼はまた、東洋哲学に対する公衆の興味が増していたことを考慮して、東洋作品コレクションの計画を進めてもいた。出版社の商業上の利益を最優先しつつも、知的な思弁を求めるという自分の嗜好をもクノーは満たしていたのだ。一九四七年、彼はアレクサンドル・コジェーヴによるヘーゲルについての講義の出版を手がけ、その序文も書いたが[25]、その本は戦前に彼が高等研究院でしたためた覚書に基づくものである。次の年に彼は、ヘーゲルの『大論理学』を「最重要作品」として原稿審査委員会に紹介した[26]。シオランの『崩壊概論』に関しては、以下のように評している。「退廃の諸価値の擁護と、純粋なるもの、公正なるものに対する絶対的な批判。通常のものを超えた哲学的立場。すなわちショーペンハウエルや、カヴァフィスを思い起こさせる悲観主義で、尋常ならざる語調と、ボシュエやロートレアモンを思わせる言葉遣いで書かれている。意見その一、熱狂的[27]」。

一九五〇年に、彼は若い作家たちの短い文章を集めたものを提案しているが、おそらくそれが、後に『若い作家たちの選集[28]』となるものであろう。同じ覚書の中で、彼はガストン・ガリマールに対し、目下準備中のSF叢書の表紙と題名について問い合わせている。ガストンは当初その叢書を「コレクション・アトミック」と呼ぶことにしたのだが、結局それは、「幻想の光線」という、より喚起力と魅力に富んだ題名になった。ボリス・ヴィアンはA・E・ヴァン・ヴォークトの二作品『非《ナル》Aの世界』と『非《ナル》Aの傀儡[29]』の翻訳を通じてこの叢書に参加することになる。ピロタンによって提案されたこの叢書の野望は「フランスあるいは外国の著者による最良のSF作品と、もっとも独創的な幻想小説を知らしめる[30]」というものであった。いつもの習慣どおり、レーモン・クノーはたくさんの作品を読みあさり、自分の意見をガストン・ガリマールに伝えた[31]。一九五一年五月十五日、彼はレイ・ブラッドベリの『火星年代記』に熱狂したと知らせている。その時彼のペンから流れ出た印象は以下のようなものである。「ほとんど天才的。まったくもって並外れている(文学的な美点)。夢中にさせる(商業的な美点)」。ラヴクラフトの『悪魔と驚異』〔フランスで独自に編まれた、中編四つからなる選集〕は「第一級(文学的な美点)、そして夢中にさせる(商業的な美点)」と評されている。アシモフの『宇宙の小石』はといえば「秀逸」、そして先の二作品とまったく同様に「夢中にさせる」と評されている。クノーはそれだけにとどまらず、スタージョンの『夢見る宝石』、ムーアの『あなたが思うより緑色』、ハインラインの『月を売った男』、ヴァン・ヴォークトの『宇宙船ビーグル号の冒険』と『非《ナル》Aの世界』なども読んでいる。この叢書はかなりの成功を博し、何年も続いた。ガリマールはしかしながらその出版を一九五八年にやめ、まだ実行に至っていなかった残りの契約をドノエル社に譲渡した[32]。

他の計画に関しては、これほどの発展を示すことはなかった。とはいえ計画発案者が有名であったという理由だけでも、発展させるに値したものもあった。一九四九年、『カイエ・ド・ラ・プレイヤード』誌[33]によって、新たな叢書の創設が告げられた。「新発見」という叢書で、監修はアンドレ・ブルトンだ……。その内容はジャン・フェリーの『レーモン・ルーセル』と『二十世紀のテクスト』や、モーリス・フーレの『ローズ＝ホテルの夜』、バンジャマン・ペレの『アメリカの神話、伝説、民話選集』および『一九五〇年のアール・ブリュット年鑑』、シャルル・フーリエの『未発表作品集』あるいは『四運動の理論』（一八〇八年）、あるいはジャン・マイユーの『シャルル・フーリエの教育学』、フルカネッリの『賢者の住まい』、J＝P・ブリッセの『人間の諸起源』、ピエール・ピオッブの『未発表作品集』、エルヴェ・サン・ドニによる『夢ならびにそれを導く手段』〔邦訳は『夢の操縦法』〕、キュバンによる『反対側』、それからアルチュール・クラヴァンの『作品集』である。『ローズ＝ホテルの夜』一冊のみが日の目を見た。その抜粋のいくつかは、一九四九年六月に数人の名士たちの前で朗読されている。これについて、クノーは次のように書いている[34]。「この間の土曜日にあったモーリス・フーレの朗読会を出てすぐに書き付けておいた覚書を以下に引き写しておく。彼は七十三歳。バザン〔ルネ・バザン〕の庇護を受けていて、一九〇三年に『両世界評論』誌に短編小説を一つ発表している（要確認）。実業家。グラックに見出された。朗読はリトレ・ホテルの地下で行われた。一九〇〇年頃のステンドグラスがあって、おそらくはこれが《ローズ＝ホテル》と同じホテルなのだろう。モーリス・フーレが『ローズ＝ホテルの夜』の第一章を、アンドレ・ブルトンが第三章を朗読した。二十人くらいの人たちがいた。ポーラン、ピエール・ド・マンディアルグ、マックス＝ポル・フーシェ、ペレ、カルージュ、グラック、ブルトンの娘（中世風の横顔）。たとえばルネヴィルはいたのかどうか？　一週間あいてしまって思い出せない」。『ローズ＝ホテルの夜』の最初の三章は、一九四九年秋の『カイエ・ド・ラ・プレイヤード』誌に掲載された。作品の前には、目下準備中の叢書を紹介するアンドレ・ブルトンによる序言がついていた。この小説の単行本[35]にも再録されたその序言は、まったくもってシュルレアリスムの伝統に位置するものであった。「いくつかの本当に例外的な作品群を日の当たるところへと持ち上げることが問題となっている。そうした作品へとたどり着くことは、常になんらかの困難を呈するわけではないが、それらには、我々が生きていると信じ込んでいる人生の離れた沖合を見させてくれ、そのことによって、ステレオタイプや硬化症から、悟性のはつらつとした力を逃れさせるという美質がある。この種の叢書は、何らかの理由で限られた人々にしか公開されなかったり、あえて時代の流れに逆らおうとしたり、きわめて大幅に未来を先取りする必然性を有していたがため、当時は思うような反響に達しなかった過去の作品のいくつかに、しかるべき地位を与えることを厭わないだろう。〔……〕」。クノーはこの文章およびブルトンの選択を高く評価したはずである。というのもブルトンの選択は、クノーが読んだ本の多くと一致していたからだ。さらに時も経ち、彼らの個人的な諍いや、クノーがシュルレアリスムに対して抱いていた恨みも消えつつあった。二人の間で交わされる言葉は、再び友情のこもったものとなっていたのである。遺恨をきれいに忘れたクノーは、一九五一年四月五日の覚書で、ブルトンがアンドレ・パリノーとおこなった対談の書き起こし原稿を得られるか尋ねてみてはどうだろうかとガストン・ガリマールに対し助言しているくらいである。ガストンは賛成したが、「しかしそれが本の体裁を取っているほうが望ましい」と付け加えてもいる。その同じ日、クノーはブルトンへの手紙を一通書き上げ、ブルトンからのたいそう友情のこもった手紙に礼を述べつつ、彼自身も深い愛情を抱いていることを請け合っている。

　たいていの場合において、クノーは気持ちのよい話し相手であると目されている。無名の若者アンドレ・ブラヴィエが一九四九年に経験したのもそれであった。彼が意を決して自分の最も尊敬する作家に手紙を書き、[36]タポン＝フーガのテクストを出版するにあたって序文を書いてくれるよう頼んだときのことである。それに対する返事は素晴らしいものであった。というのもクノーは承諾を与えただけでなく、いつまでに仕上げなければならないかと直ちに尋ねてきたからだ。期待以上の返事を得たブラヴィエは有頂天となり、それからクノーとのこの上なく愉快な文通や共同活動を開始したのである。二人の男は異様な人々に興味を持ち、数多くの情報を交換した。この有名な小説家は自分の個人的な覚書を見せようとすぐさま提案し、一九五〇年四月四日にこう告げている。「タポン＝フーガに関して私が作った書誌を見つけました。それには六十七点含まれています。ご興味がおありでしょうか？[37]」ブラヴィエが彼に原稿のカタログを送ったとき、クノーは大喜びして以下のように告白している。「あなたには隠しませんが、私はこの種の文学に対して変態的かつ〈あなとーるふらんす的〉な嗜好を持っているのです[38]」。人を面食らわせて笑わせるために、次から次へととりとめのない話をするのが大好きなアンドレ・ブラヴィエの才気を知ったクノーは、数行下でだしぬけにこう加えている。「バルタリ〔自転車選手〕の棄権についてはどう思いますか？」冗談を言う楽しみが目の前に現れたりすると、クノーは自制したりしない。ブラヴィエと彼のやりとりは、しばしば彼のこうした姿を見せてくれる。このヴェルヴィエの資料整理係〔ブラヴィエのこと〕はまるで、ずっと昔からいっしょにふざけあっているクノーの旧友のようだ。クノーは常に精神の同族性に対して敏感であり、それゆえ物書きの狂気についても、自分の兄弟のようなアンドレ・ブラヴィエと一緒であれば、怖れることなく自らの気のおもむくままに進むのである。

　彼はときおり非常に気さくになることがあった。一九五二年、『マリー・デュボワ』についてのたいへん熱のこもった手紙を受け取ったジャック・オーディベルティは、そのことを悟った。[39]

クノーにとって、主題が驚異的に良く制御されていると感じられたこの本は、この年で最良の作品であった。彼はそのことをアカデミー・ゴンクールのメンバーたちにさえ話したが、彼らは、自分たちの賞を与えるにはオーディベルティは有名すぎると考えた。オーディベルティは自分の目を疑い、翌日にはどれほど自分が幸福であるのかを認識したのである。

オーディベルティとのこの文通にみられるように、クノーは当時、文学畑のもっとも名の通った人たちと交流があった。クノーは彼らと膨大な量の手紙をやりとりし、食事会やさまざまな催しものの機会に直接会っていた。ガリマール社において影響力のある人物として当然のことながら、彼は、原稿を紹介したいとか、それらの原稿を出版にこぎつけさせてほしいという懇願を受けていた。一九四九年十二月七日、ヴィトルド・ゴンブローヴィチがブエノス・アイレスから手紙をよこし、アルベレスを推薦者として挙げながら、自身の小説『フェルディドゥルケ』をクノーに提案してきた。一九五一年四月六日、バルビゾンでクノーに会ったことのあるゲオルギウは、そのときのことを良き思い出として想起している。再びフランスにやってきていた彼は、自分の原稿をいくつかクノーのところに持参したいと考えていたのである。とはいえそれ以前、クノーが『二十五時』の出版に関して煮えきらない態度を示し、結局それは一九四九年にプロン社に受け入れられたということもあった。一九五二年五月二十二日、ピエール・フレネはクノーのことをおそらく小説よりも戯曲やシナリオの良き読み手だろうと見定め、その関心をアンドレ・ソヴァージュの『終わりなき地』へと向けさせようとした。クノーがとても親しくしていたアンドレ・フレノーは、自身の『床下からの詩』がどうなったかを尋ねてよこした。というのも、ポーランがそのうちの数篇を『カイエ・ド・ラ・プレイヤード』誌に掲載したがっていたからだ。クノーはポーランのことを自惚れて意地悪な行為にも出かねない人物と考えていたので、彼に正確な返事を迅速に伝えられるよう心を配ったようだ。クノーは急いで事に当たり、三日後には同意の旨を伝えている。彼はこの手紙の機に乗じて、『真昼に分かつ』〔クローデルの作品〕の上演を見に行ったことなどを語っている。この作品についての彼の感想ははっきりしている。「とても美しい、しかしおそろしく退屈だ」。レーモン・クノーがこの種の打ち明け話を漏らすことは滅多にない。こうした自由な口ぶりは、フレノーとクノー一家がたいへん親密であったことによって説明が付く。たとえば一九四七年七月、クノー一家の面々がル・アーヴルのサラクルー一家のところに行ったときには、海辺にあるホストファミリーの別荘を紹介する絵はがきをフレノーに送っている。レーモン・クノーは、自分が泊まっている寝室の正確な場所さえも示し、食事の量が際だって多いと述べている。ジャニーヌの方は、自分たちの友情が以前のように強いものではなくなり、そのために不幸な気持ちだと述べているが、この言葉は、媚態を示すものでなければ、思索にふけっていることを示している。次の年、クノー夫妻が休暇を過ごしていたイル＝スュル＝ソルグから、ジャニーヌはアンドレ・フレノーに、どれほどあなたがいなくて寂しいことでしょうと言ってよこし、彼らの間の友情に再び言い及んでいる。

アンドレ・フレノーと親しかったクノー夫妻は、無口で控えめなルイ＝ルネ・デ・フォレとも同じように親しかった。彼らは占領時、『物乞いたち』の出版の際に知り合った。ガリマールが一九四二年十二月に出版に同意したので、ルイ＝ルネ・デ・フォレがクノーに面会を提案してきた。パリでもリモージュでも、あるいはリモージュから自分の投宿しているイスーダンの間の電車の中でも構わないとのことだった。実際のところ、シェール県のサン・タンブロワ近辺のプリュイに住んでいたルイ＝ルネ・デ・フォレは、境界線で逮捕され、ブールジュの監獄に投げ込まれてしまったのであった。だがたいへん運のよいことに、彼は一ヶ月後にはそこから出て、『物乞いたち』の校正をすることができた。互いに尊敬し合うこの二人の間に、静かで地味な友情が生まれた。ルイ＝ルネ・デ・フォレの特質であった遠慮がちな性格は、ユーモアを排除するものではなかった。ときどき彼はクノーに、絵解き文字を送って寄越すことがあったが、その解法はまったく凡俗なものであることが明らかになるのだった。たとえば、窓から見えるキリンだとか、木によじ登っているクマだとかいったところだ……。

デ・フォレとの友情と同様に、クノーを昔からの仲間であるジャン・ピエルに結びつけていた友情も彼にはたいへん重要なものであるように思われる。このピエルについて、彼は一九四九年に以下のように書いている。[40]「ピエルとの昼食。旧友との奇妙な親密さという印象――数少ない本物の古くからの友人の一人。しかし彼とのこんな関係は、四二年以来はなくなってしまっていたように思える。私たちは少しばかり言葉をかわした。その様はまるで高位聖職者同士のように思えた。彼は私に売り込みたい原稿を持ってきていた。一つは中国に関するもので、もう一つは経済の遅れた国々についてのものだ。相変わらずの高級官吏ぶり」。

レーモン・クノーとアルマン・サラクルーはしばしば昼食や夕食を共にした。レーモンがリュシエンヌ・サラクルーと非常に親密だったという噂すらある。だが公になった書簡にしてもあるいは『日記』の告白にしても、それを証明するものは何一つない。とはいえ、全面的な断定はせぬよう気をつけなければならない。というのも、クノーの手稿を参照することができた何人かの特権的な人々は、著者本人によって検閲され全体的に削除された箇所が一つならずあると口をそろえて話しているのだ。いずれにせよクノー夫妻がサラクルー夫妻にしばしば会っていたことに変わりはない。サラクルー夫妻はアルマンの演劇界での成功のおかげと、父方の遺産から利益を引き出す術を知っていたため、豪勢な暮らしをしていた。クノーは以下のように書き留めている。[41]「アルマン・サラクルー。千二百万の広告予算。シトロエンよりも多い。四つの事業。テ・デ・ファミーユ〔「家族の紅茶」の意味〕、マリー＝ローズ、リュヌ印の虫下し薬、フリルーズのワイン」。アルマンとレーモンは、ガリマール家のカクテル・パーティで会い、互いに情報を交換しあっていた。もっとも、クノーの方はいつも控えめであろうとしていたけれども。ともに父親であった二人は、自分たちの子供が発する機知に富んだ言葉を伝えあっては喜んでいた。クノーは、サラクルーが娘のロランスに関して話してくれたそうした言葉を、日記にわざわざ書き留めている[42]。「彼女よりも年上の小さな男の子、その子に彼女は恋したのだったが、その子が彼女を痛い目に遭わせた。もう一人の年下の男の子が彼女の膝の手当てをしてくれた。《ねぇパパ、望んでもいないのに、もう一人の子があたしの心の中に入ってきていたの。その子はあたしのものね。》彼女は四歳だ」。アルマンとリュシエンヌ・サラクルーは、レーモンとジャニーヌ・クノーをフォッシュ大通りにある彼らのパリのアパルトマンや、ル・アーヴルにある海辺の別荘や、クールヴァルにある彼らの田舎家へと定期的に招待した。レーモン・クノーのアカデミー・ゴンクール選出に先立つ最初の運動が、サラクルーの仲介によって行われたことは明らかである。クノーはそのようなわけで、ジェラール・ボエール〔一九四八年よりアカデミー・ゴンクール会員〕を伴ってサラクルー家で昼食をとる機会があった。「彼らは現代科学の驚異について語っていた」とクノーは指摘している[43]。「ドアがひとりでに開く光電管の穴の話をしていた。ジェラール・ボエールが言った。《ドルーアン〔アカデミー・ゴンクールの会合が開催されるパリの高級レストラン〕にそれを一つ付けたんだって。簡単に入れるっていうことを信じさせるためにね。》アカデミー・ゴンクールの一員になることを、私が受け入れるかどうかという話であった」。

一九五一年の時点で、ジャン・デュビュッフェは画家としてまだそれほど有名ではなかったものの、すでにレーモン・クノーとの出会いは果たしていた。ともにル・アーヴル出身という理由で、彼らがリセ時代からの知り合いであったとときおり言われてきたが、それは正確ではない。というのも、ジャン・ポーランに宛てた一九四四年二月二十八日の手紙の中で、デュビュッフェはこう書いているからだ。「私はミショーと、それからクノーと知り合いになれたらたいへん嬉しく思います。ほんとうに、そうしたらとても幸せなことでしょう[44]」。ポーランがこの二人の間を取り持ったのかどうかは定かではないが、クノーがデュビュッフェの油絵をはじめて見たのは、おそらく一九四四年四月七日のことであった[45]。さらに後になると、さまざまな状況によって彼らは近づき、そして友人となったのである。ところで、デュビュッフェの作家としての才能はあまりに看過されているが、その彼がある日、巧みな寸言でもってクノーの語調を要約した。「あなたは絶望という積みわらの上で、生きる喜びという火打ち石を打つのです[46]」。それは『サリー・マーラの日記』が出版された直後のことで、この本をデュビュッフェはとりわけ高く評価したのだった。彼はこのように書いている。「〔……〕これほどまでに奥深く笑える本を、いまだかつて読んだことがありません。ここでは驚異的かつ独創的な発想が一行ごとに現れてきます［……］。この本はたいへんな作用を及ぼし、私があなたの本を読み続けた三、四日の間、通りや、生活や、世界が、私にとってはすっかり新しくなり、そしてあなたの色に染められたように見えたのです。つまりそれは、全体に響き渡ってすばらしく勇気づけられるアイルランドのめくるめくジーグのようでもあり、ぴりりと刺激が効いて、抗いがたく心ひきつけられるカーニヴァルのようでもあります」。数ヶ月後の一九五〇年十月に『棒・数字・文字』を受け取り、レーモン・クノーが彼と同様、民衆語に興味を持っているということを知ったとき、彼の驚きはいかばかりであったろうか。彼は急いで、自分たちの歩みが似ていることをクノーに語った[47]。「考えてもみませんでした。誓って誰も私に教えてくれたことなどないのですが、あなたご自身も、はやくも一九三七年以来、それから今回送ってくださったこの出版されたばかりの本にも出てきているように、こうした論考を書いていらしたのですね。その中であなたはまさしくこの書き方を提案し、まさしく私の議論と同じような論評をし、さらに次のような例をあげています。《まったく、しんじられねえな、ふつうじゃねえよ。》ここに見られる各語の様相や選び方、そして文体の調子は、以前私が独自にたどり着いたささやかな文章に本当に近いものなのです」。デュビュッフェがここで言及しているのは、これに先立つ数年の間に試みていた、『いなかのくうき』（一九四八年）、『りょこうで』（一九四九年）、『あかちゃんづれのおばちゃん』（一九五〇年）といった出版物である。そこから必然的に導かれるただ一つの結論がはっきりと示される。「私たち、つまりあなたと私が芸術をめぐって果たしたこの出会いから、非常に似通った気質が現れ出てきました。つうわけで、うわべだけの文句をやりとりするかわりに、ダチ同士になるってことでぞくぞくする」。こうして言われたとおりのことが行われたのである。

　戦後の時期をとおして、レーモン・クノーはガストン・シェサックとも付き合いがあった。デュビュッフェに負けず劣らず力強く独創的な創作家である。「私たちはいつか相まみえるのでしょうか？」とシェサックは自問している。「おそらくそれが望ましいでしょう。私のことを、想像されるものとはかなり違っているとお感じになるでしょう。私は自分が表現しているものとはまったく違うのです……。あなたは偉大な作家だと聞きました。あなたが送ってくださったこの展覧会の招待状以外、私はあなたのものを何も読んだことはないのです〔原著ではシェサックの文法ミスが指摘されている〕。あなたはルベーグ〔『メルキュール・ド・フランス』誌などに執筆していた作家のフィレアス・ルベーグのことか〕に匹敵するのですか？　ルベーグをうらやましいとお思いですか？［……］私は物語を書く以前、手紙を書きました。ある日、私が手紙を送った人たちが、それを他人に見せていたことに気づきました。それがたいそう気に食わなかったので、作家たちがやっているみたいに、今では誰にでも見せられるような手紙しかほとんど書かなくなっています……」。良識と知性を欠いていなかったシェサックは、冗談を言うのも好きであった。「私はあなたに、塗り絵をお送りすることもできますよ。そうすれば共作がさらに一層完全なものになるでしょう。クノー＝シェサック、あるいはまた、クノーあるいはシェサックという署名のある絵画も、悪くないのでは？［……］もしやってごらんになりたいのなら、あなたにとって最良の策は、ただ単に、この上なく恣意的に、いくつか色の付いた染みを付けることだと思います。そして私があなたのつけた染みを他の染みに組み入れるというわけです。あなたにとっては、たばこを一本巻くくらいの時間しかかからないでしょう(48)」。

異様な人々に熱を上げていたレーモン・クノーには、一癖も二癖もある人物を惹きつけるという不思議な天賦の才が常にあった。戦前につながりを持っていたヘンリー・ミラーとは、はやくも一九四五年に文通を再開した。ともに作家でかつ出版社に協力する立場にあった二人の話題はさまざまなことに及んでいた。ヘンリー・ミラーはフランスにおける自作の出版を注意深く追っていたが、そのことはまたガリマールの関心事でもあっただけに、クノーはなおのこと進んでミラーにそれを知らせていた。一九四五年の四月、彼はミラーにドノエル社がフリュシェールによる『北回帰線』の翻訳を、そしてガリマール社がやはりフリュシェールによる『暗い春』の翻訳を手に入れているることを知らせている。どちらもまだ出版されてはいないが、しかしもうすぐ出るはずであろうということだった。さらにガリマールが『南回帰線』の出版に傾いていることも伝えている(49)。七月十二日、クノーは『暗い春』が一、二ヶ月のうちには出版されること、そしてガリマールがミラーの全作品を翻訳させる気になっている——しかも「全文ノーカットで」とクノーは述べてすらいる——ことを言える状態になっていた。だがガリマールが実際に『暗い春』を出版するにしても、『北回帰線』、『南回帰線』、そして『マルーシの巨像』といった他の重要作品は、ガリマールの手を逃れてドノエル社やシェーヌ社に行ってしまうことになる。ヘンリー・ミラーはこうした裏取引全体に関してガリマールを疑っているようなそぶりを見せ、また『暗い春』各版の発行部数が限られていることに対する失望を躊躇なく表明した。クノーは彼を安心させようと心を砕き、一九四八年七月二十九日には発行部数に加えて売上げ部数についても細かい数字を呈示している。クノーがミラーに配慮しているのには、一つならざる理由があった。まずはガストン・ガリマールの献身的な協力者として、重要なアメリカ人作家の一人をセバスチャン＝ボタン通りの出版社につなぎとめたいと望んでいたからである。またその一方で、ミラーはクノーにとって重要な情報源の一つであり続けていたという理由もあった。一九四五年一月九日、ミラーは彼にジョージ・ディバーンの『探求』を、そして一九四七年七月には、リリアン・ボス・ロスの『よそ者』を薦めている。一九四九年十一月三十日、ミラーはクノーに、ガリマールがヘルマン・ヘッセの『シッダールタ』を再版するつもりがあるかどうか尋ねている。というのも、彼を雇っているニューヨークの出版社ジェイムズ・ラフリンが、その翻訳を手がけようとしていたからだ。そしてとうとう、作家レーモン・クノーが合衆国で自作を出版したいと望むようになり、そのことをミラーに打ち明けたところ、ミラーはその意向を完全に理解してくれた。一九四六年五月二十三日、ミラーは彼に、ラフリンが『ルイユから遠くはなれて』をとても気に入り、いい翻訳家が見つかったらこれを出版しようと思っていると律儀に知らせてくれたのである。この計画は具体化し、『ザ・スキン・オブ・ドリームス』〔『ルイユから遠くはなれて』の英訳版〕(50)が一九四八年に出版される。クノー作品の最初の英訳である。ヘンリー・ミラーはそれに喜び、大事件だと語っている！　彼はこう述べている。「おかしな本だ！　ロモーヌはとても感じがいい」。しかも彼はこの小説の紹介文をラフリンのために書き、それをクノーに送ることも忘れなかった。そしてクノーの方では後に「理想の書棚」を決めるアンケートにミラーをぬかりなく加え、それによってミラーをたいへん喜ばせた。質問一覧表にためらうことなく答えたミラーの意見は、実際一九五六年に出版された巻に載っている。しかし彼の嗜好からするとこの本の企画は刊行までに時間がかかりすぎたため、一九五一年に彼は「本についての本」を準備し、自分で選んだ百冊のリストをそこで再び取り上げることを告げている。「これは私が気に入っている本です――『〔マルーシの〕巨像』と同様に」。そして彼はこう続けている。「そしてモンテーニュが彼の『エセー』でやったように、続けたい思っています〔原文ママ〕。たしかに、幾人かのお気に入りの作家に対する私の熱狂を共有するような人はあまりいないでしょう――それは言うまでもありません――そんなものです。しかし、そういうわけで私はあなたに今朝手紙を書いているのですが、これによって《私に影響を与えたもの》がわかるでしょうし、さらには、私の人生において、ヨーロッパの――とりわけフランス人の――作家たちが果たした大いなる役割がわかるでしょう。どこかで言いましたが、四角い土台はニーチェ、ドストエフスキー、シュペングラー、そしてエリー・フォールで作り上げられました。（私はこのテーマ〔……〕を『プレクサス』の最後で取り上げました。シュペングラーについていやになるほど《アド・ナウゼアム》語っている箇所で！）〔……〕おっと！このテーマになるとなぜこんなにも情熱的に入れこみしまう〔原文ママ〕のか、自分でもわからないのです。少なくも〔原文ママ〕、本という本について、あなたが大いなる飢餓感をもち、貪欲な目をしていることが感じられます〔フランス語の間違いが散見される手紙。原著者による「原文ママ」はそれらの箇所を示している〕」。レーモン・クノーがアカデミー・ゴンクールに加入したことに感銘を受けたミラーは、クノーにその感想を求め、さらに彼に対し、のちにはノーベル賞ももらえるだろうという予言までした！

風変わりという点ではミラーに劣るが、クノーにとって非常に重要な数学者で科学者でもあるフランソワ・ル・リヨネは、戦後、彼の交友関係に姿を現しはじめている。実を言えば、この二人は占領中に出会い、ただちに計画を練りはじめたのだった。一九四三年十二月十日にル・リヨネはこう書いている[51]。「あなたと知り合いになる喜びに浴して以来、お手紙を書けないでおりました。まずは旅行のせい、次にひどい流感のせい、そしてまた、いくつかのこまごました厄介事のせいです。もちろん私は、私たちが話し合ったことについてよく考えました。あなたが提示してくださった二つの考えの両方に、たいへん心ひかれています。一、〈生物学〉が最初の項目になるような、〈科学〉の分類項としての〈数学〉。二、歴史的な出来事の描写に数学を適用すること。場合によってはそうした出来事の予測にも適用すること」。これら二つを一つの論考にまとめることは、〈円積法〉のように不可能な問題であることを意識していたル・リヨネは、「この作品の全体構想にとっての都合を良くするため」に、今回は「諸科学の分類における数学の位置」にとどめておいても良いかとクノーに尋ねている。『数学的思考の偉大な諸潮流』はしたがって、すでに準備中であったというわけだ。しかしながら、ル・リヨネが出版を求めた論文とともに『カイエ・デュ・シュッド』誌がこれを刊行するのは、ようやく一九四八年になってのことである[52]。だが一九四四年三月十日、ル・リヨネは「決定的な進捗」を知らせてきて、次のように明言している。「私はあと二人からの返事を待つばかりになっています。二つとも大いに見込みのあるもので、これで協力者一覧を仕上げることができそうです。[……]他方、私のところには完成した論文がたくさん届き始めており、数週間のうちに、印刷会社に回せればと思っております」。ではなぜこの本が一九四八年より前に出版されなかったのかという疑問が生じてくるが、その理由は単純である。つまり一九四四年四月二十九日、ル・リヨネがゲシュタポによって逮捕され、ドイツのドラ収容所に送られたからだ。一九四五年にフランスに戻ってきた彼は、まずは長期にわたり休養しなければならず、多岐にわたる活動を少しずつしか再開できなかったのである。一九四六年、科学小説の叢書に関して打診を受けた彼は、ガリマールに評価カードを提出しているが、その中ではラヴクラフトの作品に関するものが多かった。『ヒュプノス』と『エーリッヒ・ツァンの音楽』は「科学的には中程度、文学的には良好、商業的には疑わしい」と評価されている。『銀色の鍵の門を越えて』を彼は「科学的には中程度、文学的には非常に良好、商業的には疑わしい」と捉えている。『魔女の家の夢』は彼の評価の中でも栄冠を勝ち取っており、「科学的に良好、文学的に非常に良好、商業的には疑わしい」とされている。数学によって別次元の扉が開き、非人間的存在と同盟を結ぶことが可能になるというこの作品の主題は、彼の好みであったと言わなければならない。数学と魔法との混交であり、さまざまな変化に富んだ空間の中の旅だ。なにより科学者であったとはいえ、文学についても一家言あったフランソワ・ル・リヨネは、自分の意見を隠したりせず、それが大いにクノーを喜ばせていた。付き合いを始めた当初から、リヨネはクノーに、『はまむぎ』に対する自身の留保を、そして『オディール』と『リモンの子供たち』への情熱を語っていた。『不正確科学百科事典』については「たぐいまれな成功です、たくさん楽しい項目があります」と述べ、さらにこう続けている。「私のほうでも、この種の資料を相当数有しております。今のところ箱にしまいこんでいますが、戦争が終わったらおそらくご覧いただけるでしょう［……］」。クノーがこの喜びに浴したかどうかはわからない。だが友情と大いなる相互理解とが生まれており、それは一九七六年のレーモン・クノーの死去に至るまで変わらず続いた。中でも、クノーの「リンド数学パピルスについての覚え書き[53]」と、一九四八年のフランス数学協会への加入、そして一九五〇年の科学作家協会への加入は、二人の友情に負っているのである。

戦後の数年間でレーモン・クノーはたいへんな有名人となったので、いくつかの出版社が、不定期にでも彼の協力を得ようとしてくるほどであった。まず、ジャン・レスキュールが友人として協力を請うてきた。ミニュイ社に雇われていた彼は、数多くの未決原稿を社内で発見したのだ。彼はそれらの整理を試み、出版しようと数人の著者に電話をした。だが白羽の矢を立てたばかりの小説について、それが別の出版社から刊行されることになっていると告げる声を感謝の念とともに耳にした彼の落胆は大きかった。ジャン＝ルイ・ボリの『ドイツ時代の私の村』である。原稿読みを続けながらジャン・レスキュールは、良い原稿がことごとくミニュイ社の手をすり抜けていってしまったことに気づいた。彼がそのことをクノーに打ち明けると、クノーはすぐさま彼に十ほどの作品を託し、それらのおかげでミニュイ社は再出発することができたのである。一九四八年、クノーはミニュイ社に、ウィリアム・フォークナーの『蚊』の序文も寄せることになる。彼はそこで、このアメリカ人作家の作品群全体の中にその小説を位置づけなおし、著者と作品の関係について考察する。彼はフォークナーの次の言葉を指摘している。「《書物、それは作者の秘められた生だ。その人の暗鬱な双子だ。二人を和解させること（合意の場を見つけること）はできない》（二五一頁）。このことは作者により近い作品について説得力を持つ。双子であることは、血族関係を意味する。たとえば、白い色と黒い色の間には、白色とバッタの間よりも強い関係があるようなものだ。『響きと怒り』になって初めて、フォークナーは小説として災厄の断片を世に出したのだった。が、そこでは起源の問題など、見知らぬ星雲の彼方に消えている。［……］」。一九四九年、リュシアン・マズノはまずはクノーに、クロード＝エドモンド・マニーが監修する『有名な子供たち』という一巻の本に参加しないかと持ちかけ、次いで一九五〇年には、『有名作家たち』を監修しないかと持ちかけた。我々の知るかぎりでは、『有名な子供たち』のためにハイネケンとイナウディの子ども時代の評伝を書くというマズノの依頼に、クノーが応えた様子はない。その代わり彼は、『有名作家たち』を、その種の試みにはつきものの煩わしさまで含めて引き受けることを承諾したのである……。クノーの知的欲求はまったく並外れている！　一九五〇年九月二十六日、マズノの秘書で、ルネ・クレールとかいう女性が、この計画の進捗状況についてユーモアをまじえて報告している。クノー自身が今まさに有名になりつつあるという事実は、この企画にとって必ずしも安心を与える要素ではない……彼女はそのことを報告に差しはさんだのだ。マズノの側では、この新たな任にあたってクノーが手腕を発揮できるだろうかという危惧もいくらかはあっただろう。だがそれは彼の仕事の実力や膨大な教養、そしておびただしい覚書をよく知らないがために抱く危惧である。一九五一年および一九五二年に出版された三巻からなる『有名作家たち』は、クノーが書いたいくつかの項目[54]と序文、それに、彼が監修した歴史の一覧の試みとを含んでいる。多くの名士がこの企画への参加を承諾した。マルセル・エメ、ジャン・ダニエルー、ジョルジュ・デュメジル、エティアンブル、ジャン・グルニエ、ジャック・ルマルシャン、エドモン・ポニョン、ジャック・ステル、ジャン・ヴァール等々といった面々である。このような出版物を成功させるためにクノーが定めた原理は、単純かつ完全に明瞭であった。「私は自分が提案したい作家を有名作家として提案している」。その独創性については、このように呈示されていた。「あらゆる手引き書によって異議なく認められている結果を追認するだけではいけない。我々が欲したのは、文学の扇子を広げること、ただし我々の歴史的（時代）ならびに感受性の変化に対しても、また我々の話している言語ならびに情報の可能性に対しても少しばかり独立性を保ちつつそれを広げることであった。これは小さなパンテオンというわけではない。文学の生なのだ」。ことのついでに文学が定義されている。「洞穴から原子爆弾に至る小道に沿って歩く人間に忠実に随伴する神秘的なもの」。クノーによるペトロニウスの紹介からは、大いなる歓喜が伝わってくる。「率直に言って、私はこの作家を兄弟だとみなしているが、私がこれほどの熱意と誠実さをもって愛する作家というのはほとんどいない」。他方、彼がボワローについての項目を執筆することを選んだのも驚くにあたらない。というのもクノーは『ヴォロンテ』誌の中で一度ならずボワローを引き合いに出していたからだ。今回、彼はとりわけ以下のことを請け合いつつ、確認の上、署名を行っている。「それに対して『譜面台』は、大いなる新しさを備えた作品で、フュルティエール（ボワローの友人）の『町人小説』に非常に近いうえに、未来、つまり《真実》と真実の町人の方を向いている。ある詩をある散文作品と近づけることはこの場合難しくはない。というのもボワローは《我々が小説《ロマン》と呼ぶこれらの散文詩》の新しさを指摘し、まさにそのことによって、その性質を認識したのだから。『譜面台』は叙事詩に終止符を打ち、『ドン・キホーテ』を完成させ、フランスにおける小説の端緒となり、『カンディード』と『ブヴァールとペキュシェ』を同時に予告しているのである」。クノーの「二十世紀の幾人かの巨匠」についての省察は、ある意味でこの発言を受け継ぎ、発展させている。というのも彼は、フローベールが、マルセル・プルースト、アンドレ・ジッド、ヘンリー・ジェイムズ、ガートルード・スタインそしてジェイムズ・ジョイスという主要な作家たち、すなわち「二十世紀の半ば、その作品が人間の文化にとって本質的なものになった六人の偉大な作家たち［……］に対して果たしている傑出した役割を強調しているからだ。『有名作家たち』の全三巻は、幾度も版を重ねた。マズノのもう一人のすぐれた協力者であったアンドレ・マルローは、いくつかの留保をつけながらも、満足の意をわざわざクノーに伝えてきさえした。クノーは、ガリマール社の原稿審査委員会に参加し始めたとき、マルローとその発言の閃光のような鋭さに強い印象を受けていた。だが彼は、日記にこう書きつけるほど、すぐさまマルローの手口を理解したのであった。「彼は私と結託していると思っている。一つの文を仕上げるためなら彼がどんなささいな創意工夫も辞さないということを私が理解していると感じ、理解し、見抜いているからだろう(55)」。

　ペトロニウスに関する項目の中で、クノーが以下のように指摘している箇所には、彼の告白が含まれているのではないかとも考えられる。「この小説［『サテュリコン』］には、あらゆる文学の中でもっとも偉大なものの一つが入っている。それは、人間についての知識だ。つまりは四辻での出会いから《悪所》で一晩過ごして迎えた明け方でしか学びえない知識、B・O・F(56)の習俗と同様に文学的な習俗に向けられた、絶え間なく貪欲な好奇心の証となる知識、神秘を伴う宗教と同様に幽霊話に向けられた、そしてローマの植民地管理と同様に諸国民の相続に関する法制（モンテスキューの予告となっている）に向けられた好奇心の証となる知識であり、優美で、明晰で、タキトゥスが言う単純な姿《スペキエース・シンプリシターティス》で表明され、ビテュニアの元長官によるもののように思われる人間についての一つの知識である」。こうした言葉を書き連ねながら、クノーは自分自身について、そして、サン＝ジェルマン＝デ＝プレの夜の生活を通じて教えられた事に思いを馳せていたのだろうか？　大いにあり得ることだ。いずれにせよ、この時期に彼はさまざまな経験をし、バーやキャバレー、その他流行の社交場へと足繁く積極的に通ったのである。ボリス・ヴィアンがしばしば彼を午後の終わりに、モーベール広場にほど近いカルム通りのロリアンテに連れていった。その店はホテルの地下にあり、クロード・リュテールのおかげで流行するようになったところだ。ロリアンテが閉店してからは、彼らはクラブ・サン＝ジェルマンか、クロード・リュテールが雇われていたヴィユー・コロンビエ座に行くようになる。「タブーと呼ばれる洋服のスタイルがはっきりと現れ始めたのは、おそらくロリアンテにおいてだ。リュテールと彼の友人連中はいつも決まって文無しで、自分たちの手で喜んで服を仕立てていたから、ラップ人〔サーミ人〕みたいなつなぎから呆然とさせる格子縞にいたるまで、さらにそれらがときおりはボタンホールやら紐やらこまごましたもので飾りたてられるといった、仰天するような、だが興味深くもある異様な身なりができあがったのだった(57)」。ボリス・ヴィアンとレーモン・クノーは、一九四七年四月十一日に開店したドーフィネ通り三十三番地のタブーにも足繁く通っていた。「友人の友人の友人、そしてその他の人たちでさえ、そこにいた。こんな逸話がある。強いお国訛りをひっさげて舞台に登場したボース地方の詩人に対し、クノーとポール・アラールとルマルシャンが無邪気な嘲弄を投げつけるということがあった。彼は非常に高貴な様子で彼らのほうに向きなおり、クノーにこう言った。《静かに仕事をさせてください、あなた、私は「詩人」なのですぞ！》座っていたスツールの上でクノーが笑い転げたと、リュカ［タブー創設者の一人］が回想している」。一九五〇年三月、ジャン＝ポール・サルトルを名誉大統領に戴く〈サン＝ジェルマン＝デ＝プレ自由国家〉より、三月九日木曜日から十日金曜日にかけての深夜午前二時三十分に、サン＝ブノワ通りのクラブ・サン＝ジェルマン書店で秘密裡に集まることになっている実行委員会に出席が求められているとクノーに宛てて通知が届けられた。このすぐれた政治的決定、つまり『レ・タン・モデルヌ』誌のチーム全体を動員したにちがいない決定の理由は、この手紙の最後で明らかにされている。「到達困難な小山が、いまだに自治を独占していることは容認できない」。一九五二年の二月、クノーは一通の「指令証書」を受け取る。それは彼に以下のことを命じるものだった。「四日二十三時から三時にかけて（両親あるいは配偶者同伴で）タブーに赴くこと。目的は、そこで（グラスを手に）ロベール・ナミアとピエール・ドリスに補佐された検閲官閣下のフランソワ・シュヴェ氏によって加えられる刑罰に服することである。処罰の動機——他の人々に先駆けてさまざまなアイデアを持つことを良しとしているため。なすべきこと——注意深くそしてある程度の熱狂を持って、シュヴェ、ドリス、ナミア各教授、オルガ・ケンとジネット・オシェック各嬢、および音楽部長ロベール・ペゲ氏と彼の神童たちによってなされる講義を拝聴すること」。当然のことながら、クノーの姿は、ポール・ブーバルが運営しているフロールや、リュカによって再開され、「アルトー、ブラン、ロッド、ピシェット、アメリカから帰ってきた画家のマッタ、ロジェ・ヴァイヤン、メルロー＝ポンティ、クノー、『コンフリュアンス』誌のグループ、ベルトレ、タヴェルニエ、ボーフレ、アングレス」らが足繁く通い「サルトルもときどきそこへ来る(58)［……］」というバー・ヴェールでも見られた。一九四八年四月九日、クノーはグラン・オーギュスタン通りにあるカタランの開店パーティに、店の新しい持ち主ジョルジュ・ユニェ——カフスボタンの代わりにガラスの義眼をつけていた——によって招待された。もちろんボリス・ヴィアンも居合わせたし、パリじゅうのビッグ・ネームたちがそこに居た。ジャン・コクトー、アンリ・ソゲ、ラビッス、ジャコメッティ、シモーヌ・シニョレ、ジョルジュ・オーリック、マルセル・オークレール、リーズ・ドゥアルム、バルテュスなどである。この晩の欠席者はただ一人、政治集会があって都合がつかなかったジャン＝ポール・サルトルだった。

こうした流行の場所に行っていないときには、クノーはガストン・ガリマールや、あるいは自分たちの新聞を盛り上げようとしていた『リュ』のチームが催すカクテル・パーティに出席していた[59]。パーティに次ぐパーティ、徹夜に次ぐ徹夜……。クノーはほとんど眠らず酒をたくさん飲んでいた……。だが彼は持ちこたえていた。ガリマールで仕事をする昼間と、文学の創作活動と、そしてサン゠ジェルマン゠デ゠プレなどでの夜のそぞろ歩きとを驚くべき仕方で両立させていたのである。ボリス・ヴィアンもまた節制のお手本ではないということは、言っておかねばならない……。「昼間、彼は書き物をし、翻訳し、作曲し、『レ・タン・モデルヌ』誌に《うそつきのコラム》を寄稿し、『ジャズ・ホット』誌には新聞記事の要約紹介を寄せ、数学をし、高級家具づくりをやり、絵を描き、駄洒落や笑劇を作り、《ビ・バップ》――それも本物の――と《SF》を発見するのだった。夜には、心臓が弱いにもかかわらずトランペットに息を吹き込むのだった。

ボリス・ヴィアンは人生を張っていた
ほかの連中が相場を張るように
ドロケイごっこをするように
でもイカサマ師っぽくはなく
貴族然として

と、ジャック・プレヴェールがのちに歌うことになる[60]」。

このサン゠ジェルマンの貴公子は、その屈託のなさと、気さくさと、憂いと、自動車整備工にも技師にもなれれば、数学者にも詩人にもなることのできるその多彩な才能でクノーを魅了していた。クノーは自分より二十歳ほども若く、まるで弟か息子のように自分に似ているこの男に幻惑されていた。ボリス・ヴィアンもまた同様だった。というのもヴィアンはクノーを文字どおり崇めていたからだ。「クノーは今の時代のフランスにぴったりだ」と彼は書いている[61]。「一つの文体と、比類ないアイデアと言語を同時に持ち合わせている唯一の作家だ。つまりおそらくは、一人の男としてあまりにも多くを持っているのである。ガストンはレーモンに、大きなひげをはやして車椅子に乗ってもらえないものかとむしろ期待している。発行部数を十万部にし、いたるところにでっかいポスターをベタベタ貼るために」。

ボリス・ヴィアンが彼の兄貴分に対して抱いていた称賛の念は、そうした感情を利用してクノーにすがり、目的を果たそうとするたくさんの人たちによっても共有されていた。ルイ・グラン校の高等師範学校受験準備学級の生徒であったジャン・コーは、これ以上両親の世話にならないために、そしてカルカッソンヌに帰る羽目にならないように、なんとしてでも職を見つけようとしていた。ジュリアン・バンダとダニエル・イルシュに推薦された彼は、秘書か、あるいは何か金になる仕事のできる従業員にしてくれと、クノーを攻め立ててきた。クノーは、彼の窮状に心を動かされて、彼をシェレールのもとに差し向けたが、結局のところシェレールも彼に提案できることは何もなかった。おそらくジャン・コーにはツキがあったのだろう、なにしろ彼は結局ジャン＝ポール・サルトルの秘書になり、そうしてパリの文壇でたくさんの人とつながりを持つことができたのだから。

他にもクノーに記事や序文を書いてくれと頼んでくる人たちがいた。一九四八年、彼はガストン・クリエルの『スウィング』誌に数行の文章を寄せることを承諾した。フランスとイタリアの文化交流に努めている雑誌『ランコントル』誌も、クノーの協力を得ようと望んでいた。『アダム』誌にしても同じことで、こちらは「とてもパリ的」というコラムで、読者に人気の人物たちによって創り出されたカクテルの命名式を紹介しようとしていた。彼宛ての手紙にはこう書かれていた(62)。「来たる十月十八日木曜日、十七時に、相当数のあなたのご友人たちが、『アダム』誌のホールであなたをお待ちしています。ホールはこの機会に、完璧に設備の整ったバーに改装されております。／あなたがご自分のお好みでいろいろと選んでカクテルを作るために必要な材料がそろっている手筈です。そのカクテルを、ご希望であれば資格を持ったバーマンの手助けを受けながら、あなたがご自分でお作りになるというわけです。／このバーマンが、あなたのお望み通りに、アングスチュラの瓶からグリーン・オリーヴまで出してくれますし、ほかにもレモン・ピールやらあらゆる種類のワイン、それにお望みの《スピリッツ》もそろっています［……］」。また別の機会に(63)、切迫した語調で『屠殺屋入門』〔ボリス・ヴィアンの戯曲〕を支持してくれるようクノーに呼びかけてきたのはアンドレ・レイバズ〔俳優、舞台監督〕であった。

自身の影響力のせいで、クノーは当時たえず煩わされていた。一九四九年、彼はラ・ユヌ書店〔サン＝ジェルマン大通りにあった〕で開かれたジェイムズ・ジョイスをテーマとした展覧会に出席し、翌年にはヴォージュ広場での〈詩人たちの縁日〉に招かれた。一九五一年には、ジュリエット・グレコを伴って、自身が序文を書いた『ペドンジーグの名誉』のロジェ・ラビニオーが行う調印式に出席している。同年、マリニー劇場での『ラテン・アメリカのバレエ』のプログラムにテクストを寄せており、その中で彼は自分が暮らしたい場所はどこかという問いを立てている。「たくさんの地名が思い浮かび、頭がぐるぐると回ってしまう。「あたかも地球のように。きっとそのせいで、というのはたぶんそこから抜け出るために、人間はこのダンスという奇妙な行動に身を委ねるのだろう。ダンスの中にはもはや矛盾も〈歴史〉もない、なぜならそれは動くからだ、単純に、地球のように、日々の階段をたえず上り下りしているあの太った金色のヒヨコのように、夜ごとに星々の砂の上でふくらんだりしぼんだりしているあのきれいな銀色の七面鳥のように」。一九五二年二月、彼は芸術家連盟の第二十二回特別興行《ガラ》プログラムのために数行の文章を書くことを断れなかった……。

パリ解放の直後、クノーはまたジャン＝ルイ・バローに請われてコメディ＝フランセーズでの「詩のマチネー」[64]に参加しており、バローとロベール・ケンプ、ルネ・ラルー、そしてジュリアン・ベルトーとともに運営委員会にも姿を見せている。番外編である最初の回は、一九四四年十二月二日に、ヴォルテール生誕二百五十年記念として行われた。次いで一九四四―四五年シーズンの間に七回のプログラムが企画されたが、それは月に一度の割合で、三大同盟国の詩人たちへのオマージュとして行われるものであった。十二月二十三日には、シェイクスピアとイギリスのロマン主義者たちを、一九四五年一月十三日には、アメリカの詩を取り上げることになっていた。クノーはそこで、エドガー・ポー、エマーソン、ウォルト・ホイットマンについての紹介文を執筆することになっていた。ジャン＝ルイ・バローは新たに、一九四五年十二月二十二日と一九四六年三月二十三日の、自然と都市についてのマチネーにもクノーを参加させることにした。前者のマチネーにおいて、クノーは「〈自然〉の吹き込んできた感情あるいは情動を、詩人が直接表明している作品、つまり彼が自然についてもっている、そして自身の同時代人や未来の世代に伝えようとしている情動に関する知識」のみを考慮しようとした。この視点から、彼はシャルル・ドルレアン、デュ・ベレー、ベロー、ロンサール、テオフィル・ド・ヴィオー、サン＝タマン、ラ・フォンテーヌ、ラシーヌ、デュシス、ファーブル・デグランティーヌ、シェニエ、ラマルティーヌ、ヴィニー、ユゴー、アロイジウス・ベルトラン、ボードレール、ランボー、ヴェルレーヌ、レミー・ド・グールモン、アンリ・ド・レニエ、ロートレアモン、ジュール・ルナール、ポール・クローデル、ギヨーム・アポリネール、そしてレオン＝ポール・ファルグを取り上げた。都市についての回では、クノーはデュ・ベレー、マチュラン・レニエ、ペギー、アロイジウス・ベルトラン、ボードレール、アポリネール、シェヌヴィエール、ヴェラーレン、ユゴー、アンナ・ド・ノアイユ、シャルル・ドルレアン、アンドレ・スピール、シュペルヴィエル、リブモン＝デセーニュ、アラゴン、そしてコルネイユの名前をあげた。「詩のマチネー」は一九四六年と一九四七年にも続けられた、しかし、この二年間、クノーの名前はもはやプログラムに現れていない。要するに彼はもうこれには参加していなかったのだろう。

一方クノーは、数多くの文学賞審査委員会に所属し続けていた。一九四五年、レジスタンス国民委員会が創設した解放大賞に、彼も加わった。これについて彼は次のように書き留めている。[65]「審査委員はクリーゲル＝ヴァルレモン（良し）、ヴィヨン（ピカソのところで会った）、ヴォギュエ、エディット・トマ、エルザ・トリオレ、デュアメル（なんとも哀れな御仁）、クロード・モルガン、フランシス・ポンジュ、ヴュルムゼール［……］、そして私。第一回投票――私はブシノ[66]に入れた。二回目には、皆がレーモン・ガブリエル（＝レヴィ）の側に着いた。彼を探しにやった。彼の両親はアウシュヴィッツで亡くなっている。彼はシャンゼリゼ大通りの男性用衣料製造販売業者である」。一九四八年、彼は二十二人の常任委員からなる審査会によって年に四回授与されるサント＝ブーヴ賞の選考会と、短編小説を一篇表彰することを趣旨とした『ジャズ＝ホット』誌の賞の審査会の席を占めた。『ジャズ＝ホット』誌はクノーをこの審査会の議長とし、ボリス・ヴィアン、フランク・テノ、アンドレ・オデール、シャルル・ドローネーを審査会のメンバーとして入れた。受賞者は『フランクとマルポッツ・ブラウス』の著者モーリス・グナシアだったが、この人は現在ではすっかり忘れられてしまっている。同年、(67) レーモン・クノーはサリー・マーラの偽名でスコルピオン社から出した『皆いつも女に甘すぎる』によって、タブー賞を獲得している。しかしこれを栄誉だと勘違いしてはならない。事実、クノーのこの作品を出版したジャン・ダリュアンは、毎年この賞を自分の好きにしており、そのことを隠そうともしなかった。いみじくもボリス・ヴィアンは、「他の賞と同様に誰に授与されるかはあらかじめ決まっているが、ただ他と違い、そのことを少しの気詰まりもなく告白できる点を特徴とする唯一の賞」(68) について話したことがある。同じく一九四八年、クノーはアンドレ・ベイやジャン・ブランザとしばしば昼食をともにするようになった。この「《ベイ＝ブランザ＝クノー》をクノーは《BBQ》と命名したが、この会のために我々はわりと定期的に（月に一回）集まって昼食をとり、出版や文学について語った。ベイはストック社、ブランザはグラッセ社、クノーはガリマール社だ。友人同士でもあったし、《文学部門長》でもあった。たしかブランザのアイデアだと思うのだが、我々は少しずつ他の《文学部門長》を《指名入会》させ、こうして、最優秀外国文学賞選考委員会が、モーリス・ナドー、ポール・フラマンらを加えて生まれた。これは一九四八年に機能しはじめたが、このグループはその後もたまに、たいていはリュムリー〔サン＝ジェルマン大通りにあるラム専門のバー〕で集まった……(69)」。一九四九年六月、クノーはフランス書籍クラブ賞の創設に参加している。その名称からは分からないが、これはフランス語に翻訳された外国作品に読者公衆の注目を引くことを目的とした賞である。夏のはじめに彼が参加を承諾したアオスト渓谷のサン＝ヴァンサン賞は、一見して興味深そうなものである。審査委員会は国際的で、一方はフランス語、他方はイタリア語と、別々に所在する二つの審査委員会によって構成されており、小説、批評あるいはエッセー、詩集に対して、それぞれ賞金百万リラの三つの賞を授与するというものだ。三つの賞のうち二つはイタリア語の作品に割り当てられている。フランス語部門に関しては、クノーのほかに、ジェラール・ボエール、アルベール・ベガン、アンドレ・シャンソン、ポール・シャポニエール（ジュネーヴ）、ジャン・コクトー、アンドレ・モーロワ、ジャン＝ルイ・ヴォドワイエが集っていた。イタリア側は、コッラード・アルヴァロ、カルロ・ボー、マリオ・ボンファンティーニ、ピエロ・バルジェッリーニ、サヴィニオ、ウンガレッティそしてヴィットリーニが参加していた。しかし九月の半ばに、クノーはヴィットリーニが排除されたことを知り、アルベール・ベガンとともに辞任している。イタリア共産党の党員であったヴィットリーニは、トリアッティ〔イタリア共産党指導者〕に対して、「政治的な目的、政治的な手段、政治的な論拠をもって、政治的な圧力あるいは威嚇によって[70]」文化に関する議論に介入する必要はないと明言したことにより、非共産主義のフランス左翼からは非常な人気を博していたのだ。一九五〇年三月二十一日、レーモン・クノーは『サリー・マーラの日記』でクレール・ブロン賞を受賞しているが、これは十六世紀スペインの女性詩人の名を冠した賞である……。なお賞品は……牡蠣一籠であった。サリー・マーラの遺言執行者は、この機会に非常に感動的なスピーチをおこなった。その中で彼は、確信をもって、彼女はこの賞を愛しただろうし、またクレール・ブロンを……代母として持つことを喜んだことだろうと断言した。一九五二年二月二十八日、彼は二十二票中二十一票を獲得し、ユーモア・アカデミーにジェオ・ロンドンの後継者として選ばれた。そしてそれに続く五月二十九日に就任スピーチ[71]をおこない、その中で自分のお気に入りの『馬鹿げたことども』の中のいくつか、たとえば「ユーモアとは、偉大な感情からその馬鹿馬鹿しさをはがすための試みである」などを引用してみせた。

可能なときには、レーモン・クノーはこのパリの環境、好んではいたが同時に息苦しくもなる環境から逃げ出した。四年間にわたる占領を経て、フランス人たちは、そしてクノーもご多分に漏れず、生きることと旅することに対して巨大な欲求を感じていた。ジャン＝ポール・サルトル、次いでジャック＝ロラン・ボストが合衆国に赴いて『コンバ』紙の紙面に彼らの印象をつづり、それからマルセル・エメがやはり大西洋を越えた旅をしている。最初のうち、クノーは旧大陸にとどまっていた。一九四五年八月、暫定政府から命を受けた彼は、十一月二十日から十二月五日までスウェーデンとフィンランドで講演会をして回ることになった。彼はまずマルメに到着し、次いでヘルシンキ、ストックホルム近郊の島々、ストックホルムの町そのものを訪問した。彼は快く迎えいれられた。講演も好評であった。公式の昼食会や夕食会が続いた。図書館や美術館、ラジオ局、出版社、書店、雑誌編集部等々に連れていかれた。彼は疲れきり、とはいえこの旅に満足して帰ってきた。一九四六年二月、彼はオーストリアに招かれたが、この時は段取りが不十分で、トラブルが続出した。アレクサンドル大尉とともにウィーンに着いた彼は、講演会への招待状に「フランス文学の危機」と銘打ってあるのに気づいた、彼が事前に知らせておいたタイトルは「文学の危機」であったのに……。泊まるホテルのことも心配になったが、それもやはり二流のホテルであると判明した。アレクサンドル大尉は、講演者になんという扱いをするのか、こちらは著名な作家で、ガリマール社の文学部門の部長で、しかも全国作家委員会〔CNE〕重役会のメンバーでもある方だと息を詰まらせて憤慨した。ウィーンで彼らに用意されていたもてなしに不満を抱えながら、二人は次にインスブルックに向けて発った。クノーの各講演会には、多いときで三十人ほどが集まった程度だった。しかし彼はこの旅のおかげで見聞を広め、さまざまに異なる人々と出会うことができた。ウィーンで、駅長は彼にこう述べた。「ここでは、戦争が続いているんです[72]」。彼は強姦が頻発しているという話を聞き、一人のAFATは[73]彼に、二十八万五千件の告訴があるのだと語っている。インスブルックでは、『天井桟敷の人々』をオーストリアに紹介した司祭と知り合いになった。「奇妙な話をする人物。超近代主義の坊さんのおかしな興味深い類型。彼は女性の手にキスするのだ[74]」。

一九五〇年、今度は彼が合衆国に旅立った。一月七日から二月七日まで、クノーがせりふと歌詞を書いた『ダイヤモンドをかじる女』を公演するロラン・プティに同伴するためである。「カレッス、通称ミステリオーザ・オクルタ、またはダイヤモンドかじり女、などほかにも別名多数。彼女は有名な女盗賊で、全世界の警察から追われている」。これは四場からなる楽しい娯楽作品で、第四場はルナ＝パークで繰り広げられるが、このことはクノーにとって思い出を呼び起こしたはずである〔ルナ＝パークは『我が友ピエロ』の舞台のモデル〕。ニューヨークで彼はフランク・ドボに再会し、この都市を案内してもらった。クノーはそこからさまざまな光景や逸話、冗談などを持ち帰り、『フランス＝ソワール』誌に紹介している[75]。この滞在はクノーにとり素晴らしいものであったとみえ、彼がたいへん元気であるさまをドボはジャニーヌに宛てて描写してみせている。クノーのおかげで、ドボは自分の日常世界を友人の目を通して再発見する機会に恵まれ、そのことを喜んだ。だが彼は、ジャニーヌにこう明言してもいる。「レーモンには、自分の商売がそこそこうまくいっているという印象を与えようとしました——事実ガリマールがアメリカでの代理業者を変えることもあるとなれば、なおさら商機をつぶしたくなかったからです。実を言うと——ここだけの話ですが——私はかなり絶望しているのです。というのも一定の暮らし向きを保つために、一年ほど前から借金が増え続けているのですから」。いつも儲けが莫大というわけではない文学界では、人はえてしてポーカーフェイスで欺き合うものだ……。だから皆、招待というものがやってきたなら、それをなおざりにはしないのである。

そのようなわけで、一九五二年、レーモン・クノーはイオニアという客船上で数回の講演会を行うことを承諾した。この船は四月五日にマルセイユから出発し、ギリシャのクルーズに向かうものだった。旅程はこの上なく魅力的なものであった。カタコロ、オリンピア、スパルタ、ミストラス、クレタ島、クノッソス、ロードス島、パトモス島、ミコノス島、サントリーニ島、ミケーネ、エピダウロス、イドラ、エギナ島。彼は旅行代理店のパンフレットのために「山々と驚異」というタイトルで数行の文章を執筆した。内容は次のようなものだ。「これら〔山々と驚異〕がギリシャに旅をするあらゆる人に約束されたものである。山々——じっさい、これには事欠かない。リカベトスのような小さなものもあれば［……］、サントリーニの火山のような［……］もっと大きなものや、しまいには古来言われるごとくペリオンの上に乗っているあのオッサ〔ギリシア神話では、アローアダイがオッサ山の上にペリオン山を乗せようとしたとされる〕のような、さらには神々がそこでまどろんでいるあのオリンポスのような非常に大きなものまである。／そしてさまざまな驚異――むろん、それにも事欠かないのだ［……］」。彼がイオナ〔原文ママ〕の船上で行った講演についてはあまり情報がない。だが幸運なことに、大半がメモとはいえ手書き原稿[76]が残っており、多少の内容を教えてくれる。レーモン・クノーはユリシーズの伝説を取り上げたが、そのテーマはホメロスが『オデュッセイア』を朗唱するのを聞きにいくようなつもりで着想されたのかもしれない。カザンザキスは『その男ゾルバ』の中で、改めてこの不動の旅人というテーマから着想を得た。不動の旅人は「見るすべを知らなかった多くの旅人よりも事情に通じていた」のだという。この経験を、彼の記憶にしっかりと刻みつけられている「パリをご存じですか？」の経験と結びつけつつ、クノーは、パリが自分のオデュッセイアであると同時にイタケー島〔オデュッセウスの故郷の島〕だったとみなしている。自身の文学的な情熱にまったく忠実なクノーは、次いでジョイスの『ユリシーズ』を参照し、自身の百科事典執筆者としての仕事をよりどころとしてエジプト文学、カナン文学、ヘブライ文学の存在に言及している。そのついでに、国民文学と普遍的な文学についてのいくつかの警句を取り上げて、最後に、このクルーズとギリシャの美点をほめそやしてしめくくっている。

イオナ号〔原文ママ〕の船上では、ジャニーヌがレーモン・クノーに同伴していた。過去、つまり一九三二年の旅行の時分に戻りたいという欲望だったのだろうか、あるいはこうするより他になかったのだろうか？　それは分からない。唯一確実なのは、この夫婦がうまくいっていなかったということである。レーモンの数々の活動にジャニーヌの数多い外出が加わり、そのせいで彼らは互いに少しずつ遠ざかってしまっていた。彼らは忠実さを合い言葉としてはおらず、それぞれが自分の経験を生きていた。この時代の人々を特徴づける楽しみへの渇望というものを彼らも共有し、二人ともその渇望を満たそうとしていた。レーモンに関して言えば、すべてが知られているわけではない。ただいくつかの事実が浮かび上がってくるだけだ。すでに一九四五年に、彼はストックホルムでマリアンヌ・イルボンという女性と出会っている。フランス学院の広報担当者である。彼は彼女と一緒に何度も、時にはごく遅い時間まで出かけていた。「マリアンヌと二時まで」[77]と彼は、十一月二十五日の日付のところに書き留めている。二十九日のところには、このような詳しい情報が見られる。「この晩だけは二時まで」。出発の日、一月三十一日には「マリアンヌが私を起こしに来る」と書いている。要するに、スウェーデンでの滞在を通じて、彼らはきわめて親密に過ごしたように見受けられるのだ。次の年、一九四六年に彼はオーストリアで英国の小説家[78]、アイリス・マードックと知り合っている。「私の翻訳者はすばらしい娘だ」と彼は書いている[79]。「すぐさま魅了されてしまった。［……］彼女はアイルランド人で二十六歳だ。背が高い。金髪。健全。小さな巻き髪《シニョン》にしている。ハンチング帽。決然とした、少し重い、軍隊的な歩き方。美しい目、魅力的な微笑。［……］彼女は四年間共産党員で今は労働党員。［……］『存在と無』を読んでいる最中だ。彼女はキェルケゴールを好む。黒人たちに興味がある。彼女は『マルーシの巨像』を気に入った――一緒にミラーについて話した。［……］彼女は二つ小説を書いた。新作を一つ書いている――『わが友ピエロ』を読んで書くことへと背中を押されたそうだ」。彼らの間には、ユゲット・ブシャルドーが書いたジョルジュ・サンドの評伝[80]の中で「恋愛的な友情」と呼ばれるものが打ち立てられていく。それが恋愛ではないことが確実であっても、互いに魅了はされており、とりわけアイリス・マードックにとっては、知性の大いなる通じ合いができたことで、その魅了が裏打ちされていた。クノーがパリに戻ってからの彼女は、自分のきわめて特別な感情を彼に請け合いつつ定期的に手紙を書き、そしてその後も彼を決して忘れなかった。一九五一年、レーモン・クノーが、ジャン゠マリーのイギリス滞在に際して彼を受け入れてくれる住まいを探したとき、彼女はそのために尽力し、そして自分は彼をずっとずっと愛するだろうとレーモン・クノーにフランス語で請け合いながら手紙をしめくくっている。

同時期に、クノーはもっと情熱的ないくつかの手紙を、べつの女性小説家から受け取っている。彼女はどちらかというと文学かぶれの青鞜婦人といった感じで、我々は彼女を、ファースト・ネームでローズと呼ぶことにする。一九五一年十一月十四日、彼女は彼のことを、美しくて捕まえるのがとても難しい蝶であると断言している。表現が少しばかりもって回ったものになってはいるものの、それは間違いではない……。一九五二年八月、彼女はさらにうるさくせがむようになり、自分がどれほど彼の腕の中に抱きしめられるのを待ちわびているか彼に告白している。彼女は執拗に彼に手紙を書き続け、彼に官能的な打ち明け話をし続けるのだった……。彼に触りたい、彼と肉体的接触を持ちたいという自分の欲求を、彼女は事細かに書きつづるのである……。彼女は、自分が彼の肩に触ったときに覚えた、彼の上着の毛羽だった感触と彼の肌の感触を思い出すと語っている……。いやはや！　欲望よ、おまえが我々を捕らえる時といったら！

この場合、クノーは欲望されていたわけだが、この共有するわけにはいかない情熱に、彼は大した重要性を認めなかったようである。その一方で、一九四六年はじめに、彼はクロード・ガリマールの妻シモーヌの妹シュザンヌ・コルニュに夢中になった。彼女は二十代で、彼は四十代だった。彼女は美しく、光り輝いていた。彼はまるでティーンエイジャーのような激しい恋に落ちてしまったのだ。自らの手で大幅に検閲、削除されている彼の『日記』であるが、この件については長々とした証言がある[81]。「昨日の晩、私は彼女と出かけた」と彼は書き留めている。「《アメリカのコメディ》映画を見に行った、彼女は率直に笑っていた。その後、アスコットで、私たちは宗教について話した（カトリック。今年の復活祭に（彼女は）ミサに行かなかった）。その後で、彼女を家に送っていきながら、《肉体的な愛》の問題について。たいへん貞潔な別れ」。結局、彼らはそこまでに、あるいはほぼそこまでにとどまることになる。クノーは、狙った相手をその最後の砦まで追い詰めてゆくことのできるドン・ジュアンではないのだ。たしかに彼は恋し、手に入れたいという野心を燃やす。しかし彼は、自分で書いているとおり、「《恋愛に関して言うなら》極度に若くうぶな」ままにとどまったのである。彼女を家に送りがてらキスをするのが彼にはやっとだった。翌日、「《許された》身振り、《許可》……、そして肉体的な愛」をテーマに議論を再開した。シュザンヌは当時ジャック・ルマルシャンにも言い寄られており、彼とも会っていることを隠さなかった。クノーはそのことを恨みに思い、もはや彼女を愛していないと思いこんだ。だがまさにその晩、長い弁明の後で再び信頼が見出され、我らが四十男の恋は以前にも増して燃えさかってしまったのである。しかし夜をともに過ごすことは拒否され、彼は彼女の傍らでため息をつき続けた。彼は彼女にキスし、彼女の乳房の先が自分の体に触れている感覚に喜びをおぼえ、彼女を膝の上に乗せた。彼ははっきりと述べている。「私は彼女を少し揺らし、性的快楽を覚えたが、それを表明する勇気はなかった。彼女が恥じらいの動作を見せるのを感じたからだ」。シュザンヌ・コルニュが時折ジャック・ルマルシャンかディオニス・マスコロとともに夕べを過ごすことは、彼の嫉妬心をかきたてた。とはいえ彼はどんな態度をとったものか分からないでいた。彼、輝かしい知識人で、流行の小説家で、尊敬を集める文学部門長が、この素晴らしい若い女性、彼のものにはなりそうもないこの女性を前にすると、もう何者でもなくなってしまうのだ。クノーの情熱が誰の目にも明らかだったため、ジャニーヌも介入してきた。夫婦関係は難しく、緊迫したものになっていた。「彼女はあなたをとても不幸にしますよ」と彼女はレーモンに言い放った。彼女もまた苦しんでいたし、心が千々に乱れてもいるのだった。クノーがジャニーヌのことを「親切で、優しくて、苦しんでいる」と思ったこともあれば、「ジャン＝マリーの境遇、私の知らない恋愛など、さまざまな脅迫」と記すこともある。ついには「ジャニーヌとは終わり」で、自分たちの結婚は続かないと考えるようになる。そしてとうとうシュザンヌ・コルニュから遠ざかることができそうだと思ったとき、彼はしかしながらこう書き留めている。「愛されていないということで泣いているのだ。今や終わりだ、女を愛していないと絶望した後に、今度は自分がもう彼女を本当に終わりだ。私は《女》を発見した――ほぼ一年前からセックスをしていない」。それでいて翌日、彼はこう書いている。「私はまだひどく彼女を愛しているのではないかと恐れている――あるいはこの実現されなかった欲望は未練にすぎないのだろうか。そして私は、彼女以外のいかなる他の女とも寝たくないのだ。他の女たちは私をげんなりさせる」。しかしながら彼は、この情熱を文学の力を借りて昇華させることになる。「ありふれたこと」すなわち「考えてもごらん」を書くことによって。

この危機もクノーは乗り越えることになる……『日記』の出版された版ではYとされているまた別の女性に夢中になることで。我々も同じくYと呼ぶことにしよう。というのも自分の身元が明らかになることを彼女が望んでいないからである。彼らは一九四七年三月二十三日に出会ったが、それはラカンの家のパーティでのことらしい。そして彼らはすぐさま互いに惹かれあっていることを感じた。今回はレーモン・クノーも、情熱が共有されているのを感じていた。たいへん理解力に富み愛情深いYは、クノーに、彼が必要としていた安定とたくさんの平穏をもたらすこととなる。彼らの間はしかしながらプラトニック・ラブではなかった。感覚の快楽がそこにははっきりと存在し、それが彼らを一つに結びつけ、これからもずっと会い続けたいという欲望を彼らに感じさせるのだった。彼女は打ち明け話の相手となり、喜びの瞬間や絶望の時の真の伴侶となった。クノーは完全に彼女に身をゆだね、自分の本当の性質、つまりは矛盾だらけで、もっともどす黒い悲観主義に傾いてしまう性質を隠さなかった。彼は熱狂したり、よく響く大きな笑い声を上げたりすることができるのと同様に、意気消沈の縁にあったり、すべてが失われたと感じることもあるのだった。ガリマール社の原稿審査委員長は、その判断においてかなり断定的で、ぶっきらぼうにすらなることも時折あったが、一方で非常に脆くて感じやすく、たやすく途方に暮れる男であることが明らかになってくる。ところでYは、思慮分別があり、落ち着いており、細やかな心理学者を兼ねたような女性だった。彼女のクノーに対する愛は巨大であり、彼女は自分が彼にもたらすことができるものすべてを、本能的に、よく感じ取っていた。彼はいたずらっぽい観察が嫌いではなかったし、また彼女の方も、彼から遠く離れ、たとえばコート＝ダジュールにいる時などには、海岸やパーティで出会う彼らの共通の友人たちについて、ほんもののコラム記事のようなものを彼に書いてよこすのだった。しかもその表現の中には、いくらかの幸福が欠かさず含まれており、そのことは彼を非常に喜ばせたはずである。さらに彼女は真っ正直であり、レーモンの意見がいかなるものであろうとも、自分が抱く共感や反感を隠さないという大きな美質を持っていた。彼はヴィアン夫妻を高く評価していたが、彼女のほうは、彼らのいくつかの側面に自分がどれほど苛立っているかを隠そうとしなかった。エリュアールは気に入らず、彼女はそのことをレーモンに打ち明けた。じっさい、彼女はエリュアールのことを醜く、どちらかというと耄碌していると思ったのである。反対に、クノーのピカソ賛美に彼女は進んで賛同した。ピカソは力強さと好感の印象を放っていたのである。彼女はリーズ・ドゥアルムを大変嫌っていた。というのも、レーモンがまだリーズに魅力を感じているということを彼女もよく分かっていたからだ。それとは逆に、疲労とアルコールで重たい目をしてアンヌ＝マリー・カザリスの腕に抱かれているクノーの姿が写った『パリ＝プレス』誌の写真を前にしても彼女はちっとも慌てなかった、というのも、彼らの間には何もないということを彼女はよくわかっていたからである。彼がいないときには、彼女はパーティからパーティへと渡り歩いて、集めた情報や気の利いた文句をいくつか彼に伝えて喜ばせるのだった。彼が『皆いつも女に甘すぎる』を準備していたとき、彼女は、ある豪放磊落なアイルランド人と知り合いになろうとさえした。その人は自分の愛人たちのうち一人に洗礼を受けさせ、それから皆を、司祭も含めて、洗礼式の後で売春宿に連れていったというのだ。彼女は、この人物からクノーにとって貴重な情報を引き出せるだろうと思ったのだった。自分がかつて愛したさまざまな景色の中に一人でいると、彼女は孤独と悲嘆の感情しか感じなかった。そんなわけで、彼は状況が許すや彼女とともに出発し、自分の生地で風や海岸や砂利や雨の楽しみを味わうべくル・アーヴルへとやってきたのである。彼らはノルマンディに泊まり、カフェ・ド・ラ・ペに足繁く通った。たとえ天気が悪かろうと、またホテルが快適でないことがあっても、一緒にいられるとなれば直ちに幸せを感じるほど彼らは通じ合っていた。パリの中では、モンマルトル方面、墓地のさらに北側の界隈に二人そろって姿を消すことがあった。しかし彼が不在にしなくてはならないときには、彼女の辛抱強さ、配慮、そして幸福が手紙の端々に示されるのであった。彼女はそのことを、彼に対して単純明快に言うことができるのだった。彼女は結婚していて小さな女の子の母親であったのだが、彼がいないときには自分を恐ろしく孤独だと感じ、晩や夜の時間を、クノーの作品を再読することで埋めていた。彼女は彼の作品にすっかり敬服しており、自分の感想を一つ一つ説明するのだった。クノーがビアリッツの呪われた映画祭で退屈していたとき、彼女は彼の気持ちを理解し、彼女が特に気に入ったこれこれの映画は特に注意して見てほしいと彼に求めることで、彼の好奇心と興味を刺激してやったのである。クノーとの関係は彼女にとって、人生唯一の大きな幸せであったようだ。彼女はそのことを彼に伝え、さらには何度でも繰り返し伝えた。彼女は二人の関係が続くのを目のあたりにして驚き、感嘆していた。愛情深い女性だったからか、彼女は破廉恥と思われることをも恐れず、彼以外とはこんなによいセックスをしたことが一度もないと打ち明けている。彼のほうは、もっと控えめなままで、彼女に対しては何も求めなかった。彼は彼女の情熱に見合う男であり続けたいと望むにとどめ、何も押しつけることはしなかった。彼らの関係はすばらしく美しく、それはおそらくクノーに平穏さと、それまでほとんど出会ったことのなかった幸福をもたらしたのである。

彼らはたいへん親密であったため、クノーは自分の抱えていた経済的困窮すらためらうことなく彼女に打ち明けた。実際のところ、クノーはフランク・ドボさながら、自分の財力を超える生活をしていたのである。バー、レストラン、キャバレー、旅はやはり高く、もっと言えば非常に高くついたと言ってもいいほどだった。印税とガリマール社の給料だけでは、彼のすべての出費をまかなえる額には達しなかった。一九四八年、[82]彼はすでにこの問題をヘンリー・ミラーに向かってごく手短に明かしていた。「生活はひどいものです。つきまとわれてうんざりする金の問題」。この問題は、一九四九年に出た『七月のランデヴー』の序文〔ジャン・クヴァルの作品。序文をクノーが執筆〕で白日の下にさらされた。[83]彼はこう書いている。「人間にとって、さらに言えば一定の年齢となった文明社会の白人にとって、深刻な苦労というのはただ一つしかない。彼はそのことを、感染が広まるまで落ち着こうとしない淋病患者や梅毒患者と同じように、他人に伝えようとする。それが金の苦労である。〔……〕それは人を堕落させ、おとしめ、弱らせ、ちっぽけにしてしまうものなのだ。それは惨めで告白しがたい傷、胸をえぐる、うずくような、いらいらさせる代物、死に至るわけではないがやりきれない傷口、恒常的で細々と続き、また破壊的な衝撃、きわめて長期にわたり（生まれるが早いかこれが課される可能性もあるのだ）きわめてありふれた（こいつは何百万もの人間を打ちひしいでいる。というのもその烙印が押されてしまったら、その人たちにとってはそれが一生涯続くからだ）責め苦である」。

この責め苦がこれほどうまく描写されているのは、彼が日々それに苦しめられていたからである。四十六歳になっていたにもかかわらず、彼はいまだ名もない新入社員のように、給料を前払いしてもらうため腰を低くしてガストン・ガリマールに手を差しだす羽目に陥っていたのだ。一九四九年九月十二日、彼はカンヌからガリマールに、月給を前倒しして振り込むよう頼んでいる。クノーは自分の『日記』の中でもこの問題に触れ、一九五一年一月二日にはこう告白している。[84]「ずっと前から自分の経済状況を書き留めておこうと思っていた。忘れがちなことだ。私は自分のこの経済的な状況が、まだ長いこと続くのではないかと恐れているのだけれども。それにこれは、他人が想像しないようなことでもある」。確かに、金に困っているクノーの姿を思い描くのはなかなか難しい。出版社が作家や協力者に対していつも気前がいいわけではないということは分かっていても、ガリマール社の事務局長が手元不如意に苦しんでいるなどとはなかなか腑に落ちない。だがクノーは誇張していたわけではないのである。一九五一年一月二十六日、彼はこう付け加えている。「二足しかない靴は脇が裂けているし、底には穴があいている。雨が降っている。私は金がなく、ミラノに行くことができなかった。借金なら百万ぐらいあるはずだ。どうやって二月の税金を払えばいいかわからない」。これは正真正銘の真実だった。なにしろ彼は収税吏に猶予の更新を願い出なければならず、ある日などは、ジャン＝マリー・クノーが執達吏の訪問を受けたほどなのだ。このような状況に立ち会った思春期の少年が、どれほど狼狽したか想像される。とはいえレーモン・クノーは、金を稼ぐために自身の全労力を注いでいた。一九四九年四月十四日、彼は道路交差点の信号システムに関する発明の特許を申請してすらいる。それは、交差点にやってきた自動車の運転者に、もう一台別の車両もやってきているということを知らせ、そのもう一台の車の位置を示すというものであった。創意工夫に富み、技術や科学に対するクノーの嗜好をはっきりと特徴づけているものではあったが、結局は何にもならなかった。いずれにせよ、そのような計画を実現させようと思えば、常に忍耐強く執拗であらねばならないのだ。しかし日常生活が、そして絶えず直面せざるをえないまとまった出費が目の前にあった。特許申請のはやくも翌日、クノーはパリの公営質店から金時計を質草に借り入れをした。いつもこんな感じだった。それゆえこうした諸事実に照らせば、彼がたえず自身の諸作品の再版を気にしていたこともよりよく理解できよう。たとえば一九四八年八月十二日、ガルド湖畔に滞在——イタリアでの印税をかの地で消費するためなのだが……——していたとき、彼はガストン・ガリマールに手紙を書き、さまざまな話題に触れた後で、絶版になっているが再版できそうな小説として『オディール』のことを最後に想起している。彼はちょっとした序文を書くと提案し、一時代の証言でもあるこの小説をあらためて売り出すことを持ちかけた。そしてその要求が通ると、ますます調子づいた。一九五〇年四月二十六日、今度は、ともに一九四五年以来絶版になっていた『最後の日々』と『リモンの子供たち』、それに加えて『はまむぎ』の再版を求めて再び攻撃に出たのである。これにより彼は、ガストン・ガリマールに対する負債と、差し押さえの圧力をかけていた税務署に対する負債の清算をもくろんでいたのである。作品を一つ仕上げると、彼はいそいそとガストン・ガリマールに知らせた。ガリマールはそのような次第で、一九五一年九月十日、『人生の日曜日』がもうじき、その月の終わりにはほぼ確実に仕上がると知ることになる。彼はこうして、ガリマールに向かって前借りと月給の振り込みを依頼しようという気持ちになれたのである……。大学における批評は、作者の人生のこうした側面をあまりにしばしば忘れてはいないだろうか?

第十八章　多才な人

戦後、金に困っていたレーモン・クノーは、やはり文学は断念して絵画に鞍替えした方が良くはないかと考えるにいたった。ジャン・レスキュールと一緒にリップでしこたま飲んだパーティの折、互いを指さしながら、「物が書けるなら絵も描ける」[1]と言い合っていたのだからなおさらである。ちなみにこの言葉は、一九四六年十二月二日から二十日までユニヴェルシテ通り十七番地のプレイヤード画廊でおこなわれた展覧会のタイトルであった。ヴァランティーヌ・ユゴー、リュシアン・シュレル、ジョルジュ・ユニエ、マタラッソ、マルセル・ベアリュ、クロード・ガリマール、シモーヌ・コリネ、ルネ・ギイ、ジャン・レスキュールそしてレーモン・クノーらのコレクションのおかげで、作家たちの絵画が一堂に集められ、一般に公開された。そこにはヴィクトール・ユゴー、アルフレッド・ド・ミュッセ、メリメ、ジョルジュ・サンド、ボードレール、ヴェルレーヌ、ランボー、アルフレッド・ジャリ、アポリネール、マックス・ジャコブ、ポール・エリュアール、トリスタン・ツァラ、アルマン・サラクルー、ミシェル・レリス、ボリス・ヴィアン、エルザ・トリオレ、ジゼル・プラシノスなどの作品、そしてもちろんジャン・レスキュールとレーモン・クノーの作品があった。絵画に対する彼の興味は、一九二四年十二月二日の日付を持つピエール・ナヴィルの手紙が示しているとおり、一九二〇年代に端を発している[2]。それゆえセーヌ通り三十一番地にある「芸術家《アルティスト》と職人《アルティザン》」画廊で一九四九年に展示された彼のもっとも古いグワッシュ画の年代[3]は、彼が絵画を始めた時期のものではない。一方、この展覧会に際して、彼が自分のグワッシュ作品を一九二八年から一九二九年と一九四六年から一九四八年の二つの時期に分けたとはいえ、彼の絵画制作をこれら二つの時期に限定するべきではない。というのも、ティエリ・フルクがヴェルヴィエのレーモン・クノー資料センターで行った調査では、一九三三年、一九三四年、一九三五年、一九三六年、一九三七年、一九四〇年、そして一九四一年の七つのグワッシュ画と素描が発見されているからである。[4] レーモン・クノーは数多くの絵を描いたと思われる。なにしろ百八十点以上の作品がヴェルヴィエに保存され、それに加えて個人所蔵の作品も複数あるのだから。

五〇年代まで、彼は次第に絵画へと傾いていったようである。とはいえ、プレイヤード画廊ならびに芸術家《アルティスト》と職人《アルティザン》画廊における展覧会以外では、自分の作品を見せる機会をほとんど持たなかった。ただ、一九五一年十一月、クリストフル画廊で、クノーの手になるさくらんぼの描かれた皿が、アルプ、オーリック、ボーダン、ブラック、コクトー、リーズ・ドゥアルム、エリュアール、フレノー、ユニェ、ラビッス、ラスコー、レリス、マン・レイ、マッソン、ミロ、ポンジュ、プラシノス、ヴァザルリー、ルイーズ・ド・ヴィルモランらの作になる皿と並んで飾られていたということはあった。その三年前、一九四八年には、アニエールの美術展に拒絶されるという目にも遭った。「確かに、あやまたない本能でもって、彼は役人たちの意気を阻喪させるのに最適な主題を選んでしまったのだった。それはバプスト通りとグランド・リュ小路の角の、フランス銀行資料館の壁を背にした男子用共同便所だ。奇妙でいくぶん汚い風景である」[5]……。

それでも彼は意気阻喪せず、根気よく描き続けた。一九四七年と一九四八年の『日記』では、幾枚かの水彩画について触れられている。[6] また一九四九年には、ボーダンが彼に惜しみなく助言を与えたことも『日記』によって示されている。クノーは次のように書く。[7]「私はボーダンをヌイイに夕食に連れて行った。彼は私のグワッシュを見ていくつか助言をくれたのだが、それは私の心に触れた。友情に満ちていて——的確な助言であったからだ。私の《背景》の《塗りつぶし》、それにグワッシュの《土色》、技術の不均衡。本当だ！ 彼の助言はこうだ。描くこと、（水彩画では）ほとんど色を使わないこと、もろもろの色価《ヴァルール》を探究すること。油彩。これは何ものでもない。次にいこう。彼の教えに従った。もしまだグワッシュを使うことがあっても、それは、残っている分を使い切るためだ」。一九五一年には、アンドレ・ロートの『風景論』を読み、「その確認のためにルーヴルに駆けつける。もちろん彼の言うとおりだ。地平線を《遅らせる》《うねり》、絵の《垂直性》。しかしこれは、小規模あるいは中規模の農業が行なわれている田園、実際のところはイタリア、オランダ、イル＝ド＝フランスである。［……］こうした絵画全体は、労働によって人間化された一つの世界だけを把握している。／同様に果物は、皿の中でもぎ取られた状態でしか姿を見せていないし、動物も狩りや釣りに関連してのみ姿を見せている。裸体とは服を脱いだ状態であり、はぎ取られた服との関わりで考えられるのだ(8)」。

画家たちの思考に関心を抱いていたクノーは、絵画の二次元の世界を逃れ出たいという欲望を彼らの多くと共有していた。彼はとりわけテーブルを描いたが、それらは「長方形で、細長くて、どちらかというと空っぽな部屋の中に閉じ込められている。その第一の特徴は遠近法で、それが暴力的に強調されると同時にねじ曲げられている。そのようにして三次元的な空間が肯定される（誇張される）と同時に否定されている（部屋、テーブル、そして人物やテーブルの上に呈示された人物像や物体のそれぞれが同じ空間に属さない(9)）」。もちろんこれが想起させるのは、ピカソ、すなわち彼の描く、さまざまに異なる角度から見られた女の顔や体である。絵画の伝統的な慣習を逃れたいというこうした欲望、それゆえ自由という本質的な意志によって、レーモン・クノーは「自らの夢幻についての絵画的手段」を見出している(10)。画家クノーがシュルレアリスムに多くを負い、精神分析をさまざまに参照し、無意識の探求からも何かを得ていることは否定できない。それらを通じて、彼は、深層の自我、そして熱望や強迫観念を表明しようとしているのである。描かれた人物たちの影や分身がしばしば再登場しては彼の本性が多様であることを喚起する。また忘れないでおきたいのは、クノーがどれほど笑いや冗談を愛しているかということだ。だからこそ彼は、形や遠近法を扱う際に、軽妙に振る舞ったりふざけたりすることをためらわないこともあるのだ。さらに学問的かつ知的な構成に対する好みということから、歪像描法《アナモルフォーズ》が彼の関心を引かないわけがなかった。彼が知り、また讃嘆していた芸術家たちが、ルネサンス期にその描法を実践していたのであればなおさらである。ティエリ・フルクは次のように指摘している。「アルチンボルドは二重に解読できる画像や回転式の絵画を描き、また彼の継承者たちは肖像＝風景画を作り出した。それは、四分の一ずつ回転させることで、ときには肖像画となり、ときには風景画となるようなものだ。クノーは［……］一九四八年の［一つの］グワッシュ画でそれを試している［《擬人風景画》〔クノーが描いた絵のタイトル〕］。しかしその結果は技巧が非常に露骨になってしまったために、彼にとって満足のいくものではなかったはずだ。彼はそこで方法を変える。植物の風景の中に顔を溶け込ませるために、油彩によって、描線の感じがぐっと少なく、ずっと印象主義的な技法を採用したように思われるのだ［《擬人風景画》］。また対応させる形を少なくすることにより、二つの像がよりうまく浸食し合うという効果も得た」。クノーはプラトン的思考を実践することで、自らの絵画において同形性に対する非常な鋭敏さを示している。だがティエリ・フルクは以下のように結論づけている。「石のかけらに相似性を与えることは、全面的とは言わずともかなり恣意的であり、こうした方法ではひどい間違いをしかねない(11)」。また、色の探求に夢中となったクノーはこう書いている。「結局は色なのだ。味もにおいも音も与えられてはおらず、ただそれらの光学的な反射や、触覚的あるいは運動美学的な相応物があるだけの色。結局は色なのだ。形、寸法、直方体、そして樹木状の形を与えているのは。結局は色なのだ。それはひとたび基底材の上に置かれると、動かない」。

『ヴラマンク、あるいは素材《マティエール》の眩暈』(12)から抜き出されたこの文章は、幾人かの画家に対するクノーの関心と、彼の批評家としての資質を示すものだ。彼は、ヴラマンクの色彩が真であると評価する。「しかしそれらの色彩がみずからの真であるという性質を押しつけてくるのは、ただ動いている素材として認めうるこの外的世界の衝撃と、また――科学的な先入観なしに――内的生活と呼ばねばならないものによってのみなのである。その内的生活というものは、平らな表面の上に置かれた点や線によってはまったく扱いえない。それは、フレームの上に固定された画布というこの空虚な問題の上に、さまざまな順序で、こみ入った価値と異なる厚みを持つよう貼り付けられた色塗りの小さな板によって示されている、数え切れないほどの等価性によってのみ、それ自体と一致するのだ」。クノーはモーリス・ド・ヴラマンクの絵画がもつ広大な射程をよく理解していた。ヴラマンクにおいては「物の生成が［……］刻みこまれている。そこには観光的な速さの感情の転写もなければ、表現の仮面もない。ヴラマンクの絵画は形而上学的なのだ。グリスの絵画が哲学的にそうであり、キリコの絵画が名指しの仕方でそうであったのと同様に。彼本人がなんと言おうとも、何を持っていようとも、何を欲しようとも、ヴラマンクが属しているのは、絵画に一つの絶対的射程を取り返そうとしたこのグループなのである」。

絵画に専心しようと考えていたクノーは、戦後、友人の画家たちの展覧会を訪れた。図録に序文を書いた画家たちに加え、ノエル・アルノーが指摘しているとおり(13)、彼はイヴ・タンギーとガストン＝ルイ・ルーを非常に高く評価していた。彼は最初にシャトー通りを知ったのであり、そして彼の一九二五年のグワッシュ画《モンパルナスのナイトクラブ》は「マルセル・デュアメルがタンギーに与えた水彩絵の具箱のおかげで制作されたのである。クノーは、デュアメルからこの由緒ある品物とその由来とを引き継いだのだった」(14)。ガストン＝ルイ・ルーはかつてダカール＝ジブチ調査旅行に参加した画家で、おそらくクノーとは、自分の絵を一九三〇年代から展示していたカーンワイラーの画廊で出会ったのだろう。その後彼らは定期的に会うようになり、占領中などは、ロンサン袋小路の彼のアトリエにクノーがしばしばかくまってもらったのだった。これら二人の画家に、有名な彫刻家のジャコメッティも加えることができる。レーモン・クノーはこの人物に欠かさず自分の作品を送っていた。ジャコメッティはクノーの文学作品がクノー自身の絵画と非常に近いと感じており、彼の絵画の中ではカタランで展示されたグワッシュ画を特に好んでいた。

クノーがどれほどラスコーと結びついていたかは知られている。ラスコーは、復員したクノーをサン＝レオナール＝ド＝ノブラで迎えたのだった。したがって一九四五年六月二十九日から七月二十日にかけてプレイヤード画廊で行われた、この画家の三十三点の作品の展覧会のために序文を書くことは、クノーにとって自然なことであった。もっとも、詩と幻想的なものに対する共通の嗜好を持っていたという点だけをとっても、この二人の仲が良くないはずはなかった。クノーは次のように述べることで、ラスコーを非常に的確に紹介している。「田舎と街の遊歩者、屋外のものであれ閉じた空間のものであれ見世物の愛好者、古い教会や古い城館を探索する散歩者、ツール・ド・フランスの伴走者もかくやというような旅行者。ラスコーは、この種の物見高い人種に属している。この人種はたくさんの詩人を生み出したが、なかでもやはりネルヴァルが、それをもっとも典型的に代表しつづけるだろう」。明らかにクノーは、「彼の夢想の能力」と「日常的驚異」に対する彼の偏愛を非常に強く感じ取っている。クノーはさらにそれをおしすすめ、この展覧会に際して『ポエジー四十五』誌[15]に掲載した論考の中で、この画家のまったくもって独創的な技法を明らかにした。「彼は画布の上の部分を完成させることから始めて、次いで完成に至るまで、平行に区切られた部分を徐々に手がけていくのだ。それはまるで、作品を覆っていた一種の枕カバーのようなものを彼が取り除くと、配置された色彩と形態が、画布の中に前もって存在していたかのようなのである。それらを明らかにするためには、いわば我々がそれらを知覚する邪魔をしていた薄いフィルムを取り除くだけで事足りるとでもいうかのようだ」。ラスコーの手法を次第に細かく分析しつつ、クノーはたとえば次のように指摘している。「一九二六年の南仏での諸作品においては、彼は自身の作品のまた別の二つの特徴を発見し発展させている。彼は植物（サボテン、木の束）を分け、それらを孤立させることを始める。他方で彼は、また一つ別の発見をしている。それが形態の入れ替えと、絵による暗示という発見である。彼は巻貝の殻や二枚貝の殻の形に凝固した波に、それぞれ個性を与える。釣り船のマストの周りに巻きついた白帆、廻り階段、望楼の螺旋などが、いわばマイマイの形態についての注釈となっているのである」。

同じ時期、レーモン・クノーはマリオ・プラシノスのもとをも足しげく訪ねており、彼の展覧会図録の序文もいくつか書くことになった。クノーにとって、最初の図録[16]は画家の役割を定義するきっかけとなった。「もし画家の役割が、宇宙において、普通の目には見えないものを明らかにすることにあるなら、さらには世界が客観的に、すなわち平面に塗られた色彩という方法を用いて芸術家の感受性があらかじめ転写しておいたとおりに現れるようにすることにあるなら、プラシノスは画家を自認することができる」。クノーはこの人物のさまざまな美点、とりわけ「語の古く、慣用的な意味において」描く術《すべ》を知っているという美点を認めている。「つまり彼は、白地に黒で、車やら象やら電車やら人の顔やらを好きなだけ描いてくれる。描くということはそういうことだ。自由闊達にできるということなのである」[17]。この問題はレーモン・クノーの心を占めていたと言わねばならない。彼は『ヌーヴェル・オプセルヴァトゥール』誌にこう打ち明けている[18]。「私は水彩画やグワッシュを展示しました。それは四六年から五二年まで、六年続きました。／私は授業を受けて基本を学ぼうとすら思っていました。[19]例の《物が書ければ、絵も描ける》というやつです。／私がやりたかったのは風景画です。私が素描《デッサン》で描いたのは、多かれ少なかれ勝手気ままな人物でした」。クノーは素描の問題に繰り返し立ち戻り、金銀細工店《オルフェヴルリ》クリストフル画廊で一九四八年六月二十五日から七月十日まで行われたジョルジュ・ユニェの展覧会の折には、絵画の世界を詩の世界に近づけている。「[ユニェが呈示している植物群は]奇妙な、あるいは非現実の世界で摘み取られたのではない」と彼は書いている。「それらはごく単純に、ジョルジュ・ユニェによって素描され、油彩で描かれることで存在しているのだ。というのもそれらが存在するためには、油彩で描いたり素描したりせねばならなかったのだから。詩人は素描したり油彩で描いたりすることに難儀するなどと考えてはいけない。そう、そんなことを考えてはならないのだ。実際、ほとんどの詩人たちはかなりうまくやってのけている。彼らには中国語がある。つまり彼らは、明瞭かつ繊細な筆で線描された《記号文字》をいつだって欲しているのだ」。それ以前にもクノーは、一九四六年五月十七日の『レットル・フランセーズ』誌において、詩と絵の間に見られるこの同族性を喚起していた[20]。そして一九四八年、アンドレ・マルシャンの展覧会図録に序文を書くよう請われた際、クノーはこの論考を再び取り上げる。その文章では、この画家の言語が「すぐれて、またその性質上散文が禁じられているという定義からして詩的である」と紹介されている。「したがってあらゆる詩的言語と同様に、その翻訳は不可能である。できることといえば、それについて注釈を加えたり《語る》ことくらいだ——地上には、人間が語ることのできないものなどないのだから」。マルシャンについてクノーが採りあげたのは、何よりも太陽に満ちているがゆえに黒いプロヴァンス地方、ブルゴーニュの風景、静物画、そして「これまで彼の同輩たちの絵で示されてきたすべての女性像とは異なった」女性像である。マルシャンの絵画から明らかに影響をうけたクノーは、以下のように結論づけている。「なぜこの虹の転覆が、なぜこの顕著な異郷の感覚が、もっとも肉体的な官能性のみが喚起しうるような動揺を、《のぞき見る者》のうちに引き起こすのだろうか。おそらくはそれが真であるからだろう。彼、つまり画家マルシャンにとっても真であり、私、つまり見ているXにとっても真であり、彼女、つまりアルルの女、その女にとっても真であるからだ。またそれは、あらゆる真実と同様、議論の余地のない真実、攻撃的かつ勝ち誇った真実を帯びたものであるからだ。／ある日マルシャンは私に書いて寄こした。《おのおのの画家は、暴力的に自らの真実を言わねばならないのだ》と」。

友人エリオンの妻、ペギーンのために、レーモン・クノーは一九四九年に短い文章を書いているが[21]、その中で彼は、芸術家が創造する宇宙という概念を再び取り上げている。彼はこう書く。「ペギーン・エリオンが私たちに示す世界は、真の世界より少しばかり現実的なものとして確立されている。というのもそれは、地上の楽園により近いように思えるからだ。いかなる罪悪感であれ、彼女の色彩を曇らせたりはしない。運命を圧倒するのである。純粋な心のアダムは、追放されてのち、報復者バイソンの完璧な姿を洞穴の秘密の内壁に描いていた……。そのときイヴは何をしていたのか？　おそらくおまえに罪があるのだと方々から叫ばれていただろう……だが実は、プレヴェールがこう言ったとおりなのだ。《地上の楽園から追放された神》と」。

絵文字の愛好者[22]であったレーモン・クノーが、ミロの作品を嫌うはずはなかった。彼が画家の言語という点を強調しつつミロの作品を紹介したのはごく自然なことである。「ミロの絵は中国語のように、解読すべきひとつの書である。その中国語の五万字の意味は二百十四の主要な記号によって明らかにできる。［……］ミロ文字（ミロ象形文字）の辞書を作ることも可能だろう。［……］《抽象派の画家》が自分たちのグループに組み込もうとしたのに抗議して、ミロはジョルジュ・デュテュイにこう言っている。《私がカンバスに描き移している記号は、私の精神の具体的な表現に対応したものなのに、それがまるで現実の一部ではないみたいに考えられているんだから》」。

クノーが評論を書いた画家たちのリストには、ドイツ＝ポーランド＝アメリカ人であるハーシュフィールドを加えておかなければならない。ヨーロッパの公衆がこの画家を発見したのは、一九五一年のマーグ画廊においてである。レーモン・クノーはこの人物について『デリエール・ル・ミロワール』誌[23]に興味深い論考を寄せ、その中で絵画とエロティシズムを接近させた。彼によれば、「ハーシュフィールドは、主題においては時折、また技法においては常に、自己を全面的に開示している。［……］ハーシュフィールドの絵画は、彼がじつに特別で《個人的な》嗜好を備えた性的な強迫観念に取りつかれているということがはっきり分かる作品である。加えてこれは、《アメリカ的》な性の強迫観念に取りつかれた人物の作品であると言っておかねばならない。すなわち女性は、ただその写真による表現を通してのみ対象として見られるのだ。アメリカにおいて、女性の世界がエロティックなものとして存在するのは、ただ二次元においてのみである。［……］ピンナップは四つの画鋲で壁に固定されたままなのだ」。「美徳の不幸〔サドに同名の小説がある〕」あるいはいくぶん画趣豊かな「潰走[24]」を物語ったクノーは、事情に通じた観衆として語っていたのである……。

画家そして美術評論家としての活動に、戦後、クノーはラジオのパーソナリティとしての活動を加えた。すでに一九三七年と一九三八年にも、彼はこの活動に興味を示したことがあった。とりわけ一九三八年三月四日に放送された、シラーの『たくらみと恋』という戯曲を脚色したときがそうだった。一九四四年、フランスラジオ放送（ＲＤＦ）の文学部門総部長に任命されたジャン・レスキュールがクノーの協力を請うたところ、彼は喜んでそれに応じた。ジャン・レスキュールはこう語っている(25)。「サン＝ジェルマン＝デ＝プレの栄光を得ていたにもかかわらず、それに目をくらまされることなく、レーモンは［……］ぶつくさ言うことも気取ることもせずに、我々の仕事をラジオのために役立てようとしていた［……］」。その結果としてさまざまな番組ができあがり、レーモン・クノーはレスキュールが一九四六年に去ったあともそれらに参加しつづけたのである。まず一九四四年十一月十三日、彼は「蛮族対ギリシア」という番組で、詩人のコンスタンディノス・カヴァフィスに触れた。クノーはカヴァフィスを「ポール・エリュアール、Ｔ・Ｓ・エリオット、ボリス・パステルナークらと同等の最も偉大な人々の列」に位置付けた。彼はカヴァフィスのうちに「蛮族に直面するギリシア、数えきれないほどの学者や数えきれないほどの詩人、そして戦士をも生み出したいわゆる頽廃《デカダンス》に直面するギリシアの重要性を表現する」すべを知っていたという大いなる美点を見出していた。「頽廃《デカダンス》を語るのは蛮族である」。次いで彼はマルグリット・ユルスナールとコンスタンティノス・ディマラスの翻訳になる「デマラトス」「テルモピュレ」「マグニシアの戦い」などの朗読を聞かせた。レーモン・クノーはまた、一九四七年二月十一日の「フランス語の擁護と顕揚」がそうであったように、言語についての考察にも加わった(26)。これは彼に白紙委任状が与えられたのを利用して、自分にとって重要な考えを開陳したものである。彼によれば公式なフランス語は死んでおり、彼が好んで興味を持つのは大衆的な話し言葉であった。彼はこう表明する。「アカデミーはミイラを防護するものでしかない。アカデミーのせいで、フランス語はしなびて死ぬことを運命づけられているのだ。ある作家が大胆にも話し言葉のフランス語を書くと、今でもなおひどい仕打ちを受けるのだ(27)」。彼はことのついでに、十九世紀に庶民的言語が「管理人《コンシエルジュ》［ゴシップ好きのおしゃべりな人という含意がある］」の言語になったと述べたが、そのことでとある門番の激烈な怒りを買うこととなった。当の門番はこう語っている。「もし管理人《コンシエルジュ》の職というものに特定の言語があるなら、その職を遂行するために、あなたの雇い人は機知《エスプリ》はなくとも教育は少しばかり有していなければならないでしょう――ひょっとすると両方必要であるかもしれない」。クノーは書き言葉と話し言葉の間に存在する溝について、また真に生きた言語に仕えるという作家の義務について幾度も力説した。一九四八年十一月二十七日、彼はそのことについて、とりわけアルベール・ドーザと議論した。またクノーは、ある種の主義主張を擁護するための演壇としてラジオを用いることもあった。一九四九年二月十二日、ルイ・シェロネとジョルジュ・シャランソルとともに彼は、アースキン・コールドウェルを擁護した。この作家は当時、ラ・ユヌ書店に迎えられたが、自国では不道徳を理由に迫害されていたのである。クノーの発言内容の文言は、一九五〇年に『棒・数字・文字』に再録された。彼はその中で『神の小さな土地』を告発して司法に訴えた「年増女のクラブ、あるいは六十歳代のボーイスカウトたちのサークル」を告発していた。『ジョージア・ボーイ』、これは『ジョージアのガキ』というタイトルで翻訳されようとしていた作品だが、これが一部削除されたことに触れつつ、彼は次のようにしめくくっていた。「こうした子どものころの思い出は、無垢な歌である。だがそれは、司法官の判断によって認定される無垢ではなく、辛辣さや先入観から人間を解放してくれるような無垢なのだ」。彼はまたユーモアの感覚を捨てることなく、大手夕刊紙に漫画のかたちで掲載されたランドリュの物語を読んでいることも語り、以下のように引用した。「ベリュスの絵はこうだ。［……］その男は新聞を読んだところだ。そして［……］目玉が飛び出そうなくらい見開いた目で妻を眺めて言うのだ。《いずれにせよひとかどの人物だったんだな、ランドリュは》」。よりまじめなものとして、ロジェ・ヴィトラック(28)との対談――ヴィトラックの死の翌日に放送された――の折、クノーは「小文字の〈歴史／物語《イストワール》〉にではなく、大文字の〈歴史／物語〉にだまされ」ないということを考えていた(29)。「この問題を提起したのは聖イレネーである。〈歴史／物語〉の終わりにアダムが地上の楽園に戻ってくるのであれば、彼の墜落が存在したということが何の役に立つというのか。彼の答えは楽観主義的である。つまりアダムは豊かな人間的経験を得て戻ってくるのだ」。キリスト教的な観点から地獄は存在すると答えていたヴィトラックに対し、クノーは、自分にとってはそうでないと明かした。

ラジオはまたクノーにとって、自身の出版物の紹介も可能にした。たとえば一九四七年に、彼は『文体練習』についてのインタヴューを受け、最初のシリーズが一九四二年に、二番目が一九四四年に書かれたこと、そして全体が一九四六年に仕上がったことを打ち明けている。一九四九年には、クノーは自身で『ピーター・イベットスン』を脚色したが、それを『コンバ』紙の批評家ロジェ・リシャールが以下のように評している。「いちじるしくラジオ的である。おそらく音響芸術以上に、夢の領域を探査し生命を吹き込むことに適している芸術はないだろう(30)」。不要と評したプロローグを除き、ロジェ・リシャールはこの放送を高く評価したのだった。彼はこう書いている。「クノーの脚色は、非常に知的で理解しやすい方法で筋を展開させている。その中では時間というものがまったく自由に扱われており、夢が現実と交互にあらわれ、互いに入り混じっているのである」。付記しておくべきは、ピーターの役がアラン・キュニーによって演じられていたことだが、彼の声はこの批評家の嗜好からすればあまりに典型的で、作中人物よりは役者の雰囲気を押しつけてしまっていたとのことだ。

一九四八年十二月八日に、ジェルメーヌ・モンテロが『運命の瞬間』を朗読したとき、一人の女性聴取者がそれに気を悪くし、歯に衣着せずに苦情を言ってきた。彼女はこう書いている。「まさか家族で子どもたちと一緒に食卓についている時間帯に、あのようなことが言われるとは思いもしませんでした。《私たちの死者は、ゆがんだ面《つら》でくたばっている、しらみと癌とにむしばまれて》なんて。私は七十五歳で、父母も、兄弟姉妹も、娘も、孫娘も夫も亡くしましたが、彼らが亡くなったとき、誰もゆがんだ面などしておりませんでしたし、虱《しらみ》に食われたりもしていません」[31]。一九五二年十二月二十八日から一九五三年の二月一日まで、「作家たちの歌」という番組で、曲を付けられたり役者たちによって朗読されたりする詩が放送された。すなわち「考えてもごらん」「老いること」「人類」「もし人生が過ぎ去るなら」「生者たちと死者たち」などである。また色々な番組の中で、クノーは、ジャニーヌの詩を聞かせたりもした。「辻公園のベンチで」「ペルシュ馬とカワハゼ」「砕石道の上で」そして「セーヌ川からメトロまで」などだ。ジャニーヌ・クノーはじっさい一九五一年にセゲルス社から韻文の小冊子を[32]、ミロの挿絵入りで出版していたのである。

レーモン・クノーは、音楽家たちが彼の詩に対して示す興味を受け入れる際に、慎重な態度を示した。一九四九年六月二十二日、アニエス・カプリが彼に対し、ティリエが彼女の求めに応じてクノーの詩のいくつかを音楽にしていると告げたときには、クノーは次のように書き留めている。「丁寧に、しかし断固として。どんな音楽が私の詩にくっつけられているのか、是非とも知っておきたい」[33]。はっきり言っておかねばならないが、子ども時代にピアノを習ったことのある彼は、この分野についての知識をいくらか持ち合わせていた。たしかに彼は、ジャクリーヌ・ルノワールに「ピアノでの音階……十年間も……しかも無意味な……ぞっとするほど嫌だった[……]」と言っている[34]。とはいえ何らかのピアノの素養が残ったのは事実であり、それを利用して、提案された音楽を判断し、あるいは自分自身で歌《シャンソン》を作曲したというわけである。実のところ彼にとって、歌と詩は相当異なるものであるのだが、それでも彼は歌に興味をもった。彼はカトリーヌ・ソヴァージュのレコード[35]のジャケットにこう書いている。「ここ数年、歌はしかるべき敬意を払われるという権利を奪い返してきた。《我が韻文に沿って音楽を置くことを禁ず》とヴィクトール・ユゴーは言っていた。詩が自己を表現するべきものというだけでなく、言われるべきもの――そして歌われるべきものだということを、人々は忘れ去っていたのだ」。だからこそ彼は、ボリス・ヴィアンの家での夕食の間に、ポール・ブラフォールが、自分で曲を付けたという彼の詩を演奏したとき、きわめて好意的にではありながらも、注意深くそれを聴いたのである[36]。そしてそれらの詩の中には「ありふれたこと」もあった……。同様に、ジャック・ベンスがこの分野で率先して行った活動を、とりわけ「もし人生が過ぎ去るなら」の楽譜を、クノーは好意的に受け取った。一九五〇年にクノーは、九月二十一日にマリニー劇場で初演されたロラン・プティの『ダイヤモンドをかじる女』のためにいくつかの歌を書いた。これについてクロード・ドゥボンは次のように書き留めている。[37]「[……]ただ四つの歌だけが[……]このバレエの中で使われた。それが『ダイヤモンドをかじる女』、『モントルグイユ通り』、『長椅子』、それに『私のワッフルの上に雨が降った』である[……]」。詩から歌への移行は、クノーにとってたやすいものであったようだ。というのも「じっさい、彼の詩の大多数はたやすく歌《シャンソン》に《変わる》。それは、それらの詩の作者がリズムと韻を保持しているからというだけではなく、反復への好みに応えるように、詩の中にしばしばリフレインを導入しているからだ。歌というこのジャンルはまた、とりわけアリスティド・ブリュアンによって有名になった庶民的からかい口調の伝統を追求しつつ、彼が自身の言語的気まぐれを実践することを可能にしている。時として彼は、夢や詩の若木をそこに接ぎ木するすべを知っているのだ[38][……]」。

このように、戦後、クノーはたくさんの分野で成功をおさめた。だが演劇の分野で頭角をあらわすことはなかった。これは驚くべきことのように思われる。一九四三年、『わが友ピエロ』を読んだアルマン・サラクルーは、会話部分の質が高いことに驚いて、戯曲を書いてみたらどうかとクノーに勧めたのであった。一九四七年にはアニエス・カプリと彼女の劇団が演目を組み上げたのだが、その第一部は『通りすがりに』であり、第二部はピランデッロの『私がきみに与えた生活』であった。ジャック・ルマルシャンはこの新機軸に敬意を表し、「小説家レーモン・クノーが演劇界で誕生したことは、[この][一九四七年]シーズンの吉兆の一つ[であった][39]」とみなした。この評価が彼を勇気づけたのだろうか。それはわからない。いずれにせよ彼は、一九四八年の一月七日、演劇作家作曲家協会に、「喜劇」あるいは「現代の夢幻劇[40]」として、『雌鶏たちに歯が生えるころ』と題した二幕ものの原稿を提出した。筆者が参照した十一ページからなるタイプ打ちの原稿は、せりふが含まれないあらすじである。始まりはパリの郊外だが、いかなる車もその場所を越えてゆくことができない。というのもそこではあらゆる車が故障してしまうからだ。ホテルの主人と自動車修理工を除いて、誰もそれについて満足のゆく説明ができない。その二人によると、昔々、大昔のある時代、自動車のごく黎明期に、一羽の雌鶏が一人の運転手によって轢き殺された。それ以来、忍耐不足、不注意、残酷さによって動物を轢き殺したことのある自動車乗りには、ことごとく呪いが降りかかることになったようである。自動車乗りなら誰しも一度はそんな行動をやってしまったことがあるだけに、今までのところその呪いは作用してきた。だが、小動物たちを轢き殺すことを避けつづけてきた自動車乗りがこの地域にやってくる日に、呪いは解けることになっている。そうすればすべてが通常に戻るだろう。エンジンも再び回りだすだろう。以上がこの土地の伝説である。そしてその出来事はついに出来するのだが、しかしその元となった男は結局のところ、この魔方陣から逃れることはできない。というのも彼の車は完全に廃品の状態だからだ……。もしこれが上演されていたとするなら、この筋書きは、ゲテ＝モンパルナス座でアニエス・カプリが上演した『森のはずれで』についてジャック・ルマルシャンが一九四九年にくだした判断に値していただろう。彼はこう書いていた。「私はぜひとも、レーモン・クノーの『森のはずれで』を《戯曲》として扱いたく思っている。あらゆる部分において奇妙なテクストである。そして話をする犬、しかもかくも容易に話をする犬の存在が、これを非常によくできた《詩的》戯曲と同列にしている(41)［……］」。おそらく同じ時期、一九五〇年代に、クノーはこれとまったく異なり、気晴らしとなるような、完全に頭のおかしな戯曲『聖シメオン』を書いた(42)。聖シメオンは、田舎のとあるブルジョワ家庭の庭師が追い求めている一匹の猫である。彼は戯曲の最後でそいつを殺してしまう。その間のこと、ジャンはエリザベトという姉妹に会いに来るのだが、猫の亡骸のために掘ってあった穴に落ちて片足を折ってしまい、それを接骨医のペ・マレシャルがしっかり治療してくれる。医者を呼ぼうと電話をした際に、ジャンは、医者の寡婦であるデュヴィヴィエ夫人と知り合いになり、夫人は彼に惚れてしまう。ジャンとデュヴィヴィエ夫人は戯曲の最後でいっしょに立ち去るのだが、他方でジャンの共同出資者であるブリュネルがエリザベトに愛を語るのだ。奇妙なのは、レーモン・クノーがこの戯曲の上演にこぎつけられなかったことと、それについていかなる説明も残さなかったことである。拒絶の憂き目に遭ったのだろうか。あるいはサラクルーのようなプロフェッショナルな人たちが、クノーが劇作家としてキャリアを続ける意気をそいだのだろうか。それは分からない。しかしながら彼は、一九四九年四月に、フレール・ジャックを従えたイヴ・ロベールが、ラ・ローズ・ルージュ座で『文体練習』を舞台に乗せたときに慰めを得ることができた。じっさいこれは、何回も再演されるほどの大成功を収めたのである。しかし一九五〇年四月のカクアック劇団(43)による『ミューズと蜥蜴』の脚色は半ば失敗であり、これがもしかするとクノーがその後何年も演劇から遠ざかった原因になったのかもしれない。もちろん、とどのつまり彼には時間がなくなったのだろうということもあるが……。

その代わり、一九四四年から一九五二年にかけて、映画が彼に微笑みかけ、成功を与えてくれたようだ。一九四四年十二月十九日にはすでに、彼はニノ・フランクからのとても感じのよい手紙を受け取っているが、フランクは彼にシナリオを書いてくれるようにと、また短期的には、映画がなんらかの役割を演じるような記事や短篇ないし中篇を『レクラン・フランセ〔フランスのスクリーン〕』誌に書いてほしいと協力を要請している。この批評家は、『わが友ピエロ』や『ピエールのつら』、『ルイユから遠くはなれて』の著者であることを理由に、クノーが「映画の世界にやってくる」義務があるのだと述べていた。おそらく彼は、レーモン・クノーが少年時代から第七芸術に夢中になっていたことや、またマルセル・デュアメルやジャック・プレヴェールとともにシナリオの作成に参加した[44]ということは知らなかったであろう。だがニノ・フランクは、クノーの作品において映画が占める地位には目を留めていたはずである。「レーモン・クノー、映画」[45]において、ピエール・ダヴィッドはクノーの作中人物たちが見に行く映画作品を書き留めている。『はまむぎ』では『嘆きの天使』への言及があり、『最後の日々』ではチャーリー・チャップリンの『キッド』、ジャック・フェデールの『女郎蜘蛛』、ローベルト・ヴィーネの『カリガリ博士』に触れ、『オディール』ではエイゼンシュテインの『戦艦ポチョムキン』、『わが友ピエロ』ではヘンリー・キングの『シカゴ』……といった具合である。それゆえ、レーモン・クノーが戦後、シナリオ執筆の方へと向かったのはごく自然なことである。この方面では完成に至らない企画がいくつかあった。たとえば『ロランの歌』だが、この作品を彼は一九四八年にボリス・ヴィアンといっしょに手がけていたとされている。また一九五二年にユナイテッド・ヨーロッパ・フィルムスに向けて作られた、騒音に関するドキュメンタリーもある。このテーマはエンリコ・フルキニョーニによるものであり、コンテをラジオ放送実験クラブ会長のジャン・タルデュー、当時のRTFのラジオ局長のピエール・シェフェール、そしてレーモン・クノーが請け負うことになっていた。この映画は紀元前四二年への言及から始まるものだった。というのも当時ユウェナリスが、あまりにも騒音の多いローマのことで不平を言っていたからである。次いでそこから一足飛びに現代にまでやってきて、主要な各騒音を列挙し、イギリス人の「騒音撲滅委員会」や、騒々しい企業が従業員たちをとてもメロディアスな軽音楽に乗せて働かせている国々といった、それに対するさまざまに異なる方策を紹介している。興味深いアイデアではあったが、その後が続かなかった。他に、仕上げられてはいたものの成功に至らなかったシナリオもある。ボリス・ヴィアンやミシェル・アルノーとともに準備された、名高い『ゾネイユ』（一九四七年）に関しても事情は同じである。彼ら三人の仲間は、アルクヴィというプロダクション会社の設立さえ行ったが、この名の由来は、ミシェル・アルノーが打ち明けたところによると[46]「我々の名前の組み合わせが、お行儀良くプリアポス〔ギリシア神話に登場する巨大な男根を備えた生殖と豊穣の神〕的な結果となるということに気づいたボリスによる発見」である。シナリオを練り上げるために、ボリス・ヴィアンのところで四回の会合を要した[47]。「ヴィアンは技術者や広告代理店の人とコンタクトをとったが無駄であった。彼が会ったマルセル・パリエロは、この企画が非現実的で実現不可能だと宣言した。八月十四日に彼は、三人の仲間がアマチュア映画を作るのだと告げるコミュニケを執筆し《これが前衛映画を刷新する唯一の方法だ》と書いた。ミシェル・アルノーは『ゾネイユ』からいくつものヴァージョンを引き出すことを提案し、いくつかの断片的試作が十六ミリフィルムで、次いで三十五ミリフィルムで撮影された。彼はマルセル・デュアメルが一九二八年に行った結果を超えるものを手にすることはできず、《アルクヴィ社は、美味なるディナーとともに埋葬される》のである」[48]。以下のことは記しておこう。ミシェル・アルノーによると、「あの話は当時、クノーのお気に入りの一つだった。対話部分はとりわけ彼の手になるものだ」。次のような場面をみれば、やはりそうかと思うところだろう。

セレスタン　今晩は私たち、ローストしたひばりを食べるのよ、お飾り《ポティッシュ》なんてもう終わりよ！
彼女　あんた、おじけ《ペトッシュ》はないの？
彼　きみ、おれのことをちゅう坊《ポタッシュ》だとでも思ってるのかい！　おれにそのピスタチオ《ピスタッシュ》を投げつける気だな。
彼女　もう一言でも言ったら、私また川　船《パタッシュ》に乗って行っちゃうわよ……。

『ゾネイユ』についての情報はそれなりにあるのだが、『音の頭〔「おがくずを詰めた頭」という意味にもとれる〕』についてはそうでない。このシナリオは未発表で、主に舞台上にいるのは二人の人物、アルベールとイレーヌである。彼のほうはサウンド・エンジニア、映画の魅力に取りつかれた科学者だ。音響問題の専門家として、彼はさまざまな騒音の分類についての基礎的な著作を準備している(49)。彼女のほうは、ジョワイユーズ侯爵夫人の役を演じることになっている。これは男装する女性の役である。この侯爵夫人は変装し、稚児たちに混じって姿を現す。彼女はアンリ三世の愛人なのだが、そのアンリ三世はといえば……。いくつかの場面を通して、この公式な歴史に少しばかり変更が加えられる……。二人の作中人物は互いに知らないまますれちがい、出会い、そして……結婚する。映画はアルベールとイレーヌの結婚をあらわすアニメーションで幕を閉じ、管理人がクリスタルのグラスで演奏する結婚行進曲が聞こえてくる。

未発表作品ということであれば、一九七八年四月に行われたジャン＝ピエール・ドーファンの「もっと親密なレーモン・クノー」という展覧会の際に明らかにされたいくつかを思い起こすこともできよう。それらの作品の中に、日付は記されていないものの、戦後のクノーのさまざまな試作品と考えられるものが見出された。たとえば『毒』という短編や、ジャン・マルテの小説を脚色した『猊下』、『にせの花火』、『遅れ』などである。最後にあげたこの『遅れ』は、生まれ故郷のル・アーヴルを舞台に、五人の主要人物が登場するが、それらの配役は以下のとおりである。

ピエール・シャンセル、艤装業者――ジャック・デュメニル
ジャンヌ、彼の妻――マリー・デア
ジャック・メロー、無職――ピエール・ブラッスールかジャン・ティシエ
エレーヌ、彼の妻――アニー・デュコー
マルタン船長――アレルム

ル・アーヴルの海への呼びかけは、たえず作品に表れている。

なにしろここでの主人公は艤装業者だ。このシナリオは、ル・アーヴルの人口密集地域のいくつかのショットを呈示しながら始まる。「飛行機での垂直なショットが、町、港、海――海上ではいくつかの船が入港を待っている――を見せる。俯瞰のショットから近いショットに寄っていき、巨大な貨物船〈ラ・ブレヴィル〉号の上を通り、次いで浜辺の上空を飛ぶ。干潮だ。大人たちはロッキングチェアに座っている（砂利浜なのだ）、子どもたちは砂の上で遊んでいる」。

また以下のことも知られている。「イヴ・ロベールとフレール・ジャックによって演じられた『文体練習』の抜粋が、マルセル・パリエロの映画『赤いバラ』の中に登場するはずであった。この企画は『文体練習』の上演時間の長さゆえに実現せず、ただ舞台装置だけがこの映画に写っている(50)」。他方、クノーは、一九四七年にルネ・クレマンとともにヴォルテールの『カンディード』の映画化を準備した。『ジュルナル・デュ・四十三』誌(51)で、この件についてルネ・クレマンが多くのコメントを出している。「カンディード、マルタン、そしてパングロスの冒険と、フランス解放の実態との間には印象的なくらいたくさんの類似がありうるということに私たちが気づいたのは、おそらく会話の最中でした。［……］クノーの才気とユーモアがそうしたことすべての中にあるということは想像がつくでしょう。非常に楽しみましたよ。［……］ですが尻切れとんぼに終わってしまいました。しばらくの間、企画の状態で残っていましたが、そのうち私たちもやる気を失ってしまったのです。物事というものは、しばらく時間が経つと気が抜けて変質してしまうのですね……」。この映画は、そのような次第で日の目を見なかった。それは一九五一年に二十ないし二十五分の作品として構想された『だいたいそうであった映画史』についても同じである。アイデアは映画の歴史を呈示することだが、本物の資料によってではなく、皮肉な再現によってというものだ。一人の同じ俳優が、ある時代とそれからまた別の時代に登場するというものになるはずだった。この企画もまた、不発に終わった。

それとは逆に、パリエロの短編映画『サン＝ジェルマン＝デ＝プレ』は一九四九年に制作された。これはクノーのシナリオと、彼自身が述べるコメントによるものである。ジュリエット・グレコがその中で彼の詩の一篇を歌っており、彼自身も一瞬ではあるが姿を現している。その中ではラ・ローズ・ルージュ、クラブ・サン＝ジェルマン＝デ＝プレ、タブー、そしてヴィユー・コロンビエ座のオーケストラの演奏が聞こえてくるのだった。この映画には、たくさんの名士が登場する。アンドレ・ブルトン、ジャン・ジュネ、ジャン＝ポール・サルトル、モーリス・メルロー＝ポンティ、シモーヌ・ド・ボーヴォワール、ガストン・ガリマール、ジャン・ポーラン、マルセル・デュアメル、ミシェルとボリスのヴィアン夫妻などである。最初のいくつかの文句が調子を定めていた。「サン＝ジェルマン＝デ＝プレの小さな町が位置しているのは、東経十三度、北緯四十九度、曲がりくねって蛇行するセーヌ河にほど近い場所である。そう遠からぬ昔、ここは単なる一つの村であった」。その内容は、一日かけて散歩を行い、場所や人物を浮き彫りにして見せるというものだった。そして映画は、再び夜がやってくるところで終わる。「皆［そうすると］テラスにひしめきあったり、地下酒場にひしめきあったりする。午前三時か四時まで、ペルゴラかレーヌ・ブランシュで飲む最後の一杯まで休むこともできるわけだ。そのあとで地下酒場はたばこの煙を消化し、テラスの椅子は互いに積み重ねられて眠りにつく。今度は彼らが眠る番なのだ……」。

一九五〇年、クノーは一本の短編映画を準備することまでした。アンリ・ラングロワの求めに応じた『翌日』というタイトルのものだ。ラングロワのアイデアは、「映画作家ではない芸術家にフィルムを託す」というものだった。「クノーと同時に、ジャン・ジュネが『ある愛の歌』を、パブロ・ピカソが『シャルロット・コルデーの死』（未完）を制作している。『翌日』は現在のところ見つけることができない[52]」。マリー＝クロード・シェルキのこの言は、本書の筆者によっても裏づけられる。というのも、『サン＝ジェルマン＝デ＝プレ』を見ることには成功した[53]一方で、この映画を見つけようとする努力は空しく終わったからだ。レーモン・クノーが映画『翌日』を広めるのを禁じたということは言っておかねばならない。監督、脚本、出演俳優を彼が同時にこなしただけになおさら残念である。とはいえ、その映画を見た何人かの特権的な人たちは存在する。その言を聞いてみよう。「私は昨日、レーモン・クノーの『翌日』を見た」とル・パリニュールは書いている[54]。「魅力的である。その中で見られるのは工場の煙突、たいへん人を不安にさせる大革命のリトグラフ、そのリトグラフでは、一人の司祭が、そのあとギロチンにかけられて死に至る元貴族に天への道を示している。作者によって演じられる鼻の洞穴探検の実践、通りすぎる何台かのトラック、ハンカチを持った若い女性、自分の髪を一束切ってから彼女を追いかけるクノー、落ちるハンカチ、太陽の光で丸く切り取られた下草、そしてもう一度工場の煙突。これほど光り輝く象徴を理解しないでいるには、名うての大馬鹿でなければならないだろう。生が単純に穏やかにそこにある、空が町の上で鼻をかむ、などなど、などなど、翌日まで、そして聖グラングランまで〔クノーの小説のタイトルにもなった「決して起こらない」という意味の慣用表現〕」。

非常に幸運なことに、同じ時代に制作されたクノーの別の映画は知られている。それが『算数』（一九五一年）だ。これは「百科事典映画」という構想の一環で、すべてが完成するにはいたらなかったが、それぞれ九分間で合計十本の映画となっていたはずのものである。一九四九年には『数学ってイカす[55]』というタイトルのシナリオを着想したこともあるクノーは『算数[56]』のテクストを書き、それを彼が読んでいるところを映画監督のピエール・カストが撮影した。カストはピエール・ボワロンに語っている[57]。「背景は教室だった。しかし窓からはムルナウ風のドイツ映画のスタイルで構想された舞台装置が見える。我々はそんなわけでそれを組み上げ、二日間この舞台装置の中でクノーを撮影した。すると問題が生じた。プロデューサーたちがこのシーンを長すぎると感じたのである。これが冷めたユーモアの実演であることが彼らには理解できず、彼らは、こんなものは退屈だろうと思ってしまったのだ。彼らはもう何もしたがらなかった。そこでさんざん話し合いをして、ようやく承諾をとりつけた。しかし編集担当のレオニード・アザールとともに作業し、かなりたくさんの部分をカットしなければならなかった。これは残念に思っている」。『算数』について述べられた数多くの証言の中で、ジャック・ドニオル＝ヴァルクローズの証言は興味深い、なぜなら彼はわれらがクノーの知られざる一面を強調しているからだ。「レーモン・クノーは驚くべき俳優である。ハリー・ラングドン的なスタイルの、悲しげで当惑したようなああいう喜劇俳優の一人であり、我々のスクリーンに痛いほど欠けている俳優なのだ。ある意味でクノーは、ジャック・タチと直接張り合うことのできる唯一のライバルであると言える[58]」。

　戦後、レーモン・クノーは映画についての書き物もいくつか発表している。『フロン・ナショナル』紙で彼は映画の写真について考察し[59]、そうした写真には非常に大きな喚起力があるが、逆に演劇の写真はむしろ微笑を誘うものだと考えた。ついでに彼は「三十五年以上前から、熱心に、週に少なくとも三、四回は暗い部屋に」通っていることを認めている。数ヶ月後、同じ新聞で彼は「ある映画の歴史[60]」について長々と書いて映画の特性を強調している。それは「《知識人》の環境の外で生まれたということである［……］。映画が文学に対しておこなっている呼びかけは、自分の楽器をより完璧にするために建築家の助けを要請するフルート奏者を思わせる。忘れてはいけないのは、この芸術が村祭りで生まれたことであり、下町で生き抜いてきたことであり、教養ある人たちの助けなしに開花したことである」。一九四六年に「ドキュメンタリー映画の神話」を掲載したのは『ラビラント』誌である[61]。その中でクノーは、ドキュメンタリーが自称する真実を告発している。彼は次のように述べている。「ドキュメンタリーは、科学の言語（それは理想的に言えば数学だ）を話しておらず、映画の言語を話している。つまり動きのある像だ」。ジャン・クヴァルが書いた『七月のランデヴー[62]』の序文の中では、クノーは若さについての考察を発展させ、まったくといって良いくらい映画のテーマには戻ってこなかった。それに対して、カイヤットとスパーク[63]による、一本の映画のシナリオをもとに一本の小説を書くことを小説家に依頼するというアイデアの方は、彼を第七芸術へと再び誘《いざな》った。『我々は皆暗殺者である[64]』という映画をもとにして書かれたジャン・メッケルの小説は、文学と映画の間の類似と相違をじつにはっきりと示す一つの成功例として迎えられている。最後に、一九四四年から一九五二年にかけて書かれた映画についての三つの文章は、ユーモリストとしてのクノーのイメージを強固にしている。それらは「映画の十の呪い」[65]（一九四九年）、「私の犬のために」[66]（一九五一年）、そして「自由区」[67]（一九五二年）である。最初の文章の中では、アンチ＝キリストが「広大なプールといくつもの電話を所有する大プロデューサーといった姿で」現れ、「組合を組織しているという理由で」抜け目のない者ども、偽善者たち、「スターの男女」たち、撮影技師たちに、さらに、リベルタンたち、前衛、そして忘れてはならないが教養人たちに向かって、「コッピとコッペを、コッペとコポーを、コポーとコクトーを、コクトーとシャクタを、シャクタとカルシャを、『イリアス』と『オデュッセイア』を」区別するという理由で、破門制裁《アナテマ》を投げつけるのだ。「私の犬のために」では、とりわけこう宣言している。「犬族のために良識的に構想された映画誌というものが、私には、目下、緊急の解決を要する問題であるように思われる」。「自由区」の方では、クノーは与えられた主題とは全く別のことを喚起し、カンヌ映画祭についてコメントしている……。いくつかの記事は、彼の生前には未発表のままになった。一九八〇年に『ぐずついた天気《タン・メレ》』誌が「《映画への夢》についてのレーモン・クノーのいくつかの短い未発表の文章」を掲載した。その最初のものは、特にこのように認めている。「大映画館にいく大衆は、《夢》を見せられることを好まない。彼らはそれに反発すらする。この大映画館の大衆というものは、どうやら決して夢を見ないようだ」。二番目の文章「映画の魔法」で、クノーは同じテーマに立ち戻り、「あからさまな夢は、それを押しつけられることを拒む観衆に、驚異を認めさせることの困難を増やすだけである」と指摘している。こうした文章に、一九九六年に『日記』において発表された「マノン？　ノン！」を加えることができる。これはクルーゾー〔『情婦マノン』などで知られるフランスの映画作家アンリ＝ジョルジュ・クルーゾー〕を激しく非難している文章で、たとえば、どんな権利があって「アラブ人を虐殺者として呈示しているのか」とクルーゾーに尋ねている。また、チャーリー・チャップリンの『ライムライト』（一九五二年）に捧げられた未発表文章もあげておこう。この人物にクノーはもっとも深い感嘆の念を持ちつづけていた。初期の映画から数十年経っても、チャップリンは変わらず初期のシャルロ〔フランスでのチャップリンの愛称〕でありつづけている。クノーはチャップリンが人間に、そしてその尊厳に、仕事に、愛に対して与えている地位をきわめて敏感に感じ取っているのだ。そして『ライムライト』におけるシャルロの驚くべき偉大さに心を打たれたのである。

一九四四年から一九五二年にかけて、クノーはまた、いくつかの映画祭に審査員として招かれる栄誉に浴した。一九四九年と一九五〇年にはビアリッツとアンティーブ、それから一九五二年にはカンヌの映画祭だ。一九四九年の八月の初めのことだったが[68]、ビアリッツでは、最良の「呪われた」映画に賞が授けられることになっていた。つまり「アマチュアによるものでもプロによるものでもよいが、良くできた映画で、非商業的な、純粋に芸術的な意図で作られており、そのことによってたえず観衆によって敬遠され、あるいは配給会社から拒否されてすらいる[69]」映画である。ジャン・コクトー、オーソン・ウェルズ、ロベール・ブレッソン、ジャン・グレミヨン、ルネ・クレマン、ロジェ・レーナルト、レーモン・クノーなどで構成された審査員団によって選ばれるその作品には、百万フランの賞金が与えられることになっていた。明らかに、ルネ・クレマンとクノーとの間の良好な関係が、審査員への扉をクノーに開いたのである。この催しは、ビアリッツ住民たちの感情を大きく動揺させたことが主要な原因となって、一九四九年と一九五〇年の二回しか実施されなかった。いくつかの大胆なシナリオを前にした地元の聖職者たちの心配は言うに及ばず、幾人かの映画作家たちの突飛な言動に住民達が動転したのである。一九五二年に[70]クノーは、映画関係の人々に特有の、わくわくする気持ちやばか騒ぎ、義憤をカンヌで再び見出した。『肉体の冠』と『禁じられた遊び』というフランス映画の選出が退けられたことなど、そこではいくつかの醜聞があった。フランス映画の生き残りについていぶかる声も聞かれ、そして出席していた大臣もいくつかの真実を耳にした。当然のことながら審査員団は、出来の悪さと、見なければならない映画の数が多すぎることに抗議した。しかし各人は提出しなければならない書類を丹念に埋めた。クノーはオーソン・ウェルズの『オセロ』を称賛し、自分の書類に「ナンバー・ワン」と記入しているが、次いで自分が審査員の大半と意見を同じくしていたことを確認した、というのも、レナート・カステラーニの『二ペンスの希望』と同列ではあったものの、オーソン・ウェルズがグランプリを受賞したからだ。同様に、「見事だ」「心をとらえる」そして「完璧」とクノーが評した『霊媒』も「抒情映画賞」を受けた。この年には文学が、いくつかの参加作品のインスピレーションのもととなっていた。モーパッサンを原作としたアンドレ・ミシェル監督の『三人の女』、あるいはアレクサンドル・アストリュックによって映画化されたバルベー・ドールヴィイの『深紅のカーテン』〔邦題は『恋ざんげ』〕などがあり、後者には「審査員特別賞」が与えられた。

クノーは一九五二年のカンヌ映画祭に参加したことで、その前年、アカデミー・ゴンクールへの加入によって得た名声を堅固にした。長年にわたる困難のときを経て、ほとんど五十歳近くなってから、彼は真に著名な作家となったのである。この時期から、インタヴューや記事の仕事が増えていくことになるが、それがときおりはごくデフォルメされたイメージを一般大衆に与えるのだった。彼がアカデミー・ゴンクールに選出された直後に出されたピエール・マッコルランやマックス＝ポル・フーシェ[71]といった小説家や詩人による分析が、クノーの深遠な性質を完全に隠してしまうことはなかったのだが、それらを除くならば、当時のジャーナリストたちの大半が提示していたのはいくつかの同じテーマの変種でしかなかった。もちろん、たいてい出てくるのが、滑稽さや、気まぐれや、突飛なことに対する彼の性向だ。ポール・ギュートは彼が「笑う人[72]」であると明言しているし、ベルナール・ド・ファロワは彼の「夢見がちで珍妙な論理[73]」について語っている。クレベール・エダンスは彼が「ガリマール社の重職を笑いながら果たしている[74]」と断言し、ピエール・ベルジェは必然的に彼のユーモアのセンスを指摘しているが、それはクノーに彼のお気に入りの格言の一つを思い起こさせる機会を与えている。「ユーモアをとらえてそのケツをつねるのだ」。この日は打ち明け話をする気持ちになっていたのか、彼はユーモアについて自身のもう一つ別の定義を付け加えてすらいる。それによるとユーモアは、「偉大なる感情を愚劣から解放する[75]」ことを可能にするのである。

こんな反順応主義者が、なぜアカデミー・ゴンクールなどに入れたのだろうか。ピエール・ベルジェは、〔アカデミー・ゴンクールの〕十人衆に連なることなど、彼の方から拒否してくるだろうと思っていたと認めている。彼はクノーに、もし断っていたとしたら「あなたのあり方、あなたが努めてなろうとしているあり方に合致していたでしょうに。しかし拒否されなかったので、いまだにびっくりしているのです」と述べた。そしてベルジェが説明を求めたところ、クノーはごく単純にこう答えた。「サラクルーとピエール・マッコルランに頼まれたので受けました。それだけです。私らしくないって？　そういうことはないと思います。とにかく私にそのような意識はありません」。

この回答は明快ではっきりしていた。だがたいてい強調されるのは、人を煙に巻くことやノルマンディ人の口約束〔どっちつかずにはぐらかすという意味の表現〕に対する彼の嗜好である。ポール・ギュートは、デビューに関して彼がクノーと交わした会話を楽しげに報告している。

「私がしたかったことですか？　……何も」

「あなたは何としてデビューしたんですか？」

「私はデビューしたことなどありません」

「どんなやりかたであなたは始めたんですか？」

「ああ、なるほど！　国立手形割引銀行の従業員として始めました」

そしてポール・ギュートは「ノルマンディ〔ノルマンディ人はずる賢いとされている〕の囲われた農地で撚り合わされた、目に見えないほど細い草の茎」を想起して話を締めくくっている。数年後、これと同じ精神でなされたプルースト・アンケート〔作家や著名人に対し趣味嗜好などを問うアンケート〕に対する答えが、このジャンルにおける傑作となる。

ジャーナリストたちは、クノーが実践する話し言葉の転写と音声的な綴り字にもスポットを当て続けた。じっさいそれは、最も目につき、かつ滑稽な一面である。ポール・ギュートはクノーのことを言語のダイナマイト仕掛人とまで紹介しており、またマックス＝ポル・フーシェは、クノーの駄洒落やコントルペトリ、名称の発明（「見つけゴミ箱」「泣き笑い」）、語のおどけた膠着（「……彼女は彼を見つめていた、小売店女が、ブリュ兵士を」）などを強調している。だがピエール・ベルジェが認めるところでは、それは「実験室での作業」である。「彼はつねに言語を探究してきた。やはり言葉の錬金術師であったロベール・デスノスなら、一丁上がりの言語とでも呼ぶようなものだ。クノーの夢は『方法序説』を話し言葉で書きなおすことである（だがそのうち、いかめしいアカデミー会員たちのように、書き言葉でしゃべるのだろう）［……］」。

最後に、この実に図式的な紹介に加えて、いくつかの声明の下に彼が寄せた署名が挙げられる。それは彼を確実に左翼の人間、自由と人間の尊厳の擁護者たらしめている。一九五二年、ピエール・ベルジェは次のように言うことで、クノーのこの側面を端的に示すことができたと考えた。「これほどたくさんの、強い不安に駆られた人々の間にあって、あなたはどちらかといえばおめでたい精神の持ち主であるように思えます。もちろん、あなたが〈平和〉に賛成であることは私もわかっています。最低限そう言うことはできます。さまざまの委員会であなたがゲイリー・デイヴィスと同席していることは、その証明です……。しかしあなたの作品が示しているのは、錯乱した世界の諸問題からは非常に離れた一人の思索者です」。クノーはそれに対し、冷笑的にこう答えている。「そう思いますか？」つまるところ、一つのイメージ、部分的には正しくないこともないが、きわめて単純化されたイメージが、こうしてメディアに植え付けられていたのである。そのイメージは彼の死までほとんど変化せず、そしていまだに持続している。だが一方で、真実を尊重する精神が、そのイメージを和らげ、またいちじるしく豊かにすることを要求してもいるのだ。

第十九章　大きな成功

アカデミー・ゴンクールに加入した後(1)、レーモン・クノーは、ジャーナリストたちが自分に与えているイメージをいくらか変形させながらもそれを堅固なものとしてゆく。たとえば彼は、審査員団に加えておくべき著名な文士であり続けた。一九五五年、彼はマキシムスでおこなわれたドゥ・マゴ賞の二十周年記念の催しに参加し、次のように書き留めている(2)。「私はマルセル・エメの脇に座った。彼はフェルマーの定理を研究し、そのせいで六ヶ月を《無駄にした》。そして冪数が四の倍数となるときに、ある結果にたどり着いた。また彼は、チェスの問題を解くことで午後を過ごしてもいるそうだ。絵のほうは？　一週間やっただけだ。着くなり私は、『マッチ』誌に載った彼の写真のことで、《テクニカラーの王》と呼んでからかってやった。ジャーナリストたちは、次のアカデミー・ゴンクールの会員選出のことで洒落を言っている。エメは否《ノン》と言わない」。また一九五八年には、この賞の授賞式のためペリゴール・ロティスリーで昼食を取り、ブラッスリー・ドゥ・マゴの前で、マルセル・デュアメル、アルベール・シモナンと並んで写真におさまっている。一九五六年にはアルフォンス・アレー賞の審査員団の一員となったが、その二年前にクノーは『コンバ』紙においてアレーの生誕百周年を祝ってこう記していた。「ガスの契約を結んでおり、〈ベンチ《バン》〉――公共の《ピュブリック》……公共ベンチ《バン・ピュブリック》(3)……とほぼ同形異義語〔言語遊戯と思われるが不明〕、アルフォンス・アレーは、たちの悪い冗談にきわめて辛辣な形式を与える術《すべ》を知っていたために、その冗談が、繊細な才気を好む通《つう》たちをも、粗野なおふざけの愛好家たちをもうんざりさせることになった。このような偉業をなした後となれば、彼が相変わらずいくらか呪われた作家でありつづけていることは理解できる[4]［……］」。またこの機会に、彼は、小さな紙ナプキンに書かれたジャンソンの甘美な文章を受け取った。

親愛なるクノー、
ジャンソンに、私がきみに抱かせている共感を示してくれないだろうか。私の生誕百周年が、私の別の生における一つの日付となることを願っている。おっそろしいほどきみを思っている。
アルフォンス・アレーより

追伸――死んでから四十五年になるが、まだ神にお目にかかっていない。もっとも、誰も会ったことはないのだが……まさしくそれが、神が存在しないという証拠だ。
A・A

一九五九年に、クノーは『地下鉄のザジ』で黒いユーモア賞を受賞し、またしても審査員団に入る。ノエル・アルノーが当然のこととして次のように指摘している[5]。「あいにく、審査員団はまたもやあやまちを犯した。というのも『地下鉄のザジ』には黒いユーモアの痕跡など微塵もないからだ。これは単なるユーモアだ。だがもし形容語句にこだわるのなら、黒いユーモアではなくむしろ文献学的愛となろう。つまりアイロニーによって操られるがゆえに社会諷刺に裏打ちされた、作家のあらゆる書き癖の模倣《パスティーシュ》である」。一九五九年十月三十一日土曜日に、この賞は、不戦勝でもって彼に授与された。場所はパリ（五区）のサン＝セヴラン通り四十番地にあるラ・ジョワ・ド・リール書店内である。審査員長を務めたのは『藁を詰めたご先祖』の著者アンドレ・ベリだ。この年には、審査員団の中にクノーの友人が三人入っていた。アンドレ・ブラヴィエ、フェリックス・ラビッス、ロジェ・ラビニオーである。また、コレージュ・ド・パタフィジックのメンバーも三人入っていた。アナトール・ジャコヴスキー、テオドール・ケーニグ、モーリス・シネである。ノエル・アルノーは次のことを明言している。「クノーに賛同しなかった者が一人いるのだが（誰かは分からない）、十一人の審査員たちは名前を挙げるに値する。ギ・アロンベール、ジャン・ランセルム、ジャン・ブルトン、ギー・シャンベラン、ガストン・クリエル、ジャン・デュペレ、レオ・マレ、トリスタン・マヤ、ルネ・ド・オバルディア、アルベール・ロンサン、ジャン・ルースロだ」。黒いユーモア賞に関するこの報告の中で、続いてノエル・アルノーは、クノーに対するジャーナリストたちの態度を強調している。「かなり大勢の報道陣が来て、この催しをふざけた調子で報じた。そのふざけた感じがクノーの人となりに合っていると思われているのだろう！　十一月二日の『コンバ』紙には大きな記事が出ている。担当記者のジャン・アンセは、ほとんどありえない言葉を、どさくさに紛れて、クノーが言ったことにしている。《黒いユーモアとはシュルレアリスムであり、逆もまた真である》。同じ日の『リベラシオン』紙には二つの記事が出ており、そのうちの一つにはこんな見出しがつけられた。《レーモン・クノーのために開催されるいくつかの昼食会……黒いユーモア賞》。アンヌ＝マリー・ド・ヴィレーヌは十一月四日の『レクスプレス』紙で、『ザジ』の最初の言葉を模倣しながら自身の記事を始めている。《トマドッテクチガオモク、しかし微笑みながら、レーモン・クノーは、慣例的な儀式に従って黒いユーモア大賞を受け取った……》〔……〕」。強制的に次年度の審査員団に入れられた彼は、一九六一年にまたもや自分が審査員団に入ったことに非常に驚き、そのことについてトリスタン・マヤに胸中を打ち明けている。「私のコメントを返送してくださってありがとうございます。これを再利用できることになります。／それはさて沖（漬け）〔ceci dit（それはさておき）という語のあとに《brahim》と書き加え、アルジェリアのシディ＝ブライム地方で作られるワインをあらわす語にして駄洒落にしている〕」、私をあなたがたの審査員団に加えることはまったくもって不真面目なことと思います。私が昨年仲間に加えていただいたのは、幾人かの審査員がそうであるように、その前年私が受賞した（これについては心の底から名誉なことと思っています）からだと思っていました。しかし私は、その資格は永続するものでないと考えます。来年度は私を入れないでください。このようなことを申し上げるのはあなたがたのためです。これはよい助言だと思います」(6)。そして一九六〇年、この賞は、レーモン・クノーの祝福とともに『トリステロン氏、会社社長』のフランソワ・カラデックの手に落ちたのである……。

一九六〇年のクノーの手帳によると、四月二十一日にはユネスコにおいて、ジュリアン・カン、ヴェロネーズ、カイヨワ、ル・リヨネ、P・オジェ、タトンらとともに、カランガ＝ジャン・ロスタン賞に出席していることがわかる。一九六六年には、『最後の日々』がランコントル賞の審査員たちの寵愛を得た。この賞の目的は、かつてほぼ不成功に終わった作品に、三十年を経て栄誉を与えて報いることにあった。拒絶して審査員の面々を傷つけたくはなかったために、クノーはこれを受け入れた。またその結果、この本が再版されるということについては関心を示した。一九六五年一月二十一日、彼はクロード・ラメイユにこの考えが事実であることを認めているが、ただし次のように付け加えてもいる。「私は彼らの選択が間違っており、この本はうまくないと思っています。しかし、やはりご自分で判断してください」。とはいえ彼が、一九五〇年四月二十六日にガストン・ガリマールにこの本の増刷を持ちかけていたことを思い起こそう(7)……。ランコントル賞審査員団の選択を不思議に感じつつも、彼は三作目となるこの小説を再読したところ、それほどひどいとは思わなかった。それだけでなく、ブリュニエール〔著者の間違い。ここで問題となる作中人物はブラバン〕とトリュの出会いがブヴァールとペキュシェの出会いを完全に真似ているということに気づきさえしたのだ。とはいえ、フローベールとは反対に、クノーは二人の作中人物の間にいかなる友情も芽生えさせなかったという違いはあるのだが。

一九六五年、クノーはヴァレスキュール（サン＝ラファエル）で、一九六〇年に創設されたフォルメントール賞と国際文学賞の授賞式に参加した。この時マヨルカ島[8]で、小説をめぐるシンポジウムが開かれたのだが、そこで想像力による作品に賞を授けるというアイデアが出てきたのである。これを発案したのは、六人の出版人であった。バルセロナのカルロス・バラール、トリノのジュリオ・エイナウディ、クロード・ガリマール、ハンブルクのハインリヒ・レディグ＝ロヴォールト、ロンドンのジョージ・ワイデンフェルド、そしてニューヨークのバーニー・ロセットである。さらにリスボンのアントニオ・ホセ・ガルシア・ダ・クルス・バレット、ストックホルムのゲオルク・スヴェンソン、オスロのハラルド・グリーグ、コペンハーゲンのB・リンハルド、アムステルダムのウィレム・ブレメナ、トロントのジャック・G・マック・クレラン、ヘルシンキのエルッキ・レーンパーが加わった。大規模なこの企画は、一方で若い作家の未刊の本を、他方ではいまだに国際的な地平で真価に見合う評価がなされていない最近の著作を褒賞することを目的としていた。フォルメントール賞の受賞作品は、審査員団を構成している出版人たちの十三の国で翻訳され、さらにその著者は一万ドルの前払い金を受け取ることになっていた。この賞の審議は秘密裏になされたが、一方、国際文学賞の審議のほうは公開となっており、同時代の主な文学潮流をめぐって豊かな議論が交わされる場となっていた。前者の賞の歴代受賞者には、『夏の嵐』のファン・ガルシア・オルテラーノ（一九六一年）、『不調の年代』のダーチャ・マライーニ（一九六二年）、『大旅行』のホルヘ・センプルン（一九六三年）、『巨大な小人たち』のジゼラ・エルスナー（一九六四年）がいた。後者はサミュエル・ベケットとホルヘ・ルイス・ボルヘス（一九六一年）、ウーヴェ・ヨンソン（一九六二年）、カルロ・エミリオ・ガッダ（一九六三年）、そしてナタリー・サロート（一九六四年）を選出していた。一九六五年にはスティーヴン・シュネックが『幻想ホテル』でフォルメントール賞を、そしてソール・ベローが、ゴンブローヴィチの三票に対して四票を得て国際文学賞を受賞した。

クノーは概してたいへん礼儀正しく、愛想にも富む人物であったが、怒る術《すべ》も知っていた。一九六八年、彼は最良外国書籍審査員団を派手に辞任し、その理由を以下のように述べている。「彼ら［審査員団のメンバー］は、賞が全会一致で与えられることを望んでいるように思われます。私は問題になっている本を読んでおりませんから、それらの本の著者［ソルジェニーツィン］に票を投じることは難しいのです。私が去れば——ジャーナリストたちに配られた発表《コミュニケ》から私の名を抹消してくださることも望みます——全会一致は成立するでしょう。／それはさておくとして、あなたがたの決定はきちんと規定にかなっているでしょうか？　あなたがたが決めた受賞者には、フランス語で刊行された本が三冊以上ありませんか？［……］」。クノーはたいへんな法律尊重主義者でもあったのだ。だが審査員団長を務めていたモーリス・ナドーの説明は、これとまったく異なる。「ロベール・ラフォンがガリマールを出し抜いて『第一の円環』を出版した。これは、ソヴィエト人作家の著作権が存在していない時代に、英語から翻訳させたものだ。ところがこの同じ作品が実はガリマールで翻訳の最中であり、そしてガリマールとしては断念するよりほかはないということになった。クノーが要求した原語であるロシア語からの翻訳のほうが、より忠実で良かったであろうし、その企画について知らされていれば、我々としても決定の延期を合意したであろうことは疑いない。しかしながらクノーはそれを我々に言わなかったのだ。彼こそ、出版人同士の小競り合いや、彼らが自分たちの会社にまとわせる秘密の良い例なのではないか？　私の説明が正しければ、クノーはこのとき、ソルジェニーツィンの敵としてでもなく（著作を読んでもいないようだ！）、自尊心を傷つけられた審査員としてでもなく、ガリマール社の事務局長としてふるまったのだ」[9]。とはいえ……規則を尊重することへの関心は、クノーにおいてとても強かったのである。

彼が一九七一年にアカデミー・ゴンクールに背を向けるようになったのも、おそらくは同様の配慮によると思われる。約二十年にわたり、彼はこのアカデミーの中でも最も活発で、最も信頼できるメンバーの一人だった。彼は好んで自分のことを、好事家や怠け者として示しており、マスコミも彼のことを、いつも何か面白い冗談を言おうとしているおどけ者であるかのように喜んで描写していた。だが実のところ彼は、ゴンクール賞候補作として選出されたすべての作品を読むために膨大な量の仕事を自らに課していたのである。確かに彼はそのことをめったに白状せず、ここでも自分の足跡をあえて消そうとしていた。彼は一九五四年に『日記』に書いている[10]。「このアカデミーのことを多少どうでもいいと思っている。そんな私は間違っている。遊びをやっているわけではないのだ。自分が《アカデミー・ゴンクール》の一員であるなどとまったく頭に浮かんでこない」。しかしこれは、クノーがよく撒く疑似餌だ。記事としてはかなり空疎だが、その中でなされた打ち明け話はこれと反対のことを示しており、また正しい説明だとも思われる。それが一九五三年八月二十三日の『ジュルナル・デュ・ディマンシュ』の紙面で、アンドレ・ニコラによる記事の最後に置かれた「あの人々はどのように日曜日を過ごしているか？」という問いへの答えとして読まれる以下のような文言だ。「新聞を小脇に抱え、帰宅して夕食をとり、仕事を再開する、むしろ、晩は小説を読むことに割いている。自分がアカデミー・ゴンクールの会員であり、十月にはすべてを終わらせておくためにうまく配分して読まねばならないことも忘れてはいない」。ガストン・ガリマールの命令や指令に従う下役のふるまいとはほど遠いものがここにはある――クノーをそうした人物だと思っていた者も存在するし、また今なおそう断言する者もいるのだが[11]。もっとも、そうではないことを納得するためには、彼の投票を調べてみればよい。参考までに、受賞者、クノー自身が推した著者、そしてそれらの出版社をここにあげておく。

一九五一年　J・グラック『シルトの岸辺』（J・コルティ）。RQ〔レーモン・クノーの投票（以下RQ）〕――受賞作に同じ。

一九五二年　B・ベック『司祭レオン・モラン』（ガリマール）。RQ――受賞作に同じ。

一九五三年　P・ガスカール『死者たちの時間』（ガリマール）。RQ――一次投票と二次投票はR・ゲラン『蛸』（ガリマール）、次いで、『死者たちの時間』。

一九五四年　S・ド・ボーヴォワール『レ・マンダラン』（ガリマール）。RQ――受賞作に同じ。

一九五五年　R・イコール『混ざった水』（アルバン・ミシェル）。RQ――一次、三次、四次投票でH・ベセット『ルコック家の少女たち』（ガリマール）、二次投票でJ・ランズマン『ジャコウネズミ』（ジュリアール）。五次投票：白票。

一九五六年　R・ギャリ『天国の根』（ガリマール）。RQ――A・バルダン『畑の少女』（A・ボンヌ）。

一九五七年　R・ヴァイヤン『法』（ガリマール）。RQ――M・ビュトール『心変わり』（エディション・ド・ミニュイ）。

一九五八年　F・ヴァルデール『サン＝ジェルマンあるいは交渉』（ガリマール）。RQ――一次投票でR・スーラ『夢という名の男』（ガリマール）、二次、三次投票でB・ポワロー＝デルペック『たいそうな間抜け』（ドノエル）、四次投票で『サン＝ジェルマンあるいは交渉』。

一九五九年　A・シュヴァルツ＝バルト『最後の義人』（スイユ）。RQ――J・ベンス『羽ペンと天使』（ガリマール）。

一九六〇年　V・オリア『流謫の身で神は生まれた』（ファイヤール）。RQ――一次投票でL＝R・デ・フォレ『子供部屋』（ガリマール）、二次、三次投票でアンリ・トマ『最後の年』（ガリマール）。

一九六一年　J・コー『神の慈悲』（ガリマール）。RQ――受賞作に同じ。

一九六二年　A・ランフュ『砂の荷物』（ガリマール）。RQ――R・パンジェ『審問』（エディション・ド・ミニュイ）。

一九六三年　A・ラヌー『潮が引くとき』（ジュリアール）。RQ――一次投票でH・ベセット『寒くありませんか？』（ガリマール）、二次、三次、四次、五次、六次投票でJ＝M・G・ル・クレジオ『調書』（ガリマール）。

一九六四年　G・コンション『未開状態』（アルバン・ミシェル）。RQ――一次、三次投票でラビニオー『ルヴァロワ通り』（ビュシェ＝シャステル）。二次投票でH・ジェリネク『ウィスキーへの道』（ガリマール）。

一九六五年　J・ボレル『崇拝』（ガリマール）。RQ――五次投票まで常にJ・ベンス『三位一体』（ガリマール）。

一九六六年　E・シャルル＝ルー『パレルモを忘れるこ

と』（グラッセ）。RQ――R・デュシャルム『食われた者たちの中の食われた女』（ガリマール）。
一九六七年　A・P・ド・マンディアルグ『余白』（ガリマール）。RQ――一次から五次の投票の間、C・ゲラール『レナータでたらめ』（ガリマール）、六次、七次投票で『余白』。
一九六八年　B・クラヴェル『冬の果物』（ラフォン）。RQ――一次投票でS・バラザール『エミールの物語』（フラマリオン）。二次投票でF・ヌリシエ『家の主人』（グラッセ）。
一九六九年　F・マルソー『クリージー』（ガリマール）。RQ――一次から三次の投票の間、P・モディアノ『夜のロンド』（ガリマール）。
一九七〇年　M・トゥルニエ『魔王』（ガリマール）。RQ――一次投票でG・ティネス『肖像』（ガリマール）、次いで二次投票で『魔王』。
一九七一年　J・ロラン『へま』（グラッセ）。RQ――L・ファフヌー『グラン・ヴァンの僧院』（ガリマール）。
一九七二年　J・カリエール『マウーのハイタカ』（J＝J・ポーヴェール）。RQ――P・フルネル『直角のもの』（ガリマール）。
一九七三年　J・シュセクス『鬼』（グラッセ）。RQ――F・ヴィトゥー『絵葉書』（ガリマール）。
一九七四年　P・レネ『レースを編む女』（ガリマール）。RQ――受賞作に同じ。
一九七五年　E・アジャール『これからの人生』（メルキュール・ド・フランス）。RQ――八次までの投票の間常にP・モディアノ『イヴォンヌの香り』（ガリマール）。

確かにレーモン・クノーはガリマール社の本にしばしば投票しているが、彼が一次投票から早くもJ・コルティ（一九五一年）、A・ボンヌ（一九五五年〔著者の誤記。正しくは一九五六年〕）、エディション・ド・ミニュイ（一九五七年と一九六二年）、ビュシェ＝シャステル（一九六四年）、そしてフラマリオン（一九六八年）といった、ほかの出版社を支持することもあったということには着目しなければならない。二次以下の投票では、ジュリアール（一九五五年）、ドノエル（一九五八年）、そしてグラッセ（一九六八年）もまたクノーの票を獲得した。この記録から見えてくるクノーは、ガリマールの言いなりになっている男ではない。しかし、これらの出版社にとってもっと良いことがある。アカデミー・ゴンクールに在籍した二十五年間、レーモン・クノーは、ガリマールから出版して受賞に至った候補者に、一次投票では四回しか（一九五二年、一九五四年、一九六一年、一九七四年）、二次以降の投票でも四回しか投票していないのだ（一九五三年、一九五八年、一九六七年、一九七〇年）。したがって彼がもっとも頻繁に投じた票、つまり十五回は一次投票で（一九五三年、一九五五年、一九五八年、一九五九年、一九六〇年、一九六三年、一九六五年、一九六六年、一九六七年、一九六九年、一九七〇年、一九七一年、一九七二年、一九七三年、一九七五年）、そして三回は二次以降の投票で（一九六〇年、一九六三年、一九六四年）投じた票は、結局は受賞を逃したガリマールの作家たちに与えられたのである。これらの数字はそれ自体で雄弁だ。それはクノーの精神の自立性を物語り、またプレイヤード叢書部長であるロベール・ガリマールの証言を裏づけている。ガストンがロベールを派遣し、百科事典の責任者であるクノーを籠絡しようとすると、クノーはいつもきまって、彼の有名なあの続けざまの笑いの後ろに退避してしまい、そして……何も言わないのだった。いずれにせよ、彼はガストン・ガリマールの甥にさえ、何も約束しなかったのである。クノーのノルマンディ気質ということが語られたが、この地の農民社会に彼の家族が根を下ろしていたということはほとんど、あるいはまったくないのだから、それが正しいかどうかは疑問である。我々としてはむしろ、たいそうな留保、慎み、慎重さ、そして判断が不安定なものであるという意識が彼にはあるのではないかと思うのだ……。だがこのことは、彼が決断する人間であるということをまったく排除しない。

レーモン・クノーが賞の授与や新メンバーの選挙にまつわる論争や不和から逃れられなかったことは自明である。一九五四年、彼はサラクルーとともに「十人委員会」〔アカデミー・ゴンクールのこと〕にジャック・プレヴェールを推そうとして徒労に終わった。この件に関して彼はその後、当人に宛てた非常に美しい手紙で胸中を打ち明けている。プレヴェールに投じられた二票について本人に説明し、そのことについて彼に事前に知らせなかったことを詫びつつ……。

一九五五年、今度は自分が、ロジェ・イコールの大いに賞賛に値する反応を記すことになる。クノーは五回目の投票で「白票」を投じ、そのことでロジェ・イコールの受賞を確たるものとしたのだった。十二月七日、イコールは彼に自らの感謝の念を表明しつつも、その際、文学的嗜好の不一致ゆえに、彼の支持を得ることを最も期待していなかったと打ち明けた。ロジェ・イコールが望んでいたのは、クノーの度量の広さに敬意を表することだった。このような発言をした彼は、文学者たちにはきわめて珍しい知的な誠実さの高みに、正しくも自らをおいたのである。

一九五八年、フランシス・カルコに代わる新たな人物を選ぶ選挙が準備されていた。クノーは『日記』[12]に以下のように書きとめている。「エリアが私に会いに来た。〔……〕彼はボエールに賛成だ。理由は、（a）新しい人は《若い人》でなければばということ、（b）ガリマール社に忠誠を誓っていない人でなければということ。これによりケッセル、デュトゥール、ジュール・ロワ——そしてポーランが除外される。要するに彼の推す候補者はエルヴェ・バザンだ。彼が私に言うところでは、ポーランがボエールに手紙を書いて、自分を選出するよう提案したそうだ。私は、（ジャン・ポーランに派遣された）アルランが私に会いに来て、《ジャンに勝ち目はあるかどうか》尋ねたことを彼に語った。帰り際、エリアは私に、私が他のゴンクール会員、とりわけドルジュレスに対して大いなる威信を獲得したと言った。それは分からない。だがバザンは有利な立場にある」。こうした状況に押されるようにして、バザンは選ばれた。この一件以降、専門メディアは、レーモン・クノーがこの選出に反対していたと語った。そこでたとえばジェラール・ボエールは、『ヌーヴェル・リテレール』誌のジョルジュ・シャランソルに対して「クノーは『握りこぶしに毒蛇』の著者〔バザンのこと〕に投票しつづけた」と答えた方が良いと考えたのだが、それは厳然たる事実だった。ボエールは、十月六日にバザンが選ばれるために必要とした五回の投票の際、自分だけがクノーとともにバザンを支持しつづけただけにいっそう気兼ねなくそう断言できたのだった。

アカデミー・ゴンクールの面々が一九六〇年にヴィンティラ・ホリアにゴンクール賞を授与したとき、一九五四年にジオノが選出された時と同様に、嵐のような抗議が巻き起こった。というのも、ホリアの名は追放者リストに載っていたからだ。ホリアは、大がかりな報道キャンペーンによって元ファシストであると決めつけられ、ついには賞を拒絶した。クノーは、アカデミーの他のメンバーたちと同様、「レジスタンスと愛国者である被強制移送者および被強制収容者の全国連合」から憤慨した手紙を受けとったが、そこにとりわけ明記されていたのは以下のようなことであった。「自身のペンと行動とによって、ナチスによる犯罪の、死のキャンプの協力者の、そして人質の銃殺執行者の共犯者となった男の手に、栄光と名誉と褒美が落ちるなどということは、ナチス主義と人種差別主義の復権として現れると言うほかはない[13]」。

クノーはアカデミー・ゴンクールの一員として、記者たちの数え切れない質問に答えなければならなかった。たとえば、理想のゴンクール受賞者について訊こうとした『ガゼット・デ・レットル』誌のアンケート[14]がある。クノーはリュトブフ、次いでプラトン、そして最後にはホメロスの名を引くことでこの難局を切り抜けたが、このような答えではたいした結果とは到底言えなかった……。ジャン・フォランは自身の『備忘録[15]』の中でこう書いている。「ベアトリクス・ベックがゴンクール賞を得た日［一九五二年、『司祭レオン・モラン』で受賞］、彼［ジャン＝ピエール・ロネ］は友人たちといっしょに審議室にあらかじめ隠れていて、侮辱的なビラを投げつけながら姿を現した。アカデミー会員たちはほほえんだが、ドルジュレスは怒った。クノーは、押しとどめられた若者たちを持ち場から出してやったのだ……」。ジャン＝ピエール・ロネはＪＡＲ（「結集した若い作家たち」）という名の出版社を創立していたが、クノーはこの社のためにまったくもって度量の大きいところを見せ、長くて内容に富んだ序文を一九五七年に書いてやっている。[16]その中で彼は、学術的なフランス語と口語のフランス語について行った考察の本質的な部分をふたたびとりあげ、発表しているのである。このテクストを書いた当時、彼はたいへん興に乗っており、「クノーが描く言語学の図形（フランス語の静力学と力学）」[17]や「レミー・ド・グールモンによる過去のフランス語と現在のフランス語」[18]、「話す行為は不確実だ」[19]、『ジョルジュ・シャルボニエとの対話』[20]、「セーヌ県における会話」[21]、「動詞について」[22]、「カロリング朝の人々のおしゃべり」[23]、「話し方」[24]、あるいは「フランス語の顕揚へのささやかな貢献」[25]などといったいくつもの論文や作品の中で、これまで発展させてきた自身の言語学的な着想についてのきわめて網羅的な見取り図を描き出している。

クノーは次のように考えている。「言語に関するこれらの問いは、反対側からみれば、この選集に結集した六人の若い作家たち（JAR）が問うているある問題と並行関係にある。彼らは一つの《流派》を形作ることなく、同じ出版社で本を出すこともなく、同じ雑誌で共作することもなく、それぞれ異なった環境からやってきている。しかしながら彼らは、我々の社会を《脱神話化》するという欲望、本能、意志を共有しており、そのことによって、神話と称されるもの――使い古された先入観や迷信の名残にすぎない――で不当に利益を得ようとする者たちと対峙しているのだ。そして《脱神話化》という言葉からは、《脱迷妄》という意味もくみ取らねばならない」[26]。次いでクノーは、この紹介を発展させつつ、各々の著者について考察を進めてゆくが、J＝P・ロネの番になると、一九五五年一月五日の『アール』誌にすでに発表した彼の『十三番目の使徒』の分析を再び取り上げた。成功した一人の文人、五十歳になったアカデミー・ゴンクールの一員が、これほどの確信をもって若い作家たちを支えているのを見ると、励まされる思いがする。

彼はもう一人のお騒がせ男にも同じようにしてやっている。それはイジドール・イズーだ。たしかに彼は、ガストン・ガリマールに、イズーは偽の天才だと打ち明けたことがあった。とはいえイズーが興味深いアイデアの持ち主であることは認めていた[27]。そして一九六二年にイズーが再び困難に陥って、自分のためにアカデミー・ゴンクールに対して口を利いてくれとクノーに頼んできたとき、クノーはすぐさまサラクルーにそのことを打ち明けた。サラクルーはイズーに味方する手紙を書いたことがあったのだ[28]。アカデミーは九月二十五日の会議でそのことについて討議し、慎重に結論を出した。「各自が良いと判断すれば、個人的に署名をする」。「しかしながら」と報告書は付け加えている。「最も好意的な人たちですら留保を示していた」[29]。

レーモン・クノーはしたがって、アカデミー・ゴンクールの活動に積極的に参加していた。一九五三年[30]、彼はコレットの八十歳を、大いなる賛嘆を示した記事で祝っている。彼はこう書いていた。「文学と思想の歴史ではほとんど唯一のことだが、一人の女性が、真に女性的な叡知の諸原理を表明することができたのだ。しかもそれは、女性のための叡知ではない。彼女の省察は解放なのであり、かつシモーヌ・ド・ボーヴォワールが『第二の性』の最後で言っているように、《自然による差異を超えたところで、男性と女性が、疑いの余地なく互いの友愛関係を確実にする》ことを可能にするものなのである」。一九五五年五月二十一日にクノーは、みずからの青年時代におおきな影響を与えたヴェラーレンの生誕百年記念に際し、アカデミー・ゴンクールを代表してブリュッセルに赴く。彼は自分の初期の詩にこのベルギーの詩人が与えた影響を改めて喚起し、アカデミー宮での演説を、彼にとって大切なもう一つの考えを展開しつつ締めくくっている。「あらゆる国々にわたるたくさんの詩人や画家へのこれほど大きくまた豊富な影響に対応するものが、ヴェラーレンにおいては、普遍性という言葉の深い意味なのです。私にはこの意味が、科学の価値に対して彼が抱いていた関心を通じて現れているようにも思えます。《科学主義》が文人たちの目には流行遅れであるように見えていた時代にあって、彼は、詩が科学とは対立せず、科学もまた詩と対立しないことを見てとることができたのです。［このことは］私にとって、明日の文明の条件の一つであるように思えます。それがかつてはヴェラーレンの主要な関心事の一つであったのと同様に」。アカデミー・ゴンクールが一九六二年に、各メンバーの文章とヴァン・ドンゲン、ブラック、ピカソ、ヴィヨン、デュノワイエ・ド・スゴンザック、シャガール、ボーダン、マッソン、ブリアンション、そしてカルズーの挿絵を載せた『パリへのまなざし』を出版したとき、レーモン・クノーは「動くパリ」を寄稿した。独創的かつ斬新な視点で、彼は公共交通機関について考察しているが、その書き出しはこうである。「オフィスや店、工場や工房、美術館や薬局が《営業している》時間に通りを散歩しているこうした人々を見ていると、こんなにも暇がある彼らはいったいどのような人なのだろうかと考えてしまう。幾人かのまれな観光客を別にすれば、そうした人たちは引退した老人たちや、散歩させられている年端のいかぬ子どもたち、市場に向かう主婦でしかありえないのだが、彼らの行動区域はかなり限定されているので、なぜ、彼らが使えるように公共交通手段を設置する必要を感じたのかがわからないのだ。［……］」。

一九六七年十二月十二日、アカデミー・ゴンクールでは、「G・ボエールの後継者についての問題に切り込もうとする者が誰もいないまま、昼食会が進行した。R・ドルジュレスがついに意を決して、アルマン・ラヌーの名を投げかけ、それはぎりぎり過半数の支持を確保するように思われた。だがこのことに関してレーモン・クノー、ジャン・ジオノ、そしてフィリップ・エリアと事前に連絡を取っていたA・サラクルー――クノーらもそれ以前に互いに連絡を取り合っていたわけだが――が、アラゴンの名を推してくる。［……］クノーによって電話口に呼び出されたアラゴンは、ドルジュレスが大っぴらに自分の意向を打診しているということを理解する。彼は原則として、我々と共に座を占める気になっていることを明言する」[31]。十二月十五日、彼は全会一致で選出されるが、一九六八年の十一月十八日に辞任することになる。

アラゴンのアカデミー・ゴンクールへの選出は、サラクルーとクノーの大いなる協調を明るみに出すことになった。投票は時おり食いちがったものの、彼らは頻繁に共同戦線を張ったのだ。この二人の作家は互いに尊敬しあい、また互いに支えあっていた。一九六〇年、ポール＝ルイ・ミニョンは、「理想の書棚のために」叢書でサラクルーの巻を発行した際に、クノーの文章を載せたのだが[32]、そこではためらいなくこう断言されている。「アルマン・サラクルーは、我々の時代にあって最良の散文作家の一人である。さらにその確信を強めるためには、『シャルル・デュランの生と死に関する覚書』や『私の道徳的そして政治的な確実性と不確実性に関する覚書』、そしてコルネイユ（同郷人だ）のように、彼の演劇全集版で戯曲作品に添えたあとがきや解説を読めば事足りる」。逸話として書くならば、クノーはこの論文の中で、サラクルーと「ル・アーヴル・アトレティック・クラブ」〔ル・アーヴルのサッカーチーム〕への興味を共有していることを興に乗って思い起こしている。「これはフランスで一番古いふっと〔フットボール＝サッカーを表すfootをフランス語風にfouteと表記している〕のチームで、ユニフォームはケンブリッジの色とオックスフォードの色の半々の染め分けになっている」。しかしながらクノーは、サラクルーも彼も『ジュルナル・デュ・ディマンシュ』紙で試合の結果を読むだけの「受け身のサポーター」であるとはっきり述べてもいる。

クノーはつねに自分の生まれた町に対する関心を明言してきた。たしかに彼は、高等教育をきっかけに生まれた町から逃れられたということについての満足感を隠さなかったし、パリに住むことにどれほど喜びを感じているかを隠すこともなかった。それでも彼は、市庁舎広場にあるドンブルや、フォッシュ大通り八十一番地のラ・ヴィジーで行われるサイン会のために定期的にル・アーヴルに戻ってきた。他方、彼はル・アーヴルにまつわる作品や資料を収集してもいた。一九四九年には、当時はまだジュール・シーグフリート男子技術学校でしかなかった学校の校長テオドール・ネーグルが出版したばかりの都市地理学の研究について問い合わせている。一九五七年、彼は探索の結果、ついにゲネゴー書店でA・ルシュヴァリエの著作『ル・アーヴル郡の体系的書誌』[33]を見つけた。彼は自分の関心を周囲の人にも話したにちがいない。というのも、ピエール・ジョスランがジャム社のカタログにアルフォンス・マルタンの著書『ル・アーヴル四百周年――十二世紀から十六世紀までの起源』が載せられていることを彼に知らせてきているからだ。さらに収集家クノーは、自分の生まれた町にまつわる歴史資料も、とりわけ革命期については欠かさず購入した。彼はM・デュボワゼメの「飼い主のあとをついて走る犬が描く曲線」についての研究を保存している。それはこのように始まる。「X年の収穫月〔フランス革命暦の第十月〕、ル・アーヴルにて、引き潮のせいで露わになった砂浜の上を私は走りはじめる」。また彼は、一七九三年三月三日に国民公会の出した政令、すなわち海上関係登録簿に登録されずに河川や運河の国内航行に従事しようとしている市民に関するものを保有している。さらには一七九〇年八月十六日、十九日、二十一日の政令。これは将校、海軍下士官、下士官、水兵、兵士、ならびにその他の海軍、港湾、海軍工廠に勤務している人物が犯した過失や軽犯罪に課すべき罰に関するものだ。また一七九三年二月二十八日の国民公会の政令。こちらは港の労働者、勤務者等々に支給される手当ての支払いに関するものである。クノーは一九六七年三月に生じた大波に関するもののような、ル・アーヴルについてのもろもろの記事も保管している。彼の内面では知的好奇心が絶えず活動しているさまが見てとれる。またごく当然のことではあるが、ル・アーヴルの文学界の情報もたくさん集めている。美術一般とは縁のない、実業界のブルジョワジーが存在していたにもかかわらず、ル・アーヴルの文学界も常に一定程度の豊かさを示し続けていた……。そこから「ル・アーヴル文学肖像(34)」が生まれたが、それはたいへんしっかりとした資料で裏付けられたものだったので、今なお参考文献としての地位を保っている。

クノーの百科事典的知識(35)は、彼の同郷人アルマン・サラクルーと比べると完全に抜きんでており、サラクルーもそのことを快く認め、クノーに賛辞を贈ることをやめなかった。「理想の書棚のために」叢書の著作『クノー』のために、ジャック・ベンスが一九六一年から一九六二年にかけて資料を集めたとき、サラクルーの証言を冒頭に置いたのはまことに正しい。サラクルーは、アンドレ・ビイが口癖のようにクノーにこう言っていたことを回想しているのである。「ねえクノー、あなたは何でも知っているから……」。ついでに言えば、サラクルーはクノーの人柄の二つの重要な側面を強調している。一方で「無口で物静かであると同時に、強情だ」とサラクルーはみなしている。「何ものも「アカデミー・ゴンクールにおける」彼の投票を変えさせることはできないだろう。私たちの幾人かは――私自身もそうだが――自分たちが気に入ったものに比べてさほど好きでない本に味方することがある。そうしなければ別の本が賞を獲ってしまいかねない場合にそうするのだ。しかしこうした物の見方こそ、それを前にしてレーモン・クノーが目をつぶるものなのである」。他方では「ドストエフスキーが自分の作中人物の一人について言っているのと同様、《この男は驚くほどに無口だ》。いっしょにいると悲しくなるというわけではまったくないのだが、慎み深いのだ。それは本心を隠しているのではなく、恥じらいである。直截な質問をする者に対しては、彼は飾らずに無言の驚きでもって答えた。もし相手が食い下がれば、彼は眼鏡をはずし、それを拭き、そしてその沈黙の中で、どっと笑い出すのだ。これが彼の返答である。そしてもし相手がまだそれを理解せずさらに食い下がったら、そのときクノーはこう答える。《なんておかしな質問だ！》そしてもう話さなくなるのである」。

実際レーモン・クノーには、見知らぬ人たちがいるところでは口を閉ざす方を好んだ話題がいくつかあった。健康の悩みもその一つで、彼がそれについて打ち明けることはほとんどなかった。とはいえ彼は、気管支炎や喘息の発作により、定期的に寝込むことを余儀なくされていたのである。彼は自らの『日記』を大幅にカットしたが、それでもいくつかの気がかりについては言及がある。一九五七年十一月の終わり、彼は自身の状態を「ぱっとしない。気腫が増大している」と判断し、また以下のように付け加えている。「脇腹の痛み（鬱血？）がつらい。肝臓もあやしい。微熱状態。昼寝の時間を長く取るが眠りの質がさえない。あきらめて医者に行くことにする」。十二月には彼はこう書き留めている。「私は目下、塩を抜く食餌療法やエヴィアン水を実践している[36]」。このように、精確なことは何も書いていない。慎み深さが厳密に守られているのである。

続いているYとの関係においても事情は同じだった。彼と近しい人や知り合いはこのことをはっきり知っていたが、恋人たちは身を隠し、自分たちの愛について全面的に沈黙しつづけていた。彼らはしばしばバー・デュ・ルーヴルで会い、毎日手紙を書き合って彼らの幸福を歌った。いっぽうが困難にあるときは、もういっぽうが力づけた。Yはレーモンの成功を喜んでいた。その彼は、ときおり彼女にこんな詩を書いてよこすのだった。

木曜日《ジュディ》
私は言う《ジュディ》
愛している《ジュテーム》と

この熟年のカップルが示す素朴さ、率直さ、歓喜、熱狂は感動的である。彼女は彼の忍耐力、熱意、快活さ、善良さ、忠実さ、そして慎み深さに感嘆した。離れているとき、Yは彼にカミュとサルトルの論争について、あるいはガストン・ドフェールやジャック・ラカンが彼女の前で語った言葉について知らせた。また彼女は、コジェーヴに対する感嘆を彼と共有していた。コジェーヴはたいへんに知的で逆説的でかつ独創的である、というものだ。彼女はボリス・ヴィアンの死を知ったときのレーモンの苦しみを理解した。そして彼女自身も、自分の夫の早すぎる死という試練に見舞われた。確かに彼女は夫を裏切っていた。しかし夫がいなくなってみると、彼に依存して生きていた彼女の世界は崩壊してしまったのだ。そのときレーモンはそばにいて彼女を力づけ、そして彼女に希望を取り戻させた。おおやけに一緒になっているカップルでも、これほどしっかりと結びつくことはないかもしれない。

しかしジャニーヌ・クノーがこうした事態を甘受することはなかった。彼女は、ときには客たちの前でも泣いたりわめいたりを繰り返した。カジミール・ピネル通りの隣人たちは、真夜中でも騒音を耐えしのばなければならないことについてときおり不平をもらすようになった。ジャン＝マリーは兵役に就いた後にアルレット・レリと結婚したものの、すぐに離婚することになる。彼の両親が、自分たち自身に関してもこのようにする可能性を検討したことがあるかどうかは分からない。この点についてはいかなる打ち明け話も、我々の知る限り存在しないのである。この夫婦の仲はしだいにまずく、さらには非常にまずくなっていくという印象を与えるが、しかし同時に彼らは決定的な破綻を望んでいないといった感じだった。レーモンとジャニーヌは、明らかに互いに愛着を持っていたのだ。

人生は続く。レーモン・クノーは相変わらずパリの文学・芸術のお歴々のうちの一人物であり、頻繁に招待を受けた。彼は一九五三年二月、ヴァンサン・オリオール大統領によってエリゼ宮に招かれ、そして翌年にはコティ大統領夫妻と面会する。「五四年二月二十二日。『ジジ』の総稽古（クズだ）。サラクルーが私をコティ夫人に紹介してくれる、《ル・アーヴル人です》と。

『クノーさんといえば、よく知られた名前ではないですか。あなたのご両親は大手のメリヤス業者でしたでしょう』。

『いやいや！　大手だなんて…………』。

『私はあの方々にうちの顧客をお任せしたんですよ。たいへん実直な方々でした[37]……』」。

クノーはヴァンサン・オリオールとド・ゴール将軍からの招待状をいくつか保存していた。一九六六年、彼はソヴィエト連邦の閣議長、アレクセイ・コスイギンに敬意を表する歓迎パーティに参加している。

しかしクノーは概して芸術界のほうを居心地よく感じていた。『オプセルヴァトゥール』誌は次のように書いている。「本日六月四日、ブラッスリー・リップで、議長レーモン・クノーの協力的な眼差しのもと、ベルギーとフランスの若い作家たちが親交を結ぶことになっている[38]」。パリのハンガリー学院理事長は、一九五五年一月二十六日、小説家カールマーン・ミクサートに捧げられた夕べの議長としてクノーを招いた。またクノーは一九五八年一月二十六日、オリヴィエ、ピヨーの両氏の紹介でフランス考古学協会に入会を認められている。彼は講演を頼まれることもあり、一九五六年にはチューリヒに赴いて『プレイヤード百科事典』について話をしている。ああ！　それは痛烈な失敗であった！　十月二十五日、後援会の主催者たちが彼にこう書き送っている。「ご講演の翌日というこの日に［……］、我々は、ご講演が聴衆の間に引き起こした不興のゆえに、当方に取りましても残念なことではありますが、貴殿の第二回目の講演を断念せざるをえなくなったことをお知らせする仕儀となりました。［……］我々の期待は手ひどく裏切られました。一部の聴衆たちの反応は、もし今晩あなたがどうしてもお話しになるということでしたら、学生による示威活動を危惧しなければならないほどのものでした。〔……〕」。とはいえシュルレアリスムの大いなる時代以来、クノーはおとなしくなっていたのであり、一九五六年に、挑発者としての彼の姿を想像することはなかなかできない……。彼がその晩、あまりに勝手気ままに振る舞ったというのなら話は別であるが……。

旧友たちは彼のことを忘れていない。彼とのつきあいを保っていたジャック・バロンは、一九六一年二月二十七日、〈ご立派な定期刊行物《グランド・エ・ボンヌ・プレス》〉と『帝国の建設者』〔ボリス・ヴィヴァンの戯曲〕に関する教義的パタフィジックの考察に興味を抱いたと知らせてきた[39]。バロンはこの機会に国立土木学校の刊行物一巻を同封してきた。彼自身が協力していたその冊子には、ボリス・ヴィアンのこの戯曲にページが割かれていたのである。彼はこう述べている。この「機関誌はパタフィジック科学に飢えており、親愛なるグラン・コンセルヴァトゥールOGG〔コレージュ・ド・パタフィジック内における尊称〕であらせられる貴方や貴方の卓越した協力者たちに喜んで欄を委ねるでしょう」。同じような懇請を多数受け取っていたクノーは、つきあいの長い友人からのものであったとはいえ、この求めには応じなかった。だがこのことから、彼があらゆる要求に対して耳をふさごうと決心していたと結論づけてはならないだろう。たしかにそうではない。彼はとりわけ、困難な状況にある人々に対しては注意深くあり続けようとしていたのである。例えばR・カルリエは一九六五年五月十三日、レーモン・クノーが彼に推薦したジャン・ルーブに関する手紙をクノーに宛てて書いている。カルリエは病院にいるルーブに会いに行き、彼が国立文芸基金の補助金を得ることができるよう、最初の手続きをおこなったのだった。また学生たちに関して、レーモン・クノーはたいていの場合彼らを柔軟に受け入れる姿勢を示している。一九六〇年六月二十日、彼は自分がその論文を読んだクロード・ドーベルシの口頭試問を気にかけ、彼にいくつかの指摘を書き送っている[40]。ドーベルシは「レーモン・クノーにおける言語遊戯」という題名の分析を行っており、その結論をリール大学で発表することになっていたのである。

年齢を重ねて、クノーはフランスの文学界の主要な証人になっていた。すでにモーリス・ナドーが自身の『シュルレアリスムの歴史』[41]のために、彼の助力を得て、その資料を借りていた。ユルシュラ・ヴィアンの助言を受け、ボリス・ヴィアンが構想していた三次元ゲームのことで一九六五年に彼の意見を求めてきたのはノエル・アルノーであった。それは、重ねて置かれた複数のチェス盤でおこなうゲームであった。一九六二年には、ピエール・ベルジェが、ピエール・マッコルランの八十歳を祝うためにクノーに声をかけ、そのための委員会に入ってもらうことに成功したのだが、そこにはロラン・ドルジュレス、ギュス・ボファ、ピエール＝ルネ・ヴォルフ、ジャン＝ピエール・シャブロル、ジルベール・シゴー、ジャン・クヴァル、ニノ・フランク、そしてピエール・ベアルンといった人々が集っていた。この輝かしい委員会は、並外れた品質のパイプと、機械じかけの鳥を贈ることにしたのである。

『ヌーヴォー・フェミナ』誌にクノーの参加をとりつけたロジエ・ニミエは、ジャック・バロンよりも幸運だった。彼の請願の書きぶりは、確かに才気に満ちていた。彼はパリを紹介する記事にクノーの協力を仰ぎたいとして、電話をかける旨を記すが思い直し、NRFには電話はあるのかと自問する……。確かに、レーモン・クノーを電話でつかまえることはなかなかできなかった。だがニミエは連絡を取りつづけ、スペインに行くので葉巻一本とソンブレロ一つ、独裁者一人と密輸入者一人を持ち帰ってくると告げている。一九五四年の『ヌーヴォー・フェミナ』誌にクノーが書いたパリに関する記事についてはまったく分かっていないが(42)、四月に「リボンと橋」がこの雑誌に掲載された。これは以下のように始まる奇妙な文章だ。「雨の降る日曜の春の午後、何をして過ごせば良いのか分からないとしたら、こんなことをしてみることもできるだろう。何でも良いが柔軟な素材を帯状に切り抜き、それを捻ってから両端を貼りあわせる。[注——より正確には、四つの角に、以下の順番で番号がふってある。

一　三、

二　四]

四を一の上に、それから三を二の上に貼りあわせること。

こうしてメビウスの輪が手に入る。これは単純だが申し分のない特性に恵まれた幾何学の図形だ。ここではその特性のうちの一つについて強調しておこう」。

次いでクノーは、ことさら愛着を抱くSFに関わる考察へと我々を誘《いざな》う。彼は一九五三年十月二十九日に『アール』誌において、「超命題協会」へと改組された「博識冒険家クラブ《サヴァンチュリエ》」の規約が採択されたことを自ら告知している。この重要なできごとが起こった会合は、この告知の一週間前にフランス・ロッシュとジャニ・ショヴォー両女史、またベルジエ、カルリエ、カスト、ピロタン[別名スティーヴン・スプリエル]、クノー、そしてヴィアンの各氏が出席して開催された。体調不良のオーディベルティ氏と都合のつかなかったル・リヨネ氏については欠席が認められた。「私たちがまだ単なる秘密結社にすぎなかったころ、そして博識冒険家クラブ(当の秘密結社)がラ・ルリユール(すでになくなってしまったバー)で集まり、そこでボリス・ヴィアンの発明による美しい青色のカクテル《ギャラクシー》を飲んでいたころ、私たちの頭にあったのは、人類の歴史の流れを変えること、西洋文化の廃れた枠組みを粉砕すること(廃れたもののみである……)、そして現代文学の無気力の上にSFの原子爆弾を投げ落とすこと、ただそれだけであった」。最後にレーモン・クノーはSFの定義を示すのだが、これがとりわけ興味深い。「それはいわゆる《先取り》小説のことだけではない。それはSFの一側面、多くは単に《アインシュタイン以前の一側面でしかない。他方私たちは、《オカルティズム》、《伝承》、前科学的な《驚異》に基づいたもの、それからアメリカ人が《奇妙な物語《ウィアード・テール》》（背筋をぞっとさせるような話）〔アメリカに一九二三年創刊の同名のSF雑誌がある〕と呼ぶものに基づいたものすべてを考慮することを拒むものである。［……］SFの中には《科学》がある。SFの作家は《創意工夫に富む》のでなければ好まれない。無根拠はその人の強みにはならない。［……］科学は数々の現実の驚異を提示する。そうした現実の驚異から、SFは、そのほかの驚異を想像するのである」。

クノーは一九五八年六月十八日の『アール』誌のアンケートに答えて、再びSFの問題に立ち戻るが、今回はそれほど踏み込んだことを述べていない。おそらくアンケートというものに対して飽きていたのだろう。自分なりの定義を述べるよう問われて、彼はこう表明するにとどめている。「アトレウスの一族をウラノスの一族にとってかわらせること〔ウランを念頭に置いている〕」。こうした作品を読むときに追求されるはずの楽しみに関しては、「先入観を核兵器で粉砕すること」と述べている。唯一内実のある答えは、彼が重要な作品を引き合いに出すときに示される。彼はこう述べる。「私が思うに、SFの真の愛好者たちは皆、ステープルドンの『最初にして最後の人類』をあげるだろう。私はといえば、シマックの『都市』を偏愛しており、それからスタージョンの『夢見る宝石』と、ヴァン・ヴォークトの『非《ナル》A』シリーズは特に高く評価している。社会派SFの分野では、デーモン・ナイトの『地獄の舗道』とジャック・ヴァアンスの『永遠に生きる』が、意義深い作品だと感じられる」。記者たちのアンケートに答えることに退屈しきった彼は、煙に巻こうと簡潔な表現へと逃げ込む。「あなたは何をプレーしますか？」と一九五九年に彼は尋ねられている。[43]「ペタンクと、四二一〔サイコロでやるゲーム〕」と彼は明言している。こんな答えではほとんど展開はない……。ヴィクトール・ユゴーが未来の詩人かどうかという質問[44]に対しては、偉大な価値のある詩句とほとんど価値のない詩句との間で引き裂かれる思いだと告白している。しかしながらこう付け加えている彼はとりわけ厳しい。「『リュイ・ブラース』に関しては、エドモン・ロスタンを立派に見せていると思う」。前衛の存在あるいは消滅についてのあいも変わらぬ考察に対して、[45]彼は無意味でもないはぐらかしでもって答えている。「質問の趣旨はたぶんこういうことでしょう――世界はシュルレアリスムとともに止まってしまうのか？　それに対しては、いかなる道理にかなった答えも（あるいは常軌を逸した答えですら）ありません。もちろん不条理な質問です。これにはいと答えるのは常軌を逸していると思われますが、いいえと答えることは不愉快に思われます」。

一九五八年に彼は以下のように明言している。[46]とはいえこれは、彼が相変わらずシュルレアリスムと縁を切っておらず、それなりに愛情を持ち続けていたと言っているようなものであろう。「私は自分のやっていることにおいては、完全にシュルレアリスムと切れている。［……］」。むしろ「エリュタレティル[47]

〔「リテラチュール〔文学〕」を逆さに綴った語〕」に拠ることにしよう。この題の文章の中で、クノーはアンドレ・ブルトンに敬意を表し、以下の点を強調しているのだ。「奇抜さ、気まぐれ、創意、発見、知的冒険、精神的冒険。これらがシュルレアリスムを方法の道から脱出させてくれたのである」。しかし彼、レーモン・クノーもまた、これらの美点をすべて有してはいなかっただろうか。

クノー自身はいつもあれほど控えめに、心を明かさないよう努めていたが、彼の書く論考はその嗜好を裏付けたり、あるいは明かしてくれたりする。そのため、彼の論考の大半はたいへん興味深いものとなっている。彼がクリストフの漫画に熱中していることは知られており、自分でもそのことを『レクスプレス』誌[48]で説明している。またフランソワ・カラデックの『クリストファー・コロンブス』[49]にも序文を寄せている。ジョルジュ・バタイユとの強い結びつきも知られていた。一九六三年には彼は『クリティック』誌の特集号[50]に参加してヘーゲルの思想とバタイユの思想の間にある関係を定義し、こう結論づけている。「二十年近くの間、彼はヘーゲルに、あるいはむしろ、フランスにおける哲学書の読者公衆がかわるがわる発見してきたさまざまなヘーゲルに直面してきた。真なるものをついに知覚することで、彼は自分自身を知った――根本的に非＝ヘーゲル的なものとして自分自身を知ったのだ。だが彼は、他に比類のないものであると自ら述べたその教義を知った後でのみ、この自己認識が生じることを知っていたし、またそれに還元はされないが、媒介されたものとして自己自身を認識していたのである」。

かねてよりクノーは、ブラヴィエと共有する異様な人々に対する情熱について語っていた。その情熱は、ジャン＝ピエール・ブリッセ[51]、シャルル・フーリエ[52]そしてグランヴィル[53]についての考察に再び現れている。なかでもブリッセについてのテクストの冒頭は強烈だ。「各自が知るように、神学《テオロジー》とは、主として十七時ごろ、つまり、《住《テ》まい《オ》でのお《ロ》茶《ジ》》の時間に培われる学問である。なにしろ次のように言うものだから、この学問は高みにあることを取り扱う。《きみは高《テ》きものだ《オ》、住《ロ》まい《ジ》よ、なあ?《アン》〔テオロジアンは「神学者」の意味となる〕》しかしながらこの学問分野に、盲目的無分別の源をみとめることもたやすい。というのも、これは《住《テ》まいに《オ》ける《ロ》角膜《ジ》白斑《ー》》だからだ」。これくらいにしておこう……。別の一節は、自由思想家としてのクノーのイメージを作り出すのに貢献したという理由で注目に値する。彼はこう書く。「あらゆるカテゴリーの司祭たちに女司祭たち、教皇に女教皇たち、神父たちに女神父たち、僧侶たちに女僧侶たち、修道士たちに修道女たちは、人間に化けた悪魔である。彼らがそれとわかるのは、雄が公然とは雌のところに通ったりはしないからだ……。［……］カトリック教会は海から陸に上がってきた。それは水の上に戻ってゆく古い世界だ……。悪魔は結婚しないものであるがゆえに、司祭たちとその宗教上の同業組合の成員たちはまったく結婚しない。雌は全員雄にとって共有のものだったし、逆もまた然りであった。〔……〕Ｊ＝Ｐブリッセはしばしば、司祭のこの両生類的性質を考慮する」。これはブリッセについて述べたことであってクノーとは無関係なのだが、この二人の間に混同が起こり、その結果彼は反教権主義の陣営に引き入れられた。たとえば一九六〇年十一月に、ジャン・レスキュールがランスでおこなった、モレル神父の絵画に関する講演が引き起こした動揺は、これによって説明できるだろう。「ジャン・レスキュールはレーモン・クノーがスリジーの十日間〔この年に行われたクノーをめぐるシンポジウム〕の際に、三冊にのぼる自身の本をかの神父に献呈したと語ったようだ。三日間で三冊、増してゆく愛情の印とともにそれは渡された。心の高ぶり（ランスはパタフィジックのゆかりの地である）、〔クノーのブラヴィエに対する〕否認、そしてとりわけ、このコレージュ〔・ド・パタフィジック〕の『資料』第十三号八十八年砂月二十五日〔世俗暦六〇年十二月二十五日〕に掲載された、コレージュの現状確認がそこから生じたのである」[54]。このコレージュの宣言には、次のような特筆すべき言葉がある。「ジャン・レスキュール摂政は、レーモン・クノー太守が献呈した書物に関して〔講演の報告の中で〕述べられている逸話について、それが〔……〕、まったくもって捏造であることを明らかにしたいと、自ら我々に願い出た」。クノー自らはブラヴィエに宛てて次のように付け加えていた。「あなたは私より、対処の仕方を心得ていらっしゃる!!!」いわば無駄に大騒ぎをしただけであった。とはいえクノーとモレル神父との関係はたいへん心のこもったものであった。一九六三年二月、この聖職者はパタフィジシアンを、親切にも自分の展覧会のレセプションに招待したほどである。

シャルル・フーリエについて、クノーは「自身の名を冠した級数を初めて扱った者」であるジョゼフ・フーリエと区別しつつ[55]、「この著者が《戯言》の中に仕込んだユーモアの部分が明確にされることが実は一度もないままに、その時代の沈着な精神の持ち主たちを冷笑させた奇抜な考察」について指摘した。クノーはシャルル・フーリエの百科事典的な、とりわけ天文学の知識に感じ入ったのであった。「彼にとっては天文学と（政治的）ユートピアが緊密につながっている。というのも、人間社会の無秩序は地球そのもののふるまいに影響するからだ――現代では驚くにあたらないはずの見方である。もっとも、ついでに言っておくならば、フーリエのたくさんの突飛な物の見方は今や突飛ではなくなっているか、あるいはＳＦ的な観点とより合致するようになっている」。ＳＦに対するクノーの偏愛は、シャルル・フーリエの労作に目を止めたことを正当化しているようだ[56]。

一七四六年四月二日にル・アーヴルで生まれた同郷人クザン・ド・グランヴィルに対する彼の興味も、同様に説明される。事実クノーは彼のことを空想未来小説の先駆者とみなし、その根拠を示すべく『最後の人間』の第一の歌の冒頭を引用しているのである。「マルミレスの廃墟に近いところに、死の洞窟と呼ばれるほどシリア人たちから恐れられている人里離れた洞穴がある。これまでそこに入った者は皆ことごとく、ただちに自らの大胆さの罰を受けたのだった。語り伝えられているところによると、大胆不敵なフランス人たちが武器を手にその中に入り込んだのだが、のどを掻き切られ、ふたたび暁が訪れるときには、あたりの砂漠に彼らの手足が散らばっているのが発見された」。グランヴィルの文体はあまりにも当時の流行に乗りすぎているとクノーも認めているが、しかし彼のことを「軽蔑すべきではない」作家と見なしている。

彼は同業者たちに対してかなり熱狂したところを示すときもある。ヘンリー・ミラーのパリへの帰還を「不死身の人」の帰還として称えたこともあれば[57]、逮捕後に勇気ある態度を示したデスノスに思いを馳せ、その思い出を讃えたこともある〔デスノスは一九四五年にチェコスロヴァキアのテレージエンシュタット強制収容所で死亡している〕[58]。アルベール＝マリー・シュミットについては、「他のどんな人よりも、風変わりで奇抜な文学をよく知っている。それも十六世紀のもののみならず、中世から現代にいたるまで」と賛辞を献げている。そして一九四六年に『リュ』誌に寄せたジャック・プレヴェールに捧げた詩を再録しているが、それはこのように始まる。

詩句でもって歌でもって
ジャック・プレヴェールは狩りをする
鯨狩り
お酌係狩り
船長狩り
中隊長狩り
大司教狩り
坊さん狩り

たくさんの批評家がイヨネスコの『椅子』を非難しているとき、クノーはこの戯曲を支持した[59]。数年後[60]、彼はあらためてイヨネスコの演劇と、言語を丸裸にしようとする彼の意志とに興味を持った。そうしたことはいかにもクノー好みであったのだ。彼はこの分野におけるマルセル・デュアメルの諸々の試みと、彼が示した「フランスラング〔フランスのスラング〕とアメラルゴ〔アメリカの俗語〕〔アルゴ〕の中間」[61]である新しい言語を創り出すための努力も高く評価している。クノーはまた、一九六五年十一月に、オリヴィエ・ラロンドの代数学に対する嗜好を称賛する記事を書いている[62]。「彼はいくつかの問題の文面の後ろに隠れているうまい手をすばやく見つけだし、偉大なる知略を発揮するのだった。要するに、彼は才能があったのだ。彼ならば、詩と数学の間にまったく懸隔を認めないという人々――あまりに珍しい人々だ――の仲間入りができたかもしれない」。同年クノーは、マルグリット・デュラスの小説に関する報告の一部を公にした[63]。たとえば『辻公園』（一九五五年）について彼はこう書いていた。「M・Dのうちには、自身の芸術の革新や深化という配慮があるが、それは、女流作家においてはざらにあることではない。

おそらく彼女はこの点でコンプトン＝バーネットに影響されたのだろう。また現代演劇（ベケット、イヨネスコ、そしてタルデューまでも）のいくつかの傾向も想起させる。しかしこれらは、厳密な意味での影響というよりも、むしろ彼女自身の独創性を探し求めるためのきっかけである」。クノーはゾエ・オルダンブールの小説『隅石』[64]の紹介文、あるいはアラン・ギュエルの『石の男』[65]についての考察といった論考を残しておくことまでした。そこでは、アイルランド軍の二人の将校がチェスをしているようすが見られる。バークという大尉が白側である。対戦相手のコリンズ中尉は、十分後に自分のルークを移動させ、ついで自分のクイーンを取られる状態になってしまう。大尉はまばゆいばかりの手並みでプレーし、じきにその試合に勝つのであった。

当然のごとく、レーモン・クノーはいたるところから序文や前書きないしあとがきを請われ、たいていの場合は、共感あるいは友情の名のもとにそれを実行に移した。カトリーヌ・ソヴァージュ、ジャン・ブルッソルとアンドレ・ポップは、一九五六年、自分たちのレコードのジャケットに数行の言葉をもらった[66]。翌年のジャック・ファブリについても事情は同じで、そのときクノーはある打ち明け話を残している。「私がドラネム〔フランスの歌手〕を愛することを学んだのはアンドレ・ブルトンのところでである。ブルトンは、カフェ・コンセールのこの名高い代表者のレコードを次から次へとかけて招待客たちを喜ばせていたのだ」。またクノーが、オリヴィエ・ユスノ[67]やフレール・ジャック[68]、ミシュリーヌ・プレル[69]、そしてジュリエット・グレコ[70]のために文章を書いていることを知っても驚くにはあたらないだろう。他方、一九五三年にクノーは『心臓抜き』[71]のとある版でこう断言している。「ボリス・ヴィアンは教養があって育ちのよい男であり、国立高等工芸学校を出ている。それは何でもないことではないが、それがすべてではない。ボリス・ヴィアンは、ポケットトランペットを誰にもまして巧みに吹き、フランスの地下音楽酒場の革新者の一人となった。彼はニュー・オーリーンズのスタイルを擁護したが、それだけではなかった。〔……〕ボリス・ヴィアンは美しくて風変わりで悲愴な本を書いた。『うたかたの日々』は現代の恋愛小説の中で一番胸を刺す作品だ。〔……〕『北京の秋』は難解で知られざる作品だが、それだけではない。というのもこうしたものすべては、まだ何でもないからだ。つまりボリス・ヴィアンはボリス・ヴィアンになるのだ」。クノーはジャン・ロスタンによる『生物学者の覚書』[72]の紹介に貢献すらした。この作品について彼は「思考や箴言、省察を書くには大胆さが必要だ。科学を進歩させるのと実に同じくらいの大胆さが。しかしジャン・ロスタンはその両方の大胆さを持っている。彼は近代的な人間であり、したがって未来の人間、自由に考える人間、自由人である思考の人だ」。クノーは一九五九年にリーヴル・ド・ポッシュのために書いた『ブヴァールとペキュシェ』についての自らの省察と関連づけ、次のように結論づけている。「百科事典ウィルスから回復するのは容易ではない。それがアリストテレスやセビリアのイシドールス、そしてライプニッツをどこに導いたのかは知られている。ジェイムズ・ジョイスもこのウィルスに冒された。ラブレーもそうだ。そして彼らと同様、フローベールはこの病を優雅に、つまり美的に扱った。《美は真である》。事実の無限の群れ《ホルド》は今や彼の選択によって選り分けられ、そこから解放された彼は、正当にこう書くことができるわけなのだ。《この本はその巨大な射程によって私の目を眩ませる》。そして目を眩まされた彼と同様に、私たちは、この本の著者とともにこう叫ぶことができるのだ。《なんて本だ！》と」。レーモン・クノーは『異言語のアザミ』の著者、アントワーヌ・ルモワーヌに、詩集が出版されるのに先立って、以下の数行の言葉を送って激励している[73]。「これはとても良い、つねにとても良いわけではないが、しばしばとても良い。これらの詩をとある雑誌に送らせてもらいました。敬具」。しかしながら彼は、数年後ジャン・クヴァルに対して、それがただ単なる礼儀からだったと、そして、著者から頼まれなければこの作品の序文を書きはしなかっただろうと明言している。

『イグアナ』[74]におけるジャン・ブランザの幻想趣味をほめそやしているときのクノーは、心底から真摯であると見てとれる。彼はこう書いている。「意表を突くほどの独創性、まったくもって個性的な幻想趣味であり、私はこれについては先駆者を知らない」。この作家の書く物語は戦慄を起こす。「もしネコたちがこの本を読んだなら（私たちが読むに至っている以上、そういうことがないとはどうして言えようか？）、彼らは総毛立っていることをあらゆる徴《しるし》で示すだろう。人間には見えないものがあたりを通るのに気づくときのように。ブランザは、私たちに向かって差し出す鏡によってそうしたものを発見せしめるのだ。『卵と蓋然的な鳥』のこの著者は、以下のマラルメの文に自身の署名を添えることもできよう。《私に〈存在〉を映し出した〈鏡〉は、たいていの場合恐怖であった》」。

アンドレ・サルモンの熱烈な崇拝者であるレーモン・クノーは、彼のことを、アポリネール、マックス・ジャコブ、サンドラールと並ぶ現代詩の創設者の一人であるとためらうことなくみなしている。彼は第一次世界大戦後のサルモンの着想の変化を敏感に感じ取っている。「人類の時代」に見られる、一九一四年から一九一八年の崩壊の後で生まれようとする世界についての問いかけを彼は評価するのだ。また彼は、『債権と格子縞』でのサルモンのうちに、シュルレアリスムの先駆者の一人を見ている。

クノーは一九六七年にセゲルス社の「今日の詩人」叢書でジョルジュ＝エマニュエル・クランシエを紹介し、他方では幾度かアンドレ・フレノーの出版物を取り上げている[75]。彼はそれらの出版物が非常に多岐にわたった版型で表現されていることに驚いており、それらの中に「職業上の、職人的な愛」がみとめられると考えている。「つまり紙というのは生きている素材であり、それを四つ、八つ、十六に折ることは、必ずや人がそこに書き込むであろうことに影響を及ぼす。［……］［フレノーは］書籍愛を成就させるにいたるまで、自身の管弦楽的で厳しい仕事を追求する。おそらくそこにはまた、印刷のインクと白紙との間でなされる《黒い婚礼》が持つ密かで複雑な結果を悪魔祓いしようとする、なんらかの魔術的な意図があるのだろう」。しかしフレノーに関して、クノーは何よりもまず「友情は虚しい語ではない」ということをはっきりと述べたいと考えているのである。

レーモン・クノーが書く量は膨大なものであったので、時おりは、自分の書いたのではないテクストが彼のものとされてしまうほどであった。アルフレッド・ジャリの『山の老人』の序文がその例で、これはパタフィジック暦八十五年の脳味噌飛散月の一日、聖アラオディーヌ（名手）の祝日の五十周年に、ジュネーヴのコネートル社から出版された『コレージュ・ド・パタフィジック資料集』に掲載されたものである。実際には、この文章はエマニュエル・ペイエ、別名ラティス、あるいはサンモンの手になるものである。

数えきれぬほどの記事や序文を書いていたにもかかわらず、レーモン・クノーは自分の作品、とりわけ詩をなおざりにはしていなかった。一九五八年に彼は、オートフイユ社で『ソネ』と題された詩集を出版しているが、これは『マンドリンを持った犬』に再録されることになる。[76] それ以前ではいくつかの詩が『ル・タン・ド・ラ・ポエジー』、『問題弁証論《トピカ》』、『ル・ポワン』、『レットル・フランセーズ』、『レットル・ヌーヴェル』、『カイエ・デ・セゾン』などといった雑誌に掲載されていた。クロード・ドゥボンが指摘しているように、[77]「合理主義的洗練」のために自発性を殺しているとして、アンドレ・ブルトンが一九三三年にソネを弾劾していたことを思い起こそう。だが戦後、おもにアラゴンの作品によってソネは再び流行することになる。アラゴンが欲していたのは、「国民精神の深い流れを再び打ち立て、［……］フランスの意識に自らの歌を、自らの声を、自らの要求する力を与えること」であった。だがクノーは、ソネを書くためにアラゴンを待ちはしなかった。というのも『レ・ジオー』、『運命の瞬間』、『牧歌』の中にもソネは見られるからである。さらに彼は、アラゴンがソネに与えた使命を引き受けようともしない。きわめて珍妙なことに、『レットル・フランセーズ』誌に、アラゴンが定めた視点と対立するような詩をクノーは掲載すらしているのである。それは「公式大午餐会に出席中」という詩である。

「お先にどうぞ」「ではお先に」飛び去るようなはかないや
　りとり
ラストロン〔ジャリ『ユビュ王』に出てくる架空の動物〕の肋骨上を飛ぶこうした言
葉が

次第にくだらなく思える
自分の鎧の胸甲《プラストロン》をソースでだめにしてからは
［……］
だがおびえた目を伏せつつ私は見る
自分の指で以前にくっつけたしみを
服飾の努力の成果たる我が白いシャツの上に。

「アラゴンがユーモアのセンスを持っていたと信じなければならない」とクロード・ドゥボンは指摘している……。いずれにせよ、クノーはこのようにして精神的なおどけ者という自らのイメージを強化したのである。

一九六七年の『通りを走る』は、「専門家たちの《神秘的なパリ》でも《知られざるパリ》でもない、パリの中を行ったり来たりする物語」として紹介された。「そこで取り上げられるのは、日常の小さなできごと、鳩、通りの名前、道に迷った観光客といったもののみである。つまり聖霊降臨祭に始まり、万聖節の枯葉の時期に終わるような散歩の一種だ」。次のように書かれた一九六八年の『田舎を歩き回る』(78)のほうは、前詩集の延長線上にあるとみなされていた。「通りというものをその端までたどると、野原や森に行き着く。そこでは農夫や、植物や、動物に出会うのだが、しかし国道に沿って町が前進してきているのも事実だ。そうするとこれからも依然として農夫や植物や動物は存在しつづけるだろうか？　あるいはこれからも依然として、あの農夫、あの植物、あの動物は存在しつづけるだろうか？　自らの子ども時代を振り返りつつ作者は、彼の農夫、彼の植物、彼の動物との出会いを回想する」。とはいえ、明るく生彩に富んだ詩情を超えたところで、クノーは、人類の関心事であり続け、また第二次世界大戦まで彼も情熱を傾けた形而上学的大問題を再び問い直そうとしはじめていた。

詩に対する嗜好によって、彼は当然のごとく、奇妙で不思議で心をとりこにする一つの作品を翻訳することへと導かれた。それがエイモス・チュツオーラの『やし酒飲み』である。クノーは自ら、この本を彼に「啓示して」くれたのがジャン・ロザンタルであることを明言し、そして「この作品の翻訳は特異な問題をいくつか引き起こした。たとえば作者は、英語の接続詞（とりわけ *but* と *or*）を常ならぬやり方で用いており、そのことで私はたいへん苦労した」と述べている。彼にとって「良質な翻訳とは、言語Aの原作者が言語Bで書いたはずの文章(79)」であるということは知られている。彼は自身のこうした見解を見事に実践し、その結果この本は非常に高く評価された。たとえば、アレクサンドル・ヴィアラットは「魅力の四分の三は翻訳者に由来する。この裁判所の伝令［チュツオーラは実際にラゴスでその任に就いていた〔実際は労働省〕］は、英語で書いた。クノーは神のごとく、比類ない果実味とともにそれを翻訳した。彼が行ったのは翻訳ではなく、再創造だ。彼は自身の母語における のと同様に、決して存在しない国の特有言語でうわごとを言い、予言を述べているのだ[80]」。クロード・レヴィ＝ストロースも、クノーにこの本を送ってもらったお礼にこれについて書いている。ここではしかし、彼の手紙の冒頭の部分が重要だ。というのも、彼は自分も『やし酒飲み』の翻訳を考えたことがあるとクノーに打ち明けているからだ。だがミシェル・レリスから、クノーがすでに仕事にかかっていることを聞いて思い直したということであった。彼はそのことを喜んでいる、というのも、自分ではこれほどうまくできなかっただろうと思っていたからだ。レーモン・クノーがこの分野のエキスパートになっていたのは事実だ。なぜなら彼自身が翻訳者であったし、また自作が翻訳される際も、それが変形や歪曲を被らぬよう見守っていたからである。実際に、戦前には叶わなかった望みであったが、一九四六年以降、クノーは自分の作品が英語、ドイツ語、イタリア語、スペイン語、ルーマニア語、日本語、ポーランド語などで出版されるのを目にしてきた。そのとき彼は、歪曲がなされぬよう細心の注意を払っていたのである！　たとえば『わが友ピエロ』と『地下鉄のザジ』の翻訳を企図していたスロヴェニア人に対し、彼は数多くの要求を突きつけた。彼は、セルビア語版の中で見つけていた間違いが繰り返されることを望まなかった。とりわけザジの名前が変えられることを不快に感じたのである。

　一九五九年に『地下鉄のザジ』が大ヒットしたが、この若きヒロインが翻訳上の深刻な問題を引き起こしたとはいえ、これによって外国人たちの興味はいや増すばかりだった。『日記[81]』によれば、クノーはずいぶん前からこの小説について考えており、題名は早くも一九四九年、「『ルイユから遠くはなれて』のすぐ後に」思いついていた。その二週間ほど後、彼は『ザジ』のためのアイデアがたくさん頭に浮かんでくると書き留めている[82]。一九五六年に彼は改めてこの作品について言及し、こう書いている。「ザジの原稿もまた時代遅れになりはじめている。コティ夫人が亡くなってしまったことだけでなく、ブルージーンズについてのくだり、それから、地下鉄の全体的雰囲気についても丸ごとそうだ。［……］全部組み立て直し、書き直さなければならない。うまくいっていないことを私にわからせてくれたのは、ザジによる地下鉄発見のくだりの凡庸さだ。この発見は〈地獄下り〉でなければならない。次いで、〈作者〉の暴露、あるいはむしろその漸進的な発見がくる。でもそれについてはまだどのようにしたら良いかわからない[83]」。一九五八年六月、彼はこの小説に再び着手するための「激しい努力」を口にし、はたしてそれは十月の終わりに完成をみた。一九五九年三月に彼は、「もっとも若い頃のザジ[84]」で、自らの創作活動の展開をふりかえっている。そこには、直前にマルセル・アルランが『砂漠のゼリ』を出版したという理由で彼が一度はこの題名をあきらめたこと、そして『お祖母さんの休暇』という題名を候補にしたことが書かれている。あるいは、パリと言ったら地下鉄のことしか知らない少女の物語を書こうと彼が構想しつつあったときに、『地下鉄の子ども』という本が出たことなども。

こうしたすべての困難にもかかわらず、この小説は周知の成功をみた。あらゆる方面から賛辞が殺到した。そうした賛辞の中に、彼の元精神分析医のファニー・ロウッキーのものがあったが、彼女は以下の行をきわめて意義深いものと認めている。「トルスカイヨンは、再びポリ公の制服に着替え［……］彼は［……］地下鉄の通気口にかぶせられた鉄柵の上で［……］眠っている浮浪者の一群を［……］考え込んだように眺めていた。［……］こうして人の世の儚さに［……］しばし思いを馳せた彼は［……］急に［……］これら不遇な者たち、不遇ではあるが、社会の隷属や、世俗のしきたりからは解放されているかもしれない者たちの境遇を羨んだ」。ジャン・デュビュッフェのほうはあれこれ考えたりせず、素直に楽しんでいる。彼はこの小説がまったく良く書けていると感じ、マラフーティエ[85]を思い起こさせるザジの人物像について、尽きることのない賛辞を送っている。彼はこの小説に文字通り息をのみ、クノーが庶民の生活と話し方を再現したそのきわめて独創的なやり方にただ感嘆するばかりであった。

成功は相当なものであったが、クノーはこれを「耐えがたい衝撃」として体験したと書き留めている[86]。「［……］そしてこれによってもたらされた金ときたら、消化しきれないものだ。つまり金は、私の精神分析で、言うなれば私の無意識の生で大きな役割を演じていたのだ。他方、二、三年前までは無縁のものであった老いの感情がそれ以来きわめて強くなった。アパルトマンの改装。ペンキ屋、配管工等々。それが私にはとてもつらかった。加えて習慣の変化。リュション、ビアリッツにいた間ずっと、惨めな状態だった。帰ってきてから、私は自分を取り戻し始めた」。

彼が数年後、自分の名字を『経済金融オピニオン』という株の雑誌に見つけることとになったのも、おそらく『地下鉄のザジ』で得たこの相当な名声のおかげであろう。興味深いことに、この週刊誌は、作家の父と同じ名をもつカンディード〔純真無垢な人の意〕による質問を通じて、読者たちに証券取引所のメカニズムを知らしめようとする企画を立てたのだった[87]。冒頭の説明は次のようなものである。「オーギュスト・クノーのジャック・レナールトに対する友情は、パリの大新聞の組み付け台のところで二人が出会った日にさかのぼる。この二人の男が知り合いとなる必然性はまったくなかった。オーギュスト・クノーは三十八歳、編集次長で新聞の経済情報のページ組みを請け負っていた。二人の出会いには偶然の力が必要だった。つまり編集長が、古代から現代に至るまでの金《きん》の投機に関するすべての事実を知りたいと言い出したために、五十二歳の元中間仲立人で、依然としてある程度株の管理運用を行っていたジャック・レナールトが呼ばれ、人生初の記事を書くことになったのだ」。レーモン・クノーの名声が知れわたっていたとなると、この説明が無邪気なものであるとは信じがたい……。もっとも、そのことを知らされたところで、彼はたいして動揺しなかったはずだ。しかしこの冗談は何ヶ月も続いた。おそらくは読者の関心を反映してであろう、記事は毎週発表されたのである。そこで一九六五年十二月十五日、彼は『経済金融オピニオン』誌の編集長に手紙を書くことを決心した。すると編集長は、クノーという名前を選んだのは、それが「質問［Question］」という語と同じ字で始まっており、まだごく一般的な名前だからであると答えてきた。そして見習いの株式仲買人と、いかに傑出した人物とはいえアカデミー・ゴンクールの会員とを関連づけるような読者は自分の新聞にいないと嬉しそうに指摘してもいる。さらに彼は、オーギュストがレーモンの父の名前であることをおそらくは知らずに、ファースト・ネームは違っていると臆面もなく付け加えることまでしているのだ。たしかにそうだが……。いずれにせよ、レーモン・クノーが『経済金融オピニオン』誌の編集長に連絡をしたとき、もうすでに悪事は――これを悪事と呼ぶならばだが――なされていたのだった。そして「見習い株式仲買人オーギュスト・クノーの物語」だとか「クノーは税金の融資について知りたがる」といった題を冠した記事がずいぶん前から出てしまっていたのである。このようなことは、むしろ笑い飛ばしてしまわねばならなかったのだ。

　レーモン・クノーは五十六歳でついにベストセラー作家になった。『地下鉄のザジ』は飛ぶように売れ、金が入ってきた。それまでの間ずっと金の問題に悩まされ、一九五四年にもまだ「自分の経済状況、そして単に自分の《状況》を鬱々と考え込む。物凄い借金が積み重なってゆく。そこからどうしても抜け出せない[88]」。と書き留めていた彼であったが、この方面での気がかりがもはやなくなったのである。では彼は栄誉に満足し、その上にあぐらをかくつもりだったろうか？　もちろんそうではない。彼は依然として、知りたい、理解したい、書きたいという相も変わらぬ欲望にとりつかれていたのである。しかしながらいかなる才能もないと思いこんでいたためか、このとき演劇をもう一度書こうとはしていなかった。だがロジェ・ピヨーダンが会いに来て『ルイユから遠くはなれて』の脚色を提案すると、彼はそれを受け入れた。そしてこれがTNP〔国立民衆劇場〕で一九六一年に上演されることになるものの[89]、大した成功は収めなかった。この公演プログラムの中でクノーは、作品の生成過程をみごとに要約している。「［……］私のオフィスにあのピヨーダンがまたやってきて私に言うのだ。『きまった、ヴィラールだ』『ヴィラールか』と私は疑問符を付けて言った。『彼を知っているのか？』と彼は私に尋ねる。私は控えめに目を伏せ、赤くなってこう答えた。『十五年前、彼にプラウトゥスの脚色を依頼されたのだ』その後は手を組んで親指をくるくる回すばかりだった。まずプラウトゥスの脚色はなくなった。それについては免除されたのだ。それから私は、ピヨーダンが文字で書き、ジャールが音符で書き、ヴィラールが演出をし、役者たちが演じ、オーケストラが演奏し、シャイヨーの幕が上がるのを見たのである」。

一九六二年に、クノーは『サリー・マーラ全集』として作品をまとめ、[90]序文を付け加えたが、その中で彼は踏晦と冗談に対する嗜好と、自身の生きる喜びを自由にあふれさせている。冒頭は意義深い。「架空とされている作者にとって、自分の全集の序文を書けるという機会はそう頻繁に与えられるものではない、その作品が、実在するとされている作者の名のもとにあるように見える場合にはなおさらそうだ。だからこそわたしは、そういう可能性をわたしに与えてくれた出版社ガリマールに感謝しなければならない。まずは、ひとつの誤解を一掃しなければならない。つまり、実在するとされている作者の名が、ある本の表紙に書かれているからといって、その人が、架空のものとされている作者の名のもとに以前に出版された諸作品の真の作者であるとは言えない。この架空のものとされている作者には、じっさい、架空なところは何もない、というのもそれはわたし、まさにこの序文の署名者であるわたし「サリー・マーラ」だからだ、それなのに、より大きな一つの真実を明かそうという意図は、このように、頭から《ア・プリオリ》、無期限に《シネ・ディエ》、事実上《イプソ・ファクト》、武力によって《マヌ・ミリタリ》、反駁されているのである」。

それに比べると、一九六三年の『周縁』の出版[91]は、計り知れないほど真面目なものである。この本は、科学と数学についての論文を集めたものだからだ。そうした研究をクノーがこよなく愛していることは周知の事実である。とはいえクノーが行ったすべての研究を結びつけるのは、一九四六年にガリマールから『微積分学の諸原理』を出版したルネ・ゲノンであることを、いま一度言及しておくべきである。アルトゥーロ・レギニはこう書いている。[92]「ゲノン氏の本は、数学者でもなく、微分学も積分学も知らない読者にとっても理論上は読めるものである。積分法の記号は使われておらず、微分法の記号もほとんどない。他方、数学の能力があるというだけでは、この本の射程全体をとうていつかめない。というのもこの著者は、西洋数学の諸概念に通じていることはもとより、形而上学や伝統的知識と関連づけることで、数学の諸原理を常に批判しているからだ。この事実はまず、根本的なものである〈無限〉の概念とその定義とに適用される」。数学についてのこうした考え方に、レーモン・クノーが全面的に賛同していたことは一点の疑いもない。だがもっと単純に、彼は自らの知性の健康のためになる訓練を数学に認めてもいた。それゆえエルマン出版の社主であるピエール・ベレスから、ブルバキのために一種の序文を書くよう提案されたとき、クノーは「熱狂と、驚きと、ウィスキーの力によって」[93]受け入れたのである。彼が次のように白状するのは、その後のことだ。「私は頭をかいた。それから私はベレスに招待され、夕食のあいだ、何人かのブルバキたちと一緒に頭をかいた」。クノーが指摘しているように、[94]この名前がいかなる現実の存在とも対応していないことを確認しておこう。「もともとこれは、高等師範学校を表敬訪問してニコラ・ブルバキと名乗ったと言われている、偉大な、そして架空のスウェーデンの数学者の名前であった。［……］なぜブルバキという名なのか？　あの若者たちが、外国の特権でありつづけていた方法論をフランスに導入しようとしていたからだろうか？　この偽名を選んだ理由は、おそらくこうした（愛国的な）目的のうちに見なければならない〔ブルバキは、普仏戦争を戦った将軍の名前〕。事実彼らは、フランスの数学が硬直化し、破綻に向かっていると考えていた。勇敢なブルバキ将軍が、その救世主となるはずであったのだ」。

ブルバキ・グループについての考察において、レーモン・クノーがきわめて事情通であることが明らかになっている。彼は以下のように書いている。「ブルバキは年をとらなかった、なぜなら彼は年をとることができないからだ。ブルバキとは、現会員が新会員を指名することで刷新される共同体である。ブルバキストは五十歳を超えると、相談役あるいは名誉職として以外、グループには属さないということが決められた」。

最良の数学者や科学者を集める諸々の団体に加入することで、レーモン・クノーはそうした人々と頻繁に付き合えるようになったことを述べておかねばならない。彼はフランス科学作家協会[95]の会員として、一九五六年に、『フランス百科事典』のためのサイバネティックスに関する小冊子への協力をフランソワ・ル・リヨネに依頼された。彼の貢献は、七つのテーマを扱う質問一覧を準備することに限られたようである。一つ目と二つ目の問いは、人間科学の数学化について考察するものであった。三番目はその理由を尋ねるもので、四番目はその数学化がなぜゲームの研究とともに始まったのかを問うていた。五番目と六番目は、自動調節機械に関するものであった。最後はより総括的に、どのようにして人間をこれらの技術的な新機軸に適応させるのかという問いであった。一九六〇年[96]に彼は、いくつかの研究会に参加した。そのうちの一つに、科学全体を普及させる可能性をテーマにしたものがある。これにはフランソワ・ル・リヨネ会長とレーモン・クノーのほかに、以下の人々が参加していた。ピエール・オジェ、フェルナン・ロー、アンドレ・モーロワ、アルーン・タジェフ、そしてエティエンヌ・ヴォルフだ。クノーはG・クライゼルやマーティン・ガードナーといった著名な数学者たちとも文通をしたが、ガードナーには、一九六五年に、超素数の問題が扱われたことがあるのかと尋ね、これについての個人的な説明を披露している。クノーの研究は、一九六八年五月六日に、アンドレ・リクネロヴィッツを紹介者として、パリの科学アカデミーで覚書を発表するところにまで至った。テーマは「S加法の数列」で、その定義は以下の通りである。

厳密に増大する正の整数の数列S

$u_1, u_2, \ldots, u_n, \ldots$

以下のとおり。

a. $u_1 < u_2 < \ldots < u_{2s}$ が所与であるとき、Sの基礎である。

$(u_1 = 1)$

b. $n > 2s$, u_n については、最小の数である。
$u_n = u_i + u_j$ (u_i, u_j, S, u_i ? u_j)
上の方程式が正確にSの解をもつように。

フランソワ・ル・リヨネの友人であることを別にしても、アンドレ・リクネロヴィッツは一九四八年から、ベルナール・グロテュイゼンとジャン・ヴァールの仲立ちでクノーを知っていた。著者が彼から受け取った手紙には以下のようにある。「私は実際に、数の理論に関する彼の覚書（唯一のものでしょう）をアカデミーに紹介しました。これは、多大な学識を必要とすることなく《アマチュア》が独創的な業績をあげうる数学の分野の一つです。実際に彼の覚書には、S加法の数列についての独創的な方法と例が含まれていました」。

レーモン・クノーは数学の一分野である組み合わせ論に情熱を傾けており、それを文学によって例証しようとしていた。かくして「あなたまかせのお話」(97)の説明がつく。これは以下のようにして始まっている。「一、三つの元気なお豆さんの話を聞きたいかい？　／「はい」なら、四へ／「いいえ」なら、二へ／二、三本のひょろ長い添え木の話のほうがいいかな？　／「はい」なら、十六へ／「いいえ」なら、三へ［……］」そのようにして得られた状況がさらに愉快なものとなり、またお豆さんではなく靴下に話が及ぶこともある。

数学に専念していないときのクノーは、歴史に関心をよせていた。もちろん現代世界や語呂合わせ、詩、そして……数学を忘れることもなかった。『青い花』(98)の説明はおそらくこうしてなされるだろう。書評依頼状は、それを正確に反映させている。「よく知られた中国の名高い教訓譚がある。荘周は自分が蝶であるという夢を見ている。だがほんとうは、蝶が自分を荘周であると夢見ているのではないだろうか？　この小説も同じである。オージュ公が、それともシドロランが、自分がオージュ公であるという夢を見ているのだろうか？　百七十五年の間隔をあけつつ登場することで、歴史を横断するオージュ公を追って話は進む。［……］そして青い花はといえば……」。

以下のように書かれた書評依頼状で示しているように、クノーは一九六六年に出版された『模範的歴史』(99)について、これが『青い花』を補完するものであると自ら見なしている。「私がこのテクストを、未完であるにもかかわらず出版するのは（変更を加えたのは題名のみである）、一方で『青い花』に関心を寄せてくれた人々に、これが補足的な情報を提供しうると考えられるからであり、他方では、数量的歴史にこれが貢献するところが皆無であると評価されるにしても、少なくとも日記と見なすことができると思われるからだ」(100)。この作品の原典は明示されていた。「一方では、ヴィト・ヴォルテラの『生への闘争の数学的理論についての講義』である。他方では、ヴィーコ、ブリュック、ウィリアム・フリンダース・ペトリ、シュペングラーなど、歴史のうちにリズムあるいはサイクルを見抜くことができると考えた著述家たちだ（この問題の現状については、プレイヤード百科事典の『歴史とその方法論』に割かれた巻に含まれ『歴史的時間』についてのギー・ボージュアン氏の論文を参照されたい）」。

一九四九年以来、レーモン・クノーはいくつかの「微少テクスト《テクスティキュル》」〔テスティキュル（睾丸）を想起させる造語〕を残していた。それらは一九六一年にアンドレ・ブラヴィエによって彼の雑誌『ぐずついた天気』にまとめられ、たいへん野心的なことに……三部が印刷された。一九六二年になると読者公衆による探求が高じてきたため、新たに十五部にのぼる部数が、ウリポのメンバーのために印刷された。だが一九六八年になると、ついにルイーズ・レリス画廊の出版部門が、セバスティアン・アダングの独創的なリトグラフを付けてこの短いテクストを集めたものを出版し、それがのちに『お話とおもいつき』の中に再録されたのである[101]〔邦訳『あなたまかせのお話』ではこの篇が割愛されている〕。常に違わず、クノーはここでも簡潔かつ機知に富むやり方を心得ていた。彼の「ある懐疑論者の不信仰告白」は短いが愉快だ。「私は教養がない〔「教養がない」と訳した«inculte»は「新興宗教《カルト》（culte）」に否定辞«in»を付けた語と見做すこともできる〕、なぜなら私はいかなる新興宗教も実践していないのだから。また私は昆虫〔「昆虫」と訳した«insecte»は宗派«secte»の否定辞を付けた語と見做すこともできる〕だ、なぜなら私はあらゆる宗派《セクト》を警戒しているのだから」。

一九六八年に、『イカロスの飛行』は、ピランデッロ[102]とマルセル・エメ[103]がすでに取り組んだことのある問題を改めて提示した。それは、作中人物たちが自分たちの創造者から逃れ、人間たちの世界で自分たち自身の生活を送るというものだ。小説家は本当に造化の神《デミウルゴス》なのだろうか、それとも、自らの力の限界を知っているのだろうか？　被造物たちはついに彼の手を逃れ、自分たちの存在を彼に認めさせるに至る。そのようなことになったとしても、小説はまだ可能であると言えるのだろうか？　かくしてイカロスはある日ユベールの原稿から雲がくれし、自分の自由になる時間の大半を、アプサントを飲むことや機械装置の研究に費やす。その後自らの創造者のもとへと連れ戻された彼は、しかしながらこの小説家の同業者たちによってさらわれてしまう。そしてついにユベールがイカロスを見つけだしたところ、彼は自転車やモータースポーツに夢中になったのち、凧に乗って飛ぶ人間第一号になっていたのである。大団円は必ずしも予想通りではない。こうして人は、「良い言葉を常に入念に選ぶというわけではないが〔……〕、日常の言葉をソテーし、こんがり焼き、カリカリに仕上げ、明示的意味と暗示的意味《クノテーション》〔「コノテーション」に「クノー」の名をかけた表記〕を無限に増殖させることにかけては実に才能のある作家、そして楽しみが必ずしも真面目を害するわけではないことを熟知している作家とともに[104]」自分が小説の技法をめぐる思考に沈み込んでいることに気づくのである。

第二十章　つねにガリマール出版を

ロベール・ガリマールによると、[1]アカデミー・ゴンクール会員に選ばれた後、レーモン・クノーはセバスチャン＝ボタン通りのさまざまな職務から解放されることになったとのことである。事実、一九五一年以来、次第に洋書業務に携わることが少なくなり、ついにはその業務を完全に免除される次第となった。この分野で彼が最後に関わったものの一つに、一九五三年にC・アンドロニコフに託した、レイ・ブラッドベリの『刺青の男』がある。とはいえ彼は随筆、小説、詩、戯曲、短篇等をいかなるものであれ飽くことなく読む活動を要求してくる原稿審査委員会には参加しつづけていた。ミシェル・ドゥギー[2]がこの委員会について持っている思い出は苦々しいものであるが、とはいえ著者との対談の折にも確認されたように、彼がクノーを悪く言うことはない。彼はクノーを、ポーラン、ジャック・ルマルシャン、ジャン・ブランザとならぶ「偉大なる助言者であり、出版社の計画と名声の立役者」の一人と位置づけているのだ。「他にはほとんどいない……後にルイ＝ルネ・デ・フォレが現れたが。［……］厳しさ、謙虚さ、入念さ、判断の才能、そうしたものをすべて兼ね備え、時間を勘定したりはしない読者気質が必要なのだ[3]［……］」。委員会でクノーは意見を傾聴され、尊敬されていたものの、それによってジャン・ポーランやクロード・ガリマールとの対立がなくなるわけではなかった。ドゥギーはこう語っている。「ディエゲス［マニュエル・ド・ディエゲス］を読むことにかけては委員会内で《専門》となっていた私は、常に好意的な見解を表明していた。クノーを支持し、あるいは彼に支持されつつ、出版を《推奨》していたのである。ディエゲスが問題となるたび、私は自分の発言を《レーモン・クノーが言っているとおり》で始めようと心がけていた。その日、ディエゲスが問題になってはいなかったときに、私は《ディエゲス》と呼ばれたのである……陰険なことに！ クロードは、クノーに直接言えない非難を、私に向けて投げつけ始めていたのだ[4]……」。

ガリマール出版の中枢における彼の職務は、常に容易であったわけではない。一九五三年にはロラン・バルトの『零度のエクリチュール』を受け入れさせることに失敗し、ジャン・ピエルを通じて受け取ったアラン・ロブ＝グリエの『消しゴム』を拒絶したのである[5]。この作品はジャン・ポーランが仲立ちとなり、ミニュイ出版から刊行された。後にクロード・ガリマールがロブ＝グリエとクノーを近づけようとしたものの、簡単にはいかなかった。また一九五四年には、自分の短篇集をガリマールから出版させようと強く出たマルグリット・デュラスと仲違いした。彼女はとりわけ、モーリス・ナドーが『レットル・ヌーヴェル』誌に掲載した『木立ちの中の日々』について、クノーが慎重な態度を示したことが気に入らなかったのだ。彼女はガストンに別の交渉相手を要求し、ロベール・ガリマールがそれを引き受けることとなった[6]。

エレーヌ・ベセットとの関係もやはり容易ではなかった。今でこそやや忘れられた存在となっている作家だが、レーモン・クノーは長い間彼女を支え、一九五五年にはゴンクール賞の選考で彼女に一票を投じてさえいる。短く、細切れで、ぎくしゃくした彼女の文章は彼の気に入ったにちがいない。彼女は時おり、言葉を列挙するにとどめ、小説を詩に変形させもしたが、そうしたこともまたクノーは好んだ。一九五三年に出版されたエレーヌ・ベセットの最初の小説『リリは泣く』は、リリという若い女が、愛する男と結婚するために母親の元を去ることを拒むという内容の、一切の虚飾を削いだ物語である。数年後、彼女は別の男のためについに〔母の元を去ることを〕決心するのだが、最終的にその男は彼女を村に連れ帰るしかなくなるのだった。ダッハウに強制収容されたのち、彼は戻ってくる。だが彼女は羊飼いと恋に落ちており、彼は再び彼女と生活を共にする気を失くしてしまう。そして彼女は、母親にも拒絶されることになるのだ。この最初の作品に引き続き、ガリマールは十数冊、彼女の作品を出版することになるが、その中には『マテルナ』（一九五四年）、『二十分間の沈黙』（一九五五年）、『塔』（一九五九年）などがある。読者はこれらの出版物に不満を示した。しかし著者は何があろうとも我を通した。一九五六年、エレーヌ・ベセットは、『ルコック家の娘っ子たち』で自分のことが書かれていると感じたアランソンの牧師の娘、ジャクリーヌ・ルコックという婦人によって裁判所に召喚された。ベセットはクノーに対し、名前こそ出さなかったものの、実際にアランソンと、彼女がよく知る牧師館から着想を受けたことを認めた。だがモデルはジャクリーヌではなく、ジュリエット・ルコックであったのだ……。レーモン・クノーは、エレーヌ・ベセットを助けるためにできることをすべて行った。しかしながら彼女は、自分が彼に迫害されているとしまいには思いこむようになり、一九五九年十月には、もはやクノーとかかわり合いになりたくないという手紙をガストン・ガリマールに宛てて書くほどになってしまった。その数日前、クノーが国家教育省のジャン・ゲーノのもとに、教員である彼女に有利となる計らいを要請しに行ったことなど、彼女は知るよしもなかったのである。また十一月になると、彼は彼女のために国立文芸基金の財政援助を獲得することにもなる。さらにその後では、彼女に少しばかり金を振り込むよう、クロード・ガリマールに頼みこむことまでしている。彼女は不用意にも国家教育省を辞めていたため、もはや俸給を受け取っておらず、生活のために家政婦となることを余儀なくされていたのだ。彼女はそうした状況が自分に対する陰謀によるものだと考え、一九七六年までクノーを攻撃する手紙を書き続けた。うんざりした彼は、一九七四年以降、彼女に返事を書くことをやめた。

一九五九年にマルセル・モレは、将来有望な若い書き手にレーモン・クノーの注意を向けさせている。モレは彼にこう書いている。[7]「この人物は、たいへんな文学的才能を備えているように思えます。彼は二つの小説を書いて読ませてくれたところですが、私は熱狂的な興味をもってそれらを読みました。[……]ところで彼は一月末に、J・ブランザの仲介でガリマールの原稿審査委員会にこれら二つの作品を委ねたとのことなのですが、それっきり消息を絶ってしまっています。彼がどうなったか知ることはできますでしょうか? 彼の名はピエール・グリパリといって、作品の一つは『ブラジルのカフェ』、もう一つは『コンチェルト・リベラシオン』という題です」。クノーの依頼に応じたブランザが、ついにグリパリと面会を行うが、その時は諾否を述べなかった。だが数ヶ月後に判明した結果は、拒絶であった。それにもかかわらず、モレは彼を賞賛し続けている。「なんというヤツだ! 彼には確かな才能があり、助言をいくつか受け入れさえすれば成功することもできるだろうに。しかし意固地な男だ。彼が言うには、手直しなど一つもしないばかりか、四つの小説の出版を請け合うという条件でのみ、自作を出版社に渡すのだそうだ(しかもその四つのうち二つは、これから書くという)。『きみは自分を天才だと思っているね』と私は昨日彼に言った。『そりゃ、当然ですよ』と、まったくもって……当然なようすで彼は答えたのだ」。ピエール・グリパリはこうした受け答えに秀でていたわけだが、実はそのようなことなど少しも考えていないと述べておく必要があるだろうか? 彼は謙虚さと親切そのものといった人物であった。かくしてクノーはグリパリの出版人にはならなかったが、マルセル・モレとは親しい付き合いをつづけ、彼の『たいへんおかしなジュール・ヴェルヌ』(一九六〇年)と『ジュール・ヴェルヌの新しい探検』(一九六三年)を刊行させた。一九六〇年にはマルセル・モレ友の会の定款がレーモン・クノーによって署名されることになるが、クノーは一九六九年にモレが亡くなるまで、彼と良い関係を保ち続けることになる。クノーはとりわけ、彼の宗教上の変遷に気をひかれていた。マルセル・モレは、熱心な信仰を経た後でキリスト教から遠ざかったのである。クノーはこう書き留めている。(8)「モレを訪ねる。彼は自伝を書くつもりである。七十五歳だ。彼は七十歳くらいになってから《神学者たち》に地獄の存在について尋ね、その答えの論拠が弱いものであったために自分がキリスト教から離れることになった顛末を物語るつもりだという。そのために七十歳まで待たなければならなかったというのか？？？……だがそれを問う勇気はなかった」。

まったくもって異質な環境の間を動き回っていたレーモン・クノーは、ジャック・ヨネにも頻繁に会っていた。ヨネは、書くよう励ましてもらったこと、そして『パリにかけられた魔法』(9)の出版を助けてもらったことについて常々クノーに感謝していた。彼は風変わりな人物で、美容師、彫刻家、操り人形師、黒猫亭《シャ・ノワール》の歌手、ビストロの内装業、記者、FFI〔第二次世界大戦中のレジスタンス組織フランス国内軍〕の将校等の職を転々としていた。またオカルティズムと魔術にも夢中になって、説明不可能なことは何一つないと言い張ったかと思えば、レーモン・クノーを喜ばせたにちがいないパリにまつわるおびただしい数の物語を知ってもいたのである。彼の『パリにかけられた魔法』は『パリの神秘』〔ウジェーヌ・シューの作品〕を想起させ、「モーブ〔パリ五区にあるモーベール広場のこと〕」や「ムッフ〔同じくパリ五区にあるムフタール通りのこと〕」からノートル＝ダムとサント＝ジュヌヴィエーヴの丘へと展開するものである。彼は韜晦と豪放への嗜好、そして詩的な驚異の感覚を持ち合わせていた。ジャック・ヨネが語ったことのなかでも特筆すべきは、レーモン・クノーとルネ・ドブレスと連れだっていたある日、ボーヌ通りとリール通りの角にあるビストロで彼が果たした奇妙な出会いの物語である。「小さな電灯が、まるで嫌々ながらとでも言うように弱々しく照らし続けている、暗い、ほとんど不安にさせるような一つきりの部屋の奥」に身を落ち着け、彼らは喉の渇きをいやそうとしていたところだったのだが、そのとき「ディド＝ボタン氏〔ディド＝ボタンは、広く流通した商業年鑑の名前〕」が現れた。「〈本物〉である。その証拠には、豪勢な執事の制服（ダブルの上着、銅のボタン）に合わせたハンチング帽の青灰色の地に、古金色の大文字で書かれた彼の名が、はっきりと読めるように浮き上がっていたのだ。〔……〕かくして質実そのものといったディド＝ボタン氏は、自分自身の会社のために、メッセンジャーボーイの職務を努めて引き受けていたのだ。詳細を一点。ハンチング帽を計算に入れなければ、ディド＝ボタン氏の身長は、一メートル十八であった」。クノーが乾杯しないかと招くと、彼はその誘いに応じた。「すると現れたのだ。どこかは神のみぞ知る。見たところどこぞの企業の執事といった、我々の知らないもう一人の別のとても小さな男が。〔……〕敷居をまたぐやいなや、二番目の天低き男の視線は、一番目の男の視線と交わった。レーモン・クノーは、重々しく静かな権威を、そして真顔で冗談を言う頑迷な人物に備わっている、圧倒的で人を狼狽させ、また安らぎを与えるような厚かましさを利用して、彼らを互いに紹介することを考えついた。『ディド゠ボタンさん……………アルフレッドさんです』――『アントワーヌです』とピグミーはいくぶん、しかし愉快に息を詰まらせながら訂正した。一丁上がりであった。我々はいくらか飲んで食らい、割り勘でしかるべく精算を済ませると、礼儀正しく招待客にいとまを告げ、堂々とずらかったのである」[10]。

出版に際してクノーのおかげをこうむった書き手は多数いる。たとえば一九六一年、彼は熱意をもってジョルジュ・サドゥールとその作品を擁護した。『ジャック・カロ、時代の鏡』というその作品を、クノーは非常に完成度が高く、おかしなディテールと興味深い比較に富んだものと思ったからだ。彼はアレクサンドル・コイレの『プラトン読解入門』や、旧友ピエール・ナヴィルの『オートメーションについての見解』、アルベール・メンミの『あるユダヤ人の肖像』の刊行にも便宜を図った。メンミのこの作品については、一般的な考察と個人的な思い出の双方に分け隔てなく重要性を与えることに成功した書物であると認めていたのだ。また彼は、ルートヴィヒ・ヴィトゲンシュタインの『草稿（一九一四―一九一六年）』のことを、『論理哲学論考』と同じくらい難しいと感じていた。とはいえ、ヴィトゲンシュタインの人となりや彼の知的歩みについて有用な情報を与えてくれる三つの付録がついていることを理由に、この作品の出版を支持したのである。

アルマン・サラクルーがあるとき見間違えたくらい、外見が似ていたモーリス・ナドー[11]とクノーは、長い間友好的な関係を保ち、またクノーは『レットル・ヌーヴェル』誌に掲載するためのテクストを数多くナドーに託した。ナドーは以下のように語っている[12]。「一九六五年の末に、私はジュリアール社をクビになった。私があの会社で実力を示したと思っている人たちもいるにはいたが、私は幻想を抱いてはいなかった。自分のことを引き受けてくれる余地のあるような出版社など、一つたりとも思い当たらない。ジャン゠ピエール・ファイがフラマンに働きかけてくれた。スイユ社が私を良く思ったことなど一度もないのだから、その話がまとまったとしたら驚きであった。するとフランソワ・エルヴァルが、クロード・ガリマールなら私を迎え入れられそうだと請け合ってくれた。ほんとうか！　事実は、自分の会社にまだいくらか影響力を持っているガストンが、息子に話をつけてくれたのだ、ではガストンに私のことを話してくれたのは誰であったか？　それはクノーだった。彼はそのことを私にひと言もいわなかった。私がそれを知ったのは後になってからだ」。

一九六三年、クノーはジャン゠マリー・ギュスターヴ・ル・クレジオに出会う。彼は次のように書き留めている[13]。「イギリス（モーリシャス諸島）人を父に持ち、ニース生まれで、二重国籍を持っている。七歳の時、ナイジェリアで一年を過ごした。ニースで学業。学士を取得し、ミショーについての学位論

ポール・ヴァレリーが語るのを聴くクノー（IMEC 蔵）

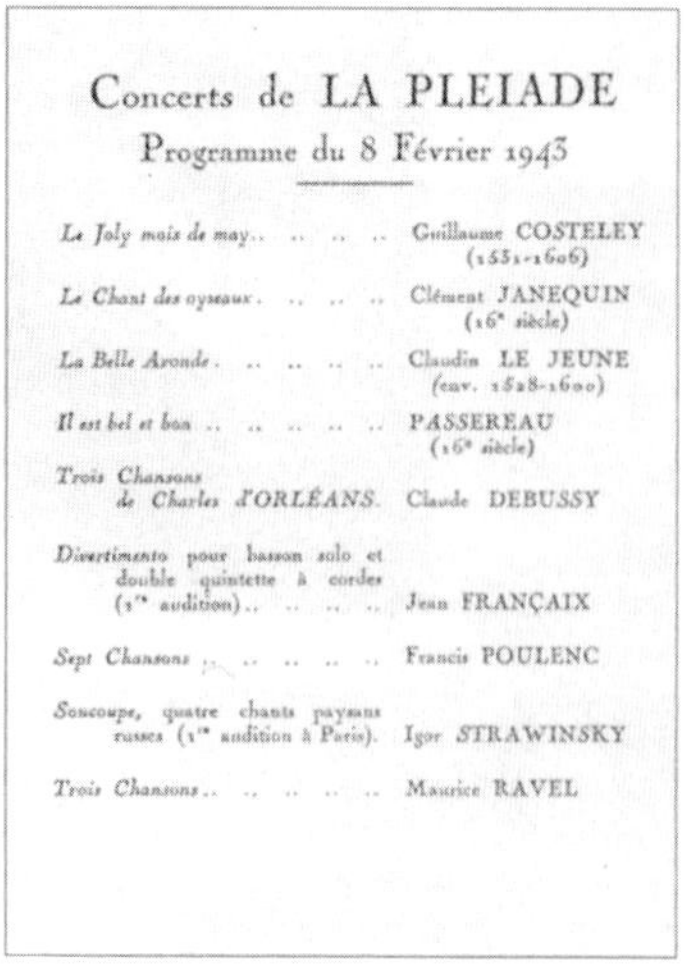

Concerts de LA PLEIADE

Programme du 8 Février 1943

Le Joly mois de may	Guillaume COSTELEY (1551-1606)
Le Chant des oyseaux	Clément JANEQUIN (16e siècle)
La Belle Aronde	Claudin LE JEUNE (env. 1528-1600)
Il est bel et bon	PASSEREAU (16e siècle)
Trois Chansons de Charles d'ORLÉANS.	Claude DEBUSSY
Divertimento pour basson solo et double quintette à cordes (1re audition)	Jean FRANÇAIX
Sept Chansons	Francis POULENC
Soucoupe, quatre chants paysans russes (1re audition à Paris).	Igor STRAWINSKY
Trois Chansons	Maurice RAVEL

1943 年 2 月 8 日のプレイヤード・コンサートのプログラム（個人蔵）

1945 年，フランス・ラジオ放送におけるジャン・レスキュールのチーム。クノーは右端（ジャン・レスキュール蔵）

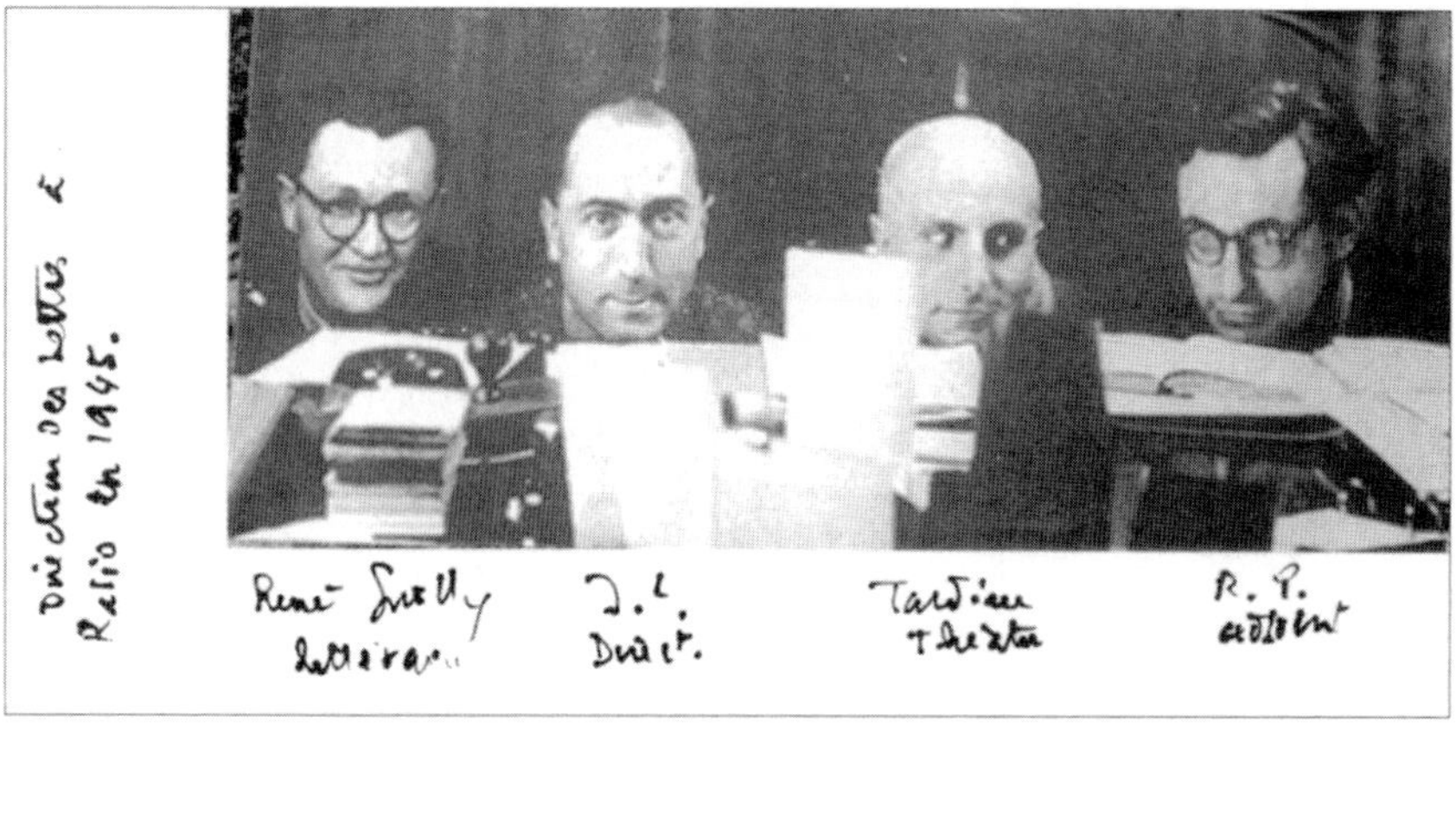

パリ，国立手形割引銀行の書類内のレーモン・クノーの証明写真（B.N.P. 資料部蔵）

ECOLE NOUVELLE
DE NEUILLY

38, RUE BORGHESE, NEUILLY-sur-SEINE
TEL. : MAILLOT 41-65

Ecole Secondaire : Jardin d'enfants, 1er et 2me degrés, Demi-pension, Externat

DIRECTEUR : **M. GEORGES PELORSON**
Ancien Elève de l'Ecole Normale Supérieure

HISTORIQUE : **Fondée en1931 par Madame Eugène Jolas. Dirigée par M. Pelorson depuis 1936. A suivi une croissance régulière. Comptait près de 150 élèves à la veille de la guerre.**

BUTS : **Poursuivre l'étude des programmes officiels selon les méthodes qui lui sont propres. Ces méthodes tendent essentiellement à :**

— aider l'enfant à se développer sainement et naturellement dans le cadre de ses études et des nécessités organiques et sociales auxquelles il devra se plier plus tard ;

— donner à l'enseignement un caractère vivant et pratique, sans pourtant nuire à la culture générale et précise de l'enfant ;

— former des enfants bilingues, s'exprimant également soit en français et en allemand, soit en français et en langue anglaise (l'étude d'une troisième langue étant en outre assurée) ;

— développer chez l'enfant, par le sport et l'éducation, le goût de la discipline librement consentie, le sens de l'équipe et du devoir individuel et commun ;

— collaborer aussi étroitement que possible avec les parents, afin de donner à l'enfant le sentiment d'une unité de direction.

BREF :

EDUQUER AUTANT QU'INSTRUIRE

クノーがほんのわずかの間教鞭を執っていた，ヌイイ新学校のチラシ（個人蔵）

ジュリエット・グレコが歌う「考えてもごらん」の楽譜（個人蔵）

マリオ・プラシノス《牝猫》（1944 年），レーモン・クノー旧蔵（A.V.B., n°28-29）。撮影　ベルネとマルトーの写真。（CAMP 蔵）

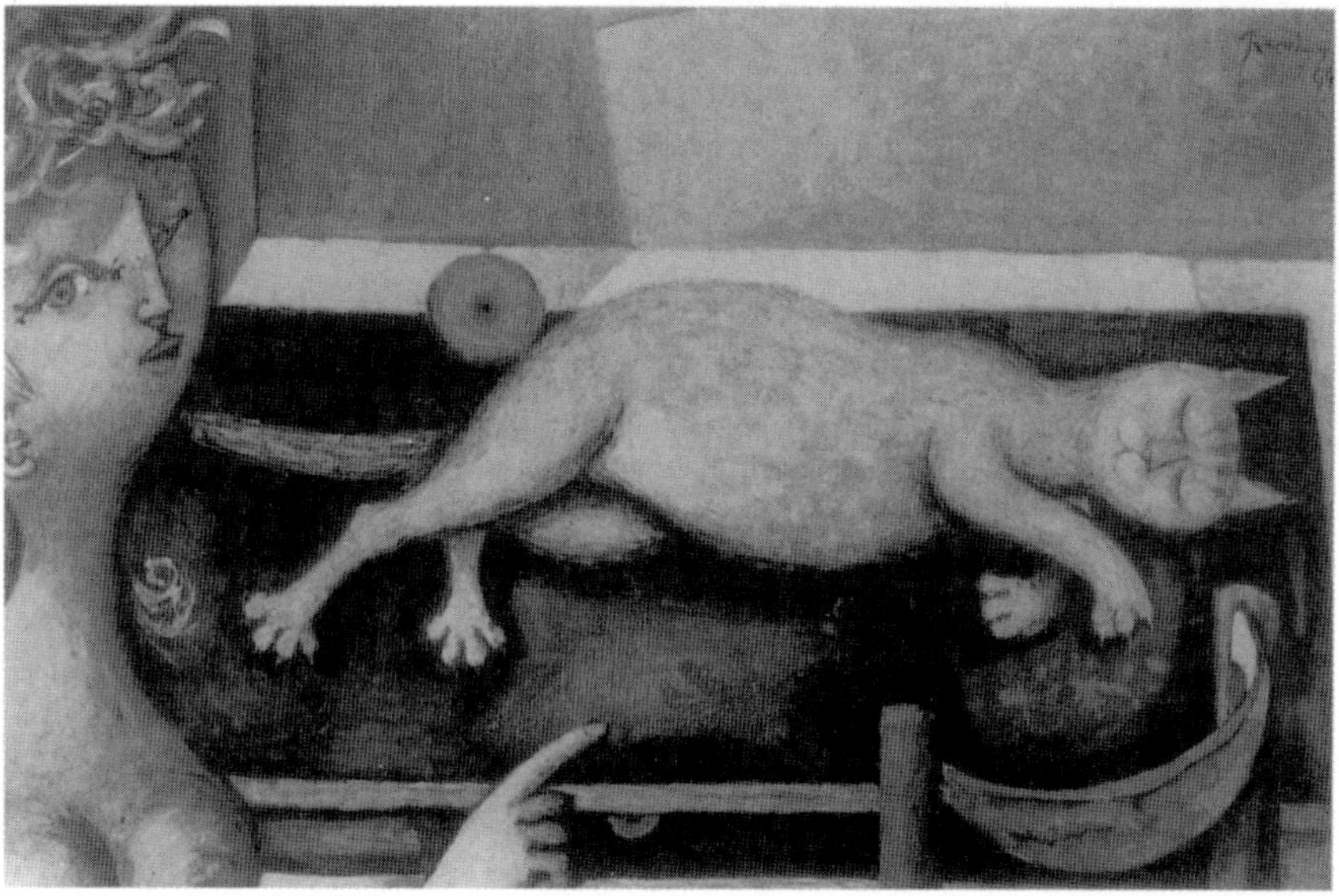

左から右へ——ガリマール家の四人，レーモン，ガストン，ミシェル，ジャンヌ。レーモン・クノー。プラシノス家の三人，ジゼル，マリオ，ヨー・プラシノス（1944 年）。（CAMP. 蔵）

レーモン・クノーとマリオ・プラシノス。N.R.F. の庭園にて（1944 年）。（CAMP. 蔵）

報道がこの写真につけたキャプションは次のようなものであった——「レーモン・クノーとその弟」。実のところ，左側の人物はモーリス・ナドーである（ナドー蔵）

ジャニーヌ・クノー（個人蔵）

クノー夫妻。ルネ・クレマン夫妻とともに（個人蔵）

1950年にニューヨークを訪れたレーモン・クノー（ル・アーヴル，ドンブル書店蔵）

上：「モントルグイユ通り」楽譜
下：「ジェルヴェーズの歌」楽譜（ともに個人蔵）

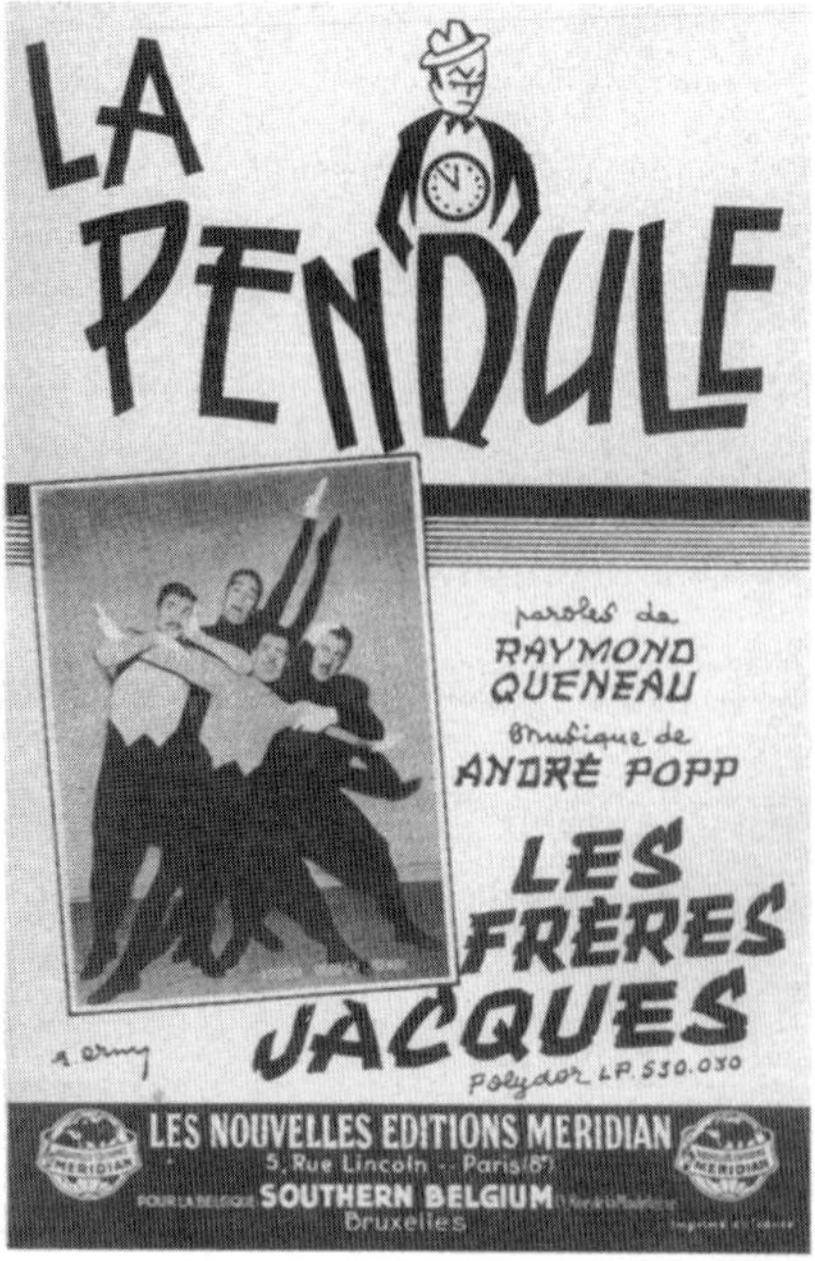
LA PENDULE
paroles de
RAYMOND QUENEAU
musique de
ANDRÉ POPP
LES FRÈRES JACQUES
Polydor LP. 530.030
LES NOUVELLES EDITIONS MERIDIAN
5, Rue Lincoln - Paris (8e)
SOUTHERN BELGIUM
Bruxelles

8 POÈMES
de Raymond QUENEAU
mis en musique
par Gérard CALVI
les Editions Musicales du Carrousel

レーモン・クノーとボリス・ヴィアン（ル・アーヴル，ドンブル書店蔵）

ザジを演じたカトリーヌ・ドモンジョ
（個人蔵）

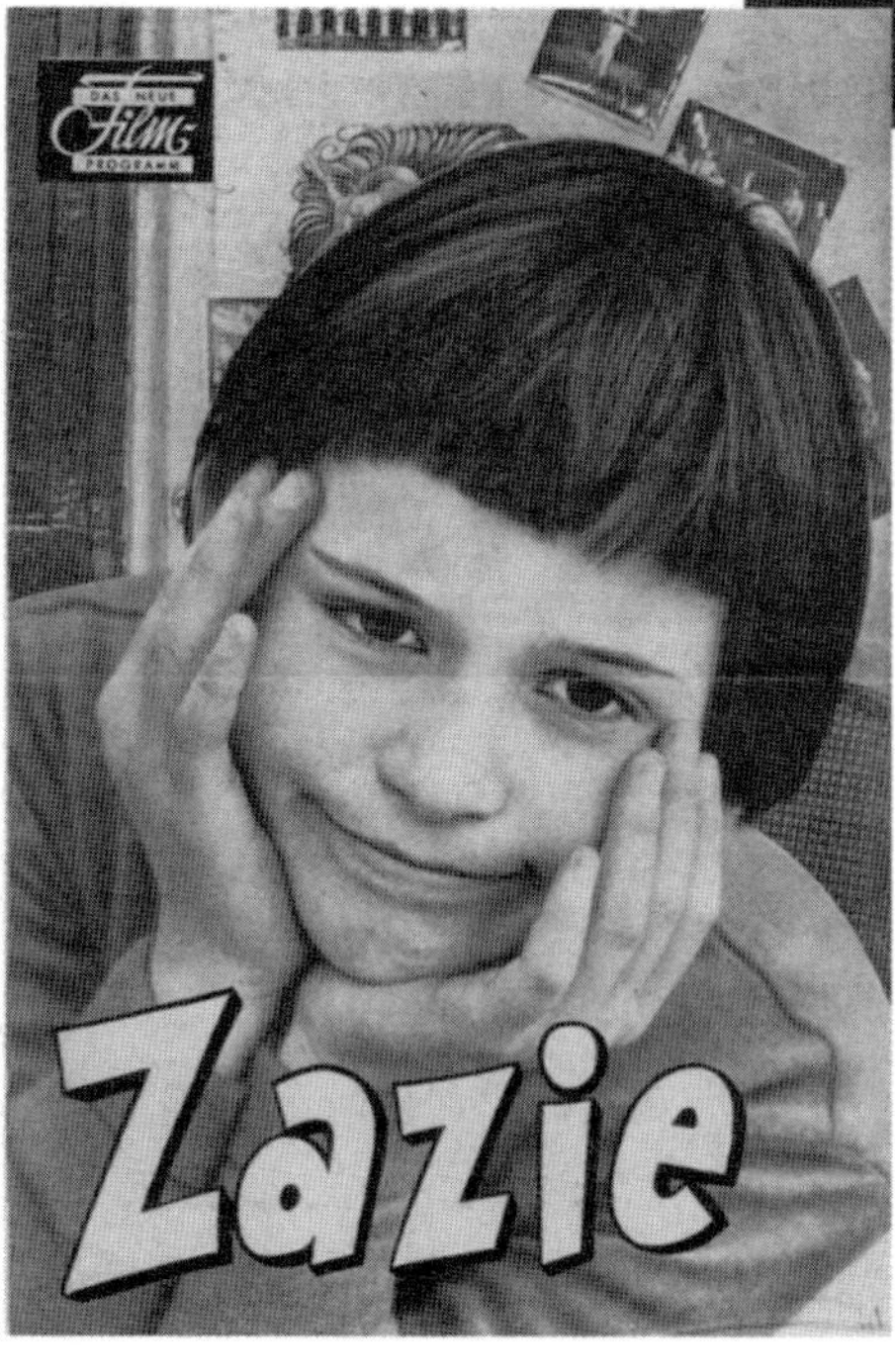

『ザジ』のための宣伝広告（個人蔵）

欧州防衛共同体（EDC）に反対するヌイイ委員会の呼びかけ。クノーはこれに署名をしている（ヴェルヴィエ，レーモン・クノー資料センター）

MARDI 23 FÉVRIER à 20 h. 30

Grande Réunion PUBLIQUE

CINÉMA TRIANON Rue Ybry NEUILLY

Contre la COMMUNAUTÉ EUROPÉENNE DE DÉFENSE

ACCORDS DE BONN ET DE PARIS

Contre toute renaissance du militarisme allemand

sous la présidence de

Me Etienne NOUVEAU

Avocat à la Cour - Vice-Président de l'U. F. A. C.

avec

Pasteur BOSC
du Conseil Mondial de la Paix

René CAPITANT
Ancien Ministre

Pierre HERVÉ
Journaliste

Jacques LEMAN
du Parti Radical

Gilles MARTINET
Rédacteur en chef de « l'Observateur d'Aujourd'hui »

G. MONTARON
Rédacteur en chef de « Témoignage Chrétien »

Les signataires de Neuilly : Mme JACNO-WORMS, secrétaire du Conseil de la Paix ; Mme Yvon MORANDAT ; Mme Anne PHILIPPE ; M. BOILEAU, Président de l'A.R.A.C. ; M. CAILLETTE, conseiller municipal, Président du Comité de Libération ; M. COUTURIER, Président des A.C. Prisonniers de Guerre ; M. G. MAGNANE, Professeur au Lycée Pasteur, évrivain ; O'BRADY, comédien ; M. Gérard PHILIPPE, comédien ; M. PHILIPPE-GERARD, compositeur ; M. Raymond QUENEAU, écrivain ; M. SEIGNE, Président de la F.N.C.R. ; M. SOLPRAY, conseiller municipal ; M. L. SORLIN, conseiller municipal ; M. Jean THEVENOT, journaliste ; Mme DUMAS, du Bureau de l'U.F.F.

SALLE CHAUFFÉE

Faire reconnaître
le Collège de 'Pataphysique
D'INUTILITÉ PUBLIQUE

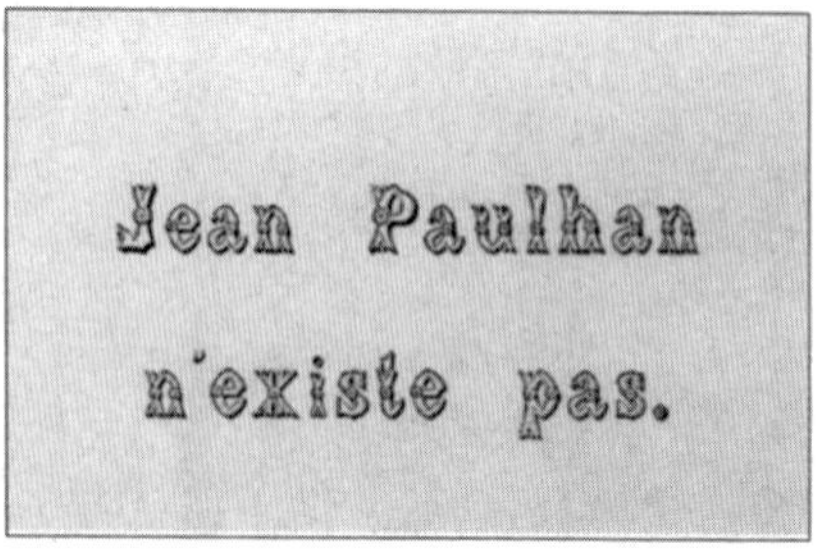

Jean Paulhan
n'existe pas.

コレージュ・ド・パタフィジックが発行したカード（個人蔵）

映画『この庭に死す』の一場面（セリフをクノーが作成，1956 年）

映画『苦い勝利』の一場面（セリフをクノーが作成，1957 年）

映画『あるカップル』の一場面（セリフをクノーが作成，1960 年）

映画『人生の日曜日』の一場面（セリフをクノーが作成，1965 年）

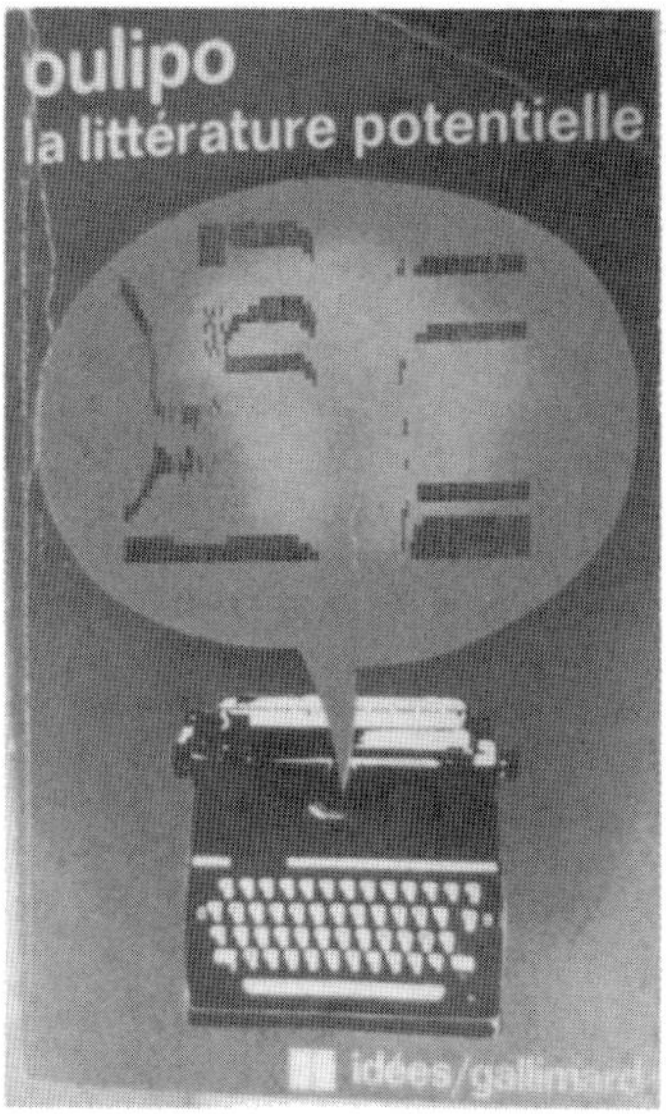

ウリポ『潜在文学』，ガリマール，1973 年（個人蔵）

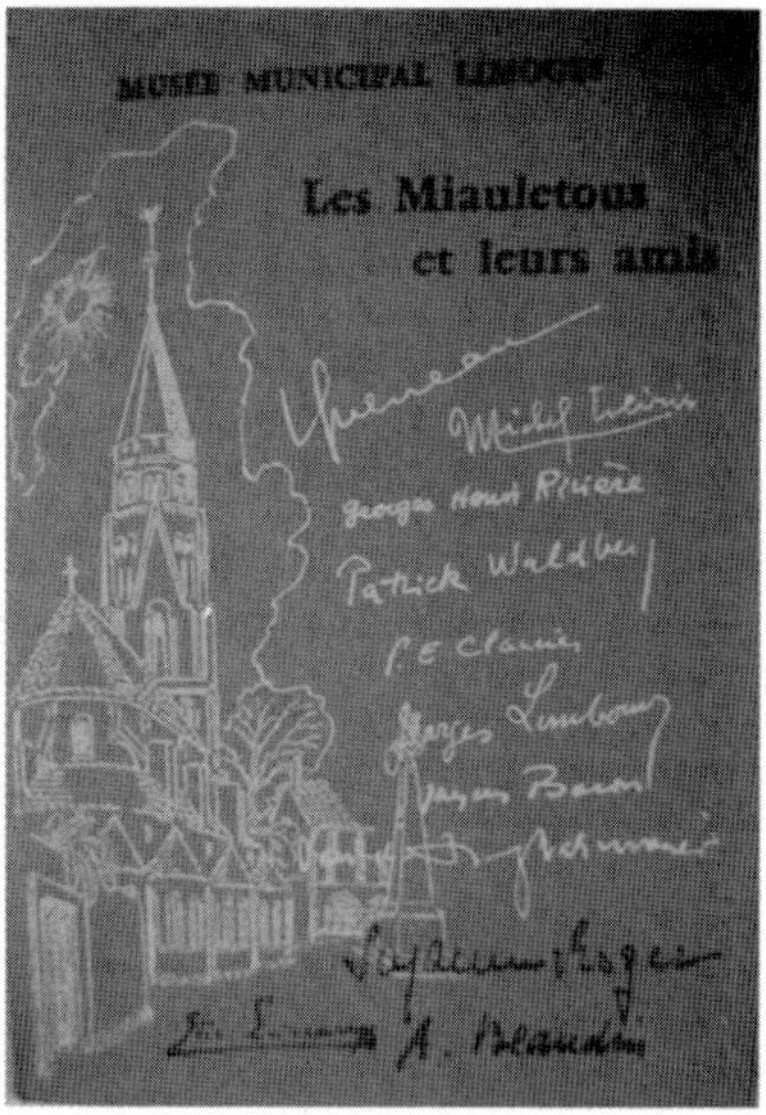

『ミオルトゥスとその友人たち』展カタログ。リモージュ，1958 年（個人蔵）

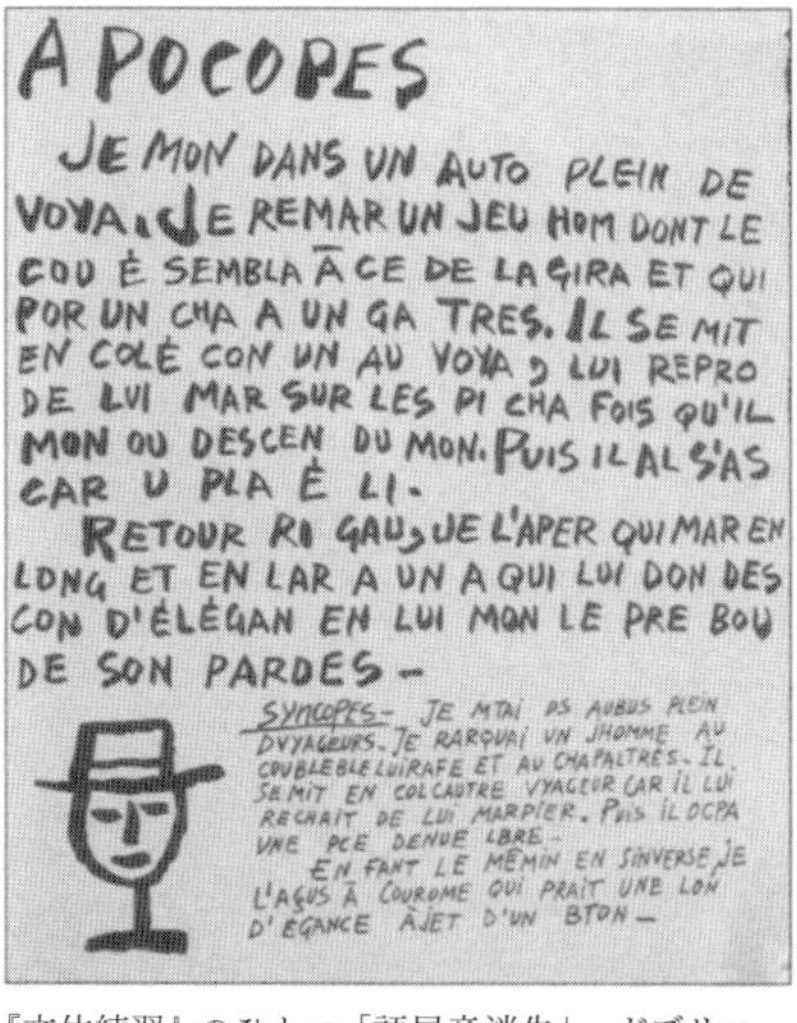

『文体練習』のひとつ「語尾音消失」。ガブリエル・パリによるカリグラフィーと石版画による版，パリ，1960 年，93 部（クロード・ラメイユ蔵）

『地下鉄のザジ』撮影中にミュラ大公と語り合うレーモン・クノー（個人蔵）

『百兆の詩篇』を開いたところ。
ミシェル・リオレ撮影（個人蔵）

33回転レコードジャケット
（個人蔵）

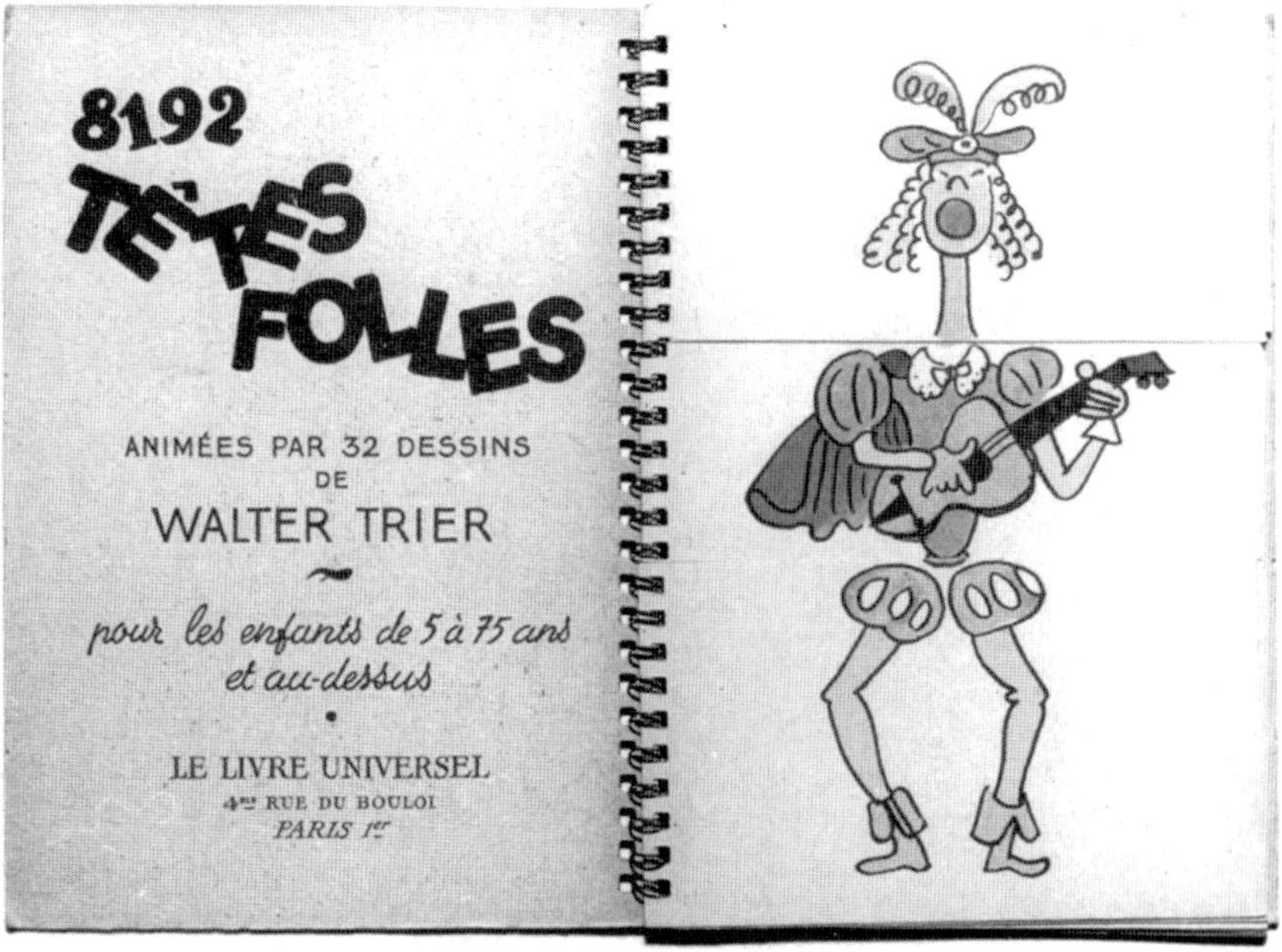

『百兆の詩篇』の起源には,『取り替え頭』とも呼ばれる上の出版物がある。「この小著を,構想――さらには実現――するにあたって私が触発されたのは,いわゆる「妙なる屍」として知られるシュルレアリストたちの遊戯よりも,むしろ『狂った頭』という子供向けの本であった［……］。」(「使用法」)(クロード・ラメイユ蔵)

ル・アーヴルでの展覧会,1973年2月。『パリ゠ノルマンディ』紙の記事(ル・アーヴル図書館蔵)

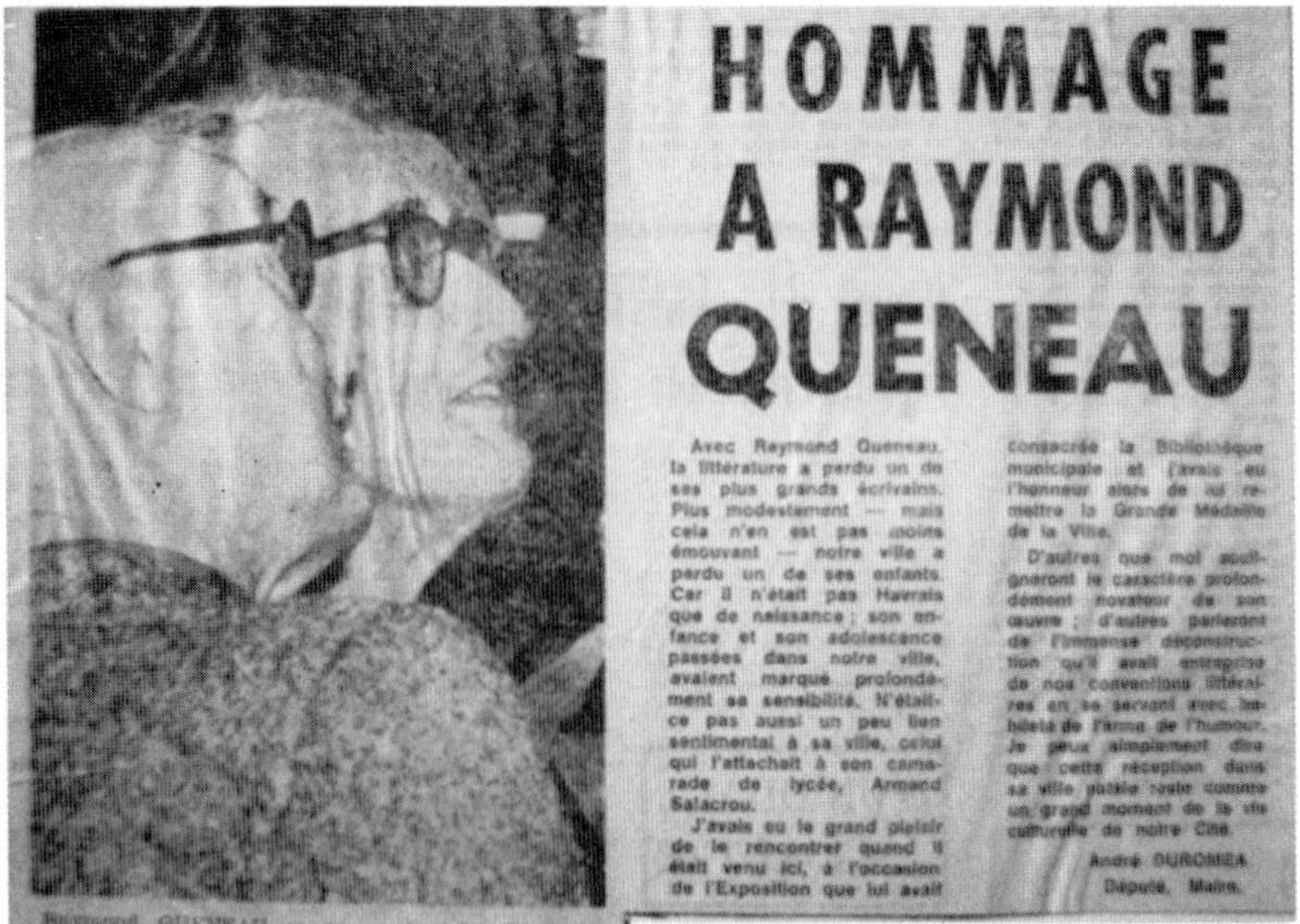

HOMMAGE A RAYMOND QUENEAU

Avec Raymond Queneau, la littérature a perdu un de ses plus grands écrivains. Plus modestement — mais cela n'en est pas moins émouvant — notre ville a perdu un de ses enfants. Car il n'était pas Havrais que de naissance ; son enfance et son adolescence passées dans notre ville, avaient marqué profondément sa sensibilité. N'était-ce pas aussi un peu lien sentimental à sa ville, celui qui l'attachait à son camarade de lycée, Armand Salacrou.

J'avais eu le grand plaisir de le rencontrer quand il était venu ici, à l'occasion de l'Exposition que lui avait consacrée la Bibliothèque municipale et j'avais eu l'honneur alors de lui remettre la Grande Médaille de la Ville.

D'autres que moi souligneront le caractère profondément novateur de son œuvre ; d'autres parleront de l'immense déconstruction qu'il avait entreprise de nos conventions littéraires en se servant avec habileté de l'arme de l'humour. Je peux simplement dire que cette réception dans sa ville natale reste comme un grand moment de la vie culturelle de notre Cité.

André DUROMEA

Député, Maire.

Raymond QUENEAU et son camarade de lycée Armand SALACROU, photographiés au cours d'une de leurs dernières rencontres au Havre

『パリ = ノルマンディ』紙の訃報，1976 年 10 月（ル・アーヴル図書館蔵）

ティオンヴィルでの展覧会のポスター，1994 年（ル・アーヴル図書館蔵）

文を準備している。七歳の時から詩やバンド・デシネを書いている。ボワイエの『カメレオン』を熱愛する。妻はポーランド人で、コンラッドについての学位論文を準備している」。他方、J＝M・G・ル・クレジオから著者は以下の手紙を受け取っている[14]。「私は一九六三年から一九六八年の間、パリに行くたびにR・クノーに何度も会いました。彼の飾り気なく温かいもてなしを私は好んでいたのです。会ったのは、NRFからさほど離れていないところに彼が構えていた小さな執務室でした。私たちはじつにさまざまなことについて語り合いましたが、文学の話をすることはまれでした。私は彼のことを、私と、当時人を怖じ気づかせる機械装置であったガリマール社（まだガストン・Gの傍らでポーランやアルランが君臨していました）との仲介役とみなしていたわけではなく、（年齢や名声といった）さまざまな差異を、笑い声や思考によって消し去る術を知っている、土地の精霊のようなものとみなしていました。思い出します。私たちはしばしば、とりわけ《連結と周縁》について語り合いました。また私は、自分が子供時分に書いたバンド・デシネや詩、あるいは「詩的ポリフォニー」の試みを彼に示しましたが、彼は寛大にもそれを見てくれたのです」。『調書』（一九六三年）、『発熱』（一九六五年）、『大洪水』（一九六六年）、『愛する大地』（一九六七年）など数多くの出版物は、この相互理解から生じたのである。

レーモン・クノーはまた、一九二〇年代に書かれたジョルジュ・リブモン＝デセーニュの演劇作品を再び世に出すことにも尽力した。彼は一九六六年一月の初めにガストンとクロード・ガリマールにそれを提案したところ、すぐさま満足な返答が得られた。こうして二月十八日、彼は著者に『中国の皇帝』、『唖のカナリア』そして『ペルーの死刑執行人』が再版されることを伝えることができたのだ。その一方でクノーは、リブモン＝デセーニュから託されたばかりの『ラーマーヤナ』については躊躇していた。西洋人たちがこの種の出版物にまったくといって良いほど興味を示さないことを、彼は危惧していたのである。

ミシェル・トゥルニエのような小説家とわかり合うことはより難しかったが、レーモン・クノーは、自分の嗜好を満足させない作品を支持することもできる人物だった。一九六六年四月、ミシェル・トゥルニエは初めての原稿をガリマールに提出したのだが、それが『フライデーあるいは太平洋の冥界』であった。五月十日の原稿審査委員会の会議に際して、レーモン・クノーが読み上げたのは次のような報告であった。「フロイト、サルトル、レヴィ＝ストロースを読んだ者による、ロビンソン・クルーソーの《リメイク》。全般的なラインはデフォーのそれだが、《モダンな》精神から変形が施されており、また時折は、ブニュエルの映画に着想を得ているようにも思われる。ロビンソンは、たとえば、自分の島を愛しており、島とマンドラゴラの子供を作る。彼のフライデーとの関係は複雑を極めており、植民地主義者的な態度と、民族学者的な注意力との間で揺れ動いている。そもそも最後にイギリス船の船員たちが上陸すると き、フライデーが彼らとともに出立する一方で、ロビンソンは、サースデーと名づけた脱走者の見習い水夫とともに島に残ることにするのだ。この報告では、この物語の着想や創意工夫の豊かさに関して乏しい観念しか与えることはできないが、言っておかねばならないのは、この豊かさが時にかなり洗練され、不純なものですらあることだ。しばしばそこに、機知に富んだ遊戯や文学上のアクロバットのみを見るという誘惑にかられもするが、とはいえ絶えず物語の興味にとらえられ《プリ》、驚かされ《シュルプリ》るのだ。語彙は豊かである。言葉づかいは古典的であろうとしている（いくつか《漠とした予感》だとか《いたすらっぽく光る目》などの紋切り型《クリシェ》や、《溶けた〔dissolvèrent : dissoudre という動詞の誤った単純過去形〕》などの破格用法がある）。じつに独特の試みであり、好奇心を引かれる本であり、出版することがぜひ必要であると私には思える。著者はいったいどのような人物なのだろうか？[15]」一九七〇年、『魔王』について以下のように述べる彼は、まだミシェル・トゥルニエの世界を完全に受け入れていないようだ。「私はこの独特な作品に備わった異論の余地のないもろもろの美点について長々と述べるつもりはない。以下の留保をする。日記のように執筆された第一部は不自然に感じられる。それに加えて本当らしくない点が数多くあるのだ（次のように意見を述べる子どもについては何をか言わんやである。《休み時間の中庭というのは、遊びを認めるためにかなり遊びを残した閉ざされた空間である。この遊びは、いろいろな遊びが解読すべき記号として書き込まれる白いページなのだ》）。バンジャマン・ペレのように教皇やアルベール・ルブランについて語ったり、ジョルジュ・バタイユのように排泄物について語る自動車整備工場経営者のことなど、一瞬たりとも信じる気にはならない。第二部と第三部、第四部はずっと優れているが、最後の二つの部分はだらだらと続きすぎで、またもや日記のページのせいで（私見では）台無しとなっている。《私》という一人称で書かれたこれらの部分すべてが魅力をぶちこわし、この奇妙な物語を我々に信じさせようとすることをやめてしまうのだ。この物語は度はずれな野望が備わっており、ほのめかしや寓意が詰め込まれていて、そうあろうとしているよりは底が浅い。また《鬼》が舞台に現れて自分の《自我》について語ったりしなければ、しかもバタイユやクロソフスキー等々を読んだことがある人のように公にそれを語ったりしなければ、この物語はもっと説得力のあるものとなるだろう」。それにもかかわらず、『魔王』はガリマール社から出版された。さらにレーモン・クノーが、一九七〇年のゴンクール賞第二回投票でこの作品に票を投じ、それが受賞の行方に決定打となったことは言わないでおこう……。こうした状況において、彼は真に「プロの読み手」の態度を取った。「〔……〕主観的な理由で自分が内心毛嫌いしている原稿や本を、その客観的な文学的美点のために執拗に擁護することができないのなら、プロの読み手はその権威にふさわしくない[16]〔……〕」。

クノーは『プレイヤード百科事典』を準備しながら、こうした考えに一度ならず思いを巡らしたはずだ。なぜなら彼は、しばしば難しい状況に直面したからだ。彼はこの百科事典の監修を一九五四年に引き受けたのだが、この企画の「商業的で宣伝的[17]」な性質に躊躇を覚えなかったわけではない。一九六〇年から一九六三年にかけて彼の協力者の一人であったジャック・ベンスの証言によれば[18]、彼はこの仕事に対して「積極的」で「細心の注意を払う」様子を示していたという。とりわけさまざまに異なる巻を準備するにあたり、結集させる専門家の選択には細心の注意を払っていた。したがって彼は当時、フランスならびに外国の最良の研究者たちと、かなりの量の手紙をやりとりしたのである。彼を取り巻いていたのは、アントワーヌ・アダン、マクシム・アレクサンドル、ジャック・ベルジエ、ロラン・バルト、ロベール・エスカルピ、フランソワ・ル・リヨネ、レジーヌ・ペルヌー、エドモン・ポニョン、ジャック・スステル、ガエタン・ピコン、ヴェルダン・L・ソルニエ、アンドレ・ベイ、イヴォン・ブラヴァル、ジャック・ヴィエ、フィリップ・ヴァン・ティーゲム、リュシアン・ミュッセ、ジャン・ヴィダランク等々といった人物である。ピエール・マッコルランですら、「文学における隠語[19]」の解説のために雇われているのだ。しかしさまざまな困難があった。エティアンブルは、提示された手当が少ないことを理由に参加を拒み、アンリ゠シャルル・ピュエシュは、一九五五年三月七日、手直ししたゲラ刷りを彼に返送してきて、「宗教史」の担当を断念すると伝えてきた。その理由は、自分の仕事仲間、とりわけデュメジルと交わした会話に失望したからだという。彼はクノーに、むしろストラスブール大学の文学部長マルセル・シモンに声をかけてみたらどうかと助言している。また「世界史」第二巻の一部を担当するはずのルネ・グルッセは死去した。

ガリマール出版の中枢においても、雰囲気は常に平穏なわけではなかった。一九五四年にクノーはこう書き留めている[20]。「百科事典で乱闘。最初の数巻の刊行をX年の間延期する計画。私は激しく抗議する。賃上げを要求した。結果――私の歩合が二パーセントから〇・五パーセントに移行することになった。一つ成功したこと。それは四百万の負債が《チャラ》になったということ。そして一九五六年に二巻が出ることになる。なんだかんだ言って私はまんまとしてやられたかっこうだ」。時折と言ってもいいくらいの頻度で、反乱は爆発寸前になった。ジャン゠マルク・ランベールは部長に、自分の要求を厳密に明記することを要求した。彼はまた、各人の職権を厳密に定義することも望んだ。だがレーモン・クノーに対しては、優しさと深い友情を持ちつづけた[21]。彼らは週に何度も顔を合わせていたものの、ランベールはこの監修者が自分に期待しているところを正確には理解しがたいと考えていた。監修者は決して命令を下すことなく、言葉を濁すのが常であった。しかしたいへん幸運なことに、クノーの補佐たち、つまりジャック・ベンス、ロベール・アンテルム、J゠M・ランベール、ジャン・グロジャン、あるいはL＝R・デ・フォレたちは、ユーモアを欠いていなかった。こうして一九六二年五月三日、彼らはクノーに「百科事典最高評議会《ソヴィエト》」という署名を付した覚え書きを提出する。それは五月十五日から九月十五日までの四ヶ月間におよぶ集団休暇、毎月のボーナス、公私にわたる生活のさまざまな機会（クーデター、死刑、共和国の交替、結婚、離婚、洗礼、出版などなど）における特別手当の創設、そして百科事典の仕事場を、トゥーロンとマントンの間のしかるべき場所に移転すること……を要求するものであった。要するに、避けがたいさまざまな緊張関係はあったものの、嫌気がさすほどの雰囲気ではなかったということだ。その代わり、クノーは権力を巡って争っているガリマール一族の面々を別の意味で警戒しなければならなかった。当時、プレイヤード叢書はレーモン・ガリマールに任されており、彼はそれを自分の息子ミシェルに委譲することを望んでいた。だがどうやら、ガストンの息子クロードが、その部門を支配しようとしたらしい。レーモン・クノーはレーモンとミシェルのほうにずっと親近感を持っていたために、一九六〇年一月にミシェルがカミュとともに事故死したことは、レーモン・クノーにとって新たな困難の種となったのだった。幸いにも、その時『地下鉄のザジ』が信じられないほどの成功を収め、皆は制作を続けたのだった。

　驚くべきことに思えるかもしれないが、クノーはできうるかぎりの原稿をチェックしようと努め、数多くのテーマについて意見を述べていた。ハンガリー文学を紹介する任を負ったピエール・バルカンに、欠かせない作家であるマライに言及しそびれていることを指摘している。それを認めたバルカンは、クノーによる原稿の検討がきわめて鋭いことを語っている。エドモン・ポニョンは聖アウグスティヌスに関する指摘をクノーから受け[22]、自身の考察を発展させることを承諾している。一九五五年一月十四日、C・ヴィルクツコヴスキーはクノーに返信して、セルビア文学とクロアチア文学を分けることは自分にはいささか人工的に思われるが、彼を満足させるよう努め、自分の担当した章を書き直すと認めている。ロマンシュ語文学担当のレト・R・ベッツォラに対しては、それまでないがしろにされてきたズムトールの論考のことを知らせている[23]。

　出版を『文学史』から始め、『世界史』と『科学史』がそれに続くという決定がなされ、一九五六年と一九五七年に最初の数巻が刊行された[24]。クノーは、この企画が反響を得るための骨折りを惜しまなかった。彼は数多くのテクストを執筆したが、そこには最初の巻の刊行当日である一九五六年二月十五日という日付を持つ『アール』誌の長い記事も含まれている。彼がその中で掲げていたのは、「体系的なだけではなく、読むにたえる」つまり「志のあるあらゆる読者に対して門戸が開かれた」作品を出版するという意志である。彼はまた、百科事典というものは「来たるべき知識の準備、手ほどき、出発点、《予告編》でなければならない」と明言していた。「そう、我々の百科事典はまさしく――百科事典《エンサイクロペディア》という語の語源に従って――研究のサイクルなのである。それは総括であるが、また未来への入口たらんとしている」。ある種の分野における学者たちの無知ぶりについて隠し立てしないことを固く決意していた彼は、読み手に疑うことを教えようと望んでいた。『百科事典』を構成していたのは、以下の二つの主要な部分である。「一つは現代の知を示している。もう一つの部分は歴史的であり、現代に至るまでの道すじを描いている。三つめの系列は未来の展望を目的とするのではなく〔……〕、それまでに提示された枠組みに収まらないものを扱う。つまり人物伝や地理の辞書、さらにはいくつかの特殊な点を詳述したものである。我々はこの箇所で、細部や分類不能なものに対する借りを返すつもりだ。《解説》シリーズは、古典的な順番に従い、数学から――物理化学と生物学を経由し――人間科学へとすすむことになろう」。刊行が予定されている巻については以下のように紹介されていた。「『文学史』と『世界史』の後は、『宗教史』、『哲学史』、『科学史』等が続く。『見せ物の歴史』と『風俗の歴史』もまた予定されている」。最初の数巻の綿密な描写がそれに続き、次いでこれから出る巻の監修者が列挙されている。その中では、ジャン・ロスタンが生物についての巻、アンリ・モンドールが医学の巻、ロラン・マニュエルが『音楽史』、最後にレーモン・クノーが『文学史』を監修することになっている。「一年に三巻という周期で、四十巻を予定」とクノーは、記事の最後で明確に述べていた。

マスメディアは、真面目であるのみならず、さらにはこの上なく物知りなクノーを前にして驚いた。中程度の記者は、クノーというこのおどけ者が二十世紀のピコ・デラ・ミランドラ〔イタリアルネサンスの哲学者〕でもあるなどとは考えもしなかったのだ。ひとたび驚きが過ぎ去ると、彼らは冗談めかすことによってこの難局を乗り越えようとした。『パリ・マッチ』[25]誌では「この巨大な仕事はおそらくクノーにとって、彼の言葉遊びを記念して言うなら、《アリベラベラ四十巻の書物》というあだ名に値するだろう」という文言が読まれた。言わせておこう……。もっと真面目なものでは、パスカル・ピアとクリスチャン・メグレが『カルフール』[26]誌のためにクノーに提出した質問がある。すると彼は興味深いディテールをいくつか教えてくれた。たとえば『文学史』の協力者たちには、韓国人の男性、マダガスカル人の男性、そしてシャムの姫君がいるということなどである。彼はこの機会に乗じて、以下のことを再び断言した。彼にとって科学というものは人間の営為であり、「人間の精神から免れえない。アインシュタインを読む人間が五人しかいないという話は、私には作り話に見える。それなら良いことだ……」。彼は意図的に大胆にふるまい、一九〇〇年まで一般に認められていた価値が再検討される傾向にあると考えた。じっさい「ランソンの著書に登場すらしていなかった十六世紀と十七世紀の書き手の多くは、今や大詩人とみなされているのだ」。クノーの真面目さと能力が、大衆にも受け入れられ始めていた。ピエール・ド・ラティルは、[27]三月八日にこう書いている。「『考えてもごらん』の読者の大半は、俗謡を飾り立てる前衛だとか、居心地悪そうに片方の尻でゴンクール賞の肘掛け椅子に座っていると思っていた人物が、突如としてきわめて学識豊かな百科事典編纂者の姿をとるなどとは考えられない」。クノーの知識をいくつか列挙したのち、彼はこう結論づけた。「誰もが学ぶ機会を数多く持っている。クノーはそうした機会を一つも逃さなかったのだ……。こうして(すでに見事に学識で武装しているために)百科事典監修のために選ばれた人物が登場する。世界あるいは諸世界のあらゆる素材が、最良の蜜蜂たちによって集められ、彼の手を経る。彼は何を採り上げ、何を採り上げないことにするのか? ……そう、すべてがこの採り上げるという点にかかっている。我々の口に上って彼が賛同した言葉でいうなら《ふるいにかける》のである」。クノーの真の顔が発見されようとしていた。だが一九五九年に『地下鉄のザジ』が大成功することで、何よりも笑いと冗談を愛するクノーというイメージが再び流行してしまったのだ。

『百科事典』が出版されたことで監修者が得たのは、喜びだけではなかった。彼は一九五七年にこう書いている。[28]「『文学史』の第二巻に対する批評と攻撃には心が痛んだ。それによって大いに謙虚になることを学びもしたが、〔百科事典という〕玩具はいささか壊れてしまった」。容赦のない非難が浴びせられた。はやくも一九五六年十二月二十日に、ボルート・ツェルヤフが、ユーゴスラヴィア文学についての記事は間違いだらけで、しかも異様で滑稽な間違いすら含まれていると彼に指摘した。槍玉にあげられたバンジャマン・ゴリエリは、激しく反論した。一九五七年三月二十八日、マクシム・アレクサンドルは、彼がドイツ文学についてのエッセーを書くことを受諾したのは、ひとえにクノーの役に立ちたかったからだと改めて述べている。それゆえミンデルのものを含むいくつもの批評が出た後に生じた、クノーによる否認と感じられた出来事について、彼は激しく抗議したのだ。一九五八年に、[29]クノーはこう書き留めている。「すっかりしょげかえったミシェルとレーモンが、私のオフィスにやってきた。彼らはその午前中に、ピコンが書いた二十世紀についての章のことで、ガストンにこっぴどく叱られたのだ。どうしてファルグとシュペルヴィエルが《シュルレアリスムの余白》などということになるのだ? どうしてブランザも、ルマルシャンも、モンドールもなしなどということになるのだ? それからとりわけこれだ。どうしてヴァイヤンがいないのだ? それならマルタン・デュ・ガールをなしにしたほうがよかったぐらいだ……。レーモンいわく《ああ、うちの社も変わってしまった。もはや売れる作家のことしか気にかけないのだ。もっとも、ガストンには《まったく、だったらあんたが記事を書けばいいんだよ、あんたが》と言ってやったけれど》」。九月六日にルイ゠ルネ・デ・フォレは、この巻を準備したグループから離れ、協力者一覧のリストに自分の名前を載せないよう要求している。友人のアンドレ・ブラヴィエですら色をなして怒った。

とはいえ笑うことを好んでいた彼は、その少し前にもヴェルヴィエの図書館に掲示された自分の肖像をマレンコフ〔ソ連の政治家。スターリンの側近〕の肖像と勘ちがいした人物がおり、そのせいで非常に心が動かされたという話をクノーに物語ることで、自分の気質を示していたのであった……。とはいえこの時は、『文学史』第三巻において、ベルギー文学に対する扱いが悪かったことに憤慨したのである。彼はそれに引き続いて苦情を長々しく列挙してよこした。一九五九年になると、今度はジャン・ロスタンが『百科事典』に対して猛烈に腹を立てたと述べ、その怒りたるやザジのように「『プレイヤード』、おケツぶー！」と言ってしまうほどであった。幸いなことに、彼はクノーに対して不満をぶつけるものではないと言い添えている。協力者たちが愚かであったからといって、その責任を彼に帰すことはできないのだ。この『百科事典』の監修者は、善良さと平静、そして障害物を巧みにかわす巧みな技でもって、こうした人々すべてとわたりあった。逆風にも荒波にもかかわらず、この出版事業は三十五年もの間——再版も考慮すれば——続いたのだ。

『プレイヤード百科事典』の困難に直面したことで不満を抱いたクノーは、マズノ社の出版事業にも参加しつづけた。一九五七年、彼は『名作集』の中の『アドルフ』のあとがきを書き、またピエール・ジョスランとの連名でこの叢書の紹介文を発表している。彼らの説明は以下の通りである。「[……]この『名作集』は、複数のテクストをただ並べたものというよりも、むしろ調和と均衡のとれた叢書になるだろう。選ばれた作品が果てしなく並んでいるのでも、不格好な選文集でもないのだ。やはり調和と均衡という配慮が、各巻の構成の着想源にもなっている。エジプトとシュメールのテクスト、聖書のいくつかの書、ゲルマン叙事詩等々の紹介もそのようになされることになっている。各巻には同一作家の単数あるいは複数の作品が含まれる。古代期については、異なる書き手の複数の作品が一巻に集められるが、その構成が恣意的になることはない。[……]」。一九五八年、詩作品をとりあげた『ギリシア人たち』第一巻において、クノーはホメロスとピンダロスの作品に注釈をつけた。一九六四年に、マズノ社は『現代の画家たち』についての巻のためにデュビュッフェに関する研究をクノーから手に入れる。飽くことを知らない彼は、百科事典的な計画をあたためていたのである。ノエル・アルノーは、[30] クノーが一九六一年に次のような構想を持っていたことを明らかにしてくれた。「印刷術の発明から（たとえば）シュルレアリスム宣言にいたる、フランスとフランス語圏ベルギーの〈物書き狂人〉（異様な人々）の〈書誌〉と〈選文集〉をうちたてる。以下を混ぜ合わせること。

『リモンの子供たち』の異様な人々の部分
使われなかった（そして膨大な）ノート
その後私が発見した作品群
ブラヴィエの著作」。

著作の責任者として、クノーがノエル・アルノーを考えていたのは事実だ……。だがもしこの本が準備されていたなら、クノーが目立って活発に動いただろうと考えずにはいられない。

クリスチャン・メグレとパスカル・ピアが『百科事典』についてクノーにインタビューをしにきたとき、自らもコレージュ・ド・パタフィジックのメンバーであったパスカル・ピアはクノーにこう言った。「あなたはパタフィジシアンです。私ならパタフィジックから始まる百科事典を明確に思い浮かべられます。パタフィジックは至上の科学なのですから」。これに対しクノーが直接答えることはなかったが、他方でパタフィジックのことは気にかけていた。しかもパスカル・ピアはクノーのことを「フォーストロール以来我々が得た最初のパタフィジシアン[31]」と見なしていたのだ。ノエル・アルノーとクロード・ラメイユ[32]がわざわざ強調していたように、彼は「お飾りの高官」ではなかった。一九五〇年二月十一日、コレージュ・ド・パタフィジックはクノーを太守《サトラップ》という高位に就けたのだが、コレージュに加入するや否や、彼は催しへの参加、諸々の提案や出版に関する貢献を通じて、自分を受け入れたこの団体の活性化に関心を抱いたのである。たとえば九十九年絶対《アブソリュ》月四日の日付を持つ手紙の中で、彼はエマニュエル・ペイエに対し、クロード・ベルジュの友人であるアメリカの傑出した数学者、ジャン・カルロ・ロタに称号か高位を授与する手だてがないかどうかを尋ねている。クノーはこの数学者と手紙をやり取りする間柄だったのだ[33]。一九五五年二月、たしかにクノーは『日記[34]』にこう書き留めている。「コレージュ・ド・パタフィジックでサンモンの講演。何人かの太守《サトラップ》に出会ったが、名前を知らない人ばかりだった。コレージュは、おかま組合の隠れみのに過ぎないのではないかと思う」。しかしながら、これと同じ時期、正確には三月一日に、エトワル通り四番地二（十七区）に位置するコメディ＝ヴァグラム座で、クノーは「ネロの皇帝登位千九百年祭」を祝賀するコレージュの荘厳な会を司っている。その数日前にはソルボンヌで「フランス語の静力学と動力学」についての講演もおこない、三月二十六日にはそれが『コレージュ・ド・パタフィジック手帖』に掲載されることになる。その年末、つまり十二月二十二日に、彼はその雑誌に、二つのソネ、つまり「ごみくず」と「鳥たちの時代」を、次いで一九五六年五月には「幾何学者イビクラテスによれば」を発表している。この中では、レーモン・クノーが一九三四年二月にオランダの数学者ファン・ショーテンの講演に出席したことがとりわけ書かれているのだが、この数学者が与えた幾何学の定義はなかなかに興味深いものであった。「数学の一分野に幾何学と呼ばれているものがあるが、それは十分な数の専門家が、感情と伝統によってこの名前で呼ぶことに同意しているからなのである」。

その後、例の有名な『馬鹿げたことども』に彼の署名が入るようになるには、一九五九年を待たねばならなかった。その間にコレージュの機関誌『手帖《カイエ》』は『資料《ドシエ》』に変わっていた。というのもエマニュエル・ペイエ＝サンモン＝ラティスが『手帖』を出版するのに飽きてしまっていたからだ。「サンモンの通達を受け取ったか?」と、一九五七年五月二十七日、レーモン・クノーはボリス・ヴィアンに尋ねている。(35)「雑誌を作るのが実にうんざりするものだということはよく分かる。しかし彼を励ましてやらなくては。そうは思わないか？ 僕は彼に、そういう内容の手紙を書いた。『手帖』がこのようにしてなくなっちっちまったら〔クノーはわざとおかしな綴りで書いている〕残念なことだろうから」。

クノーはコレージュ・ド・パタフィジックにおける重要人物になっていた。一九五九年五月、コレージュの新しい長を決める必要が出てきたとき、選挙事前委員会はまず四人の太守を指名した。つまり、ボリス・ヴィアン、ジャン・フェリー、ルネ・クレール、そしてレーモン・クノーだ。そしてこの四人がクノーを唯一偉大選挙人として選んだのである。そして今度はクノーが、TS〔超越太守〕ジャン・モレ男爵に票を投じた。「糞月《メルドル》十一日（一九五九年五月二十八日）、レ・アールの中心、ジャン＝ジャック＝ルソー通り二十五番地のレストラン、エピ・ドールで、十二時半に、コレージュの新しい副財産管理人への〈忠誠を誓うパタフィジックな饗宴〉が執り行われる。九人の最良人たちがジャン・モレ男爵を囲む。尊ぶべき一枚の写真は、ボリス・ヴィアン男爵の右側、そしてミシェル・レリスの左側にいる彼を示している（この写真はデザートの時の様子だった。食事の間、壮麗閣下の左にはジャン・フェリーが控えていた）。比類ないひとときだ！ ブッフ＝モード（ボリスのお気に入りの料理だ）が、この儀式を豪華絢爛とすることに一役買い、《初物》ボジョレーが、学説や方法論やさらには応用技術についてのもっとも難解な話題に関する会食者たちのやり取りを、パタフィジック的最高温に保っていた。それは、エピ・ドールの一枚のナプキンが、ボリスの描いたどてっ腹《ジドゥイユ》製造機の設計図をとどめていることにも示されている」(36)。〈壮麗閣下への歓呼〉の儀式は、六月十一日にシテ・ヴェロン通りの三太守テラスでおこなわれた。「コレージュの新しき長を表敬し、一九五二年もののエドシックのシャンパーニュ――コレージュの最古参のメンバーの一人、クリスチャン・エドシックによって供された――とともに、ボリスとユルシュラ・ヴィアン夫妻の、心地よくそして活力を与えてくれるもてなしを味わった者全員の名を挙げるだけで、この本の二ページ分が埋まってしまうだろう。数多くの人の中から挙げておくべきは――レーモン・クノー、ルネ・クレール、ウジェーヌ・イヨネスコ、ロジェ・グルニエ、シネ、ジャック・ルマルシャン、ピエール・カスト、マルセル・ドリアム、フランソワーズ・ジロ、アラン・トリュタ、アンリ・サルヴァドールだ。ジャン・ラシーヌとジャック・プレヴェールの詩にメンデルスゾーンの曲をつけ（《全世界に陛下の鷹揚さが満つ》）、ランス大聖堂のオルガンの協力を得て録音された合唱曲が奏でられ、その後〈出版者の友〉アンリ・ブーシェによってジャン・モレ男爵への賛辞が述べられた。次いで壮麗閣下への〈大どてっ腹《ジドゥイユ》勲章の最高記章〉の授与が行われた。

記章主導者ボリス・ヴィアンに補佐された偉大なる勲章保持者レーモン・クノーが、重大勲章授与者ノエル・アルノーによって示された大記章を男爵の胸にピンで留めたのである」[37]。

ボリス・ヴィアンはその十二日後に死ぬ定めにあった。彼の心臓が弱いことは知られていたのだが、皆、さらには彼自身も含め、そのことを忘れてしまっていたのだった。数ヶ月後、八十七EP年どてっ腹《ジドゥイユ》月九日（俗暦では一九六〇年六月二十三日）の日付をもつコレージュの『資料《ドシエ》第十二号』において、クノーがヴィアンに弔意を表している。「ボリスは突然変異《ミューターント》の太守だった。あるいは、太守的な突然変異体《ミューターント》だった。問題は――この問題に答えはないのだが――コレージュ・ド・パタフィジックが顕在隠蔽的であるか否かだ。もしそうなら、そこで正常体は何をするべきなのか？　そうでないなら、そこで突然変異体は何をするべきなのか？　ボリスは正常な突然変異体、あるいは突然変異的な正常体だった。そして彼よりもパタフィジシアンであった者があろうか？〔……〕ボリスは常に未来だった。彼の死は過去である」。

一九六〇年四月六日、壮麗閣下モレ男爵の出席のもと、今度はクノーがOGG〔大どてっ腹（ジドゥイユ）勲章〕の記章を、ジャン・デュビュッフェとポール＝エミール・ヴィクトールに授けた。五月と六月にアメリカのフランク・ドボと手紙のやり取りをしていたレーモン・クノーは、自分の作品が出版される際、表紙に「コレージュ・ド・パタフィジックの太守および偉大なるOGG保持者という高位」に就いている旨を掲載してもらえるならたいへん幸甚に思うと知らせている[38]。六月二十日、クノーは自身の肩書きの詳細をドボに知らせている。いわく「超越太守、偉大なる大どてっ腹《ジドゥイユ》勲章保持者（GCOGG）」である[39]。

その次の夏の終わり、九月一日から十一日にかけて、スリジー＝ラ＝サルの国際文化センターにおいて、ジョルジュ＝エマニュエル・クランシエと、ジャン・レスキュールの監修のもとに、クノーをテーマとした十日間の催しが行われた。タイトルは「レーモン・クノーと〈新・フランス語の擁護と顕揚〉」である。この会の序文が詳しい情報を与えてくれる。「おそらくは、言語に特別な注意を払う時代として我々の時代を特徴づけることができるだろう。あらゆる《近代》芸術は、言語についてなされる伝統的な用法を拒否し、言語を手段としてしか用いないことの愚かさを告発し、言語に一種の客観的な力を認めて驚嘆している。レーモン・クノーの作品は、このような新たな意識の中心に存在している。明日の作家たちは、望もうと望むまいと、知っていようと知っていまいと、クノーが何も書かなかったかのように書くことはあるまい。そのことは、考え得る限り多様なジャンルにおいてあてはまる。言語についての長きにわたる省察によって、レーモン・クノーは、青年期における数学の研究から、兵士ブリュやオウムのラヴェルデュールが示す申し分のない知恵へと到達した。人間がおしゃべり、おしゃべり〔『地下鉄のザジ』に登場するラヴェルデュールのセリフを念頭に置いた表現〕する動物であること、結局のところそれは幸せなことだとクノーが気づくまでにかかった時間は、わずかに数千年であった」。この十日間の催しは、ネオ・フランセ〔新・フランス語〕について論じる一日で始まることになっていた。その後で、新たな詩、小説、演劇、ラジオ、映画、数学、そして「言語という観点から眺めた」歴史ならびに『百科事典』についての議論が続いた。大勢の友人や知り合いがスリジー＝ラ＝サルにやってきた。ガンディアック夫妻、クランシエ、メンミ、ロネ、シェセックス、ミシャ、ベンス、ウルゴン、またジャン・レスキュール、ジャン・フォラン、ウジェーヌ・ギユヴィック、アンドレ・フレノー、ジャン・クヴァル、モレル神父、クロード・ドーベルシ、ジャック・デュシャトー、アンドレ・ブラヴィエ、フランソワ・ル・リヨネ、ジェラルド・アントワーヌ等である。各人の報告や発言に加え、レーモン・クノー自身も、言語、シュルレアリスム、ピクトグラム、あるいは自らの初期の小説についての情報や考察を公にすることによって貢献をした。彼は、批評が見失ってはならない基本的真理を思い起こさせた。「私は自分が書いたものをひとまとめに見てはいない。時間の流れに沿って、私がそれを生きたようにのみ見ているのだ。私はしかじかの時期に一冊の本を書き、別の時期にまた別の本を書いた。そしてまた別の本をといった具合だ」。彼は次のように打ち明けることで、聴衆を驚かせもした。「私は自分のことを非常に古典的であると、観念……文学活動に関する観念についてはすでに古典的だとみなしていた」。政治生活についての質問に答える際には、以下のように明確な言葉で寛容さと知恵を示した。「〔……〕政治の土俵上で誠実に行動している人々――不誠実に行動する人々のことは問題にしていません――が、すぐ近くに存在するということをわかったうえで、そうした人々を敬意をもって考慮する――ただしそのためにそうした人物たちと関わり合いになったり、あるいは精神的貴族といった態度を取ることもなく――そういう人々が存在することは、十分に認められます。それでも彼らの間には、心のこもったやり取りが生じ得ます」。これほど豊かな学会を締めくくるのは困難であったが、しかしクノーは以下のように述べて結びの言葉とした。「〔……〕私は出席者の皆さまに、この十日間に関心を持ってくださったこと、きわめて礼儀正しく私に接してくださったことを感謝いたしたく思います。この十日間の催しを、私自身はどのように捉えていたのかとお考えの向きもあるでしょう。よろしい、一晩か二晩ほど前に見た夢をみなさんにお話しましょう。ええ、その夢では……見せ物をやっていたのですが……おそらくサーカスでした、昨晩ではなくその前の晩でしたか……檻があって、そこから美しい動物が出てきました。すばらしいワシでした、イヌワシですかね、こんなに背丈があって、見事なのです。けれどそれが実は、オウムだったんですよ[40]！」

スリジー＝ラ＝サルのこの学会での主要な出来事は、異論の余地なく「実験文学セミナー（略称セリテクス〔Séminaire de Littérature

Expérimentale の略〕)」を創設するという決定だった。じきに「潜在文学工房(略称ウリポ[41]〔Ouvroir de Littérature Potentielle の略〕)」という名を採用することになるものだ。その端緒となる会合はその年の十一月二十五日に「バック通り(パリ七区)八十二番地のレストラン、ル・ヴレ・ガスコンの地下で行われた。そこには十人の創設メンバーが集うことになる。ノエル・アルノー、ジャック・ベンス、クロード・ベルジュ、ジャック・デュシャトー、ラティス〔サンモンと同一人物〕、ジャン・レスキュール、フランソワ・ル・リヨネ、レーモン・クノー、ジャン・クヴァル、そしてアルベール゠マリー・シュミットだ[42]」。アンドレ・ブラヴィエ、ロス・チェンバース、そしてスタンリー・チャップマンは在外通信会員ということになり、ポール・ブラフォールが、現会員が指名する最初の新会員となった。この新組織の主導権はおもにフランソワ・ル・リヨネとレーモン・クノーに委ねられることになったが、この二人はともに「いくつかの性向を有していた。つまり数学に対する、また数学的悦楽に対する一種の渇望、同様に百科事典に対する情熱である[43]」。

目的は明確に定まっていた。「数学的構造を用いて文学的テーマを発展させること[44]」である。フランソワ・ル・リヨネはより精確にこう明言している。「数学は、物理学、生物学、経済学、言語学に適用されている。これを実り多いやり方で文学にも適用することが可能であると私は確信しており、そこにウリポの主要な使命もあるのだ。文学的創作に際して構造を入れ替えることで、書き手(詩人、小説家、劇作家等)は、新しくかつ意義のある表現手段を手にすることができるようになるだろう[45]」。サラニハナニガ〔クノー流の音声的綴りで書いてある〕?相棒のル・リヨネの言を引き継いで、クノーは次のように付け加えている。「我々の望むこと、それはまさしく、一家言もつ人々に対し、彼らの興味を引きうる構造や、さらには新しい形式を提示することである。そこには二つの側面、我々が行う研究という側面と教育の側面がある。つまり一方で既存のものを検討し、他方では新しい形式を見つけようとするのだ[46]」。続いてクノーは、具体的なケースを参照し、次のように述べる。「純粋に文学的な諸問題においてすら、数学的な興味があり得る。セクスティーヌ〔六行の詩節六つと三行の詩節一つからなる定型詩〕が良い例である。セクスティーヌはプロヴァンスの詩人によって発案された定型詩で、六つの詩句で構成された第一節の各語が、明確に規定された配置転換の規則に従い、次の節で再び出てくるということから成っている。そこで次のような問いを呈することができる。これを五つの詩句で、あるいは十二の詩句で、あるいは十一の詩句で行うことは可能なのだろうか?」問題はなによりも数学的であり、フランソワ・ル・リヨネとレーモン・クノーの周りに集った人々の精神に完全に合っていた。もっとも、これほどまっとうな道にただ留まっていることは論外であった。クノーはこう付け加えている。「我々はいにしえの形式や、リポグラム[47]や回文[48]等のようなものでも、あらゆる種類のいにしえの手法にも興味を抱いている。あるいはそれらの新しい等価物、つまりは新しい形式や手法を探してもいる。たとえばＳ＋七[49]と名付けたものは、そうしたものの一例となり得た[50]」。

ウリポの関心事はクノーのそれと完全につながっており、クノーもそのことを隠さなかった。「フランソワ・ル・リヨネが、この実験文学のアトリエを創設するという計画を私に話してくれたとき、私にはすでにしばらく前、おそらくは一、二年前から着手していた《仕事》があった。後に『百兆の詩篇』という詩集を形づくることになるソネを三つか四つそれまでに書いていたのである。これはいわゆる組み合わせ論であり、ソネのそれぞれが詩句を一行ずつ提供することになるものだ。そして一つのソネには十四行の詩句があるわけだから、各ページが行ごとに十四の細い片に切り分けられると、十の十四乗の詩を作り出すことが可能となる」。この試みは難しいものであった、しかしクノーはこれを完成させることに尽力し、あとがきをフランソワ・ル・リヨネに依頼した。レーモン・クノーによれば「このあとがきは最初の宣言とみなされ、また『百兆の詩篇』というこの本そのものも、ウリポの最初の所産であるとみなされうる[51]」。興に乗ったクノーは、次のような計算を披露すらしている。「一つのソネを読むのに四十五秒、紙片を変えるのに十五秒かかるとして、一日に八時間、一年に二百日読むとしたら、百万世紀以上にわたって読書を続けることになり、年間三百六十五日、一日中読むとすれば、一億九千二十五万八千七百五十一年に加えてちょいと数時間数分ばかりかかることになる（閏年その他の細かな点については考慮しない）[52]」。

これと同様の規模のものではなかったとはいえ、ウリポの最初の数年間には、クノーの他のテクストが続けて発表された。「Ｓ＋七をレスキュール流の方法で実践することへの貢献」、「ファーヌ・アルメにおける冗漫さ」、「言語の行列《マトリックス》分析」、「交差のかけ算について」、「三要素からなる関係のグラフ——ＸがＹをＺとみなす」そして「セクスティーヌについての補足的覚書」である。こうした省察の多くは、最初ウリポで紹介され、コレージュ・ド・パタフィジックで出版された。というのもウリポははやくも一九六〇年十二月二十二日以来、短命ではあったがオリポという名で「コレージュの」「公現祭《エピファニー》ならびに男根祭《イティファニー》の小委員会」に組み込まれており、この小委員会自体も「予見不可能事委員会」の中に含みこまれていたからである。クノーはウリポの探求の中に、文学者と数学者の間の溝を埋める手段を見ていた。数学者たちの活動を何一つ理解できないことを文学者たちが自慢げに語っているのを耳にすることが、彼には次第に耐えられなくなってきていたのだ。さらにウリポに関して長いことジャック・ルーボーと意見交換したポール・フルネルの言によると[53]、「当時はレーモン・クノーがただ一人で仲間を勧誘していた（フランソワ・ル・リヨネの意見を聞いてはいたが）」ウリポは「クノーの生ける小説であった。そこに集った人々はクノーらしさの典型だったのだ。『はまむぎ』にふさわしいくらいありそうもない人間や、多様性においてすばらしく創造的な人間ががらくたの山のように集まっていた。そこには真面目さと奇妙さとおかしさがいっぺんにあったのだ」。その上「シュルレアリスム的ないさかいにはうんざり」していたクノーは、ウリポにおいて「彼の透徹した性質に似つかわしい反ブルトン的な姿勢(54)」をとったのだった。

おそらくはコレージュ・ド・パタフィジックと決裂しかねないことを意識して、クノーは、数え切れないほどの活動を抱えていたにもかかわらず、コレージュを顧みないことのないよう気をつけた。一九六一年には、詩を一篇と「例のブツ《マシャン》、どてっ腹《ジドゥイユ》、そしてヘルヴェティア〔スイスのラテン語名〕」を『コレージュ資料』に発表している。クノーはその中で、十九世紀の作家エルネスト・ブルレ、またの名をジョンシェールの考えを再び取り上げようとしていた。それによると、一九六七年になるかならないかのうちに、フランスはスイス連邦に自らの意志で併合されるというのだ。クノーはさまざまの県が時の経過とともに次第に併合されてゆくさまを想像し、最後にこう結論づけている。「これに取りかかるもう一つの方法は、現在に至るまで実際の政治生活が行われたことのないあの氷塊に軍隊を宿営させながら、北極点から始めることだろう。TS〔超越太守〕のP＝E・ヴィクトールなら、（暫定的に）そういった氷塊のいくつかを代表できるかもしれない。かくして少しずつエスキモーのほうへとたどり着くと、エスキモーたちは我々の《例のブツ《マシャン》(55)》を得々として創始するであろう。そして我らがヘルヴェティアの最初の州は、チュクチュ、ユーカギル、サモエードそしてラップ人たちの居住地となろう。当然、海洋のみから成る州もあるだろうが、その管理は鯨目《もく》の中でもっとも進化したイルカに託されることになる。読者諸君には、練習問題として、地球という回転楕円体を覆うことになる州の数が最終的にはいくつになるのか計算してみることを提案する。州は平均して、ヴォー州の面積を持つものと仮定する」。彼の署名に続く肩書きは興味深いものであった。「偉大なるＯＧ〔大どてっ腹（ジドゥイユ）〕勲章保持者、フランス数学協会ならびにその他さまざまの学術協会会員」。

一九六三年の十月、モレ男爵八十六歳の誕生日を祝って開かれた饗宴の機会に、クノーは、自身が序文を書いた『モレ男爵の回想録(56)』の第一刷を持ってきた。『マガジーヌ・リテレール』誌に寄せた記事の中で、クロード・ラメイユは、クノーによるこの紹介について「光を当てる」と形容しているが、実にその通りであった。レーモン・クノーがいなければ、モレ男爵はまったく知られないままであっただろう。たいへん幸運なことに、クノーはモレ男爵の美点を永遠に刻みつけたのだ。「アポリネールの秘書であったジャン・モレ男爵は、一度も男爵だったことはなく、またそもそも単なる秘書だったわけでもない。アポリネールその人のみが、詩的な気まぐれの命ずるところによって、男爵と秘書というこれら二つの顕職のうち前者を彼に授けたのだ。このことによって男爵は、コレージュ・ド・パタフィジックから授けられた名誉を受け入れてくださるはるか以前に有名になった」。二年後、アンドレ・ビイが、この栄誉ある老人に対するパタフィジシアンたちの敬意にあえて疑念をさしはさんだとき[57]、クノーはこう答えた。「ちがう！　ちがう！　親愛なるアンドレ・ビイよ、我々はモレ男爵を一度も《嘲笑の的》だとか《道化役》などととらえたことなどない。我々は愛情と敬意しか彼に抱いたことはないのだ[58]」。

パタフィジックの大義に倦むことなく奉仕する者として、クノーは一九六四年三月三日にミラノに赴き、インスティトゥートゥム・パタフィジシクム・メディオラネンセの開会式に参加した。そこで彼は、ラテン語で、次のように始まる深遠な演説をおこなったのである。「コレージイ・パタフイジシノコノウエナク偉大ナルカノ副会長ハ大イニ喜ビ、同様ニ私クエルクルス・カトウルス・レーモンドウスGCOGGモ喜ビ、ソシテパリ並ビニ地方ノ総テノパタフイジシヤンモ同様ニ喜ビ、従ツテコノ都オヨビ全世界ニオイテ我々ガ喜ブ」。モレ男爵が一月に逝去していたために、〈四者小集会〉が開かれねばならなかった。集まったのは、デュビュッフェ、デュシャン、フェリー、そしてクノーであった。これら四人の賢者はデュビュッフェを唯一選挙人に選任した。そして秘密投票の結果、TSオパックが今後は団体の行く末を取り仕切る者として選出された。最初の会合は一九六五年九月十五日にジャン・デュビュッフェのところで開催されたが、彼はクノーを伴って、新たな副財産管理人にOGG大記章を授けたのである。

スリジーでの十日間の催しの際に発した言葉の中で、レーモン・クノーは、間接的な言葉遣いを通じてであったことはもちろんだが、自分が政治活動と距離を取ったと明かしたのであった。彼はこう言っていた。「[……]この時勢において、行動の中にいない知識人は間違っていると考えること、それは乱雑なやり方で行動のための行動をせねばならないと前提することであり、また実はすべてが、私見では徹底的なやり方で再検討に付されているのを理解していないということです。運動の自己批判は非常に有効だったために、現在ではそれが知性と、また言ってみれば……精神の自由を可能にしています。つまり……その……パタフィジックの面においてそうなのです。この観点からすると、一見したところ、外部、そうですね、社会的な世界の外部のように見えるところで生活したいと願っている人が罪悪感を抱くことはありません。なぜならそれに加え、人は何をするにしても、それが政治的な動きではなくとも、現実的な有効性を持ちうると私は考えているからです」。レーモン・クノーは、自分を念頭に置いてこのように述べていたのだと、錯誤に陥る危険を冒すことなく確言できる。時は一九六〇年の九月の初めであり、アルジェリア戦争における不服従の権利についての〈百二十一人宣言〉が七月以来出回っていた。ロベール・アンテルム、シモーヌ・ド・ボーヴォワール、ロジェ・ブラン、ジャック＝ロラン・ボスト、マルグリット・デュラス、ルイ＝ルネ・デ・フォレ、アンドレ・フレノー、ミシェル・レリス、ディオニス・マスコロ、モーリス・ナドー、ジャン＝ポール・サルトルがその宣言に署名を寄せていたのだが、クノーの署名はなかった。彼はその存在を認識し、また請われてもいたはずである。だが彼は応じなかった。事実彼は、ある種の脱政治参加《アンガージュマン》の方に向かって変化し、それに背中を押されるように、世間の日常的な動揺からは離れていっていたのである。この時期に彼が残した下書きには、一九五八年から一九六二年におこなわれたさまざまな展覧会への招待カードの裏に書きなぐられた意義深い考えが見られる。たとえば彼はこう書き留めている。「今日の人々は、ルネサンスの人文主義者たちがキリスト教徒であり続けたのと同様に左翼である」。あるいは「ファシズムの力を見積もることにおいて、《左翼》は常に間違い続けている。マルクス主義思想は、誤った分析のせいでファシズムについて大きなしくじりをおかした。《プチ＝ブルジョワ右翼運動》というくらいで、彼らにはじゅうぶんだった」。他の箇所では「労働者階級の悲しき大集団」について語り、「非理性主義はことごとくファシズムに至る／サルトルやブルトンの《左翼を保ち続ける》意志はそこに由来する。彼らはいつでも《左翼を保ち続ける》必要を感じていたのだ」と記す。これは何を意味するのだろうか？　クノーが次第に保守的になってきていたということだろうか？　それは考え得る。ジャン＝マリー・クノーとロベール・ガリマールは、筆者に対し、彼の思想にはド・ゴール主義的になったところが見受けられたと述べた。おそらくそうなのだろう。しかしながらその変化は、緩慢に、また段階的になされたのだった。

一九五三年二月に彼は、ドイツ軍国主義の再興を引き起こしかねない欧州防衛共同体（ＥＤＣ）に反対するヌイイ委員会を支持していた。事実、二月二十三日にヌイイのシネマ・トリアノンで催される公開集会を告げるチラシ[59]に彼の名前が載っている。議長を務めたのは法廷弁護士のエティエンヌ・ヌーヴォーであり、そこに『オプセルヴァトゥール・ドージュルドゥイ』誌編集長ジル・マルティネ、元大臣のルネ・カピタン、『テモワニャージュ・クレティアン』誌編集長ジョルジュ・モンタロンといった人物たちが加わっていた。四月にクノーは、ユダヤ人であるフィナリ家の二人の子供のために知識人が起こした声明に署名を寄せている。両親を強制移送で亡くしたこの子供たちは市立保育園に預けられ、次いで洗礼を施されたのだ。二つの魂を「取り戻そう」とした教権主義者たちの思い上がりが明るみに出ることとなり、大きなスキャンダルが生じた[60]。左翼勢力は色めきたった。組合、政党、若者の運動団体、フリーメーソンのフランス大東社などが、反啓蒙主義への回帰だとして抗議した。クノーは彼らに加わった。だが『レットル・フランセーズ』誌がローゼンバーグ夫妻[61]を救うための、次いで彼らの名誉回復のための署名キャンペーンを六月と七月に組織した際、そこに発表されたリストにクノーの名は見られない。六月初め、戴冠式直後のイギリス女王に宛てられた嘆願書にも彼の名前はない。カミュ、サルトル、シモーヌ・ド・ボーヴォワール、ガストン・ガリマール、ジャン・コー、ロジェ・ニミエ、ロジェ・マルタン・デュ・ガールらの署名が、ローゼンバーグ夫妻を救うべくアメリカ合衆国大統領に宛てられた電報の下に連なっている一方で、クノーの署名は見あたらないのである。六月末、処刑されたこの夫妻の名誉回復を目論んだジャン・コクトーが、世論の動きを盛り立てようとしたときにも同じであった。だがその一方、七月二十三日、ガリマール社から『死の家の手紙〔邦訳は『愛は死をこえて　ローゼンバーグの手紙』〕』が刊行されたことを機に、『レットル・フランセーズ』誌がクノーにインタビューを行っている。そこでクノーは、この本が十日で仕上げられたことを強調した。というのも「ガリマール社はこの企画が、死との競争であることを承知していたからです。結局のところ、皆〔……〕これが正義のために成された行為であると考えていました」。クノーはこのように付け加えている。「ガリマール社では、皆が、つまりガストン・ガリマール氏から社員たちに至るまで、ローゼンバーグ夫妻の助命嘆願を求める署名をしました」。それゆえ彼の名が『レットル・フランセーズ』誌の声明の中になかったのは、偶然だったのだ。

レーモン・クノーはまた、一九五四年一月、フランス＝ハイチ文化協会の設立に参加し、一九五五年にはハンガリー学士院の夕べの議長を務めた。冷戦という状況を考慮に入れれば、この後者の行動は、おそらく意義のないものではなかっただろう。一九五五年三月にはフランス委員会から、ギリシャにおける包括的な大赦を実現させようとの請願を受けている。委員会はクノーに、この三年前にヴェロヤニス〔一九五二年に処刑されたギリシャ共産党指導者〕を救うために彼がおこなった支援を思い起こさせたのである。一九五五年九月、ヴァカンスから戻ってきたクノーは、たいへん興奮している『プレイヤード百科事典』チームのメンバーを見出した。「彼らはマグレブに関する声明を作り上げたのだ。彼らはそれをフレノーに託して私に示した。弱さと友情から《はい、署名します》とは言ったものの、マグレブの悪いところと見なしていた点（ファシスト的なアラブ同盟、フランコによる支援[62]など）についてはやはり言わせてもらった。またベン・ユセフの正統性などどうでもいいとも。他にもいろいろだ。これはゲイリー・デイヴィス事件がまた起こったということであり、それだけのことである。もしこれがさらにはっきりと政治的なのであるとしたら――危険だ。私はナドーの本[63]にリフ戦争についての宣言を探したが、見つけられなかった。他方ヒトラー時代のＦＩＡＲＩ〔真に革命的で独立した芸術家の国際的連盟〕の宣言その他は見つけられた。たいしたものではない。また始まるだろう」。彼は無気力と落胆に捉えられはじめているのだろうか？　それはありうることだ。それでも彼は、一九五五年十月の北アフリカの平和のためのアピールなど、いくつかのアピールに署名をし続けてもいる。他方、彼はモーリヤックやマシニョン、あるいはバタイユとさえ手を組むことを拒んでいる。彼はバタイユのことを、二十五年来政治にどっぷりつかっていると見ていたのである。クノーはバタイユに『共産主義』を再読するよう助言すらしているのだ……ただしマスコロの。

この当時レーモン・クノーが遂げていたゆっくりとした変化を知れば、彼が一九五六年十一月四日からソヴィエト連邦に赴いたということを知って驚くかもしれない。しかもこの同じ日にソヴィエトの軍隊がブダペストに入り、この都市を制圧するために十三日まで戦闘を繰り広げたのであれば、その驚きはなお大きいものとなる。クノーの旅行は、フランス＝ソ連協会によって企画されたものだった。協会の文化部を仕切っていたルイ・ダカンと、仲介役を務めていたロジェ・ヴァイヤンがそのお膳立てをしたのである。これがプロパガンダ目的で行われた旅行であるのは明らかだったが、とはいえクノーも、また同じくこの旅行に参加したロベール・バダンテールも、その観点にとどまりはしなかった。彼らにとって重要だったのは、ただ個人として入り込むことがきわめて難しい大国を発見できるという可能性のみであった。もっとも、当時マンデス主義者だったロベール・バダンテールが筆者に述べたところによると、クノーは当時「完全に政治色がない」ように見えたということだ(64)。ジャニーヌ・クノーと、女優で当時ロベール・バダンテールの妻だったアンヌ・ヴェルノンに加え、この旅行に招待された名士たちは以下のとおりである。ボルドー＝レニングラード委員会メンバーのジャン・バジーユ、肺結核専門医のピエール・ボスケ、画家で諮問会議レジスタンスグループ元議長のクリスチャン・カイヤール、リール大学医学部長のピエール・コンブマル、リヨン観光協会長のポール・ドフォン、技師のセルジュ・ラブリエ、建設業のマルセル・メルシエ、技術コンサルタントのジャン＝ジェルマン・テーヌである。

出発に際して、ロジェ・ヴァイヤンは作家協会会長のイリヤ・エレンブルク宛の手紙をクノーに託した。それはソヴィエトによるハンガリー侵攻後に、自分が共産党と断絶した旨を告げるものであった。またジャン＝ポール・サルトルからは、手紙ではなく忠告を受けた。それは訪問旅行の行程に組み込まれていて避けがたいが面倒なジョージア〔自国内の名称はサカルトヴェロ〕には用心するようにというものであった。それを知った同行者たちとクノーは、それゆえジョージアよりもウズベキスタンに滞在したいと声高に要求したのである。モスクワへの到着は陰気だった。用意されていたホテルは大きすぎ、スターリン様式、つまりは非常に醜いものだった。クノーの日記は旅行の詳細を教えてくれるものの、そこにはほとんどコメントが差しはさまれていない。彼はいたるところで、フランスでロジェ・ヴァイヤンが準備した乾杯の挨拶をした。いわく「偉大なるソヴィエト連邦と人民の間の平和のために杯を掲げます」。『ヌーヴェル・ド・モスクー〔モスクワ通信〕』紙は、フランス知識人たちの訪問に繰り返し興味を示した。十一月七日の祭典についてモスクワで尋ねられたクノーは、はっきりとこう述べた。「軍事パレードとモスクワの人々の催し物には、きわめて深い印象を受けました」。……タシケントとサマルカンドに短期間滞在したあと、モスクワとレニングラードに戻った代表団は、非常に公的な文化組織VOKS[65]によって企画されたさまざまな興行を見たり、訪問を行ったりした。ロベール・バダンテールは、自分たちがいかなる直接的なプロパガンダの対象にもされなかったと考えている。だが彼らの移動はすべて念入りに準備され、研究され、制御されていた。バダンテールはクノーがソヴィエトの人々の日常生活に底知れぬ興味を抱いていたことを覚えている。ある晩など、人々を観察して飽きる様子がなかったクノーを、彼がビストロから文字通り引きはがさねばならないほどであった。旅行団が去った後の十一月二十六日に、『ヌーヴェル・ド・モスクー』紙はこれに関する最後の記事を掲載しているが、その見出しはクノーの言葉を借りたものであった。「ソヴィエトの人々の生活に対する私の大いなる興味は、さらに募った[66]」。記事はクノーが実際に考えているよりもソヴィエトの現実を礼賛するように報じた。しかしジッドとはちがい、クノーは、帰国してから何かを言ったり書いたりすることを一切せず、フランス＝ソ連協会ともある程度の関わりをもちつづけた。おそらくはそのおかげで、一九六三年二月、「詩の技法」と題された彼の詩が『ノヴィ・ミール』誌に載ることになったのだろう。

手はじめにひとつの言葉をとってみなさい
そしてそれを火にかける
知恵をひとつまみとりなさい
そしてお知らせをひとかけら
星をいくつか、こしょう少々、
震える心をひとかけ
［……］
では、お書きなさい！　しかしまずは
やはり詩人として生まれなさい。

その後で見られるのは、とりわけ芸術上の理由や人道上の理由で政治参加するクノーの姿である。一九五八年に彼は、アルベール・カミュとともにジャリヴィスト[67]を支援している。彼らは一九五七年三月二十一日に、ダダイスト絵画展のオープニングパーティを大混乱に陥れたとして、法廷に引き出されたのだ。「ジャリヴィストで詩人のジェラール・クレリーが絵画を一点［奪取し］、それを近くのアンリ＝パテ辻公園にまで持ち出した。この絵の作者であるシュルレアリスム画家マン・レイが彼に襲いかかった。殴り合いがそれに続いた。チェッカーのボードを描き、その上に細ひもの糸巻きが貼りつけてあるこの画布は、ジャリヴィストの手中に留まった。そしてその手によって、二十二口径ロングライフルの銃弾がこの画布に浴びせられたのである。もう一つの絵は火刑に処されるはめになった。それはガラス製の目玉が付けられたメトロノームの絵であった。もっとも、それには《破壊すべきオブジェ》というタイトルがつけられていたのだが[68]」。この状況に際して、レーモン・クノーはこう明言した。「元シュルレアリストかつダダイストとして、私は彼らの行為が、まさしく我々の反抗の伝統に位置するものであり、我々に表された敬意であると考えている」[69]。一九五九年一月、彼はパブロ・カザルスやルイス・ブニュエルらとともに、フアン・ゴイティソーロが組織したアントニオ・マチャードを表敬する委員会に参加することを承諾し、七月には、ジョルジュ・オーリック、ジャン・コクトー、アンドレ・ルッサン、アンリ・ソゲ、ジャン・タルデュー、ジャン・ヴィラールらとともに、国立民衆バレエを創設するための委員会に加わった。そして一九五九年の終わりには、アンドレ・ド・リショー友の会を支援し、この人物がきちんと生活できるよう配慮したところ、そのことでミシェル・ピコリから熱烈に感謝された。同じ頃、私立学校の支持者たちから公立学校を守ろうという非宗教《ライック》行動国民委員会の誓願書に署名をしている。彼は教員組合によって開かれた記者会見に足を運ぶことまでした。フランソワ・カヴァナは、一九六六年十一月に、『ハラ・キリ』誌のためにとりわけレーモン・クノーが自分を擁護してくれたことを喜び、彼に自由討論を提案したが、これは実現しなかったようである。しかしながらカヴァナは、一九六七年一月号にクノーの詩をいくつか載せることができた。ジャック・リヴェットの映画『修道女』が禁止されたことで、クノーは検閲反対の立場をとることになった。[70] 一九六八年五月、『百科事典』の協力者の一人ジャン゠マルク・ランベールは、知識人の公開集会でクノーの姿を認めて自分の目を疑った。翌日、ランベールはクノーがこれについてどう考えたのかを知ろうと試みたが、彼から引き出せたのはこの言葉だけであった。「ああ、そう、あの種の集会は……」。一九六八年の熱狂が彼にどのような考えをもたらしたのか、ランベールがそれ以上のことを知ることはないだろう。それは私たちも同様である。

第二十一章　文学を追い払え……

一九五三年から一九六八年にいたるまで、レーモン・クノーは幾度か道をそれて少しの間文学以外のものに興味を示したことがあったが、文学は瞬く間に彼を再び捉えている。画家のアトリエや展覧会のオープニング・パーティに赴くと、彼はただちに序文や紹介記事を書いてくれと請われた。確かに彼は非常に有名で、数多くの芸術家と友好的な関係を結んでいた。たとえば除隊になった彼をサン゠レオナール゠ド゠ノブラに迎え入れたエリー・ラスコーとは、非常に近い関係でありつづけた。彼ら二人は定期的に会い、また手紙のやりとりをしていた。それゆえクノーは一九五八年、ボーダン、ラスコーそしてシュザンヌ・ロジェを集めた「ミオルトゥスとその友人たち」と題された共同展覧会の折に、リモージュ市立美術館が刊行した同題の小冊子の中でラスコーを紹介するという形で力を貸したのだ。

一九五九年のはじめ、二人の友はあやうく仲違いしそうになる。というのもラスコーはジャン゠マリーの非具象絵画をほとんど評価せず、そのことをはっきりと述べたからである。きわめて注意深く息子のデビューを見守っていたレーモン・クノーは、父性愛——彼らの親子関係にはいささか難しい局面があったにしても——ゆえに傷ついた。そのことをよく分かっていたアンドレ・マルシャンは、それ以前の一九五六年十月に、ジャン゠マリーが真の画家で、彼の絵にはたくさんの力が潜んでいることを請け合っていた。エリー・ラスコーの意見はこれと違ったのだ。それでもレーモン・クノーは、『地下鉄のザジ』を彼に献本している。ラスコーはすばらしいクロッキーを添えた手紙を書いて、そのお礼を述べた。それゆえ一九五九年にレリス画廊がラスコーのために開いた展覧会のカタログに、クノーの序文がみられるのは、きわめて自然なことなのだ。ゴンクール兄弟の美術批評を無定見であると告発した驚くべき冒頭部分に引き続き、クノーはラスコーの独創性を定義しようと努めている。「ラスコーの絵には類い希な資質がある。事物の単なる皮膜であるかのように自らを示しつつ、現実のあらゆる深さを精確に保っている。つまり、すべてが私たちの前にあるのだ。そして逸話や資料と受け取られていることは、本当のところそのすべてが人間や宇宙に関わっているのであり、最も野心的な画家たちはプロメテウス的手段をもちいてそれを表現しようと努めるものの、その多くは失敗して肝臓をついばまれるような後悔をする。とはいえそれは、顧客たちから喝采を受ける妨げとはならない。エリー・ラスコーには、極東の画家たちの知恵のなにがしかがある」。

画廊が自らの絵に興味を示さないという状況に直面したジャン・エリオンは、一九五三年、セーヌ通り十番地に住む友人マヨのアパルトマンで、展覧会を企画することを決めた。彼の招きに応じてレーモン・クノーはやってきた。この二人は、「自分がなすべきことの真に始まりにいる(1)」というエリオンの印象について長いこと語り合った。数年後(2)エリオンは、ドラゴン画廊の責任者マックス・クラック＝セルーが、彼の絵画十八点を展示することになったとクノーに知らせ、一九六二年にルイ・カレが再掲した『カイエ・ダール』誌における「ジャン・エリオン(3)」とは別のテクストを所望した。著者の知るかぎりクノーはこの要請に応えていないが、一年後にブリュッセルのアルカーヌ画廊で開かれた展覧会(4)のためにこの依頼に応じることになる。「〔エリオンの絵画の〕ほとんどには、ときおり、かなり思いがけない仕方で、それらをシュルレアリスムに近づける奇妙な面がある」と指摘しつつ、クノーは、きわめて凡庸な場面や物体を再考するよう導くエリオンのやり方について力説している。「そう、歩道から抜け出してくる下水清掃作業員、つるはしを輝かせている土木作業員、バスのデッキ、青リンゴ色のベンチと紙を入れる籠がある小公園は、なんと美しいのだろう。屋根や鋤やカボチャなど、以前の絵画で画家が我々に見る術を教えるべく選んだものがことごとく美しかったように」。

ジャン・エリオンが、彼自身の告白によれば、クノーの「喉元に、いや、どちらかというと胸元のポケットに飛びついて(5)」カタログへの寄稿を獲得したのはミロの家でのことだった。レーモン・クノーは、シュルレアリスム時代から知っていたミロのところに足繁く通い続けていた。彼は一九六〇年に『デリエール・ル・ミロワール』誌でミロについての短い記事を書いた(6)。「絵画とは、片方の端に絵筆（あるいは別の道具）が一人の男《ムッシュー》とともにあり、もう片方の端に画布（あるいはまったく別の基底材）があるものだということが今では認められている。それに加えて絵の具に浸して動かす絵筆（あるいはまったく別の道具）だ。ミロが自分の仕事を通して常に理解させたがってきたことの一つがそれであることは疑いない。そこには記号がある。そして造形的価値も。しかし同様に表現手段と作者本人もあるのだ［……］」。

マリオ・プラシノスとはたいへん仲が良く、またとりわけエガリエールに彼を訪れることも頻繁にあったため、レーモン・クノーは依頼を受けていた[7]「ミュゼ・ド・ポッシュ」シリーズのテクストを彼のために書けなかったことを心から残念がった。クノーはプラシノスにこう書いている[8]。「ミロについてのごく短い文章のことで、私はマーグに責め立てられています。今朝渡さなければならなかったのでしたが、そうしなかったのです。私が書けないのは、《仕事》のせいというよりもむしろ、無気力ゆえです。あなたにお返事をするのがこんなに遅れてしまったのは、私が本当にこの本を作りたかったからなのです。目下のところ、これは本当に私の力を越えています。（絵画について語るのが次第に難しくなってきていると感じることは別として。）心苦しく思っています。悪く思わないでください」。その代わり彼は、一九六五年五月十五日から六月十五日までル・アーヴルでおこなわれたマリオ・プラシノスの絵画とタペストリーの展覧会に際して、作品のカタログに序文を書くためのエネルギーと時間とを少々見つけることができた。しかしながら、クノーが講演をしに彼の地へ赴こうと思うことはなかった。「私は公の場では絶対に発言しません」と彼はプラシノスに対してはっきり述べている[9]。「加えて、そのような目的で自分の生まれ故郷に行くなんて、そんなことをすれば、今まで断ってきた苦役がなだれをうって押し寄せてくることになるでしょう。《おしゃべり、おしゃべり、だが結局はしゃべらないのか！》と私に向かって仰るのでしょう。まったくです。しかしこうした状況では、まったくもってあなたにふさわしくなれません。弁論の技法に関しては、あまりに才能がなさすぎるのです」。そこでクノーは、書かれたものによってプラシノスの進化を想起するにとどめ、馴染みのあるいくつかの主題を再び取り上げた。「画家の役割とは他の人々に世界の見方を教えるものだということ、それは私がプラシノスの最初の展覧会に寄せた序文で書いたことである。私がそれを今日くり返すことができるのは、この画家が遂げたあらゆる進歩にもかかわらず、彼は彼自身でありつづけ、当時、一人の女の新しい顔を私たちに認めさせたように、今日私たちがこれまで見る術を知らなかったギリシャやプロヴァンスの姿を明かしてくれているからだ。そして見事な技法がいや増してゆくばかりであろう未来の作品に取り組む彼の姿が見られるのはいっそう良いことだ」[10]。一九六六年、画家の五十歳の記念日として、レーモン・クノーは詩という手段を用いた。

［……］
そのようなわけでこの記念日に
彼の描いた恐ろしい戦士たち、通りすがりの美女たち
腹黒い皮肉な猫たちを思い出しながら
［……］

この記念日にあの美しいすぐれた絵画をすべて思い出しながら
彼を賞賛し愛している友人全員が
みな心のうちに喜び、ありがとうと彼に言う
そしていつまでも
豊かな年月を積み重ねつづける。

プラシノス家の食卓で、レーモン・クノーはしばしばジャン・コルトに会った[11]。戦後ガリマール社で知り合った人物である。彼によれば、レーモン・クノーは非常に柔和であり、自分の知的な才能をもてあそぶようなことはなかったという。彼は単純に、自分が興味を持っていることすべてに一定の大きさを与え、ラテン語でいうところの「アウクトリタス」〔「権威」の意〕という語の意味をまったくもって体現する人であった。多くの主題について、彼はおそらく確固とした考えを持っていたのだろうが、それをいささかも表にあらわさないようにしていた。彼はたいへん寛容に見えた。数多くの活動をしつつも、彼は自分の全エネルギーを、自作のためにとっておいているという印象を与えるのだった。とても陽気であった彼と一緒にいるのは楽しかった。ある日のこと、ルイ・ギュイユーは、自分が招待された催しにやってくるのを忘れてしまったのだが、そのときクノーはまるで彼がそこにいるかのように、「ギュイユー、きみってやつは！」と言いながら背中をバンバン叩くふりをしてみせたのだった。

レーモン・クノーはガラ・バルビザンもよく知っていた。彼女はクノーを、パリの家のみならずコルティナ・ダンプレッツォにも一度ならず招いていた。イタリア人と結婚した彼女は夫の財産のおかげで、ジャン＝ピエール・ジロドゥー〔ジャン・ジロドゥーの息子〕とともにメディシス賞を創設することができたのだった[12]。ロシア出身のガラ・バルビザンは、何ごとにおいても過剰だった。生まれた国をたいへん誇りに思っていた彼女は、ソヴィエトを支持していたが、その理由はひとえに、ソヴィエトが大ロシアの存在を擁護しているからというものだった。彼女はたくさんの絵を描いたが、あまり発表はしなかった。その絵が初めて紹介されたのは、一九六七年十一月二十一日、ピエール・ドメック画廊でのことである。これを機に文集が準備され、レーモン・クノーは、コレット・オドリー、カミーユ・ブルニケル、ピエール・ガスカール、ジャン・ギシャール＝メリ、ジェローム・ランドン、ロベール・マルトー、クロード・モーリヤック、そしてアラン・ロブ＝グリエとともにその企画に参加したのである。

「見えるかい[13]、あの雲が！」とハムレットはポローニアスに尋ねる、「ラクダみたいだな」
ポローニアスは同意し、ハムレットはつづける
「あるいはむしろ、思うんだが、イイズナみたいだな」
「まったくもって、イイズナの背中ですな」

「あるいはもっと言い得てるのは、クジラの背中だ」

「ほんもののクジラですね、じっさい」

同様に、ガラ・バルビザンの素描を見ながら、こう問うことはないだろうか。

「これは、ミエリン質の人物たちではないか！」

「あるいはハインツ体を含む網赤血球だ！」

「あるいはもっと言い得てるのは赤色胚に含まれている細胞小器官だ！」


「ちがう」とクノーは答える。彼は結局のところ、ガラ・バルビザンの絵画を定義するために、アール・ブリュットを引き合いに出すほうを好むのだ。

レーモン・クノーはこの問題に通じていた。というのも、彼はアール・ブリュット会創設の成り行きを見守ったことがあるからだ。一九六二年六月三十日にデュビュッフェが彼に書き送っている。[14]「私のたっての望みは、アール・ブリュットの本部となっているセーヴル通りの家をあなたに訪れてもらうことです。そこのコレクションは今のところ、もっときちんと分類されるのを待っているごたまぜ状態の中でぞんざいに展示されており、まだ終わらずに残っている整備もあるのですが、しかしすでになにがしかのものは見られます。［……］思うに、ヴァカンスもありますから、この財団の柱となる八人のメンバー、あなたもそのメンバーとなることを受け入れてくれましたが、その最初の会合は九月に延期しなければならなくなるでしょう」。これに先だってデュビュッフェは、クノーの仲介で、クノーの義理の姉から絵画をいくつか買っていた。デュビュッフェはクノーにこう言っていた。[15]「スコッティ・ウィルソンのことでシモーヌ・コリネに働きかけてくださり、ありがとうございます。私はそれらの作品をすべて（少なくとも彼女が私に譲ってもいいというものをすべて）、アール・ブリュット・コレクションにほしいと思っているのです。写真は必要ありません。値段は彼女が決めたものでけっこうです。彼女の精神が満足でいっぱいになるような値段、彼女にとって、骨折のもっともつらい時期の慰めや補償になると考えられるような値段で」[16]。スコッティ・ウィルソンの絵画作品のほかにも、デュビュッフェは、自分が手に入れた作品をクノーに知らせてきていた。「突飛で興味深いと思えたテクストをあなたに送りました」と一九六一年十月二十七日に彼はクノーに告げている。[17]「それは『皮くず論』だが、そういったたぐいの題名がついています。著者はフィリップ・ドルーという名のリヨンの教員です（アルノーが彼のことを知っています）。［……］私は、アール・ブリュットのコレクションのために、ドルーが皮くずで描いた絵画をいくつか入手しました。そして、あなたのコレクションを混乱させるために、そのうちの一つをあなたに差しあげるつもりです」。アール・ブリュット会の最初の会合は、一九六二年十月に、ダニエル・コルディエ、ノエル・アルノー、ラティス、アンリ＝ポル・フーシェ、コパック、そしてデュビュッフェが参加して開催された。パリにいなかったクノーは、出席できなかった。デュビュッフェはこの時得られた最初の成果に満足しているようであった。「コレクションは今や、あなたがごらんになった時よりもいい状態で展示されています。作者ごとにまとめられたのです。ちなみにコレクションは、新たに供給された作品によってさらに豊かなものになりました。とりわけ、並外れた芸術的着想を備えた殺人教唆犯が、一九二五年にバーゼルの監獄でパンの白身その他の材料で作った極彩色の小像群の一セットまるごとなどがあります[18]」。

　クノーとデュビュッフェとの関係はきわめて良好だった。一九六三年の終わり、クノーはこの友人の絵画の紹介文をマズノ社の『現代の画家たち』という本のために執筆した。デュビュッフェは熱意とユーモアをもってそれを称賛し感謝したのだった。「自分が有名な画家であると思われるかもしれない、しかしまずは画家、つまりピエロ・デッラ・フランチェスカ氏や、王朝の始祖たるジオット氏の曾孫にも比肩しうる肖像画の創作家だと思われるかもしれないのだとうっとりしております。〔……〕とはいえあなたが、ご自身の誉れ高き筆をかくも親切に私の絵に割り当ててくださったことに、私はさらに驚嘆しているのです〔……〕。そして私は、ピエロ・デッラ・フランチェスカ氏の絵に慣れ親しんだ愛好家が私の絵に見出す滑稽で毒舌な面が、結局のところ記憶にとどめるべき唯一のものとはなりえないかもしれないと仄めかす以上のことはせず、あなたがすべての答えを未決定のままにしてくださったのが気に入っているのです。〔……〕私自身があいまいさを育んで悦に入っているということ、それこそが、あなたが非常に的確に狩りだしてくれた問題なのです[19]」。

　デュビュッフェはクノー家に一点の絵画を贈ることまでしていて、ジャニーヌは以下のような言葉で礼を述べている。「目下忙殺されております上に生来動きの遅いレーモンに先んじまして、私たちがあなたのグワッシュを前にしてともに抱いた気持ちをお伝えいたしたく思います。あいにく、私の女性的単純さをもって、またその限りにおいてしか伝えられませんが。あなたのグワッシュは、居間となっている陰気な部屋にかかっていた、見慣れた小さなロバに取って代わりました。そして部屋に入り、この絵が突然目に入ってくると、それが自分を攻撃し襲ってくる悪魔的に美しい何ものかに向かって開かれた窓のような感じがするのです[20]」。とはいえ『バンボッシュ・バンクロッシュ』のために依頼された序文は結果に結びつかず、ガリマール社で出されるはずであったデュビュッフェに関するランブールの本は、クノーが全力を尽くしたにもかかわらず延び延びになってしまっていた。見たところ、デュビュッフェはそのことで気分を害したりはしなかった。彼は、ジェラール・パトリの撮影したピエール・シェフェール研究所のテレビ番組の放映に反対したということで、クノーに感謝すらしたのだった。シェフェールは、パトリが二種類のシークエンスを撮影したことをみとめた。一つはクノーの承知の上で撮ったもので、もう一つはクノーの知らないうちに撮ったものだった。デュビュッフェも異議を唱えることなくクノーのしたとおりに行い、映像の使用には全面的に反対であると番組責任者たちに伝えた。クノーとデュビュッフェの友情に満ちた天空を曇らせる暗雲がやってくることはなかった。したがってデュビュッフェは、超太守クノーに対し、ためらうことなく自分の精神状態を知らせたのである。彼はこう書いている。[21]「コレージュ・ド・パタフィジックの会合（際だって男性的な）には、何かしら空疎なところ、虚ろなところがあります。しかしパタフィジックという構築物の全体が、空虚の上に成り立っているように見えることもときどきあります。〈空虚〉なのです〔原文は'Pataphysique に倣って語の前にアポストロフィを打った大文字で始まる、'Vacuité となっている〕」。彼は十月二十八日にコレージュを離れた。

友人となるまでにはいたらなかったが、レーモン・クノーは他にもたくさんの画家たちと交流した。たとえば彼はアヴィグドル・アリカやミシェル・レズヴァニをよく知るようになった。とはいえクノーとしては稀なことなのだが、彼らのためにはいかなるテクストも執筆しなかったようである。他方、彼は一九五八年に、ほとんど知らなかったアルペルンのために以下の数行を書いた。「皮の剥がれた牛を肉屋の肉切り台の上に見たある婦人が、そのまま餓死してしまったという話がある。〔肉を見ると〕恐怖とともにそのイメージを再認したのである。言うまでもなく、その婦人はレンブラントやスーティンといかなる親戚関係もなかった。要するに芸術家ではなかった。スターシャ・アルペルンのように、海を――あるいは皮の剥がれた牛を――愛でるためには、画家の高慢と謙遜が必要なのである。海というものはときおり醜悪で、肉の屑を見るのと同様の嫌悪感を催させる波もある。だがスターシャ・アルペルンは画家である。つまり彼は我々に、皮の剥がれた牛と海を同時に愛でさせてくれるのだ[22]」。

アルナルとの協力関係はかなり長い間続いた。一九五七年六月、リーヴ・ゴーシュ画廊における彼の展覧会カタログのために、クノーは彼の大胆さを讃える序文を書いた。「以前の作品について何一つ忘れることも否定することもなく、彼は部族の色と形に、より真生なる意味を与え直そうと企てている。彼は、人が〈印象主義者〉だとか〈寓意画家〉といったたぐいのレッテルを自分の背中に貼り付けようとしていることを知らないわけではない。だが何だって？　彼が相も変わらずコンポート皿を味わわなければならないとでも言うのか？」その一方で、アルナルとクノーは『ある本のお話』を共に準備した。画家は次のように書いている。[23]「この本は、私が一九六一年にクノーに渡し、彼が一九六四年に書き上げたものだが、彼も私も出版にこぎつけることはできなかった。[24]［……］それゆえ私は図版本の五十二頁にデッサンを描き、レーモンがそれに基づいて――バンド・デシネのように――お話を書けるよう彼に渡したのだ。彼は最初、エッフェル塔が合衆国を旅し、その代わりに自由の女神像がフランスの地方をめぐるというものを書きたがっていた！[25] それから二年、音沙汰なしであった。彼に進捗状況を尋ねる勇気は私にはなかった。するとある日手紙が舞い込んだ。[26] 彼はとても満足し、あのひどく独特な笑い声で笑っていた［……］」。

レーモン・クノーは、自分に合った芸術家たちと関われるよう常に気を配った。一九六二年にはモナコの出版社に対し、カルズーに挿絵を描いてもらうことをそっけなく断っている。その画家を好きでないという単純な理由であった。それに対して、モーリス・アンリの『至近距離から』[27] の序文を書くことにクノーが見出した喜びは推察できる。「［……］この作品集は、二十世紀半ばの文学的動物相《ファウナ》に見られる原牛や象、あるいはバイソンなどを、来るべき世代が感動に満ちた賛嘆とともに眺めることを可能にするだろう――その時代の人々によって刻まれ、具現化した深刻な円がこれほど役立っていたことなど考えもせずに。このような類似を線描したモーリス・アンリがいなければ、未来の人間はどのようにして消え去った現象を崇めることができようか？」

挿絵の入った『文体練習』の版について意見を求められた際、[28] クノーはそれを褒めそやした。「マッサンによるタイポグラフィーの書記法は驚異である。彼は題名を解釈し、適したフォントを見つけることができた。彼が常にそうしたフォントを見つけられたことに私は驚いている。カレルマンについていえば、彼がなんたる巧みさをもってバス、駅、ボタンを、ペルシアあるいは日本の細密画に組み込み得たのだろうかと賛嘆している。文体、そして主題もそこにある。私はといえば、この本が生まれるのを見守った、せいぜい産婆といったところだ」。彼は一九六六年に、カレルマンの巧みさについて改めて触れる機会があった。[29] とはいえ最終的に、彼はそのことで奇妙な印象を抱いたのであるが。「私が作者であるように思われる作品がこのように呈示されているのを見出してみると、自分がその生みの親であるという考えを――いくばくかの憂愁を覚えるのは事実だが――まったくもって捨て去ってしまう。この図版本の端から端までたわいもない言葉を繰り広げている小娘は、カレルマンと養子縁組をすることで、いともたやすく父親を変えてしまった。この冒険において自分は何をなしたのだろうかと私が自問してしまうほどに」。

アカデミーの剣がフェリックス・ラビッスに手渡された際に、レーモン・クノーはスピーチの任を負ったが、それを彼一流のいつものユーモアをもっておこなった。「［……］そして友人として、きみとぼくとで、過去へ立ち返ってみようじゃないか。ぼくたちはシュルレアリスムの運動に参加したが、心の奥底でそこにつなぎ止められたままであり続けた。今きみは、きみとぼくとがあれほど激しく――ボシュエが待降節第三日曜日の説教でしたように――罵倒した栄誉の極致にいるのだ。でもそれが何だというのだ、ボシュエ自身も、司教でアカデミー会員だったではないか？　そしてボシュエも、四旬節第二週火曜日の説教の中で、良いものに栄誉を与えることはちっとも悪いことじゃないと認めているじゃないか？」こうしたくだりを読むと、なにはともあれ、これを『日記』の一節(30)と比べずにはいられない。それはこの画家の五十歳を祝うカクテル・パーティについて書かれたものだ。「私は奮発して〈絵〉を一枚買い、そして《わが友フェリックスへ云々》と記念に書いた。そこには画家や女優や男色家がたくさんおり、マリー＝ロールとリーズ・ドゥアルムももちろんいた。まったくもって、あらゆる意味で嫌悪すべき社交界的な画家だ……。それに彼の作品のひどいこと……」。

社交生活はとうとう彼を再び捕らえ、重くのしかかってきていた。とはいえ、それが自分の探求と通じている場合には、そうした生活からなかなか逃れられるものではないということは理解されるだろう。たとえば一九五九年、彼はイリス・クレール画廊の審査員になることを受け入れたが、その使命とは、ジャン・タングリーのメタ＝マティコ（絵を描く機械）で造り出された最優秀作品を表彰することだった(31)。

クノーが組み合わせ理論に対して大いなる興味を抱いていたことは知られているが、彼は一九六五年と一九六六年に、『メカーノ、あるいは言語の行列《マトリックス》的分析』をエンリコ・バーイとともに準備したときに、その興味をあらためて満たすことができた。エンリコ・バーイは次のように述べている(32)。「クノーは私を死ぬほど笑わせた。誰も私をあんなに笑わせたことはなかった。また組み合わせ理論については、この本を作ったくらいなのだから、私たちは完全にわかり合っていた。［……］クノーは非常に深遠かつ難解な言語学の研究をおこなった。それは一連の数学的図式を用いて言語を組み合わせ理論的に分析したものであり、私の方は類似した原理を、行列《マトリックス》とメカーノの部品を用いたイメージの構成に採用したのだ」。このバーイの打ち明け話によると、彼が一九五九年にクノーとパリで知り合ったのは、クノーの息子ジャン＝マリーのおかげであったという。ジャン＝マリーはフルリュス通りにあるリーヴ＝ゴーシュ画廊で開かれていたバーイの核絵画の展覧会を見て、自分の父にも見に行くようにと勧めたのだった。バーイは次のように付け加えている。「それから一九六一年、私はオペラ大通り九番地のデュ・フルーヴ画廊書店の完成式典に招かれて、そこで展覧会もしたのだが、そのときクノーは短い序文を書いてくれたのである。［……］それは非常におかしなこんなテクストだった」。

一枚のメダルを鼻いっぱいに詰めた彼は、片方の目に時を少しばかり詰め込まれ、もう一方の目は分でいっぱいにして、肝臓への愛のためにひもを食んでいた。彼が中央右へと行かなかったのは、ずっと以前に、夢のマットレス〔原文では patelas となっているが matelas と解釈した〕、夢想の眠気、たくさんの小便所によってわずかに示されていた狭苦しい道路が重なり合う辺部な左側を交響しつつ見つけていたからだ。その名にふさわしいビクロッシュは、少々の添え木でわずかにスライスされた、大言壮語からなる挿し木のような表面を押し出す。彼はひび割れたように、また馬鹿さ加減の音を透明にすることもなく、歌を歌いすらする。彼は汁気たっぷりに笑い、肩の中綿をこねくりまわし、遠くの小間物屋のアルパカに触れてみる。彼の注意は絶えず自分のメダルに、鼻いっぱいにつめたメダルに戻ってくる。

「鼻をいじってばかりいたらダメよ」と母が言う。

「うーん」とバーイは言う。「鼻をピンで留めよう」

エンリコ・バーイと過ごす時間をたいへん気に入っていたレーモン・クノーは、たとえば一九六二年に発行された『二十世紀』や『家具』という図録などで、他にも彼のための序文をいくつか書くに至った。『家具』の序文の方は以下のように締めくくられている。「彼のところでは、苦い冗談の塩を味わうために食卓につき、立ったまま座り、常に引き出しがかたくなに閉められた家具で間に合わせる。その引き出しの中には神秘が入っているのだが、それについては絶望して次のことを認めねばならない。存在しないそれらは、家庭用器具見本市に対して我々が無意識のうちに持っている好みを、常に裏切るであろう」。一九六四年、レーモン・クノーがインスティトゥート・トゥム・パタフィジシクム・メディオラネンセの開会式典にやってきたとき、バーイがこの組織の実行委員会理事であったことを述べておく必要はあるだろうか。

当時、レーモン・クノーがラジオやテレビに招かれるとき[33]、当然のごとく彼に求められていたのは、自らの詩や小説、そしてガリマール社やアカデミー・ゴンクールにおける役割、あるいは言語に関する見解や、若い頃の思い出等々を語ることであった。これらの番組は、ただ一つの例外を除き、既に知られている事柄の裏付け以上のものとはなっていない。その例外が、一九六五年十月三日の「レーモン・クノーお気に召すまま」という、フランス＝キュルチュール局で十三時三十分から二十三時三十分まで放送された続き物の番組である。これは、ロジェ・ピヨーダンに補佐されたクノーが、彼自身はコメントを差しはさむことなく、雑多な要素から成る番組を構成したものなのだが、その内容が注目に値するのである。彼は一方で、アンドレ・ブルトンの『シャルル・フーリエのための頌歌《オード》』や、現代フランス語による『ロランの歌』の一節、ポール・シャヴァッスによるオイル語地域俚言文学についての調査である「俚言を話そう！　俚言を話そう！」、それから『英雄伝』に基づいた『ソスラン伝』、「ジョルジュ・デュメジルによってオセート語から翻訳され、ロジェ・ピヨーダンによって脚色されたナルト人についての伝説集」[34]などといった学術的な文章をとりあげた。『ル・モンド』紙でマルセル・ミシェルが次のように述べている。[35]「オセート語とは、現在ではコーカサスのたった一つの村で話されているが、ヘロドトスの時代には、一つの文明全体、おそらくはスキタイ文明の言語であった。彼らの神話は口伝という形をとり、武勲詩を通じて近隣の民族に伝えられたわけだが、それら武勲詩においては、雄大さと滑稽さと幻想性とが互いに結びつくことで、英雄たちのほとんど超人的な偉業が称えられているのである」。他方ではクノーはエルヴェの音楽滑稽劇『つぶれた目』を聞かせたのだが、それは「指物細工に情熱を傾けている美しきフルール＝ド＝ノブレス〔「高貴な花」の意〕侯爵夫人が、アーチェリー大会で片目に矢を受けてしまうという常軌を逸したあらすじに基づいた(36)」ものである。またジョルジュ・リブモン＝デセーニュの『口をきかぬカナリア』も放送したが、これはイヨネスコを先取りしているとレーモン・クノーが考えていたものであった。いずれにせよ、これらすべての合間に、ドビュッシーのソナタや軍歌、あるいは子どものはやし歌、ロンド、アメリカの古い歌(37)、現代の歌(38)——その中にはビートルズも何曲か含まれていた——が流された。レーモン・クノーがビートルズを入れたのは、ジョン・レノンの本『絵本ジョン・レノンセンス』〔レノンとナンセンスとをかけた邦題（原題は（*In his own write*)。仏語版タイトルは*En fraglant délire*で、fraglant délit「現行犯」とdelire「錯乱」をかけている〕における言葉づかいを並外れたものだと思ったからだった。

　この番組にはアカデミックなところが一切なく、歌に対するクノーの嗜好、それもきわめて現代的ですらある嗜好が強調されている。だからこそ、ジョニー・アリデーが『ダイヤモンドをかじる女』のために書かれた《おまえを愛で殺すだろう(39)》に曲をつけたと知ったところで、驚くにはあたらないわけだ。確かにこの歌詞には、アリデーを引きつけるものがあった。

おまえがウイと言おうとノンと言おうと
おまえが望もうと抗弁しようと
こんなに甘やかなおまえの腕の中におれは身をゆだねる
おれはもう
おまえの魅力にあらがえない
〔……〕
おまえはおれを征服した、おれはそれをおまえに繰り返し
　言う
そしておれはずっとおまえのもんだ
ああ……おれはおまえを愛で殺すだろう

　一九五〇年の日付を持つこのテクストは、ロラン・プティならびにジジ・ジャンメールとレーモン・クノーの共作により生み出されたものだが、彼らの関係は一九五六年の『魔法の自転車』で再び実現する。それは十場からなるロラン・プティのおとぎ話で、レーモン・クノーが歌詞を、ミシェル・ルグランが音楽をつけた。台本を担当したのはジャン＝ピエール・グレディである。『ダイヤモンドをかじる女』のときと同様、レーモン・クノーは複数のシャンソンを作ったのだが、作品に取り上げられたのはそのうちの二曲のみであった。《やる気になればできるのだが》と《生きて幸せにならねばならない》である。

前者はこのように始まる。

女の子たちが自分の顔を
塗ったくるのを見て男の子たちは喜ぶけれど
男の子が女の子をほんとうにステキだと思うのは
花束みたいに化粧したときだけ

マヌケなやつらは見ずに通りすぎる
スタイルのいい娘たちがいるのに
その子たちは一年中
鏡の前に立っているわけじゃない

この他にもクノーのたくさんの詩に音楽がつけられた。アンドレ・ポップは《置き時計》に関心を寄せ[40]、ジャック・ベンスは《やせる》、フランシス・レは《愛は死んだ》[41]、ジェラール・カルヴィは《哀れなやつ》と《わが悲しみのテュイルリー》、《陽気な錫めっき工》、《口笛を吹く電車》、《夜こそは音もなく》、《寓話》[42]、ジョゼフ・コスマは《ニコラ》、《実験用の犬》、《詩法入門》、《詩法のために》、《雨が降っている》[43]等々に興味を示したのである。

シャンソンのヒットにより、一九五六年、クノーは当然のように映画『ジェルヴェーズ〔邦題は『居酒屋』。ゾラ原作〕』のシャンソンをジョルジュ・オーリックの音楽に合わせて書くことになった。この機会にクノーは、見事なインスピレーションを取り戻したのであった。

眠って何になる、夢見て何になる[44]
眠って何になる、目覚めが来るなら
夢見て何になる、太陽が来るなら
眠って何になる、夢見て何になる
夢見て何になる、巣や鳥のことを
鳥が飛び立ち、巣が落ちるなら
鳩が死に、雌鳩も死ぬのなら
夢見て何になる、巣や鳥のことを。

レーモン・クノーの資質を知っていたルネ・クレマンは、彼に協力を依頼するという良い思いつきを得たはずだ。とはいえ二人で小手調べをしようというわけではなかった。というのも戦後、すでに『カンディード』を共に翻案しようと試みたことが彼らにはあったからだ。この計画は実現に至らなかったものの、一九五三年に彼らは『しのび逢い〔原題は『リポワ氏』〕』の製作準備のために再会したのだった。この作品の最初の発表は、一九五四年五月十九日にパリでおこなわれることになる。一九五三年六月に交わされた契約書では、ロンドンにいるクレマンならびにその協力者たちと連絡を取ったのちに、レーモン・クノーがフランス語のセリフを書くことが予定されていた。ジェラール・フィリップが主演したこの映画は、見事な成功を収めた。

ルネ・ミシャは以下の点を指摘している。(45)ハンプステッドにあるリポワ氏の寝室を飾る本の中に、サリー・マーラ作品があること……さらに、カトリーヌが引用するソネ(46)はとりもなおさず「我々の作者〔クノー〕が間違いなく大好き」なものであることだ。じっさいこの詩句は、「ファーヌ・アルメにおける冗長」というウリポ的実践の出発点となるのである。『ジェルヴェーズ』では、シャンソンのみがレーモン・クノーの手になるものだった。〔ゾラの〕『居酒屋』の脚色は、ジャン・オーランシュとピエール・ボストに委ねられた。一九五四年、クノーはフェデリコ・フェリーニの『道』の、次いで一九五六年には、ルイス・ブニュエルの『この庭に死す』のフランス語版セリフを書くことになった。彼はこう書き留めている。(47)「ブニュエルが私の貢献の重要性をほとんどゼロだと思っていることは明らかだ。また、アルコリザの貢献について同じように考えているのも本当だ。(48)〔……〕ブニュエルは豊富なアイデアを持っていて、たえずいろいろと発案している。アイデアがまったくないよりは、まずいものでもアイデアを出すほうがよい。彼は多くのことを、完全にどうでもよいと思っている。クレマンとはまた別のタイプの《映画人《シネアスト》》だ。自分の気に入ったものをそこかしこに二、三個すべりこませるという希望がわずかでもあれば、何でもやることのできる人間だ」。ルネ・ミシャが以下のように指摘しているとおり、クノーはそれを評価していたはずだ。「しかしながら一度、クノーは目配せを、〈内輪ネタ《プライヴェート・ジョーク》〉を混ぜるという冒険をしている。メキシコのジャングルで道に迷ったイエズス会神父の錯乱を再現していたときのことだ。クノーは、疲れ切り、朦朧とした仲間たちが火の消えかけた灰のまわりで眠っているときに、この人物が夢を声に出して語るようにしている。その神父は、修練期の時代には常に会食者の数より卵の数が少なかったことを物語る。それは、卵を食卓に運ぶ係の神学生が、厨房から食堂まで行く間に、大急ぎで卵を五つ六つ飲み込んでいたことに皆が気づいた日までつづいたということだ」。一九五六年一月、クノーはこの映画の撮影のために、メキシコまでついていった。だがメキシコの生活が真に気に入ったというわけではないらしく、クノーは人を不愉快にさせる逸話を好んで人に話した。たとえばメキシコの映画館の話などだ。「五十センタボを払うと、入り口で箱と、パラソルと、棒を渡される。箱は座るためので、パラソルはバルコニーから落ちてくるコカコーラの瓶から身を守るためので、棒は足をかじりにくるネズミを追い払うためだ(49)」。にもかかわらず、ブニュエルの映画は気に入った。「『この庭に死す』の未編集フィルムの上映。演出は秀逸で、色彩は並外れている、造形的に非常に美しい。そしてセリフも良くなったように思える……(50)」。一九六〇年には、『あるカップル』によって、ジャン゠ピエール・モッキーが長編映画のセリフ部分の脚色および執筆の機会をクノーに提供した。それは、二人の間の愛がもはや最初の頃の激しさをもたなくなったという理由から、ピエールとアンヌがある晩に別れるという話である。それでもなお彼らは愛を再燃させようと試みるが、失敗する。エリック・ル・ロワは次のように書いている。[51]「深刻な主題だが、選ばれたのは嘲りの口調だ。作中人物たちは、奇妙でシュルレアリスム的な世界、風変わりで奇抜な連中の住まう世界で動き回っている。この『あるカップル』という映画では、クノーは心ゆくまで楽しみ、音で遊んだりしている（「そいつはニセモノ《トック》なのか？　いや、セトモノ《ステュック》だ！」）。そして凡庸なものから突拍子のないものが生まれるのだ。セリフはこの映画作家の世界と完全に調和し、この手のテーマには忍び込んできがちなアカデミスムを壊している。クノーの書く言葉は不意に現れて人の意表をつくが、それはモッキーも同様で、劇的虚構の中に突飛なカットの画をはめこんでくる」。レーモン・クノーは、さらに別の二つの長編映画に参加する機会を得た。一つは一九五五年の『夏の夜は三たび微笑む』[52]で、もう一つは一九五九年の『お熱いのがお好き』[53]だ。これら二つにおいて、彼はフランス語版を任された。後者については、時おり、最後のセリフが完全にクノーの作だと思われているが、それは間違いである。男がブロンド女とともに逃げるが、彼女が女装した男であることが明らかになる。「《完璧な人間なんていないさ！》と彼は言う」。……。

短編映画の分野では、『シャンゼリゼ』（一九五四年）と『スチレンの唄』（一九五八年）のナレーションでクノーは名をあげた。前者はヴァルテール・カローヌとテロンの手になる映画で、とりわけシャンゼリゼで通行人たちの間を縫うように撮られた場面にクノーの皮肉な言葉がついているところは、吹き出してしまうほどおかしい。ただし二年後、この映画[54]の作り手たちは、自分の知らないうちに撮影された人物によって急速審理手続に召還されることになってしまった。当の人物はディオールの香水輸出調査官だったのだが、彼は、シャンゼリゼ大通りに巣喰う「非常に特殊な動物相」が扱われていたところで画面に登場したのである……。その結果、この気の毒な調査官は同僚たちにからかわれ、それに耐えられなくなったのだ……。『スチレンの唄』が、このような不幸に見舞われることはなかった。というのもその撮影は、まったくもって公式にペシネー〔フランスの金属・化学メーカー〕でおこなわれたからだ。クノーはこう語っている。[55]「私がプラスチック全般に、そしてとりわけスチレンに興味を持ち始めたのは、一九五七年十一月頃のことである。これは自発《プロプリオ・モトゥ》的な練習でなく《注文》だった。私は《注文》がそれほど好きではないが、面白くかつ厳密な制約で飾られているときには、それに惹きつけられることもある。［……］このスチレンの場合は、制約が面白くかつ厳密であったのみならず、そうした制約の発案者が、私が尊敬と好感の両方を、しかもともに大きく抱いていた人物だったのである。アラン・レネだ」。この機にクノーは、主題に完璧に適した八十二のアレクサンドランを制作した。それはこのように始まっていた。

おお時よ、プラスチック製のお前の椀を吊せ！
おまえはどこからやって来た？　おまえは何者だ？　そし

　　て何が説明してくれるのだ
おまえの稀な数々の美点を？　いったいおまえは何ででき
　　ている？
いったいおまえはどこから出発したのだ？　その物体につ
　　いて
遠い祖先までさかのぼろう！　その模範的な歴史が
逆順に展開されんことを。まずはここに鋳型がある。
不思議な存在である抜き型を含みこみ
椀あるいは望むものすべてを産出する。

レネが欲しがっていたのはカンタータであった。だがクノーがついには彼を説き伏せて、アレクサンドランを受け入れさせたのだが、この二人の間の相互理解は完璧だった。なぜならとりわけアラン・レネが、細心の配慮をもってクノーの作品を尊重したからである。作家はこう明かしている(56)。「一九五七年から五八年の冬の間、私はかなり重い病気にかかった。回復期にはいった最初の数日のうちに、私は親切で、控えめで、峻厳な様子のレネが再び現れるのを目にした。彼は詩句を二つ抹消しなければならなくなったのだが、そのことで男性韻と女性韻の交替が変わってしまう。それは困りますか？　問題の箇所を手直しする必要を感じてはいませんか？　というのだ。テクストの読み方さえ、私の同意のもとになされることになった。私はこれまで一度も、これほど親密に一つの映画を共作したという印象をもったことはない」。

レーモン・クノーが参加した他の短編映画は、知名度においてこれらより少々低いものの、興味深さを欠いているわけではない。一九五六年の『ブルルル』は、自動車の誕生を描くジャン・ジャブリのアニメーションであるが、その中でレーモン・クノーは自作のナレーションを行っている。たとえば冒頭では、次のような言葉が聞かれる。「カール・マルクスが言ったとおり、人間による人間の搾取は、常に女性を搾取することから始まる。時おりはまだ現代でも実践されているものの、この移送手段は不十分であることが判明した。人間はその他の選りすぐりの補助を動物界においても探した、しかもさらに従順なものを好んで探したのである」。続きは想像がつく……。同じメンバーが一九五八年の『超音速ドーン』で再結集するが、言うまでもなくこれは、飛行機の歴史を扱った作品だ。一九六七年の『時間割』では、クノーの書いたテクストが、ジャン＝ピエール・マリエルによって、ベルナール・ルモワーヌの映像に合わせて読まれた。この作品はカンヌ映画祭の審査員特別賞を受賞した。告知は気を惹くものだ。「紳士淑女の皆さま、映画《シネマトグラフ》があなたがたに歩いているおじさんを見せると、あなたがたは、歩いているおじさんを見ていると思う。映画はうまいことねらいを成功させたわけです。あなたがたに膀胱を提灯だと、しかも魔法の提灯だと思わせるのです〔「膀胱を提灯と間違う」は「ひどい勘違いをする」という意味の慣用表現〕。というのも、紳士淑女の皆さま、ご存じのとおり、その歩いているおじさんは、ある一定の速度で投射されたひと続きの静止画像にすぎないのです。これもご存じのとおりですが、この速度は、加速したり……中断したり……遅くしたりもできます。［……］これから私どもは、日常生活のささいな事件をご覧に入れます――それもこれらのさまざまに異なる手法にしたがって、イメージをいじくり回しながら［……］」。

たしかにレーモン・クノーのすべての計画が成功をしたわけではなく、いくつかはお蔵入りした。一九五八年十月十五日、カルロ・ポンティがクノーに、『おい、だからまっぱだかで散歩するなって』の映画向け脚色を依頼している。クノーはその仕事にかかり、冒頭場面として、ザルツブルクでモーツァルトの音楽をバックに、アメリカの外交官トム・ウィンチャリーと、オーストリア女性のクラリッセ・インゲクが結婚する様を思い描いたりした。しかしこの映画は撮影されなかった。同様に、またも一九五八年のことだが、『ブルージーンズ』という映画のテクストを通して書くという契約書が交わされたが、それにはいかなる結果も続かなかった。一九六二年、イヴ・シャンピの『わが協力者、デイヴィス氏』は、脚本とセリフがクノーによるものだったが、これも実現しなかった。同年、クノーはジャン＝ピエール・モッキーに『スノッブたち』という映画で司教の役を演じるよう請われたが、何もしなかった。残念なことである……。これらもろもろの作品に加え、クリスチャン・ジャニコ(57)は、ヴェルヴィエのレーモン・クノー資料センターで発見された『ヴォルテール河岸通り』という作品の存在を、そしてクロード・ラメイユも、未発表のあらすじが二つあることを指摘している(58)。そのうちの一つは「イヴェルダン夫妻は娘のエグランティーヌの婚約を祝って一九二五年仮装舞踏会を開く」という書きだしで始まる。もう一つは、「サン＝トノレ通りの小さなバーで」という設定で、期待を抱かせるものであった。というのも、その続きはこのようになっていたからだ。「チュルボ氏の髪が耐風マッチで燃え上がってしまう。プイイ＝フュメ夫人がそれを見て彼に夢中になり、《私のブドウ畑を見にいらっしゃらない》と彼に言う」。ここではそれに『夢想の谷』を付け加えておこう。絶えず現実から想像へと移行する奇妙なシナリオである。はじまりはトゥアリーの城に程近い、川辺の宿屋での婚礼だ。結婚式の参列者がテーブルにつく。写真家がやってきてさまざまなグループの写真を撮る。すると新郎新婦が姿を消してしまう。皆、彼らを捜しに出かける。若い夫婦、リリーとメルランはトゥアリーの庭園に沿って流れる川辺にいる。というのも、漁師のメルランは、自分の梁《やな》をリリーに見せて感心させたいのだ。疲れてしまったリリーは腰を下ろし、さっき花の上にいるのを見たハナムグリを見つける。昆虫は飛び立ち、リリーはそれを追う。彼女は泉水を見つけ、その中に落ちてしまい、服を乾かすために脱ぐことを決心する。この場面に居合わせたアオゲラが、森の住人全員にそれを知らせると、皆やってきてリリーの姿に感嘆する。その間にメルランは、自分の梁を再び組み立てたのだが、水に落ちておぼれてしまう。その時小舟が川を下ってくるが、それには死神が乗っている。

メルランは地獄の圏をいくつも通り過ぎ、地獄と、煉獄と、天国の入り口までやってきて、彼に付き添っている若い女性ベアトリス〔ダンテ『神曲』のベアトリーチェのフランス語読み〕と共に天国に入る。彼らは今まさに禁断の果実をかじろうとしているアダムとイヴに出会う。しかしこういったことすべては、もうじき演技をやめてしまうアマチュアの俳優たちによる演出にすぎない。次いでショーは再開されるが、しかしアダムが姿を消す。皆で彼を捜しに行くが、アダムは泉水の中にいるリリーに出会う。彼は彼女をそこから出してやり、彼女に葉っぱでできたドレスを仕立てさせ、皆が再会する……。

クノーはプロデューサーや演出家と対立し、衝突することもある。一九五七年、彼は自分の名前を『地上の楽園』のクレジットから取り消すようにと、ケンタウロス・フィルムのポール・ルーベに書留郵便を送った。彼の書いたナレーションが、同意なしに改変されたからだ。彼によれば、それらの変更によって、自分の書いた言葉の文体と精神がひどくねじ曲げられたというのである。ジャン＝ピエール・モッキーに対してさえ、彼は最終的には自分の名前を『名状しがたき恐怖の都』（当初のタイトルは『大いなるおじけ』）のクレジットから取り消すよう要求することになる。

しかしながら映画の分野において、レーモン・クノーの望みは叶えられたと見なすことができる。一九六〇年にルイ・マルが行った『地下鉄のザジ』の映画化は、完璧にクノーの気に入った。彼はそのことを次のようにはっきりと認めている[59]。「私は映画をあまりに愛しているために――また映画については十分に知っていると思うので――映画作家が必然的に行わねばならない変更や追加や削除については譲歩せずにはいられない。私はこの映画の中に、本としての『地下鉄のザジ』を再び認めると同時に、ルイ・マルという名の作者による、突飛さと、私自身をとらえた詩情を兼ねそなえた独創的な作品を見出すのである」。『ラルク』[60]誌で次のように評価したルネ・ミシャも同意見である。「ルイ・マルがクノーの小説から（一九六〇年に）引き出したこの作品は、私の目には傑作であると見える。これは映画が文学作品から作り出した、もっとも驚くべき同種品の一つだ。この映画には、本に出てくる会話がいくつも現れはするが、言葉なしに長い時間が流れることもあり、そうした時間には、あやまたず、作者の親和的な気質や真正な感情が反映されている。ここで映像は、言葉を裏返しにした手袋である」。ルイ・マルによる映画化がラウル・レヴィの意向に合うのなら、ルネ・クレマンよりもむしろマルにこの映画を託そうという意図を、一九五九年九月にクノーに知らせたプロデューサーのジャン・ロシニョールは正しかった。もっともレヴィは慎重を期して、イタリアでリッツォーリと映画を作る契約を結ぶようルネ・クレマンを促していた。そうすれば、クレマンはしばらくの間フランスから遠ざかるというわけだ……。一九六五年の、ジャン・エルマンによる『人生の日曜日』もまた大ヒットとなった。たしかにセリフはクノーの手になるものである……。しかしオリヴィエ・ユスノとジョルジュ・リシャールも脚本に署名をしており、配役もすぐれていた。ダニエル・ダリュー、フランソワーズ・アルヌール、ジャン＝ピエール・ムーラン、オリヴィエ・ユスノ、ベルト・ボヴィ、ユベール・デシャン、アンリ・ヴィルロジュー、ポレット・デュボスト、ジャン・ロシュフォール、ポール・クローシェ、アンヌ・ドアト、アニエス・カプリ、ロジェ・ブラン、クロード・エヴラールといった面々だ。この映画はマリリン・モンロー賞を獲得し、レーモン・クノーはこう締めくくっている。「〔……〕私は、文学と映画とは別物であり、一つの作品の父親であるからといって、その関係が必ずや絶対的に、フィルム上の子供たちの上にまで広がるわけではないと思っています。私はセリフを書くよう頼まれたわけで、それはすでにして素敵なことです。衣装の計画や、コンテや、配役についても私の判断を仰いでくれました。つまり皆が私に名誉を授けてくれたのです。私はそのことに関して、この映画が作られるもととなったオリヴィエ・ユスノと、監督ジャン・エルマンをはじめ、この企画の実現に際して役割を果たしてくれた全員に感謝しています[61]」。

　映画分野でのこうした成功によって、レーモン・クノーには名誉と公的な役割とがもたらされた。一九五五年十二月十四日、彼は国立映画センター長から、自分が映画産業発展基金のメンバーに指名されたということを知らされたのである。一九五六年十月九日には、全会一致でジャン・ヴィゴ賞の審査員に選ばれ、そのおかげで彼は、次から次へと映画を見るという余計な任務を負うことになるのだった……。その二週間後にはシュヴァリエ・ド・ラ・バール賞審査委員会の初会合に招かれているが、彼が審査委員会議長を務めることを承諾したこの賞は、全国教諭組合、国民教育連盟、フランス教育同盟、公立学校生徒保護者委員会国民連盟、『カナール・アンシェネ』紙、それに映画界の名士たちによって創設されたものだった。最初の賞はマッカーシズムと魔女狩りを告発する映画『ストーム・センター』に与えられた。一九五九年、レーモン・クノーはトゥールでの短編映画祭に招かれ、一九六〇年には、映画諮問委員会の委員に指名されている[62]。

　これらの栄誉に加え、文字媒体の定期刊行物においても、彼の書いた「映画の十の呪い[63]」が幾度も『シネマ五十六』誌などに再掲されることになった。一九六〇年にはモーリス・ベッシーが、このテクストを改めてカンヌ映画祭会報に載せることを要請してきたのだが、この映画祭についてクノーは、「結局のところ、ゴンクールより悪いわけでもない[64]……」と一九六四年に表明していた。そして一九五八年には、ルネ・クレマンが監督した『太平洋の防波堤[65]』〔デュラスの小説〕の映画化〔邦題『海の壁』〕を、『フランス・ソワール』紙で以下のように書いて熱心に擁護した。「この映画が物語っている話以上に、この映画が着想させるテーマ以上に、この映画には厳密な意味での映画的創造というものがある、つまり、この映画の作り手のスタイル、人柄、そして才能だ。というのも、映画の作り手というものがあるからだ。『太平洋の防波堤』においては、ルネ・クレマンのあのスタイルと彼の人柄を再び見出せるが、しかしそれは新たな段階にある。『禁じられた遊び』の後で、『ジェルヴェーズ』の後で、ルネ・クレマンにはまた別の言うべきことがあるのだ。そして彼はそうしたことを、また別のやり方で、しかし私にはもっと謎めかして言っているように思える。この作品は一回限り見るために与えられたものではない。これは再見しなければならない映画である。いわば重ね合わせた複数のフィルムで形成されているかのようであり、オーケストラの楽譜のように読む術《すべ》を知らねばならないものである」。

常に映画の全体に関与するわけではなかったが、クノーは頻繁に意見や助力を求められた。一九五六年四月二十四日、『街の仁義』に対して検閲側が向けてくる反感を心配したトランスコンチネンタル・フィルム社のポール・グラーツは、その晩に用いるために、映画の前置き文を改善してくれないかとクノーに頼んできた。この同じポール・グラーツは、一九五七年八月、『にがい勝利』の製作に参加したことを彼に感謝する手紙を書き送り、小切手を同封している。十二月、グラーツは改めてクノーに、ソフィ・カタラ監督の『カナリア殺し』のセリフ執筆を頼み込んでいる。また同じく一九五七年に、クノーは『アリアドネ』と『八十日間世界一周』に協力し、これらの作品のフランス語字幕を監修している。次の年には『弱い女たち〔邦題は『お嬢さん、お手やわらかに』〕』のために仕事をしたが、この映画についてはポール・グラーツが、もっとよい題名、もっと本当らしい結末、そして各場面をより短くすることを求めている。マリー＝クレール・デュマによるデスノスの『全集』出版[66]のおかげで、レーモン・クノーが一九五九年にロベール・デスノスに敬意を表した映画[67]に参加したことが明らかになった。また、一九六二年にクロード・シャブロル監督の『ランドリュ〔邦題『青髭』〕』の中で、彼がクレマンソーの役を見事に演じたことも忘れてはならない。しかしながら、彼のセリフが短かったのは残念であるともいえる。「この平和は戦争よりもつらいものとなるだろう……。そうだな！　彼らが他のことに興味を持つことができれば……ああ、ああ！　……おもしろい……さあ！」彼がセリフを覚えるのにあまりに長い時間はかからなかったはずだと考えることで慰めとしよう……。一九六七年に彼はジャック・バラティエ監督の『二十歳の無秩序〔邦題『想い出のサンジェルマン』〕』に参加しているが、この映画では、ジュリエット・グレコが、《考えてもごらん》をクール・デュ・ドラゴン通りでクノーを前にして歌っている。この場面は一九四八年に撮影されたものだった[68]。最後に、アントワーヌ・ド・サン＝テグジュペリ脚本による『イゴール』に文学的助言を与えることについての合意の文言をクノーに示した、全国映画組合のA・アレー・デ・フォンテーヌの手紙に言及しておこう[69]。事実、この作品の映画化が計画されていたのである。クノーは仕事にかかり、そして送ったのは……タイプ打ちの五枚の紙であった。冒頭は称賛に満ちているが、末尾では重要な留保をいくつか表明している。彼は二十世紀前半の二人の映画作家、フリッツ・ラングやエイゼンシュテインを引き合いに出す。それは彼がこの物語をあまりにも時代遅れであると判断しているからだ。そこで彼はこう示唆している。「一、レジスタンスを置き換えることによって、サン＝テグジュペリの精神を裏切ることなくこの脚本を映画化できるかもしれない。

二、この置き換えが認められると、脚本家にとってはさらに多くの仕事が生じる……。三、しかしその作業が成功すれば、これはきわめて見事な映画になりうる」。

このサン＝テグジュペリのプロジェクトによって、文学はまたもや彼に合流したのである……。

第二十二章　『基本的道徳』

長い間、レーモン・クノーは自分の殻に閉じこもりがちであった。一九五四年にはすでに、『日記』にこう書き留めている[1]。「私はもう誰にも《会って》いない。この間の夜はボリス・ヴィアン〔と会った〕。アルマン・サラクルー、エリー・ラスコーは最近神経に障った。レスキュールも、ほとんど男色的な彼の賞賛に苛立たせられる。フレノー、語らないでおこう。デ・フォレも遠くなっている。プラシノス、だめだ。アルノー（ミシェル）は礼儀を心得たら良かろう。マスコロは良いが、マルグリットがいる。彼女はYに、私が一人ぼっちで、友人もいないと言っていた」。このことはまた、ある日ジャニーヌがアンドレ・フレノーに指摘したことでもあった。結局のところ、非常に多くの人間関係を持っていながら、レーモン・クノーは孤独な男になっていたと考えられるのであり、晩年の彼はこのことに苦しむのだ。

七〇年代になると、彼は自分の活動を相当減らしはじめ、人付き合いを次第に断って、ヌイイのアパルトマンで暮らすようになった。もはや映画の動向にもほとんど関与していない。この時期に彼の名が現れる映画はただ一つ、『皆いつも女に甘すぎる』である[2]。もっともその監督であったミシェル・ボワロンは、セリフの執筆をクノーに託さず、マルセル・ジュリアンがそれを書くことになった。配役はすぐれたものだった。ジャン＝ピエール・マリエル、エリザベト・ウィーナー、ジェラール・ラルティゴー、ロジェ・カレル、ポール・ル・ペルソン、ロベール・デリー、ジャック・ルグラ、そしてクロード・ブロッセである。そしてクロード・ボランの音楽が付けられたこの映画の評価は分かれている。「［……］全体としてはどちらかというと苦心の跡が見え、入念に作られている」と『レットル・フランセーズ』誌の批評家は書いている(3)。「台本にちりばめられた《下品な言葉》や筋立てを飾る猥褻な状況は、落ち着き払ってまじめな人の作った映画にどうにかこうにか取り込まれたといった様子を示している」。それに反して『カナール・アンシェネ』紙のミシェル・デュランは、有頂天になってこう書いている。「皆いつも、うまくできたコメディ映画に対して甘すぎるということはないのだ。そのような映画はほとんどないのだから！　上品な方々の気分が害されるとしても、それはしかたがない。この映画は可笑しい、きわめて可笑しい。もちろん露骨である。言葉を飲み込むことなく、意図が明快に表明されている。セリフを担当したマルセル・ジュリアンは、レーモン・クノーのユーモアに単刀直入で庶民的な言葉を付け加えている。殺しがあり、馬鹿なことが言われ、セックスがある。でも可笑しいのだ(4)」。

レーモン・クノーがラジオやテレビに出演することも次第に少なくなっていった。もっともテレビについては、常に居心地の悪さを感じていたのだ。ラジオは彼の詩やシャンソン、あるいは物の見方のいくつかを放送しつづけていた。ラジオ・テレビ・ベルギーのJ・ブランが一九七三年二月に彼にインタビューをし、いくつかの打ち明け話を聞き出している。自分が絵文字《ピクトグラム》を描いていた過去に言及しつつ、クノーは以下のような言葉を付け加えている。「そして今、ジャン・エフェルが普遍的かつ絵文字的な言語に取り組んでいるのですが、私もそれには興味を持っていますし、また思うに、それは興味深いものなのです。注意を向けるに値する分野ですが、白状すると、ずいぶん以前からそれについて考えることを止めていました。その例外が、ときどき会っては仕事ぶりを追っているエフェルなのです(5)」。ウリポの中での自身の活動について語るときには、このように述べている。「さて、私は今まで我々の仕事、ウリポの仕事の別の面を語ってきませんでした。それらは、より意味論的なウリポの探求へと導く仕事です。それは我々がアナウリピスムと呼んでいるもの、すなわちすでに存在している書き物を、程度の差はあれ数学的な方法と、まさしく意味作用へと向かわせる分析の方法とを用いて研究するものです。たとえば探偵小説の研究はきわめて豊かなものとなりえます。［……］ちょうどこの巻に(6)、ル・リヨネが探偵小説の構造についての研究成果を掲載しています(7)［……］」。これらの研究を成功させるためには情報科学が重要であると彼は感じていたが、同時にこうも言っている。「［情報科学という言葉は］弱い言葉だ。我々は、数学のあらゆる可能性と、その技術《テクニック》的、また技術論《テクノロジー》的な諸側面のあらゆる可能性を利用する準備ができている。しかも表紙には、一つの図像文字《イコグラム》が描かれるだろう」。つまり、タイプライターからコンピュータへと伝えられるものだ。冊子の上に描かれるであろうその図像文字が意味するのは、「ウリポ(8)」である。

以前と同様に、レーモン・クノーは、画家、彫刻家、挿絵画家をめぐるさまざまな文章を依頼され続けた。そして彼は断らないのだった。確かに短いものにとどめることもある。彼は、クロード・アベイユについて「〔彼が〕手本を示しているのは、真摯さの中にその力強さを、成熟の中にその飛翔を見出すような探求、そもそもすでに真摯で、力強く、成熟しており、熱狂的な作品群によって際立っている探求である(9)」と断言している。また彼は次のようにも言う。「アラン・ビアンシェリは、巧みな技術によって、混沌《カオス》の不透明さや、海の形態の流動性、数の建築、機械の謎を見せるすべを心得ている。彼の図画による小さな宇宙開闢論は、注意深く見るに値するものだ。彼はそれを、すでに確信に満ちた手つきと創意の大いなる豊かさをもって扱ってみせたのである(10)」。

ロンサン袋小路におけるかつての隣人ブランクーシのことは、優雅な詩でたたえている。

りんごのように丸い小鳥が
糸のようにかぼそい鳥が
巨大な雄鳥が
それぞれ飛んで行く
ブランクーシのアトリエの上を
鳥たちは飛び立つ
世界に挨拶するため
世界の卵はそこに横たわる——まさしく
りんごのように丸い新生児〔……〕

さまざまな縁が入り乱れ、ドミニク・ギュテルズといった幾人かの画家たちが、レーモン・クノーについて数行の文章を書き残している(11)。他方クノーのほうでは、ギュテルズについてのテクストを一つも残していない。というのも彼はそのための「能力が足りない」と感じていたからだ。「私はつまらない凡庸なことをいくつか言うだけになってしまうでしょう。それは、あなたのなさっていることを私が評価していないというわけではなく、《接合点》を見つけなければならないのに、私にはそれが見えてこないということなのです(12)」。他方で彼は、マッサンの『文字と画像』にはかなり長い序文を書き(13)、彼の作品を「愛と友情の本」として紹介している。「作者はSPAすなわち〈アルファベット保護協会〉に所属しているが、しかしこの協会は保護だけで満足することなく、競馬場が機能するよう供給を行う団体と同様、アルファ動物《ベット》〔〈アルファベット〉と〈動物（ペット）〉を合わせた造語〕の種族の運命に関心を抱き、それを奨励し、改良しているのだ。〔……〕」この紹介に魅了されたマドレーヌ・シャプサルは、今度は自分がレーモン・クノーに依頼をした。というのも彼女は、マッサンの協力を得てアルファ動物《ベット》を発表しようとしていたからだ。それは動物たちが読み方を彼ら同士教え合うために、自分たちの身体を用いて一つの文字を喚起するという内容の絵本であった。クノーによる紹介は短いものだった。「創意に富み天真爛漫なマドレーヌ・シャプサルのアルファ動物《ペット》に私は魅了されたが、動物と言葉の愛好者たち、つまりはあらゆる子どもたちもそれらに魅了されるだろう。子どもたちはAからZまでのことをすべて知るこの小さな動物の群れに心奪われる」。

クノーはまた、旧い仲間のことも忘れていない。マリオ・プラシノスは、スイスの出版社パリソから、タイポグラフィー的研究の作品を依頼されたのだが、そのテクストとして、一九六六年[14]、自分の誕生日の際にクノーから献呈された詩を提案している。その詩の作者は、「《こんにちはプラシノスさん》あるいは単純に《マリオ・プラシノスの誕生日》、さらには《ある画家の誕生日》ないし《誕生日[15]》」はどうかと示唆している。

レーモン・クノーはまた時間を見つけて「ジャン・デュビュッフェが書いたものの集成から選り抜きの引用集[16]」をまとめているが、それは彼の文体の美点を称えるためであった。「デュビュッフェは、障害や重荷に煩わされることのほとんどない軽やかな作家である。言うべきことは精確に言う。彼は純然たる古典主義作家だ。

しっかり考案されることは、明白に言表される
またそれを言うための語は容易におとずれる。
[……]

彼のペンはたやすく、さらには常に的確な語を生み出す。時折は遠くからやってきて、凡庸な精神には思いもよらないが、いつもたっぷり自然な様子を備えた的確な語を」。二人の作家の間では文通が続いていた。それはめったに形式ばったものにならず、たいていの場合きわめて興味深い。あらゆる作者というものは、デュビュッフェが一九七〇年五月七日の手紙[17]でかくもはっきりと表現していることを、おぼろげに感じてきた。「[……]人が自分の作品と取り結ぶ示し合わせの関係のうちには、内心の吐露と薄い暗がりが必要である。この示し合わせというものは、私がいつも毎回感じてきたように、物事が公衆の視線の下に無遠慮に置かれてしまうや否や断ち切られてしまうか、損なわれるくらい手荒に扱われるのである。そんなことをしてはならないだろう。そんなことは自分に禁じなければならないだろう。[……]」クノーはデュビュッフェの言語学的研究に最高度の関心を抱き続けているが、デュビュッフェは、クノーが書くところによると[18]「総合言語、《絶対的隠語》を発明する誘惑にあらがわなかった。『クアンク』や『ウルループ』に見られるのがそれである。しかも『ウルループ』の中には音声的綴りではなく、常軌を逸した綴りで書き写された言葉がある[……]」。クノーはそれを模倣《パスティーシュ》している。「コンナフウナカキカタヲでゅびゅっふぇドコデナラッタノカトミナフシギニオモウ、タブンガッコーデアルイハコーコーデナラッタノカ、アリソウナコトダ、イズレニセヨカレハジョウズニカク、トテモジョウズデスラアル」。一九七三年の終わり、クノーは『ルイ

ユ』誌の自身の記事に「壮麗王デュビュッフェ[19]」というタイトルをつけさえし、これを機に自分たちがどのような状況で出会ったのかを思い起こしている。「まだ戦争は終わっていないかった。パンテオン脇のかなり広いアトリエで、エリッヒ・フォン・シュトロハイム〔オーストリア出身の映画監督・俳優〕が、ジャン・ポーランならびに私を含む数人の友人たちに自分の絵を見せている。エリッヒは、当然のことながら、頭を剃っていて、顔に傷があり、巨大な葉巻を吸っていた。彼はシャンパンをふるまっていた。〔……〕エリッヒをさらにしげしげと見つめたところ、リセ・ル・アーヴル元生徒のジャン・デュビュッフェの姿をそこに認めた。また彼が、聖ジュヌヴィエーヴ図書館の閲覧者で、ジョルジュ・ランブールの友人であることも分かった。そのときの彼はタートルネックの白いセーターを着ていたが、それは五十年後に五十歳代の人たちの間で流行るようなものであった」。この記事の校正刷りを十月三十一日に読んだジャン・デュビュッフェは、喜びを隠さなかった。「ああ！　わが親愛なるクノーよ！　私はとても感動している。この私、野次られ屋、気難し屋、手に負えないヤツ、社会の敵として評判の私が、太陽のようにまばゆい、こんな描線で描かれている。これぞ私の素晴らしき最後の褒美、私の聖別式だ！　あなたによって！　ゴドフロワ・ド・ブイヨン〔第一回十字軍指揮者の一人で、《エルサレム王》と称した〕によって！　アーサー王によって！　公に、厳かに、授けられた勇者の免状だ！　彼の手で署名され！　その熱を帯びた免状！　〔……〕私は自分の鎧にブラシをかけて磨かせよう。自分の兜にあなたの旗色を留めつけよう。明日の夜明けに、この免状を自分のかばんに入れ、私は再び戦争に旅立ちます」。こんな楽しみを贈り合うとは、なんと幸せな七十代だろうか！

クノーとミロの関係について知られるところはより少ない。しかし彼はこの画家の作品に見事なまでに通暁している。マーグ社から一九七五年に出された、ミロのリトグラフ集第二巻に寄せたクノーの序文がその証拠だ。数ページにわたるこの重要なテクストにおいて、彼はまず、陶器とリトグラフ作品においてこの芸術家が味わう創造の喜びは、それらが前提とする集団制作という点に由来することを想起している。「ミロはそこに、匿名性に向かう歩みを認めているのだ。それも取るに足りない《誰か》の匿名性ではなく、創造者の匿名性である——ここで中世を引き合いに出す必要があるだろうか？　ミロには、大聖堂の建設者たちが持つ慎み深さへのノスタルジーがあるのではないか？」この道をたどりながら、クノーは「女、鳥、星といった、その他の個別的匿名性」を見分けている。「それらは、やはり匿名である記号——各人がそれぞれそれらを理解（解釈）せねばならず、またそれらを理解（解釈）する義務を負っているという意味で記号は匿名だ——によって再＝現されている存在なのである。〔……〕もし光線に取り巻かれた円が常に（ほとんど常に）太陽《ソレイユ》（あるいはある一つの恒星《ソレイユ》）と《なるだろう》、また三日月が（とりわけそれが白いなら）常に（ほとんど常に）月（我々の衛星が示す光景の少なくとも一つ）に

《なるだろう》という意味で匿名であるならば、そして他の表象についても同様のことが言えるならば、最高度に匿名的で解読可能な記号が、鑑賞者を戸惑わせて謎となるためには、描線のちょっとしたずれ、描線のわずかな付け足し、黒ないし予期せぬ色による点のわずかな付け足し、わずかに広く、あるいはわずかに狭くした角度など、少々のもので十分なのである。つい先ほどまで《私にだってこれくらいできる》と言っていたその鑑賞者は、今や《何が何だか分からない》とつぶやくのである」。クノーの目には、そこに第一の罠があると映る。第二の罠はユーモアなのだが、彼がこれについて人生の最後に述べていることに足を留めてみるのは、ことのほか興味深い。まずもって、彼はこう評価する。「《人》は時折、ミロの《人物画》ないし彼の《小動物》のことを、滑稽さに傾いた気質の表現であるとか、笑わせることを恐れない芸術家の重要な武器とみなした」。彼によれば、それはまったく見当外れである。そしてその説を補強するべく、画家が表明したことを喚起している。いわく、「私は悲劇的で無口な質《たち》である」。さらにミロは、仮に自分の作品の中にユーモアが見受けられるとしても、それはまったく意図しない結果であると考えている。言い換えれば、創作者自身は、ユーモアなどないと思っているというわけだ。クノーの見方も同様であり、彼はミロに対するこの〔ユーモアという〕レッテルを全面的にはねつける。「そう、〔彼は〕悲劇的で無口な質である。明晰になろうではないか。確認をするまでもなかった。それは明らかなのだ」。他方でレーモン・クノーは、この序文に乗じて以下のようなことを滑り込ませてもいる。

「ユーモアが、ありふれた通貨に、猿の通貨〔「代価を払わず口先だけで切り抜ける」という意味の慣用表現の一部〕にすらなってしまった時代においては、そしてユーモアが、それが理解できないものを貶め、自惚れて自らを語るようになった時代においては、さらにはユーモアが、もっとも平板な凡庸さにまで通俗化し、自らの産物が明確にそれより劣った水準に位置しているにもかかわらず、『アルマナ・ヴェルモー』〔十九世紀末に生まれた、冗談や小噺が載ったフランスの日めくりカレンダー〕のことをあえて嘲笑おうとする時代においては、ユーモアの犠牲者になりそうな人たちを、どうしても守らねばならなくなったのである」。

このような宣言の後では、『ピカソにおけるバーイ』(20)というアルバムに掲載された「ピカバイとバカソ」がユーモアに満ちていると断言することは微妙である。そこでこう言うだけに留めておこう。レーモン・クノーは、二人の画家を想起しつつ、機知を十分にはたらかせて自身のコントルペトリの嗜好に身を任せたのだ、と。

一方は幼少期をバルスラノ〔バルセロナとミラノを混ぜている〕で、もう一方はミロナ〔同上〕で過ごす。前者は、若くしてパリ（セーヌ県）で身を立て、後者は思春期を県番号七十五――パリで過ごした。二人ともコビスム〔もちろんキュビスムを念頭に置いている〕に加入し、その後それとは決別してそれぞれの道をたどった。このような類似点を、他にいくつも並べることができるだろう。

この手短な概要を、よく知られた逸話を再度引くことで締めくくろうと思う。またしてもこの話を述べることをお許し願いたい。ある日、名高い画家Nの展覧会で、ピカバイはバカソに出会ったということだ。

前者はこう言った。「この人はあなたと私から着想を得ているのだとは思いませんか?」

すると後者は言った。「なあに! デラスケス〔ベラスケスとドラクロワを混ぜている〕だってベラクロワ〔同上〕を論評したでしょう?」

嘲弄をきわめて大規模に組織化する術を心得ていたバーイとクノーは、大いに通じ合っていたにもかかわらず、対立することもあった。一九六八年、作家と画家は、クノーの文章にバーイの挿絵をつけた作品を準備するという計画を練っていた。だがこの試みは困難であることが判明する。クノーはこう書いた[21]。「あなたの出版社のマッツォッタが、テクストの校正刷りと複製画を送ってきました。あなたを悲しませるかもしれませんが、まったく率直に告白するなら、どう考えてみても、現状において、この計画が私にはまったく気に入らないのです――もちろん、テクストのことを言っています。私はこれを非常に凡庸だと思います、ウリポの下の下です。可笑しくもなければ巧妙でもない――もちろん、私は相変わらず文章のことを言っているのです。そこで私は、この企画はこれでお終いとすることと、そして私のテクストが掲載されないことをとりわけ強く望みます。もっとも、全体として、それがなくてもうまくゆくでしょう。〔……〕」バーイは意気阻喪せず、食い下がった。その言葉は、「キュボ＝モノグラフィー〔キュビスムを意味するcubo-という言葉をモノグラフィーに組み合わせている〕」という彼の著書がどのようなものであるかを明らかにしている。「私は、〔……〕あなたの作家としての観点がよく分かります。あなたはこの企画と、立方体について構想された十二の文章に満足していない、そしてこれが凡庸であるという印象を与えかねないとお考えなのですね。私はじっさい、根本的に手直しすべき校正刷りを手にしたあなたが、明確かつ曖昧なところのない感覚を抱いたことを理解できます。しかし私はこうも思います。その物を、平らなページではなく立方体であるかのように、三次元において、また遊戯の精神で考察すれば、それについて持つべき印象がずいぶんとちがったものになるのではないかと。〔……〕それはそれとして、あなたが私について書いたテクストをすべてまとめて再出版するという、以前に着手した企画を実現することもできるでしょう[22]」。容易に見て取れるように、エンリコ・バーイは明らかに、レーモン・クノーが彼のために書いたテクストを大いに重視していた。彼にはそうすることができたのだ。というのも、作家はバーイの深い独創性を強調しつつ、たえずその美点を褒めそやしていたのだから。クノーは彼の多様さ、真面目さ、そして大胆さを、同時に好んでいたのである。

晩年のレーモン・クノーは次第に孤独な男となっていったが、とはいえ彼が文学の動向に興味をなくすこともなければ、書くことを止めてしまうつもりもさらさらなかった。さまざまな文章を請われると、もはや何によっても強いられていないにもかかわらず、彼は承諾するのである。一九七二年、ルネ・バリガンがクノーの詩を研究した『音声文体的研究』の刊行[23]に寄せて、彼が喜んで序文を書いている様子が見て取れる。理由は単純だ。彼女は、美学的探究を見失うことなくクノーのポエジーに数値分析を施し、そうすることで幾何学的精神を繊細の精神〔パスカルの用語。パスカルは「繊細の精神」を「幾何学的精神」と対置させた〕と結びつけることができたからである。彼は次のように打ち明けている。「彼女は、私が自分の詩的活動について知らないでいた数々のことを教えてくれた。量的根拠を持たない研究がもたらしうるものに比べ、自分のなしたことをより明晰にしてくれるこの種の研究は、したがって詩人にとって有益なものとなりうるのだ。しかもコンピュータによる操作を経て出てくる私は、理論家というよりむしろ詩人であるだけに、この博士論文を読むことに一層の喜びを覚えた。これは作家、数学に夢中になった作家をすら、満足のあまり赤面させるばかりの賛辞なのである」。

一九七三年には『カイエ・ド・ポエジー』誌のために、彼は南仏人ジョルジュ・クレールフォンを、その射程が普遍的なものとなった作品の作者として紹介している。「これから読まれるものは、長い経験の精華から成っている。つねに精確で、必要かつ十分な言葉でできたこの明晰な織物には主題と主張とがふんだんにある。ニームから出発したこの詩人は、ずっと遠くまで行く。別の場所、彼方へと」。

この時期のレーモン・クノーは、旧友や過去に夢中になったものに喜びをもって再会している。一九六九年には、セルクル・ド・ビブリオフィルに宛てて、ピエール・マッコルランの『全集』のために長く美しい序文を寄せ、マッコルランの作品が「自分の時代だけでなく歴史全体をも多かれ少なかれ明晰に理解しつつ、それでもなお想像的生のあらゆる源泉や、再活性化された記憶の効能に対する洗練された愛を持ちつづけている人にとっては」大切なものであるはずだと明言している。彼が一九七一年にジャン・フォランに捧げた賛辞によって、フォランの寡婦から熱のこもった返事がもたらされた。彼女は何よりもまず、クノーが『アールの神父、聖ジャン＝マリー・ヴィアネー』と『カニジー』を参照しつつ締めくくったことを感謝している。彼女の夫の精神生活における数々の段階を、これらの作品ははっきりと照らし出しているのだ。ガリマール社がドナルド・サザーランドによるガートルード・スタインについての著作を出版した際には[24]、それがまだまだ知られていない「スタインの」作品をフランスの読者が発見する助けになるとして、その功績を称賛した。一九七四年、マックス・ジャコブ友の会の出版企画[25]に参加したクノーは、ジャコブについてこう断言している。「彼は正当に評価されない人物であった。同業者である詩人たち自身から正当に評価されなかった。認めなければならないが、詩人たちの大半は、彼を偉大な者たちの数に入れることを拒んでいる。彼はまた、同宗教の人たち（つまりカトリック）からも正当に評価されなかった。彼らは罪人、気まぐれ、軽率をしか彼のうちに見なかった。ただ迫害者たちだけが彼のことを真面目に受け取り、彼を別の同宗教の人たちの中に置き直し、ついには――また嘆かわしいことに――彼に値する栄誉のシュロの葉を、つまりは殉教者そして真の証人のものとなる本物のシュロの葉を与えてしまったのである〔シュロの葉は栄誉を意味する。宗教画で殉教者がその手に持つことから〈殉教者のシュロの葉〉という言い回しがある。マックス・ジャコブがユダヤ人であったために、ナチスの迫害によってドランシー収容所で没したことを示唆している〕」。

クノーは負けぶりの良さを示しさえした。一九六九年四月の『新フランス評論』誌で、フランス語の進化についてては間違っていたと認めたときのことである[26]。話されるフランス語と書き言葉を次第に深く分け隔てつつあった溝について、彼がどれほど主張してきたかは周知のことだ。だがほぼ正確な言語で話されるテレビの出現によって、すべてがねじ曲がってしまったと彼は認め、そのことがそれ以降の話し言葉の進化に重く影響を与えていることを確認せねばならないと言った。彼は一九七〇年六月の『レクスプレス』誌においてこの現実を再確認すらしており、その後でこう予言している。「[……] もし事態がこのままの状態であり続けるとするなら、ほぼ均質なフランス語が――チャド湖からサン゠ロラン川の河畔まで――話されるだろう。少々傷んではいるものの、よく言われるように、全体としては元気を取り戻した言語が」。自分の主要な論文を集めて一九七三年にガリマール社から出した『ギリシア旅行』の最後に、こうした自分の新しい着想を一つの到達点であるかのように置いたところをみると、それを隠そうなどという気が彼にはなおさらなかったことがわかる。

彼は規則正しくセバスチャン゠ボタン通りに赴き、原稿審査委員会に参加しつづけていた。とりわけ彼は、パトリック・モディアノの初期作品を支持したが、その最初の小説『エトワル広場』は一九六八年にロジェ・ニミエ賞を、一九六九年にはフェネオン賞を受賞した。一九六九年には、ゴンクール賞の三回の投票を通じて『夜のロンド』に投票し、さらに後、この若い作家が結婚する際には、その証人をつとめさえしたのである。彼はまた、ウィリアム・クリフ――ベルギー人アンドレ・アンベレシュトの筆名――の詩を出版に至らせるのにも貢献した[27]。若い才能に注目し、常に新奇なアイデアを探し求めている出版人という自分の役割を、レーモン・クノーは果たしつづけていた。クノーに擁護されたことのあるマニュエル・ド・ディエゲスは、そのことで彼に恩義を感じていた。一九七三年、彼は自身が企図していた哲学書の刊行について、クノーに関心を持ってもらおうとし、それが後に『洞窟』[28]となった。これに際してクノーは、ガリマール社がアシェット社に水をあけられるがままになって欲しくないというド・ディエゲスの論拠をうまく生かすことに成功した。その一週間後、ド・ディエゲスは、哲学という最高の大義の擁護を引き合いに出し、要求を繰り返した。クノーはド・ディエゲスの言うことをたいへん真面目に受け取り、彼を擁護し、あらためて彼の著書が刊行されるようにした。満足したド・ディエゲスは、ラブレーに関する論文をクノーに献呈した[29]。ガリマール社においてクノーは、直接の担当ではないはずの外国の作家についてまで助力を請われつづけた。たとえばアンドレ・フレノーは、ユーゴスラヴィア連邦マケドニアのアルバニア系少数民族出身で、パリに研修に来ているアルバニア系作家ルアン・スタロヴァを受け入れたいと思うかとクノーに尋ねてきた。同じ手紙の中でフレノーは、クロアチア人イヴァン・クサンの小説『塔』にクノーの注意を引いているが、これはその後まもなく中央ヨーロッパの作品担当者であるフランソワ・エルヴァルに渡されることになった。相変わらず『百科事典』を担当していたレーモン・クノーは、たとえば一九七二年の年末に二巻の刊行を計画していた。それが『地質学一』と『フランスとフランス人』である。『宗教史二』と『地域民族学一』は一九七三年の年頭に延期された。また一九七二年六月には、『天文学』ならびに『世界史』第二巻と第三巻を見直したうえで再印刷する計画もあった。

健康上の悩みがあったにもかかわらず、レーモン・クノーは相変わらずアカデミー・ゴンクールの仕事にも従事していた。一九七〇年には、ジュール・ド・ゴンクール没後百周年の記念行事に参加した。しかし一九七一年、新しいアカデミーのメンバーを選出する際に、ある事件が起こった。このとき、ベルナール・クラヴェルがフェリシアン・マルソーを抑えて選ばれたのだが、その理由は、アカデミーのメンバー数人が、ガリマール社と結びつきのある作家が新たに入ってくるのを拒んだからというものであった。口論が生じた。サラクルー、エリア、そしてクノーは、三月二日に審議室を去った。それ以来、レーモン・クノーが会議の席に就くことはもはやなかった。ときには書簡で投票し、ときには棄権したのだが、もはや二度と会議に赴くことはなかったのである。一九七三年、ミシェル・トゥルニエは、きわめて丁寧にクノーを復帰させようとしたが、その試みは空振りに終わった。アルマン・サラクルーがすでにこう書いていたではないか。レーモン・クノーは頑固だと。

アカデミー・ゴンクールのことはついに完全に顧みなくなったレーモン・クノーではあったが、相変わらずウリポには関心を示していた。コレージュ・ド・パタフィジックの刊行物『スブシディア』は、この作家の作品や公の場への登場、あるいは言葉を大々的に伝えていた。なかでも注目すべきはクノーの「雪玉」である。それは、最初の語は一文字で、二番目は二文字、三番目は三文字という具合に作られたテクストであり、その実例は以下のようになる。「ロジェがなんらかの閑職を引き継いだこの王に、シジスモンは並外れた三十三の語彙を教えていた〔A ce Roi dont Roger tenait quelque sinécure, Sigismond enseignait trente-trois vocabulaires exceptionnels.〕」。ウリポの創設後に、ポール・ブラフォールが「《非＝創設者》の第一の波[30]」と呼ぶものがやってくるのを、クノーは目にした。つまり「ジャック・ルーボー、ジョルジュ・ペレック、マルセル・ベナブー、リュック・エティエンヌ、そしてポール・フルネルである。マルセル・デュシャンの選出（一九六二年）を先触れとするこの波は、イタロ・カルヴィーノとハリー・マシューズの選出（一九七二年）、ラティスの死（一九七三年）、ミシェル・メタイユの選出（一九七四年）、そしてコレージュの隠蔽（一九七五年）によって完成する」。クノーはこれら新人たち全員から尊敬の念を寄せられていたのだが、彼らを紹介したのは、たいていの場合クノー自身であった。ジャック・ルーボーはその一例である。詩集『∈』を受け取ってガリマール社から出版した後、一九六六年にクノーは彼を加入させたのである。一九六七年三月に加入を認められたジョルジュ・ペレックは、『スブシディア』にしばしばその作品を掲載させていた。第五号では「e」の文字のリポグラム作品『煙滅』が予告され、第六号にその抜粋が呈示された。ペレックは常に自分を「ウリポの産物」とみなしていた。[31]「つまり私の作家としての存在を九十七パーセント規定しているのは、私の修業、私の書く作業がまったくもって転回点を迎えた時期にウリポを知ったという事実なのだ」。しかしながらペレックは、読者にテクストを生産させることを可能にする組み合わせを実践していたクノーとはちがう進化を遂げた。「同じ諸原理（指数的組み合わせとグラフの行程）から出発して、ペレックは一方では『初心者用八十一の料理カード』や『二百四十三の本物の色の絵ハガキ』を、他方では『給料をあげてもらうために上司に近づく技術と方法』を提案している。これら三作品が従っているのは、網羅的実現の規則である。つまり前者二作品についてはすべての可能な組み合わせを読ませるようにすること、そして第三の作品については、組織図《フローチャート》が示すすべての道筋をたどらせるようにすることだ」[32]。イタロ・カルヴィーノはといえば、「知識の冒険として、『迷宮への挑戦』」を選んだが、これがクノーと彼を近づけ、「彼の方向性を決定した」[33]。そしてポール・フルネルは、クノーとはじめて会った頃の感動的な思い出を心に留めていた。サン＝クルー高等師範学校の生徒だった彼は、修士論文でクノーを扱うことにした。それは彼がクノーの文学を熱愛していたからである[34]。テーマは「小説家レーモン・クノーと新フランス語の問題」とした。自分の好きな作家によって、セバスチャン＝ボタン通りにあるオフィスにたいへん感じよく迎え入れられたフルネルは、数多くの質問をクノーに浴びせたものの、実際的な返答は何一つ得られなかった。クノーはしばしばネクタイでメガネを拭い、とりわけ「彼独特のつぶれた甲高い笑い声」でおおいに笑ったのだった。ポール・フルネルは虜になってしまった。彼はその後プリンストン大学、次いでコロラド大学に向けて発ち、かの地で修士課程を終え、そして最初の小説『等辺』を執筆した。そしてパリに戻り、それらをまるごとレーモン・クノーのもとに持って行くと、クノーは彼に修士論文の縮約版を求め、それを『カイエ・デュ・シュマン』誌に掲載し、また彼の小説を出すことをガリマールに受け入れさせた。さらにクノーは、一九七二年のゴンクール賞の際、五回の投票を通じて『等辺』に票を入れさえしたが、とはいえ『マウーのハイタカ』〔ジャン・カリエールの作品〕が勝つのを妨げることはできなかった。これら傑出したウリピアン〔ウリポのメンバー〕たちこそが、次のように始まる映画のあらすじの源となっているようである。「執達吏の書類の大写しで始まる（執達吏X……氏事務所）。そこにはカリグラフィで書かれた題名が書いてある。『文習練体〔EXERSTYLE DECICES〕』さもなくば『暇つぶし機械』」。一九七三年、ウリポはガリマールのイデー叢書で選集を刊行するが、そこにはクノーのウリポにおける主要なテクストが再録された。それに加え、一九七六年、クノーは「ウリポ文庫」で『ダフィット・ヒルベルトによる文学の基盤』を発表する。

パタフィジックの友人たちと共にいることに、レーモン・クノーはわずかばかりの慰めを見出していた。だが彼は、私生活で大きな困難を抱えていた。ジャニーヌが病気だったのである。ずいぶん以前から、彼女はある種の痛みを気にしないようになっていたのだが、明白な事実には屈しなければならなかった。つまり彼女は、乳癌に冒されていたのだ。すでに治療も手遅れとなっており、癌は悪化する一方だった。彼女に余計な苦痛を与えまいとして、レーモン・クノーはYから遠ざかった。彼に深い愛着を抱いていたYは、そのことでおおいに苦しんだ。二人の間に根を下ろした沈黙と虚無が、彼女に重くのしかかった。彼のほうもそのことで苦しみ、たえず彼女に思いを寄せ、そして彼女の誕生日にバラを送るという細やかな気配りを忘れなかった。しかしすでにページはめくられていたのだった。レーモンとジャニーヌ・クノーは、その数年前に土地を買ったヴァール県〔南仏の海岸沿いの県〕のクラヴィエには、ほとんど滞在しなかった。彼らはそれを一九七〇年には売ってしまった。彼らはそれよりも、ロット県〔フランス南西部〕のグラマに程近い、ルメグーズの高級ホテルを定期的に訪れることを好んだ。彼らにそこを教えたのはジャン・コルトで、彼らはオーナーたちと仲良くなっただけにいっそうそこを気に入った。レーモン・クノーが社交の場で示すひょうきんさは、ずいぶん前から減っていたが、その一方で彼はたいへんな優しさを示すようになっていた。彼は完璧に感じのいい客であり、また付き合いを保っているすべての人から尊重されていた。

ジャニーヌが一九七二年七月十八日に亡くなると、レーモン・クノーは途方もない苦しみにおそわれた。彼らは四十年以上生活を共にしてきたのであり、かくも精彩に富み才気に満ちた言葉の数々で彼を喜ばせ、さらには憤慨させもした女性を失うことは、彼にとってむごたらしい苦痛であったのだ。たしかに夫婦げんかには事欠かず、そのような場面が招待客の前で繰り広げられることもあった。だがなによりもまず、ジャニーヌは彼の伴侶であった。彼を励ますために、また彼が一人ではないことを示すために、弔意のメッセージがあふれた。ジャン・タルデュー、アンドレ・フレノー、ミシェル・ドゥギー、エレーヌ・テュビアナ、ジョルジュ・ペレック、ジャン・ドルメッソン、ジャン・レスキュール、ジャン・コルト、ロベール・ガリマールといった人たちが彼の力になろうとした。しかしこの死に直面した彼は、恐ろしい孤独を感じていた。

それ以来彼は、宇宙における人間の存在と位置づけをめぐる瞑想を、かつてないほど強いかたちで再び行うようになった。たしかにジャン＝マリーが傍らにおり、二人で連れだって出かけては、周囲の興味深い場所を訪ねたりしていた。たしかに彼に捧げられた展覧会が催され、その開会式のために一九七三年二月にはル・アーヴルに招かれたりした。たしかにたくさんの記事が彼をとりあげていた。たしかに彼の人となりや作品を回顧する『カイエ・ド・レルヌ』誌が準備されていた――ただし刊行は遅れていたのだが。とうとうそれが出版されたとき、クノーはそこに自分の姿を認めることがほとんどできず、かつて自分がそうであったかもしれないが、もはや彼に似ていない作家が問題になっているという印象を時折持った。とはいえジャック・バロンの記事「レーモン・クノーの優しい心」は、彼を深く感動させた。彼は早くも校正刷りを読んだ段階で、そのことをバロンに書き送った。[35]「君が言っているようなことを言ってくれるのは、おそらく君だけだろう」。

一九六九年に出された『波を切って進む』の時代以降、彼は再びルネ・ゲノンの作品を熱心に読みあさるようになっていた。この詩集には、いかなる意味でも無についての瞑想とはならない形而上学的な関心への回帰が、きわめてはっきりと印づけられている。ガリマール社を出るとしばしば聖トマス・アクイナス教会へと赴いたレーモン・クノーは、この時、近づきつつある自身の存在の終焉が、一つのサイクルの終焉でもあると考えていたようである。この点に関しては、エマニュエル・スシエが[36]、ゲノンの一節をいみじくも引用している。「『ヴェーダンタによる人間とその生成』を再び手に取るだけでよい。そこでゲノンは、〈存在〉状態の変化の諸相を明快に示しているのだが、それはいわば《宇宙空間《エスパス》》であり、そこにおいては《ある状態における死が、同時に、別の状態における誕生である》のだ。別の言葉で言えば、それに応じて我々が考慮する存在の状態あるいはサイクルに従うと、死あるいは誕生は同一の変化となる。というのもそれがまさに二つの状態の共通点、つまりは一方から他方への移行だからである……」。一九七三年に着手され、一九七五年に終えられた『基本的道徳』は、このテーマをふたたび取り上げて発展させているが、同時にそれを彼の数学への嗜好や大いなる詩の感覚とに結びつけてもいる。この最後の詩集は、とりわけその第三部において尊敬の念を起こさせる。なぜなら、確たる知恵に到達した一人の人間の思想がそこには表明されているからだ。賢者の石を常に探し求めていた錬金術師に倣って、レーモン・クノーはおおいに読み、おおいに学び、おおいに瞑想した。彼はついに宇宙《コスモス》に自分の場所を見つけたように思われる――あるサイクルが終わり、別のサイクルが始まるところで。

一九七六年十月二十五日、レーモン・クノーはパリのピティエ＝サルペトリエール病院で尿毒症を起こして亡くなった。以前、自分がどうありたかったのかと尋ねた人に対し、彼は次のように答えたという。「手のひらの中のわずかばかりの埃[37]」。彼が私たちに残したものは、それよりもずっと大きい。

註

第一章

（1） 九月二十二日。

（2） 一八九九年十二月十九日、ル・アーヴルにて。

（3） 一七七六―一八二三年。

（4） 一八一一―一八六三年。

（5） 一九〇一年と一九〇六年の国勢調査参照。

（6） *Journaux* (1914-1965), édition établie, présentée et annotée par Anne Isabelle Queneau, Gallimard, 1996, p. 30.

（7） *Ibid.*, p. 30.

（8） *Ibid.*, p. 31.

（9） La Pléiade, I, Gallimard, 1989, p. 393〔Raymond Queneau, *Œuvres complètes*, I, Gallimard, « Bibliothèque de la Pléiade », 1989〕.

（10） Raymond Queneau, « Souvenirs d'enfance », La Pléiade I, *op.cit.*, p. 1075.

（11） Gallimard, 1969. Repris dans La Pléiade, I, 1989, p. 527.

（12） « Souvenirs d'enfance », *op.cit.*, p. 1075.

（13） « De Kayes à Tombouctou. », *Cahiers Raymond Queneau* (*CRQ*), n°14-15, *AVB* (Amis de Valentin Brû), 1989, pp. 13-14.

（14） La Pléiade, I, *op.cit.*, p. 10.

（15） Archives Nationales.

（16） 一八五九年七月二十日付グランヴィル（マンシュ県）の結婚証明書ではゼファン〔Zéphin〕だが、死亡証明書ではゼフィラン〔Zéphirin〕となっている。

（17） « Souvenirs d'enfance », *op.cit.*, p. 1071.

（18） *Ibid.*, p. 1071.

（19） リゴー・ド・ジュヌイーの署名。

（20） « Souvenirs d'enfance », *op.cit.*, p. 1071.

（21）インド東岸。
（22）ミャンマー。
（23）モーリシャス島。
（24）ロワール＝アトランティック文書館責任者の厚意による。
（25）« Souvenirs d'enfance », *op.cit.*, p. 1072.
（26）« Souvenirs d'enfance », *op.cit.*, p. 1076.
（27）*CRQ*, n°14-15, 1989, p. 18.
（28）一九一二年五月。

第二章

（1）現在のサライユ将軍通り。
（2）*CRQ*, n°14-15, *AVB*, 1989, p. 29.
（3）« Souvenirs d'enfance », *op.cit.*, p. 1077.（サンヴィックとグランヴィルはその後ル・アーヴルに併合された。）
（4）*Ibid.*
（5）*Journaux*, *op.cit.*, pp. 242-243.
（6）*Journaux*, *op.cit.*, p. 233.
（7）« Notes de *Chêne et chien* », La Pléiade, I, *op.cit.*, p. 1112.
（8）« Souvenirs d'enfance », *op.cit.*, p. 1076.
（9）*Journaux*, *op.cit.*, p. 241.
（10）この引用とその前の引用は以下の通り。*Chêne et chien*, Le Plèiade, I, *op.cit.*, pp. 5-6.
（11）*Journaux*, *op.cit.*, p. 255.
（12）この引用とその前の引用は以下の通り。« Souvenirs d'enfance », *op.cit.*, p. 1077.
（13）« Ma mère chantait », La Pléiade, I, *op.cit.*, p. 1085.
（14）*Journaux*, *op.cit.*, p. 18.
（15）*Ibid.*, p. 31.
（16）*Chêne et chien*, *op.cit.*, p. 11, p. 9.（後者はその前の引用頁）
（17）« Ma mère chantait », La Pléiade, I, *op.cit.*, p. 1082.
（18）*Un Rude hiver*, Gallimard, « L'Imaginaire », 1977, p. 162.〔鈴木雅生訳、『きびしい冬』水声社、二〇一一年、一四三頁。〕
（19）« Ma mère chantait », *op.cit.*, p. 1078 *sqq*.
（20）*Ibid.*, p. 1083.
（21）*Journaux*, *op.cit.*, p. 67.
（22）*Ibid.*, p. 19.
（23）Louis Lebreton, *Le Havre libre (19 avril 1977)*. 以下に引用。*CRQ*, n°14-15, p. 84.
（24）« Le Mythe du documentaire », *Labyrinthe* (23/12/46).
（25）王立工兵〔Royal Engineers〕と輜重隊〔Army Service Corps〕のこと。*Journaux*, *op.cit.*, p. 12.
（26）*Ibid.*, p. 16.
（27）*Ibid.*, p. 15.
（28）La Pléiade, I, *op.cit.*, p. 14.
（29）*Journaux*, *op.cit.*, pp. 22 et 24.
（30）*Ibid.*, p. 28.
（31）*La Quinzaine littéraire*, n°76. Du 1er au 15 juillet 1969.
（32）Avec Pierre Bourgeade, *Quinzaine littéraire*, *op.cit.*, p. 6.
（33）*Ibid.*
（34）*Ibid.*

(35) Bibliothèque Jacques Doucet.

(36) クロード・ラメイユの証言による。彼の助力と学識に敬意を表したい。

(37) ヴェルヴィエにあるレーモン・クノー資料センター（CDRQ）。

(38) *Cahiers de la Quinzaine*, Paris 1909, 2 vol. in-18. 第一巻の最後で、ロマン・ロランはイタリア人のグループによる出版物（『ヴォーチェ』）を紹介しようとしている。「筆頭にいたのは、大いなる気概と自由かつ豊かな知性を兼ね備えた二人の若者であった。その名をジュゼッペ・プレゾリーニとジョヴァンニ・パピニという」。それからロマン・ロランは、「イタリアは応える *L'Italia risponde*」というパピニの記事の翻訳された抜粋を長々と提示する。その中で彼は、イタリア人に向かって、外国人に熱狂する前に、彼らの国の作家たちを何度も読み返すよう求めている。

(39) *Journaux, op.cit.*, p. 11.

(40) Cf. *Journaux, op.cit.*, p. 221. Cf. *L'Intermédiaire des chercheurs et des curieux*, numéros 1496, 1497, 1499, 1506, 1508 et 1509.

(41) この点については以下を参照。Florence Géhéniau, *Queneau analphabète*, édité par l'auteur, Bruxelles, 1992.

(42) ル・アーヴル、メキシコ通り十一番地。

(43) La Pléiade, I, *op.cit.*, p. 999.

(44) 『月世界へ行く』、『三人のロシア人と三人のイギリス人の冒険』、『北極点のイギリス人』、『氷の砂漠』、『旅財布』、『月世界旅行』、『二年間の休暇〔十五少年漂流記〕』、『名無し一家』、『エクトール・セルヴァダック』、『昨日と明日』、『頑固者ケラバン』、『流星探索』、『トンプソン商会』、『カルパチアの城』、『ロビンソンたちの学校』、『オクス博士』、『世界の果ての灯台』、『緑色光線』、『五億のベガム』、『ウィルヘルム・ストリッツの秘密』、『黒いダイヤモンド』、『ジョナサン号の遭難者』、『氷のスフィンクス』、『空中の村』、『動く人工島』、『神秘の島』、『海の侵略』、『世界の支配者』、『アドリア海の復讐』、『アンティフェル師の驚異的な冒険』、『征服者ロビュール』、『地軸変更計画』、『リボニアの一幕』、『海底二万里』、『地底旅行』。

(45) 一九五五年五月二十一日にヴェラーレン〔生誕〕百年祭にさいしてブリュッセル・アカデミー会館で行われたスピーチ。

(46) 前記注（43）を参照。

(47) 一九一九年十二月六日の『日記』。*Journaux, op.cit.*, p. 44.

(48) *Ibid.*, p. 47.

(49) 前記注（32）を参照。

(50) *Samedi-Soir*, 14 février 1948.

(51) 一九一六年二月十六日と三月十七日。

(52) 三月十八日の「日記」。*Journaux, op.cit.*

(53) *Cahiers de l'Herne : Raymond Queneau*, n°29, Paris, 1975, pp. 17-23.

(54) 『パルテノン』誌主幹。

(55) *Journaux, op.cit.*, p. 21et 40.

(56) *Ibid.*, p. 24.

(57) 銀メダル。

(58) 金メッキメダル。ル・アーヴル市立図書館レーモン・クノーコレクションを参照。フィリップ・ノルマンとドミニク・ルエによる情報提供。

(59) 一八八〇年七月五日の法令。

(60)　*L'Arc*, Librairie Duponchelle, 1990.〔ルネ・ミシャによると、『携帯用宇宙開闢論』(一九五〇年)の頃のインタビューを転載したもの。〕
(61)　*CRQ*, n°28-29-30, p. 8 (1993).
(62)　N°10, décembre 1960, p. 2.
(63)　Éditions Bertout, novembre 1999, p. 65.
(64)　*Journaux*, *op.cit.*, p. 67.
(65)　*CRQ*, n°14-15, p. 138.
(66)　一九六五年。
(67)　*CRQ*, n°14-15, p. 150.
(68)　ラス・ヴェルニャスの小説。
(69)　*Journaux*, *op.cit.*, p. 66.
(70)　ル・アーヴルでは、春と夏に海岸で小屋を借りることができる。
(71)　*Journaux*, *op.cit.*, p. 98.
(72)　*Le Monde* (26/10/68). *CRQ*, n°14-15, p. 100 (1989). Bibliothèque municipale du Havre. Exposition Georges Limbour, 23 novembre-15 décembre 2000.
(73)　*Journaux*, *op.cit.*, p. 38.
(74)　*Ibid.*, p. 43.
(75)　*L'Événement*, n°27, avril 1968, p. 24.
(76)　« Souvenirs d'enfance », La Pléiade I, *op.cit.*, p. 1073.
(77)　La Pléiade, I, *op. cit.*, p. 1435.
(78)　*Ibid.*, p. 8.
(79)　*Ibid.*, p. 8.
(80)　以下に発表。*Cahier de l'Herne*, *op.cit.*, pp. 27-30.

第三章

(1)　*Journaux*, *op.cit.*, p. 68.
(2)　*Ibid.*, p. 69.
(3)　一九三三年。
(4)　以下に引用。Pierre Naville, *Le Monde*, 26/01/79, p. 28.
(5)　*Journaux*, *op.cit.*, p. 75.
(6)　*Ibid.*, p. 109.
(7)　*Ibid.*, p.78.
(8)　François-Bernard Michel, *Le Souffle coupé*, Gallimard, 1984.
(9)　*Journaux*, *op.cit.*, p. 116.
(10)　*Le Souffle coupé*, *op.cit.*, p. 16.
(11)　*Ibid.*, p. 8.
(12)　*Les Derniers jours*, Gallimard, « collection Soleil », 1977, p. 113.〔宮川明子訳、『最後の日々』、水声社、二〇一一年、一三三頁。訳文は一部変更した。〕
(13)　*Journaux*, *op.cit.*, p. 98.
(14)　*Ibid.*, p. 99.
(15)　*Ibid.*, p. 116.
(16)　*Ibid.*, p. 103.
(17)　La Pléiade, I, *op.cit.*, p. 42.
(18)　*Journaux*, *op.cit.*, p. 112.
(19)　一九二〇年五月十八日。*Journaux*, *op.cit.*, p. 65.
(20)　十二月六日頃。*Journaux*, *op.cit.*, p. 111.

(21)「もっとも共感を抱く天才はライプニッツだ」(*Journaux, op.cit.*, p. 113)。

(22) *Journaux, op.cit.*, p. 94.

(23) *Ibid.*

(24) 以下に引用されている。Emmanuël Souchier, *Je n'aime pas ce qui m'enserre*, Petite Bibliothèque quenienne, Limoge, 1991, p. 10.

(25) *Contes et propos*, Gallimard, « Folio », 1990, pp. 19-25.〔塩塚秀一郎訳、『あなたまかせのお話』、国書刊行会、二〇〇八年、一一頁。訳文は一部変更した。〕

(26) René Guénon, *L'Homme et son devenir selon Vêdânta*, Éditions Bossard, 1925, p. 111. エディション・トラディショネルによる一九七四年の再版にはこうある。「夢の状態の可能性は覚醒状態の可能性よりもひろがりがあり、そのおかげで個人はある程度、身体の様態においては従っている限定的な条件のいくつかから逃れることができる」(以下に引用。J. Fink-Bernard, *L'Apport spirituel de René Guénon*, Dervy, 1996, p. 131.)。

(27) 以下に引用。J. Fink-Bernard, *op.cit.*, p. 144.

(28) *Journaux, op.cit.*, p. 132.

(29) 一九二六年十二月八日。*Journaux, op.cit.*, p. 137.

(30) たとえば一九三一年十月に、『伝承研究』におけるある作者の象徴体系に関する錯乱的解釈に触れ、彼はこう結論している。「彼に比べれば、フロイトがほとんど理にかなった人物に見えてくるだろう!」(グザヴィエ・アカールによる教示。)

(31) J. Fink-Bernard, *op.cit.*, p.105.

(32) *Journaux, op.cit.*, p. 174.

(33) Pierre Mac Orlan, *Œuvres complètes*, Cercle du Bibliophile, édition établie par Gilbert Sigaux, Genève, 1969.

(34) 一九二〇年。

(35) 一九二二年九月末、彼は『日記』に以下のゲーテの思想を書き付ける。「真なるものはずいぶん昔から発見されている……。古い真理に接吻せよ! 人生が人生を享受するとき、そこには理性が常にあらんことを。かくして過去は継続し、未来は前もって生き、瞬間は永遠となる! 真、おまえにとって真に存在するもののしか、お前の精神を豊かにしない。もっとも〈反自然的〉に思われるのは〈自然〉だ」。(*Journaux, op.cit.*, p. 109.)

(36) *Journaux, op.cit.*, p. 95.

(37) *L'Instant fatal*, La Pléiade, *op. cit.*, I, p. 78.

(38) *Les Ziaux*, *ibid.*, p. 41.

(39) 以下に引用された一節。La Pléiade, *op. cit.*, I, p. 1151.

第四章

(1) *Bâtons, chiffres et lettres*, Gallimard, 1965, p. 36, (rééd. Folio, 1994).〔宮川明子訳、『棒・数字・文字』、月曜社、二〇一二年、三三頁。〕ジャン・ピエルは『出会いと違い』(*La Rencontre et la différence*, Fayard, 1982, p. 74) で次のように書いている。「それは、やはりまったく偶然の出会いに引き続いて起こった。私が住んでいたロワン川ほとりのモンクールへと、私に会いに来るために彼〔クノー〕がパリとヌムールを結ぶ電車に乗っている時であった。彼は車室で隣合わせた人と話を始めたのだ。それがロラン・テュアルで、こちらはヌムールのミシェル・レリス宅に行くところであった。彼らは話し、意気投合し、再会した。数日後、ブランシュ広場の例のよく知られたカフェでクノーはブルトンに紹介され、間もなくシュルレアリスムグループへの加入を許された」。

（2）　*Les Archives du surréalisme*, volume I, présenté et annoté par Paul Thévenin, Gallimard, 1988, p. 31.

（3）　*Ibid*.

（4）　*Journaux*, *op.cit*., p. 49.

（5）　一九二〇年四月二十二日。*Journaux*, *op.cit*., p. 51.

（6）　*Comœdia*, p. 1.

（7）　« De l'utilisation du mouvement Dada ».

（8）　G.C., « Manifestation Dada ».

（9）　André Breton, *Entretiens*, rééd., Gallimard, 1996, p. 49.〔稲田三吉、佐山一訳、『ブルトン、シュルレアリスムを語る』思潮社、一九九四年、五二頁。〕

（10）　*Ibid*., p. 46.

（11）　*Journaux*, *op.cit*., p. 94.

（12）　*Ibid*., p. 100.

（13）　*Ibid*., p. 101.

（14）　十六号まで刊行された雑誌（一九二一年から一九二四年）。ピエール・ナヴィルの名が一九二三年の第十三号に現れる。

（15）　*Les Nouvelles littéraires*, 4 septembre 1947.「[……] 私の名前は『シュルレアリスム革命』第一号の表紙にあります [……]」

（16）　*Les Archives du surréalisme*, vol. 1, *op.cit*., p. 51.

（17）　La Pléiade, I, *op.cit*., p. 989 et *sqq*.

（18）　*Ibid*., pp. 1014-1015 *sqq*.

（19）　*Les Archives du surréalisme*, vol. I, *op.cit*., p. 81.

（20）　*Ibid*., pp. 114-115.

（21）　*Ibid*., p. 115.

（22）　Jacques Bens, *Queneau*, Gallimard, « La Bibliothèque idéale », 1962.

（23）　*Tracts surréalistes*, présentation et commentaires de José Pierre, tome I, Éric Losfeld, 1980, pp. 34-35.

（24）　*Odile*, Gallimard, « L'Imaginaire », 1992, p. 71.〔宮川明子訳、『オディール』、月曜社、二〇〇三年、六六頁。訳文は一部変更した。〕

（25）　*Ibid*., p.70.〔『オディール』、七六頁。訳文は一部変更した。なお原書においてこの表現が現れるのは七〇頁ではなく八一頁。〕

（26）　一九二五年三月二十七日。*Les Archives du surréalisme*, vol. I, *op.cit*., p. 99.

（27）　Mark Polizzotti, *André Breton*, Gallimard, 1999, p. 267.

（28）　*La Révolution surréaliste*, n°4, 15 juillet, 1925, p. 3.

（29）　« Conversation avec Georges Ribemont-Dessaignes », *Bâtons, chiffres et lettres*, *op.cit*., p. 36.〔『棒・数字・文字』、三三頁。訳文は一部変更した。〕

（30）　*Le Journal littéraire*, 18 octobre 1924, p. 5.

（31）　*Ibid*.

（32）　R. Comminges, « Le Français moyen et les Surréalistes », *Le Journal littéraire*, 13 juin 1925, p. 12.

（33）　一九四八年二月十四日。

（34）　Maurice Nadeau, *Histoire du surréalisme*, Le Seuil, 1945.〔モーリス・ナドー『シュールレアリスムの歴史』、稲田三吉、大沢寛三訳、思潮社、一九六六年。〕

(35) *Ibid.*, p. 116.
(36) *Journaux*, *op.cit.*, p. 277.
(37) 〔一九二五年〕十月二十三日金曜日の〈委員会〉の会合記録。*Les Archives du surréalisme*, tome II, présenté et annoté par Marguerite Bonnet, Gallimard, 1988, p. 60.
(38) *Odile*, *op.cit.*, p. 150. 〔『オディール』、一四六頁。〕
(39) *Les Archives du surréalisme*, tome II, *op.cit.*, p. 81.
(40) ルイ・アラゴン、ジャン・ベルニエ、アンドレ・ブルトン、ポール・エリュアール、マルセル・フーリエ。
(41) *Odile*, *op.cit.*, p. 136. 〔『オディール』、一三二頁。〕
(42) *Les Archives du surréalisme*, tome II, *op.cit.*, p. 91.
(43) *Ibid.*, p. 102.
(44) *Journaux*, *op.cit.*, p. 126.

第五章

(1) *Odile*, *op.cit.*, p. 7. 〔『オディール』、二頁。〕
(2) *L'Humanité*, 16 octobre 1925.
(3) トマトソースと香草で煮た卵料理。
(4) La Pléiade, I, *op.cit.*, p. 1032.
(5) 一九二七年一月二日、彼は『日記』にこう書くだろう。「知りあいになろうと努めねばならぬ人物が二人いる。それがルネ・ゲノンとピカソだ」。(*Journaux*, *op.cit.*, p. 140.)
(6) *Le Dimanche de la vie*, Gallimard, 1952, p. 35. 〔芳川泰久訳、『人生の日曜日』、水声社、二〇一二年、三三頁。〕
(7) *Journaux*, *op.cit.*, p. 140.
(8) 一九二六年十二月十五日。

第六章

(1) *Journaux*, *op.cit.*, p. 130. シラノはブランシュ広場にあるカフェで、シュルレアリストたちが通っていた。
(2) *Ibid.*, p. 139.
(3) *Les Archives du surréalisme*, tome III, présenté et annoté par Marguerite Bonnet, Gallimard, 1992, p. 78.
(4) *Journaux*, *op.cit.*, p. 131.
(5) 前述〔第二章〕。
(6) ベルジェ通り十四番地。すぐ近くにはフォーブール＝モンマルトル通りにあるブイヨン・シャルティエ〔有名な庶民的レストラン〕がある。レーモン・クノーは、預金銀行の職員たちが昼食をとるレストランを描くのに、ここから想を得ている。「私がよく通った食堂の一つでは、メニューが古いやり方で書かれていたのだが〔一品料理の前に定冠詞を置かない書き方〕、とある日、（メニューの）上方に、赤色インクの大見出しで « LA superbe sardine〔LAは定冠詞。「見事なサーディン」の意〕» の文字が掲げられているのを目にしたのだ。たしか五十サンチームだった。もちろんだからといって質が良くなったなどということはなかったが」。(*Chansons d'écrivains*. Émission de Jean Chouquet. Club d'essai. Paris IV. 28 décembre 1952-1er février 1953.)「人影もその一人だった。引っかかったのである。人影は食べている。酸っぱい油のにおいがする見事なサーディン〔……〕」。*Le Chiendent*, Gallimard « Folio, n°588 », *op.cit.*, p. 13.〔久保昭博訳、『はまむぎ』、水声社、二〇一二年、一二頁。〕

（7） *Le Chiendent, op. cit.*, pp. 125-126.〔『はまむぎ』、一〇〇〜一〇一頁。〕

（8） *Les Derniers Jours, op.cit.*, p. 113.〔『最後の日々』、一三三頁。〕

（9） *Journaux, op.cit.*, p. 140.

（10） この出来事に過剰な意味を持たせないほうがよいだろう。レーモン・クノー自身次のように書いているのだ。「ブルトンが紛失し、私をいくらか有名人にした《例の》私のノート。これについては少々いんちきをした。というのも、このノートのテクストの《写し》をいくつか持っているのだ」。*Journaux, op.cit.*, p. 230.

（11） 以下に引用。Sarane Alexandrian, *Le Surréalisme et le rêve*, Gallimard, 1974, p. 42.

（12） *Bâtons, chiffres et lettres, op.cit.*, p. 36.〔『棒・数字・文字』、三三頁。〕

（13） André Breton, *Entretiens, op. cit.*, pp. 142-143.〔『ブルトン、シュルレアリスムを語る』、前掲書、一五八頁。訳文を一部変更した〕。

（14） Jacques Baron, *L'an I du surréalisme*, Denoël, 1969, p. 198.

（15） CDRQ, Verviers.

（16） *Revue de Paris*, juin 1951, pp. 39-46.〔『棒・数字・文字』に再録。〕

（17） *La Gazette des Lettres*, avec Pierre Berger, 15 avril 1952, p. 18.

（18） Boris Vian, « Notes sur Queneau », *AVB*, 1985, p. 9.

（19） Marcel Duhamel, *Raconte pas ta vie*, Mercure de France, 1973, p. 238.

（20） 以下に記されている。Yves Courrière, *Jacques Prévert*, Gallimard, 2000, p. 126.

（21） *Temps mêlés*, n°150+25-26-27-28, mai 1985.

（22） *Archives du surréalisme*, vol. 4, présenté et annoté par José Pierre, Gallimard, 1990, pp. 109-125.

（23） *Journaux, op.cit.*, p. 247.

（24） *Journaux, op.cit.*, p. 143.

（25） *Les Derniers jours, op.cit.*, p. 113.〔『最後の日々』、一三三頁。〕

（26） シモーヌの娘シルヴィー・サトールと二〇〇一年三月十六日に行った対談。

（27） 一メートル五十八センチ。

（28） ジャン＝マリー・クノーによる情報。

（29） Yves Courrière, *Jacques Prévert, op.cit.*, p. 154.

（30） Mark Polizotti, *André Breton, op.cit.*, p. 333.

（31） 一九二八年のみ。一月二十七日と三十一日（第一回と第二回会合）、二月と三月（第五回と第六回会合）。

（32） Jean Piel, *op.cit.*, p. 77.

（33） Marcel Duhamel, *Raconte pas ta vie, op.cit.*, p. 274.

（34） 一九二八年二月十五日から三月一日。

（35） 結果は次の通り。「彼〔デ・キリコ〕の額には髭が生えた、模倣者の年老いた髭が、変節漢の汚く年老いた髭が、老いぼれの汚れて年老いた血の気のない髭が」。

（36） 以下もまた参照すること。La Pléiade, I, *op.cit.*, p. 1067.

(37)　シュルレアリストたちと交際した後、ロラン・テュアルはとりわけシナリオ作家、プロデューサーとなった。彼は「その個性と言葉と手紙によって友人たちを魅惑した」。André Masson, *Le Rebelle du surréalisme*, éditions Hermann, 1994, p. 110. レーモン・クノーはル・アーヴルからの電車の中で、おそらくは一九二四年にロラン・テュアルと知り合った（以下を参照。Michel Leiris, *Brisées*, Gallimard, 1992, p. 271）。

(38)　一九二八年五月十九日。

(39)　Jean Piel, *La Rencontre et la différence*, *op. cit.*, p. 78.

(40)　Marcel Duhamel, *Raconte pas ta vie*, *op.cit.*, p. 289.

(41)　*Raymond Queneau*, L'Arc, 1990, p. 75.

(42)　*Ibid.*, p. 76.

(43)　M. Nadeau, *Histoire du surréalisme*, *op.cit.*, p. 171.

(44)　彼は「数多くの理想主義的くそったれ」と回答した。［幾人かのヴァランタン・ブリュの友〔「ヴァランタン・ブリュの友」はクノーの研究者や愛好家の組織〕のために筆者が強調。］

(45)　以下に引用された一節。Maurice Nadeau, *Histoire du surréalisme*, *op.cit.*, p. 174.

(46)　*Ibid.*, p. 175.

(47)　André Breton, *Entretiens,op.cit.*, pp. 148-149.〔『ブルトン、シュルレアリスムを語る』、前掲書、一六四—一六五頁。〕

(48)　André Masson, *Le Rebelle du surréalisme*, *op.cit.*, p. 79.

(49)　以下に引用。José Pierre, *Tracts surréalistes et déclarations collectives*, tome I, Losfeld, 1980, p. 105.

(50)　Maurice Nadeau, *Histoire du surréalisme*, *op.cit.*, p. 172.

(51)　Mark Polizotti, *André Breton*, *op.cit.*, p. 357.

(52)　Cf. *Contes et propos*, Gallimard, « Folio, n°2127 », p. 277 *sqq.*〔『あなたまかせのお話』、一五頁～。〕

(53)　第十二号。

(54)　« Raymond Queneau », *Europe*, juin-juillet 1983, p. 127.

(55)　『シュルレアリスム革命』誌のこれに先立つ二号（一九二七年十月と一九二八年三月）に掲載された夢の記述あるいはシュルレアリスム・テクストの著者たち。

(56)　ピエール・ベルジェとの対話を参照。*La Gazette des lettres*, *op.cit.*, p. 18.

(57)　« Notes sur Queneau », *AVB*, 1985, p. 5.

(58)　José Pierre, *Tracts surréalistes et déclarations collectives*, tome I, *op.cit.*, p. 428.

(59)　スリジーのシンポジウム。一九六〇年九月。

(60)　André Breton, *Entretiens*, *op.cit.*, p. 142.〔『ブルトン、シュルレアリスムを語る』、前掲書、一五八頁。〕

(61)　*Temps mêlés*, n°150+25-26-27-28, mai 1985, p. 135.

(62)　La Pléiade, I, *op. cit.*, p. 1005.

(63)　Pascal Durand « *Les Ziaux* rassemblent des textes composés entre 1920 et 1943 ; *Marine*, section ouvrant *L'Instant fatal* (1946), groupe des poèmes écrits de 1920 à 1930. »

(64)　*Temps mêlés*, *op.cit.*, mai 1985, p. 129.

(65)　*Volontés*, pp. 31-32.

(66)　ミカエル・ベネディクトに宛てた一九七三年二月二十七日の手紙（Archives Gallimard）。

(67)　*Temps mêlés*, *op.cit.*, p. 133.

第七章

（1）*Journaux*, *op.cit.*, p. 209.

（2）*Ibid.*, p. 234.

（3）Paul Braffort, *Science et littérature*, Diderot éditeur, 1998, p. 191.

（4）*Odile*, *op.cit.*, p. 28.〔『オディール』、二三頁。〕

（5）*Ibid.*, p. 46.〔『オディール』、四〇〜四一頁。〕

（6）« Second Manifeste du surréalisme », *La Révolution surréaliste* n°12, 15 septembre 1929, p. 16.

（7）Jean Piel, préface au catalogue de l'exposition *Georges Bataille et Raymond Queneau*, Billom, 10 juillet-10 septembre 1982.

（8）*Ibid.*, p. 4.

（9）当時トロカデロ民族博物館副館長。

（10）ドイツ人の詩人であり美術批評家。西洋近代美術を専門とする。

（11）Michel Leiris « De Bataille l'impossible à l'impossible *Documents* », *Critique*, août-septembre 1963.〔「途方もない」と訳したimpossibleには、「不可能な」「あり得ない」という意味もある〕。

（12）*Georges Bataille, l'apprenti sorcier*, Textes, lettres et documents (1932-1939), rassemblés, présentés et annotés par Marina Galletti, La Différence, 1999, p. 586.

（13）著者名はE・V・LとG・Mというイニシャルになっている。

（14）*Georges Bataille, l'apprenti sorcier*, *op.cit.*, p. 587.

（15）ラ・シオタからの手紙（一九三二年九月十七日）。*AVB*, n°19, p. 11.

（16）« Le Symbolisme du soleil », *Temps mêlés*, n°150+10, décembre 1980, p. 16.

（17）*Ibid.*, p. 17.

（18）以下に所収。*Contes et propos*.〔『あなたまかせのお話』〕。

（19）*Contes et propos*.〔『あなたまかせのお話』〕。

（20）以下に引用。Jacques Jouet, *Raymond Queneau*, La Manufacture, 1989, p. 135.

（21）『リモンの子供たち』のこと。

（22）« Defontenay », *Bâtons, chiffres et lettres*.〔「ドフォントネー」、『棒・数字・文字』、二四〇頁。訳文は一部変更してある。〕

（23）一九三四年六月九日の手紙（Archives Gallimard）。

（24）La Ciotat, *AVB*, n°19, *op.cit.*, p. 11.

（25）*Ibid.*, p. 15.

（26）ル・アーヴルでのクノーの隣人。

（27）*Journaux*, *op.cit.*, p. 221.

（28）*Ibid.*, p. 269.

（29）プーシェ通り四十五番（パリ十七区）。

（30）ガストン＝ルイ・ルー夫人による。筆者との対談。

（31）Marcel Duhamel, *Raconte pas ta vie*, *op.cit.*, p. 288.

（32）一九三二年の一月一日、二月一日、三月一日。

（33）*Journaux*, *op.cit.*, p. 213.

（34）*AVB*, n°19, pp. 11, 12 et 15.

（35）Préface au *Voyage en Grèce*, Gallimard, 1973, p. 10.

（36）　« Seconde Manifeste du surréalisme », *La Révolution surréaliste*, n°12, 15 décembre 1929, p. 7.
（37）　*La Critique sociale*, réédition de 1983, La Différence, p. 19.
（38）　マリー・トゥレスの修士論文（ブザンソン、一九八二年、一八一頁）によって引用された『クラルテ』誌元指導部メンバー、ジャン・ベルニエからの一九三一年一月十九日付の手紙。
（39）　*Journaux*, *op.cit.*, p. 248.
（40）　*La Critique sociale*, *op.cit.*, p. 24.
（41）　マリー・トゥレスによる引用。前掲論文、六五頁。
（42）　*Le Voyage en Grèce*, *op.cit.*, p. 11.
（43）　*Ibid.*
（44）　*Ibid.*
（45）　N°6, septembre 1932.
（46）　N°7, janvier 1933.
（47）　N°4, décembre 1931.
（48）　N°9, septembre 1933.
（49）　*Ibid.*
（50）　しかしながらこのテクストは、『棒・数字・文字』の全ての版に収められているわけではない。
（51）　これらの情報はすべてクノーの以下の論考に示されている。« Premières confrontations avec Hegel », *Critique*, août-septembre 1963, p. 697.
（52）　*Ibid.*, p. 699.
（53）　*Queneau plus intime*. Catalogue de l'exposition de la Bibliothèque nationale (avril 1978), n°380-381, p. 31. この文献についてはエマニュエル・スシエの教示による。
（54）　ル・アーヴル大学ロシア語教授マルク・ブロンデルによる教示。
（55）　N°7, janvier 1933.
（56）　ジャン＝マリー・クノーが三月二十一日に生まれていた。
（57）　ドン・ボスコ〔ジョヴァンニ・メルキオッレ・ボスコ（一八一五―一八八八）。北イタリアの司祭でサレジオ会の創始者〕が当時列聖された。
（58）　Marina Galletti, *Georges Bataille, l'apprenti sorcier*, *op.cit.*, pp. 114-116.
（59）　マリナ・ガレッティにより以下に引用。*Georges Bataille, l'apprenti sorcier*, *op.cit.*, p. 124.
（60）　*Tracts surréalistes*, *op.cit.*, p. 284.
（61）　Michel Lerris, *Journal* 1922-1989, Gallimard 1992, p. 294.
（62）　マリナ・ガレッティによる引用。*Georges Bataille, l'apprenti sorcier*, *op.cit.*, pp. 121-122.
（63）　*Journaux*, *op.cit.*, p. 319.
（64）　マリナ・ガレッティによる引用。*Georges Bataille, l'apprenti sorcier*, *op.cit.*, p. 127.
（65）　Georges Bataille, *Œuvres complètes*, tome V, Gallimard, 1973.
（66）　*Ibid.*
（67）　*Journaux*, 20 octobre 1939, *op.cit.*, p. 395.

第八章

（1）　前章を参照。

（2）　第二章を参照。

（3）　*La T.S.F. de Raymond Queneau*, Cahier Raymond Queneau, 1997, p. 87.

（4）　*Les Ecrivains célèbres*, Mazenod. 1953.

（5）　以下の雑誌を参照。*Le Voyage en Grèce*, n°1, printemps-été 1934.

（6）　*Ibid.*, n°2, printemps 1935.

（7）　初版（Julliard, Dossiers des *Lettres nouvelles*, 1962.）はモーリス・ナドーの主導による。（クロード・ラメイユによる教示。）

（8）　*Volontés*, décembre.

（9）　Claude Simonnet, *Queneau déchiffré*, Slatkine(réédition), 1981, p. 141.

（10）　*N.R.F.*, avril 1969.

（11）　« Ecrit en 1937 ». 〔「一九三七年の論考」。訳文は一部変更した。〕

（12）　『トランジション』誌の責任者。

（13）　『ぐずついた天気』の紹介文の一つ。

（14）　一九三二年の「無意識からの言葉（*Words from the Unconscious*）」である。もともとフランス語で出版されたこのテクストは、P・ブリッセの作品『神の神秘は成し遂げられた』（一八九〇年）からの抜粋である。クノーが『トランジション』誌に発表したもう一つは、一九三七年の日付をもつ『樫と犬』の二つの詩である。一つは「草。草については何も言うことはない」から始まり、もう一つは「神の科学。太陽それは悪魔だ」。から始まる。

（15）　第一号は一九二七年四月であり、最初のテクストとして、ジョイスの「進行中の作品（Work in Progress）の冒頭のページ」が掲載される。その後にケイ・ボイル、ガートルード・スタイン、マルセル・ジュアンドーのテクスト（英語）、そしてロベール・デスノス、アンドレ・ジッド、マルセル・ノル、フィリップ・スーポー等々の、やはり英語の詩がくる。

（16）　Claude Simonnet, *Queneau déchiffré*, *op. cit.*, p. 26.

（17）　一九三八年、クノーはシラーの別の作品を翻案した。それが『たくらみと恋』である。これはラジオ・トゥール・エッフェルで一九三八年三月四日の十五時半から十七時まで放送された（*CRQ* 1-1997 : *La T.S.F. de Raymond Queneau*, Ed. du Limon, p. 13.）

（18）　あるいは『行き過ぎのための行き過ぎ』。

（19）　Claude Simonnet, *Queneau déchiffré*, *op.cit.*, p. 100.

（20）　以下に収録。*Cahiers de l'Herne : Raymond Queneau* 1975, pp. 324-327.

（21）　*Le Chiendent*, Gallimard, « Folio », p. 241 sqq. 〔『はまむぎ』、一九七頁〜。〕

（22）　*Ibid.*, pp. 265-269. 〔『はまむぎ』、二一七〜二二〇頁。〕

（23）　*Cahiers de l'Herne : Raymond Queneau*, 1975, pp. 328-329.

（24）　マルティーヌ、ド・リショー、ピュイヨベール、ヴィトラック、リブモン＝デセーニュ、グリュンベルク、カルパンティエ、バロン、デスノス、ルー、クラン、フィリポンそしてバタイユ。

（25）　Boris Vian, *Manuel de Saint-Germain-des-Prés*, Pauvert, 1997, p. 110.

（26）　Pierre Assouline, *Gaston Gallimard*, Balland, 1984, p. 142.

（27）　De Brassaï et Hullaz, *Raymond Queneau plus intime*, Bibliothèque nationale, avril 1978, n°359, p. 30.

（28） *Service*, juillet 1955. 以下に引用。*CRQ*, n°6, 1987, p. 5.

（29） *Journaux*, *op.cit.*, p. 248. 一九三一年十月九日。

（30） キェルケゴールの専門家であり、とりわけトルストイとドストエフスキーの神秘性を研究した。クノーはその弟子であるバンジャマン・フォンダーヌの著作を注釈することで、彼の理論を批判した。（以下を参照。*Volontés*, avril 1940.）

（31） *Journal 1939-1940*, Gallimard, 1986, p. 20.

（32） Fanny Lowtzky (Lowtsky). 彼女は自分自身でこの二つの表記法を用いていた。

（33） Claude Debon, « Notes sur la genèse de *Gueule de Pierre* », *AVB*, n°6/7, p. 7 *sqq*.

（34） Anne Clancier, *Raymond Queneau et la psychanalyse*, Éd. Du Limon, 1995, p. 23.

（35） 以下に引用。Claude Debon, *op.cit.*, p. 13

（36） *Ibid.*

（37） Michel Décaudin, « L'Aquarium comme modè/ule de la ville », *CRQ*, n°17-19, 1991, p.183.

（38） 以下に掲載。*N.R.F.*, n°259, avril 1935.

（39） デビューして間もないころ、クノー〔Queneau〕の名前には時折アクサン記号が付けられることがあった。

（40） 「アンリ・ポワンカレ、一八五四年にナンシーに生まれる。ドイツ人ダフィット・ヒルベルトとともに、同時代の物理学や天文学に加え、自らの学問ディシプリンのほぼすべてを修めた最後の数学者。彼は現代であらゆる知識を最高度に有した学者の一人と見なされている」。（Programme du 127e Congrès des Sociétés historiques et scientifiques de Nancy, du 15 au 20 avril 2002, p. 32, éd. CTHS.）

（41） Anne Clancier, *op.cit.*, p. 47.

（42） *Ibid.*, p. 28.

（43） 「だがさらにこれらの物音はなんだろう／昼と夜に聞こえる物音／［……］誰が真夜中に歌っているのだろう／誰がベッドの脚を齧っているのだろう／［……］彼でなければ誰があえいでいるのだろう／［……］それは続けられるつぶやき／［……］それは吐息それは叫び／それは痙攣と大騒ぎ［……］」（『樫と犬』第二部）。

（44） Jean Hélion, « Pratique de *Chêne et chien* », *AVB*, n°24/25, 1983, p. 22 *sqq*.

（45） « Jean Hélion aux *Cahiers d'art* », avril 1936, n°271, p. 627.

（46） Jean Hélion, *Lettres d'Amérique*, IMEC, 1996, p. 98.

（47） Jean Hélion, « Pratique de *Chêne et chien* », art.cit., p. 23.

（48） Jean Hélion, *Lettres d'Amérique*, *op.cit.*, p. 75.

（49） 彼がドイツ人の翻訳者ヘルムレに書いたこととは異なり、これは四月二十六日の手紙である（Archives Gallimard）。

（50） Noël Arnaud, « Politique et polémique dans les romans de Raymond Queneau », dans *Queneau aujourd'hui*, Ed. Clancier-Guénaud, 1985, p. 121.

（51） *Odile*, *op.cit.*, p. 159.〔『オディール』、一五五～一五六頁。訳文は一部変更した。〕

（52） « Le plus et le moins », *Volontés*, 1er août 1938. Repris dans *Le Voyage en Grèce*, Gallimard, 1973, pp. 126-127. Cf. aussi : Noël Arnaud, *op.cit.*, p. 124.

（53） *Odile*, *op.cit.*, pp. 45-46.〔『オディール』、三九～四〇頁。訳

文は一部変更した。〕
（54） *Odile*, *op.cit.*, p. 185.〔『オディール』、一八一頁。〕
（55） 書評依頼状（第一版）。
（56） *Les Enfants du limon*, Gallimard, 1938, p. 50.〔塩塚秀一郎訳、『リモンの子供たち』、水声社、二〇一二年、六三頁。〕
（57） *Ibid.*, p. 315.〔『リモンの子供たち』、三七八頁。訳文は一部変更した。〕
（58） *Cahier de l'Herne : Raymond Queneau*, *op. cit.*, pp. 192-194.
（59） *Les Enfants du limon*, *op.cit.*, p. 314.〔『リモンの子供たち』、三七六頁。〕
（60） Claude Simonnet, *Queneau déchiffré*, *op.cit.*
（61） Archives Gallimard.

第九章

（1） *Journaux*, *op.cit.*, p. 262.〔クノーが当時日記に記していた夢の記述に見られる一節。とあるバーで若者と出会い、会話をしているうちにこの考えが頭をよぎったとされている。〕
（2） ガリマール社。
（3） *Journal 1939-1940*, *op.cit.*, p. 205.
（4） Raymond Queneau, *Traité des vertus démocratiques*, édition établie, présentée et annotée par Emmanuël Souchier, Gallimard, 1993, p. 51 (« Introduction » d'Emmanuël Souchier).
（5） *Ibid.*, p. 59.
（6） 『ルカによる福音書』、二章、十三〜十四節。
（7） René Guénon, *Le Roi du Monde*, Editions Bosse, 1927.
（8） *Journal 1939-1940*, *op.cit.*, p. 207.
（9） 一九三四年六月。以下を参照。*Journaux*, *op.cit.*, pp. 336-340.
（10） *Traité des vertus démocratiques*, *op.cit.*, p. 168 (« Notes » d'Emmanuël Souchier).
（11） « Dialectique hégélienne et Séries de Fourier », *Bords*, Hermann, 1963. « Poésie et Mathématique », *Le Monde*, 18 mai 1967.
（12） *Traité des vertus démocratiques*, *op.cit.*, p. 84.
（13） *Ibid.*, p. 74.
（14） *Ibid.*, « Le PCF : « Un marxisme malade » », p. 153.
（15） *Ibid.*, p. 83.
（16） *Ibid.*, p. 80.
（17） *Ibid.*, p. 62.
（18） *Ibid.*, p. 66.
（19） *Ibid.*, p. 67.
（20） *Ibid.*, p. 92.
（21） *Ibid.*, p. 89.
（22） *Ibid.*, p. 194.
（23） アルベール・ド・ブーヴールヴィルの偽名。以下に指摘がある。Florence Géhéniau, *op.cit.*, vol. II, p. 657.
（24） *Journaux*, *op.cit.*, p. 337.
（25） *Traité des vertus démocratiques*, *op.cit.*, p. 194.
（26） 上海、一九一七年刊。
（27） René Brémond, *La Sagesse chinoise selon le Tao*, Plon, 1955.
（28） *Traité des vertus démocratiques*, *op.cit.*, p. 131.
（29） *Ibid.*, p. 214.

(30)　*Ibid.*, p. 74.

(31)　*Journal 1939-1940*, *op.cit.*, pp. 57-58.

(32)　*Traité des vertus démocratiques*, *op.cit.*, p. 188.

(33)　*Ibid.*, p. 73.

(34)　*Ibid.*, p. 75.

(35)　René Guénon, *La Crise du monde moderne*, Gallimard, rééd. 1994, pp. 24-25.

(36)　*Traité des vertus démocratiques*, *op.cit.*, p. 81.

(37)　*Ibid.*, p. 85.

(38)　*Ibid.*, p. 90.

(39)　*Ibid.*, p. 62.

(40)　*Ibid.*, p. 66.

(41)　*Ibid.*, pp. 69-70.

(42)　*Ibid.*, p. 71.

(43)　一九三二年のテクスト。一九九五年にクロード・スタサールによってガリマール社から挿絵本として出版された。

(44)　*Traité des vertus démocratiques*, *op.cit.*, p. 86.

(45)　*Journal 1939-1940*, *op.cit.*, p. 146.

(46)　*Traité des vertus démocratiques*, *op.cit.*, p. 191.

(47)　十三章、三十四〜三十五節。

(48)　*Traité des vertus démocratiques*, *op.cit.*, pp. 192-193.

第十章

(1)　一九三〇年。

(2)　ギリシャ旅行を多数オーガナイズした人物。彼の事務所はパリ（一区）のエシェル通りに位置していた。

(3)　CDRQ.

(4)　一九三六年四月二十一日。CDRQ.

(5)　最初の三つは『ギリシア旅行』に再録、最後のものは変更を加えられ『レ・ジオー』に再録された。

(6)　第一号、一九三五年四月。第八号、一九三六年二月。クロード・ラメイユの情報による。

(7)　André Masson, *Les années surréalistes : correspondance 1916-1972*, édition établie, présentée et annotée par Françoise Levaillant, éd. La Manufacture, 1990, p. 249.

(8)　*Ibid.*, p. 262.

(9)　*Ibid.*, p. 264.

(10)　*Ibid.*, p. 338.

(11)　一八八七—一九六九年。

(12)　美術批評家でマルセル・モレの遺言執行人であるパトリック＝ジル・ペルサンの証言による。

(13)　エマニュエル・ムニエ（一九〇五—一九五〇年）は、一九三二年に『エスプリ』誌を創刊した。

(14)　Cf. *Journaux*, *op.cit.*, pp. 317-324.

(15)　一九三四年十二月十五日。*Journaux*, *op.cit.*, p. 318.

(16)　一九三六年十月。

(17)　*Journaux*, *op.cit.*, pp. 325-331.

(18)　クロード・ラメイユは、レーモン・クノーが、自身の特集号となった『カイエ・ド・レルヌ』誌の責任者に、マックス・ジャコブの手紙を発表できるよう強く求めていたことを記憶している。一九七五年、二一三～二三〇頁。
（19）一九三四年十一月。ジャック・ドゥーセ図書館。また以下を参照。*Cahier de l'Herne : Raymond Queneau, op.cit.*, p. 215.
（20）一九三五年十二月三十一日。*Ibid.*, p. 216.
（21）書簡。ジャック・ドゥーセ図書館。
（22）*Cahier de l'Herne : Raymond Queneau, op.cit.*, p. 223.
（23）一九六二年九月十日の手紙。ジャック・ドゥーセ図書館。
（24）残念ながら未刊である。
（25）Cf. *Journaux, op.cit.*, p. 318.
（26）同様に未刊である。
（27）エリーとベルトのラスコー夫妻の娘。ベルトはリュシー・カーンワイラーの姉妹である。ベルトは自分の名前を嫌っており、ベロあるいはベレットと呼ばせていた。
（28）ガートルード・スタインの伴侶。
（29）*Les Écrivains célèbres*, Éd. Mazenod, 1953, vol. III.
（30）CDRQ.
（31）「キャラクター〔caractères〕」という語は、「作中人物〔personnages〕」を指す英語特有の言い回し〔フランス語では「性格」を意味する〕。
（32）ヴェルヴィエのCDRQにその手紙がある。
（33）一九五六年にピエール・ベタンクールが、ギリシア王妃フレデリキ陛下のために再び取り上げた。
（34）一九三七年六月九日。
（35）同上。
（36）一九三六年十二月、第二七九号。
（37）*Journaux, op.cit.*, p. 329.
（38）その一つがミラーのものである。

第十一章

（1）« Cyril Tourneur, dramaturge noir », *Cahiers du sud*, n° spécial, juin-juillet.
（2）« Sur la cinématique des jeux », *Sphinx*, n°6, juin.
（3）一九三七年八月十日、『樫と犬』。「暖炉の前で肘掛け椅子に座って」。一九三九年には、「書店の危機」（二月十日）のような、署名なしのいくつかの情報記事。
（4）« Délire typographique », *Arts et Métiers graphiques*, 15 septembre.
（5）« Vient de paraître à Londres et à New York », *Reflets de la semaine*, 15 décembre.
（6）レーモン・クノーはパラメ〔ブルターニュの町〕の『ル・ゴエラン』誌にも協力したかもしれなかった。彼はこの雑誌を指揮するテオ・ブリアンとは、一九三六年六月から一九三九年十二月にかけてしばしば付き合いがあった。だが彼の署名はこの雑誌に見られない（クロード・ラメイユの情報による）。
（7）« Connaissez-vous Paris ? », *Service*, juillet.
（8）おそらくはこの目的で、彼はジョゼ・ロマンによる『マキシムスのボーイの回想』を書き直すことを引き受けたのだろう。ジョゼ・ロマンは実際にこの職に就いており、自分の回想録の出版を望んでクノーに問い合わせた。奥付は一九三七年十二月二十日、フランス文芸出版となっている。

（9） Article cité dans le *CRQ*, n°6, 1987, pp. 15-16.
（10） *Journal 1939-1940*, *op.cit.*, p. 134.
（11） 「チャーチはまたまたもう一度、私の詩の末尾を『ムジュール』誌には受け入れたくないと言った（彼はそれを猥褻だと言う）……」とクノーは、一九三六年十一月二十七日にペロルソンに宛てて書いている。（クロード・ラメイユの情報提供による引用。）
（12） 七月十五日号には以下の部分が掲載されている。
第一部。「私は生まれた［……］鼻をほじくりながら」。

「愛しい、善良な両親よ［……］〈創造〉が示していた」。

第二部。「私は長椅子に横たわった［……］精神分析」。

「夢がたくさんある［……］おまえの少年期の」。

「草［……］ああ太陽」。

「だがすべてを言わねばならない［……］犠牲者はお前だった」。

「樫と犬ほらこれが私の二つの名［……］山の」。

第三部。「それはとっても大きくて［……］踊り始める」。

初版本の奥付は七月十三日となっている。（この詳細はクロード・ラメイユによって教えられた。）
（13） 以下に再録。*Contes et propos*, Gallimard, 1981.（『あなたまかせのお話』）
（14） 二つが『棒・数字・文字』（一九六五年）に、残りは『ギリシア旅行』（一九七三年）に再録されている。
（15） Août 1939, *Journal 1939-1940*, *op.cit.*, pp. 27-28.
（16） « L'humour et ses victimes », *Volontés*, 20 janvier 1938.
（17） *Ibid.*
（18） 一九三八年三月二十日。
（19） « Lyrisme et poésie », *Volontés*, 1er juin 1938.
（20） « James Joyce, auteur classique », *Volontés*, 1er septembre 1938.
（21） « Drôles de goûts », *Volontés*, novembre 1938.
（22） « Le plus et le moins », *Volontés*, 1er août 1938.
（23） « Technique du roman », *Volontés*, décembre 1937.
（24） « Lyrisme et poésie », *Volontés*, 1er juin 1938.
（25） « Les horizons perdus », *Volontés*, janvier 1939.
（26） « Des génies méconnus », *Volontés*, avril 1939.
（27） « Richesse et limite », *Volontés*, 20 mars 1938.
（28） « La symphonie inachevée », *Volontés*, décembre 1938.
（29） *Ibid.*
（30） « James Joyce, auteur classique », *Volontés*, 1er septembre 1938.
（31） « Technique du roman », *Volontés*, 20 décembre 1937.
（32） 一九三八年十一月。
（33） « L'écrivain et le langage », *Volontés*, juillet 1939.
（34） « Le plus et le moins », *Volontés*, 1er août 1938.
（35） 一九三七年十二月二十日。
（36） « Le mythe et l'imposture », *Volontés*, février 1939.

第十二章

（1） *Journaux*, *op.cit.*, p. 328.
（2） *CRQ*, n°1, 1986.
（3） Michel Leiris, *L'Afrique fantôme*, Gallimard, 1934.
（4） *CRQ*, lettre du 2 juin 1937, *op.cit.*, p. 11.

（5）　七月二十日の手紙。年は不明。Archives IMEC.
（6）　一九三九年七月八日の手紙。Archives IMEC.
（7）　« Jean Hélion aux *Cahiers d'art* » (avril 1936), « *Tropic of Cancer. Black Spring* par Henry Miller » (décembre 1936), « *Avant-hier* de Kay Boyle » (mai 1937), « Psychologie anglo-saxonne » (juin 1939) et « *Guide to Kulchur*, de Ezra Pound » (octobre 1939).
（8）　*AVB*, n°24/25, 1983, p. 22.
（9）　クノーはアメリカ文学をテーマとしたラジオ放送の中で、『北回帰線』と『黒い春』に再び言及した。それが一九三八年十二月二十日に放送された「『新フランス評論』の十五分」シリーズの番組「ラジオ三十七」である。（Claude Rameil, *La T.S.F. de Raymond Queneau*, éditions du Limon, 1997, p. 19.）
（10）　一九三七年五月。
（11）　一九三九年六月。
（12）　*Pour une bibliothèque idéale*, Gallimard, 1956.
（13）　クノーによって再録されたノート。*Journaux*, *op.cit.*, p. 324.
（14）　ジャン・ポーランの偽名。
（15）　一九三四年四月。
（16）　『フィネガンズ・ウェイク』を指す。

第十三章

（1）　*Journaux*, *op.cit.*, p. 372.
（2）　*Ibid.*, p. 373.
（3）　初版は一九八六年に出版された。
（4）　*Journaux*, *op.cit.*, pp. 383-384.
（5）　*Ibid.*, p. 386.
（6）　*Ibid.*, p. 387.
（7）　*Ibid.*, p. 425.
（8）　*CRQ*, n°4-5, pp. 33-34.
（9）　*CRQ*, n°4-5, p. 38.
（10）　*Journaux*, *op.cit.*, p. 395.
（11）　*Ibid.*, p. 477.
（12）　ルイーズ・レリス、通称ゼットは、リュシー・カーンワイラーの娘であった。
（13）　この時期にはポーリーヌ・ルーの愛人となっていたミシェル・レリスは、妻に対して別離を考えている旨を告げていた。
（14）　*Journaux*, *op.cit.*, pp. 379 et 380.
（15）　*Ibid.*, p. 392.
（16）　« Lettes du Cellier », *AVB*, n°27, 1984.
（17）　*Ibid.*, p. 7.
（18）　*Journaux*, *op.cit.*, p. 368.
（19）　*Ibid.*, p. 432.
（20）　*Ibid.*, p. 379.
（21）　« Lettres du Cellier », *op.cit.*, p. 24.
（22）　« Lettres à Jean-Marie », *AVB*, n°30, 1985.
（23）　*Journaux*, *op.cit.*, p. 376.
（24）　*Ibid.*, p. 379.
（25）　*Ibid.*, p. 422.
（26）　Archives Gallimard.
（27）　*CRQ*, n°4-5, p. 47.

（28） *Ibid.*, p. 50.

（29） 9 décembre 1939, archives IMEC.

（30） Paul Eluard, *Chanson complète*, Gallimard, 1939.

（31） 彼はとりわけ『ある教会の探求』を読んだ。「ああ！ この秘密結社は……」と、彼は一九四〇年三月十日にポーランに宛てて指摘している。ポーランはこの機会を利用して、彼に『善意の人々』についての時評を依頼した。

（32） *Journaux, op.cit.*, p. 406.

（33） *Ibid.*, p. 418.

（34） クロード・ラメイユの教示による。

（35） *Journaux, op.cit.*, p. 463.

（36） *Ibid.*, p. 470.

（37） リュシー・カーンワイラーの娘であるルイーズ・レリスは、エリー・ラスコーの妻ベルト・ラスコーの姪であった。

（38） *Journaux, op.cit.*, p. 488.

（39） *Les Miauletous et leurs amis*, catalogue de l'exposition de Limoges, 14 juin – 14 septembre 1958.

（40） *Journaux, op.cit.*, p. 489.

（41） La Pléiade, I, *op.cit.*, p. 762-764.

（42） *Journaux, op.cit.*, p. 474.

（43） *Ibid.*, p. 480.

（44） *Ibid.*, p. 490.

（45） *Les Miauletous et leurs amis, op.cit.*

（46） *Ibid.*

（47） マジパンを専門とする。

（48） *Journaux, op.cit.*, p. 502.

（49） *Ibid.*, p. 509.

（50） ブルトンの元妻であったシモーヌは、ミシェル・コリネと結婚していた。

（51） *Ibid.*, p. 355.

（52） *Ibid.*, p. 511.

（53） 第十一章を参照。

（54） 一九四〇年十一月十日の手紙。*CRQ*, n°1, 1986, p. 39.

（55） *Journaux, op.cit.*, p. 516.

（56） 一九四〇年十月三日法。『官報』では十月十八日に発表された。

（57） 一九四〇年九月二十七日のドイツのオルドナンス〔行政命令の一種〕は、ユダヤ人を「ユダヤ教に属す者、あるいはユダヤ人、すなわちユダヤ教に属するユダヤ人の祖父母を二人以上有する者」と定義していた。Renée Poznanski, Hachette, 1994, p. 66（現代ユダヤ人資料センターの教示による〔レキュルールは挙げていないが、ここで引用、言及されている書物は『第二次世界大戦下のフランスでユダヤ人であること（*Être juif en France pendant la Seconde guerre mondiale*）』であると思われる。〕一九四〇年十月以降、フランス当局はユダヤ人の概念を単に宗教的な帰属のみならず、人種的帰属とした。

（58） 「贈答品と土産物工場」を掲げる。

（59） Renée Poznanski, *op.cit.*, p. 67.

第十四章

(1) Pierre Assouline, *Gaston Gallimard*, Balland, 1984, p. 268.
(2) *Ibid.*, p. 281.
(3) 一九三九年九月二十三日以来、マルグリット・ドナデューの夫となっていた。
(4) 一九四一年三月六日。
(5) Laure Adler, *Marguerite Duras*, Gallimard, 1998, p. 147.
(6) ロール・アドレールによって引用された書簡。*Ibid.*, p. 148.
(7) *Ibid.*
(8) « Un lecteur de Marguerite Duras », *Cahier Renaud-Barrault*, décembre 1965.
(9) ロール・アドレールによる情報。*Marguerite Duras, op.cit.*, p. 164.
(10) « Un lecteur de Marguerite Duras », *op.cit.*, p.4.
(11) 一九〇三年、コー県のフォーヴィルに生まれ、モンティヴィリエとル・アーヴルで教鞭を取っていたことがある。
(12) Daniel Delbreil, « Des *Temps mêlés* à *Saint Glinglin* », *AVB*, Nouvelle série, n°6-7, 1996.
(13) 一九三九年十一月二十二日のジュール・リヴェによる記事。この筆者はレーモン・クノーの音声的な創作を皮肉って、「五時から七時《サンカセテ》する〔「昼下がりの情事」の意味がある〕」習慣をもったご婦人たちの会話を想像している。「さあ、さてと！……じゃあ私はこれから〈クリーム塗り《マンクレメ》〉するわ」「で、私は、〈爪を赤く塗る《ルージュオングレ》〉するわね！」
(14) 一九四三年十二月十六日。
(15) *Temps mêlés*, n°150+5, Verviers, octobre 1979, p. 25.
(16) *Ibid.*, pp. 28-29.
(17) カーンワイラー家とラスコー家のこと。
(18) ダニエル＝アンリ・カーンワイラーのこと。
(19) ヘンリー・ジェイムズの著作。
(20) 一九四二年八月二十五日。
(21) 一九四二年十月八日。
(22) この家のことをクノーは「ブランクーシのアトリエ」の中で回想している。
(23) *Le Trésor*. 第六章参照。
(24) 一九三三年十一月十日。
(25) 一九四二年八月九日。
(26) 一九四二年八月二十六日。
(27) 以下に所収。*Poésie 43*, n°12.
(28) 一九四三年七月八日。
(29) Archives IMEC.
(30) ガリマール社刊。
(31) 一九三五年五月一日、『ラ・ベット・ノワール』誌にすでに掲載された詩。
(32) 一九四三年八月三十一日。クロード・ドゥボンによる引用。La Pléiade, *op. cit.*, I, p. 1147.
(33) Jean Lescure, *Poésie et liberté*, éd. de l'IMEC, 1998, p. 133.
(34) Cité par Laure Adler, *Marguerite Duras*, *op. cit.*, p. 163.
(35) Cité par Jean Lescure, *Poésie et liberté*, *op. cit.*, p. 212.

(36) *Ibid.*, p. 213.

(37) ガリマール社刊。

(38) ヌリチュール・テレストル〔地の糧〕出版（一九四六年）、次いでガリマール社（一九四八年）刊。

(39) N°8, printemps 1944. Rééditée en 2000 dans Folio Junior.

(40) N°31, 1943.

(41) ドミニク・ラブルダンによって発表された。

(42) Alain Calame, Compte rendu du *Journal 1939-1940*, *Lectures de Raymond Queneau*, n°2, faculté des Lettres de Limoges, 1989, p. 117.

(43) 『ぐずついた天気』の西洋合理主義を象徴する人物。

(44) Alain Calame, *op. cit.*, p. 120.

(45) 一九四二年から一九四三年にかけて、百通以上書かれた。

(46) *Journaux, op. cit.*, 1996.

(47) Alain Calame, Compte rendu du *Journal 1939-1940*, *op. cit.*, p. 124.

第十五章

(1) 第十四章参照。

(2) この文章は以下の通りであった。「我々が数年前から予見していたとおり、そして、事前に用意された計画にしたがって、我々の雄々しい軍隊は無条件に降伏した」。

(3) *Journaux, op. cit.*, p. 564.

(4) 一九四八年六月十日。

(5) 一九四五年十二月十二日。© éditions Gallimard.

(6) *Le Monde*, 27 juin 1946.

(7) 一九四八年二月二十六日。

(8) *Les Lettres françaises*, 15 avril 1948.

(9) 一九五二年六月六日。

(10) 一九四五年四月十四日。

(11) 一九五二年八月一日。

(12) 第二章参照。

(13) « Langage académique » (12 avril 1946), « Connaissez-vous le Chinook ? » (24 mai 1946), « On cause » (6 mai 1948).〔この詩では正書法を崩して実際の発音に近い表記法が採られている。〕

(14) « Connaissez-vous le Chinook ? »〔『棒・数字・文字』、五四頁。〕

(15) « On cause ».〔『棒・数字・文字』、五一頁。〕

(16) 一九四四年十月二十日。

(17) 一八六八—一九三四年。

(18) カヴァフィスはその生涯をおもにアレクサンドリアで過ごした。

(19) 一九四四年十一月二十四日。

(20) 一九四四年十二月二十九日。

(21) 一九四五年一月二十五日。

(22) 一九四五年五月十九日。

(23) *Journaux, op. cit.*, p. 566.

(24) ここでは「戦後」を一九四四年から一九五二年の期間とする。つまりはコレージュ・ド・パタフィジックへの入会（一九五〇年）およびアカデミー・ゴンクールへの加入（一九五一年）の後、また作品集としては最初の二作『棒・数字・文字』（一九五〇年）と『考えてもごらん』（一九五二年）の出版の後にくる年である。
(25)　一九四五年十二月二八日。「受動的防衛」(『運命の瞬間』)「境界の画定」「描写」「勝手気まま」(『牧歌』)。〔ただし詩集に再録される際にはタイトルが変わっている。〕
(26)　一九四六年四月。« Bouvard et Pécuchet » (extrait en prépublication de la préface à *Bouvard et Pécuchet*, éd. du Point du Jour, collection Incidences).（クロード・ラメイユによる情報提供）。第十四章参照。
(27)　アルベール・カミュは一九四七年六月三日に『コンバ』紙を離れた。
(28)　『考えてもごらん』と『運命の瞬間』に掲載。
(29)　「不要な男のための記念碑」。
(30)　第四号そして第七号、第八号。
(31)　ブリュノ・デュロシェは「クノーの」『ソネ』(一九五八年)を出版した(クロード・ラメイユによる情報提供)。
(32)　「今晩はこもった匂いがしないだろう」一九五一年三月一日。
(33)　一九四八年一月二十一日。
(34)　« Broadway leur village », 8 au 14 avril 1950.
(35)　一九四七年四月五日および一九五一年一月十五日。
(36)　一九四七年九月四日(『牧歌』からの詩)。「ケロケロ鳴くのはよそう／とガマガエルのパパ／ケロケロはナシよ／とガマガエルのママ／ぼくケロケロしてないよ／とガマガエルのジュニア[……]」。
(37)　*Les Nouvelles littéraires*, 28 février 1952.
(38)　一九五一年二月七日。
(39)　一九五一年四月十一日。
(40)　第七章参照。
(41)　一九五二年五月八日。
(42)　一九五二年五月十五日。
(43)　一九五二年六月十九日。
(44)　一九四四年。
(45)　一九四六年。
(46)　一九四六年。
(47)　一九四四年。
(48)　一九四五年十二月。
(49)　一九四七年。
(50)　*Contes et propos*, *op. cit.*, p. 96.(『あなたまかせのお話』、七七頁。)
(51)　La Pléiade, I., *op. cit.*, p. 105.
(52)　「一篇の詩なんてたいしたものじゃない」、「まったくなんてこった」、「黒いインク壺」および「詩人たちが退屈するとき」。
(53)　Catalogue de l'Exposition *Raymond Queneau plus intime*, *op. cit.*, n°717-718.
(54)　原稿のタイトル。La Pléiade, I., *op. cit.*, p. 1202.
(55)　一九五三年の第八号から『トピック』誌となった(クロード・ラメイユによる情報)。
(56)　クロード・ラメイユによる情報。
(57)　一九四九年。
(58)　一九四五年一月十五日。(一九四四年十一月の『ポエジー』誌の抜粋。)
(59)　一九四八年十一月(第一、第二の歌)、一九四九年五月

（第三、第四の歌）、一九五〇年七月（第五、第六の歌）。

（60）一九五〇年十一月三十日。

（61）一九五一年一月。

（62）ブリュッセル、一九四五年二月。

（63）一九五一年四月および五月。

（64）一九五二年五月。

（65）第十四章参照。

（66）一九五二年二月二十二日。

（67）一九四七年十月三十一日の国際宣言。

（68）六―七―八月号。

（69）*Semaine de France*, 1er juin 1952.

（70）一九五一年三月十五日。

（71）一九五一年六月。

（72）『運命の瞬間』所収「羊飼い女に雨が降る」、一九四九年七月二十日。

（73）第七号に「一人の男が平原を走っている／飛んでいる鳥たちの後を」が載っている。

（74）「市電の男」（一九四八年）「海軍」（一九四八年）、『携帯用宇宙開闢論』第五の歌からの抜粋（一九四八年）、そして「雨が降る」（一九四九年）。

（75）一九四八年一月。

（76）クロード・ラメイユによる情報。

（77）『運命の瞬間』所収の「老いる」。

（78）一九四六年。

（79）*Le Routier*, juin 1952.

（80）*Le Temps de la poésie*, mars 1952.

（81）*Les Nouvelles littéraires*, 4 septembre 1947.

（82）*La Critique Sociate*, La Différence, 1983.

（83）Archives de la bibliothèque Jacques Doucet.

（84）*Le Monde*, 30 décembre 1948.

（85）シャイヨ宮に集まって、国連に対してかけあったためにこのような名がついた。

（86）*Journaux*, *op. cit.*, p. 667.

（87）*Combat*, 12 avril 1951.

（88）しかしながら彼の名は、『コンバ』紙に掲載された一九四七年二月二十一日のリストには載っていない。

（89）時々書かれているように、ビアリッツの映画祭ではない。

（90）G・ダバ、J＝C・タケラ、L・メーニュ、P・カスト、J＝P・ヴィヴェ、F・シャレ、フランス・ロッシュ、R・ピラティ、R・デゾルミエール、I・ジョアシャン、R・クレマンそしてジャン・グレミヨン。

（91）ヴェルヴィエCDRQのシュザンヌ・バゴリーによる情報。

第十六章

（1）九月二十三日から十二月二日まで。

（2）*Loin de Rueil*, Gallimard, « Folio n°849 », 1988, p. 21.〔三ツ堀広一郎訳、『ルイユから遠くはなれて』、水声社、二〇一二年、二一頁。〕第三章も参照。

（3）『レ・ジオー』に所収。

（4）*Loin de Rueil*, *op. cit.*, p. 36.〔『ルイユから遠くはなれて』、

三六〜三七頁。〕

（5）*Ibid.*, p. 61.〔同書、六一頁。〕

（6）*Ibid.*, p. 186.〔同書、一八三頁。〕

（7）クノー自身による記録。ヴェルヴィエのCDRQによる。

（8）*Critique*, mai 1952.

（9）Préface à l'édition illustrée des *Exercices de style* par Massin, Gallimard, 1963.

（10）Archives Gallimard.

（11）一九四七年十一月五日。

（12）*Critique* n°13-14, 1947.

（13）マドレーヌ・ヴェルギュトによる報告（ルクセンブルクで二〇〇〇年に開催された学会にて）。

（14）Note du traducteur, Gallimard, 1946.

（15）*Une trouille verte*, Éditions de Minuit.

（16）*On est toujours trop bon avec les femmes*, Éditions du Scorpion.

（17）Pascal Pia, *Feuilletons littéraires*, Fayard, 1999, p. 627.

（18）*Critique*, décembre 1948, p. 1065.

（19）翌年一九四九年にクノーは、エミール・ボーヴェンスの『カクテルの本』(Emile Bauwens, *Livre de cocktails*, éditions Un coup de dés, Bruxelles) の序文の中でこの物語のことを思い起こしている。語り手はこう言う。「覚えているでしょう、この話を。［……］何者かが酒場に入ってきて、何か飲み物を注文するのですが、ちょっと間違った注文をしてしまうのです。この男自身にもどこか奇妙なところがありますが、この話の面白さは注文内容にあるんですよ。細かいところはもうよく思い出せないなあ。いったいこの客の何が奇妙だったんだっけなあ……／馬だったんだろ、とバーテンダー」。（『あなたまかせのお話』、一六四〜一六五頁。）

（20）以下を参照。Marcel Aymé, *Lettres d'une vie*, Les Belles Lettres, 2001.

（21）シャノワーヌ・ダンブランのこと。『死ぬ必要あるいはこの必然性にもたらされる無益な言い訳』（リヨン、一六五七年）がもっとも知られた詩集である。『コンフリュアンス』誌（一九四六年四月）に掲載された詩のうち五つを紹介する際に、クノーはこのタイトルの冒頭を引き合いに出している。

（22）*Journaux*, *op. cit.*, p. 1037.

（23）La Pléiade, I, *op. cit.*, p. 1231.

（24）*Ibid.*, p. 1232.

（25）前記参照。

（26）書評依頼状。

（27）Yvon Belaval, « Petite Kénogonie », *Les Cahiers de la Pléiade*, printemps-été 1951.

（28）La Pléiade, I, *op. cit.*, p. 1107.

（29）書評依頼状。

（30）『運命の瞬間』所収の詩「考えてもごらん」の以前の題名。その後ジュリエット・グレコがこの詩を歌った。

（31）Archives Gallimard.

（32）Claude Rameil, « Raymond Queneau au Collège », *Magazine littéraire*, n°388, juin 2000, p. 48.

（33）フランソワ・カラデックによる情報。

（34）*Carrefour*, 18 février 1959. 以下に引用。Jacques Bens, *Queneau*, Gallimard, 1962.

（35） 一九六〇年三月。Pascal Pia, *Feuilletons littéraires*, Fayard, 1999. 以下に引用。Claude Rameil, *Magazine littéraire*, juin 2000.
（36） *Magazine littéraire*, n°228, mars 1986, p. 38.
（37） 一九五一年十月二十七日。
（38） 一九五二年十二月二十二日。
（39） 15 clinamen 77 EP (6 avril 1950), pp. 21-22.
（40） 一九五〇年十二月二十二日。
（41） ブロン川の牡蠣、海の幸のヴォローヴァン〔クリーム煮を詰めたふた付きの軽いパイ〕、潮風を浴びた牧草地で育てられた羊の腿肉の初物野菜添え、チーズ盛り合わせ、チョコレートがけのプロフィトロール、フルーツ盛り合わせ、コーヒー、プイイ・フュイッセ、一九四五年のシャトー・マラルティック・ラ・グラヴィエール、シャンパーニュ・ブラン・ド・ブラン、その他のリキュール。
（42） フランソワ・ヌリシエの厚意により許可を得て参照したゴンクール賞審議会資料。
（43） *Journaux*, *op. cit.*, p. 763.
（44） *Ibid.*, p. 795.

第十七章

（1） 一九四七年から一九四八年。
（2） Archives Gallimard.
（3） 日付のない手紙。ジャン＝フランソワ・マッスの教示による。
（4） Laure Adler, *Marguerite Duras*, *op.cit.*, p. 213.
（5） *Ibid.*, p. 281.
（6） *Ibid.*, p. 367.
（7） *AVB*, n°21, 1982, p. 21.
（8） Boris Vian, *Œuvres*, tome I, Fayard, 1999, p. 454.
（9） *Ibid.*
（10） *AVB*, n°21, 1982, p. 24.
（11） 『時間の土』という作品。
（12） クノーが以下のように言っていたとおり、次の年に、この賞はジャン・ジュネのものとなる。「ジュネを通さねばならない」……。
（13） ノエル・アルノーによる引用。Noël Arnaud, *Les Vies parallèles de Boris Vian*, Christian Bourgois, 1970. (Livre de poche, 1998, pp. 202-203).
（14） 批評家賞のこと。
（15） *Journaux*, *op. cit.*, p. 670.
（16） Archives IMEC.
（17） *CRQ*, n°1, 1986, pp. 42-43.
（18） Archives IMEC.
（19） *CRQ*, *op. cit.*, p. 45.
（20） *Journaux*, *op. cit.*, p. 674.
（21） *Ibid.*, 8 juin 1949, p. 662.
（22） *Ibid.*, p. 685.
（23） Archives Gallimard.
（24） Avant-propos à *Pour une bibliothèque idéale*, Gallimard, 1956, p. 7.

(25) Alexandre Kojève, *Introduction à la lecture de Hegel*, Gallimard, 1947.〔上妻精、今野雅方訳『ヘーゲル読解入門』、国文社、一九八七年。〕
(26) 一九四八年三月九日。
(27) 一九四八年十一月三十日。
(28) JAR, Paris, 1957.
(29) 一九五三年および一九五七年。
(30) Th. Sturgeon, *Cristal qui songe*, Gallimard, 1952, p. 7.
(31) Archives Gallimard.
(32) 一九五一年に買い戻されていた。
(33) *Les Cahiers de la Pléiade*, n°8, automne.
(34) *Journaux*, 5 juin 1949, *op. cit.*, p. 657.
(35) 奥付は一九五〇年七月七日。
(36) 一九四九年八月二十九日。André Blavier, Raymond Queneau, *Lettres croisées, 1949-1976*, éd. Jean-Marie Klinkenberg, Labor, 1988, p. 19.
(37) *Ibid.*, p. 25.
(38) *Ibid.*, p. 27. クノーは一九五一年、『古今の美しい本』(ガリマール社)の序文を書く機会にこの主題に立ち戻り、本好きなら誰もが持っている見解を示している。「カタログを好きこのんで読むのは明らかに悪徳の一つである。何をもってこのような喜びが正当化できようか？ それは探求という嗜好でも、発見という懸念でもまったくなく、一つの欲求なのだ。というのも、競売会場において自分の財布の厚みでは到底及ばない次元でその蔵書が散逸することが分かっているような蔵書目録を味わうことだってあるのだから。特別に献辞が書かれた美しい初版本の記述を前にして、ベン・ジョンソンの署名の入ったエラスムスの著書を前にして、あるいは唯一現存する本を前にして人は身震いする——ただしモンテーニュの『理性の書』や『ベリー公のいとも豪華なる時祷書』が自分の書棚に並ぶことなどはない」。
(39) Le 26 décembre, IMEC.
(40) *Journaux*, 17 juin 1949, *op. cit.*, p. 669.
(41) *Journaux*, 28-29 juillet 1945, *op. cit.*, p. 570.
(42) *Journaux*, 1950, *op. cit.*, p. 725.
(43) *Ibid.*, p. 757.
(44) *CRQ*, n°28-29-30, 1993, p. 8.
(45) クロード・ラメイユによる情報。
(46) Jean Dubuffet, *Prospectus et tous écrits suivants*, vol. II, Gallimard, 1967.
(47) *Ibid.*, vol. I.
(48) これらの抜粋は一九四五年のもので、シェサックの九十五通の手紙の売却カタログに入っている。パリのレ・ヌフ・ミューズ書店アラン・ニコラの教示による資料。
(49) 彼らの往復書簡はヴェルヴィエのCDRQおよびロサンゼルスのカリフォルニア大学の特別コレクション課で閲覧可能である。
(50) 同年、ロンドンのジョン・リーマン社から『きびしい冬(*A hard Winter*)』も出ることになる。
(51) 出版社ジョゼ・コルティの住所、パリ、メディシス通り十一番地が記されている(CDRQ)。
(52) もう一つの計画はクノーによって一九六六年に『模範的歴史』の中で再び取り上げられることになる。

（53）*Intermédiaire des recherches mathématiques*, n°10, avril 1947.

（54）第一巻（一九五一年）「ペトロニウス」。第二巻（一九五二年）「ニコラ・ボワロー」と「二十世紀の幾人かの巨匠」。第三巻（一九五二年）「ガートルード・スタイン」。

（55）*Journaux*, juin 1953., *op. cit.*, p. 807.

（56）「バター、卵、チーズ〔Beurre, Œufs, Fromages〕」の略。新興富裕層に戦後与えられたあだ名。

（57）Boris Vian, *Manuel de Saint-Germain-des-Prés*, J.-J. Pauvert, 1997, p. 200.

（58）*Ibid.*, p. 125.

（59）一九四六年七月十三日の例。

（60）Guillaume Hanoteau, *L'Âge d'or de Saint-Germain-des-Prés*, Denoël, 1965, p. 74.

（61）Boris Vian, *Manuel de Saint-Germain-des-Prés*, *op. cit.*, p. 213.

（62）一九五一年。なおエミール・ボーヴェンスの『カクテルの本』の序文は一九四九年のものである。

（63）手紙（一九五〇年）。

（64）「詩のマチネー」についての情報はクロード・ラメイユの教示による。

（65）*Journaux*, *op. cit.*, p. 583.

（66）短編小説『パルチザンの兄弟』の作者。

（67）一九四八年二月二十五日。

（68）Boris Vian, *Manuel de Saint-Germain-des-Près*, *op. cit.*, p. 192.

（69）アンドレ・ベイの手紙の引用。*Journaux*, *op. cit.*, p. 757.

（70）Maurice Nadeau, « Politique et culture » *Combat*, 23 février 1948.

（71）*Journaux*, *op. cit.*, pp. 797-798.

（72）*Journaux*, *op. cit.*, p. 585.

（73）陸軍女性補佐官。

（74）*Journaux*, *op. cit.*, p. 586.

（75）第十五章参照。

（76）ル・アーヴル市立図書館。

（77）*Journaux*, *op. cit.*, p. 580.

（78）彼女は当時『わが友ピエロ』の翻訳を始めていたが、最後までたどり着かなかった。

（79）*Journaux*, *op. cit.*, p. 585.

（80）Huguette Bouchardeau, *George Sand : la lune et les sabots*, Laffont, 1990.

（81）*Journaux*, *op. cit.*, p. 589 sqq.

（82）七月二十九日。

（83）Jean Queval, éd. *Rendez-vous de juillet*, Chavane, Paris, 1949.

（84）*Journaux*, *op. cit.*, p. 747.

第十八章

（1）一九九九年十二月八日に著者がジャン・レスキュールと行った対談から得た情報。

（2）第四章参照。

（3）一九二八年。

（4）Thiéri Foulc, « Queneau peintre », *Temps mêlés*, n°150+57/60, automne 1993.

（5） *Ibid.*, p. 217.
（6） *Journaux*, *op. cit.*, pp. 616, 621, 622.
（7） *Journaux*, *op. cit.*, 6 juin, p. 659.
（8） *Journaux*, *op. cit.*, juin, p. 764.
（9） Thieri Foulc, art. cit., p. 220.
（10） *Ibid.*
（11） *Ibid.*, p. 222.
（12） Dans la collection « Trésors de la peinture française », Skira, 1949.
（13） Noël Arnaud, « Des goûts d'un Satrape en couleurs », *Dossiers du Collège de 'Pataphysique*, n° 20, 22 Gidouille. 89 E.P (6 juillet 1962).
（14） *Ibid.*
（15） *Poésie 45*, n°25, juin-juillet 1945.
（16） プレイヤード画廊にて、一九四四年五月二十六日から六月十七日。
（17） Faire-part de l'exposition « Les 16 planches » de *L'instant fatal*, Librairie-galerie La Hune, 31 mai-16 juin 1949. (*AVB*, n°28-29, 1984).
（18） *Nouvel Observateur*, n°13.
（19） ノエル・アルノーとティエリ・フルクによれば、クノーは実際にこうした授業を受けたようである。
（20） « L'amour, la peinture », *Les Lettres française*, 17 mai 1946.
（21） 芸術家《アルティスト》と職人《アルティザン》画廊での展覧会。一九四九年六月七日から二十一日。
（22） 『棒・数字・文字』（一九五〇年版）では、「ミロ、あるいは、前史時代の詩人」が「絵文字《ピクトグラム》」のすぐあとに配置されている。

（23） « J'appelle un chat un chat », janvier-février 1951, éd. Pierre à feu, Maeght éditeur.
（24） 前者は以下を参照。La Pléiade, I, *op. cit.*, p. 713. 後者は以下を参照。Collection CAMP.
（25） *Poésie et liberté*, éd. IMEC, 1998, p. 346.
（26） クロード・ラメイユが示した放送日を記すにとどめておこう。*La T.S.F. de Raymond Queneau*, *CRQ*, n°1, 1997.
（27） *Ibid.*, p. 36.
（28） 一九五二年一月二十三日。
（29） Claude Rameil, *La T.S.F. de Raymond Queneau*, *op. cit.*, p. 89.
（30） 一九四九年四月二十六日。
（31） Claude Rameil, *op. cit.*, pp. 188-189.
（32） *Adieu Chansons*.
（33） *Journaux*, *op. cit.*, p. 671.
（34） R.T.F., le 19 décembre 1950.
（35） « Ouvert la nuit ».
（36） 二〇〇〇年四月七日になされた著者との対談。
（37） La Pléiade, I, *op. cit.*, p. 1597.
（38） *Ibid.*, p. 1596.
（39） *Combat*, 12 avril 1947.
（40） 別ヴァージョンにこう記されていた。
（41） *Combat*, 16 novembre 1949.
（42） クノーはこの戯曲に『音の頭』というタイトルもつけており、この題の未発表作品を制作するという契約を一九四八年一月十八日にRDFと交わしていたことから執筆時期を判断した。
（43） この役者たちの一団は、なかでもミシェル・セローをその一員としていたが、サン＝シュルピス広場のテント劇場で上演していた。その名前は、十八世紀に百科全書派の人々に対し、その論争相手がつけたあだ名に由来する。その論争相手たちは「自然、自由、真実、折衷主義を愛するインド人たちの、ぴいぴいとさえずる部族を彼らのうちに見ようとしていた」（*Combat*, 25 avril 1950.）。

（44）　第六章参照。

（45）　Pierre David, « Raymond Queneau ciné », *AVB*, n°10-11, 1980 (avec la Maison de la Culture de Reims).

（46）　*Zoneilles*, édition du Collège de ʻPataphysique, 1962.

（47）　マリー＝クロード・シェルキによれば六月一日、八日、九日、十三日。Marie-Claude Cherqui-Rousseau, « Images de Queneau II. Nouvel Essai de filmographie », *AVB*, nouvelle série n°1.

（48）　*Ibid.*, pp. 33-34.

（49）　制作準備中の映画『ギーズ公暗殺』の中でということになっている。

（50）　Claude Rameil, « Images de Queneau : Essai de filmographie », *Raymond Queneau et le cinéma*, *AVB*, n°10-11, *op. cit.*, p. 4.

（51）　一九八六年十月二十二—二十八日。

（52）　Marie-Claude Cherqui-Rousseau, « Images de Queneau, Nouvel Essai de filmographie », *op. cit.*, p. 36.

（53）　エリック・ル・ロワの尽力による。彼に感謝する。

（54）　*Combat*, 3 novembre 1950.

（55）　*Journaux*, *op. cit.*, p. 675.

（56）　彼はまた、『喘息』という映画についても打診されていた。彼はそのテーマを知りすぎるくらい知り尽くしていた。

（57）　Pierre Boiron, *Pierre Kast*, éd. Lherminier, 1985, p. 63.

（58）　*L'observateur*, 19 novembre 1953.

（59）　一九四五年四月七日。

（60）　一九四五年十月六日。

（61）　十二月二十三日。

（62）　ジャック・ベッケルの映画。

（63）　« Quand le cinéma paie ses dettes », *Arts*, 19 juin 1952.

（64）　第十五章も参照。

（65）　*Festival du film maudit*, éd. Mazarine, Paris.

（66）　*Le Figaro littéraire*, 17 mars.

（67）　*Arts*, 8 mai. 第十五章も参照。

（68）　一日から七日まで。

（69）　*Combat*, 28 avril 1949.

（70）　四月二十三日から五月十日まで。

（71）　Pierre Mac Orlan, « Raymond Queneau », *Le Compagnon*, avril 1951. Max-Pol Fouchet, « Drôle de rire, drôle de drame », *Carrefour*, 5 mars 1952.

（72）　Paul Guth, *Le Figaro littéraire*, 17 mars 1951.

（73）　Bernard de Fallois, « Que n'eau, que n'eau », *Opéra*, 26 mars 1952.

（74）　Kléber Haedens, « Queneau invente le voyage de noces à un », *France-Dimanche*, 24 février 1952.

（75）　Pierre Berger, « Entretien avec Raymond Queneau, humoriste automatique », *La Gazette des lettres*, 15 avril 1952.

第十九章

（1）　そして形而上学に対する関心を彼が完全に取り戻す一九六八年まで。
（2）　*Journaux, op. cit.*, p. 878.
（3）　『コレージュ・ド・パタフィジック手帖』（十七―十八号）に掲載され、クロード・ラメイユが注意を促してくれた正誤表に従い、「公共ベンチ〔bancs publics〕」の語に訂正した。
（4）　一九五四年十月二十一日。
（5）　*AVB*, n°21, 1982, p. 38.
（6）　*Ibid.*, p. 43.
（7）　第八章参照。
（8）　フォルメントールは、この島の岬の名前である。
（9）　Maurice Nadeau, *Grâces leur soient rendues*, Albin Michel, 1990, pp. 397-398.
（10）　*Journaux, op. cit.*, p. 866.
（11）　ここで問題となるのは一九五三年から一九六八年の期間だけだが、アカデミー・ゴンクールにおけるクノーの投票のすべてをあげておく。
（12）　*Journaux, op. cit.*, p. 985.
（13）　Archives Goncourt, Nancy.
（14）　一九五二年十一月十五日。
（15）　以下に引用。*Journaux, op. cit.*, p. 866.
（16）　*Anthologie des Jeunes Auteurs*, J.A.R., 1955.
（17）　*Cahiers du Collège de 'Pataphysique*, n°19, 26 mars 1955.
（18）　*Les Lettres françaises*, 14 juillet 1955.
（19）　Programme de *Noir sur blanc*, de Brice Parain, Théâtre des Mathurins, saison 1961-1962.
（20）　Gallimard, 1962.
（21）　*L'Arc*, n°19, 1962.
（22）　*Bizarre*, n°27, 1963.
（23）　Disque pour la Collection « Français de notre temps », sous le patronage de l'Alliance française, 1965.
（24）　*Pour D. H. Kahnweiler*, Stuttgart, 1965.
（25）　*Subsidia 'Pataphysica*, n°1, 29 décembre 1965.
（26）　*Anthologie des jeunes auteurs*, éd. consultée, J.A.R., 1957, p. 27.
（27）　Note du 12 août 1948, Archives Gallimard.
（28）　Bibliothèque du Havre.
（29）　Archives Goncourt, Nancy.
（30）　*Le Figaro littéraire*, 24 janvier.
（31）　*Ibid.*
（32）　以下に再録。*Arts* (11 janvier 1961), sous le titre : « Salacrou est grand ».
（33）　A. Lechevalier, *Bibliographie méthodique de l'arrondissement du Havre*, Éditions Micaux, Le Havre, 1901.
（34）　Dans *Richesses de France* (1er trimestre 1954).
（35）　クノーは自分の考えを楽しげに表明できる人物だった。『ブキニスト・フランセ』誌が一九五九年三月に、ひげとひげをはやした人物についての本を知りたいという一読者に対するクノーによる回答を掲載したのもそのためだ。彼はこう書いている。

「このテーマに関しては、レジナルド・レイノルドの『ひげ』（ロンドン、アレンとアンウィン社、一九五〇年）をどれだけ勧めても勧め足りることはありません。この著者はまた別の二冊の優れた本を著した人でもあります、一冊はベッドについて（『ベッド』、ロンドン、一九五二年）、もう一冊はトイレについて（『きれい好きと敬神〔英語の原題は *Cleanliness and Godliness* で「きれい好きは敬神に次ぐ美徳 Cleanliness is next to godliness.」ということわざをもじったものである〕』、ロンドン、一九四三年）書かれた本です。『新・世界書誌年間』（ロレ社、一八五七年）には、十五冊ほどの、ひげやひげ化についての古い本が載っていますが、わたしとしては、一六〇三年の二つ折り判の本『人間髭生理学《フイジオロジア・バルボエ・フマノエ》』あるいはパゲンシュテッヒャーの『ひげについて』には実に頻繁に出くわすという印象があります」。

（36） *Journaux*, *op. cit.*, pp. 962-964.

（37） *Journaux*, *op. cit.*, p. 830.

（38） *L'Observateur*, 4 juin, 1953.

（39） *Cahiers du Collège de 'Pataphysique*, 25 sable LXXXVIII.

（40） CDRQ, Verviers.

（41） Maurice Nadeau, *Histoire du Surréalisme*, Le Seuil, 1945.

（42） 他方、彼が一九五三年九月に『青い花』という亜麻業界雑誌に、サン＝ポール教会界隈について書いた記事を掲載したことは知られている。

（43） *Arts*, 16 décembre.

（44） *L'Express*, 3 avril 1954.

（45） *Arts*, 24 novembre 1965.

（46） *Dialogues*, mai 1958.

（47） *N.R.F.*, 1er avril 1967.

（48） *L'Express*, 17 novembre 1955.

（49） François Caradec, *Christophe Colomb*, Grasset, 1956.

（50） *Critique*, N°195-196, août-septembre.

（51） « La théologie génétique de Jean-Pierre Brisset », *Bizarre*, n°4, avril 1956.

（52） « Les ennemis de la lune », *Sciences*, novembre-décembre 1959.

（53） « Grainville et *Le Dernier Homme* », *Ailleurs*, novembre 1961.

（54） André Blavier, Raymond Queneau, *Lettres croisées*, 1949-1976, *op. cit.*, p. 362.

（55） この時クノーは、「ヘーゲル弁証法とフーリエ級数」（*Deucalion*, 1958）と題した自分の論文の一節を引用しているが、その末尾は以下のようなものである。「フーリエの弁証法には（少なくとも見かけ上）ヘーゲルの弁証法よりもすぐれた点が一つあった。それは（数量化された）科学に組み込まれうるという点だ。絶対的懐疑は、フーリエが課した研究上の規則の一つだが、マルクスが自身の《告白》において座右の銘として《すべてを疑うこと》を採用したのはおそらくは偶然ではあるまい。その点で偉大な師たちにしたがい、我々は、ここで問題とされている引用に関しては、おそらくジョゼフ男爵のものと認めることになろう。この間違い――もし間違いがあるなら――は、弁証法的唯物論の二重の起源を明るみに出し得ただろう。ヘーゲルの弁証法と（シャルル・）フーリエ級数である」。

（56） クノーは一九六七年五月十八日の『ル・モンド』紙の記事「フーリエにおける詩と数学」の中で改めてフーリエに関心を寄せた。

(57) « Un immortel vient d'arriver à Paris : Henry Miller », *Carrefour*, 14 janvier 1953.

(58) *Réforme*, 19 février 1966.

(59) « Pour Ionesco et Tardieu », *Arts*, 15 mai 1952.

(60) « Promenade piétonne autour de Ionesco », *Cahiers Renaud-Barrault*, février 1963.

(61) « De l'escargot de Serre... à l'amérargot de Queneau », *Le Figaro littéraire*, 20 janvier 1966.

(62) *Les Lettres françaises*, 11-17 novembre 1965.

(63) « Un lecteur de Marguerite Duras », *Cahiers Renaud-Barrault*, décembre 1965.

(64) Zoé Oldenbourg, *La Pierre angulaire*, Gallimard, 1953.

(65) Alain Guel, *L'Homme de pierre*, Casterman, 1965.

(66) Philips, 33 t., 25 cm, n°76 078R

(67) Programme des Trois Baudets. *Zazie dans le métro*, décembre 1959.

(68) Programme, comédie des Champs-Élysées, 1964.

(69) Programme du Théâtre Marigny pour *La Puce à l'oreille* de Jacques Feydeau, novembre 1967.

(70) *Juliette Gréco chante Mac-Orlan*, Philips, 33 t. 30 cm, n°704 462.

(71) Boris Vian, *L'Arrache-cœur*, Éditions Vrille, 1953.

(72) Jean Rostand, *Notes d'un biologiste*, Éditions Les Pharmaciens bibliophiles, 1954.

(73) *Temps mêlés*, CDRQ, Verviers, 1961.

(74) Jean Blanzat, *L'Iguane*, Gallimard, 1966.

(75) 一九六〇年、ル・ディヴァン書店での展覧会に寄せた文章。« André Frénaud, penseur-poète », *Le Monde*, 20 juillet 1968.

(76) Gallimard (1965) et Les Temps mêlés (1958).

(77) La Pléiade, I, *op. cit.*, p. 1268.

(78) Gallimard, 1968.

(79) « Réponse à une enquête sur les traductions littéraires », *Babel*, 18 juin 1959.

(80) *Arts*, 14 août 1953.

(81) *Journaux*, *op. cit.*, p. 661.

(82) *Ibid.*, p. 672.

(83) *Ibid.*, p. 930.

(84) *Les lettres nouvelles*, 11 mars 1959.

(85) 『やし酒飲み』参照。

(86) *Journaux*, *op. cit.*, p. 1011.

(87) 一九六五年二月開始。

(88) *Journaux*, *op. cit.*, p. 864.

(89) 配役の中で、以下を取りあげておく。ローレンス・バディイ（リュリュ・ドゥメール役）、ジャン・ロシュフォール（ジャック・ロモーヌ役）、ロジー・ヴァルト（シュザンヌ役）、クリスティアーヌ・ミナゾリ（マルト・バポノー役）、シャルル・デネ（リュビアザン役）、など。

(90) *Œuvres complètes de Sally Mara*. Gallimard, 1962.

(91) Aux éditions Hermann, avec des illustrations de Georges Mathieu.

(92) Arturo Reghini, *Rivista di Studi Iniziatici*, Naples, 1951.（グザヴィエ・アッカールの教示による情報。）

(93) *Journaux*, *op. cit.*, p. 976.

(94) « Bourbaki et les mathématiques de demain », *Bords*, *op. cit.*, p. 11.
(95) 第十七章参照。
(96) 五月二十五日、パレ・ド・ラ・デクーヴェルトにて。
(97) *Les Lettres nouvelles*, juillet-septembre 1967.
(98) *Les Fleurs bleues*, Gallimard, 1965.
(99) *Une Histoire modèle*, Gallimard, 1966.
(100) *Cahiers Raymond Queneau*, n°12-13, 1989, pp. 62-63.
(101) *Contes et propos*, Gallimard, 1981.
(102) 『作者を探す六人の登場人物』
(103) 『小説家マルタン』
(104) Robert Kanters, « Queneau, comme Icare, avance et raille », *Le Figaro littéraire*, 11 novembre 1968.

第二十章

(1) 一九九八年六月十九日になされた著者との対談。
(2) Michel Deguy, *Le Comité*, éd. Champ Vallon, 1988.
(3) *Ibid.*, p. 95 et 104.
(4) *Ibid.*, p. 39.
(5) 二〇〇一年八月十九日の対談。
(6) Laure Adler, *Marguerite Duras*, *op. cit.*, p. 303.
(7) 未刊の書簡。パリ四区ボートレイイ通りの書店主Ｊ＝Ｐ・フルカードの教示による。
(8) *Journaux*, *op. cit.*, p. 1053.
(9) ドノエル社、一九五四年。
(10) Jacques Yonnet, *Enchantements sur Paris*, Denoël, réédition, 1966, p. 277.
(11) Maurice Nadeau, *Grâces leur soient rendues*, *op. cit.*, p. 391.
(12) *Ibid.*, p. 395.
(13) *Journaux*, *op. cit.*, p. 1082.
(14) 二〇〇一年二月。
(15) *Sud 61*, 1986, pp. 8 et 9. ミシェル・トゥルニエによる教示。
(16) *Ibid.*
(17) *La Lettre de la Pléiade*, n°5, mai-juin-juillet 2000.
(18) 著者宛てのファックス、一九九九年六月十二日。
(19) *Littératures françaises, connexes et marginales*, tome II, 1958.
(20) *Journaux*, *op. cit.*, p. 868.
(21) 一九九九年六月二十六日になされた著者との対談。
(22) 一九五五年一月五日。
(23) 一九五五年一月十五日。
(24) 『文学史』、三巻。最初の二巻は一九五六年、第三巻は一九五八年。『世界史』三巻。一九五六年、一九五七年および一九五八年。『科学史』一巻、一九五七年。
(25) 一九五五年十二月二十四日。
(26) 一九五六年二月二十二日。
(27) *Demain*, Paris, 8 mars 1956.
(28) *Journaux*, *op. cit.*, p. 964.
(29) *Ibid.*, le 4 septembre, p. 986.
(30) Noël Arnaud, « Une Année quelconque », *Temps mêlés*, 1978.
(31) 一九六〇年三月。Pascal Pia, *Feuilletons littéraires*, Fayard, 1999.
(32) *Magazine littéraire*, juin 2000, p. 49.

（33） Bibliothèque Jacques Doucet.
（34） *Journaux, op. cit.*, p. 883.
（35） クロード・ラメイユによる引用。*Magazine littéraire, op. cit.*, p. 49.
（36） Noël Arnaud, *Les Vies parallèles de Boris Vian*, 5e édition, Le Livre de poche, n°14521, 1998, p. 339.
（37） *Ibid.*, pp. 339-340.
（38） 一九六〇年五月十六日の手紙。CDRQ, Verviers.
（39） 同上。六月二十日。
（40） *Temps mêlés*, n°50-52.
（41） Marcel Bénabou, « Quarante siècles d'Oulipo », *Magazine littéraire*, mai 2001, p. 20.
（42） Paul Braffort, « Oulipo et 'Pataphysique », *Magazine littéraire*, juin 2000, p. 57.
（43） Pierre-Bernard Marquet, « Qu'est-ce que "l'Oulipo"? », *L'Éducation*, 25 avril 1974, p. 24.
（44） ポール・ブラフォールとの著者の対談、二〇〇〇年四月七日。
（45） *L'Éducation, op. cit.*, p. 25.
（46） *Ibid.*
（47） 「アルファベットの一文字を削除するという法則を自らに課しつつ散文あるいは韻文で書く技法」。G. Peignot, *Amusements philologiques ou Variétés en tous genres*, 2e édition, 1825.
（48） ジョルジュ・ペレックは書いている。「回文とは二つの方向で読めるものである。もっとも古典的なのがROMA—AMORである」。（以下に引用。*L'Éducation, op.cit.*, p. 26.）
（49） 「M±nの方法とは、当初限定的にS+7と言われる形（この形がこの方法の名前となった）で提案されたものであるが、（文学的性質の有無にかかわらず）既存のテクストにおいて、語（M）を辞書でその後ないし前にある、同じ種類の別の語と入れ替えるものである。元の語とどれくらい離れたものを選ぶかは、語の数によって測られるために変則的である。したがってS+7とは、単にあるテクストのすべての実詞を、所与の語彙集の中でその語から数えて七番目に現れる実詞と入れ替えるということを意味する」。
（50） *L'Éducation, op. cit.*, p. 25.
（51） *Ibid.*
（52） 以下を参照。« Mode d'emploi », *Cent mille milliards de poèmes*, Gallimard, 1961.〔塩塚秀一郎・久保昭博訳『百兆の詩篇』、水声社、二〇一三年。〕
（53） 著者との対談。二〇〇〇年四月十三日。
（54） ポール・フルネルとの二〇〇〇年四月十四日の対談。
（55） 記者会見の折に、ドゴール将軍が皮肉をこめて国際連合を称した言葉によっている。
（56） Jean Mollet, *Les Mémoires du barron Mollet*, Gallimard, 1963.
（57） *Le Figaro littéraire*, 21 octobre 1965.「私は親愛なるモレをよくよく知っていたので、彼が長い人生の終わりに、機知に富むが歳のわりにはおそらく少しばかり若すぎる連中にとっての嘲笑の的になっているのを目にするといつも悲しくなったものだ」。
（58） *Ibid.*, 28 octobre 1965.
（59） CDRQ, Verviers.
（60） 以下を参照。Moïse Keller, *L'Affaire Finaly*, Librairie Fischbacher,

1960.（レーモンド・シャトランにより教示された。）

（61） ソ連のスパイとしてアメリカ合衆国で逮捕され、電気椅子で処刑された。

（62） フランスによって廃されたモロッコのスルタン。彼は国の独立の原則が認められた一九五五年十一月にモロッコに戻ることができた。*Journaux, op. cit.*, p. 908.

（63） *Histoire du surréalisme*, Le Seuil, 1945.

（64） 二〇〇一年五月三十一日の対談。

（65） 第七章参照。

（66） この記事は一九五七年一月の『フランス＝ソヴィエト連邦』誌に「チュヴァシ共和国のランボー」の題名で再録された。

（67） ＪＡＲは「若手作家連盟〔Jeunes Auteurs Réunis〕」のことである。

（68） Jean-Paul Lacroix, *Paris-Presse*, 4 février 1958.

（69） *Ibid.*

（70） 一九六六年十二月十三日。クノーは「一七八九人声明」に連署している。Marie-Claude Cherqui, *AVB*, nouvelle série n°1. また彼はアンリ・ラングロワの復職を求める「シネマテークの子どもたち」にも連署した。*Ibid.*, p. 51.

第二十一章

（1） Jean Hélion, *Lettres d'Amérique*, IMEC, 1996, p. 163.

（2） 一九六六年七月二十九日。

（3） *N.R.F.*, avril 1936.

（4） 一九六七年十一月二十四日から一九六八年一月十三日。

（5） 一九六七年四月二十一日の手紙。Jean Hélion, *Lettres d'Amérique*, *op. cit.*, p. 167.

（6） 第百二十一―百二十二号の「絵筆の両端」と題された論考。それ以前、第百十九号に、クノーはマーグ画廊で開催された「詩人、画家、彫刻家」という展覧会のために書いた「パタゴニアの天体」という文章を寄せていた。

（7） 一九六〇年末。

（8） 一九六〇年十二月八日。*AVB*, n°28-29, p. 19.

（9） 一九六四年十一月二十六日の手紙。*AVB*, *op. cit.*, p. 21.

（10） Dans *Les Lettres françaises*, 6 octobre 1966.

（11） 著者との対談。

（12） 二〇〇〇年五月二十三日、ニッキー・ファスケルと著者の対談。

（13） 以下クノーの引用。

（14） *CRQ*, n°28-29-30, p. 22.

（15） *Ibid.*, le 4 septembre 1961, p. 13.

（16） 彼女はサン＝トロペ通りで転んで三カ所を骨折していた。

（17） *CRQ*, n°2-3, p. 14.

（18） *Ibid.*, p. 25.

（19） Jean Dubuffet, *Prospectus et tous écrits suivants*, vol. 2, Gallimard, 1967, p. 378.

（20） *AVB*, n°28-29-30, p. 39.

（21） *Ibid.*, lettre du 19 septembre 1965, p. 60.

（22） *CRQ*, n°2-3, p. 13.

（23） *Ibid.*, p. 34.

（24）最終的にその本は、一九九五年、マルヴァル社から出ることになる。
（25）クノーはそれを数頁書いた。
（26）一九六四年二月二十八日。「私はあの本を仕上げました。もっとも、『ある本のお話』というのです［……］」。
（27）Maurice Henry, *A bout portant*, Gallimard, 1958.
（28）Dans *Arts*, 27 novembre 1963.
（29）« Miroir double », *La Quinzaine littéraire*, 1er octobre 1966.（クロード・ラメイユの教示による情報。）
（30）*Journaux, op. cit.*, p. 883.
（31）クロード・ラメイユの教示による情報。文学の分野でも、クノーは、雑誌『タイプライター』（モントリオール）のジャン・ボドが送って来た「自動テクストの例に興味を引かれていた」のだった。彼はこう書いている［一九六四年三月十二日］。「次のようなテストをおこなってみるのは面白かろう。シュルレアリスムの〈人間的な〉文と、機械による文章をいくつかとりあげて、複数の被験者に、それぞれの文はどちらによって作られているのか判別できるかどうかを尋ねるのだ」。音楽においては、クノーはコンパニー・デ・マシーヌ・ビュルによって着手されたアルゴリスム的音楽の探究を、当初から追っていた。
（32）Catalogue de l'exposition « Monstres Figures Histoires d'Ubu », Nice, 1998, p. 22.
（33）以下を参照。Claude Rameil, *La T.S.F. de Raymond Queneau*, *CRQ*, 1997.
（34）*Ibid.*, p. 144.
（35）*Ibid.*, p. 152.
（36）*Ibid.*, p. 152.
（37）《西部の平原で》〔イヴ・モンタンの歌〕。
（38）《最高の選曲は自分のための選曲》ポール・エリュアールにささげた曲。（フレール・ジャック、ジュリエット・グレコ、ジジ・ジャンメール、ジェルメーヌ・モンテロ、ムルジ、アニエス・カプリそしてボリス・ヴィアンによる。）
（39）Éditions Tulsa, 23 rue Bruant, Paris (13e), 1963.
（40）Les Nouvelles éditions Mérisian, 5 rue Lincoln, Paris 8e (1955).
（41）Éditions Salabert, 22 rue Chauchat, Paris (1968).
（42）Les éditions musicales du Carrousel, 54 rue d'Hauteville, Paris 10e (1957).
（43）最後の三つの詩については、一九五三年十二月十日に、サラベール出版との間で契約書が交わされている。
（44）ジェルヴェーズの歌う歌。
（45）René Micha, « Le Cinéma de Queneau », *L'Arc : Raymond Queneau*, 1990, p. 65.
（46）« Joan Greenwood à l'écran », *ibid.*
（47）*Journaux, op. cit.*, p. 907.
（48）脚本と脚色は、ルイス・アルコリザ、ルイス・ブニュエル、そしてクノーの名前になっていた。
（49）*Journaux, op. cit.*, p. 915.
（50）*Ibid.*, p. 926.
（51）*Jean-Pierre Mocky*, BIFI/Durante, 2000, p. 23.
（52）イングマール・ベルイマンの作品。
（53）ビリー・ワイルダーの作品。
（54）当時、『ジェルヴェーズ』の前に上映されていた。

（55） « Le chant de la sirène. Resnais et le styrène », dans *Alain Resnais*, Cinémathèque française, septembre 1963.
（56） *Ibid.*
（57） 彼はとりわけ以下の特異な本の著者である。*Anthologie du cinéma invisible*, Jean-Michel Place, ARTE, 1995.
（58） 以下の末尾を参照。*Raymond Queneau et le cinéma*, *AVB*, n°10-11, 1989.
（59） « Du livre au film », *L'Express*, 27 octobre 1960.
（60） René Micha, *L'Arc*, *op. cit.*, p. 67.
（61） *Le Dimanche de la vie*, Sofracima, Paris, 1966.
（62） *Raymond Queneau et le cinéma*, *AVB*, n°10-11, 1980.
（63） 一九五五年十二月から一九五六年一月。
（64） *La Cinématographie française*, mai 1964. クロード・ラメイユの教示による情報。
（65） 五月二日。
（66） Robert Desnos, *Œuvres*, éd. Marie-Claire Dumas, Gallimard, « Quarto », 1999.
（67） 『美しい季節は近い』
（68） *Raymond Queneau et le cinéma*, *AVB*, n°10-11, 1980.
（69） 一九五五年一月六日。

第二十二章

（1） *Journaux*, *op. cit.*, p. 869.
（2） 一九七〇年（公開は一九七一年）。
（3） 一九七一年六月二十三日。
（4） 一九七一年六月十六日。
（5） *La T.S.F. de Raymond Queneau*, *CRQ*, 1997, pp. 175-176.
（6） Oulipo, *La littérature potentielle*, Gallimard, « coll. Idées », 1973.
（7） *La T.S.F. de Raymond Quneau*, *op. cit.*, p. 177.
（8） *Ibid*, p. 178.
（9） ブールデル美術館。一九六九年五月二十九日―九月十五日。
（10） ニースでの展覧会（一九七一年七月十日―二十三日）*CRQ*, n°2-3, 1986, p. 9.
（11） 「〔……〕私はヌイイでしばしばジャン＝マリーとレーモンと夕食をともにした。思うにそれは、三人全員にとって、真の友情のひとときだった。〔……〕」*AVB*, n°33, p. 48.
（12） *Ibid.*, p. 50.
（13） Massin, *La Lettre et l'image*, Gallimard, 1970.
（14） 第十二章参照。
（15） 一九七〇年九月十四日のクノーの手紙。*AVB*, n°28-29, p. 43.
（16） *Cahier de l'Herne*, n°22, mai 1973.
（17） *CRQ*, n°28-29-30, 1993, p. 81.
（18） *Ibid.*, p. 79.
（19） « Dubuffet le magnifique », *L'Œil*, vol. 221-22, décembre 1973-janvier 1974.
（20） クルーズヴォー画廊における一九六九年十一月十八日から一九七〇年一月十五日にかけてのバーイ展覧会。
（21） 一九六八年七月二十一日の手紙。*AVB*, n°26, 1984, p. 40.
（22） ヴェルジャーテから送られた一九六八年八月二日の手紙。

CDRQ, Verviers.
(23) Renée Baligand, *Les Poèmes de Raymond Queneau: étude phonostylistique*, édition Didier, 1972.
(24) 一九七三年。
(25) *C'était il y a trente ans...*, Les Amis de Max Jacob.
(26) « Errata », *N. R. F.*, avril 1969.
(27) Wlliam Cliff, *Homo sum* (1973), *Écrasez-le* (1976). ヴェルヴィエのCDRQのシュザンヌ・バゴリー＝メイエの教示による情報。
(28) Manuel de Diéguez, *La Caverne*, Gallimard, 1974.
(29) Éditions Réalités, 1974.
(30) *Magazine littéraire*, juin 2000, p. 57.
(31) *Ibid.*, mai 2001, p. 52.
(32) Bernard Magné, *op. cit.*, p. 53.〔書誌情報不明〕
(33) Paul Braffot, *op. cit.*, p. 59.〔おそらく第二十章註（42）と同一の文献〕
(34) 二〇〇〇年四月十二日に行われた著者との対談。
(35) Bibliothèque Morisser, Ottawa.（ドミニク・ラブルダンの教示による資料。）
(36) Emmanuël Souchier, *Je n'aime pas ce qui m'enserre*, Petite Bibliothèque quenienne, Limoges, 1991, p. 28.
(37) マリー＝クロード・ヴァルダンベルグによって教示された情報。

クノー著作一覧

＊　書誌に関するより精確な情報、とりわけ雑誌に発表された詩や翻訳については以下を参照すること。
——Claude Rameil, *AVB*, n°23, 1983.
——Charles Kestermeier : chaskest@creighton.edu.〔Charles Kestermeier が作成した書誌は、現在、インターネットサイト Le Fonds Queneau（www.queneau.fr）で閲覧可能〕

一九二五年

四月十五日　「夢」、『シュルレアリスム革命』第三号所収。初めて刊行されたテクストとなる。
十月十五日　「テクスト・シュルレアリスト」一篇と「雪の大砲が……」が『シュルレアリスム革命』第五号に発表される。

一九二七年

九月　「象牙の回」、『シュルレアリスム革命』第九～十号。
十月二十三日　宣言「ちょっとすみません」の執筆。

一九二八年

三月十五日　複数のテクストの刊行。「ジョルジオ・デ・キリコ展について」、「一九二八年の対話」、「テクスト・シュルレアリスト」、「性についての探求」が『シュルレアリスム革命』第十一号に発表される。

一九二九年

六月　『ヴァリエテ』誌特集号「シュルレアリスム一九二九年」に「その時精神は……」を発表。

一九三〇年

——反ブルトンの誹謗文書『ある屍体』に「デデ」を寄稿する。
——『ドキュマン』第五号に「ホワット・ア・ライフ！」。

一九三一年

七月　ボリス・スヴァーリンの『社会批評』誌へ寄稿を始める。
——「シャルル・ピカール『古典ギリシアにおける私生活』」、〔ジャン・グラーヴ〕「『第三共和政下の絶対自由主義運動』」、「ポール・ニザン『アデン・アラビア』」。これらのテクストはR・Aと署名されているが、いずれも『ギリシア旅行』（ガリマール、一九七三年）に収められる。

——以下も『社会批評』誌に掲載。

十月「ルネ・アレンディ『内的正義』」、「W・ヴェルナズキ『生命と新物理学の研究』」。

十二月「『彼自身によるM・K・ガンディーの生涯』」、「マドレーヌ・イスラエル『ジュール・ロマン、その生、作品』」、「ヴァンセスラ・ベラン『生きている石』」。これら三つのテクストは無署名だが『ギリシア旅行』に再録されることになる。

一九三二年
三月『社会批評』誌にジョルジュ・バタイユと共著の「ヘーゲル弁証法の原理の批判」を発表。同様に「グリエルモ・フェレロ『冒険の終焉。戦争と平和』」を執筆。
九月『社会批評』誌に「アレクサンドル・コイレ『ヘーゲルの言語と術語に関するノート』」、「ヴィクトール・バシュ『ヘーゲルの政治哲学について』」、「ジャン・ヴァール『ヘーゲルとキルケゴール』」。これら三つの論考はジョルジュ・バタイユとの共著。「アンドレ・プレヴォ『新しい空あるいは月にいる四人の男』」（無署名）、「ガストン・ベセット『ヒポクラテス』」、「ポール・ニザンの『番犬たち』」、「アレンディ博士の『精神分析、教義と応用』」。

一九三三年
——ガリマール社より『はまむぎ』出版。

一月『社会批評』誌に「レーモン・ルーセル『新アフリカの印象』」、「シドニー・フック『ヘーゲル哲学の現代的意義』」、「ルフェーヴル・デ・ノエット指揮官『繫駕、時代別乗用馬、奴隷の歴史への寄与』」。

四月『社会批評』誌に「I・P・パヴロフ『条件反射』」。「ルイ・オワイヤック『歴史的精神主義』」。

六月—七月『カイエ・デュ・シュッド』誌に「シリル・トゥルヌール、暗黒の劇作家」。

九月『社会批評』誌に「カルロ・シュアレスの『心理的喜劇』と『現在』」。また同誌に以下を発表。「ジャック・バロン『失われた苦痛』」、「ジュリアン・バンダ『ヨーロッパ国への演説』」、「ルイ・オワイヤック『人類の曙』」、「マルセル・ベルジェとポール・アラール『戦時中の検閲の秘密』」。

——ニューヨークの『トランジション』誌に「無意識からの言葉」。

一九三四年
——ガリマール社より『ピエールのつら』出版。
——エドガー・ウォーレス『黄金列車の神秘』（アシェット）、ジャン・レーモン名義でなされたジャニーヌとレーモン・クノーによる翻訳。
春から秋『ギリシア旅行』（雑誌）に寄稿。アンケート「ギリシャに何を期待していましたか？」に回答。

一九三五年
——『ラ・ベット・ノワール』誌への寄稿。四月、第一号に「知的流行」、「旋律とシャンソン」、五月一日、第二号に「聖なるインド」、「ミューズと蜥蜴」。
春　『ギリシア旅行』誌に「ギリシア的調和」。
六月　ブリュッセル『スファンクス』誌に「ゲームの運動学について」。
夏　『ギリシア旅行』誌に「鼠、ブドウの木、盗人」。

一九三六年

——ガリマール社より『最後の日々』とモーリス・オサリヴァン『青春の二十年』の翻訳を出版。

四月　『新フランス評論』誌第二十七号に「『カイエ・ダール』のジャン・エリオン」。

一九三六年十一月二十二日から一九三八年十月二十六日　『ラントランシジャン』紙に「パリをご存じですか?」。

十二月　『新フランス評論』誌にミラーの『北回帰線』と『黒い春』の書評。

——『ギリシア旅行』誌に「ギリシアの影響」についてのアンケート。

一九三七年

——ドノエル社より『樫と犬』を出版。

——ガリマール社より『オディール』とシンクレア・ルイスの翻訳『ここでは不可能』を出版。

——ジョゼ・ロマンによる『マキシムスのボーイの回想』のリライトを出版（エディション・リテレール・ド・フランス）。

五月　『新フランス評論』誌に「ケイ・ボイルの『一昨日』」。

十二月　一九四〇年四月二十一日まで続くことになる（全十六号）『ヴォロンテ』誌第一号に「小説の技法」。

一九三八年

——ガリマール社より『リモンの子供たち』を出版。
一月　『ヴォロンテ』誌第二号に「ユーモアとその犠牲者たち」。
二月　『ヴォロンテ』誌第三号に「芸術とは何か?」。
三月　『ヴォロンテ』誌第四号に「豊かさと限度」。
四月十五日　『ムジュール』誌にウィリアム・サローヤンの翻訳「心を高原においた男」。
五月　『タン・メレ〔ぐずついた天気〕』誌に「ジャン・コストと詩的経験について」ならびに「町に出る田舎もん」（『ピエールのつら第二部』）。
六月　『ヴォロンテ』誌第六号に「抒情と詩」。
八月　『ヴォロンテ』誌第八号に「プラスとマイナス」。
九月　『ヴォロンテ』誌第九号に「古典作家ジェイムズ・ジョイス」。
九月十五日　『アール・エ・メティエ・グラフィック』誌に「活版印刷が生む妄想」。
十月二十六日　『ラントランシジャン』紙の連載「パリをご存じですか?」の終了。
十一月　『ヴォロンテ』誌第十一号に「奇妙な趣味」。
十一月二日　『ラントランシジャン』紙に「知られざる墓地、忘れられた墓石」。
十二月　『ヴォロンテ』誌第十二号に「未完のシンフォニー」。
十二月十五日　パリ『ルフレ・ド・ラ・スメーヌ』誌に「ロンドンとニューヨークの近刊」。

一九三九年

――ガリマール社より『きびしい冬』の出版。

――『ヴォロンテ』誌第二十号に『ピエールのつら』(第二部。断片)。

一月　『ヴォロンテ』誌第十三号に「失われた地平線」。

一月十五日　『ムジュール』誌に「パニック」。

一月十八日　『ラントランシジャン』紙に「エドモン・ジャルーとジャン・コクトーの界隈にて」

二月　『ヴォロンテ』誌第十四号に「神話と欺瞞」。

二月十日　『ミクロメガ』誌に「書店の危機」。

三月　『ヴォロンテ』誌第十五号に「ミノトール主義と一夫一婦制」。

四月　『ヴォロンテ』誌第十六号に「不遇の天才たち」。

六月　『新フランス評論』誌に「英米の心理学」。

七月　『ヴォロンテ』誌第十九号に「作家と言語」。

七月十五日　『ムジュール』誌に複数のアメリカ文学を翻訳する。コットン・マザー「不可視世界の不思議」、セント・ジョン・クレーヴクール「アメリカの農家からの手紙」、ウォルト・ホイットマン「民主主義的展望」、ヴェイチェル・リンゼイ「サンタフェ列車」と「ウィリアム・ブース大将が天国に入る」、ハート・クレイン「ザ・ワイン・メナジュリー」、ヘンリー・ミラー「ディエップ経由ニューヘヴン」、マリアン・ムーア「ザ・モンキーズ」、「カタツムリ」、「沈黙」、ウォレス・スティーヴンズ「十時の幻滅」、「アイスクリームの皇帝」、ウィリアム・カーロス・ウィリアムズ「花」、「春とすべて」、「完全なる破壊」、「陽気なウィリアム」、「奴隷の到着」。

七月十五日　『ユーロップ』誌に「アメリカ合衆国とフランス革命」。

十月　『新フランス評論』誌に「エズラ・パウンドによるカルチュアー案内」。

一九四〇年

三月　『新フランス評論』誌に「ウィリアム・サローヤン『日曜日のツェッペリン』」。

三月三十日　『フィガロ』紙に「彼らが読むもの」。

九月十四日　『フィガロ』紙に「詩と小説」についてのアンドレ・ビイへの手紙。

一九四一年

――ガリマール社より『ぐずついた天気(ピエールのつら第二部)』出版。

一九四二年

――ガリマール社より『わが友ピエロ』出版。

一九四二年初頭、ギュヴィックの求めに応じたクノーは、ピエール・レスキュールに合流し、『メッサージュ』誌(第二手帖)に協力する。この雑誌は「ディノ」を発表する。『メッサージュ』誌(第三手帖(十二月))には「隠喩の説明」が発表される。

一九四三年

――ガリマール社「メタモルフォーズ」コレクションより『レ・ジオー』の出版(一九四三年五月三十一日、八十頁)。

――『フォンテーヌ』誌第三十一号に「『ブヴァールとペキュシ

ェ』のための序文」。

——無番号の『メッサージュ』誌に「文体練習」。

一九四四年

——ガリマール社より『ルイユから遠くはなれて』、『レットル・フランセーズ』誌一九四四年九月二十三日から一九四四年十二月二日にかけて連載小説として先行発表。

——『馬鹿げたことども』（著者名出版社名ともになし、十二折冊子、十六頁）。

——『メッサージュ』誌第一号に「西郊外の列車」と「生者と死者」。

——『メッサージュ』誌第二号に「文体練習」。

——『カイエ・ダール』誌第一号（一九四〇年〜一九四四年）に「美しい驚き」。

——『アルバレット』誌第八号（四折冊子、一九四四年四月）に「通りすがりに」（「ある悲劇に先立つもう一幕」）。

——九月二十九日から（一九四五年十一月十二日まで）『フロン・ナショナル』紙で文学時評。「フランス人は明日何を読むだろうか」（一九四四年九月二十九日）、「作家という職業」（一九四四年十月六日）、「アメリカの作家たち」（一九四四年十月十三日）、「生きるに値する」（一九四四年十月二十日）、「ギリシャへの賛辞」（一九四四年十月二十七日）、「自由への呼びかけ」（一九四四年十一月三日）、「象徴主義者ユビュ」（一九四四年十一月十日）、「ヨーロッパの諸言語」（一九四四年十一月十七日）、「新たな道徳」（一九四四年十一月二十四日）、「オーレリアン」（一九四四年十二月一日）、「黒と灰色の小説」（一九四四年十二月二十二日）、「蛇はいない」（一九四四年十二月二十九日）。

——プレイヤード画廊で五月二十六日から六月十七日にかけて開催されたマリオ・プラシノス展カタログ序文。

七月十八日　『レットル・フランセーズ』誌に「彼らの最終発表《コミュニケ》は……」。

八月二十七日　『ス・ソワール』誌に「夢と現実」。

十一月　『ポエジー四十四』誌第二十一号に「メディアン人たちの聖グラングラン」。

十二月　『エテルネル・ルヴュ』誌第一号に「運命の瞬間」。

一九四五年

二月　マルセル・マリエン監修のもと、ブリュッセルのラ・ボエシー出版より出版された文集『この世は涙の谷ではない』に「九つの文体練習」。
四月十四日　『レットル・フランセーズ』誌に「候補者たち」。
六月〜七月　『ポエジー四十五』誌に「エリー・ラスコー」。
十二月　『フォンテーヌ』誌第四十七号に「新文体練習」。
——『フロン・ナショナル』紙の記事。「大きな歴史と小さな歴史」（一九四五年一月五日）、「小さな歴史と大きな歴史（Ⅱ）」（一月十二日）、「詩の鍵」（一月十九日）、「現代史」（一月二十五日）、「F＝G・ロルカ」（二月二日）、「H＝C・アンデルセン」（二月九日）、「ジャン・タルデュー」（二月十六日）、「ムルジ」（二月二十四日）、「ペギーとロラン」（三月三日）、「近代の詩とフランス語」（三月十日）、「三つの小説」（三月十七日）、「スターリングラード」（三月二十四日）、「東方ロシア」（三月三十一日）、「演劇と映画」（四月七日）、「政治」（四月十四日）、「ゴラニ」（四月二十一日）、「悪しき報道」（四月二十八日）、「ゲーテ」（五月五日)、「T・S・エリオット」(五月十二日)、「ナチズム」(五月十九日)、「植民地」(五月二十六日)、「ルネ・シャール」(六月二日)、「ジャン・メケール」(六月九日)、「黒いユーモア」(六月十六日)、「サソリ」(六月二十三日)、「若い小説家たち」(六月三十日)、「第三の下にて」(七月七日)、「コレクション」(七月十四日)、「七日間」と「ポール・ヴァレリー死去」(七月二十一日)、「ラファイエットからマラーへ」(七月二十八日)、「小説と歴史」(八月四日)、「雑録」(八月十二日)、「レ・ミゼラブル」(九月一日)、「ポーランド」(九月八日)、「セリ・ノワール」(九月十五日)、「アラゴン」(九月二十二日)、「ジュリアン・バンダ」(九月二十九日)、「ある映画の歴史」(十月六日)、「他人の血」(十月十三日)、「ブルトゥス」(十月二十日)、「ジャン・マデック」(十月二十八日)、「恐怖」(十一月三日)、「バッタ」(十一月十一日)。

一九四六年

——「風に吹かれる羽根ペン」、ガリマール社から出版された同名コレクションの裏表紙(無署名)。

——『ピーター・イベットスン』、レーモン・クノーによるジョージ・デュ・モーリアの翻訳。ガリマール社、翻訳者による覚書あり。

——ヌリチュール・テレストル社より『運命の瞬間』。

——メッサージュ社より『ピクトグラム』。

——パリミュグル社より別冊『言語学者は以前より……』。

一月三十一日　メッサージュ社より『樫と犬』。一九三七年のドノエル社版売れ残りからジャン・レスキュールが制作した十二折冊子。

四月十二日　『レットル・フランセーズ』誌に「アカデミックな言語」。

四月二十六日　『アクション』誌に「ブヴァールとペキュシェ」。

五月十七日　『レットル・フランセーズ』誌に「愛、絵画」。

五月二十四日　『レットル・フランセーズ』誌に「チヌーク語をご存じですか?」。

七月十九日　『リュ』誌に「ジャック・プレヴェール」。

十二月　『ラビラント』誌に「ドキュメンタリー映画の神話」。

一九四七年

——ガリマール社より『文体練習』。

——ミニュイ社より『おじけ』。

——スコルピオン社よりサリー・マーラ名義の『皆いつも女に甘すぎる』。

——ガリマール社より『牧歌』。

——ガリマール社よりアレクサンドル・コジェーヴによる『ヘーゲル読解入門』。

——ル・ポワン・ド・ジュール社より『ブヴァールとペキュシェ』への「序文」。

二月　『レ・タン・モデルヌ』誌に「フランスのカフェ」。

四月　『数学研究報告』誌に「リンド数学パピルスについての覚え書き」。

四月　フォンテーヌ社より『森のはずれで』。

四月五日　『ガゼット・デ・レットル』誌に「文体練習」。

一九四八年

——ガリマール社より、『ピエールのつら』と『ぐずついた天気』の新版につづく『聖グラングラン祭』。
——ガリマール社より『運命の瞬間』。
——ムスティエ社より『記念碑』。
——ヴィザ社より『トロイの木馬』。『ブテイユ・ア・ラ・メール』誌第四期においても発表。
——ミニュイ社によるウィリアム・フォークナー『蚊』の序文。
——『カイエ・デュ・シュッド』誌に「諸科学の分類における数学の位置」。
——PUF社によるガストン・クリエル『スウィング』についての紹介文の一つ。
一月二十四日　『コンバ』紙に「読者の迫害」。
二月二十一日　『カナール・アンシェネ』紙に「ベック＝ド＝カヌ出版ダイジェスト」。
三月～四月　『革命的シュルレアリスム』誌に「フランス語動詞の比較的未知の諸側面」。
五月六日　『レットル・フランセーズ』誌に「おしゃべり」。
六月　ベルヌにおけるアンドレ・マルシャンの展覧会『愛、絵画』のカタログ序文。
六月十日　『レットル・フランセーズ』誌が自誌のために打ち出した財政援助アピール。
六月二十五日～七月十日　パリ、金銀細工店クリストフル画廊で開催されたジョルジュ・ユニェの展覧会カタログ序文。
十一月～十二月　パリ『デリエール・ル・ミロワール』誌に「ミロへのオマージュ」。

一九四九年

——スキラ社からの二冊の画集『ヴラマンク、あるいは素材《マティエール》の眩暈』と『ホアン・ミロ、あるいは前史時代の詩人』の紹介文。

——『レ・プティ・ロマンティック・フランセ』誌、『カイエ・デュ・シュッド』誌に「デフォントネー」。

——エミール・ボーヴェンス『カクテルの本』の序文。

——ジャン・クヴァル『七月のランデヴー』（シャヴァーヌ社、パリ、一九四九年）への序文。

——『八十四』誌第八～九号に「馬鹿げたことども」。『もっと内密なサリー』に再録。

——『ルヴュ・ヴィヴァント』誌第一期に「小さな足」。

——ガリマール社より『覚え書き。理想の図書館のために』。

——マザリン社『呪われた映画フェスティヴァル』（同名フェスティヴァルのカタログ）に「映画にまつわる呪い」。

一月六日　『レットル・フランセーズ』誌に「ミロの芸術を前にして」。

五月三十一日～六月十六日　ラ・ユヌ書店で開催された「『運命の瞬間』のための十六枚の図版」を含むマリオ・プラシノス展の通知状。

六月七～二十一日　展覧会カタログ『芸術家と職人』に「ペギーン・エリオン」。

一九五〇年

——ガリマール社より『携帯用宇宙開闢論』。

——ガリマール社より『棒・数字・文字』。
——スコルピオン社より『サリー・マーラの日記』。
——アメリカ旅行中、ジャン＝ミシェル・ダマズのバレー『ダイヤモンドをかじる女』のためにシャンソンを書く。
——パリの『カオス』誌に「フランス語動詞直説法現在形の活用に関する比較的未知の諸側面」。
四月六日　『コレージュ・ド・パタフィジック手帖』に「加法の空気力学的特性に関する若干の簡潔なる考察」。
四月八～十四日　『フランス・ソワール』紙にルポルタージュ「彼らの村ブロードウェイ」を発表。
五月～六月　マーグ社『デリエール・ル・ミロワール』誌に「魔法のカボチャ」。
九月二十一日　『ヌーヴェル・リテレール』誌に「ヴィクトール・ユゴーについてのアンケートへの回答」。
十一月三十日　『ヌーヴェル・リテレール』誌に「ジャズをどう思いますか？」と題されたアンケートへの回答。

一九五一年

——マズノ社『有名作家たち』への序文。
一月　マズノ社『有名作家たち』第一巻に「哲学者とごろつき」。
一月　『レ・タン・モデルヌ』誌に「ペトロニウス」。
一月—二月　マーグ社『デリエール・ル・ミロワール』誌に「私は猫を猫と呼ぶ」。
一月十五日　『ガゼット・デ・レットル』誌に一九五〇年十二月十日の日付を持つ、レーモン・デュメ宛の手紙の複写が掲載される。
二月七日　『オペラ』誌に「馬鹿げたことども」。
三月一日　『コンバ』紙に「今晩はかび臭さを感じないだろう」。
〔ロジェ・ラビニオー〕『ペドンジーグの名誉』（コレア社、一九五一年）への序文に再録。
三月十五日　『クリティック』誌に「新たな文学ジャンル——サイエンス・フィクション」。
三月十七日　『ル・フィガロ・リテレール』紙に「私の犬のために」。
三月二十一日　『オペラ』誌に「ドイツ野郎の犬」。
三月二十九日～四月十二日　アントワープ（ステデーレク・クンストサロン）で開催されたマリオ・プラシノス展覧会カタログへの序文。
四月　ガリマール社『古代と近代の美しい本』カタログへの序文。
四月十一日　『オペラ』誌に「それは一度も考えたことがなかった」。
五月　『アルバム・デュ・フィガロ』紙アルバムに「黒人たちは本能的に色彩の才を有している」。
五月　マリニー劇場におけるラテン・アメリカのホアキン・ペレス・フェルナンデス・バレエのプログラムとして、「地球儀を見るとき」。
六月　『ルヴュ・ド・パリ』誌に「ジャック・プレヴェール、守り神」。
七月　パリの『アダム』誌に「新学期万歳」。
八月十五日　『ガゼット・デ・レットル』誌に「つるつるの食器」。

一九五二年

——ガリマール社より『人生の日曜日』と『考えてもごらん』。
——マズノ社『有名作家たち』第二巻に「ニコラ・ボワロー」。
——マズノ社『有名作家たち』第三巻に「二十世紀の幾人かの巨

匠」と「ガートルード・スタインについての覚え書き」。
――旅行会社「ギリシャ旅行」による宣伝パンフレット「山と驚異」。
――タンブリネール社より出版された『バレー芸術、起源から現在まで』に「ロラン・プティとアメリカバレエ」。
二月二十三日　芸術家ユニオンのガラ「舞台は長方形……」。
二月二十八日　『ヌーヴェル・リテレール』誌に「二月二十九日はいかがなさいますか?」。
五月　『レイヨヌマン・デ・リーヴル』誌に「文体練習」。
五月八日　『アール』誌に「自由区」。
五月十五日　『アール』誌に「イヨネスコに」。
六月一日　『スメーヌ・ド・フランス』誌に「ルールタビーユ、ニュースの熱い話題」。
六月十九日　『アール』誌に「映画界がその負債を支払うとき」。
八月一日　『レットル・フランセーズ』誌に「ガキども」。
九月四日　『コレージュ・ド・パタフィジック手帖』に「幾何学者ユゴー」
十月十八日〜十一月三日　リモージュ、二十世紀ギャラリーでの展覧会通知「エリー・ラスコー」。
十一月十五日　『ガゼット・デ・レットル』誌「七人に宛てた手紙」。

一九五三年

――ガリマール社よりエイモス・チュツオーラ『やし酒飲み』のレーモン・クノーによる翻訳。序文付き。
――ヴリーユ社から出版されたボリス・ヴィアン『心臓抜き』序文。
――ブリュッセル、ポッシュ劇場、一九五三年〜一九五四年シーズンプログラム「これはベルギーの寸劇である」。

一月十四日　『カルフール』誌に「パリに不死身の男がやって来た――ヘンリー・ミラー」。
一月二十四日　『ル・フィガロ・リテレール』紙に「真正なる女性の叡知……」。
四月　『ジュルナル・ド・ラ・ソシエテ・デ・レクトゥール』誌第二号に「やし酒で酔う男……」。
六月　リヨンの『トピック』誌に「一七八八年のしくじった革命」。
九月　リールの『青い花』誌に「幸福な瞬間」。
十月二十九日　『アール』誌に「サイエンス・フィクションは勝利するだろう」。

一九五四年

――ジャン・ロスタン『生物学者の覚え書き』(レ・ファルマシアン・ビブリオフィル社)への前書き。
第一四半期　『リシェス・ド・フランス』誌に「ル・アーヴルの文学的ポートレート」
四月　『ヌーヴォー・フェミナ』誌に「リボンと橋」。
四月三日　『レクスプレス』誌に「未来の詩人ヴィクトール・ユゴーについてのアンケートへの回答」。
五月二十日　『レットル・フランセーズ』誌に「私は公式の大昼食会に参列しているのだ」。
七月十日　オンフルールで開催されたアルフォンス・アレー百年祭のプログラムに「メッセージ」。

一九五五年

――ロンドンの『アダム』誌に「幻視者」(一九五五年五月二十一

日になされたヴェラーレンについてのスピーチとほぼ同一内容。『フランス語フランス文学王立アカデミー報告書』第二号、三十三巻)。

一月五日 『アール』誌に「レーモン・クノーがあなたにJ＝P・ロネによる『十三番目の使徒』を読んだ」。

三月二十六日 『コレージュ・ド・パタフィジック手帖』に「フランス語の静力学と動力学」。

――『若い作家アンソロジー』(J.A.R.)への序文。

七月十四日 『レットル・フランセーズ』誌に「レミー・ド・グールモンによる過去のフランス語と現在のフランス語」。

十月 ヌーシャテルの『デウカリオン』誌に「ヘーゲル弁証法とフーリエ級数」。

十一月十七日 『レクスプレス』誌に「こんにちはクリストフ」。

一九五五年十二月～一九五六年一月 『シネマ五十六』誌に「映画の不運」。

一九五六年

――ガリマール社より「『プレイヤード百科事典』紹介」。

――『文学史』(『プレイヤード百科事典』)第一巻(『古代、東洋、口承文学』)への序文。

――『百科事典』第二巻(『西洋文学』)への序文。

――『理想の書棚のために』(前書きと結論)。

――フランソワ・カラデック『クリストファー・コロンブス』(グラッセ社)への序文。

――『シムン』誌(第二十二～二十三号、オラン)に「デスノスの伝説」。

一月 『ミロ』。ブリュッセル美術館での展覧会カタログ。

二月十五日 『アール』誌に『プレイヤード百科事典』。

四月 『ビザール』誌第四号「物書き狂人と異様な人々」特集に重要な寄稿(「紹介」と「J＝P・ブリッセの遺伝的神学」)。

五月二日 『アール』誌に「ある預言者」。

五月十一日 『コレージュ・ド・パタフィジック手帖』に「幾何学者イビクラテスによると」。

六月 『セルヴィス』誌に「人はいかにして百科全書派になるか」。

十一月二十八日 『ヌーヴェル・ド・モスクー』誌に「ソヴィエト人の生活に対する私の関心はさらに増した」。

一九五七年

――レーモン・クノーとピエール・ジョスランによる『名作集』(マズノ社)紹介文。

――エドガー・アラン・ポー『短篇物語集』(マズノ社)への後書き。

――ガエタン・ピコン『現代思想パノラマ』(ガリマール社)に「書き言葉に対する話し言葉の優位」(「一九三七年の書き物」の抜粋)。

――『アドルフ――有名作家たち』(マズノ社)の後書き「『アドルフ』とバンジャマン・コンスタンの生涯」について。

三月十五日 『タン・メレ』誌に「我らが時代の英雄」。

五月 『ラ・ネフ』誌に「シャンゼリゼ」。

五月十五日 『アール』誌のアンケート「あなたはなぜ映画作りをするのですか?」への回答。

六月 アルナル・ギャルリー・リヴ・ゴーシュ展カタログへの序文。

一九五八年

――タン・メレ社より『マンドリンを持った犬』。

――オートフイユ社より『ソネ』。

――マズノ社より「全集」コレクション『ギリシア人たち』の後書き、「ホメロス」ならびに「ピンダロス」。

――モーリス・アンリ『至近距離から――八十五の文学的戯画ポートレート』への序文。

――『文学史』第三巻〈関連的かつマージナルなフランス文学〉への序文〈『プレイヤード百科事典』〉

五月『ディアローグ』誌に「シュルレアリスム――生の方法」。

五月二日『フランス゠ソワール』紙に〈マルグリット・デュラス〉『太平洋の防波堤』紹介文。

六月十四日～九月十四日　リモージュ市立美術館での『ミオルトゥスとその友人たち』に「エリー・ラスコー」。

六月十八日『アール』誌に「サイエンス・フィクションについてのアンケートへの回答」。

十一月四日～二十二日　パスカル画廊におけるアルフェルン展覧会の通知における「あるご婦人が……と言い張るが」。

一九五九年

――ガリマール社より『地下鉄のザジ』。

――『ル・マルシェ・オー・ピュス・ファンタスティック』誌に「レイ・ネルソンへの手紙」。

――『ブヴァールとペキュシェ』〈ル・リーヴル・ド・ポッシュ〉への序文。


一月一日『レットル・フランセーズ』誌に「『プレイヤード百科事典』のフランス文学」。第三巻序文に基づく。

三月『ブキニスト・フランセ』誌に「髭」についての「手紙」。

三月四日『アール』誌に「ヘミングウェイ対プレヴォの試合の思い出」。

三月十一日『レットル・ヌーヴェル』誌に「生まれたてのザジ（一九四五年七月に書いた自分用のちょっとした説明）」。

三月十三日―四月十一日　ルイーズ・レリス画廊におけるエリー・ラスコー展のカタログ序文。

四月二十三日『レットル・ヌーヴェル』誌に「スチレンの唄」。

六月『バベル』誌の翻訳についてのアンケートへの回答。

六月二十五日『コレージュ・ド・パタフィジック書類』に「馬鹿げたことども」。

十一月―十二月『シアンス』誌に「月の敵たち」。

十二月　トロワ・ボーデ劇場における『地下鉄のザジ』舞台のプログラム「オリヴィエ・ユスノ」。

十二月『新フランス評論ニュース』誌に「『プレイヤード百科事典』」。

一九五九年十二月～一九六〇年一月『アクチュアリテ・リテレール』誌のアンケート「何をして遊びますか？」への回答。

一九六〇年

――マーグ社『詩人、画家、彫刻家』に「パタゴニアの星」。

――ル・ディヴァン書店で開催された展覧会に「アンドレ・フレノー」。ジャン・バゼーヌのリトグラフ。

――『リーヴル・ド・フランス』誌と『ビブリオ』誌にマルセル・

プルースト質問表の回答。

――マーグ社『デリエール・ル・ミロワール』誌にミロについての「絵筆の両極」。

――ポール＝ルイ・ミニョン編『サラクルー』（ガリマール社、理想の書棚コレクション）に「現代最良の散文家の一人」。

六月二十三日『コレージュ・ド・パタフィジック書類』に「ボリス・ヴィアン、突然変異体の太守」。

十月二十七日『レクスプレス』誌に「書物から映画へ」。

一九六一年

――ガリマール社より『百兆の詩篇』。

一月　タン・メレ社より『テクスティキュル』。

一月十一日『アール』誌に「サラクルーは偉大である」。

六月　デュ・フルーヴ画廊におけるバーイ『壁紙と版画』への序文。

九月『タン・メレ』誌第五十～五十二号に「私はそうとう滑稽な状況にある……」。

九月一日『コレージュ・ド・パタフィジック書類』に「例のブツ《マシャン》、どてっ腹《ジドゥイユ》、そしてヘルヴェティア」。

九月十五日『タン・メレ』誌にアントワーヌ・ルモワーヌ『異国の言語のアザミ』のための序文。

十一月『アイユール』誌（ローザンヌ）に「グランヴィルあるいは最後の人間」。

十二月二十二日『コレージュ・ド・パタフィジック書類』に「レスキュール的S＋七の方法の実践への寄与」、「ファーヌ・アルメの冗長」。

――マテュラン劇場で一九六一年に創作されたブリス・パランの演劇『黒と白』のプログラム「話す行為は不確実だ」。

一九六二年

――ガリマール社より『もっと内密なサリー』（一九四四年に発表された「馬鹿げたことども」のほとんどを再び集めたもの）を含む『サリー・マーラ全集』。

――コレージュ・ド・パタフィジックより『ゾネイユ』。

――タン・メレ社より『テクスティキュル』。

――ガリマール社より『ジョルジュ・シャルボニエとの対話』。

――『ルイユから遠くはなれて』を原作としたモーリス・ジャールとロジェ・ピヨーダンによる国立民衆劇場のためのミュージカル劇。序文はレーモン・クノー（ガリマール社）。

――マーグ社より、ミロ画集のためのテクスト『画集十九』。

――『ルギャール・シュル・パリ』誌に「動くパリ」。

一月『クリティック』誌に「ブルバキと明日の数学」。

二月『二十世紀』誌に「バーイ」。

四月　パリ、ベルグルアン画廊でのバーイ『家具』への序文。

六月六日～七月十三日　ジャン・エリオン展カタログへの序文。

十月十八日～十一月十七日　ゲネゴー通り展覧会カタログに「それは知られている」。

十一月二十二日『レクスプレス』誌に「話すとはいつでもたいしたこと」。

夏『ラルク』誌に「セーヌ県における会話」。

一九六三年

――エルマン社より『周縁』。

——ガリマール社『モレ男爵の回想』への序文。
第一四半期　『ビザール』誌に「動詞について（フランス語の活用に関する比較的未知の側面）」
二月　『カイエ・ルノー＝バロー』誌に「イヨネスコをめぐる歩行者用散歩道」。
八月〜九月　『クリティック』誌に「ヘーゲルとの最初の対決」。
九月　シネマテック・フランセーズ「セイレーンの歌。レネとスチレン」。
十一月二十七日　『アール』誌にカルルマンとマッサンの仕事についてのクノーの意見。

一九六四年

——マズノ社より『現代の画家たち』に「デュビュッフェ」。

——第三十二回ヴェネツィア芸術ビエンナーレ展カタログ「エンリコ・バーイ」（イタリア語）。一九六八年にローマのステュディオ・ダルテ・コンドッティで開催されたバーイ展の序文としてフランス語で再録される。

——『タン・メレ』誌第七十一〜七十三号、極西芸術展カタログに「バーイ」。

——ディディエ社より刊行された『応用言語学研究』に「言語のマトリックス分析」。

——コメディー・デ・シャンゼリゼのプログラム「レ・フレール・ジャック」。

三月三日　『コレージュ・ド・パタフィジック書類』第二十五号に「R・Qのメッセージ」。

四月　『タン・メレ』誌に「同一であるが文法的に異なる図式に相当する見本の交差式掛け算について」。

五月　『ラ・シネマトグラフィー・フランセーズ』誌に「結局のところ、カンヌはゴンクールより悪いわけでもない」。

六月八日　『コレージュ・ド・パタフィジック書類』にラテン語の「インスティトゥートゥム・パタフィジシクム・メディオラネンセ」（IPM）が発表される。

一九六五年

——ガリマール社より『青い花』。
——『ダニエル＝アンリ・カーンワイラーのために』画文集（シュトゥットガルト）に「話し方」。
——ジャン・A・ボドーの『タイプライター』（モントリオール）に「手紙」。
四月〜五月　『世界の中のフランス語』に「カロリング朝の人々のおしゃべり」。
四月二十二日　『ジューヌ・シネマ』誌に「映画の十の呪い」。
五月十五日〜六月十五日　ル・アーヴル美術館におけるマリオ・プラシノスの「絵画とタペストリー（一九五八年〜一九六三年）」展カタログ序文。
十月二十八日　『ル・フィガロ・リテレール』紙に「アンドレ・ビイへの手紙（モレ男爵について）」。
十一月十一日　『レットル・フランセーズ』誌に「オリヴィエ・ラロンドへのオマージュ」。
十一月二十四日　『アール・エ・ロワジール』誌のアンケート「前衛はいまだに存在するか」への回答。
十二月　理工科学校例祭パンフレットに「三項関係図——XがYを

Zととる」。
十二月　『カイエ・ルノー＝バロー』誌に「マルグリット・デュラスの一読者」。
十二月二十九日　『スブシディア・パタフィジカ』誌に「フランス語の顕揚へのささやかな貢献」と「セクスティーヌに関する補足」。

一九六六年

——ガリマール社より『模範的歴史』。
——セルジオ・トシ社、バーイによるイラストが付けられた『メカーノ、あるいは言語の行列《マトリックス》的分析』。
——ジャン・ブランザ『イグアナ』（ガリマール社）への序文。
——〔映画社〕ソフラシマ（パリ）『人生の日曜日』に「作者レーモン・クノーの考察」と「たいへん忙しい人々のための映画要約」。
一月　『新フランス評論ニュース』に「『プレイヤード百科事典』」。
一月　『ラヴァン＝セーヌ＝シネマ』誌に「ムッシュー・リポワ」。
一月二十日　『ル・フィガロ・リテレール』紙に「マルセル・デュアメルへのオマージュとしての覚え書き」。
二月十九日　『レフォルム』誌に「アルベール＝マリー・シュミット」。
八月十一日　『スブシディア・パタフィジカ』誌に「雪だるま」。
十月一日　『ラ・キャンゼーヌ・リテレール』紙に「二重鏡」。
十月六日　『レットル・フランセーズ』誌に「マリオ・プラシノスの五十歳に際して」（『こんにちはプラシノスさん』、パリゾー社、一九七二年に再録）。

一九六七年

——ガリマール社より『通りを走る』。
——セゲール社「今日の詩人」叢書の『ジョルジュ＝エマニュエル・クランシエ』に「証言」。
——アルベール＝マリー・シュミットの『十六世紀研究』（アルバン・ミシェル社）への序文「我らが友」。
三月　マリニー劇場におけるフェードーの『耳の蚤〔「疑っている」の意〕』のためのプログラム「ミシュリーヌ・プレルへのオマージュ」。
四月　『新フランス評論』誌に「エリュタレティル」。
五月十八日　『ル・モンド』紙に「詩と数学」。
七月十九日　『ヌーヴェル・オプセルヴァトゥール』誌に「あなたまかせのお話」。
十一月二十一日　ピエール・ドメック画廊でのガラ・バルビザン展カタログ（ミニュイ社）に「テクスト」。
十一月二十四日〜一九六八年一月十三日　ブリュッセルのアルカーヌ画廊での展覧会カタログに「ジャン・エリオン」。
——ブリュッセルでのエンリコ・バーイ展カタログ序文。一九六一年の『塗られた紙』序文を再録したもの。

一九六八年

——ガリマール社より『イカロスの飛行』と『田舎を歩き回る』。
——セバスチャン・アダグのリトグラフによる『テクスティキュル』（ルイーズ・レリス画廊）。
——フィリップス社の十二インチレコードアルバム『ジュリエッ

ト・グレコが歌うマッコルラン』の序文。

四月十日　ローマでのエンリコ・バーイ展カタログへの「序文」。

五月六日　四月二十九日にアンドレ・リクネロヴィッツにより科学アカデミーで紹介された、レーモン・クノーの「S加法の数列に関する数の理論」。

七月　アカデミーの剣をラビッスに引き渡すに際して述べた演説がラビッス展（オーステンデ）カタログに掲載される（RTBで放送されたテクストが『タン・メレ』誌第百三十四号（一九七五年五月）に発表される）。

七月二十日　『ル・モンド』紙に「アンドレ・フレノー、思想家詩人」。

一九六九年

——ガリマール社より『波を切って進む』。

——マッコルラン『全集』（セルクル・デュ・ビブリオフィル、ジュネーヴ）への序文。

——『ポエジー・ヴィヴァント』誌（ジュネーヴ）に「ブランクーシのアトリエ」。

四月　『新フランス評論』誌に「正誤表」。

五月二十九日~九月十五日　ブールデル美術館「ブールデル賞十年」カタログに「クロード・アベイユ」。

一九六八年十一月十八日~一九七〇年一月十五日　クルーゼヴォー画廊の展覧会カタログ「ピカバイとバカソ」。

一九七〇年

——ロベール・マッサン『文字と画像』（ガリマール社）への序文。

四月　『ラヴァン＝セーヌ』誌に「道《ラ・ストラーダ》」。

六月　『レクスプレス』誌に「ネオ・フランセは潰走中だ」。

一九七一年

——シネマ・アンテルナショナル・コルポラシオン（パリ）発行の『皆いつも女に甘すぎる』〔映画パンフレット〕への序Ⅰ（サリー・マーラの署名）。

——マドレーヌ・シャプサルの『アルファ動物《ベット》』（フルーリュス社、パリ）への序文。

——『世界史大百科事典(Enzyklopädie die Grossen der Weltgeschichte)』第九巻（キンドラー社）に「ダフィット・ヒルベルト」。フランス語テクストは未刊。

六月　『新フランス評論、ジャン・フォランへのオマージュ』に「かくあった」。

七月十日~二十三日　アラン・ビアンシェリ展への序文。

一九七二年

——ルネ・バリガン（ディディエ社、オタワ）による『レーモン・クノーの詩——音声文体研究』への序文。

一月　『ジャーナル・オブ・コンビナトリアル・セオリー』誌に「S加法数列について」。

二月二十二日　『スブシディア』誌に「XがYをZととる関係」。

六月十六日　『ル・モンド』紙に「私は常々清掃人になることを夢見ていた」。

一九七三年

――ガリマール社より『ギリシア旅行』。

――ガリマール社よりウリポの共同著作『潜在文学』。

――ガリマール社より出版されたドナルド・サザーランド『ガートルード・スタイン』の前文。

――ルートヴィヒ・ハリグによる『仏独協同共通市場構成員用会話帳』（ベルフォン社）に「初回授業」。

――ミロの八十歳を記念する『素晴らしく感嘆した人間』（アルル）に「ミロは話す」。

――『カイエ・ド・ポエジー』誌に「レーモン・クノーがジョルジュ・クレールフォンを紹介する」。

五月　『カイエ・ド・レルヌ』誌に「ジャン・デュビュッフェの書き物集成より選ばれたいくつかの引用」。

十月　『レ・カイエ・ド・シュマン』誌（パリ）に「たくさんの夢の物語」。

十二月〜一月　『ルイユ』誌に「壮麗王デュビュッフェ」。

一九七四年

――マックス・ジャコブ友の会が発行した『マックス・ジャコブ、それは三十年前だった』（パリ）に「マックス・ジャコブへのオマージュ」。

三月十五日〜四月十五日　ニームにおけるクレールフォン展カタログに「ジョルジュ・クレールフォン」。

六月十五日〜九月十五日　サン＝マクシマンにおけるマリオ・プラシノス展カタログへの序文。

一九七五年

――ガリマール社より『基本的道徳』。

――ＩＣＣ＝ロンドン印刷『ウリポの仕事分類』。

――マーグ社『ホアン・ミロ――リトグラフ』に「ミロとその罠」。

十二月　『レルヌ』誌レーモン・クノー特集号の刊行。とりわけ一九四五年に書かれ、『お話とおもいつき』に再録された「フランスのアリス」ならびに「フランス語文の行列《マトリックス》的分析」が含まれる。また同様に、十四歳で書かれ、同名の小説とは一切無関係の詩「最後の日々」も収録される。

一九七六年

三月六日　存命中最後の出版物である『ダフィット・ヒルベルトによる文学の基礎』（ウリポ文庫）。

六月　『オブリック』誌に、ボリス・ヴィアンへの「手紙」。

謝辞

本書の冒頭に言及した方々に加え、以下の方々に感謝の意を表明する。

以下の機関の責任者の方々。

アカデミー・ゴンクール、ロワール＝アトランティック、ラ・マンシュ、トゥーレーヌの各県立資料館、BNP資料部、シェルブール海軍資料部、ル・アーヴル市立資料館、ナンシー市立資料館、ル・アーヴル・アルマン・サラクルー図書館、シャルトル、ナント、オルレアン、ルーアン各市立図書館、ジャック・ドゥーセ図書館、フランソワ・ミッテラン国立図書館、サント＝ジュヌヴィエーヴ図書館、現代ユダヤ資料センター、ヴェルヴィエ・レーモン・クノー資料センター、ル・アーヴル歴史研究センター、ジョルジュ・ポンピドゥー国立芸術文化センター、現代出版資料研究所（IMEC）、ドンブル出版、ラ・ガレルヌ出版、オタワ大学、ロサンジェルス大学、ガリマール出版歴史部、サン＝テパン市。

以下の方々。

グザヴィエ・アカール、ロール・アドレール、ピエール・アスリーヌ、アレクサンドル・アストリュック、ユーグ・バシュロ、ロベール・バダンテール、シュザンヌ・バゴリー、マルク・バルデンスペルジェ、フランク・バルビエ、ルイ・バルニエ、マルセル・ベナブー、ジャック・ベンス、ニコル・ベルト、ピエール・ベタンクール、ジャック・ビルンベルク、アンドレとオデットのブラヴィエ夫妻、マルク・ブロンデル、ポール・ブラフォール、クロードとジャクリーヌのブリオ夫妻、ブリュノ・カディウ、アラン・カラム、フランソワ・カラデック、アルバン・スリジエ、アンヌ・クランシエ、ルネ・クレマン夫人、シュザンヌ・コルニュ＝ロシニョル、ジャン・コルト、イヴ・クリエール、マルク・デブルイユ、ミシェル・

ドゥギー、ニッキー・ファスケル、ルイ＝ルネ・デ・フォレ夫人、ジャン＝フランソワ・フルカード、ポール・フルネル、マリナ・ガレッティ、アンヌ・ゴドレウスカ、ロベール・ガリマール、ポール・ガイヨ、フロランス・ジェエニオー、ジェラール・ジェルヴェと母君、アンリ・ゴダール、ジャン・グロジャン、ロジェ・グルニエ、モーリス・アンベール、チャールズ・ケスターマイヤー、オデット・レグル、ジャン＝マルク・ランベール、ジャン・ランセルム、J＝M・G・ル・クレジオ、クリスチャンヌ・レキュルール、ミレイユ・レピネー、エリック・ル・ロワ、ジャン・レスキュール、アンドレ・リクネロヴィッツ、ジル・ロヴァンバック夫人、ジャン＝フランソワ・マッス、ロベール・メルル、ジャン＝ピエール・モッキー、ミシェル・モール、ピエール・モリエ、エドガー・モラン、モーリス・ナドー、ヴィオレット・ナヴィル＝モラン、アラン・ニコラ、フィリップ・ノルマン、フランソワ・ヌリシエ、ジャン・ドルムセン、ジャン＝ルイ・パネ、パトリック＝ジル・ペルサン、リリー・ファン、トマ・ピエル、カトリーヌ・プラシノス、ドミニク・ラブルダン、ヤク・リヴェ、イヴ・ロベール、シルヴィアーヌ・ロオー、エリザベート・ルディネスコ、ドミニク・ルエ、ポーリーヌ・ルー、ジョヴァンニ・パラマシヴァン・ルンゲン、シルヴィー・サトール、エマニュエル・スシエ、クロード・スタサール、マリー・トゥーレス、マリー＝クロード・ヴァン・デン・ベルゲ、アンリ・ヴィーニュ、ミシェル・ワルドベルク。

索引

ア行

カ行

サ行

タ行

ナ行

ハ行

マ行

ヤ行

ラ行

訳者あとがき

本書は、Michel Lécureur, *Raymond Queneau*, Les Belles Lettres, 2002. の全訳である。著者のミシェル・レキュルールは、一九四一年にカルヴァドス県ドーヴィルに生まれ、ル・アーヴル大学で教鞭を執ったキャリアを持ち、これまでに多数の、そして多岐にわたる著作を発表している人物である。教職を退いた現在もル・アーヴルに住む生粋のノルマンディー人である彼は、みずからの故郷への関心から『コー地方の城館』(一九九二年)、『ノルマンディー人、スポーツのパイオニア』(二〇〇七年)、あるいは『ノルマンディーにおける私掠船と海賊船』(二〇一一年)といった郷土史的著作を書いてもいるが、その情熱がもっとも注がれる対象はやはり文学であるようだ。だとすると、郷土愛と文学愛の交差する地点にいるクノーはレキュルールにとって特別な位置を占める作家なのではないかと思いたくもなるが、じつはそんなことはない。彼の著作の中でクノーに関するものは、唯一この伝記のみである。ノルマンディーに縁があるというだけで、レキュルールは文学者に愛着を抱くわけではないようだ。

文学研究者としての彼の仕事を特徴づけているのは、なによりもまずマルセル・エメ(ちなみにフランシュ゠コンテ地方の出身)に関する研究であり、それから本書もそのひとつである作家の伝記の執筆である。まずエメについて述べておくと、レキュルールは一九八〇年代にエメとジャーナリズムの関係についての国家博士論文を準備しながら彼の伝記を執筆し、またそのあとではこの作家の小説作品を集めたプレイヤード版や政治時評を集めた選集の編纂に携わるなど、エメ研究の中心人物となって活躍している。最近でも『歴史を前にするマルセル・エメ』（二〇一七年）という著作を発表し、その研究意欲が衰えていないことを示している。他方、伝記作家としてのレキュルールは、これまでエメについての伝記を二度書いた他（一九八八年と二〇一七年）、クノーの伝記である本書に加え、カルト映画『キャベツのスープ』原作者でジョルジュ・ブラッサンスとも親交のあった作家ルネ・ファレについての伝記（二〇〇五年）、そしてもう一人のノルマンディー人であるバルベー・ドールヴィイについての伝記（二〇〇八年）も発表している。

エメ、クノー、バルベー・ドールヴィイ、ファレ。ノルマンディーに関する著作はさておくとしても、これら異質な作家たちの名前を並べてみると、レキュルールの関心がずいぶんと幅広い、さらには雑多なものですらあるような印象を受ける。じつは訳者は二〇〇三年にクノー一族ゆかりの地サン゠テパンで開催されたクノーのシンポジウムに際して、レキュルール本人と言葉を交わす機会があった。そのとき、なぜエメの専門家であるあなたがクノーの伝記を書いたのですかと尋ねてみたのだが、その返事は「別にいいじゃないか」という素っ気ないものであったように記憶している。本書でクノーの性格として記されている、人を煙に巻き、答えをはぐらかすノルマンディー人気質をレキュルールも備えているということなのか。実際のところはよく分からないが、それはともかくとして、彼が伝記を執筆した作家たちの名前をもういちどよく見てみるなら、そこに民衆的精神、諷刺とユーモア、幻想性といったキーワードを捉えることができるかもしれない。いずれにしても文学史の本流をなす主役級の人物というよりは、バイプレーヤーとして独特の味わいを発揮するタイプの作家を好む傾向にあるようだ。そしてなにより、伝記というジャンルに彼が向かう態度には一貫したものがあることは確かである。そのことをよく示しているのが、二〇〇八年にバルベー・ドールヴィイの伝記（この著作はアカデミー・フランセーズ賞を受賞した）が刊行されたのを機に『フィガロ』紙に掲載された記事のなかで、レキュルールが述べていた次のような言葉である。「ひとりの個人を発見し、その人物を推理小説のように追い詰め、ある意味で再創造することは、なんとも胸躍る喜びを与えてくれるものです。非常に真面目かつ理性的な仕事をおおいに行えば、真実へと近づけるのだと信じています」。伝記作者としての彼のこうした姿勢は、本書においても見出される。

＊

研究者や愛好者のサークルを超えてレーモン・クノーの生涯に光が当てはじめられたのは、クロード・ドゥボンが編纂したプレイヤード版第一巻が出版され（一九八九年）、ジャック・ジュエの『レーモン・クノー』（一九八八年）やエマニュエル・スシエの『レーモン・クノー』（一九九一年）、そしてジャン゠マリー・カトネの『クノー』（一九九二年）といった概説書や研究書が相次いで出版された頃からである。こうした著作がしばしば描き出してきたのは、クノーの文学的な自己形成の物語、すなわちシュルレアリスムに影響された青年がいかに苦心してその影響から脱し、「物書き狂人」についての孤独な研究を経て、『はまむぎ』とともにわれわれの知る言語遊戯に長けた博覧強記の文学の壊乱者となったかという物語であった。その後の「人生」は彼の書いた作品そのもの、あるいはウリポやパタフィジックといった活動の軌跡と重なってゆく。スシエの著作はクノーの生涯全体を視野に収め、ユーモア作家というパブリックイメージの下に潜み、ときには深刻さを帯びる作家の哲学的関心の変遷に焦点を合わせている点で独自ではあるが、彼が描いたのも、クノーが残したテクストの解釈に基づいた知的かつ精神的な文学者像であった。

これら先行する評伝に対し、その約十年後——その間には千二百ページ余りを数える作家の『日記』が刊行されている——に発表された本書は、クノーの文学者としての評価や作品の解釈からは一定の距離をとり、その生涯の記述に焦点を絞ったという点で特筆すべき、また現時点では唯一の本格的伝記である。刊行されたテクストやベルギーのヴェルヴィエにあるレーモン・クノー資料センター（CDRQ）をはじめとするアーカイヴの資料は言うまでもなく、作家の息子ジャン＝マリー・クノーの手元にある未公開資料にいたるまで調査を行い、クノーの生涯の全体像を描きだした伝記作家レキュルールの功績は大きい。

とりわけ上述の概説書や日記のみならず、クノーの文学観や言語観を理解するためには必須の資料となる評論集の著作の翻訳がすすんでおらず（宮川明子訳『棒・数字・文字』は貴重な例外）、作家に関するモノグラフィーもいまだに存在しない日本語の状況にあって、本書はクノーについての基本的な事実を知ることのできる最初のまとまった著作ともなる。本書のおかげでわれわれは『はまむぎ』から『イカロスの飛行』にいたる彼の小説群を、作家の軌跡や時代背景に照らし合わせながら読み直すことが可能になるであろうし、またシュルレアリスムから出発してついにはアカデミー・ゴンクール会員という文学界の重鎮となった彼の交友関係や影響関係を知り、クノーの文学の新たな広がりを発見することにもなるだろう（たとえばマックス・ジャコブ、ヘンリー・ミラー、マルグリット・デュラス、そしてアイリス・マードックとの関係は、この点において興味深い）。その一方で、つねに理解し合っていたわけではない父親との関係や、妻ジャニーヌとのときに緊張をはらんだ関係、あるいは「Y」という女性との恋愛関係といったゴシップめいたエピソードを含む作家の私生活についての記述も本書は豊富に含んでいる。こうした事実は、言語と文学の実験者としてのイメージに隠れがちなクノーの人間的側面を思い出させてくれるはずだ。

このようにさまざまな角度から読むことができるこの伝記であるが、私見によれば、本書の最大の意義は、二十世紀を生きた一人の人間としてこの作家を描き出した点にある。一九〇三年に生まれ、一九七六年にこの世を去ったクノーは、まぎれもなく戦争と革命の時代を生きた証人である。この観点から、第二次世界大戦をはさむ時代を扱った第九章から第十五章にかけての記述はきわめて示唆に富んでいる。ファシズムと戦争の脅威の下、あらゆる思想や行動が政治的な意味を持たざるをえない状況にあって、本質的に「非政治的人間」であったクノーもまた、文学と政治という問いに直面せざるをえなかった。この時代に書かれた『民主主義美徳概論』(第九章で取り上げられている)や『模範的歴史』は、アレクサンドル・コジェーヴのヘーゲル講義やマルクス主義思想、そしてルネ・ゲノンの東洋神秘思想などを自分なりに消化したクノーによるこうした状況への回答であるし、また第十一章で詳述されている雑誌、とりわけ『ヴォロンテ』誌への協力からは、この時代特有の精神的傾向に文学批評という角度から反応したクノーの態度が見て取れる。意外なことに、彼はここで「古典主義」を標榜しているのだ。また、「奇妙な戦争」とそれに続く占領期間を経て——その間に生涯二度目となる兵役を経験している——、戦後にガリマール出版の要職に就いたクノーは、レジスタンスと共産党に近い国民作家委員会やその機関誌『レットル・フランセーズ』に積極的に関わることになるだろう。『わが友ピエロ』や『文体練習』といった著作は、このような環境において形をとったのである。

それゆえ本書とともに、レーモン・クノーの文学の射程を問い直してみることがふさわしいだろう。カリスマ的な人格でシュルレアリスム運動を率いたアンドレ・ブルトンや、知識人として政治参加したジャン゠ポール・サルトル、あるいは行動人として多方面にわたる活躍をしたアンドレ・マルローといった、著作と行動が切り離せないタイプの同世代の作家とは異なり、クノーの言葉は、むしろ作者という存在をどこまでも隠蔽するために発せられているような印象を与える。もとより小説の語り手や詩的主体はフィクショナルな存在であり、それらを作者と同一視するのは文学を読む態度としてはあまりに素朴であるとはいえ、テクストの言葉が作者の言葉に収斂しないよう周到に仕組まれている彼の作品を文学と政治が密接に絡み合った時代背景のもとで読み直すこと。そこから、単なる内気さ——あるいはノルマンディー気質——には還元できない作家の戦略が浮かび上がってくるだろう。

*

この『レーモン・クノー伝』の翻訳を共訳者の中島万紀子さんとともに引き受けたのは、水声社のレーモン・クノー・コレクションの計画が進行中の頃であった。その全十三巻が刊行され、当初は全巻予約購読者プレゼント用として構想された『百兆の詩』も無事にできあがってからすでに六年の月日が経ってしまった。翻訳の完成が当初の見込みから大幅に遅れてしまったことをお詫びしたい。この意図せぬタイムラグが、もう一度クノーへの関心が盛り上がるきっかけとなることを願うばかりである。翻訳は第一章から第十三章までを久保が、第十四章から第二十二章までを中島が担当し、それぞれの訳文を互いに検討した後で、全体の最終的な統一を久保が行った。なお、レキュルールの原書にはいくつかの誤りや不明確な点が散見されるが、明らかな誤りについては、わざわざ断らずに修正したものもある。また注の文献表記には少なからぬ省略や形式の不統一が存在しているが、読者の便宜を考えて、適宜情報を補っている。訳文には細心の注意を払ったつもりであるが、思い違いや誤訳もあるかもしれない。読者の批判を俟ちたい。

クノー・コレクションにつづいて、水声社の神社美江さんにはたいへんお世話になった。訳者間の連携がうまくゆき、翻訳作業を楽しく行うことができたのも、神社さんの励ましと配慮のおかげである。厚く御礼を申し上げたい。

二〇一九年六月

訳者を代表して

久保昭博

著者／訳者について――

ミシェル・レキュルール（Michel Lécureur）　一九四一年、フランスのドーヴィル生まれ。ル・アーヴル大学元教員。伝記作家、ノルマンディー研究家。マルセル・エメの伝記を執筆するほか、エメの選集やプレイヤード版著作集の編纂に関わるなど、多岐にわたる活動で知られる。主な著書に、*Marcel Aymé*（La Manufacture, 1988）, *Barbey d'Aurevilly, le Sagittaire*（Fayard, 2008）などがある。

＊

久保昭博（くぼあきひろ）　一九七三年、千葉県生まれ。東京大学大学院総合文化研究科博士課程満期退学。パリ第三大学博士課程修了（文学博士）。現在、関西学院大学教授。専攻、フランス文学、文学理論。主な著書に、『表象の傷』（人文書院、二〇一一年）、主な訳書に、レーモン・クノー『地下鉄のザジ』（水声社、二〇一一年）、ジャン゠マリー・シェフェール『なぜフィクションか？』（慶應義塾大学出版会、二〇一九年）などがある。

中島万紀子（なかじままきこ）　一九七三年、神奈川県鎌倉市生まれ。早稲田大学大学院博士課程単位取得退学。リヨン第二大学ＤＥＡ課程修了。現在、早稲田大学講師。専攻、フランス文学。主な著書に、『大学一・二年生のためのすぐわかるフランス語』（東京図書、二〇〇五年）、主な訳書に、レーモン・クノー『サリー・マーラ全集』（水声社、二〇一一年）、セバスチャン・ロファ『アニメとプロパガンダ』（共訳、法政大学出版局、二〇一一年）などがある。

Cet ouvrage a bénéfisié du soutien des Programmes d’aide à la publication de l’Institut français.
本書は、アンスティチュ・フランセ・パリ本部の出版助成プログラムの助成を受けています。

レーモン・クノー伝

二〇一九年七月三〇日第一版第一刷印刷　二〇一九年八月一〇日第一版第一刷発行
著者――ミシェル・レキュルール
訳者――久保昭博・中島万紀子
装幀者――滝澤和子
発行者――鈴木宏
発行所――株式会社水声社
東京都文京区小石川二―七―五　郵便番号一一二―〇〇〇二
電話〇三―三八一八―六〇四〇　FAX〇三―三八一八―二四三七
［編集部］横浜市港北区新吉田東一―七七―一七　郵便番号二二三―〇〇五八
電話〇四五―七一七―五三五六　FAX〇四五―七一七―五三五七
郵便振替〇〇一八〇―四―六五四一〇〇
URL: http://www.suiseisha.net
印刷・製本――精興社
ISBN978-4-8010-0366-8

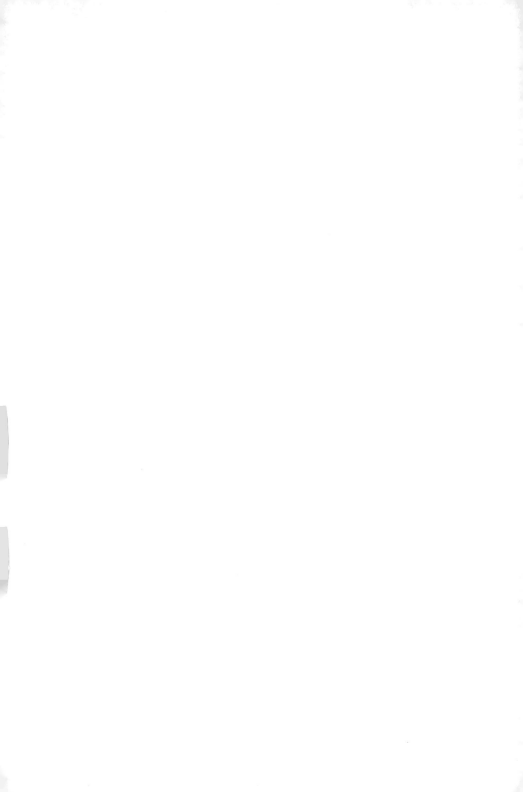